Nadja Raiser

Die Weltenseglerin

Roman

Besuchen Sie uns im Internet:
www.droemer-knaur.de

Aus Verantwortung für die Umwelt hat sich die Verlagsgruppe
Droemer Knaur zu einer nachhaltigen Buchproduktion verpflichtet.
Der bewusste Umgang mit unseren Ressourcen, der Schutz unseres Klimas
und der Natur gehören zu unseren obersten Unternehmenszielen.
Gemeinsam mit unseren Partnern und Lieferanten setzen wir uns für eine
klimaneutrale Buchproduktion ein, die den Erwerb von Klimazertifikaten
zur Kompensation des CO_2-Ausstoßes einschließt.
Weitere Informationen finden Sie unter:
www.klimaneutralerverlag.de

Originalausgabe Juli 2023
© 2023 Knaur Verlag
Ein Imprint der Verlagsgruppe Droemer Knaur GmbH & Co. KG, München
Alle Rechte vorbehalten. Das Werk darf – auch teilweise – nur mit
Genehmigung des Verlags wiedergegeben werden.
Redaktion: Dr. Heike Fischer
Covergestaltung: Guter Punkt, München / Sarah Borchart
Coverabbildung: Collage unter Verwendung von Motiven
von iStock und Adobe Stock
Satz und Layout: Adobe InDesign im Verlag
Druck und Bindung: CPI books GmbH, Leck
ISBN 978-3-426-22791-6

2 4 5 3 1

*Ich widme dieses Buch allen mutigen Frauen dieser Welt,
die genau wie die Protagonistin dieses Romans darum
kämpfen, eigene Entscheidungen treffen zu können,
um frei zu sein.*

*Und ganz besonders widme ich es
meiner kleinen Nichte Mariella.*

INHALTSVERZEICHNIS

PERSONENVERZEICHNIS

*Historisch verbürgte Personen sind mit einem * gekennzeichnet.*

Alvaro de Mesquita*, Vetter Magellans, zeitweise Kapitän der San Antonio

Antonio, Koch auf der Trinidad und Freund von Mariella

Antonio de Coca*, zunächst Buchhalter der Armada, später Kapitän der San Antonio

Antonio Pigafetta*, Sobresaliente – wortwörtlich übersetzt: ein Überzähliger; ein Passagier, der an Bord für einen geringen Lohn alle Arbeiten eines einfachen Matrosen verrichten muss, aber kein Mitglied der Mannschaft ist – und Chronist auf der Trinidad

Bernard Calmette*, geistlicher Begleiter der Flotte, Mitanführer der Meuterei bei San Julián

Carlos Alvarez*, Schreiber auf der Concepción und Freund von Juan Sebastián de Elcano

Diego, Zimmermann der Concepción und Freund von Juan Sebastián de Elcano

Duarte Barbosa*, Schwager Magellans, später Kapitän

Emi (Emiliana), Haushälterin und Freundin Mariellas

Enrique aus Melaka*, Magellans malaiischer Sklave

Estevão Gomez*, Steuermann und zweiter Offizier der Trinidad

Fernando Magellan*, portugiesischer Seefahrer und Generalkapitän der Expedition

Frederico, Schiffsjunge aus Italien auf der Trinidad

Gaspar de Quesada*, Kommandant und Kapitän der Concepción

Gonzalo Goméz de Espinosa*, Alguacil/Büttel und späterer Kapitän der Trinidad

Hernando de Bustamente*, Bader auf der Concepión und guter Freund von Juan Sebastián de Elcano

João Lopes Carvalho*, Steuermann und Navigator der Concepción, später Kapitän

Juan de Acurio, Bootsmann und Rudergänger der Concepción

Juan de Cartagena*, Kapitän der San Antonio und Oberbefehlshaber der Expedition

Juan de Elorriaga*, Schiffsmeister auf der San Antonio, erliegt seinen Wunden bei der Meuterei bei Puerto San Julián

Juan Sebastián de Elcano*, baskischer Seefahrer und Schiffsmeister der Concepción, später Kapitän der Victoria

Juan Serrano*, Kapitän der Santiago, später der Concepción

König Sultan Al-Mansur*, Sultan von Tidore

Luis de Mendoza*, Kapitän der Victoria und Schatzmeister der Expedition

Mariella Alvaro, Nichte Magellans

Martín de Judicibus*, Büttel/Alguacil auf der Concepción

Pedro Sánchez de la Reina*, geistlicher Begleiter der Flotte (siehe: Historische Anmerkungen der Autorin)

Pedro de Valderrama*, Kaplan und geistlicher Begleiter auf der Trinidad

Rajah Humabon (Taufname: Don Carlos)*, König der Insel Cebu

Ricardo und Gaspar, Schiffsjungen der Trinidad

Senor Ruíz*, Wundarzt der Flotte

Simón de Burgos*, Sobresaliente und bester Freund von Juan Sebastián de Elcano

Thomas, Segelmacher der Trinidad

TEIL 1

AUFBRUCH UND MUT

1.

28. AUGUST 1519

SERPA, PORTUGAL

Ai-jesus! Meine Güte! Wie konnten wir nur so die Zeit vergessen?« Trotz der Entfernung zwischen dem Flussufer und dem Hauptplatz in Serpa hörte Mariella, wie die Turmuhr die siebte Stunde schlug, und fuhr erschrocken auf. Sie griff nach dem Krug, dann nach den Äpfeln und legte beides eilig zurück in ihren Korb.

Chiara faltete zeitgleich die mitgebrachte Decke zusammen und streckte anschließend die Arme aus. »Das müssen wir unbedingt wiederholen! Es war ein herrlicher Nachmittag, nicht wahr?«

Mariella nickte zustimmend und betrachtete das dunkle Blau des Wassers. Sie hörte das Zwitschern der Vögel und das leise Rauschen des Flusses Guadiana, der mitten durch den Olivenhain verlief. Sie liebte diesen Ort, die Stille und vor allem das Wasser. Heute hatte sie Chiara zum ersten Mal die für sie so besondere Stelle gezeigt, an der sie früher immer mit ihrer Mutter auf einer Decke gesessen und eine kleine Mahlzeit, bestehend aus Äpfeln, Trauben, Brot und etwas Portwein, zu sich genommen hatte, die den Nachmittag erst perfekt machte. Doch die Sonne versank bereits hinter dem hügeligen Hinterland, und es würde nicht mehr lange dauern, bis es dunkel wurde. Mariella musste sich sputen, wenn sie keinen Ärger mit ihrem Vater bekommen wollte. Außerdem musste sie noch Luco, ihren Kutscher, aus der Schenke abholen, damit dieser sie wohlbehütet nach Hause begleitete.

Wie so oft hatte sie ihm auch diesmal ein paar Münzen gezahlt, um ein paar Stunden allein mit Chiara verbringen zu können. Meist begleitete der alte Kutscher sie zum gewünschten Ort und verschwand dann in der Schenke, in der er sich die Wartezeit mit einem oder zwei Krügen Portwein versüßte. Doch an diesem Tag hatte Mariella die Zeit vergessen. Ob er überhaupt noch dort war?

Eilig nahm sie ihrer Freundin die Decke ab und stopfte sie in den Korb. Dann schlüpfte sie in die korkbesohlten Lederstiefel, setzte sich ihre *Französische Haube* auf den Kopf und stopfte ihre Locken kurzerhand unter deren samtigen Stoff. Auf dem kurzen Weg nach Hause würde hoffentlich niemand ihren zerzausten, nicht gescheitelten Haaransatz bemerken, schließlich dämmerte es bereits. Dann raffte sie ihre schweren Röcke mit der Linken und reichte Chiara anschließend die andere Hand. Gemeinsam rannten sie kichernd durch den Hain alter Olivenbäume zurück auf die Hauptstraße.

»Sollen wir uns gleich morgen noch mal an der Kirche treffen? Das wäre wunderbar!«

Mariella steckte eine letzte dunkle Haarsträhne, die sich wieder gelöst hatte, unter die Kopfbedeckung zurück und lächelte ihre kleinere Freundin an. »Sehr gerne. Doch morgen ist Markttag, und da benötigt Emi, unsere Haushälterin, meist Luco und die Kutsche für den Transport der Lebensmittel. Außerdem wollte sie morgen mit mir gemeinsam nach Stoffen für ein neues Kleid sehen. Aber du kannst uns gerne begleiten.«

Chiaras Augen strahlten. »Liebend gern! Vielleicht hat der alte Sanchez morgen die neue Ware aus Sizilien dabei. Oh, wie gern hätte ich einen seiner edlen Seidenstoffe. Oder ein Tuch aus Flandern? Ach, ich beneide dich so, Mariella!«

Mariella verzog das Gesicht zu einer Grimasse. Was ihre Kleidung betraf, unterschieden sich die Geschmäcker der beiden Mädchen gravierend. Mariella beneidete ihre Freundin um das einfache Leinenkleid, das diese wie alle Frauen, die der niederen Gesellschaft angehörten, trug. Wenn Chiara, die die Tochter des Bäckermeisters war, nur wüsste, wie unangenehm die Brokatstoffe mit all den Unterkleidern waren, die Mariella als Angehörige des Landadels zu tragen hatte, hätte sie vermutlich auch eine andere Meinung davon. Doch diese Erfahrung würde Chiara vermutlich niemals machen. Schon allein die Tatsache, dass sich Mariella mit einem Mädchen aus der niederen Mittelschicht traf und sogar noch eine Freundschaft mit ihm pflegte, sorgte unter den Höhergestellten meist für Empörung. Sie zuckte mit den Schultern. »Dann treffen wir uns morgen Vormittag auf dem Marktplatz. Allerdings werde ich diesmal keinen Portwein mitnehmen können«, fügte sie mit einem spitzbübischen Grinsen hinzu, und Chiara kicherte.

»Ich möchte gar nicht wissen, wie eure Haushälterin reagieren würde, wüsste sie, dass wir heute einen ganzen Krug davon getrunken haben.«

Allein die Vorstellung von Emis Strafpredigt ließ einen unangenehmen Schauer über Mariellas Rücken laufen. Eigentlich liebte sie die Haushälterin ihres Vaters, die ihr seit dem Tod ihrer Mutter eine Ersatzmutter gewesen war, Mariella quasi großgezogen und sich immer für sie verantwortlich gefühlt hatte. Emi war auch die einzige Angehörige des Hausstandes, die sie entgegen aller Etikette liebevoll mit ihrem Vornamen ansprach. Und im Gegensatz zur sonstigen Dienerschaft scheute sich Emi nicht davor, ihr ab und an die Leviten zu lesen. »Ach, das wird sie schon nicht herausbekommen. Ich schwenke den Krug einfach kräftig mit Wasser aus, dann sind alle Beweise vernichtet. Oh, sieh mal, wer da kommt!« Mariella deutete an das Ende der Schotterstraße. Trotz der Dämmerung erkannte man dort eine dunkle, schlanke Gestalt, die ihnen mit schnellen Schritten entgegeneilte. Erschrocken schlug sich Chiara die Hand vor den Mund.

»Pedro! Lieber Gott! Wie sehe ich aus? Meine Haare sind völlig zerzaust! Außerdem habe ich Flecken vom Wein auf meinem Kleid.« Chiara blieb abrupt stehen und versuchte, mit den Fingern ihre schwarzen, glatten Haare zu kämmen und anschließend zu flechten, doch Mariella hielt ihre Freundin davon ab.

»Du siehst wunderschön aus mit deinem gelösten offenen Haar«, erklärte sie und zupfte einzelne Blätter von Chiaras Leinenrock. » Und jetzt geh ihm schon entgegen!«

»Aber du ...«

»Ich finde Luco auch allein. Und Pedro will sicherlich nicht zu mir.«

Chiara umarmte sie stürmisch und drückte ihr einen Kuss auf die Wange. »Danke schön.« Dann rannte sie ihrem Verlobten entgegen.

»Ich möchte morgen aber alles erfahren, ja?«, rief Mariella ihr lachend hinterher und beobachtete im Anschluss, wie sich das verliebte Pärchen begrüßte. Chiara beugte sich schüchtern vor und streckte Pedro ihre Hand entgegen, der sie zögerlich an seine Lippen führte. Trotz der Entfernung nahm Mariella die Nervosität und die Verliebtheit der beiden wahr und seufzte lächelnd. Nicht mehr lange, dann würde ihre beste Freundin eine verheiratete Frau sein. Eine Ehefrau mit einem wunderbaren Mann an ihrer Seite. Denn auch wenn Pedro nur ein Bauer war, wusste Mariella, dass er Chiara aufrichtig liebte. Er würde für sie sorgen, dessen war sie sich gewiss.

Mariella schlenderte bis zur Stadtmauer einen Trampelpfad entlang und schlüpfte dann durch eines der unbewachten Tore nach Serpa hinein. Vergnügt hüpfte sie dort über die Kieselsteine, die am Rande des Weges lagen. Dabei dachte sie an ihre beste Freundin und den freudigen Glanz in deren Augen. Bislang hatte sie sich nicht vorstellen können, dass solche Gefühle tatsächlich existierten, doch nun war Chiara bis über beide Ohren verliebt. Mariella kicherte leise, während sie sich vorstellte, wie die Kinder der beiden wohl aussehen würden. Ob Chiara Mädchen gebären würde, die wie sie glattes, glänzend schwarzes Haar hatten? Oder einen Jungen mit dunkelbraunen krausen Locken, wie Pedro sie hatte? Möglicherweise würde sie Chiara in ein paar Jahren umringt von einer ganzen Kinderschar besuchen? Der Gedanke daran ließ sie schmunzeln.

Ob sie selbst auch irgendwann einen Mann finden würde, den sie mögen, achten oder sogar lieben konnte?

An der Schenke direkt neben der Kirche Santa Maria hielt sie kurz inne. Ihre Kutsche war nirgends zu sehen, Luco musste ohne sie zurückgefahren sein. Mariella seufzte und sah zu dem dunklen Himmel hinauf. Sie erinnerte sich an Lucos warnende Worte, dass er diesen Abend noch einen Auftrag zu erfüllen hätte. Nun musste sie wohl oder übel alleine und zu Fuß nach Hause zurückkehren.

Ihr Vater würde mit Sicherheit verärgert sein, sollte er erfahren, dass sie verbotenerweise allein das Haus verlassen hatte und sich nun auch noch allein in der Stadt aufhielt. Schnell bog sie in eine Seitengasse hinter der Kirche ein und überlegte sich fieberhaft eine mögliche Ausrede für ihr viel zu langes Ausbleiben.

Plötzlich trat ihr eine dunkle, bullige Gestalt in den Weg und ergriff ihren Arm. »Wen haben wir denn da? Wenn das nicht die hübsche Señorita Alvaro ist.«

Allein die Stimme löste Ekel in ihr aus, und Mariella versuchte, sich von Alberto Ciano loszureißen. Sie kannte ihn. Viel zu gut sogar, denn er umwarb sie bereits seit Jahren. Allerdings weder mit Charme noch mit Feingefühl, und sie hatte den Eindruck, dass er umso aggressiver wurde, je mehr sie sich ihm verwehrte. »Fasst mich nicht an!«, fauchte sie, doch er packte ihren Arm nur umso fester und presste sie mit seinem Körper an die kalte Wand eines Hauses, sodass ihr Korb zu Boden fiel. »Ihr habt kein Recht dazu! Lasst mich sofort los!«

Alberto lachte kehlig und kam mit seinem Gesicht dem ihren ganz nah. »Doch, Mariella. Ich habe jegliches Recht dazu.« Sein Atem, eine Mischung aus Zwiebel-, Tabak- und Weingeruch, stieg ihr in die Nase, und sie unterdrückte einen Würgereiz.

»Lasst mich los! Sonst sage ich es meinem Vater!«

Bislang hatte diese Drohung noch immer Wirkung gezeigt, denn obwohl Alberto als junger Schmied größer und gewiss bedeutend stärker war als ihr Vater, hatte er sich vor diesem immer gefürchtet. Doch nun presste er seine stinkenden Lippen auf ihre, und sie spürte seinen kratzenden, ungepflegten Bart am Kinn. »Hat dir dein Vater gar nichts erzählt? Mariella, du bist mein. Und das schon bald.«

»Niemals!« Mariella stieß ihn mit beiden Händen von sich und schüttelte immer wieder den Kopf. »Mein Vater würde dieser Verbindung niemals zustimmen!«

Alberto lachte nun aus voller Kehle. »Das hat er bereits. Gestern Abend, um genau zu sein. Du warst mein Hauptgewinn.«

Auf einmal zog sich Mariellas Magen zusammen. Gestern war ihr Vater beim Kartenspielen gewesen. Wie so oft in letzter Zeit. Und er hatte heute Morgen in der Tat niedergeschlagen gewirkt. Aber er hätte doch niemals ... »Nein, das glaube ich nicht!«

Alberto ließ sie los und zuckte mit den Schultern. »Du kannst ihn gerne fragen. Ich werde entweder heute oder morgen bei euch vorbeikommen, um mit ihm über die Einzelheiten unserer Verbindung zu sprechen.« Er zog ihr mit einer Grimasse die *Französische Haube* vom Kopf und schleuderte sie zu Boden. »Wenn du mein Weib bist, erwarte ich im Übrigen, dass deine Haare ordentlich unter einer Haube versteckt sind.« Er hielt inne und blickte abschätzig an ihr hinab. »Und du wirst in Zukunft saubere Kleider tragen.« Dann hob er ihr Kinn an und grinste breit. »Wir sehen uns, *minha mulher*.«

Mariella blieb wie angewurzelt stehen und sah ihm hinterher. Was war eben geschehen? Alberto hatte sie tatsächlich als »sein Weib« bezeichnet. Ihr Herz klopfte wild, und sie spürte einen immer größer werdenden Kloß im Hals. Was er behauptet hatte, konnte doch nur ein übler Scherz sein. Ihr Vater spielte zwar gern, und möglicherweise hatte sich ihr Verhältnis zueinander seit dem Tod ihrer Mutter nicht unbedingt zum Guten gewendet, aber er würde sie niemals bei einem Kartenspiel verwetten. Oder etwa doch?

Mariella presste die Lippen aufeinander, griff nach dem Korb und rannte, so schnell sie konnte, nach Hause. Sie wollte eine Antwort erhalten. Ihr Vater würde ihr gewiss gleich erklären, dass sich Alberto diese Geschichte ausgedacht hatte. Es würde alles gut werden, ganz sicher.

Eine Stimme riss sie aus ihren panischen Gedanken.

»Mariella! Was macht Ihr um diese Zeit noch draußen? Und das allein? Ihr wisst doch genau, wie Euer Vater darauf reagiert!« Ausgerechnet Emi, ihre Haushälterin, trat zwei Häuser vor ihrem Elternhaus aus einer Seitengasse und verzog missbilligend das Gesicht. Doch dann hielt sie inne und betrachtete Mariella. »*Meu Deus!* Was ist geschehen, mein Kind?« Sie stellte einen Korb, der mit einem großen Laib Brot und Käse gefüllt war, ab und nahm Mariella liebevoll in den Arm. Mariella drängte die aufsteigenden Tränen zurück und atmete tief durch. Dann schüttelte sie den Kopf und verzog den Mund zu einem schrägen Lächeln.

»Es ist alles gut, Emi. Ganz sicher.« Sie wollte Albertos Worten keinen Glauben schenken. Er hatte sich einen üblen Scherz mit ihr erlaubt, weiter nichts. Allein Emis Blick verriet Mariella, dass diese ihr nicht glaubte, obwohl sie schweigend nickte. Dann zupfte sie ihre Diensthaube zurecht und fasste anschließend eine von Mariellas ungebändigten Locken, die sich unter der Haube hervorgestohlen hatte. »Ich werde es wohl nie schaffen, eine Dame aus Euch zu machen. Jetzt aber los! Sputet Euch, wenn Ihr keinen Ärger bekommen wollt.«

Normalerweise hätte Mariella nun irgendetwas Lustiges geantwortet, denn das tat sie immer, wenn Emi davon sprach, eine Dame aus ihr machen zu wollen. Doch diesmal dachte sie nur an Albertos Worte, und ihr Magen zog sich schmerzhaft zusammen. Ein zweites Mal verzog sie den Mund zu einem falschen Lächeln und eilte nach Hause. Keuchend öffnete sie die schwere Eingangstür und rannte durch den mit Fackeln beleuchteten Gang. Deren flackerndes Licht warf bizarre Schatten auf die Azulejos an den Wänden und verwandelten sie in düstere Gemälde, doch Mariella hatte keinen Blick dafür und hielt den Atem an, als sie vor der Stube stand.

Als sie schließlich eintrat und ihren Vater betrachtete, erstarrte sie. Denn in dem Blick, den er ihr zuwarf, lag eindeutig: Schuld.

2.

Fassungslos starrte Mariella ihren Vater an. »Sagt mir, dass es nicht wahr ist … Sagt mir, dass Alberto sich einen üblen Scherz mit mir erlaubt hat!« Ihre Stimme zitterte, und sie wischte sich vereinzelte Tränen aus den Augenwinkeln. »Vater! Bitte!«

Gaspar Alvaro hieb den Krug auf den Tisch und fuchtelte anschließend mit den Händen in der Luft herum. »Er hatte vier Asse! Vier! Das hätte ich doch im Leben nicht ahnen können!«

Mariella schlug die Hände vors Gesicht und schluchzte laut auf. »Wie konntet Ihr nur?! Ihr habt mich verspielt?«

Ihr Vater winkte ab. »Es war sowieso schon längst an der Zeit, einen Mann für dich zu finden. Und er ist Schmied, er wird immer genügend Arbeit haben und gut für dich sorgen.«

»Er versäuft sein Geld jeden Abend in der Schenke! Und außerdem ist er gewalttätig! Habt Ihr vergessen, wie er den jungen João grundlos verprügelt hat?«

»Ach, ihr Frauen, was ihr nur immer habt!« Gaspar verdrehte die Augen und trank einen Schluck, bevor er zu einer Antwort ansetzte. »Du wirst schon lernen, wie du ihn zu Hause halten kannst. Aber was dieses Thema angeht, solltest du besser Emiliana befragen. Und nun geh mir bitte aus den Augen!«

»Aber …«, wollte Mariella widersprechen, doch Gaspar unterbrach sie knurrend.

»Sofort! Und glaube ja nicht, ich hätte nicht bemerkt, wie spät du nach Hause gekommen bist! Darüber sprechen wir noch.«

Mariella presste ihre Lippen zusammen, eilte aus der Stube und stürmte die Treppen nach oben in ihr Zimmer. Mit einem lauten Schluchzen ließ sie sich auf ihre Matratze fallen. Die

Verzweiflung fraß sich in ihr Herz, und sie konnte ihre Tränen nicht mehr zurückhalten.

Was hatte ihr Vater nur getan? Wieso? Ausgerechnet Alberto Ciano! Sie schniefte laut und schüttelte den Kopf. Sie musste von hier weg. Sie konnte nicht länger in Serpa bleiben. Eine Ehe mit diesem brutalen Menschen wäre ihr Ende, dessen war sie sich sicher. Schnell wischte sie über ihre Wangen, raffte sich auf und öffnete ihre Kleidertruhe. *Ein einfaches Leinenkleid wie das von Chiara dürfte für die Flucht reichen*, überlegte sie. Sie erinnerte sich daran, dass Chiara ihr erst vor einigen Monaten eines ihrer Kleider gegeben hatte, weil Mariella es mit einem Saum aus Spitze veredeln wollte, dann aber völlig vergessen hatte, es ihrer Freundin zurückzugeben. Daher legte sie nun ein Gewand nach dem anderen zur Seite, um das leinene ihrer Freundin zu finden. Doch ein Klopfen ließ sie innehalten.

Nach kurzem Zögern öffnete sich knarzend die Tür, und Emi blickte mit sorgenvoller Miene in Mariellas Zimmer. »Ich habe Euer Gespräch in der Stube gehört.« Sie stockte und zupfte unsicher an ihrer weißen Diensthaube herum. »Ihr habt vergessen, die Tür hinter Euch zu schließen, daher … Es tut mir von Herzen leid.«

Mariella nickte angespannt, packte ein rotes, festliches Kleid und schleuderte es auf den Boden. »Ja, mir tut es auch leid!« Mit hektischen Bewegungen ergriff sie das gesuchte dunkelbraune Leinenkleid und strich es glatt. Es war perfekt, um, ohne Aufsehen zu erregen, aus der Stadt zu verschwinden.

Emi seufzte lang und gedehnt und nahm ihre Haube vom Kopf. »Meine Liebe, das führt doch zu nichts.« Sie deutete auf das Kleid in Mariellas Händen und schüttelte den Kopf. »Wohin wollt Ihr denn gehen?«

Mariella schluchzte erneut auf. »Es spielt keine Rolle, wohin ich gehe. Überall ist es besser als bei Alberto!«

Emi schloss die Zimmertür hinter sich, lief mit ihrem typisch watschelnden Gang zu ihr und nahm auf dem Bett Platz, das keine drei Schritte weit von der Truhe entfernt stand. »Vielleicht hat er sich ja verändert. Möglicherweise wird er ein wunderbarer Ehemann«, erklärte sie, doch der Ausdruck, der dabei in ihren graublauen Augen lag, sagte das genaue Gegenteil. Emi war über die von ihrem Dienstherrn getroffene Entscheidung genauso entsetzt wie Mariella. Diese setzte sich neben sie und lehnte den Kopf an Emis Schulter. »Wieso hat er das getan, Emi? Was habe ich verbrochen?«

Wie so oft fuhr Emi durch Mariellas dunkelbraune Locken. »Wir sollten nie nach dem ›Warum‹ fragen, meine Liebe«, antwortete sie, doch Mariella fuhr auf und funkelte sie an.

»Er hat mich verkauft! Als Einsatz verspielt bei einem Kartenspiel! An den schlimmsten Mann in ganz Serpa, ach was, in ganz Portugal! Und du findest, ich soll nicht nach dem Warum fragen?!«

»Ich weiß selbst, was Euer Vater getan hat. Und es gibt nichts, was diese Tat schönreden könnte.« Emi seufzte leise und verzog das Gesicht. »Dennoch müssen wir es hinnehmen.«

»Nein!« Mariella schüttelte den Kopf und ballte die Hände zu Fäusten. »Nein, das kann und werde ich nicht hinnehmen! Mutter versprach mir einst, einen Mann für mich zu finden, den ich liebe! Sie hätte dieser Verbindung niemals zugestimmt!«

»Doch weilt Eure Mutter – Gott hab sie selig – nicht mehr unter uns, um für Euch den passenden Gatten auszuwählen. Was wollt Ihr denn tun? Wohin wollt Ihr gehen? Jeder dahergelaufene Halunke könnte Euch einfangen und Euch … aber lassen wir das. Außerdem besitzt Ihr nicht einmal die notwendigen Mittel für eine Flucht.«

Mariella biss sich auf die Unterlippe, um deren Zittern zu verbergen. Sie wusste selbst, dass es keinen Ausweg gab. Ihre Mutter hatte sie einst das Lesen und Rechnen gelehrt und sie immer wieder dazu aufgefordert, eigenständig zu denken. Sie hatte sie darin unterstützt, ihre eigenen Entscheidungen zu treffen, obwohl sie eine Frau war. Doch ihr logisches Denken half ihr im Moment auch nicht weiter. Eine Flucht als junges, mittelloses Mädchen war aussichtslos. Und dennoch konnte sie nicht bleiben. Nicht bei ihrem Vater, nicht bei Alberto, niemals! Ruhelos schritt sie durch ihr kleines Zimmer und blieb plötzlich vor ihrem Schränkchen stehen. Darauf stand, verstaut in einer geschnitzten und vergoldeten Schatulle, der einstige Schmuck ihrer Mutter. Mit zittrigen Händen öffnete sie sie und betrachtete die feingliedrigen Ketten und die glänzenden Anhänger, Ohrringe und Broschen aus Gold, mit feuerroten Rubinen und kristallklaren Diamanten versetzt. Was sie wohl wert waren?

»O nein, Mariella! Das kommt gar nicht infrage! Ihr könnt doch nicht …«, begann Emi, doch Mariella klappte das Kästchen zu und warf ihrer Haushälterin einen wütenden Blick zu.

»Meine Mutter hätte niemals gewollt, dass ich Alberto heirate! Ich denke schon, dass ich das kann!« Doch so ernst und entschieden ihre Stimme auch klang, fühlte sie allein schon bei dem Gedanken, die letzten Erinnerungsstücke an ihre Mutter zu verkaufen, einen schmerzhaften Stich in ihrem Herzen. Aber hatte sie eine andere Wahl?

»Ach, Kindchen«, seufzte Emi und wischte sich nun einzelne Tränen aus dem Gesicht. »Wir werden einen Weg finden, ganz gewiss. Wir werden …« Weiter kam sie nicht, denn im selben Moment donnerte die Stimme des Hausherrn durch das Haus.

»Emiliana! Wo zur Hölle steckst du? Ich brauche dich in der Küche! Wir haben Besuch bekommen. Und richte meiner Tochter ihr schönstes Gewand her!«

Mariella erstarrte, und tausend Gedanken ratterten gleichzeitig durch ihren Kopf. Sie hatte zu lange gezögert, nun war es zu spät für eine Flucht. Alberto war gekommen, genau wie er es angekündigt hatte, und sie konnte nichts mehr tun.

»Mariella.« Emi legte ihr liebevoll eine Hand auf die Schulter, doch das Lächeln, das sie ihr schenkte, erreichte ihre Augen nicht. Einen Augenblick sahen sie sich nur stumm an, dann atmete Emi tief durch und deutete zuerst auf Mariellas offenstehende Kleidertruhe, dann auf das achtlos zu Boden geworfene Kleid daneben.

»Das rote hier wäre doch hübsch, nicht wahr? Das passende Unterkleid habe ich erst heute Morgen reinigen lassen. Ich werde kurz nach Eurem Vater sehen und komme dann sofort zurück, um Euch beim Ankleiden zu helfen. Ihr könnt Euch in der Zwischenzeit die Haare doch sicher allein kämmen und flechten?« Anschließend knickste sie kurz und verließ das Zimmer.

Mariella drehte sich zu ihrem Schränkchen, das auch einen Kamm und einen Spiegel verwahrte, in dem sie nun ausdruckslos ihr Gesicht betrachtete. Die dunklen Locken fielen ihr offen über die Schultern, genau so, wie ihr Haar ihr am besten gefiel. Doch die Augen waren vom Weinen gerötet und hatten jeglichen Glanz verloren. Wenn sie genau hinsah, konnte sie sogar die Spuren getrockneter Tränen auf ihren Wangen erkennen. Alles in allem sah sie furchtbar aus. Sie sollte sich dringend das Gesicht waschen, ihre Haare flechten und im Anschluss fein säuberlich mit der *Französischen Haube* bedecken. Eigentlich. Mariella blickte trotzig in ihr Spiegelbild und schüttelte den Kopf. Nein, sie würde sich nicht für ihren zukünftigen Ehemann zurechtmachen und ihm damit womöglich den Eindruck vermitteln, dass sie sich auf die Vermählung mit ihm freute. Er sollte ruhig erfahren, was sie davon hielt, als Preisgeld für ein verlorenes Kartenspiel an ihn verschachert worden zu sein. Daher glättete sie ihr Tagesgewand, strich sich mit den Fingern ein paar Mal durch ihre Locken und verließ mit hoch erhobenem Haupt ihr Zimmer.

3.

Sie hatte die Treppenstufen zur Stube hinab noch nicht erreicht, als sie innehielt und lauschte. Diese Stimme … Sie klang nicht so hölzern und dünn wie die von Alberto, sondern dunkel und kräftig. Augenblicklich hatte sie ein Bild vor ihrem geistigen Auge, sah, wie sie als Kind durch die Luft gewirbelt wurde. Unwillkürlich begann sie zu lächeln, während sie voller Vorfreude die Tür öffnete.

In der Stube saß, mit einem Krug Bier vor sich, ihr Onkel, Fernando Magellan, der sich lachend den Schaum aus dem dichten Bart wischte. Das Barett aus gelbem Filz hatte er abgenommen und neben sich auf den Stuhl gelegt. Unzählige Lachfältchen umgaben seine schwarzen Augen. »Onkel! Wie schön, Euch zu sehen!«

Magellan erhob sich und trat leicht humpelnd auf sie zu. Dabei legte er den Kopf schief und pfiff durch die Zähne. »Sieh einer an, Mariella. Du bist in den letzten Jahren zu einer richtigen Señorita herangewachsen! Ich wette, die Männer stehen Schlange, um um deine Hand anzuhalten.« Er nahm sie stürmisch in den Arm und drehte sie anschließend direkt vor sich im Kreis herum. Dann lächelte er sie liebevoll an. »Du siehst genauso aus wie deine Mutter und meine über alles geliebte Schwester, *minha beleza*.«

Als Schönheit war sie schon lange nicht mehr bezeichnet worden. Mariella neigte ihren Kopf und bedankte sich mit knappen Worten, ehe sie sich zu ihrem Vater an den Tisch setzte. Dieser musterte sie mit zusammengekniffenen Augen und verzog kaum merklich das Gesicht. Mariella wusste, dass sie sich eine weitere Strafpredigt würde anhören müssen, weil sie in ihrem schlichten Tagesgewand aufgetaucht war und noch dazu mit gelöstem Haar. Allerdings nicht, solange sie Besuch hatte. Daher lehnte sie sich zurück und betrachtete ihren Onkel. Sein wettergegerbtes Gesicht zeugte von den vielen Reisen, die er in seinem Leben schon unternommen hatte, und stand im starken Kontrast zu seinem leuchtend gelben Wams aus Seide und den dazu farblich passenden Strümpfen. »Habt Ihr neue Geschichten aus fremden Ländern mitgebracht?«, fragte sie interessiert, denn Mariella liebte die spannenden Berichte, die ihr Onkel bei seinen seltenen Besuchen immer von sich gab. Früher hatte sie sich vorgestellt, gemeinsam mit ihm zu reisen und fremde Länder zu entdecken. Sie hatte gleich ihm eine Abenteurerin werden wollen. Als das hatte sie Magellans Broterwerb zumindest angesehen, bis sie erfuhr, dass er als Soldat für die portugiesische Krone kämpfte und Schlachten anführte. Dennoch liebte sie bis heute seine Erzählungen aus den verschiedenen Ländern.

»Nein, tut mir leid.« Magellan lächelte sie bedauernd an. »In der letzten Zeit habe ich mich hauptsächlich in Portugal und Spanien aufgehalten. Doch es ist eine weitere Reise geplant, du kannst dich also auf meinen nächsten Besuch freuen. Dann werde ich dir sicher viele neue Geschichten erzählen können.«

Mariella strahlte ihn an, und in ihrem Geiste entstanden erneut die Bilder seiner letzten Erzählung. Sie sah ihren Onkel vor sich, als er damals in Marokko gekämpft und bei einem Sturz sein Pferd verloren hatte. Gleichzeitig stellte sie sich den Duft der vielen Gewürze vor, von denen er ihr erzählt hatte, und seufzte leise. Muskat, Nelken, Zimt … Was musste das nur für ein herrliches Leben sein, das ihr Onkel führte.

»Du kommst übrigens zum richtigen Zeitpunkt. Denn meine liebe Tochter wird nächste Woche heiraten. Sie wird sich gewiss freuen, wenn du bei ihrer Vermählung anwesend bist. Nicht wahr, Mariella?«

»Gewiss, Vater«, antwortete sie mit sarkastischem Unterton, den aber niemand zu bemerken schien, so heftig schlug Fernando Magellan mit den Fäusten auf den Tisch und lachte ungläubig auf. »Das kann doch nicht wahr sein! Mariella! Ich habe dich noch als kleines Mädchen in Erinnerung. Wo ist die Zeit geblieben? Und jetzt heiratest du. Meinen herzlichsten Glückwunsch. Wer ist denn der Glückliche?«

Mariella zwang sich zu einem Lächeln, obwohl sich ihr Magen erneut schmerzhaft zusammenzog. Allein der Gedanke an die bevorstehende Hochzeit genügte, um die Freude über den Besuch ihres Onkels zu verdrängen. Aber sie würde Alberto nicht heiraten, niemals! Während ihr Vater Magellan von ihrem zukünftigen Mann und dessen Stand berichtete, wiederholte sie im Stillen die Worte ihres Vaters. Er hatte von nächster Woche gesprochen. Ihr würden also noch grob geschätzt vier Tage bleiben, den Schmuck ihrer Mutter zu verkaufen und ihre Flucht zu planen. Vielleicht würde sie einen Kaufmann finden, der sie mit seinem Wagen bis zur spanischen Grenze brachte. Es wäre machbar … Auch wenn sie damit ihren eigenen Ruf und den ihrer Familie beschädigte.

Magellan trank einen Schluck aus dem Krug und warf ihr einen entschuldigenden Blick zu, bevor er weitersprach. »Leider kann ich diese Einladung nicht annehmen. Ich habe vor, bereits morgen wieder aufzubrechen. Eine große Expedition wartet auf mich, und bis dahin muss ich noch einige Dinge erledigen. Es tut mir schrecklich leid.«

»Und wieso bist du dann hergekommen? Du kommst doch sonst nicht vorbei, um dich lediglich zu verabschieden.« Mariellas Vater lehnte sich in seinem Stuhl zurück und verschränkte die Arme vor der Brust. Die beiden hatten sich nie sonderlich leiden können, und seit dem Tod ihrer Mutter hatte sich ihr Verhältnis zueinander nicht unbedingt verbessert. Magellan räusperte sich verlegen und kratzte sich am Bart. Doch bevor er zu einer Antwort ansetzen konnte, öffnete Emi nach kurzem Anklopfen die Tür zur Stube und stellte ein

Brett voller Brot, Schinken und Käse auf den Tisch. Danach knickste sie höflich und verließ den Raum, nicht ohne einen tadelnden Blick auf Mariellas Kleid und ihre offenen Haare zu werfen. Vermutlich würde sie sich an diesem Abend gleich zwei Strafpredigten anhören müssen. Und das, obwohl sich ihr Onkel ganz offensichtlich nicht an ihrem Erscheinungsbild störte.

Magellan griff nach einem Stück Brot und faltete im Anschluss die Hände zum Gebet. Mit fester Stimme sprach er ein Dankgebet, und Mariella fiel murmelnd mit ein. Dann räusperte er sich, und sein Blick ging kurz zu Mariellas Vater. »Ja, es gibt in der Tat einen Grund für meinen Besuch. Ich wünschte wirklich, ich könnte bei deiner Hochzeit dabei sein, Mariella. Das musst du mir glauben! Isabel wäre so stolz auf dich.« Er hielt inne und deutete auf das Brot. »Es schmeckt übrigens ausgezeichnet! Hat das eure Haushälterin gebacken?«

»Fernando! Was willst du?«

Magellan atmete tief durch und hakte die Finger ineinander. »Es ist so. Ich werde während meiner Reise auf unterschiedliche Völker treffen, die kein Interesse an Geld haben. Erfahrungsgemäß freuen sich die meisten aber über kleine Ketten, Ringe, glänzende Steinchen und ... Langer Rede kurzer Sinn: Ich wollte dich fragen, ob ich mir Isabels Schmuck ausleihen kann.«

Mariella riss erschrocken die Augen auf, und ihr Vater hob skeptisch eine Augenbraue.

»Ausleihen?«, fragte er.

»Ich gebe zu, dass dies nicht der perfekte Ausdruck dafür ist. Doch ich garantiere und verspreche dir, dass ich dir den Wert der Ketten nach meiner Reise um das Dreifache zurückzahlen werde.«

Nein! Mariella wurde speiübel, und das Brot in ihrem Mund fühlte sich plötzlich an, als bestünde es aus Stein. Nein, dieses Angebot durfte ihr Vater nicht annehmen. Dieser Schmuck war ihre einzige Fluchtmöglichkeit!

»Das Dreifache sagtest du? Das muss ja diesmal eine ganz besondere Expedition sein.«

»Das ist sie in der Tat. Und ich halte mein Wort, das weißt du.«

»Aber Mutter hat diese Ketten mir geschenkt«, warf Mariella mit zitternder Stimme ein und blinzelte die aufkommenden Tränen fort.

»Wenn deine Mutter gewusst hätte, dass du sie niemals trägst, hätte sie sie jemand anderem geschenkt. Außerdem gehören sie in weniger als einer Woche Alberto. Glaubst du wirklich, dass er diesen kostbaren Schmuck dann nicht sofort veräußern wird? Denk doch ein wenig nach, Mariella! Aber jetzt bekommen wir von deinem Onkel dafür das Dreifache ihres Wertes.«

Mariella hob den Kopf an und sah ihrem Vater trotzig ins Gesicht. »Ihr bekommt das Dreifache, nicht wir.«

»Dann machen wir es so«, warf nun Magellan ein. »Ich zahle euch das Vierfache, und die eine Hälfte davon bekommst du, Gaspar, während die andere an Mariella und ihre neue Familie geht. Und wenn du gern ein Erinnerungsstück an deine Mutter behalten möchtest, suchst du dir zuvor noch eine Kette oder Brosche aus, die du behalten möchtest. Einverstanden?«

Nein, ich bin überhaupt nicht einverstanden, dachte Mariella. *Wie sollte ich damit auch einverstanden sein? Ich benötige den Schmuck jetzt.* Doch bevor sie zu einer plausiblen Antwort ansetzen konnte, streckte ihr Vater bereits seine Hand aus und ergriff die ihm von Magellan dargebotene. »Abgemacht.«

Mariella sackte auf ihrem Stuhl in sich zusammen und presste die Lippen aufeinander. Nun würde sie Alberto heiraten müssen und die Ehefrau eines kartenspielenden Säufers werden. Verzweiflung erfasste sie, sodass sie dem Gespräch der beiden Männer kaum noch zu folgen vermochte, die nun bedeutend herzlicher miteinander umgingen. Ihr Vater lachte laut auf, nachdem Magellan irgendeinen Witz erzählt hatte, doch Mariella versank immer mehr in Schwermut.

Plötzlich fühlte sie die große Hand ihres Onkels auf der Schulter. Als sie aufsah, waren seine schwarzen Augen mit Besorgnis auf sie gerichtet. »Alles in Ordnung, Mariella?«

Sie unterdrückte ein Schluchzen. Wie gern würde sie ihm erzählen, was ihr Vater ihr angetan hatte und wie sie sich wirklich fühlte. Doch es hätte keinen Zweck. Er konnte ihr nicht helfen. Er hatte ja erwähnt, dass er nur auf der Durchreise und in Eile war. Daher schluckte sie ihre Verzweiflung hinunter, die ihr wie ein Kloß im Hals saß, und lächelte matt. »Ich bin nur etwas müde, entschuldigt, Onkel. Dürfte ich auf mein Zimmer gehen, Vater?«

»Dann richte dort doch gleich den Schmuck deiner Mutter her, bevor du zu Bett gehst.« Mariella nickte ihrem Vater zu und schaffte es gerade noch rechtzeitig, die Stube zu verlassen, bevor sie in Tränen ausbrach.

4.

»Mariella? Darf ich eintreten?«

Mariella hörte Emis leise Stimme und wischte sich mit dem Ärmel über die nassen Wangen. Dann stand sie auf und öffnete Emi die Tür.

»Ach Kindchen!«, seufzte die, nachdem sie einen kurzen Blick auf sie geworfen hatte, und nahm sie in den Arm. »Ich wünschte, ich könnte Euch helfen.«

»Ich weiß.« Mariella nickte. »Danke.«

Emi strich ihr liebevoll die Haare hinters Ohr und wischte mit dem Daumen eine weitere Träne fort. Dann holte sie tief Luft und verzog das Gesicht. »Ich soll Euch von Eurem Vater ausrichten, dass er mit seinem Gast in die Schenke gegangen ist. Er meinte, Euer Onkel müsse sich dort als *persona importante* unbedingt zeigen, wenn er schon einmal im Lande ist.« Sie zuckte mit den Schultern. »Und ich soll Euch um das Schmuckkästchen bitten.«

Mariella lachte trocken über Emis Wortwahl. Ihr Vater hatte sie noch nie um etwas gebeten, und Emi schon gleich zweimal nicht. Dennoch ging sie zu ihrem Schränkchen und griff nach der Schmuckschatulle. Sie ignorierte den Stich in ihrem Herzen und versuchte, die Bilder zu verdrängen, die ihr unmittelbar vor Augen traten. Denn plötzlich sah sie Isabel, ihre Mutter, die sich lachend zu ihr umwandte und sich dabei ihre lockigen Strähnen hinters Ohr strich. Rote Rubine glänzten an ihren Ohren und spiegelten das von ihnen eingefangene Sonnenlicht wider. Sie sah ihre Mutter, wie sie vor dem Spiegel saß und sich eine Kette um den Hals legte, während sie danebenstand und ehrfürchtig die einzelnen Kettenglieder berührte. Und sie fühlte erneut das Kribbeln im Bauch, das sie verspürt hatte, als ihre Mutter ihr eine der Ketten um den Hals gelegt hatte. Wie eine *princesa* war sie sich vorgekommen. Mariella presste die Lippen aufeinander und verdrängte die Erinnerungen.

»Sie hat diesen Schmuck mir geschenkt! Mir, Emi!« Mariella hielt Emi die Kette vor die Nase, die sie soeben gedankenverloren betrachtet hatte. »Er hilft mir, mich an sie zu erinnern«, sprach sie stockend, doch Emi prustete und hob vorwurfsvoll eine Augenbraue.

»Und aus diesem Grund hattet Ihr auch vor wenigen Minuten noch vor, ihn zu verkaufen, um allein durchs Land ziehen zu können?«

Mariella verzog das Gesicht zu einer Grimasse. Sie wusste, dass Emi recht hatte, dennoch breitete sich ein schmerzliches Gefühl in ihr aus. »Meine Mutter hätte nicht gewollt, dass Vater die Ketten verkauft«, sprach sie leise. »Außerdem hättest du mich gern auf meiner Flucht begleiten dürfen«, fügte sie hinzu und ließ sich zurück auf ihre Bettstatt fallen.

Emi lachte. »Sicherlich. Das wäre natürlich um Welten besser gewesen. Zwei Frauen, ohne jeglichen Schutz, mit einem Kästchen voller Schmuck. Ach Mariella, das wäre niemals gut ausgegangen.«

»Aber es war die einzige Möglichkeit. Nun muss ich diesen … diesen abscheulichen Mann heiraten, während das Gold, mit dem ich hätte fliehen können, irgendwo übers weite Meer …« Mariella hielt mitten im Satz inne. Ihr Onkel würde sie am nächsten Morgen wieder verlassen. Mit dem Schmuck, der eigentlich ihr gehörte. Und er würde für eine lange Zeit fortbleiben …

»Mariella, Euer Gesichtsausdruck gefällt mir nicht. Was heckt Ihr gerade aus?«

Mariella grinste. »Ich weiß jetzt, was ich mache! Ich komme mit.«

»Ihr werdet *was*?« Emi schüttelte verständnislos den Kopf, während Mariella aufgeregt zu ihrer Kleidertruhe eilte.

»Ich werde meinen Onkel auf seiner nächsten Reise begleiten. Er selbst meinte eben, dass er bereits morgen aufbrechen würde. Das ist die einfachste Lösung. Ich verzichte auf meinen Anteil des Geldes, wenn er mich stattdessen mit an Bord nimmt.« Mit einem Lächeln im Gesicht trat sie an ihre Kleidertruhe. Hatte sie sich nicht erst vor wenigen Stunden an ihren einstigen Kindheitstraum erinnert? Daran, dass sie fremde Länder entdecken wollte? Aufregung erfasste sie bei dem Gedanken, dass dieser Traum schon bald wahr werden könnte. Sie öffnete die Truhe und suchte nach den passenden Kleidern für eine Seereise. Welche Länder er wohl besuchen mochte? Und welche Temperaturen herrschten auf einem Schiff? Benötigte sie die unbequemen *Französischen Hauben*? Vermutlich. Wahrscheinlich wäre es das Klügste, sowohl warme als auch leichte Kleidung einzupacken. Plötzlich fühlte sie Emis Hand auf ihrem Arm.

»Mariella. Das ist Wahnsinn. Ihr könnt nicht mit Eurem Onkel mitfahren.«

»Wieso nicht? Du weißt, ich lerne schnell. Ich kann gewiss auch die Arbeiten eines Seefahrers erlernen, zumindest die einfachen.«

Emi schüttelte den Kopf. »Er würde Euch niemals mitnehmen. Habt Ihr je von einer Frau gehört, die auf einem Segelschiff mitgefahren ist?« Bevor Mariella antworten konnte, fuhr sie bereits fort. »Gewiss nicht. Denn Frauen haben auf Schiffen nichts verloren.«

»Sagt wer?« Mariella funkelte Emi wütend an, die hilflos ihre Arme in die Luft reckte.

»Das sagen alle. Und ganz gewiss auch Euer Onkel. Er würde Euch niemals mitnehmen. Und selbst wenn – wollt Ihr das wirklich? Anstelle eines schrecklichen Ehemanns würden hundert andere Männer seinen Platz einnehmen.«

Mariella schüttelte den Kopf. »Nein. Mein Onkel würde auf mich aufpassen. Außerdem gibt es für mich keine schlimmeren Männer als Alberto.«

Emi schlug die Hände zusammen. »Herr im Himmel! Natürlich gibt es die. Glaubt mir, Ihr könnt nicht mitfahren.«

Mariella reckte trotzig ihr Kinn. »Ich kann und ich werde.« Mit diesen Worten drehte sie sich um, holte ein weiteres Tagesgewand aus Brokat aus der Truhe heraus und überlegte, wo sie die Kleidung, die sie mitnehmen wollte, überhaupt verstauen sollte. Aber Emi ließ nicht locker und nahm ihr das Kleid aus den Händen. »Er würde Euch nicht mitnehmen. Nicht einmal für einen ganzen Sack voller Goldketten. Glaubt mir, bitte.«

Mariella setzte sich auf den Rand der Truhe und dachte nach. Was, wenn Emi recht hatte? Wenn ihr Onkel ihre Bitte morgen ausschlagen würde? Dann hätte sie nicht nur ihr Gold verloren, sondern würde zudem riskieren, dass Magellan ihrem Vater von ihrem Fluchtversuch berichtete. Sie kaute auf ihrer Unterlippe und starrte ins Nichts. Plötzlich grinste sie Emi breit an. »Ich weiß, was ich tun werde!« Sie stand auf und lief ans Fenster. Die Laterne, die an der Wand neben ihrer Haustüre hing, erzeugte ein schummriges Licht, sodass Mariella nur die Umrisse der Kutsche ihres Onkels erkannte. Wie ein riesiger dunkler Kasten stand sie direkt vor ihrem Haus. Offenbar waren er und ihr Vater zu Fuß in die Gaststube gegangen. Und das Beste war, Mariella sah weder den Kutscher noch einen anderen Bediensteten in der Nähe. »Ich verstecke mich in der Kutsche meines Onkels«, erklärte sie Emi, die daraufhin entsetzt die Luft einzog.

»Das könnt Ihr doch nicht …«

»Oh doch«, unterbrach Mariella sie. »Ich verstecke mich in dem abgetrennten, schmalen Stauraum ganz hinten, in dem sonst die Reisekisten untergebracht sind, und schleiche mich anschließend heimlich an Bord seines Schiffes.«

Emi seufzte und schlug dreimal das Kreuzzeichen vor ihrer Brust. »Ihr meint das wirklich ernst, nicht wahr?«

Mariella atmete tief durch und dachte an all die wundervollen Erzählungen ihres Onkels, an das Meer, das sie noch nie gesehen hatte. An die vielen Völker und Sprachen dieser Erde, an verschiedene Gewürze und Speisen. Ein Gefühl der Freiheit überkam sie und ließ sie am ganzen Körper eine Gänsehaut bekommen. Dann nickte sie. »Ich möchte mit ihm mitfahren.«

»Und was ist mit Eurer Freundin? Und mit mir?«

Mariella hielt inne und dachte an Chiara. Ein Lächeln stahl sich auf ihre Lippen. »Chiara ist so glücklich mit Pedro, sie wird mich zwar vermissen, aber über meine Abwesenheit hinwegkommen. Außerdem hat Vater unsere Freundschaft aufgrund unseres unterschiedlichen Standes sowieso nie akzeptiert, sodass ich mich meist heimlich mit ihr treffen musste. Dir werde ich sicher fehlen, aber du hast mit meinem Vater genügend Arbeit. Zudem hätte ich, wäre ich Albertos Frau geworden, dieses Haus ebenfalls verlassen müssen und wir hätten uns kaum noch gesehen. Hab außerdem keine Sorge: Ich werde das schaffen.«

Allerdings schien Emi immer noch nicht überzeugt zu sein. Sie knetete ihre Dienstschürze zusammen und schüttelte den Kopf. »Hat Magellan Euch denn erzählt, wohin die Reise geht?«

Mariella zuckte mit den Schultern. »Nein. Aber das spielt auch gar keine Rolle. Überall ist es schöner als hier in Serpa«, erklärte sie und fügte in Gedanken: *und als Ehefrau von Alberto* hinzu. Sie band ihre wilden Locken mit einem Band zusammen und holte ihren warmen Mantel aus der Truhe heraus. Nachdem sie ihn angezogen hatte, öffnete sie ein weiteres Mal die Schmuckschatulle ihrer Mutter und griff nach der schlichten Goldkette, die sie damals als Kind getragen hatte. Mit einem wehmütigen Lächeln legte sie sich die Kette um, drehte sich zu ihrer Haushälterin und drückte ihr die Schmuckschatulle in die Hände.

»Die kannst du morgen früh meinem Onkel mit lieben

Grüßen von mir übergeben.« Sie atmete tief durch und hauchte ihr einen Kuss auf die gerötete, weiche Wange. »Ich werde dich vermissen, Emi.«

Emi schluchzte leise. »Und ich kann Euch nicht umstimmen?«

Mariella verneinte und ergriff noch einmal kurz Emis Hand. »Lebe wohl!«

Mit dem Wissen, ihr bisheriges Leben hinter sich zu lassen, verließ sie mit wild pochendem Herzen und angehaltenem Atem ihr Zimmer.

5.

Sie hatte die Haustür noch nicht erreicht, da hörte sie Emis aufgeregtes Rufen.

»Wartet!«

Mariella hielt inne und beobachtete ihre Haushälterin, die keuchend die knarzende Treppe herunterkam. »Wartet auf mich!«

»Auf dich? Wieso?«

Emi hatte das Erdgeschoss erreicht und wischte sich eine widerspenstige graue Haarsträhne aus dem Gesicht. Dann atmete sie tief durch. »Ich habe Eurer Mutter einst versprochen, Euch niemals allein zu lassen, und dieses Versprechen gedenke ich zu halten.«

»Du willst mitkommen?«

Emi verzog das Gesicht zu einer Grimasse und schüttelte den Kopf. »Na, von *wollen* kann hier nicht die Rede sein. Wenn Ihr mich fragt, ist diese Seereise mit Abstand die dümmste Idee, die Ihr je hattet. Doch ich kenne Euch und weiß, wann der Versuch, Euch umzustimmen, zwecklos ist.« Sie streckte die Hand aus und berührte zärtlich Mariellas Wange. Dann lächelte sie. »Ich werde Euch niemals allein lassen, *minha querida*, niemals. Die Schmuckschatulle habe ich bereits in der Stube auf den Tisch gestellt, Euer Vater wird sie dort gewiss finden, wenn er zusammen mit Eurem Onkel aus der Gaststube heimkehrt.«

Mariella umarmte Emi stürmisch, küsste sie auf beide Wangen und lächelte gerührt. Ihre liebe Emi würde sie begleiten. Obwohl sie weder das Ziel der Reise kannte, noch wusste, ob und wann sie zurückkehren würden. Niemals hätte sie dieser zurückhaltenden und übervorsichtigen Frau so viel Mut zugetraut.

»Also was ist nun? Wir sollten schnellstmöglich das Haus

verlassen und uns verstecken, bevor Euer Onkel zurück-
kehrt.«

Mariella ergriff Emis nasskalte Hand, und gemeinsam
schlichen sie aus dem Haus. Erneut überkam sie ein Gefühl
von Freiheit, und sie drehte sich ein letztes Mal zu ihrem
einstigen Zuhause um. »Auf Wiedersehen, altes Leben«,
murmelte sie und lief dann mit klopfendem Herzen zur Kutsche ihres Onkels. Vorsichtig schlich sie am Kutschbock vorbei zum Ende des Kastenwagens, wo sich der Stauraum für
das Gepäck befand. Sie wollte die Klappe zu diesem schon öffnen, als Emi laut überlegte:

»Ich nehme an, Euer Onkel steuert den Hafen in Tavira an,
immerhin zählt dieser zu den größten in ganz Portugal. Und
Tavira müsste mit einer Tagesreise zu erreichen sein. Für diese Zeitspanne müsste es dort hinten auszuhalten sein, meint
Ihr nicht auch?«

Mariella bejahte und öffnete dann vorsichtig den hinteren
Stauraum. Darin befanden sich lediglich einige zusammengefaltete Kleider ihres Onkels und ein paar Pergamentrollen.
Ansonsten war er leer. Mariella lachte verzückt auf. Ein besseres Versteck konnte es nicht geben.

»Willst du zuerst?«, fragte sie Emi, die ihrem Zögling jedoch mit einer Geste ihrer Hand den Vortritt ließ.

Wenige Minuten später saßen die beiden Frauen, einander
mit den Füßen zugewandt, zusammengekauert im Stauraum
der Truhe, und Mariella hörte Emis rasselnden Atem.

»Alles in Ordnung?«, fragte sie.

»Bis auf die Tatsache, dass ich meine Beine kaum bewegen
und diese vollkommene Dunkelheit nicht leiden kann und
Staub in der Nase habe, ist alles bestens.«

Mariella kicherte. »Wir schaffen das schon. Und wenn wir
erst einmal auf dem Schiff sind …«, begann sie und sah bereits das glitzernde Blau des Meeres vor sich. Wie es wohl
roch, und welche Geräusche es machen würde? So ähnliche

wie das Plätschern des Flusses Guadiana, an dessen Ufer sie heute Nachmittag noch gesessen hatte?

Emi stöhnte. »Zwei Frauen auf einem Segelschiff. Herr im Himmel! Warum habe ich Eurer Mutter nur dieses Versprechen gegeben? Gott, steh uns bei!«

Mariella streckte ihre Hand aus, suchte im Dunkeln nach der von Emi und drückte sie fest. »Ich danke dir, dass du mich begleitest. Es bedeutet mir sehr viel.«

Für einen Augenblick herrschte Stille zwischen ihnen, und Mariella legte den Kopf auf ihre angewinkelten Knie. Ihre Gedanken wanderten zu ihrer Mutter. *Wenn dein Herz frei ist, so bleibst du es auch. Ganz egal, wo du bist, vergiss das niemals, minha princesa.* Diese Worte hatte sie einst zu ihr gesprochen, doch Mariella hatte sie bis heute nicht verstanden. Erst der Gedanke an Alberto als ihren Ehemann hatte sie begreifen lassen, was ihre Mutter damit sagen wollte. Und Mariella wusste, dass ihr Herz an der Seite dieses Mannes niemals frei gewesen wäre.

»Wisst Ihr, in einer Sache hattet Ihr recht«, brachte Emi sie zurück ins Hier und Jetzt. »Eure Mutter hätte niemals gewollt, dass Ihr Alberto heiratet.«

Mariella lächelte und dachte erneut an ihre Mutter, hörte deren glockenhelles Lachen und hatte sofort wieder den Duft von Rosenwasser in der Nase, welches diese stets aufgetragen und geliebt hatte. Und sie erinnerte sich an den liebevollen Umgang zwischen ihren Eltern. »Dein Freigeist bringt mich noch in Teufels Küche, Isa!«, hatte er oft zu ihr gesagt, um sie kurz darauf stürmisch zu umarmen. Mariella wusste, dass die Spielsucht ihres Vaters und seine Kaltherzigkeit ihr gegenüber aus seiner Trauer heraus entstanden waren. Oft genug hatte sie versucht, ihm seine unnötig harten Entscheidungen zu verzeihen und anzunehmen. Doch diesmal betrafen sie ihr eigenes Leben in einem Ausmaß, dass ihr das nicht mehr möglich war. Ihr Herz zog sich schmerzhaft zusammen, und

Mariella berührte die zarte Goldkette an ihrem Hals. Nein, ihre Mutter hätte niemals gewollt, dass sie einen Mann wie Alberto heiratete. Sie atmete tief durch und drückte ein weiteres Mal Emis Hand. »Wir sollten versuchen, zu schlafen.«

Es dauerte nicht lange, bis sie Emis leises Schnarchen hörte. Mariella lehnte den Kopf an die Seitenwand des Stauraums und schloss ebenfalls die Augen. Nach einiger Zeit war auch sie eingeschlafen.

Ein Ruckeln schreckte sie auf.

»Manuel! Gib den Pferden etwas zu fressen, bevor du sie anschirrst! Und beeil dich!«, hörte sie die dunkle Stimme ihres Onkels donnern. Mariella hielt angespannt den Atem an und lauschte. Der Lautstärke nach musste er direkt neben der Kutsche stehen. Sie presste die Lippen aufeinander und betete zu Gott, dass ihr Onkel nichts von hier hinten benötigte.

Doch schon wenige Minuten später setzte sich das Gefährt in Bewegung, und Mariella versuchte, sich mit beiden Händen an den Seitenwänden abzustützen, um auf diese Weise die Stöße abzumildern, die jeder einzelne Stein und jedes Schlagloch verursachte und die ihr schmerzhaft in die Knochen fuhren.

»Jesus! Maria, Mutter Gottes, steh uns bei!«, hörte sie Emi leise beten.

Es waren Stunden vergangen, in denen Mariella immer wieder eingeschlafen und von heftigem Ruckeln aufgeschreckt worden war. Zweimal hatte ihr Onkel die Kutsche anhalten lassen, um auszusteigen, und jedes Mal hatte Mariellas Herz heftig geklopft, weil sie befürchtete, entdeckt zu werden. Ihre Sorgen hatten sich bisher als grundlos erwiesen, denn die beiden Frauen waren bis zu diesem Zeitpunkt unbemerkt geblieben.

Als sie zum dritten Mal anhielten, stöhnte Mariella leise auf. »Ich spüre meine Beine nicht mehr.«

»Seid froh. Mein Körper fühlt sich so an, als wäre die Kutsche mehrmals darübergefahren«, antwortete Emi flüsternd.

Mariella wollte zu einer Antwort ansetzen, als sie die Stimme ihres Onkels direkt neben sich hörte und die Luft anhielt. »Und? Haben sie hier freie Zimmer, Manuel?« Mariella hörte sein herzhaftes Gähnen und im Anschluss die leise zustimmende Antwort des Kutschers. »Gott sei Dank. Ich freue mich auf ein weiches Bett. Spann bitte die Pferde aus und führe sie in den Stall. Ich werde in der Zwischenzeit eine Mahlzeit für uns ordern.«

Mariella hörte, wie sich die Schritte Magellans allmählich von der Kutsche entfernten und kurz darauf das Wiehern der Pferde, die dem Klang nach von ihrer Last befreit wurden. Sie atmete tief durch. »Wo wir wohl gerade sind? Denkst du, wir haben Tavira schon erreicht?«

Emi stöhnte. »Ich hoffe es, ich kann mich ja jetzt schon kaum noch rühren.«

Mariella schloss ihre Augen und lächelte. Schon bald würde sie das Meer sehen, riechen und hören können, bald würde das Abenteuer auf dem Schiff beginnen. Sie lehnte den Kopf zurück und stellte sich in freudiger Erwartung den Moment vor, in dem es so weit sein würde. Gedanklich befand sie sich schon an Bord und spürte den Wind in ihrem Gesicht, als sie plötzlich das Knarzen von Holz vernahm und wenige Augenblicke später in das erschrockene Gesicht des jungen Kutschers blickte.

»Grundgütiger!«, schrie er und machte einen Satz zurück. »Was …?« Er sah von Emi zu Mariella und schüttelte dabei immer wieder den Kopf. »Ihr seid doch die Nichte meines Herrn, wenn ich mich nicht irre?«

Mariella nickte schwach und verzog das Gesicht.

»Geht es Euch gut? Aber wie seid Ihr nur in den Stauraum hineingeraten?«

Noch bevor Mariella zu einer Antwort ansetzen konnte,

hatte er Emi bereits die Hand gereicht und versuchte, ihr aus dem Versteck ins Freie hinaus zu helfen. »Habt keine Sorge. Ich werde sogleich Euren Onkel informieren, dann können wir ...«

»Nein!«, unterbrach ihn Mariella und kletterte mit wackeligen Knien aus dem Stauraum heraus. Ihr Herz pochte heftig, während sie sich umsah. Ein dichter Wald verschluckte die letzten Strahlen der untergehenden Sonne, sodass die Laterne eines Hauses die einzige Lichtquelle darstellte. Weit und breit war kein Meer zu sehen. Wo waren sie nur? Mariella sah erneut den Kutscher an und legte ihre Hand auf seinen Arm.

»Bitte erzähle ihm nicht, dass wir hier sind.«

»Aber«, begann er und fuhr sich durch die strohigen Haare, die sogleich in alle Richtungen abstanden.

»Hör zu, Manuel. Das ist doch dein Name, richtig?«

Der Kutscher erwiderte Mariellas Lächeln und nickte schwach.

»Es ist sehr wichtig für mich und Emiliana, dass wir unentdeckt bleiben. Kannst du uns dabei helfen?«

Manuel schien nicht zu verstehen, was Mariella von ihm wollte, sondern schaute sie fragend an.

Mariella stöhnte. »Wir möchten meinen Onkel begleiten.«

Manuel hob eine Augenbraue an. »Ihr wollt nach Sevilla?«

»Sevilla?« Mariella schnappte erschrocken nach Luft. »Wieso fährt er denn nach Spanien? Ich dachte, er will ans Meer?«

»Schon, aber nicht an die portugiesische Küste. Die Expedition startet von Sevilla aus. Wusstet Ihr das nicht? Señorita, ich denke, ich gebe jetzt doch besser Eurem Onkel Bescheid.« Er nickte ihr noch einmal höflich zu und wandte sich in Richtung Gasthaus.

In Mariellas Kopf überschlugen sich die Gedanken. Wenn ihr Onkel nun von ihrer Anwesenheit erfahren würde, wäre sie innerhalb kürzester Zeit wieder zu Hause. Dann müsste sie Alberto heiraten und wäre für immer verloren. Andererseits lag Sevilla ihres Wissens weit mehr als eine Tagesreise von Serpa entfernt. Sie würden die Stadt niemals unbemerkt erreichen. Es sei denn … »Ich bezahle dich auch für deine Hilfe!«, schrie sie Manuel hinterher und griff sich an den Hals. Mit geschickten Bewegungen öffnete sie die filigrane Goldkette ihrer Mutter und hielt sie dem Kutscher entgegen, der das Schmuckstück skeptisch betrachtete. »Das ist echtes Gold. Wenn du es eintauschst, bekommst du dafür gewiss mehr als genug Maravedís.«

Manuel nahm die Kette zögernd an sich. »Was wollt Ihr von mir?«

Mariella griff nach der Hand ihrer Haushälterin und drückte sie leicht. Dann schenkte sie dem Kutscher ihr schönstes Lächeln und zuckte mit den Schultern. »Es genügt, wenn du dafür sorgst, dass wir unentdeckt weiterreisen können. Und wenn du uns abends etwas zu essen und zu trinken bringst und die Möglichkeit verschaffst, uns ungesehen von meinem Onkel zu erleichtern. Schaffst du das?«

Sie bemerkte Manuels Zögern. Immer wieder ging sein Blick zwischen ihr und der Kette hin und her.

»Bitte«, flehte sie.

Schließlich nickte er und streckte ihr zur Bekräftigung ihres Handels die offene Hand entgegen. »Abgemacht.«

6.

Es klopfte zwei Mal gegen die Klappe des Stauraums. Dies war Manuels Zeichen, dass sie unbemerkt die Kutsche verlassen konnten. Allem Anschein nach hatten sie den Flusshafen Sevillas erreicht. Mariella streckte sich und öffnete vorsichtig die Klappe, woraufhin Emi sofort ungelenk nach draußen kletterte. Mariella folgte ihr und blieb dann wie angewurzelt stehen. Der Geruch von Unrat, Urin und Brackwasser stieg ihr in die Nase, und sie hielt sich schnell die Hand vor die Nase. Es stank abscheulich! Und auch das Bild, das sie vor Augen hatte, gestaltete sich ganz anders, als sie es sich vorgestellt hatte. Die Kutsche stand direkt neben einer Lagerhalle und nur wenige Meter von einer alten Hafenschenke entfernt, deren Holz so morsch wirkte, dass Mariella sie niemals freiwillig betreten hätte. Zudem standen davor mindestens ein Dutzend Männer, die laut grölten und tranken und dabei ungeniert mit den ebenfalls dort anwesenden leicht bekleideten Damen schäkerten. Mariella schluckte, als sie beobachtete, wie ein Mann einer der Frauen in den freizügigen Ausschnitt griff und diese dabei laut kicherte. Wo war sie hier bloß gelandet?

»Mariella! Bedeckt um Himmels willen Eure Augen! Das ist kein Anblick für eine Dame!«, schimpfte Emi und zerrte sie am Arm, bis sie ganz dicht neben ihr stand, als könnte sie ihr dadurch Schutz bieten.

»Ihr tut gerade so, als hättet Ihr noch nie zuvor ein Freudenhaus gesehen. Wir müssen übrigens hier entlang, denn dort stehen die …«, weiter kam Manuel nicht mit seiner Erklärung, da Emi ihn wütend mit erhobenem Zeigefinger anfunkelte.

»Kein Wort mehr über dieses Etablissement, haben wir uns verstanden? Mariella ist eine anständige Dame, und das soll auch so bleiben!«

Manuel zuckte kurz mit den Schultern, als wäre er sich keiner Schuld bewusst, und lief ihnen dann anschließend und zu ihrem Glück in die dem Bordell entgegengesetzte Richtung voraus. Mariella hielt die Luft an und versuchte, die aufkommende Angst zu verdrängen.

»Passt auf, wohin Ihr tretet, Señorita«, warnte sie Manuel, während sie einen Bogen um ein undefinierbares Etwas schlugen, das bestialisch stank. Mariella schluckte. So hatte sie sich einen Hafen nicht vorgestellt.

»*Por dios!*« Plötzlich wurde sie von einem dicken, bärtigen Mann angerempelt, der sichtlich Mühe hatte, sich aufrecht zu halten. Mariella riss erschrocken die Augen auf, während er sich an ihrer Schulter festhielt, um das Gleichgewicht zu bewahren. Dann schlich sich ein anzügliches Grinsen auf sein Gesicht, das zwei Zahnlücken und schiefe gelbe Zähne zum Vorschein brachte. »*Hola, hermosa dama.* So eine hübsche Dame wie du hat sich gewiss verlaufen. Soll ich dich ein Stück begleiten?«

Doch ehe Mariella ihm in angemessener Weise antworten konnte, hatte Emi dem Mann schon mit voller Kraft auf die Finger gehauen, der daraufhin erschrocken zurückwich. »Wir haben bereits eine Begleitung. Auf Wiedersehen, Señor.«

Der Mann fluchte etwas Unverständliches in seinen Bart, wankte dann aber davon, während Mariella ihre einstige Haushälterin sprachlos anstarrte. Doch diese grinste nur unschuldig und hob eine Schulter. »Ich habe versprochen, auf Euch aufzupassen, und das gedenke ich, auch zu tun. Wohin führst du uns, Manuel?«

Der junge Kutscher streckte seinen Arm aus und deutete auf weitere Lagerhallen, die etwas abseits vor ihnen im Schatten riesiger Bäume standen. »Dort ist nicht so viel los. Ein idealer Ort, um sich umzukleiden und sich auf die Reise vorzubereiten, findet Ihr nicht?«

Mariella betrachtete ihr Tagesgewand und den dunkelbraunen Mantel. Auch wenn beides aufgrund der Reise im Stauraum staubig geworden war, hätte sie es dennoch gerne anbehalten. Offensichtlich ahnte Manuel, was in ihr vorging, denn er betrachtete sie mit einem wissenden Grinsen im Gesicht und setzte zu einer Erklärung an.

»Habt Ihr hier vielleicht irgendwo Frauen gesehen? Ich meine mit Ausnahme der Huren.«

Während Emi erneut zu einer Strafpredigt ansetzte, weil Manuel das Wort »Hure« vor Mariella in den Mund genommen hatte, blickte diese sich um. Tatsächlich hatte sie bis zu diesem Zeitpunkt noch keine einzige Frau im Hafen entdeckt.

»Wir sollen also Männerkleidung tragen?«, schlussfolgerte sie und ignorierte Emis Schimpfen.

»Ganz genau. Und zwar die eines einfachen Seemanns. So werdet Ihr am wenigsten auffallen.«

Mariella presste die Lippen aufeinander, während sie Manuel in die schwach beleuchtete Lagerhalle folgte. Sie hatte sich die Flucht auf das Schiff ihres Onkels bedeutend einfacher vorgestellt.

Als wäre er hier zu Hause, führte Manuel die beiden zielsicher in eines der Lager und dort zwischen Fässern, Säcken und Schiffsstauen hindurch in eine abgewinkelte Ecke, die vom Eingang der Halle aus nicht einsehbar war. Er griff in einen Seesack, der neben einem mannshohen Fass lag, und holte zwei Beinkleider, ein paar Hemden mit dem jeweils dazu passenden Wams und zwei Paar grobe Lederstiefel daraus hervor. »Ich hoffe, dass sie passen, aber etwas Besseres habe ich auf die Schnelle nicht auftreiben können.«

Mariella betrachtete die Kleidung und verzog das Gesicht. »Und das ist wirklich nötig?«, meinte sie mit schwacher Stimme, obwohl sie seine Antwort darauf schon kannte.

Manuel ließ sich auf einem der kleineren Fässer nieder und bedachte sie mit einem amüsierten Lächeln. »Señorita, Frauen dürfen die Schiffe nicht einmal betreten, das ist ein ausdrückliches Verbot Eures Onkels. Er möchte damit verhindern, dass sich der ein oder andere Seemann eine Hur...« Mitten im Satz hielt er inne, blickte ängstlich zu Emi und meinte nach einem verlegenen Husten dann nur: »Es ist nötig.«

Mariella stöhnte und faltete missmutig eines der Hemden auseinander.

Manuel räusperte sich und betrachtete sie verlegen. »Was?«, fauchte sie verärgert.

»Ich möchte Euch nicht zu nahetreten. Aber wisst Ihr wirklich, worauf Ihr Euch da einlasst?«

Sie warf Manuel einen ungehaltenen Blick zu. Es gefiel ihr nicht, dass der junge Bursche sie wie ein Kind behandelte. Und noch weniger gefiel ihr, dass er offensichtlich mehr Ahnung von ihrem Onkel und der Seefahrt hatte als Emi und sie zusammen. »Worauf willst du hinaus?«

Manuel lehnte sich zurück und seufzte gedehnt. »Seeleute sind abergläubisch, wusstet Ihr das nicht? Und eine Frau an Bord bringt Unglück. Ich weiß nicht, was sie mit Euch beiden anstellen, wenn Ihr entdeckt werdet.«

Mariella sah mit weit aufgerissenen Augen zu Emi, die auf diese Worte hin aschfahl im Gesicht wurde. Dann schüttelte sie ihren Missmut ab, griff nach dem Hemd und schickte Manuel in Richtung des Lagerausgangs.

Während sie sich entkleidete, stand Emi immer noch blass und mit ineinander verschlungenen Fingern an ein Fass gelehnt da. Mariella seufzte. »Er hat gewiss übertrieben, Emi. Ich kann mir nicht vorstellen, dass alle Männer abergläubisch sind. Inwiefern sollen Frauen denn Unglück bringen? Außerdem ...«, inzwischen trug sie dunkle Beinkleider, ein ihr viel zu weites Hemd, das sie unordentlich in den Bund stopfte, und ein dunkelgrünes Barett, unter dem sie ihre langen Locken versteckte. Dann zog sie ein Wams aus gestärkter Wolle über, knöpfte es zu und stemmte die Hände in die Hüften.

Mit verstellter Stimme sprach sie weiter. »Außerdem sind wir beide waschechte Männer.« Doch nicht einmal dieser Scherz schien Emi aufzuheitern. Schweigend schlüpfte die Haushälterin in das Gewand der Seemänner und legte ihre und Mariellas Kleidung anschließend ordentlich in den Seesack, den sie sich dann über den Rücken warf.

»Lasst uns aufbrechen.«

7.

Manuel verkniff sich ein Lachen, als Mariella und Emi Hand in Hand in Männertracht zwischen den Fässern hervortraten. Doch als sie das Lagerhaus verlassen wollten, hielt er sie auf und rollte mit den Augen. »Um Himmels willen, fasst Euch niemals mehr an den Händen! Ihr seid von nun an Männer! Und jetzt folgt mir.«

Je näher sie dem Ufer kamen, desto mehr nahm der Gestank nach Unrat ab. Mariella richtete sich auf und sah auf das Wasser. Der Fluss namens Guadalquivir, wie sie von Manuel erfahren hatte, war hier breiter als so mancher See. Unzählige Schiffe schaukelten am Kai gemächlich auf ihm auf und ab, während andere auf dem Trockenen lagen und von Arbeitern repariert wurden. Sie hörte das Hämmern und Sägen, gleichzeitig das Wiehern von Pferden. Magellans Kutsche war nur eine von vielen, die an unterschiedlichsten Stellen in der Nähe des Hafens standen. Sie entdeckte Postkutschen und andere, geräumige Reisekutschen aus edlen Hölzern, einfach gekleidete Arbeiter sowie Männer in Rüstungen. Andere trugen feine Strümpfe und schillernde Wämser. Einige stemmten schwere Säcke oder rollten Fässer, andere schlenderten mit schmuckvollen Degen am Pier entlang. Inzwischen roch es nach Fisch, Rauch und Pech. Noch während sie die Schiffe betrachtete, hörte sie Emi staunend sagen:

»Dass ich einmal die *Santa Maria de la Sede* mit eigenen Augen betrachten kann! Seht nur, wie hoch dieser Turm ist. Das ist wahrlich ein Gotteshaus, allein mit Gottes Hilfe erbaut.«

Mariella folgte Emis Blick in Richtung der Stadt Sevilla. Tatsächlich stach aus der Ferne zwischen unzählig vielen Häusern ein riesengroßer Kirchturm empor. Nie zuvor hatte sie ein Gebäude von solcher Größe gesehen, und sie schüttelte fassungslos den Kopf.

Emi stand, genau wie Mariella, wie angewurzelt an Ort und Stelle und bewunderte das imposante Bauwerk, bis Manuel vorsichtig an ihrem Hemdärmel zog.

»Seht her!« Er war stehen geblieben und deutete auf eine Gruppe von fünf Segelschiffen. »Das ist die Flotte Eures Onkels.«

Mariella hielt den Atem an und blieb augenblicklich stehen. Ein Kribbeln breitete sich in ihrem Körper aus, während sie die fünf unterschiedlich großen Segelschiffe betrachtete. Im Vergleich mit den neben ihnen liegenden Fischerbooten und Ruderschiffen wirkten sie riesig. Auf jedem Schiffsdeck liefen Seemänner herum, einige kletterten sogar an den Netzen die hohen Masten empor, andere seilten Fässer in den Schiffsbauch hinab, während einige an Brettern sägten und hämmerten.

»Wollt Ihr wirklich auf denen mitfahren, Mariella?« Emis Stimme zitterte, und ihr Blick war zutiefst beunruhigt, wenn nicht sogar furchtsam. Offensichtlich löste der Anblick der großen Segler bei ihrer Haushälterin völlig andere Gefühle aus als bei ihr, denn Mariella konnte ihr Lächeln gar nicht mehr abstellen.

»Ja, das will ich.«

»Worauf wartet Ihr dann?« Manuel grinste breit und lief ihnen vergnügt voran, bis er schließlich neben einem bärtigen, weißhaarigen Mann stehen blieb, der ein ledernes Buch in den Händen hielt und konzentriert die Fässer und Säcke abzählte, die neben ihm in einer Reihe aufgestellt waren.

»Dürfen wir Euch behilflich sein, Señor? Sollen wir sie ins Schiff verladen?«

»Was?« Der Mann hob den Kopf an und stöhnte aufgebracht. »Jetzt habe ich mich verzählt. Zum Teufel! Was willst du, Junge?«

Manuel wiederholte seine Frage und deutete währenddessen auf sich, Mariella und Emi, die ein paar Schritte hinter ihm ebenfalls stehen geblieben waren.

»Oh, ach so.« Er drehte sich noch weiter zur Seite, um besser an Manuel vorbeiblicken zu können, und verzog bei ihrem Anblick skeptisch sein Gesicht. Mariellas Körper versteifte sich, und sie musste sich dazu zwingen, ruhig zu atmen. Würde ihr Schwindel bereits jetzt auffliegen? Noch bevor sie das Schiff betreten konnten? »Nun, die Fässer dürften zumindest für dich und den anderen Jungen zu schwer sein. Wie alt seid ihr beide denn? Zehn?«

»Fünfzehn«, antwortete Manuel, dessen Stimme plötzlich eine Nuance tiefer klang, als würde er sie absichtlich verstellen.

»Zehn, fünfzehn, was macht das schon? Die Säcke hier müssen auf die Concepción. Das ist das Schiff links außen.« Mit diesen Worten drehte der Weißhaarige sich zurück zu den Fässern und begann, sie erneut zu zählen.

Manuel nickte den beiden Frauen zu, die sich, genau wie er, jeweils einen Sack schnappten, über die Schulter warfen und zum Steg liefen. Mariella stöhnte unter der ungewohnten Last und folgte den beiden anderen mit unsicheren Schritten.

Ein schmales Brett diente als Brücke, um auf das Schiff zu gelangen. Manuel balancierte ohne Probleme mit seiner Last auf der Schulter darüber und nickte einem Seemann zu, der auf der Schiffsseite darauf wartete, an Land gehen zu können. Als Mariella das Brett betrat, wackelte es beträchtlich, und sie stolperte unsicher über ihre eigenen Füße.

»Vorsicht, Junge!«

Der schwere Sack rutschte ihr über die Schulter und brachte sie zum Straucheln, sodass sie vermutlich ins Wasser gefallen wäre, hätte der Mann auf der anderen Seite des Brettes nicht so schnell reagiert. Denn der sprang mit Windeseile vom Deck auf das Brett, hielt sie mit sicherem Griff fest, nahm ihr ihre Last ab und führte sie dann ebenso sicher an Bord des Schiffes. »Geht es dir gut, hast du dich verletzt?«, fragte er und stellte den Sack vor ihren Füßen ab.

Mariella atmete stoßweise aus und hob den Kopf an, um ihren Retter anzusehen und sich bei ihm zu bedanken. Doch als sie seine tiefschwarzen Augen mit den dichten Wimpern auf sich gerichtet fühlte, schluckte sie. Denn der Blick des Mannes wirkte erschrocken und besorgt zugleich. Er hielt sie noch immer fest und fuhr mit seinen schwieligen, warmen Fingern über ihre zarte Hand.

»Ihr seid eine Fr…«, begann er, doch Mariella zog ihren Arm rasch zurück, ergriff den Sack, verneigte sich kurz, murmelte »Vielen Dank für Eure Hilfe« und eilte Emi und Manuel hinterher, die bereits über ein weiteres Brett zum nächsten Schiff liefen. Sie erlaubte sich keinen noch so kurzen Blick zurück und betete im Geiste darum, dass der Mann den Vorfall bald vergessen würde. Er durfte sie nicht verraten! Nicht jetzt, wo sie endlich ihr Ziel erreicht hatten!

»Alles in Ordnung?«, flüsterte Emi, während sie gemeinsam das letzte Schiff ansteuerten. Mariellas Herz raste, sie sah mit verzweifelter Miene zu Emi und wagte nun doch einen schnellen Blick zurück. Aber dies bereute sie zutiefst, denn der Mann stand immer noch an Ort und Stelle und sah sie mit seinen schwarzen Augen nach wie vor unverwandt an. Sein Blick wanderte direkt in ihr Herz, das sie bis zum Hals pochen fühlte.

»Mariella? Was ist denn?«

»Nichts«, antwortete sie Emi und wandte den Kopf. »Lass uns gehen.«

»Die Säcke mit den Hülsenfrüchten kommen in den Proviantraum! Zur Kombüse und dann die Stufen hinunter! Die anderen Säcke schafft in das Zwischendeck!«

Der kleine dicke Mann, der ihnen diese Anweisung zurief, stand an die Reling der Concepción gelehnt und hielt ein ähnliches Buch in den Händen wie der Mann auf dem Hafenkai. Mit einem Kopfnicken deutete er zusätzlich noch einmal in die Richtung des Proviantraumes und blickte anschließend mit rotfleckigen Wangen wieder in sein Buch.

Mariella folgte Manuel zu einer kleinen Kochnische und dann die sich dahinter befindliche Treppe hinunter in einen finsteren, kleinen Raum voller Lebensmittel. Manuel nahm Mariella den Sack ab, stellte ihn neben die anderen Proviantsäcke und sah sich um. Anschließend schüttelte er den Kopf.

»Dieser Raum ist zu klein, um Euch darin zu verstecken. Kommt mit!«, sprach er und war, noch bevor Mariella nachfragen konnte, was er damit meinte, die Treppe wieder nach oben gestiegen. Emi und Mariella blieb nichts anderes übrig, als ihm zu folgen. Sie querten das Deck des Schiffes und stiegen dort ein weiteres Mal die Stufen einer Treppe hinunter in ein Zwischendeck. Es dauerte einige Lidschläge, bis sich Mariellas Augen an die Dunkelheit gewöhnt hatten, dann sah sie sich neugierig um. Sie betrachtete die Fässer und die dicken Schiffstaue, die ordentlich aufgerollt zu beiden Seiten des Schiffsrumpfes lagen, sowie die vielen Hängematten, die mittig im gesamten Zwischendeck hingen und sanft hin und her schaukelten. Etwas weiter entfernt hörte sie das Grunzen von Schweinen.

»Du meine Güte! Ist das hier etwa der Schlafbereich der Seemänner?« Emi keuchte erschrocken auf, und sogar Mariella schluckte. In ihrer Vorstellung hatte sie sich ihr Versteck als eine Kammer vorgestellt, in der zwar wenig Platz war, die sie aber für sich allein hatte. Der Gedanke, dass sie nun zwischen Fässern, Kanonen und fremden Männern schlafen sollte, verursachte ihr Bauchschmerzen.

»Es ist ein Schiff, Señorita. Was dachtet Ihr, wie es dort aussieht? Eine eigene Kajüte besitzt nur der Kapitän, oder seine Offiziere«, erklärte ihr Manuel, und Mariella hörte – schon wieder – den leicht spöttischen Unterton in seiner Stimme. Sie verdrehte die Augen und ignorierte ihre aufkeimende Angst. Sie würde nicht aufgeben! Sie hatte die letzten

Tage im Stauraum einer Kutsche verbracht, da würde sie die Schwierigkeit, in einer dieser Hängematten neben zwanzig schnarchenden Männern schlafen zu müssen, auch noch schaffen.

»Wohin sollen die restlichen Säcke?«, fragte sie daher, anstatt auf Manuels Bemerkung einzugehen, und folgte ihm dann durch das Innere des Schiffs. In einem weiteren Lager herrschte fast vollkommene Dunkelheit, und Mariella konnte die einzelnen Fässer und Säcke, die dort aufgereiht waren, nur noch ertasten. Manuel verfrachtete die mitgebrachte Ware auf einen Haufen, klopfte im Anschluss auf mehrere riesige Holzfässer und deutete auf einen Spalt zwischen ihnen.

»Das perfekte Schlupfloch, was denkt Ihr?«

»Wir sollen uns erneut verstecken?« Emi klang alles andere als erfreut.

»Zumindest so lange, bis ihr in See gestochen seid. Ich kenne Euren Onkel ziemlich gut. Er wird gewiss höchstpersönlich jedes Schiff inspizieren, bevor es losgeht. Und, na ja, einfache Seeleute könnt Ihr vielleicht täuschen, aber Euren Onkel ...«

»Ist das hier denn sein Schiff? Ich meine, wird er dieses Schiff steuern?«, unterbrach ihn Mariella, doch Manuel zuckte unsicher mit den Schultern.

»Ich weiß es nicht. Tut mir leid.«

Mariella dachte mit Schrecken an den Mann mit den dunklen Augen am Pier und schluckte. Er hatte sofort erkannt, dass sie eine Frau war. Und seiner Kleidung nach zu urteilen, zählte er zu den einfachen Seeleuten. Sie wusste, dass ihr an der Seite ihres Onkels nichts geschehen würde, doch was wäre, wenn dieser sich auf einem ganz anderen Schiff befände als sie und Emi? Daher nickte sie und schob zusammen mit Manuels Hilfe eines der Fässer zur Seite. Ein Versteck für den Anfang war ganz sicher eine gute Idee. Nachdem zuerst Emi durch die Lücke gekrochen und anschließend hinter einem der Fässer verschwunden war, drehte sich Mariella ein letztes Mal zu Manuel um und ertastete seine Hand. »Vielen Dank für deine Hilfe.«

»Von Herzen gern geschehen, Señorita.« Mariella fühlte seine Lippen auf ihrer Hand und hörte, wie er sich anschließend räusperte. »Ich wünsche Euch eine gute Reise. Passt gut auf Euch auf.«

Dann verließ er das Zwischendeck, und Mariella kroch ebenfalls durch die Lücke zu Emi hinter die Fässer.

»Wir haben es geschafft, Emi! Wir sind auf dem Schiff.«

Sie hörte den stoßweise gehenden Atem ihrer Haushälterin und legte liebevoll den Arm um deren Schultern.

»*Meus Deus!* Mein Gott, steh uns bei«, murmelte Emi mit zittriger Stimme.

»Es wird wundervoll, vertrau mir! Ich bin mir sicher.« Mariella lächelte in die Dunkelheit hinein und verdrängte die andere, warnende Stimme in ihrem Kopf, die ihr sagte, dass ihr Unterfangen alles andere als erfolgversprechend war und ihre Zukunft keineswegs rosig, wenn man sie entdeckte. Sie verdrängte den Gedanken, dass sie sich zu Recht vor den vielen Männern an Bord fürchtete und dass sie Emi in diese Lage gebracht hatte.

Nein, sie wollte die Stimme nicht hören! Sie wollte das Gefühl der Freiheit genießen, das Gefühl der Freude und Erleichterung darüber, dass ihre Flucht gelungen war und sie es bis auf das Schiff geschafft hatten. Und sie würden als zwei der ersten Frauen in See stechen! Sie musste einfach darauf vertrauen, dass sie die richtige Entscheidung getroffen hatte.

8.

JUAN

Juan biss die Zähne zusammen und presste das Fass dicht an seinen Körper. Nur noch wenige Meter, dann hatte er es geschafft.

»He Juan! Sag doch etwas! Ich kann dir doch helfen.« Ohne abzuwarten, packte Simon an der anderen Seite des Fasses mit an und hievte es mit ihm zusammen an Bord der Concepción. Dort stellte Juan es auf die Planken und schüttelte seine schmerzenden Hände.

»Danke.«

Simon, sein bester Freund, grinste schief und rollte mit den Augen. »Du hättest mich auch um Hilfe bitten können.«

»Das hätte ich«, gab Juan zu und rieb nun seine Finger, die immer noch brannten.

»Was steht ihr hier dumm herum? Das muss alles ins Lager! Los! Wir haben nicht ewig Zeit.«

Juan drehte sich um und blickte in die eisblauen Augen des Kapitäns. Dann zwang er sich zu einem höflichen Lächeln, murmelte ein »Jawohl« und stemmte erneut das Fass auf seine Oberschenkel.

»Kennst du unseren Kapitän?«, fragte Simon, der ihm erneut beim Tragen half, als sie zwischen den Hängematten hindurchliefen, um das Lager für die Wasserfässer zu erreichen. Juan biss sich auf die Unterlippe.

»Ich kenne ihn«, antwortete er schlicht und unterdrückte die Gefühle, die beim Anblick dieses Mannes in ihm aufgekommen waren. Wenn er die nächsten Monate zurechtkommen wollte, musste Juan seinen Groll und Ärger gegen Gaspar de Quesada ablegen. Ein junger Mann kam ihnen entgegen, und Juan und Simon wichen zur Seite aus und nickten ihm höflich zu. Der Junge grüßte zurück, und Juan betrachtete kurz das Gesicht seines Gegenübers. Dann hielt er inne.

»Wo sind die beiden anderen, die dich eben noch begleitet haben?«, rief er ihm hinterher.

Der junge Mann blieb stehen und sah ihn verwirrt an. »Ich weiß nicht, wovon Ihr sprecht, Señor«, antwortete er, tippte an seinen nicht vorhandenen Hut und schwang sich die Treppenstufen hinauf, als hätte er es eilig.

Juan sah ihm lange nach. Er war sicher, ihn vorhin schon gesehen zu haben. Zusammen mit *ihr*. Dem Mädchen, das in Männerkleidung steckte. Sie hatte einen Sack Bohnen über die Planke getragen und wäre dabei beinahe ins Wasser gestürzt, wenn er sie nicht aufgefangen hätte. Er hatte ihre zarten Finger berührt, hatte in ihre Augen geblickt und die Angst gesehen, die in ihnen stand. Die Angst vor ihm und davor, von ihm erkannt worden zu sein.

Wohin war sie verschwunden? Hatte sie sich versteckt? Und wenn ja, aus welchem Grund? Aber welche Frau kam andererseits freiwillig an Bord eines Schiffes? Noch dazu zu solch einer Expedition?

»Willst du noch länger Löcher in die Luft starren, oder können wir endlich dieses verdammte Fass abladen? Meine Finger werden schon taub!«, riss ihn Simon aus seinen Gedanken.

Juan murmelte eine Entschuldigung und lud gemeinsam mit seinem Freund das Fass im Lagerraum des Schiffes ab. Trotz der fast vollkommenen Dunkelheit lief er mit schnellen Schritten sicher zwischen den Säcken und Fässern hindurch. Nachdem er die letzten Tage hauptsächlich mit dem Beladen des Schiffes verbracht hatte, wusste er beinahe schon blind, an welcher Stelle sich welches Fass befand. Mit einem letzten Ruck stand das neue Fass vor zwei anderen, und Juan drehte es ein bisschen tiefer in die freie Lücke zwischen diesen, als er plötzlich ein leises Stöhnen hörte.

Er hielt inne und lauschte. »Ist hier jemand?«, fragte er, doch es blieb still.

»Hast du denn etwas gehört?«, fragte Simon.

Juan stand einen weiteren Moment schweigend im Raum und zuckte dann mit den Schultern. »Ich dachte, da wäre … Egal, wahrscheinlich war es nur eine Maus. Lass uns gehen.«

»Das hat ja eine halbe Ewigkeit gedauert. Es warten noch fünf weitere Fässer auf Euch, Elcano! Ich benötige davon zwei Fässer Wein und eines mit Trinkwasser, und dann fehlen mir zudem Bohnen, Kichererbsen und Käse für die Proviantkammer. Und sputet Euch! Der Generalkapitän will am Abend jeden Teilnehmer bei der Heiligen Messe sehen.«

Juan atmete tief durch und presste die Lippen aufeinander. Kapitän Quesada stand noch immer an derselben Stelle wie zuvor und grinste ihn spöttisch an. Er schien es sichtlich zu genießen, Juan herumzukommandieren, doch er würde tun, wie ihm geheißen worden war, und sich nichts anmerken lassen. Er benötigte diese Anstellung an Bord. Mehr als jeder andere. Nur auf diesem Weg könnte er seine einstige Position wieder zurückerlangen. Daher nickte er und verließ ohne ein weiteres Wort das Schiff.

Kaum hatten sie wieder festen Boden unter den Füßen, legte Simon den Kopf schief, wobei ihm dunkelblonde Haarsträhnen ins Gesicht fielen, und sah Juan interessiert an.

»Ist es möglich, dass dich unser Kapitän nicht leiden kann?«

Juan schnaubte abfällig. »Wie kommst du nur darauf?«, fragte er sarkastisch, während er in Richtung der Lagerhallen lief.

»Und du willst mir nicht erzählen, was zwischen euch vorgefallen ist?« Nachdem Juan nicht antwortete, seufzte Simon kurz und fuhr, ohne seinen Freund weiter zu drängen, fort:

»Ich bin ja gespannt, ob er während der Fahrt auch diese edle Kleidung tragen wird. Gemütlich sehen die goldbestickten Strümpfe ja nicht aus. Ganz zu schweigen von dem Federbusch auf dem Barett.«

Juan lachte schallend auf und klopfte seinem Freund auf die Schulter. »Er wird sie tragen, glaube mir.«

9.

Wenige Stunden später stand Juan am Bug der Concepción und genoss den sanften Wind, der ihm ins Gesicht blies, während sie im gemächlichen Tempo den Guadalquivir hinunter segelten. Er genoss das leise Plätschern des Wassers, und obwohl dieses nicht mit den Wellen des Meeres zu vergleichen war, spürte er das reinste Glück dabei. Endlich, endlich konnte er wieder in See stechen. Wie sehr hatte er das Wasser vermisst. Er blickte in den leuchtend orangenen Himmel, der allmählich von einem dunklen Blau überzogen wurde, und lächelte. Sein Herz pochte aufgeregt, und ein Schauer wanderte über seine Arme. *So fühlt sich das Nach-Hause-Kommen an*, dachte er, denn das Wasser war nichts anderes für ihn: sein Zuhause.

»Elcano! Wieso arbeitet Ihr nicht? Habt Ihr meinen Auftrag etwa nicht verstanden?«

Juan schreckte auf und drehte sich um. Während einige Seeleute die Segel hissten, stand Kapitän Quesada direkt neben dem Hauptmast und sah ihn mit grimmiger Miene an.

»Ich weiß, was ich zu tun habe, Kapitän«, antwortete er, während er auf Gaspar de Quesada zulief. »Doch wir sind erst vor wenigen Minuten losgefahren, und ich denke nicht, dass es an Bord jetzt schon etwas zu reinigen gibt.«

Quesada trat auf Juan zu, bis er ihm direkt gegenüberstand. Ein Ausdruck von Hass lag in seinen Augen. »Ich habe Euch nicht angeheuert, um zu denken, sondern um zu putzen. Und ich mag es nicht, wenn man meinen Befehlen nicht nachkommt. Oder ist es als einstiger Kapitän unter Eurer Würde, einen Besen in die Hand zu nehmen, Elcano?«

Juan schluckte den Schmerz hinunter, den Quesadas Worte in ihm auslösten. Stattdessen neigte er den Kopf und murmelte ein leises »Wie Ihr befehlt, Kapitän«.

Quesada nickte zufrieden und lächelte ihn an. »Findet Ihr nicht auch, dass es einer göttlichen Fügung gleicht, dass wir beide, nach so vielen Jahren, auf diesem Schiff wieder zusammenkommen? Mir gefällt es jedenfalls außerordentlich!«

Juan biss sich auf die Unterlippe und ballte die Hände hinter seinem Rücken zu Fäusten. »Das freut mich für Euch, Kapitän. Und jetzt entschuldigt mich bitte.« Natürlich wusste Juan, dass Quesada es genoss, ihn möglichst für die niedrigen Arbeiten an Bord einzusetzen. Ausgerechnet ihn, der ihm damals die Anstellung als Kapitän vor der Nase weggeschnappt hatte. Juan konnte sich noch gut an Quesadas Wutausbruch erinnern, als dieser erfahren hatte, dass nicht er, sondern Juan als Kapitän im Auftrag seiner Majestät durch afrikanische Gewässer segeln und Handel betreiben sollte. Und natürlich genoss Quesada es auch, dass Juan einige Jahre später diese Stellung wieder verloren hatte. Missmutig lief Juan den geöffneten Niedergang auf der Suche nach einem groben Besen und einem Eimer hinab. Er wollte nicht weiter darüber nachdenken, was er verloren hatte und warum. Ihm war eine Begnadigung nach dieser Expedition versprochen worden, also musste er Quesadas Befehle akzeptieren, ob er wollte oder nicht. Auch wenn das bedeutete, als einstiger Kapitän das Schiff sauber zu schrubben.

Im Zwischenlager angekommen tastete er sich vorsichtig zwischen den Fässern entlang. Tatsächlich gehörten die Besen zu den wenigen Gegenständen, die er nicht eingeladen hatte.

»Sucht Ihr etwas Bestimmtes, Señor?« Das Licht einer Fackel erleuchtete das Gesicht eines kleineren, alten bärtigen Mannes, der dicht neben Juan stand und in die dunklen Ecken hineinleuchtete.

Juan streckte ihm höflich die Hand entgegen und lächelte ihn an. »Guten Abend, Señor, ich heiße Juan Sebastián de Elcano. Und ich suche einen Besen. Wisst Ihr, wo ich einen finden kann?«

»Ich weiß, wer Ihr seid, Euer Name ist nicht gerade unbekannt. Ich bin Carlos Alvarez, der Schreiber hier an Bord. Doch Ihr könnt mich gerne Carlos nennen. Der Besen befindet sich auf dem Oberdeck direkt vor dem Heckkastell, hinter der Bank auf der linken Seite.«

Juan nickte ihm dankbar zu und wandte sich schon zum Gehen, als Carlos ihm hinterherrief: »Könntet Ihr demjenigen, der für das Putzen zuständig ist, ausrichten, dass er hier im Zwischendeck hinter den Fässern kehren soll? Ich glaube, dass dort Mäuse hausen. Ich habe es da schon ein paar Mal rascheln hören.«

Juan grinste breit und winkte Carlos zu. »Ich werde es ihm ausrichten.«

Wenige Stunden später hatte er das gesamte Oberdeck, das Quarterdeck und Teile des Unterdecks vom nicht vorhandenen Dreck befreit. Die irritierten Gesichter der Männer hatte er, so gut es ging, ignoriert, ebenso die Reaktion Simons, der mit weit aufgerissenen Augen auf den Besen gestarrt und den Kopf geschüttelt hatte. »Das ist doch nicht dein Ernst?!« Denn sogar Simon, der zum ersten Mal als Schiffsjunge an einer Seefahrt teilnahm, wusste, dass es zum jetzigen Zeitpunkt weitaus wichtigere Aufgaben zu erledigen gab. Gerade beim Setzen des Großsegels benötigte man jeden Mann, doch Juan hielt sich stur an die sinnlosen Befehle Quesadas. Inzwischen hatte sich sein Freund ins Vorschiff unter Deck verzogen, weil er am nächsten Morgen für die Frühschicht eingeteilt worden war. Quesada war ebenfalls verschwunden, zusammen mit seinem ersten Unteroffizier und einem Humpen voll Wein, und hatte das Kommando dem Steuermann übergeben.

Juan genoss die Ruhe an Deck, nur das leichte Flattern der Segel, das Knarzen des Holzes und das Plätschern des Wassers waren zu hören. Die Männer, die noch nicht schliefen, verrichteten ihre Arbeit entweder schweigend oder flüsternd. Juan atmete tief durch und genoss die frische, süßliche Luft. Nicht mehr lange, dann hätten sie das Meer erreicht. Dann würden kein Ufer, keine Bäume und vor allem keine Lichter an Land mehr zu sehen sein. Juan spürte einen Schauer über seine Unterarme wandern und blickte in den wolkenlosen Himmel. Nicht mehr lange, dann würden ebendiese Sterne heller leuchten, als es dem Betrachter an Land je erschien.

»Guten Abend, Señor«, unterbrach ihn eine dunkle, rauchige Stimme. Juan richtete seinen Blick wieder auf das Schiff und sah in das schwach beleuchtete Gesicht des Mannes, der mit einem Kompass in der Hand am Ruder stand. »Könnt Ihr denn bei dieser Dunkelheit wirklich das Deck schrubben? Man sieht doch kaum etwas.«

Juan lachte leise und lehnte den Besen an die Reling. »Um ehrlich zu sein, habe ich auch am helllichten Tag keinen Dreck gefunden. Guten Abend, Señor de Acurio. Seid Ihr heute unser Rudergänger?«

Acurio lachte ebenfalls, wurde jedoch sogleich von einem bellenden Husten durchgeschüttelt. »Nun ja, so lange wir uns auf dem Guadalquivir befinden, ist das keine schwere Aufgabe. Vor allem, wenn uns Magellans Flaggschiff mit entzündeter Fackel voransegelt. Seid Ihr nicht der einstige Kapitän?«

Juan biss sich auf die Unterlippe und holte einmal tief Luft. Anscheinend kannten ihn hier mehr Seeleute, als er erwartet hatte. »Der bin ich«, bestätigte er und wandte sich erneut zum Gehen, denn er wollte nicht schon wieder erklären müssen, wieso ausgerechnet er einen sauberen Boden wischen musste.

»Möchtet Ihr lieber das Ruder übernehmen?« Diese Frage ließ ihn abrupt stehen bleiben. Irritiert drehte sich Juan um und suchte nach einem Anzeichen von Spott im schmalen Gesicht seines Gegenübers. Doch Acurio wirkte absolut nicht, als wolle er sich über ihn lustig machen.

»Wie bitte?«

Acurio zuckte schwach mit den Schultern und wurde erneut von einem Hustenanfall durchgeschüttelt. »Vergesst meine Frage, Señor, entschuldigt. Ich dachte nur …« Er hustete erneut in seine Halsbeuge. »Ich fühle mich nicht allzu gut, und Kapitän Quesada und unser Steuermann Señor Carvalho haben sich bereits zurückgezogen.« Er deutete hinter sich auf die Tür der Kapitänskammer und hob die Schultern. »Ihr seid ein erfahrener Seemann, daher … verzeiht mir, Ihr habt andere Aufgaben.«

Juan verzog sein Gesicht und betrachtete das Ruder. Nichts hätte er lieber getan, als an Acurios Stelle zu treten und das Schiff zu steuern, doch er kannte auch die Folgen. »Quesada würde mich sicherlich auspeitschen lassen, wenn er mich am Ruder entdeckt.« *Und die Wahrscheinlichkeit, erwischt zu werden, ist nicht gerade gering,* fügte er in Gedanken hinzu. Die Concepción war ein bedeutendes großes Segelschiff, eine Karacke, weit größer als die Nao und die Karavelle in Magellans Flotte. Dennoch befand sich der Ruderstock, mit dem man das Schiff steuerte, in unmittelbarer Nähe der Kapitänskammer.

»Ich weiß, ich habe heute schon gesehen, dass er Euch nicht sonderlich wohlgesonnen ist. Sonst hättet Ihr gewiss eine andere Stellung bekommen. Einem Kapitän einen Besen in die Hand zu drücken, ist …«

»Ich bin kein Kapitän mehr, Señor«, unterbrach ihn Juan und ignorierte dabei den Schmerz, den diese Worte auslösten. Er allein trug die Schuld daran, dass er seine frühere Anstellung verloren hatte, also sollte er aufhören, ihr nachzutrauern.

»Ihr seid in Ungnade gefallen, richtig?«, fragte Acurio nach einiger Zeit leise, und Juan nickte.

»Bei wem?«

»Bei seiner Majestät König Carlos I.«, antwortete er missmutig, und Acurio pfiff durch eine Zahnlücke und verzog anschließend den Mund.

»Das ist wahrlich ungünstig.«

Juan lachte laut auf und schüttelte den Kopf. Er hatte mit einer anderen Antwort gerechnet, mit Anschuldigungen, Urteilen oder weiteren Fragen, was er denn angestellt habe. Doch Acurio tat nichts dergleichen. Er stand ruhig da, den langen Kolderstock des Steuerruders in den Händen und blickte in den Nachthimmel. Als ihn ein weiterer Hustenanfall durchschüttelte, seufzte Juan und fuhr sich durch die Haare, während er nach unten auf das Oberdeck sah. Er zählte die Männer, die dort arbeiteten. Viele waren es nicht, allerdings genügte auch nur ein einziger, um ihn zu verraten. Dann sah er zurück zu Acurio und hörte seinen rasselnden Atem.

»Also gut«, antwortete er. »Macht eine Pause, ich übernehme das Ruder. Wenn der Wind so bleibt, werden keine weiteren Kommandos nötig sein und keiner wird mich bemerken.«

Acurio zuckte zusammen und unterdrückte ein weiteres Husten. »Nein, nein, es geht schon. Verzeiht mir meine Frage vorhin, ich habe nicht nachgedacht. Und ich will nicht die Schuld tragen, wenn der Kapitän etwas davon erfährt.«

»Ruht Euch ein paar Stunden aus, sonst überfällt Euch das Fieber, bevor wir das Meer erreicht haben.«

»Aber ...«, begann Acurio, doch Juan unterbrach ihn und legte ihm eine Hand auf die Schulter.

»Sollte ich verraten werden, werde ich auch die Konsequenzen tragen. Ich fürchte Kapitän Quesada nicht.«

Acurio neigte den Kopf und reichte ihm anschließend den Kompass. »Zwei Strich steuerbord. Aber das wisst Ihr sicherlich. Und wenn der Wind so bleibt, segeln wir weiter mit halbem Win... Ach, wieso erkläre ich Euch das? Ich danke Euch von Herzen, Señor.«

Kurze Zeit später stand Juan allein am Ruder und sah auf

die leuchtende Fackel, die der Generalkapitän oben am Heck der Trinidad befestigt hatte, um ihnen den Weg zu weisen. Ein tiefer Friede breitete sich in ihm aus, und er fühlte sich so lebendig wie schon lange nicht mehr. Das hier war sein Leben, das Schiff, das Wasser, mehr benötigte er nicht, um glücklich zu sein. Und er hoffte inständig, dass er die Entscheidung, die Concepción zu steuern, nicht bereuen würde.

10.

Ich freue mich jetzt schon auf guten Wein, die kanarischen Weiber und festen Boden unter meinen Füßen!«

Carlos lachte laut und stellte schwungvoll seinen Krug Wein auf den schmalen Holztisch. Diego, der Zimmermann der Concepción, rülpste laut und klopfte seinem Freund amüsiert auf die Schulter. »Der feste Boden kann mir gestohlen bleiben. Aber Weiber und Wein, ja, das klingt durchaus verlockend. Außerdem …« Er stand auf und torkelte auf Simon zu, der neben Juan auf der Bank saß und sich gerade ein Stück Käse in den Mund geschoben hatte, als Diego ihm beide Hände auf die schmalen Schultern legte. »Außerdem müssen wir doch unserem jungen Grünschnabel hier zeigen, was es heißt, ein echter Seemann zu sein, nicht wahr, Juan?«

Juan griff sich ein Stück Brot und grinste amüsiert, doch Simon schüttelte Diegos Hände ab.

»Wen nennst du hier jung? Nur, weil ich bei euch Alten sitze, bin ich noch lange kein Grünschnabel!«

»Bist du nicht?« Diego zog vielsagend die Augenbrauen nach oben und zwinkerte Carlos zu. »Na, dann ist es ja umso besser. Die Weiber werden sich freuen.«

»Was? Wieso?« Als er endlich verstand, worauf Diego hinauswollte, färbte sich Simons Gesicht dunkelrot, und er riss erschrocken die Augen auf. »Oh.«

Er versteckte sich hinter einem Krug Wein, den er in großen Schlucken austrank, während die anderen beiden Männer in schallendes Gelächter ausbrachen. Juan hingegen betrachtete seinen jungen Freund teils amüsiert, teils nachdenklich. Es fiel ihm schwer, in ihm den Mann zu sehen, zu dem er inzwischen herangewachsen war. In seinen Augen war er noch immer das Waisenkind, das seine Schwester vor

Jahren bei sich aufgenommen hatte. Doch dieses Kind war er schon lange nicht mehr.

»Ich dachte, Magellan hätte ein absolutes Frauenverbot ausgesprochen?«, fiel Juan in das Gespräch ein und hoffte, damit die Aufmerksamkeit etwas von Simon abzulenken, dessen Ohren immer noch feuerrot glühten.

»Ich lasse mir doch von einem Portugiesen nicht vorschreiben, wie ich mich an Land verhalten soll! So weit kommt es noch!« Diego schlug empört mit den Handflächen auf den Tisch und nickte mit dem Kopf in die Richtung, in der die Trinidad vor ihnen segelte. »Es genügt schon, wenn er an Bord solche Regeln aufstellt.«

»Solange wir uns daranhalten, während der Landgänge keine Frauen mit an Bord zu nehmen, passt doch alles. Obwohl ich mich schon frage, wieso er das so explizit erwähnt hat. Welcher Seemann würde denn eine Frau mit auf ein Schiff nehmen?«, antwortete Carlos und fuhr sich mit den Fingern durch den weißgrauen Bart. Plötzlich erinnerte sich Juan wieder an das Mädchen in Sevilla, das an Bord der Concepción gegangen war. Was wohl mit ihr geschehen war?

»Stimmt, das weiß sogar ich, dass Frauen nur Unglück an Bord bringen«, antwortete Simon, dessen Gesicht inzwischen wieder seine ursprüngliche Farbe angenommen hatte.

Juan nickte grummelnd, ohne dem weiteren Gesprächsverlauf zu folgen. Denn gedanklich stand er wieder in Sevilla und streckte die Hand aus, um einen Sackträger aufzufangen, der in Wirklichkeit eine Frau gewesen war. Oder konnte er sich tatsächlich so geirrt haben? Aber nein, das war unmöglich, diese zarten Finger, die weiche hohe Stimme und das schmale, feingeschnittene Gesicht, die Augen – das konnte kein Mann gewesen sein, niemals. Doch sie hätte längst irgendwo entdeckt werden müssen.

»Elcano! Wieso zum Teufel sitzt Ihr hier herum? Habe ich

Euch etwa in die Pause entlassen? Ihr habt eine Aufgabe zu erfüllen!«

Juan fuhr erschrocken auf und sah Kapitän Quesada wild gestikulierend auf sich zukommen.

»Guten Morgen, Kapitän. Verzeiht mir, ich beende schnell mein Frühstück, dann gehe ich zurück an meine Arbeit.«

Quesada trat direkt vor Juan, stützte die Hände auf dem Tisch ab, während er sich zu ihm hinunterbeugte. Trotz der frühen Morgenstunde roch er nach Wein und Rum, und Juan musste sich geradezu dazu zwingen, nicht vor ihm zurückzuweichen. »Und ich sagte, Ihr sollt Eure Arbeit verrichten. Ich wurde darüber informiert, dass im Lager Mäuse sind, die bereits Teile unseres Vorrats gefressen haben. Ich denke, Ihr versteht, dass Ihr unter diesen Umständen auf Euer Frühstück verzichten müsst.«

Die Mäuse! Juan riss seine Augen auf und verzog sein Gesicht. Carlos hatte ihm bereits am Anfang der Reise davon berichtet. Doch weil er kurz danach Señor de Acurio kennengelernt und seitdem aufgrund dessen schlechten Gesundheitszustands immer wieder seine Nachtschicht als Rudergänger übernommen hatte, war Carlos' Bemerkung in Vergessenheit geraten. Daher schluckte er jetzt auch seinen Stolz hinunter, stand auf und verbeugte sich leicht vor Quesada. »Das hat gewiss Vorrang. Verzeiht, Kapitän.« Mit diesen Worten nickte er kurz in die betroffenen Gesichter seiner Freunde, schnappte sich den Besen, der unweit neben ihm am Boden lag, und eine Fackel, öffnete die Abgangsluke und stieg kurze Zeit später den Niedergang hinunter.

Unten angekommen, blinzelte er ein paar Mal und lief mit geduckter Haltung an den schlafenden Männern vorbei, die die letzte Nachtschicht übernommen hatten. Weiter hinten, kurz vor den Tierverschlägen, befand sich das Lager, und Juan verzog das Gesicht, da ihm der Geruch von Mist unangenehm in die Nase stieg.

Tatsächlich entdeckte er einzelne Trockenfrüchte und Reste von Bacalao auf dem Boden, so als hätten Mäuse daran geknabbert. Juan seufzte und überlegte, wie er der Plage Herr werden sollte. Die mitgebrachte Fackel klemmte er zwischen ein Quergebälk, dann schob er mit einem kräftigen Ruck das erste Weinfass zur Seite. Als er das zweite Fass verschieben wollte, hielt er irritiert inne und lauschte. Er hatte ein Geräusch gehört, doch es war kein Fiepen von Mäusen oder Ratten gewesen. Es klang eher wie ein Wimmern. »Ist hier jemand?«, fragte er, erhielt jedoch keine Antwort. Vorsichtig drehte er das Fass weiter zur Seite und riss erschrocken die Augen auf.

»*Por dios!* Um Himmels willen! Was …?«

Im dunkelsten Winkel, hinter den Fässern und Säcken mit den Hülsenfrüchten versteckt, befanden sich zwei Menschen, die ihn ängstlich anstarrten. »Geht es Euch gut? Was macht Ihr hier?« Er streckte den Arm aus, um den Personen hervorzuhelfen, doch keine der beiden schien sich bewegen zu wollen. Juan nahm die Fackel wieder zur Hand, leuchtete ihnen ins Gesicht und schluckte. »Ihr?« Zweifellos hatte er die junge Frau vor sich, die er vor Anfang der Reise vor dem Sturz ins Wasser bewahrt hatte, und je länger er ihre weitaus ältere Begleitung betrachtete, desto sicherer war er sich, dass es sich hier um zwei Frauen handelte. Doch bevor er zu weiteren Fragen ansetzen konnte, erhob sich die jüngere Frau bereits und ergriff seine Hand.

»Bitte! Bitte verratet uns nicht. Ich flehe Euch an, Señor.« Ihre flüsternde Stimme zitterte, doch ihr Händedruck war fest. Juan atmete tief durch.

»Aber was wollt Ihr denn hier?«

Die Frau hob den Kopf, und Juan blickte in zwei warme goldbraune Iriden, die im Licht der Fackel funkelten. Sie lächelte matt. »Señor, könnt Ihr mir mitteilen, wo wir uns aktuell befinden?«

»Wir müssten in Kürze die Kanaren erreichen. Aber was ...«, wollte er gerade seine Frage wiederholen, als ihn das Mädchen unterbrach.

»Das heißt, wir segeln bereits auf dem Meer?«

Ihre Stimme klang mit einem Mal gar nicht mehr zittrig, sondern aufgeregt und geradezu erfreut, was ihn noch mehr verwirrte. Er nickte zögerlich.

»Befindet sich Señor Magellan an Bord dieses Schiffes?«, fragte sie weiter.

Juan schüttelte den Kopf. »Nein, der Generalkapitän steuert die Trinidad. Señorita, was habt Ihr hier zu suchen?«

Das Mädchen seufzte leise und drehte sich zu seiner Begleiterin um. »Genau das habe ich mir gedacht.« Dann sah sie erneut zu Juan und lächelte ihn an.

»Wir möchten den Generalkapitän auf seiner Reise begleiten.«

»Ihr möchtet die gesamte Expedition mitfahren? Und das unter Deck in diesem Loch? Wie habt Ihr Euch das vorgestellt?« Juan deutete auf die dunkle Nische hinter ihnen und lachte tonlos, als er einzelne Strohhalme an ihrer Kleidung und auf dem Boden entdeckte. Offenbar nutzten die beiden Frauen die Nähe zu den Ställen, um dort ihre Notdurft zu verrichten, und ernährten sich von den getrockneten Vorräten und dem Trinkwasser aus den Fässern. Ein Leben, das sich vielleicht einige wenige Tage aushalten ließ, doch niemals über die gesamte Dauer der geplanten Expedition hinweg. Es musste sich um einen schlechten Scherz handeln, denn er konnte beim besten Willen nicht nachvollziehen, was sich die beiden Frauen dabei gedacht hatten. Gleichzeitig überlegte er, was er nun tun sollte.

»Eigentlich wollten wir uns nur zu Anfang der Reise verstecken. Doch dann dauerte das Beladen so lange, und später verloren wir das Zeitgefühl und wir wussten nicht, ob wir uns noch auf dem Fluss oder bereits auf dem Meer befinden und sicher sind«, fuhr die junge Frau fort, doch Juan unterbrach sie.

»Ihr seid hier nicht sicher, Señorita. Das hier ist keine Spazierfahrt. *Dios mio!*« Er schüttelte erneut den Kopf und blickte nach oben. »Ich muss Euch melden, Señorita. Der Kapitän muss davon erfahren.«

»Bitte, tut das nicht!« Sie ergriff seine Hände und drückte sie. Dennoch spürte er erneut, dass sie zitterten. »Ich habe Angst vor ihm. Die Männer sprechen hier unten über ihn, und was sie erzählen, ist grauenvoll.«

Juan brummte zustimmend. Er wusste selbst nicht, was Kapitän Quesada mit den zwei Frauen anstellen würde, wenn er ihm ihre Anwesenheit meldete. Doch sie konnten unmöglich für den Rest der Reise unten im Lager versteckt bleiben.

»Ihr bringt mich in eine äußerst prekäre Situation, Señorita«, begann er und suchte fieberhaft nach einer Lösung. Dann nickte er. »In Ordnung. Wie gesagt, erreichen wir in Kürze die Kanarischen Inseln. Bis dahin helfe ich Euch dabei, unentdeckt zu bleiben. Aber dort müsst Ihr das Schiff verlassen. So eine Reise ist zu gefährlich für zwei Frauen, und hier unten könnt Ihr auf Dauer nicht bleiben. Versprecht Ihr mir das?«

Die junge Frau verzog unwillig das Gesicht, als hätten seine Worte sie verärgert, doch die ältere Dame zog sie mit Nachdruck am Arm und nickte eifrig. »Wir sind einverstanden, Señor. Habt tausend Dank«, antwortete sie und fasste die jüngere Frau erneut am Arm. »Mariella!«, zischte sie warnend, worauf sich diese verbeugte und ebenfalls ein Dankeschön murmelte.

»Also gut. Dann geht wieder zurück in Euer Versteck. Aber lasst in Zukunft keine Speisereste und kein Stroh mehr auf dem Boden liegen. Ich schiebe …«

»He Juan! Sag mal, sprichst du jetzt schon mit unseren Mäusen? Du sollst sie doch fangen und nicht zähmen!«

Simons belustigt klingende Stimme war nicht mehr weit

weg, und Juan schob deshalb mit schnellen Bewegungen die Fässer zurück an Ort und Stelle. Dann klopfte er noch zwei Mal darauf und drehte sich schließlich um.

»Es war einen Versuch wert, sie mit freundlichen Worten aufzuspüren«, antwortete er und lachte. »Doch es hat leider nicht funktioniert.«

Simon kletterte in eine der Hängematten und verdrehte die Augen. »Manchmal verhältst du dich wirklich seltsam, weißt du das?« Er streckte sich und gähnte ausgiebig. »Ich habe heute wieder die Nachtschicht bekommen, und ich frage mich, ob Quesada das nicht absichtlich macht, nur damit wir uns möglichst nicht sehen und unterhalten können.«

Juan zuckte mit den Schultern. »Das ist gut möglich. Dann wünsche ich dir einen erholsamen Schlaf.«

Simon gähnte erneut und winkte ihm hinterher. »Und bestell deinen Mäusen das nächste Mal Grüße von mir!«

Juan lachte leise, hatte er bei dem Wort »Mäuse« doch die beiden Frauen vor seinem geistigen Auge. »Das werde ich.« Mit diesen Worten verließ er das Zwischendeck, trat unter den verschiedenen Tauen hindurch zur Steuerbordseite der Concepción und sah in die Ferne. Wasser, so weit das Auge reichte, und ein strahlend blauer Himmel. Dazu fünf Schiffe, die einen starken Kontrast zu dem sonst blau glitzernden Horizont bildeten. Juan faltete die Hände und schickte im Stillen ein Gebet in den Himmel hinauf: *Herr, halte deine schützende Hand über die beiden Damen, auf dass sie sicher an Land zurückkehren können.* Dann bekreuzigte er sich, fügte ein »Vaterunser« hinzu und widmete sich im Anschluss seiner eigentlichen Arbeit.

11.

Juan vernahm ein bellendes Husten und hob winkend den Arm, noch bevor Acurio in sein Sichtfeld trat und auf ihn zukam. Der hatte die grauen Haare unter einer grauen Wollmütze versteckt und sich zudem ein dickes Tuch um den Hals gewickelt. Seine Augen hatten einen ungesunden Glanz und wirkten geschwollen. Juan runzelte besorgt die Stirn.

»Ihr seht gar nicht gut aus, Señor«, sagte er und sah den Rudergänger besorgt an, aber Acurio hustete und winkte ab.

»Doch, doch, ich fühle mich schon viel besser. Vielen Dank für Eure Hilfe, Señor de Elcano.«

Juan schwieg, während er immer noch den Kolderstock in den Händen hielt. Die eintretende Morgendämmerung tauchte das Meer, den Himmel und die Schiffe in die verschiedensten Grautöne, die allmählich immer mehr von Dunkel ins Helle wechselten. Das Fackellicht der Trinidad leuchtete nur noch schwach zu ihnen herüber. Juan liebte diese Zeitspanne, die weder dem Tag noch der Nacht gehörte und für ihn vollkommenen Frieden verkörperte. Doch an diesem Tag wurde das friedliche Gefühl von Sorge überschattet. Denn Juan hatte inzwischen fast jede Nacht die Aufgaben des Rudergängers übernommen, und bislang hatte ihn deswegen noch keiner der Männer aus der Nachtwache gemeldet. Die wenigen Stunden mittags und frühmorgens hatten ausreichen müssen, um zu schlafen und den beiden Frauen im Lager etwas anderes zu essen zu bringen als den dort aufbewahrten Stockfisch samt Trockenfrüchten. Er wusste zwar nur zu gut, dass er früher oder später die Konsequenzen für sein Handeln würde tragen müssen, dennoch hoffte er inständig, dass die beiden Frauen das Schiff unbemerkt verlassen könnten. Nur noch ein paar Stunden, dann würden sie die Kanaren erreichen und Juan zumindest eine Sorge weniger haben. Als Acurio erneut von einem Hustenanfall durchgeschüttelt wurde, seufzte er. »Ihr müsst mit dem Kapitän sprechen. Ihr seid krank und benötigt Bettruhe.«

Acurio winkte erneut ab. »Macht Euch keine Sorgen, ich schaffe das schon. Ich werde mich ja in den nächsten Tagen erholen können. Außerdem solltet Ihr endlich einmal mehr Schlaf bekommen, Ihr wirkt erschöpft.«

Da Juan inzwischen wusste, dass Acurio nicht mit sich reden ließ, überließ er ihm den Kolderstock und klopfte ihm freundschaftlich auf die Schulter.

»Ach, Elcano? Ihr habt doch neulich erzählt, dass Ihr gerne persönlich den Seeweg ausrechnen möchtet, nicht wahr? Theoretisch wäre um diese Uhrzeit die perfekte Gelegenheit dazu, da sich der Kapitän bislang nie vor Sonnenaufgang hat sehen lassen. Solange der Polarstern sichtbar ist, meine ich natürlich. Zirkel und Jakobsstab befinden sich in der Kartenkammer in der unteren Schublade des Tisches.«

Juan sah in den graublauen Himmel hinauf und betrachtete die letzten funkelnden Sterne. Allein der Gedanke an die Messinstrumente erzeugte ein angenehmes Kribbeln in seinen Fingern. Ursprünglich hatte er sich vorgenommen, den Kapitän zu fragen, ob er die Instrumente mitbenutzen dürfte, um sich eine eigene Karte zu erstellen. Das war jedoch gewesen, bevor er erfuhr, wer der Kapitän der Concepción sein würde. Quesada hätte ihm den Jakobsstab niemals ausgeliehen, daher war Acurios Angebot mehr als verlockend. Doch er schüttelte den Kopf, nachdem er ein Gähnen unterdrückt hatte. Zuerst mussten die beiden Frauen in Teneriffa von Bord, die ihm zusätzlich den Schlaf raubten. Er konnte auch ebenso gut danach mit seinen Berechnungen starten. Dennoch bedankte er sich bei Acurio für das Angebot und winkte ihm zum Gruß. Dann schlich er mit leisen Schritten zurück auf das Hauptdeck und stieg den Niedergang hinunter. Mit viel Glück fände er ein oder zwei Stunden Schlaf, bevor

Quesada nach ihm Ausschau halten würde. Juan suchte sich ein freies Plätzchen, schnappte sich eine Decke und legte sich gähnend auf den Boden, da alle Hängematten belegt waren. Nur wenige Augenblicke später schlief er tief und fest. »Wo ist er? Bringt ihn zu mir! Sofort! Elcano!«

Juan schreckte auf, rieb sich den Schlaf aus den Augen und sah dann in das erschrockene Gesicht von Simon, der an seinem Arm rüttelte.

»Was hast du angestellt, Juan?«, fragte er und deutete nach oben. »Hörst du Quesada? Er scheint ziemlich wütend zu sein.«

Tatsächlich rief der Kapitän ein weiteres Mal nach ihm, und allein am Klang seiner Stimme konnte Juan dessen Wut ermessen. Jemand hatte ihn verpfiffen! Mit einem Satz sprang er auf die Füße und spurtete nach oben. Nun würde er sich stellen und eine angemessene Strafe hinnehmen müssen. Wie viele Peitschenhiebe bekäme er wohl dafür, ohne Befehl ein Schiff gesteuert zu haben?

Quesada stand oben auf dem Quarterdeck und blickte auf ihn herab, neben sich Martín de Judicibus, der für den Strafvollzug auf dem Schiff verantwortlich war, und Carlos, der ihm ein trauriges Lächeln schenkte. Juan trat vor und neigte den Kopf, sodass ihm die dunklen Locken ins Gesicht fielen.

»Ihr wolltet mich sprechen, Kapitän?«

»Wer seid Ihr?«, fragte Quesada und funkelte ihn mit rotwangigem Gesicht an.

»Juan Sebastián de Elcano, Kapitän«, antwortete dieser.

»Und was ist Eure Aufgabe hier an Bord, Juan Sebastián de Elcano?« Quesada spuckte seinen Namen voller Abscheu aus, und Juan seufzte. Er wusste, was nun gleich folgen würde.

»Ich bin für die Sauberkeit des Schiffes zuständig, Señor.«

»Und, habt Ihr das getan?« Quesada stieg die Stufen hinunter und trat ganz nah an ihn heran, sodass Juan seinen heißen Atem im Gesicht fühlte.

Er nickte.

»Ihr habt also die Mäuse im Lager beseitigt?«

Plötzlich wurde Juan aschfahl im Gesicht und schluckte.

Es ging gar nicht darum, dass er das Schiff des Nachts unerlaubt gesteuert hatte, sondern um die beiden blinden Passagiere! Übelkeit stieg in ihm auf, als Quesada mit einem Wink seinem Unteroffizier ein Kommando gab, der kurze Zeit später mit den beiden Frauen zurückkehrte, die er wie nutzloses Vieh vor sich hertrieb. Er hörte das leise Schluchzen der älteren und das energische Schimpfen der jungen Frau und schloss für einen kurzen Augenblick die Augen. In nur wenigen Stunden würden sie die Kanaren erreicht haben, und ausgerechnet jetzt fand man sie?

»Wenn Ihr mich fragt, Elcano, so habt Ihr meinen Befehl missachtet und kein einziges Mal das Lager betreten. Oder wollt Ihr mir vielleicht beichten, dass Ihr die zwei Frauen an Bord meines Schiffes geschmuggelt habt? Seid Ihr hierfür verantwortlich?« Er packte die junge Frau an den Haaren und stieß sie in Juans Richtung, der sie mit einem Ausfallschritt nach vorne auffing.

Juan sah in die hellbraunen Augen der jungen Frau, in denen sich eine Mischung aus Wut, Angst und Sorge widerspiegelte, und griff nach ihrer Hand, die auch bei dieser Begegnung wieder leicht zitterte. Er atmete tief durch und schenkte ihr ein aufmunterndes Lächeln, bevor er sie losließ und sich zurück zu Quesada drehte. »Ich werde Euch darauf keine Antwort geben, Kapitän.«

Nähme er die Schuld auf sich, würde er dafür vermutlich mit seinem Leben bezahlen müssen, weil er unerlaubt Frauen an Bord eines Schiffes gebracht hatte. Schließlich kannte er das Gesetz des Generalkapitäns. Doch wenn er alles abstritt, konnte er nicht mehr für die Sicherheit der beiden Damen garantieren. Es gab keine Möglichkeit, die Situation anderweitig zu entschärfen.

»Reizt mich nicht. Ihr wisst nicht, wozu ich fähig bin, wenn ich wütend werde.« Quesadas Stimme klang leise und gepresst, doch Juan lächelte ihn an.

»Ich denke doch, dass ich weiß, wozu Ihr fähig seid, Kapitän. Aber das ändert nichts an meiner Aussage.«

Quesada stieß einen Schrei aus und ballte die Hände zu Fäusten. »Martín! Auf Befehlsverweigerung stehen zwanzig Peitschenhiebe. Zumindest sollten zwanzig für den Anfang genügen! Vielleicht überlegt es sich unser einstiger Kapitän dann anders und antwortet mir.« Er drehte sich zu den beiden Frauen um, umfasste das zarte Kinn der jungen und fuhr ihr mit dem Daumen über die Lippen. »Und was machen wir mit Euch beiden? Wir könnten unseren Männern noch eine kleine Freude gönnen, bevor wir Euch über Bord werfen. Was sagt Ihr dazu?« Mit einem Ruck drehte er sie mit dem Gesicht zur Mannschaft, hielt sie mit einer Hand an seinen Körper gepresst und legte die andere auf ihren Unterleib.

»Nein!«, schrie Juan entsetzt und wollte auf Quesada losgehen, doch Martín hatte ihn gepackt und hielt seine Arme mit eisernem Griff hinter dem Rücken fest. Er hatte die Anstellung als Ordnungshüter an Bord nicht umsonst erhalten, war er doch mindestens um eine Elle größer als Juan und so stark wie ein Stier. Juan hatte keine Chance, sich aus seinem Griff zu befreien.

»Lasst mich sofort los!« Trotz der Angst in ihrem Blick klang die Stimme des Mädchens fest und entschlossen. Es versuchte, sich loszureißen, doch Quesada lachte nur. »Ihr habt kein Recht dazu! Wenn Ihr mich nicht sofort loslasst, bedeutet das Euren Tod!«

»Oh, ich glaube, meine Männer werden eine Menge Spaß mit dir haben. Störrische Mädchen sind wunderbar!«

»Hört auf!«, brüllte Juan. Inzwischen stand die Hälfte der Besatzung auf dem Hauptdeck und ein Blick in die Gesichter der Männer zeigte ihm, dass Quesadas Angebot nicht bei allen auf Ablehnung stieß oder Ekel auslöste.

»Wieso? Habt Ihr mir etwa doch noch etwas zu erzählen, Elcano?«

Doch Juan kam gar nicht dazu, eine geeignete Antwort zu erfinden, denn das Mädchen nutzte die Gelegenheit, riss sich mit einem spitzen Schrei los und funkelte den Kapitän wütend an. »Mein Name ist Mariella Alvaro, und ich bin die Nichte des Generalkapitäns!«

12.

MARIELLA

Stille breitete sich an Deck des Schiffes aus, und für einen kurzen Moment hörte sie nichts als ihren eigenen Herzschlag. Wild pochte er, während sie in das ausdruckslose Gesicht des Kapitäns sah. Er musterte sie mit eisblauen Augen, und seine Gesichtszüge wirkten mit einem Mal wie eingefroren. Offenbar hatte sie genau die richtigen Worte getroffen. Mariella wollte schon erleichtert ausatmen, da brach Quesada in schallendes Gelächter aus.

»Habt ihr das gehört? Die Nichte Magellans also?« Er ergriff Mariellas Hand und drehte sie vor den Männern im Kreis. »Eine bessere Lüge ist dir nicht eingefallen, Mädchen?«

»Es ist die Wahrheit!«, schrie sie, doch ein Großteil der Männer grölte inzwischen genauso laut wie Quesada, sodass ihre Worte im Gelächter untergingen. Nur der Mann, der sie in den letzten Tagen mit Essen versorgt hatte, musterte sie interessiert, während er noch immer von diesem riesigen Mann festgehalten wurde. Eine tiefe Falte zeichnete sich zwischen seinen Augenbrauen ab, als wäre er in Gedanken versunken.

»Weißt du was?« Quesada zog sie wieder ruckartig zu sich heran, und Mariella hielt die Luft an, um möglichst wenig von dem kalten Schweiß- und Rumgeruch, der von ihm ausging, einzuatmen. »Ich würde vorschlagen, dass wir beide zunächst zusehen, was mit Menschen geschieht, die meine Befehle missachten. Und danach … überlege ich mir etwas Schönes für dich, Mädchen.« Während er den letzten Satz sprach, strich er ihr fast schon liebevoll über die Wange. Mariella wandte den Kopf zur Seite und schluckte mehrmals, um sich nicht auf der Stelle zu übergeben. Wieso hatte sie sich nur auf diesem Schiff versteckt anstatt auf dem Schiff ihres Onkels? Wieso war sie ausgerechnet an diesen Kapitän geraten? Sie drehte sich zu Emi, die genau wie sie festgehalten wurde und mit vor Schreck geweiteten Augen ihren Blick erwiderte. Mariella hätte sie am liebsten in den Arm genommen und sich tausend Mal bei ihr entschuldigt. Dafür, dass sie Emi in diese Lage gebracht hatte. Doch der Kapitän hielt sie eisern fest.

»Judicibus! Vollstreckt das Urteil!«

Kaum hatte er den Befehl ausgesprochen, riss der Riese dem Mann mit den schwarzen Locken das Hemd vom Leib, das in Fetzen zu Boden fiel. Mariella versuchte, sich abzuwenden, sie wollte den fremden Mann nicht betrachten, während er halbnackt vor ihr stand. Außerdem wollte sie nicht dabei zusehen, wie er geschlagen wurde, nur, weil er ihr geholfen hatte. Doch Quesadas Hand umschloss zum wiederholten Mal ihr Kinn und zwang sie, der Bestrafung zuzusehen. »Glaube mir, Mädchen. Das willst du nicht verpassen.« Mariella schluckte und starrte auf den muskulösen, sonnengebräunten Rücken des Mannes, während dessen Arme am Großmast des Schiffes festgebunden wurden. Hätte sie ihn zu einem anderen Zeitpunkt an einem anderen Ort gesehen, hätte sie vermutlich mit ihrer Freundin Chiara kichernd und mit roten Wangen über seine attraktive Erscheinung getuschelt. Doch nun zog sich alles in ihr zusammen, und sie hielt voller Angst den Atem an, während der Riese mit einem surrenden Geräusch die lederne Peitsche durch die Luft schwingen und auf den Rücken knallen ließ. Mariella zuckte zusammen und versuchte, die aufsteigenden Tränen zurückzudrängen. Quesada zählte laut mit, während der Büttel mit ganzer Kraft zuschlug. Immer wieder surrte und klatschte es, begleitet von einem leisen Stöhnen des Mannes, dessen Rücken inzwischen voller dunkelroter Striemen war. Mariella sah, wie das Blut in schmalen Rinnsalen von seinem Körper auf die Planken tropfte, und schluchzte leise.

»Achtzehn! Neunzehn! Zwanzig! Na, Elcano, habt Ihr genug? Wollt Ihr nun mit mir sprechen?«

Der richtete sich keuchend auf und drehte sich dann zu ihnen um. Mariella spürte seinen Blick auf sich ruhen und hätte am liebsten die Augen geschlossen. Sie wusste, dass er ihretwegen die Strafe auf sich genommen hatte, und fühlte sich schrecklich. Doch sie zwang sich dazu, ihn anzusehen, trotz der Tränen in den Augen, und er erwiderte ihren Blick mit einem schwachen Lächeln. Dann richtete er seine Aufmerksamkeit auf den Kapitän und zuckte mit den Schultern.

»Ich habe alles gesagt, was Ihr wissen müsst. Außerdem glaube ich ihr.«

»Was? Dass sie Magellans Nichte ist? Wegen ihres portugiesischen Akzents?« Quesada lachte laut auf und betrachtete Mariella mit einem Seitenblick. »Ich habe Euch nie für sonderlich intelligent gehalten, Elcano. Aber dass Ihr noch dümmer seid, als ich glaubte, hätte ich nicht vermutet. Ihr tut gerade so, als seien in Portugal alle Menschen miteinander verwandt.«

Juan trat einen Schritt auf Mariella zu und ergriff ihre Hand. Ein Schauer überkam sie, während er mit seinen schwieligen Fingern über ihre Handfläche fuhr. »Sehen diese Hände so aus, als hätten sie jemals gearbeitet, Kapitän?«

Quesada schlug Elcanos Hand beiseite und rollte mit den Augen. »Jede zweite Hure meines Dorfes hat ebenso zarte Hände.«

Bevor Mariella etwas zu ihrer Verteidigung sagen konnte, hatte sich Emi losgerissen und stand nun mit erhobenem Zeigefinger vor dem Kapitän und herrschte ihn an. »Ich warne Euch, Señor. Mein Mädchen ist keine Hure, und wenn Ihr sie noch ein einziges Mal mit einer solchen vergleicht, dann …«

Doch Quesada ließ sie nicht ausreden, stieß sie schwungvoll zur Seite und drehte sich zu seinen Männern.

»Was wollt ihr mit diesen beiden hübschen Exemplaren anstellen? Habt ihr Wünsche?«

Übelkeit stieg in Mariella auf, als der Kapitän sie wie eine Trophäe mitten auf dem Hauptdeck zur Schau stellte. Sie spürte die gierigen Blicke einzelner Männer auf sich gerichtet und kämpfte mit den Tränen. Emi hatte recht gehabt, es gab tatsächlich noch schlimmere Männer als Alberto! Und sie selbst hatte sich ihnen in die Arme gespielt. Panik breitete sich in ihr aus, denn sie wusste, dass sie ihnen nicht mehr auskommen konnte. Wieso war sie nur geflüchtet? Wieso hatte sie nicht auf Emi gehört? *Gott im Himmel, steh uns bei!*, bat sie lautlos.

»Angenommen, sie spricht die Wahrheit.« Elcanos Stimme klang ruhig, und obwohl er halbnackt und verwundet war, strahlte er Autorität aus, denn die Mannschaft verstummte schlagartig. »Wie würde Kapitän Magellan reagieren, wenn er erführe, dass Ihr seine Nichte als Hure unter den Männern weitergereicht habt?« Er drehte sich zur Mannschaft und breitete die Arme aus. »Wie würde er gegen jeden Einzelnen von uns vorgehen?«

Es herrschte betretenes Schweigen, das nur hin und wieder von Emis Schluchzen unterbrochen wurde. Mariella legte die Hände ineinander, um deren Zittern zu verbergen, und beobachtete den Kapitän. Er wirkte mit einem Mal nicht mehr so selbstsicher und brummte verärgert. Dann ließ er Mariella los und winkte den Riesen zu sich heran.

»Elcano, ich verurteile Euch zu fünf weiteren Peitschenhieben wegen Befehlsverweigerung. Außerdem werdet Ihr auf Teneriffa allein für das Befüllen unseres Lagers zuständig sein. Habt Ihr verstanden?« Ohne eine Antwort abzuwarten, deutete er auf Mariella und Emi und grinste boshaft. »Und die beiden Weiber laden wir später bei Magellan ab.« An Mariella gewandt, fügte er noch hinzu: »Mal sehen, wie der Portugiese auf dein freches Mundwerk reagiert. Glaube mir, du wirst es noch bereuen, dass Elcano dich in Magellans Arme gespielt hat.«

Mariella war an der Reling stehen geblieben und betrachtete das glitzernde Wasser. Direkt neben ihr kletterte ein junger Seemann an einer Art Leiter den Mast nach oben und hantierte dort an verschiedenen Tauen, die gleich Spinnennetzen über ihr verliefen. Die Männer waren nach der Vollstreckung des zweiten Urteils zurück an ihre Arbeit gekehrt, und keiner schenkte ihr oder Emi, die seitdem apathisch auf den Planken saß und ins Nichts starrte, noch Beachtung. Es war, als wäre zuvor nichts geschehen. Dafür zitterten Mariellas Hände immer noch, wenn sie nur daran dachte, wovor dieser Elcano sie bewahrt hatte. Sie atmete tief durch, zog ihre Unterlippe ein und schmeckte Salz. Urplötzlich zog ein Lächeln über ihr Gesicht. Das war also der Geschmack des Meeres. Mit geschlossenen Augen lauschte sie dem regelmäßigen Rauschen, dem Flattern des Windes in den Segeln und dem Schreien einzelner Möwen, die um sie herumflogen. Es klang herrlich.

»Alles in Ordnung, Señorita?« Eine dunkle Stimme riss sie aus ihren Gedanken, und Mariella zuckte zusammen. Elcano stand in einem frischen Hemd neben ihr und hielt einen Besen in den Händen.

»Danke für Eure Hilfe, Señor.«

Er neigte den Kopf und lächelte sanft, was seine markant geschnittenen Gesichtszüge weicher wirken ließ. »Ich hoffe nur, der Generalkapitän wird gnädiger mit Euch umgehen.«

Mariella lachte leise. »Er ist wirklich mein Onkel. Ich dachte, Ihr glaubt mir?«

Elcano zuckte mit den Schultern und stöhnte sofort, als hätte die Bewegung einen stechenden Schmerz ausgelöst. Dann lächelte er matt. »Ich gebe zu, dass ich diesbezüglich nicht ehrlich war. Es fällt mir schwer, Euch das zu glauben, aber es war eine Aussage, die Euch vorerst das Leben gerettet hat.«

Mariella schluckte. Hätte der Kapitän sie wirklich über Bord werfen lassen? Einfach so? Erneut begannen ihre Hände zu zittern, weshalb sie die Reling fest mit ihnen umfasste.

»Wie geht es Eurem Rücken?«, wechselte sie das Thema.

»Keine Sorge, Señorita. Ich habe schon Schlimmeres erlebt. Außerdem haben wir einen fähigen Bader an Bord.«

Mariella nickte mit einem Lächeln, als der durchdringende Ton eines Horns erklang.

»Land in Sicht!«, schrie kurz darauf ein Mann, der oben am Mast in einem Korb stand und durch ein Fernrohr blickte.

»Dann werden wir ja gleich sehen, ob Ihr die Nichte unseres Generalkapitäns seid, Señorita.« Elcano verneigte sich und ging dann davon, um seine Arbeit zu verrichten.

Mariella ließ den Blick über das Meer schweifen und kniff die Augen fest zusammen. Tatsächlich machte sie dunkle Flecken am Horizont aus, die mit viel Fantasie eine Inselgruppe sein konnten. Sie seufzte leise. Bald würde sie ihrem Onkel gegenüberstehen. Doch nach dem, was sie inzwischen über ihn gehört hatte, wusste sie nicht, ob sie sich wirklich darüber freuen sollte. Denn während die Seeleute über Kapitän Quesada nur hinter vorgehaltener Hand schimpften, waren sie sich hier an Bord allesamt darin einig, dass der Generalkapitän – »der verfluchte Portugiese« – noch um einiges schlimmer war.

13.

Was, zum Teufel, hast du dir nur dabei gedacht? Hast du eine Ahnung, in welche Lage du mich damit gebracht hast, Mariella? *Merda!*« Magellan schlug seine Faust auf den Tisch, dass das Geschirr darauf laut klirrte. Mariella saß gemeinsam mit Emi in der Kapitänskajüte der Trinidad. Nachdem alle fünf Schiffe geankert hatten, war sie von Quesada höchstpersönlich als blinder Passagier an Magellan übergeben worden. Sowohl ihrem Onkel als auch Quesada waren daraufhin die Gesichtszüge eingefroren – Quesada, weil er verstanden hatte, dass sie die Wahrheit gesprochen hatte, und ihrem Onkel, weil er sie trotz ihrer Verkleidung sofort erkannt hatte. Er hatte sie sogleich am Arm ergriffen und in seine Kammer geführt, wo er seitdem fuchsteufelswild auf- und abmarschierte und Schimpfwörter benutzte, die Mariella nie zuvor gehört hatte. Sie presste die Lippen aufeinander und sah betreten zu Boden.

»Warum? Warum, Mariella? Was soll ich nun deinem Vater schreiben? Und deinem Verlobten?«

Sie holte tief Luft, blickte in die wütenden Augen ihres Onkels und erklärte dann schlicht: »Mein Vater hat mich beim Kartenspiel an einen Säufer verkauft.« Für einen kurzen Moment herrschte Stille in der Kajüte, und ihr Onkel betrachtete sie mit einem erschrockenen Gesichtsausdruck. Doch dann spie er verärgert hervor:

»Und deshalb schleichst du dich auf eines meiner Schiffe? Du hättest mich einfach um Hilfe bitten können. Herrgott!« Magellan riss sein Barett vom Kopf und raufte sich die dunklen Haare.

»Und wie hättet Ihr mir helfen wollen? Ihr sagtet selbst, dass Ihr unter Zeitdruck steht. Außerdem habt Ihr mir immer so wunderbare Geschichten von fremden Ländern erzählt. Ich möchte Euch doch nur begleiten.«

»Ja, natürlich habe ich dir nur die schönen Geschichten erzählt. Du warst ein Kind, Mariella. Hätte ich dir von Mord, Totschlag, der todbringenden Seefahrerkrankheit oder von Schiffbrüchen erzählen sollen? Oder von Meutereien und blutigen Schlachten? Von menschenfressenden Wilden? All diese Dinge habe ich ebenfalls auf meinen Reisen erlebt. Aber so etwas erzähle ich doch keinem Kind!« Er seufzte lange und ließ sich in einen geschnitzten Holzstuhl fallen, während er das Gesicht in beide Hände stützte. »Was mache ich denn jetzt?«

Mariella sah aus einem der kleinen quadratischen Fenster der Kapitänskajüte zum Land hinüber und beobachtete, wie dort Männer dicke Taue unter den Armen trugen und andere Fässer durch den schwarzen Sand rollten. Sie sah etwas entfernt eine Hafenschenke, vor der weitere Männer saßen, lachten und grölten. Es herrschte offensichtlich eine ausgelassene Stimmung unter den Seeleuten, und Mariella fragte sich, ob Magellans Worte der Wahrheit entsprechen konnten. Wenn die Fahrt zur See tatsächlich so gefährlich war, wie er behauptete, wieso gab es diese Expedition dann überhaupt? Und warum nahmen so viele Personen daran teil?

»Ich bin kein Kind mehr. Und ich möchte Euch begleiten, Onkel«, wiederholte sie ihren Wunsch, und diesmal zitterte ihre Stimme nicht. Sie wusste, dass sie ihn davon überzeugen musste, wie ernst sie es meinte. Dass selbst die schrecklichsten Geschichten sie nicht von ihrem Wunsch abbringen konnten.

Magellan ließ die Hände in den Schoß gleiten und betrachtete sie. Dann schüttelte er den Kopf. »Du bist kein Kind mehr, das ist richtig. Du bist eine junge, hübsche Frau geworden. Und genau das ist das Problem. Du bist hier nicht sicher.« Er seufzte laut und stand schließlich auf. »Ich muss mich um die Vorräte kümmern. Ihr beide«, er deutete auf Emi und Mariella, »ihr bleibt hier, bis mir etwas eingefallen ist.«

Ohne eine Antwort abzuwarten, rauschte er aus der Kajüte und knallte die Tür hinter sich zu, dass Mariella und Emi zusammenzuckten.

Mariella atmete tief durch. Dieses Gespräch hatte sie sich anders vorgestellt. Wut und Enttäuschung – diese beiden Gefühle hatte sie durch ihr Verhalten bei ihm ausgelöst, und sie war sich keineswegs sicher, ob er sie auf die weitere Reise mitnehmen würde. Möglicherweise würde er sie hier, auf den Kanarischen Inseln, zurücklassen.

»Immerhin leben wir noch«, meinte Emi nach einer Weile des Schweigens, und hob einen Mundwinkel zu einem schrägen Lächeln an. Mariella stöhnte, erhob sich und lief nun, gleich ihrem Onkel zuvor, unruhig in der Kammer auf und ab. Sie betrachtete auseinandergerollte Seekarten, fuhr mit dem Finger über ein goldenes Instrument, bestehend aus zwei Kreisen, in das feine Linien eingraviert waren.

»Nicht anfassen!«, fuhr Emi sie an. »Am Ende verstellt Ihr noch etwas.«

Mariella zuckte mit den Schultern. Sie hatte nicht einmal eine Ahnung, um welches Gerät es sich hierbei handelte. Außerdem hatte sie ganz andere Probleme – sie musste ihren Onkel davon überzeugen, dass sie sehr wohl in der Lage war, an dieser Reise teilzunehmen. Ein Blick aus dem Fenster zeigte ihr erneut die Männer, die, genau wie in Sevilla, Säcke und Fässer trugen oder mit Federkielen Listen auf Pergament führten. Sie sah sogar Schweine, die auf eines der Schiffe geführt wurden.

»Er muss sehen, dass ich ihm eine Hilfe sein kann!« Sie lächelte Emi zu und griff nach dem Türriegel.

»Nein, Mariella! Tut das nicht!«

Mariella starrte ihre Haushälterin an und deutete nach draußen.

»Wenn mein Onkel sieht, dass ich mir nicht zu schade bin, zu arbeiten, wird er uns an Bord akzeptieren. Ich bin mir sicher, Emi«, erklärte sie ihre Absicht, doch Emi lachte freudlos auf.

»Und wie wollt Ihr das anstellen? Wollt Ihr Fässer tragen? Bitte, nur zu! Oder Säcke, obwohl Ihr bei deren Transport schon in Sevilla beinahe ins Wasser gefallen seid? Denkt ja nicht, ich hätte das damals nicht gemerkt!«

Mariella setzte gerade zu einer Antwort an, doch Emi war aufgestanden, stellte sich nun vor die Tür und legte ihre Hände auf Mariellas Schultern. »Und selbst wenn Ihr Fässer und Säcke tragen wolltet, wohin würdet Ihr sie räumen? Kennt Ihr Euch denn auf den Schiffen aus? Glaubt mir, meine Liebe. Ihr würdet es nur schlimmer machen.«

Mariella kniff die Augen fest zusammen, um die aufsteigenden Tränen zurückzudrängen, und schlang beide Arme um ihren Leib. »Er wird uns zurückschicken.« Sie schluchzte leise.

»Meine Liebe«, meinte Emi, und Mariella fühlte warme Finger auf ihrer Wange, die ihre Tränen fortwischten. »Vielleicht ist das sogar das Beste für uns.«

»Ja, sicher«, antwortete Mariella mit sarkastischem Unterton, denn plötzlich sah sie Alberto vor sich, fühlte seinen gierigen Blick auf ihrem Körper und spürte erneut seine grässlichen Lippen auf ihren. So würde also in Kürze ihr Leben aussehen. Wieder blickte sie aus einem der kleinen Fenster, doch diesmal betrachtete sie das Meer. Dann seufzte sie leise. Immerhin hatte sie es einmal mit eigenen Augen gesehen. Sie stellte sich noch näher ans Fenster und prägte sich jedes kleinste Detail genau ein. Die weißen Schaumkronen der Wellen, das glitzernde Blau, das reflektierende Licht der Sonne – es sah so wunderschön aus!

Mariella wusste nicht, wie lange sie dort am Fenster gestanden und das Meer, die Bucht, die Segelschiffe und die einzelnen Männer bei ihrer Arbeit beobachtet hatte, als das Knarzen der Tür sie plötzlich aus ihrer Starre riss.

Mit ängstlichem Blick betrachtete sie ihren Onkel, der wie immer leicht hinkend auf sie zukam. Er sah grimmig und niedergeschlagen aus, und Mariella senkte abwartend den Kopf. Sie wusste, welche Rede nun folgen würde, und atmete tief durch, bevor sie ihm zurück zum Tisch folgte. Schweigend setzte sie sich auf einen Stuhl und zwang sich, ihrem Onkel mit erhobenem Haupt in die Augen zu sehen. Dieser brummte etwas Unverständliches in seinen Bart und starrte im Anschluss eine Zeit lang auf die Tischplatte. Mariella wagte kaum, zu atmen, und verschlang die nasskalten Finger ineinander.

»Ich bin der Generalkapitän dieser Expedition«, begann Magellan plötzlich zu sprechen. »Wenn ich Regeln oder Befehle ausspreche, haben sich meine Männer daran zu halten. Ausnahmslos.«

Mariella nickte zögerlich, weil sie nicht wusste, worauf ihr Onkel hinauswollte.

»Niemand wird bevorzugt, egal, aus welchem Land er stammt, welche Sprache er spricht, oder welche Stellung er an Bord innehat.« Er machte eine Pause und atmete hörbar durch. Dann sah er sie mit ernstem Gesichtsausdruck an und fuhr fort. »Ich kann dir keine Sicherheit garantieren, Mariella. Außerdem wirst du arbeiten müssen.«

Ohne groß nachzudenken, sprang Mariella auf und umarmte ihn stürmisch. »Das heißt, Ihr nehmt mich mit?«

Magellan drückte sie von sich fort und zurück auf den Stuhl. Sowohl seine Körperhaltung als auch seine Mimik zeigten ihr, dass er alles andere als glücklich über ihre Reaktion war. »Genau das meine ich! Dir muss bewusst sein, dass ich ab sofort nicht mehr dein Onkel, sondern der Generalkapitän bin. Und dieser wird gewiss nicht umarmt.«

Erneut brummte er einen Fluch in seinen Bart hinein. »Ich kann es mir nicht leisten, euch beiden eine sichere Heimreise zu organisieren. Dafür fehlen mir sowohl die Mittel als auch die Zeit. Du hast mich wahrlich in Teufels Küche gebracht, Mariella.«

Sie senkte den Kopf und murmelte eine Entschuldigung. Gleichzeitig kribbelte ihr ganzer Körper vor Aufregung, denn seine Worte bedeuteten nur eins: Sie durfte offiziell auf einem der Schiffe mitreisen.

Er klopfte mit den Knöcheln seiner Hand ein paarmal auf die Tischplatte und deutete anschließend auf Emis und Mariellas Kleidung, die inzwischen steif vor Dreck war. »Dann besorge ich euch beiden noch angemessene Kleider. Und heute Abend werde ich wohl oder übel die Mannschaft aufklären müssen.«

Mit diesen Worten erhob er sich, tippte sich einmal an die Stirn und verließ die Kajüte. Kaum hatte sich die Tür hinter ihm geschlossen, sprang Mariella auf und in Emis Arme und tanzte mit ihr durch die Kammer. Endlich würde sie die Reise in vollen Zügen genießen können! Ohne Versteckspiel, ohne Lügen – sondern als sie selbst, Mariella Alvaro.

14.

Ich werde weder auf die Gründe eingehen, wieso sie sich versteckt haben, noch werde ich mich für meine Entscheidungen rechtfertigen. Sollte jemand ein Problem damit haben, kann er die Reise hier und jetzt auf den Kanaren, ohne Konsequenzen, beenden.«

Magellan stand ganz oben auf dem Aufbau des Hecks und blickte ernst nach unten. Er hatte alle Männer versammelt, die sich auf dem Hauptdeck der Trinidad und den beiden anderen Schiffen daneben aufhielten und nun seinen Worten lauschten. Einige Männer saßen oben auf den Querstangen der Masten oder hielten sich an den Webleinen fest, die bis zur Mastspitze führten.

Mariella und Emi standen neben Magellan. Ihr Onkel hatte tatsächlich sein Wort gehalten und Emi eine einfache Bauerntracht und Mariella ein paar Kleider gekauft, die einigermaßen ihrem Stand entsprachen. So trug sie nun ein dunkelgrünes ausladendes Kleid, dessen goldene Stickereien am Saum sowie an den weiten Ärmeln auffällig glänzten. Seit Emi ihr das spitzenbesetzte Leibchen fest zugeschnürt hatte, bedauerte es Mariella, wieder in der üblichen Frauenkleidung zu stecken. In dem weiten Herrenhemd hatte sie definitiv besser atmen können. Auf den starren Unterrock hatte sie trotz Emis Schimpfen verzichtet, da sie damit vermutlich niemals die schmalen Stufen auf das Oberdeck hinunter hätte gehen können.

Während Emi ihre nasskalten Finger um Mariellas Arm schloss und betreten zu Boden blickte, hielt Mariella ihren Blick geradeaus auf die Männer gerichtet. Der Wind wehte ihr einzelne Locken ins Gesicht, die sich aus der aufwendigen Flechtfrisur gelöst hatten, doch Mariella ignorierte sie.

Allein an der durchgehend stummen Reaktion der Mannschaft erkannte sie deren Angst, Verwirrung und vor allem Ärger. Es war mehr als offensichtlich, dass die Mehrheit gegen ihren Aufenthalt an Bord des Schiffes war. Doch neben ihrem Onkel fühlte sie sich stark und vor allem sicher.

»Das heißt, dass beide ab sofort auf der Trinidad die Arbeiten eines Kochgehilfen übernehmen werden. Zudem werden sie, wenn nötig, als Segelmacher eingewiesen und beschädigtes Segelwerk reparieren. Es gelten die gleichen Regeln für sie wie für euch alle. Und ich erwarte ein respektvolles Miteinander.« Er hielt inne und blickte finster in die Menge.

»Bei allem Respekt, Kapitän. Aber das kann doch niemals Euer Ernst sein! Zwei Frauen? Auf hoher See? Das kommt doch einem Todesurteil gleich.«

Der Mann, dessen Worten Mariella mit angehaltenem Atem lauschte und der dabei auf sie deutete, als hätte sie eine ansteckende Krankheit, hatte einen langen Schnurrbart und eine auffällige Hakennase.

»Nun, Kapitän Cartagena, meines Wissens hängt das Gelingen einer Schiffsreise vom Können der Mannschaft ab. Eine Frau als Unglücksbringer zu bezeichnen, halte ich schlichtweg für Unsinn. Dennoch habt Ihr in einer Hinsicht recht, denn wer sich den beiden in irgendeiner Art und Weise unsittlich nähert, den werfe ich persönlich über Bord. Für das Todesurteil seid ihr also selbst verantwortlich. So, und nun genug davon. Ihr könnt jetzt alle abtreten!«

Ein paar Stunden später stand Mariella immer noch ganz oben an der Reling auf dem Aufbau am Heck des Schiffes und sah auf das Meer hinaus. Bestrahlt vom schwachen Mondlicht, glitzerte seine Oberfläche, als würden tausend Sterne darauf wohnen. Emi hatte sich gleich nach Magellans Ansprache ohne ein weiteres Wort in die Kapitänskammer verkrochen, die ihr Onkel ihnen zur Verfügung gestellt hatte. Er selbst würde die restliche Reise unter Deck bei den anderen

Männern schlafen. Mariella hatte eine leise Ahnung davon bekommen, was es für ihn bedeutete, zu ihr zu stehen. Sie hatte einige Männer fluchen gehört, sobald Magellan das Schiff verlassen hatte, um an Land zu gehen. Andere hatten auf den Boden gespuckt und ihr damit mehr als deutlich gezeigt, dass sie nicht willkommen war. Dennoch fühlte sie im Moment eine tiefe Dankbarkeit in ihrem Herzen.

Sie lauschte dem leisen Rauschen der Wellen, begleitet vom Lachen der Männer, die sich teilweise am Strand an einem Lagerfeuer aufhielten oder direkt ein Deck unter ihr zusammensaßen. Eine Fidel erklang am Ufer und wurde von mehreren Trommeln und unterschiedlichen Gesangsstimmen begleitet. Das Lied handelte von Wein, Rum und Frauen und war gewiss nicht für ihre Ohren bestimmt. Unter ihnen erkannte sie den tiefen, brummenden Bass ihres Onkels, und Mariella lachte leise. Genauso hatte sie sich das Leben der Seefahrer vorgestellt. Genau hier wollte sie sein.

Sie löste ihren Blick vom Wasser unter ihr und richtete sich auf. Die Palmen und Häuser der Insel waren nur noch dunkle Schatten, während auf der anderen Seite das endlose Meer wie in Silber getaucht war. Es wirkte wie ein Gemälde, und sogar die Schiffe, die rechts und links von ihr gemächlich schaukelten, passten perfekt dazu. Als ihr Blick auf das neben ihr ankernde Schiff fiel, hielt sie den Atem an. Dort stand an der gleichen Stelle wie sie Señor Elcano. Die Hände auf die Reling gelegt, betrachtete er in aufrechter und anmutiger Haltung das Meer. Dank des Mondlichts konnte sie seine markanten Gesichtszüge wahrnehmen, die im Moment friedlich und entspannt wirkten.

Als hätte er sie bemerkt, drehte er den Kopf plötzlich zu ihr, und Mariella fühlte, wie schon damals in Sevilla, den Blick seiner dunklen Augen direkt in ihr Herz wandern. Er lächelte höflich, verneigte sich leicht und verließ schließlich seinen Platz. Mariella stand wie versteinert an Ort und Stelle und sah ihm hinterher. Ihr Herz klopfte wild, während es in ihren Ohren laut rauschte. Vorsichtig legte sie eine Hand auf die Brust und atmete tief durch. Was war eben geschehen?

»Mariella? Was macht Ihr denn hier? Ihr habt hier allein nichts zu suchen! Außerdem solltet Ihr zu Bett gehen.« Emis Stimme riss sie aus ihren Gedanken und ließ sie wieder zu sich kommen. Gehorsam folgte sie ihrer Haushälterin in die Kajüte, um zum ersten Mal seit Langem wieder in einer richtigen Bettstatt zu schlafen.

15.

Zuerst schält Ihr die Zwiebeln, den Knoblauch und die Möhren und kocht daraus eine Brühe. Die Schalen bringt Ihr im Anschluss den Hühnern, Ihr wisst, wo sie gehalten werden?«

Ein hagerer Mann, der sich ihnen als Antonio und Koch der Trinidad vorgestellt hatte, stellte eine riesige Schüssel Gemüse vor Mariella und Emi ab und sah sie mit großen, freundlichen Augen an. Mariella schaute fragend zurück und hob unsicher ihre Schultern. Sie hatte bislang nicht einmal gewusst, dass sie Hühner an Bord hielten.

Antonio winkte ab. »Ich zeige sie Euch später. Nun an die Arbeit! Die Messer befinden sich dort drüben.« Er deutete in ein dunkles Eck und ließ sie anschließend allein. Mariella lächelte zufrieden.

»Er wirkt nett, oder?«, meinte sie an Emi gewandt, die immer noch ganz blass um die Nase herum war und sich fest an die Tischplatte klammerte.

Vor wenigen Stunden hatten sie Teneriffa verlassen, und das Geschwader segelte mit aufgeblähten Segeln in einem rasanten Tempo über das blau glitzernde Meer. Die Wellen schaukelten das Schiff gewaltig durch, sodass Mariella anfangs kaum ihr Gleichgewicht hatte halten können. Doch inzwischen genoss sie das laute Klatschen der Wellen gegen die Bordwand und das Pfeifen des Windes. Emi hatte in dieser Zeit nur einmal auf den unendlich wirkenden Ozean geblickt und war aschfahl geworden. »Wir sind doch nur Nussschalen in diesem Meer«, hatte sie mit zitternder Stimme festgestellt und anschließend drei Mal das »Ave Maria« gebetet. Seitdem saß sie schweigend an dem kleinen Tisch unterhalb des Heckkastells, zuckte bei jeder größeren Welle zusammen und schrie auf, sobald das Wasser über die Reling schwappte. Mariella griff nach ihrer Hand und drückte sie. »Emi, hab doch keine Angst. Mein Onkel ist der beste Seefahrer, den es gibt, glaube mir. Uns wird nichts passieren. Und dieser Antonio wirkt sehr freundlich.«

Aber Emi starrte weiterhin auf die Tischplatte, und Mariella seufzte. »Dann werde ich mal die Messer suchen.«

Sie drückte ein weiteres Mal Emis Hand und folgte anschließend Antonios Beschreibung in die dunkle Kammer hinein. Nachdem sich ihre Augen an die Dunkelheit gewöhnt hatten, erkannte sie zwei Männer, die dort auf dem Boden saßen und Karten spielten.

»Guten Morgen. Könnt Ihr mir sagen, wo ich die Messer finde?«, fragte sie höflich und neigte ihren Kopf. Die Männer hielten in ihrem Spiel inne und blickten kurz auf. Doch keiner antwortete ihr.

»Ich setze den König!«, hörte sie den einen stattdessen sagen, und schon waren beide wieder in ihr Spiel vertieft.

Mariella atmete tief durch. »Wie ist es Euch überhaupt möglich, in dieser Dunkelheit die Karten zu erkennen?«, fragte sie weiter und bemühte sich, freundlich zu bleiben. Doch wieder antwortete keiner der beiden, und sie spürte mehr als deutlich, dass sie nicht willkommen war. Sie presste die Lippen aufeinander und ignorierte die Kränkung. Immerhin handelte es sich hier nur um zwei Herren. Damit würde sie klarkommen. Daher raffte sie ihre Röcke und schritt an den beiden vorbei. Sie würde die Messer auch ohne ihre Hilfe finden.

Kurze Zeit später saß sie neben Emi am Tisch und schnitt die Zwiebeln, die ihre Haushälterin geschält hatte. Beide wischten sich immer wieder Tränen aus den Augen, und Mariella grinste. »Fast wie früher, oder? Wenn ich zur Strafe für mein zu spätes Nachhausekommen Küchendienst bekam.« Mariella konnte gar nicht mehr zählen, wie oft sie damals neben Emi Zwiebeln schälen, Erbsen pulen oder das Korn hatte mahlen müssen.

»Fast«, antwortete Emi leise und seufzte. »Ich habe Angst, Mariella. Diese Seeleute können uns nicht leiden.«

Tatsächlich machten fast alle einen großen Bogen um sie herum, sobald sie in ihre Nähe kamen, und selbst Antonio sprach nur das Nötigste mit ihnen. Ihren Onkel hatte sie an diesem Tag nur ein einziges Mal gesehen, als er mit einer großen Pergamentrolle unter dem Arm an den Kolderstock getreten war, um mit dem zweiten Offizier über Koordinaten zu diskutieren. Doch mit ihnen hatte er kein einziges Wort gewechselt.

»Wir müssen ihnen einfach beweisen, dass wir ein Teil dieser Mannschaft sind«, antwortete sie und ergriff die Schüssel mit dem Gemüse, um sie Antonio zu bringen.

»Ist die Suppe fertig, Antonio? Ich sterbe vor Hunger! Es riecht schon herrlich!« Ein junger Mann mit hellbraunen kurzen Haaren legte ein zusammengerolltes Tauwerk auf den Boden, holte sich eine Schüssel und sah gierig in den riesigen gusseisernen Topf, in dem die Brühe kochte. Antonio schöpfte ihm ein, während Mariella danebenstand und einen Laib Brot in Scheiben schnitt. Sie lächelte den Mann freundlich an und reichte ihm das Essen.

»Lasst es Euch schmecken, Señor.«

Als hätte er sie jetzt erst wahrgenommen, sah er von seiner Schüssel in der Hand zurück zu Mariella und schüttelte den Kopf.

»Sag mir nicht, dass *sie* das Essen gekocht hat?!«, fragte er den Koch.

Dabei deutete er mit den Fingern auf Mariella und verzog das Gesicht zu einer angewiderten Grimasse. Sie beobachtete Antonio, der die Schultern hob und ihrem fragenden Blick auswich.

»Du denkst doch nicht, dass ich mich gegen die Befehle des Kapitäns stellen werde!«, antwortete er schließlich.

Der Mann betrachtete daraufhin seine Schüssel und stellte sie kurzerhand neben Mariella auf den Tisch. »Ich habe keinen Hunger mehr«, meinte er, drehte sich um und ging davon.

»Ist das Euer Ernst?« Mariella knallte das Messer auf den Tisch und sah von Antonio zu dem anderen Mann, der auf ihre Worte hin stehen geblieben war. Wut kam in ihr auf und machte sich kurzerhand Luft. »Habt Ihr Angst, ich würde Euch vergiften? Wollt Ihr stattdessen lieber hungern? Was habt Ihr für ein Problem?«

Ganz langsam kam er zurück und sah ihr in die Augen. Sie erkannte Ekel und Abscheu darin, als er nach seiner Schüssel griff.

»Daniele, nicht!«, fuhr Antonio ihn an, doch der beachtete ihn gar nicht.

»Ihr seid das Problem, Señorita«, erklärte er und leerte die Schüssel direkt vor ihren Füßen aus. Dann hob er eine Augenbraue und deutete auf den Boden. »Ihr solltet das sauber machen.« Mit diesen Worten hob er das Tauwerk vom Boden auf und verließ die Kombüse.

Mariella starrte ihm mit offenem Mund hinterher. Sie konnte nicht begreifen, was eben geschehen war und vor allem, aus welchem Grund. Was hatte sie denn getan?

Doch bevor sie etwas sagen oder tun konnte, betrat Magellan die enge Kochstelle, die nicht mehr als ein durch Fässer abgetrennter Bereich unter Deck war, um sich etwas zu essen zu holen. »Alles in Ordnung?«, fragte er sie und betrachtete dabei die ausgeschüttete Suppe, die als Pfütze vor ihr auf dem Boden glänzte.

Am liebsten hätte Mariella ihm sofort erzählt, was geschehen war und wie die Männer sie behandelten. Sie wollte, dass dieser Daniele für sein Verhalten büßte, er sollte erfahren, dass er kein Recht dazu hatte, sie so zu behandeln. Doch dann spürte sie Emis Fingernägel, die sich in ihren Oberarm bohrten. Eine kurze Warnung, die Mariella sofort verstand. Denn sowohl Antonio als auch Magellan sahen sie abwartend an.

»Ja, alles ist in Ordnung. Mir ist nur eben die Schöpfkelle ausgekommen«, murmelte sie mit einem schwachen Lächeln und suchte nach einem Lappen. »Aber ich mache das sofort sauber. Möchtet Ihr einen Teller Suppe?«

Magellan ließ sich von ihr bedienen und war kurz darauf wieder verschwunden. Mariella drehte sich zu Emi, die ihr zunickte. Ein Zeichen, dass sie in ihren Augen richtig reagiert hatte. Antonio räusperte sich und richtete seine dunkelbraune Mütze, die schief über einem Ohr hing, und reichte ihr im Anschluss ein Tuch. Den Blick, den er ihr dabei zuwarf, konnte sie nicht deuten.

»Wenn Ihr das aufgewischt habt, solltet Ihr eine Pause machen, Señorita«, sagte er schließlich, und Mariella nickte und seufzte leise. »Sicher.«

16.

Die Tage gingen in Wochen über, und noch immer waren die fünf Schiffe die einzige Erhebung, die man am Horizont in der Weite der See sehen konnte. Keine Insel, kein Land, nichts. Nur das unbegrenzte, unendliche Blau des Himmels und des Meeres. Auch auf der Trinidad hatte sich in dieser Zeit nicht viel geändert. Mariella und Emi wurden weitestgehend ignoriert und gemieden. Einige Seemänner spuckten auf den Boden, sobald sie in ihre Nähe kam, während andere das Kreuzzeichen vor der Brust schlugen. Magellan hatte sein Wort gehalten und behandelte sie wie jeden anderen an Bord. Das bedeutete, dass er so gut wie gar nicht mit Mariella sprach, die meiste Zeit über den Pergamentrollen saß und mit dem goldenen Gerät arbeitete, das sie sich auf den Kanaren in seiner Kapitänskammer genauer angesehen hatte. Offensichtlich rechnete er damit aus, wo sie sich befanden und in welche Richtung sie segeln mussten. Wenn er an Deck zu sehen war, hörte sie ihn ständig die verschiedensten Befehle rufen, die Mariella allesamt nicht verstand. Doch selbst diese Aufgabe hatte in der meisten Zeit der erste Offizier übernommen. Einzig am Abend zum Schichtwechsel erschien er jeden Tag in der eleganten Kleidung eines königlichen Admirals zum Abendappell, zu dem sich jedes Schiff der Trinidad nähern und Magellans Befehle anhören musste. Ihr Onkel forderte die anderen Kapitäne dann dazu auf, über die Geschehnisse bei sich an Bord zu berichten und ihm den genauen Stand ihrer Vorräte zu melden. Mehr als einmal hatte Mariella sich dabei über den herrischen Tonfall ihres Onkels erschrocken. Mittlerweile verstand sie auch seine Worte von damals, als er ihr zu bedenken gegeben hatte, der Admiral dieser Flotte zu sein. An Bord war Magellan ein Krieger – ein Befehlshaber, dem alle anderen gehorchen mussten.

Emi schien im Laufe der Wochen mit ihrer Situation Frieden geschlossen zu haben. Im Gegensatz zu Mariella, die mit jedem weiteren Tag verzweifelter versuchte, Anschluss zu finden, wirkte sie wieder ganz wie die Emi von früher. Sie schimpfte, wenn Mariella die Zwiebeln zu dick schnitt, die Bettstatt nicht ordentlich richtete oder einen Fleck auf eines ihrer wenigen Kleider brachte.

»Ihr wollt doch nicht in diesem Zustand die Kammer verlassen?« Emi stemmte die Hände in die Hüften und trat vor die Tür, bevor Mariella sie öffnen konnte.

Die sah an sich hinunter und zuckte unschlüssig mit den Schultern.

»Euer Haar sieht aus, als würden Vögel darin nisten«, erklärte Emi und versuchte, Mariellas Locken mit ihren Fingern zu entwirren. Mariella stöhnte und riss sich von ihr los.

»Ich kämme meine Haare jeden Abend, Emi. Aber der Wind bringt sie einfach sofort wieder in Unordnung.«

Emi verzog das Gesicht. »Es wird Zeit, dass wir es wieder flechten und hochstecken. So, wie es sich für Euch gehört.«

Mariella rollte mit den Augen, sie mochte ihr Haar nicht geflochten bekommen, das wusste Emi genau. Daher schüttelte sie demonstrativ den Kopf, sodass die Strähnen wild umherflogen, und blickte Emi trotzig an. »Darf ich jetzt gehen? Antonio wartet gewiss schon auf uns.« Ohne eine Antwort abzuwarten, drängte sie sich an Emi vorbei und verließ die Kajüte.

Der Wind blies ihr sofort die Haare ins Gesicht, und sie sah in den Himmel. Dicke graue Wolken türmten sich über ihnen auf und tauchten den neuen Morgen in eine gefährlich wirkende Dunkelheit. Langsam schritt sie die Stufen hinunter auf das Hauptdeck und beobachtete die Männer, die barfuß weit oben auf dem schwarzen Seil, dem sogenannten Fußpferd, standen, das unterhalb der Rahen, den Querstangen eines Masts, entlang gespannt war, und an verschiedenen Seilen zogen. Die großen rechteckigen Segel der beiden Masten blähten sich dabei locker auf. Mariella lauschte den Kommandos und den Antworten der Männer und betrachtete fasziniert, wie die Mannschaft zusammenarbeitete. Ein jeder schien genau zu wissen, was seine Arbeit war. Sie seufzte leise. Wie gern hätte sie dazugehört.

Als sie sich dem vorderen Mast, den die Seemänner Fock nannten, näherte, erkannte sie Daniele, der sich ebenfalls mit oben auf dem Seil befand. Sobald er sie sah, stieß er einen lauten Pfiff aus und ließ das Tau, das er in den Händen hielt, los. »Vorsicht da unten!«, schrien einige Männer, und zusammen mit dem surrenden Geräusch der Taue hörte Mariella das Ächzen und Knarzen von Holz, als die Querstange direkt auf sie zuratterte. Im letzten Moment sprang sie zur Seite, und die Stange rauschte nur wenige Zentimeter an ihr vorbei. Sie hielt den Atem an und starrte auf den Fleck, an dem sie gerade noch gestanden hatte. Hätte sie eine Sekunde länger gezögert, wäre sie von der Stange erschlagen worden. Ihr Herz klopfte heftig, und sie atmete stoßweise, als Daniele das Seil hinabkletterte, direkt vor ihr stehen blieb und sich in der Takelage über seinem Haupt festhielt. Sein breites, hämisches Grinsen war dabei nicht zu übersehen.

»Verzeiht, Señorita. Irgendwie ist uns allen gleichzeitig die Schot aus den Händen gerutscht. Aber Ihr habt eine wunderbare Reaktion, sonst hätte Euch die Fockrah vermutlich übel erwischt.« Spott schwang in seiner Stimme, und sein Lächeln wirkte falsch. Allein seine Mimik strafte seine Worte Lügen. Mariella wusste genau, welche Absicht Daniele eigentlich verfolgt hatte. Er hatte gewollt, dass sie getroffen wurde. Sie sah zu den anderen Männern, die mit ihrer Arbeit fortfuhren, als wäre nichts gewesen, und atmete tief durch.

Sie alle hatten es gewollt.

Die Erkenntnis ließ sie keuchen. Doch trotz ihrer Enttäuschung und Fassungslosigkeit bemühte sie sich, ruhig zu bleiben. Daniele stand noch immer vor ihr und grinste, die Hände hinter dem Rücken versteckt, als wäre er sich keiner Schuld bewusst. Es war dieser Anblick, der sie ihre bisherige Absicht vergessen und stattdessen Wut in ihrem Innersten auflodern ließ. Diesmal war er zu weit gegangen. Jeden Tag hatte sie seine ausgeleerte Suppe aufgewischt, schweigend und demütig. Doch das hier würde sie nicht hinnehmen. Daher reckte sie ihr Kinn und sah ihm fest in die Augen.

»Ihr seid ein Feigling, Daniele!«

Danieles Grinsen gefror, und sie merkte, dass die anderen Männer nun in ihrer Arbeit innehielten, denn es herrschte plötzlich eine unheimliche Ruhe an Bord.

»Ihr wollt mich über Bord werfen, schwer verletzen oder am liebsten gar tot sehen? Dann tut es – jetzt! Werft mich über die Reling!«, schrie sie und breitete die Arme aus. Daniele riss die Augen auf und wich einen Schritt zurück. Mariella lachte bitter auf. »Nein, lieber plant Ihr mit der halben Mannschaft einen versehentlichen Unfall, um Euch reinzuwaschen. Ihr seid ein Feigling, Daniele! Das seid Ihr alle!«, schrie sie den anderen Männern zu. »Und warum? Weil ich als Frau Euch das Essen koche? Weil ich Unglück über Euch bringe? Nein! Dafür seid Ihr selbst verantwortlich! Das hier«, sie deutete auf die dicke Querstange, die Daniele als Fockrah bezeichnet hatte, und schüttelte den Kopf, »das hier war Eure Entscheidung! Und ich dachte immer, Seefahrer sind mutige, ehrliche und vor allem furchtlose Menschen. Da habe ich mich wohl geirrt. Sie fürchten bereits eine kleine, unscheinbare Frau wie mich.« Nach diesen Worten drehte sie sich um und rauschte mit wehenden Röcken und wild klopfendem Herzen, ohne eine Reaktion abzuwarten, zurück in die kleine Kombüse.

»Was ist?«, fauchte sie Antonio an, der sie mit weit aufgerissenen Augen anstarrte, nachdem sie sich ein Messer genommen und damit mehrmals auf die ungeschälte Zwiebel eingestochen hatte. Allmählich ging ihre Wut in pure Verzweiflung über, denn langsam realisierte sie, was eben geschehen war, in seiner ganzen Tragweite.

Sie hatte alles versucht, sie hatte geschwiegen, gearbeitet, sie war zu allen Seeleuten immer höflich und freundlich gewesen, und trotzdem hatte sich rein gar nichts geändert. Sie und Emi gehörten einfach nicht dazu, und sie würden wohl nie dazugehören. Der Schiffskoch gab keine Antwort, sondern griff schweigend nach einem Becher und holte im Anschluss eine Flasche hervor, die hinter einem Sack Schiffszwieback stand. Dann goss er eine dunkelbraune Flüssigkeit in den Becher und stellte ihn vor Mariella ab.

»Trinkt das, Señorita.«

Mariella betrachtete den Inhalt des Gefäßes und atmete tief durch. »Ich habe keinen Durst«, antwortete sie knapp und unterdrückte ein Schluchzen.

»Das sehe ich. Aber das hier eignet sich auch nicht dazu, seinen Durst zu löschen. Trinkt!«

Mariella griff nach dem Becher und schwenkte die Flüssigkeit darin hin und her. Der unverkennbare Geruch von Alkohol stieg ihr dabei in die Nase, und sie sah erschrocken zu Antonio. Dieser stand mit einem breiten Grinsen vor ihr, sodass sie seine leuchtend gelben Zähne und eine große Zahnlücke erkennen konnte.

»Selbstgebrannt, Señorita. Mein ganzer Stolz.«

Mariella nickte langsam, obwohl sie überhaupt nicht verstand, worauf er hinauswollte. Wollte er sie mit seinem selbstgebrannten Schnaps vergiften? Antonio betrachtete sie und den Becher in ihren Händen, seufzte leise und schenkte sich selbst eine gehörige Portion davon in ein Gefäß ein. Dann hielt er es ihr entgegen.

»Auf Euren Mut, Señorita.« Er schenkte ihr erneut ein schiefes Lächeln und trank den Schnaps in einem Zug aus.

»Vielen Dank«, antwortete sie mit zittriger Stimme, denn

endlich verstand sie, was er ihr damit sagen wollte. Sie führte den Becher an die Lippen, kostete einen Schluck und kniff die Augen zusammen. Es schmeckte wie pures Feuer, und sie hustete, keuchte und kämpfte gegen die Tränen an, die ihr in die Augen schossen, während Antonio laut lachte. Doch dann fiel sie in Antonios Gelächter mit ein und atmete tief durch.

»Gut, oder?«, fragte er, und Mariella nickte zustimmend.

»Er ist perfekt.« Denn sie wusste, dass sie in diesem Augenblick einen neuen Freund gefunden hatte.

17.

JUAN

D ein Rücken sieht wunderbar aus, die Striemen sind allesamt gut verheilt.« Hernando, der Bader der Concepción, klopfte erfreut auf Juans Schulter, der sich daraufhin das weite Leinenhemd über den Kopf zog. Sie standen beide auf dem Bugkastell des Schiffes an die Reling gelehnt, damit Hernando bei Tageslicht Juans Wunden besser versorgen konnte. An diesem Tag hatte sich die Sonne hinter dichten, grauen Wolken versteckt, sodass sogar an Deck nur trübes Licht herrschte.

»Das habe ich allein deiner Salbe zu verdanken«, antwortete Juan und reichte ihm dankbar die Hand. Drei Wochen waren inzwischen vergangen, seitdem Quesada ihn hatte auspeitschen lassen, weil er die Nichte Magellans und ihre Haushälterin kennengelernt, versteckt gehalten und versorgt hatte. Drei Wochen, in denen er sich immer wieder gefragt hatte, aus welchem Grund Mariella auf das Schiff gekommen war und ob sie auf der Trinidad besser behandelt wurde. Allerdings kam er kaum dazu, länger darüber nachzudenken. Am Tag war Juan damit beschäftigt, die Concepción zu schrubben und zu wischen. Und in seiner knapp bemessenen freien Zeit untertags genoss er die Gespräche mit Hernando, der ihm mittlerweile ein guter Freund geworden war. Der Bader hatte sich nach dem Tod seiner Frau zur Expedition einschreiben lassen, damit seine beiden Töchter finanziell versorgt waren. Juan bewunderte die weitsichtige und dennoch ruhige Art und vor allem die Offenheit, mit der Hernando ihm von seiner Familie und seiner Frau erzählte und dabei zu seinen Gefühlen stand – von der großen Liebe bis hin zur verzweifelten Trauer. Er selbst kannte keine dieser Empfindungen und vermisste sie auch nicht. Für ihn waren das Meer und das Segeln die große Liebe, und er wusste, dass dies so bleiben würde.

Sobald Quesada mithilfe der Schiffsglocke die Nachtwache hatte läuten lassen, verließ Juan seinen eigentlichen Posten als Reinigungskraft und eilte zu Señor de Acurio, der ebenfalls zu einem Freund geworden war. Jeden Abend hatte er ihn am Kolderstock aufgesucht und ihn für ein paar Stunden abgelöst. Glücklicherweise war er dabei bis jetzt kein einziges Mal von Quesada gesehen worden. Was den Kapitän betraf, hatte Juan in den letzten drei Wochen sowieso mehr Glück als Verstand gehabt. Denn neben dem Steuern der Concepción hatte er auch endlich Acurios Angebot angenommen und seit Verlassen der Kanarischen Inseln jede Nacht den Jakobsstab entwendet und unter Zuhilfenahme des Abendsterns seine eigene Seekarte angefertigt. Obwohl er die möglichen Konsequenzen immer im Hinterkopf behielt, konnte er nicht aufhören, weiterhin die tägliche Position des Schiffes zu vermessen. Vor allem, weil er regelmäßig seine Karte mit Quesadas persönlichen Vermessungen verglich, die in der Kartenkammer lagen und vollkommen falsch waren. Quesada hatte die Koordinaten eingezeichnet, die für den Weg nach Verzin üblich waren. Allerdings steuerte der Generalkapitän aus einem Juan unerklärlichen Grund bedeutend südlicher. Dies verstärkte Juans Wunsch, jeden Abend den aktuellen Standort zu vermessen, zusätzlich. Er wollte, ja er musste erfahren, in welche Richtung sie genau segelten, und suchte täglich nach einer Antwort, weshalb Magellan so weit entfernt vom eigentlichen Kurs fuhr.

Möglicherweise wusste Señor de Acurio eine sinnvolle Antwort darauf, und Juan nahm sich vor, ihm an diesem Abend seine Berechnungen vorzulegen. Sofort wanderte sein

Blick zu seinem Freund hinüber, der mit gebeugter Haltung hustend neben dem Ruderstock stand und die Männer beobachtete. Juan seufzte leise, denn Acurio sah nach wie vor nicht gesund aus.

»Was betrübt dich, Juan?«, riss Hernando ihn aus seinen Gedanken.

»Ich sorge mich um die Gesundheit unseres Rudergängers.« Er hielt inne. »Würdest du einmal einen Blick auf ihn werfen? Vielleicht findest du ja heraus, was ihm fehlt, und kannst ihm helfen.«

Hernando richtete seine Aufmerksamkeit daraufhin auf Acurio, und Juan bemerkte, wie sich seine Augen vor Sorge verengten.

»Das sieht schon von Weitem nicht gut aus. Aber ich werde sehen, was ich machen kann.«

»Ich danke dir.«

Hernando lachte und klopfte ihm auf die Schulter. »Deswegen bin ich hier an Bord. Vergiss das nicht!«

Wenige Stunden später setzte sich Hernando mit einem Stück Schiffszwieback und Käse neben Juan, der auf einer der Bänke unter dem Heckkastell saß, und schenkte ihm ein trauriges Lächeln.

»Was ist geschehen?«, fragte Juan, und der Bader seufzte.

»Acurio«, begann er und schüttelte den Kopf. »Ich weiß nicht, ob ich ihm helfen kann.« Er strich sich eine Strähne seines glatten, grauen Haars hinters Ohr und schüttelte nahezu unmerklich den Kopf. Juan erkannte Tränen in Hernandos Augenwinkeln, als er fortfuhr. »Ich habe bei dieser Krankheit schon einmal versagt.«

Hernando musste gar nicht weitersprechen, denn Juan wusste auch so, dass er zuletzt von seiner Frau gesprochen hatte, die an Schwindsucht gestorben war. Er ergriff Hernandos Hand und drückte sie mitfühlend.

»Kann man denn gar nichts dagegen tun?«

Hernando seufzte erneut. »Ich kann ihm Wickel aus Thymian und Ysop auflegen, doch ich möchte ehrlich sein, es wird nichts bringen, solange er Nacht für Nacht am Ruder steht und diesem kühlen Wind ausgesetzt ist. Er benötigt Ruhe. Und das über längere Zeit hinweg.«

Juan blickte trübsinnig zu Kapitän Quesada, der auf der Steuerbordseite mit dem Büttel Martín de Judicibus und dem Steuermann João Lopes Carvalho zusammensaß und sich bereits den dritten Humpen Wein eingoss. Theoretisch hätten sie jetzt den Kapitän, oder zumindest Carvalho über den Gesundheitszustand von Acurio informieren müssen, doch Juan wusste, dass dies zu nichts führen würde. Quesada würde ihnen erst gar nicht zuhören, und Carvalho hatte bisher ohne den Kapitän keine einzige Entscheidung getroffen. Daher beendete er sein Mahl und nickte Hernando entschlossen zu.

»Dann werde ich dafür sorgen, dass Señor de Acurio seine Nachtruhe bekommt. Ich danke dir.« Er erhob sich und klopfte mit den Fingerknöcheln zur Verabschiedung auf den Tisch. Hernando starrte ihn irritiert an.

»Was hast du denn vor?«

»Ich werde seine Nachtschicht übernehmen«, erklärte Juan leise, während er immer wieder unauffällig zum Kapitän hinüberblickte. Doch der lachte im selben Moment laut auf und lallte etwas Unverständliches.

»Aber …«, begann Hernando, und Juan bemerkte den unsicheren, wenn nicht sogar ängstlichen Ausdruck in seinem Gesicht.

»Weder Carvalho noch unser Kapitän haben bis zum heutigen Tag in der Nacht jemals das Steuer übernommen«, unterbrach Juan ihn, da er wusste, worauf Hernando hinauswollte. »Und das weiß ich, weil ich Señor de Acurio schon seit einigen Wochen des Nachts für ein paar Stunden ablöse.«

»Seit einigen Wochen? *Por dios!* Juan! Wann gedenkst du dann eigentlich zu schlafen?«

Juan verzog das Gesicht. »Das weiß ich noch nicht. Aber das ist jetzt zweitrangig. Zuerst muss ich Acurio helfen, es geht schließlich um sein Leben. Außerdem habe ich ja die ganze Nacht Zeit, mir eine Lösung auszudenken«, fügte er scherzend hinzu und ging über das Oberdeck davon.

An diesem Abend herrschte eine drückende Dunkelheit, da der Mond und die Sterne von dichten Wolken verdeckt waren. Nur die Fackeln der einzelnen Schiffe sorgten für schummriges Licht. Die Schiffsglocke schlug acht Glasen und kündigte den Schichtwechsel zur ersten Nachtwache an. Während die Seemänner sich freundschaftlich ablösten, schnappte sich Kapitän Quesada wie jeden Tag einen weiteren Humpen Wein und verzog sich in seine Kammer. Juan sah ihm lange Zeit hinterher und dachte an Acurio. Vielleicht sollte er, bevor er dessen Platz am Ruder einnahm, doch lieber das Gespräch mit dem Kapitän suchen, gemeinsam mit Hernando.

»Hey Juan! Was stehst du denn hier herum? Nicht zu glauben, oder?«, riss ihn Simon aus den Gedanken und grinste breit. »Ich habe heute seit Langem keine Nachtschicht. Spielst du gleich mit Diego, Carlos und mir eine Runde Karten? Wir benötigen einen vierten Spieler.« Simon hielt einen Stapel zerschlissener Karten in den Händen und wackelte vielsagend mit den Augenbrauen. Es hatte eine Zeit gegeben, in der Juan regelmäßig mit ihm gespielt und ebenso regelmäßig verloren hatte.

»Ich würde gerne, doch heute kann ich leider nicht.«

»Wieso? Was hast du denn vor? Oder legst du dich etwa schon schlafen?« Simon lachte vergnügt auf und boxte ihn in die Seite. »So alt bist du doch noch nicht, dass du bereits am frühen Abend zu Bett gehen musst.«

Juan schlug ihm mit der flachen Hand leicht auf den Hinterkopf und lachte dunkel. »Das war dafür, dass du mich alt genannt hast! Außerdem willst du gar nicht wissen, was ich zu tun habe. Glaube mir. Viel Spaß, Kleiner. Und lass dich nicht beim Falschspielen erwischen.«

»Habe ich mich jemals erwischen lassen?«

Juan sah Simon kopfschüttelnd hinterher, wie er vergnügt und lachend die Luke öffnete und den Niedergang hinabeilte. Manchmal wünschte er sich einen kleinen Teil dieser Leichtigkeit, mit der sein junger Freund durchs Leben ging. Doch dann sah er Acurio hustend über dem Ruder gelehnt und atmete tief durch.

Nein, für Leichtigkeit im Leben war im Moment keine Zeit. Zuerst musste er seinem neuen Freund helfen.

18.

Nach nur wenigen Stunden unruhigen Schlafs, den sich Juan am frühen Morgen genehmigt hatte, schlug er die Augen auf und stöhnte. An Deck über ihm herrschte reges Treiben, und er lauschte den Kommandos zum Segelsetzen, hörte das Surren der Taue und die Schritte der Kameraden, die barfüßig übers Deck liefen. Hier unten lag nur eine Handvoll Männer in den Hängematten, die sich von ihrer Nachtwache erholten. Er selbst fühlte sich wie zerschlagen. Sein Kopf drohte zu zerspringen, und er blinzelte ein paar Mal in der Hoffnung, der Druck würde schwächer werden. Dann richtete er sich auf und wischte sich erschöpft den Schlaf aus den Augen. Es half nichts, er musste sich an Deck sehen lassen, sonst würde der Kapitän ihn vermutlich persönlich hinaufprügeln. Daher schleppte er sich träge nach oben.

»Guten Morgen. Konntest du ein wenig schlafen?«

Juan stöhnte, denn das Tageslicht rief sogleich ein pochendes Stechen in seinen Schläfen hervor.

»Guten Morgen, ja … ein wenig.« Nachdem der erste Schmerz nachgelassen hatte, betrachtete er Hernando und riss erschrocken die Augen auf. »Was machst du damit?«, fragte er Hernando, der einen Eimer Wasser in der einen Hand und in der anderen einen Lumpen hielt und offensichtlich dabei war, die Planken zu schrubben. Doch sein Freund zuckte nur kurz mit den Schultern.

»Weißt du, ich kann kein Schiff steuern und besitze auch keine anderen Fähigkeiten, die dir helfen könnten. Und weil meine Arbeit als Bader im Moment nicht benötigt wird, dachte ich mir, ich unterstütze dich ein wenig.«

Wärme breitete sich in Juan aus, und er schluckte gerührt. »Vielen Dank.«

»Von Herzen gern geschehen. Du solltest etwas essen, du wirkst erschöpft.«

Juan nickte zustimmend, wollte jedoch nach Acurio sehen. Doch als er zum Ruderstock am Heck des Schiffes blickte, krampfte sich sein Innerstes zusammen. Dort stand nicht wie gewöhnlich Señor de Acurio, sondern ein einfacher Seemann. Wenige Meter von ihm entfernt brüllte Kapitän Quesada mit grimmigem Gesichtsausdruck seine Befehle. »Holt die Schoten ein! Kurs halten, drei Strich backbord!«

Juan presste die Lippen aufeinander. Was hatte das zu bedeuten? Wie ging es Acurio? Eilig stieg er über die Schoten – die Taue, an denen die Seemänner gerade gemeinsam zogen –, schlüpfte unter der Großrah, der Querstange, hindurch und sprang die Stufen des Heckkastells hinauf. Dort nickte er dem kindlich wirkenden Schiffsjungen zu und verbeugte sich vor dem Kapitän, der ihn abschätzig ansah.

»Was wollt Ihr, Elcano?«

Juan kreiste mit den Schultern und sah Quesada ernst in die Augen. »Ich möchte mich nach dem Gesundheitszustand von Señor de Acurio erkundigen, Kapitän.«

Quesada zog geräuschvoll Luft durch die Nase ein und spuckte anschließend auf den Boden, direkt neben Juans Füße. Dann wischte er sich mit dem weiten Hemdärmel aus rotem Taft über den Mund und zupfte sein farblich identisches Wams zurecht. »Er hat einen leichten Husten, weiter nichts.«

Juan starrte auf den Auswurf am Boden und presste die Kiefer fest aufeinander. Ein leichter Husten war definitiv etwas anderes, das sollte sogar Quesada erkennen. Nur mit Mühe konnte er eine spitze Bemerkung unterdrücken.

»Und wo ist er jetzt?«, fragte er stattdessen.

»Ich habe ihn in meine Kammer geschickt. Er soll sich für die kommende Nacht ausruhen. Das hier«, er deutete auf die tiefschwarzen Wolkentürme am Horizont, »verspricht nämlich ein gewaltiges Gewitter.«

Juan riss die Augen auf und ihm wurde plötzlich speiübel. Die Wolken sahen in der Tat gefährlich aus. Doch Acurio durfte auf keinen Fall solch einem Wetter ausgesetzt werden!

»Meint Ihr nicht, er sollte diese Nacht geschont werden?« Juan bemühte sich, ruhig zu sprechen, und unterdrückte die Wut, die sich allmählich in ihm ausbreitete. Er musste Quesada irgendwie davon überzeugen, Acurio pfleglicher zu behandeln. Doch dieser drehte sich langsam zu ihm, und Juan erkannte schon an seinen dunkelroten Wangen, dass er zu weit gegangen war.

»Elcano, ich habe das Gefühl, dass ich Euch erneut über Eure Aufgaben aufklären muss. Ihr seid weder Bader noch Steuermann hier, nicht einmal Rudergänger. Was also bezweckt Ihr mit diesen dämlichen Fragen?«

»Ich sorge mich lediglich um den Zustand von Señor de Acurio, weiter nichts, Kapitän.« Juan verzog die Mundwinkel zu einem falschen Lächeln und verbeugte sich, dann ging er davon.

»Wisst Ihr, was mich stutzig macht, Elcano?«, rief Quesada ihm nach, und Juan hielt inne. »Ich verfolge heute schon den ganzen Morgen das Treiben hier an Bord. Und es erstaunt mich doch sehr, wenn ich Hernando de Bustamente dabei zusehe, wie er das Hauptdeck, das Bugkastell und das Heck reinigt und wischt. Gleichzeitig habe ich Euch an diesem Tag noch kein einziges Mal bei der Arbeit gesehen.«

Juan drehte sich um, atmete tief durch und lächelte seinen Kapitän erneut an. »Nun, die Concepción ist ein großes Schiff. Da verstehe ich nur zu gut, dass es Euch nicht möglich ist, die Arbeit jedes Einzelnen von uns zu verfolgen.«

Sogar auf die Entfernung hin erkannte Juan die dunkelrote, pochende Ader an Quesadas Schläfe, der nun langsam auf ihn zutrat. »Seid Euch gewiss, Elcano: Euch werde ich im Auge behalten!«

Juan neigte zum wiederholten Mal seinen Kopf, verließ

den Ruderstand und sah dabei erneut in den Himmel hinauf. Noch befanden sich die schwarzen Wolken weit genug von ihnen entfernt. Doch schon jetzt türmten sie sich ohne Unterlass auf, als würden sie sich selbst an Größe übertreffen wollen.

»Sieht grauenvoll aus, nicht wahr?« Simon hüpfte barfuß vom Fußpferd der Großrah hinunter und riss Juan aus seinen Gedanken, während er gleichzeitig in den Himmel deutete. Er hatte soeben mit vier anderen Männern die Zeisinge gelöst, und das große Rahsegel entfaltete und blähte sich nun auf. Juan sah erneut zu den Gewitterwolken.

»Ja, das könnte eine spannende Nacht werden«, meinte er mit sarkastischem Unterton und dachte voller Sorge an Acurio. Aber Simon schien seine Worte anders verstanden zu haben, denn seine Augen glänzten, während er in den Himmel blickte.

»Ja, endlich können wir das wahre Seemannsleben erfahren, die peitschenden Wellen bezwingen und Blitz und Donner trotzen! Wir hatten jetzt lange genug dieses schöne Wetter mit dem immer gleichbleibenden, sanften Wind und ein und demselben langweiligen Tagesablauf.« Simon sprühte geradezu vor jugendlicher Euphorie über, sodass Juan trotz aller Sorge lachen musste.

»Ich gebe dir zwei starke Windböen und eine querschlagende Welle, und du wirst dir auf Knien betend das schöne Wetter zurückwünschen.«

»Da kennst du mich aber schlecht, alter Freund. Du tust gerade so, als ob du den aktuellen Tagesablauf nicht langweilig finden würdest.«

Juan hob belustigt seine Augenbrauen und verkniff sich ein Lachen. In den letzten Wochen hatte er so einiges erlebt und viele unterschiedliche Empfindungen gehabt, doch Langeweile hatte bisher nicht dazugehört. »Glaub mir, an Spannung fehlt es mir derzeit nicht.«

Simon legte den Kopf schief und betrachtete einen Augenblick Juans Gesicht, als wolle er prüfen, ob dieser das Gesagte wirklich ernst meinte. Dann kniff er die Augen zusammen und verzog den Mund. »Was machst du alles hier an Bord?«

»Ich diene der Flotte mit all meinen Kräften, die mir zur Verfügung stehen«, antwortete Juan nichtssagend und grinste. Im gleichen Moment schlug die Schiffsglocke zwei Glasen, die erste Stunde der Vormittagswache hatte soeben geendet, und Juan fühlte ein Grummeln in seinem Bauch. »Aber nicht jetzt, denn ich brauche etwas zu essen. Kommst du mit?«

Kurze Zeit später stand Juan erneut auf dem Hauptdeck und hielt den Besen in den Händen. Eigentlich war es vergeudete Zeit und Arbeitskraft, so kurz vor einem Gewitter das Deck zu kehren, denn schon bald würde hier alles unter Wasser stehen. Sinnvoller wäre es gewesen, wenn sie alle den Befehl erhalten hätten, zusammenzuarbeiten, um das Schiff vor den ersten Regentropfen gewitterfest zu machen. Doch er hatte sich vorgenommen, zumindest an diesem Tag seinem Kapitän keine weiteren Ratschläge mehr zu erteilen. Daher zog er den Besen freudlos über das dunkel lackierte Holz der Planken. Dabei berührte er mit dem Stil die linke Brusttasche seines Wamses, was ein leises Rascheln erzeugte, und Juan seufzte. Er griff hinein, zog das Pergament mit der Seekarte hervor und faltete es auseinander. Wie gern hätte er diese Karte fertiggestellt, doch sie würde bald nutzlos sein, weil er nicht mehr dazu kam, weitere Koordinaten auszurechnen. Dabei wollte er unbedingt erfahren, wo sie sich befanden und ob sich Magellan noch immer an den für ihn befremdlichen Kurs hielt.

Es kribbelte in seinen Fingern, als er das Pergament zurück in die Tasche steckte. Wie schön wäre es doch, jetzt mit dem Jakobsstab an der Reling zu stehen und die zwischen den Wolken hervorblitzende Sonne anzuvisieren, um ihren genauen Aufenthaltspunkt auszurechnen. Aber das durfte er sich nicht erlauben, schon gar nicht heute, nachdem Quesada ihn ausdrücklich gewarnt hatte. Dennoch ließ das Kribbeln in seinen Fingern nicht nach, sondern breitete sich weiter aus. Unauffällig beobachtete er die Männer.

Tatsächlich hatten einige von ihnen damit angefangen, Taue und kleinere Segel zu verstauen. Sie überprüften die Schoten, während andere die Ruhe vor dem Sturm genossen und zusammengerollt an Deck lagen und leise schnarchten. Sogar Quesada, der mittlerweile auf dem Bugkastell stand, wirkte träge und gähnte mit weit aufgerissenem Mund.

Ob er in dieser Verfassung bemerken würde, wenn Juan die Kartenkammer betrat? Es würde schließlich nicht lange dauern. Noch einmal blickte er zu Quesada. Aber der starrte nach wie vor in gelangweilter Haltung ins Nichts und nahm augenscheinlich niemanden und nichts um sich herum wahr. Außerdem befand er sich am anderen Ende des Schiffes.

Das Herz schlug Juan bis zum Hals, und er überlegte hin und her. Was er vorhatte, war verrückt und völlig unvernünftig. Trotzdem wollte er es versuchen. An einer unauffälligen Stelle stellte er den Besen ab und schlich auf das Halbdeck des Achterkastells zur Kartenkammer hinauf, die nicht mehr als ein kleiner, direkt neben der Kapitänskajüte gelegener Raum war.

Kurze Zeit später stand er mit angehaltenem Atem in der Kammer und suchte nach dem Jakobsstab und Kompass. Diverse Pergamentrollen lagen auf dem Tisch neben einem trockenen Laib Brot und einem Teller, in dem sich noch Reste der letzten Mahlzeit befanden.

Juan wischte vorsichtig einzelne Krümel fort und schob Quesadas Seekarte beiseite. Tatsächlich entdeckte er direkt darunter den Jakobsstab, den er behutsam in die Hände nahm.

Aber dann hielt er inne.

Was machte er hier? War er wirklich dabei, am helllichten

Tag seinen Kapitän zu täuschen? Ausgerechnet an diesem Tag, an dem der Kapitän ihn besonders beobachten wollte? Was war nur in ihn gefahren?

Seufzend fuhr er sich über das Gesicht und schüttelte den Kopf.

»Gott! Bin ich denn von allen guten Geistern verlassen?«, murmelte er und legte den Jakobsstab zurück auf den Tisch. Nein, so sehr er auch den momentanen Seeweg ausrechnen wollte, dies durfte er sich nicht erlauben! Er hatte hier nichts zu suchen!

Noch einmal schüttelte er den Kopf und atmete tief durch. Dann öffnete er leise die Tür und erstarrte.

Zwei eisblaue Augen stierten ihn finster an, und während Juans Gesicht alle Farbe verlor, wurden die Wangen von Quesada dunkelrot.

»Elcano!«, fauchte er. »Was habt Ihr hier zu suchen?«

19.

Nur wenige Sekunden später stand Juan im festen Griff des Büttels mit dem Rücken an der Wand, während einige Seemänner unter Quesadas Aufsicht die Kartenkammer auseinandernahmen.

»Durchsucht ihn! Und die Kammer! Irgendetwas hat er gestohlen!«

Bevor Juan reagieren konnte, zerrte Martín de Judicibus darauf auch schon an seinem Wams und zog kurz darauf die zusammengefaltete Seekarte heraus. Juan beobachtete, wie die Karte an Quesada weitergereicht wurde, und presste die Lippen fest aufeinander. Er würde ihnen nicht zeigen, was in ihm vorging. Allein seine Seekarte in den Händen Quesadas zu sehen, führte dazu, dass ihm ganz anders wurde.

»Was ist das?«, fragte der Kapitän und wedelte mit dem Pergament vor Juans Augen hin und her.

»Es handelt sich um meine Seekarte«, antwortete er wahrheitsgemäß.

Quesada betrachtete sie einen Augenblick, dann ließ er sie achtlos fallen. »Abgesehen davon, dass kein einziger Punkt korrekt eingezeichnet wurde, bin ich sehr neugierig, wie Ihr ohne Jakobsstab und Kompass diese Koordinaten ausrechnen konntet.«

Da jede mögliche Antwort einem Schuldgeständnis gleichgekommen wäre, schwieg Juan beharrlich und blickte in die kalten, eisblauen Augen seines Kapitäns.

»Es fehlt nichts.« Einer der Seeleute verbeugte sich vor Quesada und deutete in die Kammer, doch dieser beachtete ihn gar nicht, sondern funkelte Juan weiter an.

»Ihr habt nichts zu sagen, Elcano?«, fragte er mit gefährlich leiser Stimme. Juan hielt seinem eisigen Blick stand, sprach jedoch kein einziges Wort. Quesada wusste auch ohne

Worte, was Juan getan hatte, und es gab rein gar nichts, womit er sein Tun rechtfertigen konnte.

»Schafft ihn mir aus den Augen und sperrt ihn in unser dunkelstes Loch! Meinetwegen zu den Schweinen! Damit er endlich begreift, wo er hingehört!«

Bevor Judicibus ihn durch die Tür zerren konnte, riss sich Juan jedoch los, deutete auf die Karte, hob sie vom Boden auf, faltete sie sorgfältig zusammen und steckte sie zurück in seine Wamstasche. Dann nickte er dem Büttel zu und ließ sich von ihm abführen.

Während er wie ein Vieh über das gesamte Oberdeck getrieben wurde, hielt Juan den Kopf aufrecht, trotz der fassungslosen Blicke einiger Kameraden.

Er ignorierte Carlos' Fragen und schwieg auch beharrlich, als er Hernando entdeckte, der immer noch den Boden schrubbte und ihn nun mit besorgter Miene betrachtete. Erst nachdem er durch die Luke des Niedergangs hinabgeworfen worden war, stöhnte er auf. Die frisch verheilten Wunden am Rücken brannten höllisch, und er wusste, dass die ein oder andere wieder aufgeplatzt war. Dennoch schrie er, nachdem er sich wieder aufgerichtet hatte, nicht wegen der Schmerzen, sondern wegen der Wut, die sich in ihm aufgestaut hatte, in die Dunkelheit hinein, während er gleichzeitig mit voller Kraft den Fuß gegen ein Holzfass rammte. »Hier entlang!«, forderte Judicibus, öffnete das Eisengitter zum Schweinestall, das sich im Deck unter dem Bugkastell befand und manchmal auch als Gefangenenzelle diente, und stieß ihn kraftvoll hinein. Dann fesselte er Juans Hände mit einem Tau an das Gitter, verschloss dieses wieder und verschwand mit wenigen Schritten über die Treppe zurück nach oben.

Ein Grunzen begrüßte Juan, und der Gestank von Schweinemist stieg ihm unangenehm in die Nase. Judicibus hatte ihn also tatsächlich in den Schweinestall gesperrt.

So weit hatte ihn sein eigener Stolz gebracht! Gott! Wie

hatte er nur so verdammt dumm sein können? Was hatte er sich nur dabei gedacht, mitten am Tag Quesadas Jakobsstab an sich nehmen zu wollen?

Mit einem erneuten Schrei sank er auf den Boden und vergrub das Gesicht in den zusammengebundenen Händen. Augenblicklich wanderten seine Gedanken zurück zu seinem eigenen Schiff. Und zu der Zeit, als er noch Kapitän gewesen war. Auch damals hatte er gewusst, wie gefährlich das Spiel und der Handel waren, auf den er eingegangen war. Er hatte gewusst, dass sein persönliches Gefühl für Gerechtigkeit und Recht nicht mit den geltenden Gesetzen seiner Majestät König Carlos konform gingen, und dennoch hatte er alles riskiert. Und alles verloren.

Und wie es aussah, rein gar nichts dazugelernt.

Missmutig dachte er an Acurio. Nun war es ihm nicht mehr möglich, ihn nachts abzulösen. Nein, ausgerechnet in dieser Nacht, in der ein heftiger Sturm erwartet wurde, musste Acurio nun das Schiff steuern! Und das alles nur, weil er seine Berechnungen hatte fortführen wollen!

»Gott, vergib mir meine Schuld!«, stöhnte er leise und schloss resignierend die Augen.

Lange Zeit saß Juan unbewegt da. Er ignorierte die beiden Schweine, die ihn grunzend ab und an mit den Schnauzen anstupsten, als würden sie sich über den neuen Gast beschweren. Wegen der vollkommenen Dunkelheit, die hier unten im Bauch des Schiffes herrschte, hatte Juan jegliches Zeitgefühl verloren. Er wusste nicht einmal mehr, ob erst einige Minuten oder mehrere Stunden vergangen waren. Erst ein raschelndes Geräusch ließ ihn aufschrecken – das Trippeln und Rascheln mehrerer Ratten oder Mäuse, die sich allesamt in die gleiche Richtung zu bewegen schienen. Er richtete sich erstaunt auf. Gleichzeitig quiekten die Schweine panisch und drängten sich dicht aneinander. Das Schiff selbst lag erstaun-

lich ruhig im Wasser – Juan konnte nur ein leichtes Schau-
keln wahrnehmen und hielt nachdenklich den Atem an. Diese
Stille war kein gutes Zeichen, und er hob sorgenvoll den
Kopf.

Plötzlich grollte ein Donner über das Schiff hinweg. Kurze
Zeit später prasselte der Regen laut auf die Planken. Juan hörte Männer, die eilig über das Deck rannten. Der Wind pfiff
laut und gefährlich, und das darauffolgende Grollen des Don-
ners brachte sogar die Fässer neben dem Gitter zum Beben.
Wenigstens kam es Juan so vor, zumal auch die Schweine wieder angstvoll quiekten.

Nun ging es also los. Juan zog die Beine an den Leib heran
und dachte mit Grauen an Acurio. »*Dios mio!* Guter Gott,
bitte steh ihm bei!«

Er vernahm die Schreie seiner Kameraden, es donnerte erneut, heftig und lange, und das Schiff neigte sich mit gefähr-
lichem Ächzen nach Backbord. Juan stemmte die Beine fest
auf den Boden und umfasste trotz seiner gefesselten Hände
die Gitterstäbe, um zusätzlichen Halt zu finden.

Von oben vernahm er das laute Pfeifen des Windes, das
Ächzen der Masten, begleitet vom prasselnden Regen und
dem Schreien der Männer. Wieder ein gewaltiger Donner,
und das Schiff hob und senkte sich wie eine Nussschale auf
den Wellen. Juan hörte, wie einzelne Fässer in der Kammer
umstürzten und auf dem Schiffsboden herumrollten. Das
Schiff ging schwer auf und ab, sodass er versuchte, sich sowohl am Eisengitter festzuhalten als auch die Knoten seiner
Fesseln zu lockern, um sich im Falle eines noch stärker werdenden Unwetters irgendwie aus den Stallungen befreien zu
können. Allerdings vergeblich, denn Judicibus war wie alle
Seefahrer ein Meister, was Knoten und Taue betraf. Der
Sturm wurde immer stärker und gewaltiger. Die Wellen
peitschten gegen den Schiffskörper, und Juan hörte das Klatschen der Wassermassen, die auf das Deck einstürzten. Inzwi-

schen konnte er nur noch mit großer Mühe das Gleichgewicht halten.

Ein weiterer Donner ertönte, und das nächste Fass fiel zu Boden. Nur wenig später krachte es mit einem Scheppern gegen das Eisengitter. Obwohl er wusste, dass dies unmöglich war, versuchte Juan, sich in der Dunkelheit zu orientieren. Denn den Geräuschen nach musste im Lager inzwischen absolutes Chaos herrschen. Einige Fässer waren umgefallen und hatten im Sturz oder beim Rollen mit Sicherheit auch Proviantsäcke umgerissen, deren Inhalt sich nun auf dem Boden verteilte. Auf einmal hob sich der Bug der Concepción gefährlich an, und Juan sank auf die Knie und barg intuitiv den Kopf in den Armen, als könne er sich auf diese Weise gegen den Sturm schützen.

Das Schiff schwankte erneut beträchtlich. Wieder ertönte ein laut krachender Donner, und die Concepción neigte sich weit nach Steuerbord. Juan dachte an Señor de Acurio und murmelte ein weiteres Stoßgebet. Hoffentlich war dieser noch in der Lage, entsprechend gegenzusteuern.

Wieder hob sich das Schiff unbarmherzig an, nur um gleich darauf in rasantem Tempo wieder ins Wellental hinabzusinken, als eines der Schweine plötzlich gegen Juans Oberkörper rammte.

»Ahhhrrggh!!«, schrie er auf, als ihm der heftige Stoß des Tiers gegen seinen Brustkorb den Atem raubte, während dieses voller Angst über Juans Beine sprang und mit einem Fuß zudem noch schmerzhaft auf seinen Oberschenkel trat. Er krümmte sich auf dem Boden und bemühte sich, einzuatmen, bekam jedoch keine Luft. Juan stöhnte und röchelte vor Schmerzen und Atemnot, doch er zwang sich zur Ruhe. Schon donnerte es erneut, dazu pfiff der Wind beängstigend und drückte das Schiff wieder auf die andere Seite. Juan rutschte gleich den Fässern vor dem Stall auf dem Boden hin und her, und einzig seinen an den Eisenstangen gefesselten

Händen verdankte er es, dass er nicht völlig hilflos gegen dieselben flog und sich verletzte. Plötzlich hörte er ein Knarren von oben und merkte zu seiner Überraschung, dass die Luke zum Niedergang geöffnet wurde.

»Juan? Juan, bist du hier unten?«

Ein unheimlich grollender Donner ertönte, und gleichzeitig hörte Juan erneut seinen Freund Simon schreien:

»Juan? Juan, bist du hier irgendwo?« Woraufhin er versuchte, aufzustehen.

»Ich bin hier, ganz vorne im Stall unter dem Bug!«, schrie er und wurde mit der nächsten Welle zurück auf den Boden geschleudert. Trotzdem erkannte er im Licht, das der nächste Blitz durch die geöffnete Luke nach unten schickte, wie Simon vorsichtig den Niedergang hinunterstieg. So schnell wie möglich arbeitete er sich schwankend in Richtung Bug vor und rief seinem Freund dabei zu:

»Wir brauchen deine Hil-...« Ein weiterer Donner verschluckte Simons restliche Worte. Er hatte kurzerhand den am Ende der Treppe hängenden Schlüsselbund ergriffen und öffnete nun mit zittrigen Händen das Schloss des Schweinestalls. Noch bevor die nächste Welle kam, hatte er Juan von seinen Fesseln befreit, der nach einem weiteren Brecher gemeinsam mit Simon zur Luke eilte. Kaum hatte er die unterste Treppenstufe betreten, wurde das Schiff auch schon von der nächsten Welle erfasst und nach oben gehoben. Juan wie auch Simon mussten sich an der Treppe festhalten, um nicht den Stand zu verlieren und wie die Fässer hilflos durch das Lager zu rollen. Langsam, aber sicher zogen sie sich Stufe für Stufe nach oben.

»Du musst uns helfen, Juan.« Simon kauerte auf dem Deck. Mit der einen Hand hielt er sich an der dort gespannten Sicherheitsleine fest, während er mit der anderen Juan aus der Luke half. Regen und Gischt prasselten gnadenlos auf die beiden Männer nieder. »Acurio ist zusammengebrochen. Er reagiert nicht mehr. Ich weiß nicht, ob er …« Er hielt mitten im Satz inne und duckte sich, als eine Welle über die Reling brach und alles mit sich riss, was nicht angebunden war. Juan sah, wie Taue und andere Gegenstände in den Tiefen des Meeres verschwanden, und er betete zu Gott, dass die Männer verschont bleiben würden.

»Du musst an den Ruderstock, Juan. Es gibt sonst keinen, der das kann!«

Juan wusste, dass nach einem Querschlagen ein Kentern nicht mehr weit entfernt wäre. Es war eine extrem schwere Aufgabe, allein durch den Kolderstock den Bug des Schiffes gegen die ankommenden Wellen gerichtet stabil zu halten. Dennoch hangelte er sich an der Sicherheitsleine und dann an der herabhängenden Takelage entlang in Richtung Ruderstand und betrachtete mit finsterer Miene die Männer, die während des Sturms ihren Dienst entsprechend der erhaltenen Befehle zu verrichten hatten.

»Wo ist Quesada, wo unser Steuermann?«, schrie er Simon zu, der, wie Juan in gebückter Haltung hinter ihm herkam.

»Weiß der Teufel, wo der ist. Entweder ist er wie Carvalho verletzt, oder er versteckt sich. Keiner kann ihn finden!«

Juan vermutete eher das Letztere, doch er unterdrückte seine aufsteigende Wut und kämpfte weiter gegen den Wind an, um ans Steuer zu gelangen. »Und wo ist Acurio?«

»Unter Deck. Hernando kümmert sich um ihn.«

Erneut erhellte ein Blitz den Himmel, dem sofort ein grollender Donner folgte, und das Schiff schaukelte beträchtlich. Im letzten Moment ergriff Juan die Brasse und klammerte sich mit beiden Händen an das Tau. Um ihn herum ächzte und pfiff es gefährlich, und er schickte ein Stoßgebet gen Himmel.

»Vorsicht!«, schrie plötzlich ein Seemann, und im gleichen Augenblick erkannte Juan, was geschah. Instinktiv warf er sich auf Simon und presste ihn mit aller Kraft auf den Boden, als die Großrah direkt neben ihnen herunterratterte.

Juans stockte der Atem, und er reichte seinem Freund die Hand. »Bist du in Ordnung?«

Simon keuchte und zitterte am ganzen Leib. »Gott!«, stammelte er mit weit aufgerissenen Augen, als ein unbeschreiblich heller Blitz über den Himmel zuckte. Für einen kurzen Augenblick erkannte Juan die Wellenberge um sie herum. Er sah die Verzweiflung in den Gesichtern der Männer. Er musste helfen, und zwar schnell.

Plötzlich leuchtete die Spitze des Großmasts über ihnen grell auf und spie Funken.

»Was zur Hölle ist das?«, schrie Simon verzweifelt.

Juan sah, genau wie alle anwesenden Seemänner an Deck, zur Mastspitze hinauf und lächelte. Wie sehr er dieses Licht liebte. Einige bekreuzigten sich, andere fielen auf die Knie, doch Juan kämpfte sich nach einem kurzen Augenblick der Ruhe weiter zum Ruderstand.

»Das ist ein Elmsfeuer«, erklärte er seinem jungen Freund, sparte sich jedoch jede weitere Erklärung. Noch war das Unwetter nicht zu Ende. Und auch wenn viele der Seeleute das Licht als Zeichen dafür nahmen, dass ihnen ihr Schutzpatron seine Hilfe gewährte, zweifelte Juan daran, dass sie nun in Sicherheit waren.

Endlich hatte er den Ruderstand erreicht und übernahm sogleich den Kolderstock, der bislang von einem jungen Seemann gehalten wurde.

»Dem Himmel sei Dank! Ich weiß nicht, was zu tun ist, Señor«, stammelte der Bursche, doch Juan klopfte ihm freundschaftlich auf die Schulter.

»Ich danke dir für deine Mühe! Und jetzt unter Deck mit dir. Bring dich in Sicherheit, Junge!«

Dann wandte er sich an Simon. »Sieh nach, wie es unten aussieht, ob wir ein Leck haben oder pumpen müssen! Wir müssen unbedingt ...« Weiter kam er nicht, denn eine Windböe pfiff zwischen den Masten hindurch, und er konzentrierte sich darauf, den Ruderstock nicht loszulassen. »Geh!«, schrie er seinem Freund zu und blickte hinaus aufs Wasser.

Wieder blitzte es, und Juan sah gerade noch rechtzeitig eine riesige Welle direkt auf sie zukommen.

»Haltet euch fest«, schrie er aus Leibeskräften und brachte das Ruder in die Stellung, mit der das Schiff die Welle bestmöglich nehmen konnte. Dennoch brach sie über das Schiff herein, als wäre sie eine gierige Hand, die alles mit sich reißen wollte. Juan beobachtete ein paar Männer, die sich schreiend an der Reling festhielten, um nicht von den Wassermassen mitgerissen zu werden. Er presste die Kiefer aufeinander und betete zu Gott, dass ihre Kräfte ausreichen würden. Schon zog er den Ruderstock ein Stück in die andere Richtung, als eine neue Woge auf sie zurollte. Hektisch strich er sich das Wasser aus dem Gesicht und konzentrierte sich auf die dunklen Wellen. Wieder blitzte es, und wieder konnte Juan dank des kurzen Lichtscheins rechtzeitig das Ruder in die richtige Position stellen.

Er betrachtete das kleine, lodernde Licht am großen Mast. Doch plötzlich entlud sich eben dieses Licht in einem hellen, zackenförmigen Blitz in den Himmel, bevor es endgültig verschwand. Juan atmete erleichtert aus, denn oft deutete dies das Ende eines Gewitters an. Noch blitzte es zwar am Himmel um sie herum, doch der Donner darauf folgte bereits verspätet und schwächer.

Kurze Zeit später erkannte er am Horizont auch schon wieder die kleine Flamme am Heck von Magellans Schiff, welche ihnen den Weg wies, und Juan seufzte erschöpft. Sie hatten es geschafft. Das Gewitter war vorüber.

Juan strich sich die triefend nassen Haare hinters Ohr und schüttelte seine Kleider aus. Er fühlte sich dankbar und glücklich zugleich, denn auf den ersten Blick sah es so aus, als hätte die Concepción das Unwetter ohne größere Schäden überstanden. Er lächelte und blickte in den pechschwarzen Him-

mel. »Dank sei dir, heiliger Erasmus von Antiochia, Schutzpatron der Seefahrer«, murmelte er und schlug ein Kreuz auf
der Stirn, der Brust und dem Mund.

20.

Es graute bereits, als Simon zum Ruderstand zurückkehrte und Juan ein trauriges Lächeln zuwarf. Dann seufzte er und strich sich die ebenfalls noch nassen Haare aus dem Gesicht. Er wirkte völlig erschöpft.

»Du hattest recht. Ich freue mich tatsächlich wieder auf die ruhige See.«

Juan grinste breit, während sich Simon neben ihn auf den Boden setzte und die Knie umschlang.

»Was hast du eigentlich angestellt, dass sie dich dafür eingesperrt haben?«, fragte er nach einiger Zeit.

»Im Moment stehe ich unerlaubt im Ruderstand«, antwortete Juan, worauf ihm Simon einen wütenden Blick zuwarf.

»Ich meine es ernst. Was hast du getan? Und was wird mit dir geschehen? Werden sie dich töten?«

Juans Magen zog sich zusammen und ließ ihn heftig schlucken. Was sollte er seinem besten Freund nur sagen? Normalerweise stand auf das Entwenden eines Messinstrumentes nicht die Todesstrafe. Zumal er dieses letztlich ja auch gar nicht entwendet hatte, sondern es beim Vorhaben geblieben war. Allerdings kannte er Quesada und wusste, dass dieser ihn seit damals, als er ihm die Kapitänsstelle vor der Nase weggeschnappt hatte, tot sehen wollte. Es wäre ihm sicherlich ein Leichtes, aufgrund seiner bisherigen Vergehen an Bord ein Urteil zu formulieren, das den Tod rechtfertigen würde. Juan schluckte den Kloß im Hals hinunter und suchte nach den richtigen Worten. Doch offensichtlich hatte Simon allein anhand Juans Reaktion seine Schlüsse gezogen, denn er schluchzte leise und wischte sich Tränen aus den Augenwinkeln.

»Ich sollte dich wieder bei den Schweinen einsperren. Vielleicht würde es Quesadas Urteil etwas abmildern, wenn …«

»Nein, würde es nicht«, unterbrach ihn Juan. Er sah auf das

Hauptdeck und beobachtete die Männer, die schweigend die Schäden des Unwetters in Augenschein nahmen. »Die Hälfte der Mannschaft hat mich heute Nacht hier draußen gesehen. Es würde rein gar nichts ändern. Wenn ich schon die Wahl habe, mir den Ort auszusuchen, an dem ich die letzten Augenblicke meines Lebens verbringen will, möchte ich gerne hier im Ruderstand bleiben.«

Simon erhob sich und öffnete den Mund, als wollte er etwas erwidern, doch da erschien Hernando auf der Treppe, und Juan wandte sich sofort an ihn.

»Was ist mit Acurio? Wie geht es ihm?«

Der Bader seufzte, riss dann aber erschrocken die Augen auf, als er Juans zerrissenes Hemd und auf seinem Rücken das Blut entdeckte, das sogar durch sein Wams gedrungen war. »Was ist mit dir geschehen? Juan, deine Wunden sind fast alle wieder aufgeplatzt!« Er bat seinen Freund, das Wams auszuziehen, trat dann etwas näher an ihn heran und nahm das Leinen zwischen die Finger. »Ist das etwa Schweinemist?«

Juan wehrte seine sorgenden Hände ab – die offenen Wunden und der Dreck auf Hemd und Wams waren ihm im Moment absolut unwichtig. »Acurio! Wie geht es ihm?«

Hernando stellte sich dennoch hinter Juan und betrachtete dessen Rücken, während er ihm mit bedrückter Stimme antwortete: »Die Ohnmacht ist in einen fiebrigen Schlaf übergegangen. Ich weiß nicht, ob er überleben wird.«

Juan schloss die Augen. Das Gefühl der Schuld wog schwer. Er hätte ihn in dieser Nacht ablösen müssen. Nur weil er so töricht gewesen war und die Berechnungen hatte fortsetzen wollen, kämpfte sein Freund nun ums Überleben.

»Es ist nicht deine Schuld, Juan«, fuhr Hernando fort, als hätte er seine Gedanken erraten.

»Ach nein?« Juan atmete tief durch und sah in die grauen Augen des Baders.

Noch bevor Hernando etwas darauf erwidern konnte, stand

Simon auf, schüttelte den Kopf und kämpfte mit den Tränen. »Du wirst nicht sterben, Juan. Hast du mich verstanden?« Mit diesen Worten eilte er die Stufen hinunter und verschwand unter Deck.

Juan, der ihm nachblickte, fühlte Hernandos Blick auf sich ruhen.

»Was hast du getan, Juan?«

»Ich habe einen schwerwiegenden Fehler begangen, und Kapitän Quesada hat ihn bemerkt«, antwortete er schlicht und ehrlich.

Hernando brummte etwas Unverständliches. »Unser Kapitän hat bereits so viele Fehler begangen, dass meine Hände nicht mehr ausreichen, sie aufzuzählen.«

Juan lachte trocken. »Dennoch ist er unser Kapitän. Und ich werde mich seinem Urteil beugen und die Konsequenzen für mein Handeln übernehmen.« *Außerdem verzeihe ich mir niemals, Acurio im Stich gelassen zu haben*, fügte er in Gedanken hinzu und blinzelte die Tränen, die ihm darauf in die Augen stiegen, fort.

»Du versuchst seit Wochen, die Fehler unseres Kapitäns auszubügeln, Juan! Obwohl dies beileibe nicht deine Aufgabe ist! Und nun willst du eine vermutlich viel zu hohe Strafe einfach hinnehmen? Nein, Juan! Das akzeptiere ich nicht. Das wird keiner hier an Bord akzeptieren.« Er holte tief Luft und zog noch einmal an den immer noch feuchten Resten von Juans Leinenhemd. »Ich besorge dir ein frisches Hemd und werde deine Wunden versorgen.« Mit diesen Worten verließ er Juan, der ihm schweigend nachsah. Nach einiger Zeit atmete er mehrmals tief ein und aus und richtete den Blick wieder auf die brennende Fackel am Horizont, die er wegen der neu aufkommenden Tränen in seinen Augen nur verschwommen wahrnahm.

»Herr im Himmel, ich bitte dich, segne und behüte diese Männer«, murmelte er. Dann wischte er sich die Tränen von den Wangen und betrachtete das inzwischen dunkelrot leuchtende Firmament.

Kurze Zeit später stand Juan mit einem frischen Hemd am Ruder und verfolgte das Geschehen auf dem Schiff. Die Segelmacher saßen an Deck auf ihren Plätzen und flickten zerstörte Segel, während Diego, der Zimmermann, die jungen Seeleute herumkommandierte, die zerbrochenen Planken zu reparieren. Andere richteten marode Taue und bekleideten sie neu. Simon stand gemeinsam mit einem jungen Burschen hoch oben auf dem Mastkorb und untersuchte ihn auf mögliche Schäden.

Juan lächelte zufrieden, denn allem Anschein nach waren sie glimpflich davongekommen. Anders als die San Antonio, die im Moment in ihrem Windschatten fuhr. Dort arbeiteten alle Seeleute fieberhaft daran, den angebrochenen Fockmast wiederaufzurichten.

Er atmete tief durch und betrachtete den Horizont, die aufgehende Sonne leuchtete hellorange und funkelte auf dem nun wieder fast ebenmäßigen, ruhigen Wasser. Es war ein majestätischer Anblick, als hätte es niemals ein Gewitter gegeben. Und so hielten auch fast alle Männer in ihrer Arbeit inne, um das Naturschauspiel zu beobachten. Einige bekreuzigten sich, während andere wie Juan dieses magische Bild schweigend in sich aufnahmen. Für einen kurzen Augenblick schien die Zeit stillzustehen.

»Guten Morgen, Männer!«

Die drei Worte führten dazu, dass der Zauber dieses Moments schlagartig in eine verärgerte Stimmung überging.

»Ich habe das Wort an Euch gerichtet!« Quesadas Stimme hallte laut über das Deck, als er frisch gewaschen und mit einem sauberen Seidenwams, goldbestickten Strümpfen und feinen Lederstiefeln gekleidet die Stufen aus dem Niedergang emporkam. Während ein paar Männer murmelnd den Morgengruß erwiderten, wandten sich andere mürrisch ab.

Sogar vom Ruderstand aus fühlte Juan die Stimmung der Männer – sie waren wütend auf ihren Kapitän, der sie in dieser Nacht im Stich gelassen hatte.

»Antwortet mir!«, schrie Quesada nun, worauf Carlos, der Älteste an Bord der Concepción, vor ihn hintrat und leicht sein Haupt neigte.

»Wo wart Ihr heute Nacht, Kapitän?«

»Ihr stellt mir eine Frage? Habe ich Euch dazu die Erlaubnis erteilt?«

Obwohl Quesadas Stimme vor Zorn anschwoll, schien Carlos nicht verängstigt zu sein. Er richtete sich kerzengerade auf und wiederholte seine Frage.

»Wir haben Euch in dieser Nacht schmerzlich vermisst. Wo seid Ihr gewesen?«

Erst jetzt drehte sich Quesada im Kreis herum und beobachtete die Reparaturarbeiten auf dem Schiff. Dabei nahm Juan für einen kurzen Augenblick sogar einen Ausdruck von Schuldbewusstsein in seinem Gesicht wahr. Doch dieser war schneller vergangen, als ein Blitz über den Himmel zuckte.

»Wo soll ich denn gewesen sein? In meiner Kajüte natürlich! Ich habe geschlafen.«

Juan hob eine Augenbraue. Wäre Quesada die Nacht über in der Kapitänskammer gewesen, hätte man ihn dort angetroffen, und er hätte, von dort kommend, zudem gerade direkt an ihm vorbeilaufen müssen. Er vermutete, dass er sich stattdessen nach der ersten großen Welle unter Deck ein Schlupfloch gesucht hatte, um dort ungesehen auszuharren.

»Geschlafen? Ist das Euer Ernst?« Ein weiterer Seemann, den Juan nur unter dem Vornamen Stefano kannte, ließ ein Tau auf den Boden gleiten und trat vor den Kapitän. »Wir haben mehrmals an Eure Kammer geklopft. Das Schiff war nicht nur einmal kurz davor, zu kentern, und Ihr habt geschlafen? Wir haben mehrere Fässer und Kisten Proviant und Segeltaue verloren, sechs Männer wurden verletzt und das Focksegel sowie das Großmarssegel und der Klüver sind beschädigt, und Ihr behauptet, dass Ihr all das verschlafen habt?«

Carlos streckte den Arm aus, um Stefano aufzuhalten, der offenbar noch weitere Anschuldigungen vorbringen wollte, nun aber innehielt.

Quesada begutachtete erneut das Schiff, als würde er es auf sichtbare Schäden überprüfen, und lächelte schließlich. »Vermutlich habe ich so tief geschlafen, wie damals Jesus mit seinen Jüngern auf hoher See. Ihr solltet mehr Gottvertrauen zeigen.« Er deutete demonstrativ in den Himmel und bekreuzigte sich. »Denn so, wie es aussieht, hat Gott uns geholfen, obwohl ich das Unwetter verschlafen habe.«

»Gott hat uns insofern geholfen, dass er uns Elcano als fähigen Steuermann und Rudergänger gesandt hat, der anstatt Eurer die Führung übernommen hat!«, fauchte Stefano und ignorierte Carlos' warnende Geste.

Juan hielt den Atem an, während er beobachtete, wie sich Quesadas Gesicht schlagartig dunkelrot färbte.

»Was sagt Ihr da?« Quesadas Stimme klang leise und gepresst, dennoch traute sich keiner, ihm zu antworten.

»Antwortet mir!«, schrie er weiter, und Juan trat mit wenigen Schritten aus dem Ruderstand hervor.

»Ich denke, Ihr habt ihn schon verstanden, Kapitän.«

»Was …? Wer hat …?«, stammelte Quesada mit verzerrtem Gesichtsausdruck, doch Juan unterbrach ihn mit ruhiger Stimme.

»Im Laderaum sind einige Fässer umgefallen. Diese haben den Schlüsselbund am Ende des Niedergangs vom Haken gerissen, der bei dem heftigen Wellengang direkt zu mir ans Gitter geschlittert ist. Auf diese Weise konnte ich meine Fesseln lösen und mich befreien. Ich schätze, Gott hat mir damit ein Zeichen geschickt«, log er, ohne mit der Wimper zu zucken. Auch wenn er sich selbst keine einzige Silbe dieser haarsträubenden Geschichte geglaubt hätte, schienen die Worte bei Quesada zu fruchten.

»Ihr habt Euch gegen meinen Befehl befreit und hattet dann noch die Dreistigkeit, mein Schiff zu übernehmen?«

Juan nickte ruhig.

»Und Acurio habt Ihr eingesperrt, damit Ihr Euch des Ruhmes erfreuen könnt? Als einzig wahrer Held?«

Allein die Nennung seines Freundes führte dazu, dass Juan zusammenzuckte. Seine Schuldgefühle kehrten mit voller Wucht zurück und drohten ihn zu übermannen. Er hatte Acurio im Stich gelassen. Er war zu spät gekommen.

»Elcano! Ihr seid zu weit gegangen. Viel zu weit. Noch heute Morgen habe ich mir überlegt, Gnade Euch gegenüber walten zu lassen, doch dies – nein! Martín! Sperrt ihn erneut ein! Doch diesmal an Händen und Füßen gefesselt und geknebelt, damit er nicht noch mal entweichen kann!«

Quesada trat ganz dicht an ihn heran, sodass Juan das Pulsieren seiner Halsschlagader sehen konnte, und bohrte den spitzen Zeigefinger in seine Brust. »Und eines garantiere ich Euch: Bereits heute Abend werdet Ihr Futter für die Haie sein!« Dann drehte er sich zu der Mannschaft um und breitete die Arme aus. »Und sollte jemand den Versuch wagen, ihn zu befreien, dem schlage ich persönlich die Hand ab!«

Die Männer, die eben noch Einwände erhoben hatten, blickten nun starr und schweigend zu Boden. Carlos murmelte eine Entschuldigung an Juan gerichtet, bevor Martín de Judicibus an ihn herantrat, um ihm die Hände hinter den Rücken zu binden. Selbst in seinem immerzu mürrischen Gesicht meinte Juan, eine Spur von Reue zu erkennen. Simon war mit flinken Bewegungen vom Mast geklettert und sah ihn mit wässrigen Augen an.

»Juan …«, schluchzte er leise.

»Es tut mir leid«, antwortete Juan mit erstickter Stimme und ließ sich dann zum zweiten Mal abführen.

21.

Juan schrie seinen Schmerz in den Knebel hinein, als er mit wundem Rücken auf dem harten Boden aufprallte. Sein Kopf pochte, sein Rumpf fühlte sich an, als wäre eine Kutsche darübergefahren, und er kämpfte gegen den Drang an, sich zu übergeben. Ungelenk rollte er sich auf die Seite. Schließlich atmete er, soweit es ihm möglich war, tief durch und öffnete die Augen. Ein weiteres Mal hatte der Büttel ihn in den Schweinestall gestoßen und darin eingesperrt. Mit dem Unterschied, dass er ihm diesmal die Handgelenke und die Fußgelenke aneinandergeknotet hatte und Juan nun wie ein bewegungsunfähiger Kloß auf dem Boden lag.

Wieder allein in dieser Dunkelheit, erneut das Wissen, alles verloren zu haben und diesmal auf den bevorstehenden Tod warten zu müssen. Juan stöhnte und versuchte, den Knebel mit der Zunge etwas zu lockern. Sie hatten noch nicht einmal das Land Verzin erreicht, und doch war die Seereise für ihn beendet! Eines der Schweine grunzte und stieß mit seiner Schnauze gegen Juans Seite. Er lächelte traurig und versuchte, trotz der Fesseln, das Tier zu streicheln.

Wie gern hätte er die Expedition bis zum Schluss miterlebt. Er bedauerte es, sich nicht von Acurio verabschiedet zu haben und ihn nun auch nicht mehr um Verzeihung bitten zu können. Und wie gern hätte er noch ein einziges Mal Magellans wunderschöne Nichte gesehen.

Juan rappelte sich mühsam auf und musste über sich selbst den Kopf schütteln. Kaum stand er dem Tode nahe, dachte er an Frauen. In diesem Fall an die schönste Frau, die er jemals gesehen hatte. Mit angewinkelten Knien lehnte er sich an die Wand, schloss die Augen und versuchte, sich Mariella Alvaros Erscheinung vorzustellen. Die lockigen Haare, die im Sonnenlicht rötlich schimmerten, ihr energisches Auftreten, selbst einer Horde fremder Männer gegenüber, ihre kräftige Stimme, diese wunderschönen Augen …

Plötzlich vernahm er ein zischendes und surrendes Geräusch, begleitet von einem anschließenden Poltern. Juan fuhr auf und blickte unwillkürlich nach oben. Was war das gewesen? Eilige Schritte waren über ihm zu hören, die sich allesamt in ein und dieselbe Richtung bewegten.

»Führt uns zu Kapitän Quesada!«, hörte er dumpf eine dunkle, polternde Stimme. Juan kniff die Augen zusammen und dachte nach. Er kannte diese Stimme. Nur woher?

Juan biss sich auf die Unterlippe und überlegte fieberhaft, um welche Person es sich handeln konnte. Ganz offensichtlich hatten sie Besuch von einem der anderen Schiffe bekommen, nur von wem? Und aus welchem Grund?

Schon wieder hörte er das Poltern mehrerer Schritte, diesmal jedoch in die entgegengesetzte Richtung. Noch bevor Juan weiter darüber nachdenken konnte, wurde die Luke zum Niedergang geöffnet.

»Elcano!«

Juan antwortete nicht, sondern verfolgte schweigend, wie Martín de Judicibus den Niedergang herunter- und auf ihn zukam. Kurze Zeit später stand Quesadas engster Berater vor ihm und öffnete das Eisengitter. Anschließend löste er sowohl den Knebel als auch die Fesseln um seine Hand- und Fußgelenke. Juan betrachtete die freien Hände und blickte verwirrt zu Judicibus.

»Hat der Kapitän seine Pläne geändert und lässt mich bereits am helllichten Tag über Bord gehen?«, fragte er, doch der Büttel lachte leise und schüttelte den Kopf.

»Keine Sorge, Señor. Der Kapitän wünscht, Euch zu sprechen, das ist alles. Und jetzt kommt! Wir sollten die Herren nicht länger warten lassen!«

Juan horchte bei dem Wort »Herren« auf und folgte ihm dann sichtlich irritiert den Niedergang hinauf, über das Deck entlang zum Heckkastell, bis zur Kammer des Kapitäns. Dort klopfte Judicibus dreimal gegen die Tür und trat ein.

»Kapitän? Ich bringe Euch Elcano!«, erklärte er, neigte das Haupt und kehrte danach über die Treppe zurück auf das Oberdeck.

Schon erschien das rotwangige, runde Gesicht des Kapitäns in der Tür, der ihm ein falsches Lächeln schenkte.

»Da seid Ihr ja endlich!«, rief er laut, legte eine Hand auf Juans Schulter und zog ihn nah zu sich heran. »Ein falsches Wort, und Ihr seid tot!«, zischte er dicht an Juans Ohr, der daraufhin eine Augenbraue hob. Hatte er ihn nicht kurz zuvor zum Tode verurteilt? Was sollte daher diese Mahnung?

»Betrachtet es als Chance«, fügte Quesada hinzu und führte ihn in die Kapitänskammer.

Juan blickte auf den großen, quadratischen Holztisch und nickte den anwesenden Personen zu, in der Hoffnung, dass sie ihm seine Überraschung über ihre Anwesenheit an Bord nicht allzu sehr anmerkten. Denn dort saßen Kapitän Mendoza und Kapitän Cartagena, der von seiner Majestät beauftragte Oberbefehlshaber dieser Expedition, dessen Stimme er zuvor unter Deck vernommen hatte. Sein Bauchgefühl sagte ihm, dass sich drei Kapitäne nicht leichtfertig mitten am Tag trafen. Irgendetwas musste geschehen sein.

»Ah, Elcano! Verzeiht mir, dass wir Euch wecken ließen, ausgerechnet nach solch einer Nacht. Doch ich drängte Kapitän Quesada dazu, Euch am Gespräch teilhaben zu lassen. Ich vertraue sehr auf die Meinung eines so fähigen Schiffsmeisters, wie Ihr es seid.« Cartagena war aufgestanden und reichte Juan seine Hand. Dann verzog er kurz das Gesicht und rümpfte die lange hakenförmige Nase. »Hier stinkt es nach Schweinemist«, bemerkte er und schüttelte im Anschluss lachend den Kopf. »Ich schätze, meine Nase spielt mir gerade einen üblen Streich.«

Juan verbeugte sich leicht vor ihm, und Kapitän Mendoza

blickte anschließend zu Quesada, der ihn mit zu Schlitzen verengten Augen und ernster Miene betrachtete. Offensichtlich hielten ihn die beiden Kapitäne für den Meister der Concepción, der bis eben geschlafen hatte. Nur wusste er im Moment nicht, aus welchem Grund Quesada diese Fehlinformation nicht korrigiert hatte und wieso er nicht stattdessen Senor Carvalho, den eigentlichen Steuermann, zu dieser Unterredung hinzugezogen hatte.

»Guten Tag. Verzeiht mein spätes Erscheinen. Und meine Kleidung.« Er deutete auf das Wams und das Leinenhemd darunter, das durch den Sturz im Schweinestall erneut voller Flecken war.

»Setzt Euch, Elcano.« Mendoza wies auf den Stuhl neben sich, ohne auf Juans Entschuldigung einzugehen, und kam sofort zum Thema. »Wir möchten mit Euch über den südlichen Kurs Magellans sprechen und Eure Meinung darüber erfahren.«

Juan wurde hellhörig. Also hatte nicht nur er den seltsamen Kurs ihres Generalkapitäns wahrgenommen. Juan lächelte, während er Mendozas Seekarte entgegennahm und sie betrachtete. Dort waren die gleichen Punkte eingezeichnet, wie er sie auch für seine Karte ausgerechnet hatte, und ein kurzer Blick zu Quesada ließ ihn verstehen. Aus diesem Grund hatte der Kapitän also nach ihm rufen lassen. Er hatte festgestellt, dass seine eigenen Berechnungen völlig falsch waren, und benötigte nun Juans Hilfe.

Juan räusperte sich kurz und nickte schließlich. »In der Tat haben wir uns auch schon gewundert. Seht her!« Kurzerhand öffnete er auf gut Glück die Schublade unterhalb des Tisches, in die er Quesada zuletzt das Pergament mit seinen Kursberechnungen hatte legen sehen. Der sog daraufhin hörbar die Luft ein. Doch Juan beachtete ihn nicht weiter, sondern schob die beiden Karten nebeneinander. »Kapitän Quesada hat zeitgleich zu dem Kurs, den der Generalkapitän nimmt, eine Karte angefertigt, die den geeigneteren Seeweg nach Verzin anzeigt. Hier sieht man genau, wie stark sich dieser von Magellans Route unterscheidet. Anstelle gleich den Kurs Süd-West einzuschlagen, sind wir hinunter bis nach Sierra Leone gefahren. Das entspricht absolut nicht der üblichen Route.«

Mendoza beugte sich über den Tisch und folgte Juans Fingerzeig. »Das ist äußerst interessant, beide Karten nebeneinander zu sehen. Sehr gute Idee, Quesada! Wie sollen wir also verfahren? Der vorgegebenen Richtung Magellans blind und stillschweigend folgen? Er hat immerhin mehr als einmal deutlich gemacht, dass er allein die Richtung unserer Reise bestimmt.«

Cartagena stützte beide Hände auf die Tischplatte und blickte grimmig in die Runde. »Ich habe ihn damals auf der Höhe von Guinea beim Abendappell höflichst darauf angesprochen, und wurde daraufhin auf die übelste Weise von ihm zurechtgewiesen. Ich sage Euch – dieser Portugiese will uns an der Nase herumführen! Er will sich einen Scherz mit uns erlauben! Das kann und werde ich nicht länger dulden!« Zur Unterstreichung seiner Worte hieb er nun die Fäuste auf die Tischplatte und blickte langsam von einem zum anderen. »Seit damals verweigere ich mein persönliches Erscheinen beim abendlichen Appell, um ihm zu zeigen, was ich davon halte, dass die mir vom König persönlich übertragene Befehlsgewalt derart missachtet wird. Doch dabei möchte ich es nicht belassen. Wir dürfen uns das nicht länger gefallen lassen. Wir sind von seiner Majestät höchstpersönlich als Kapitäne beauftragt worden, diese Expedition mit zu leiten. Und wenn dieser kleine Portugiese nicht mit uns sprechen will, müssen wir uns eben anderweitig Gehör verschaffen!«

Mendoza lehnte sich in den Stuhl zurück und strich sich nachdenklich seinen dichten, schwarzen Bart. »Ihr sprecht von einer Meuterei? Er wird Euch hängen lassen, solltet Ihr es auch nur versuchen. Er ist schließlich der Admiral, der Generalkapitän, auch wenn Ihr dem Rang nach über ihm steht.«

»Er wird uns nicht hängen, wenn wir ihn zu dritt angreifen. Drei Schiffe gegen zwei – er ist ganz klar in der Unterzahl, zumal wir die größeren Schiffe haben. Wir keilen ihn ein und schießen nur, wenn es nötig ist.«

Juan schluckte. Sein Bauchgefühl hatte ihn also nicht betrogen. Diese Männer planten, Magellan anzugreifen. Seine Gedanken überschlugen sich, während er nach einer Lösung suchte, dies zu verhindern. Auch wenn er den Kurs des Generalkapitäns ebenfalls anzweifelte, wollte er an keiner Meuterei beteiligt sein. Doch ehe er etwas sagen konnte, stand Quesada auf und klatschte in die Hände.

»Dann machen wir dem Portugiesen klar, was es bedeutet, einen spanischen Offizier zum Feind zu haben! Er kann und darf uns nicht weiter außen vor lassen. Zudem bin ich es leid, jeden Abend vor ihn hinzutreten, als sei ich ein Hund, der auf die Kommandos seines Herrchens wartet. Ich bin überzeugt davon, dass er nur zur Einsicht gelangt, wenn sämtliche Kanonen auf sein Schiff gerichtet sind.«

Cartagena klatschte Beifall, während Juan betreten zu Boden blickte. Er wusste, was ihm bevorstand, würde er seinem Kapitän vor den Augen der anderen widersprechen. Daher ballte er hinter seinem Rücken stumm die Hände zu Fäusten und presste die Lippen aufeinander.

»Ich ziehe mich zurück. Ich halte nichts von einer Meuterei«, erklärte Mendoza nach einiger Zeit, und Juan fühlte seinen Blick auf sich ruhen. Mendoza lächelte ihn freundlich an und erhob sich schließlich. »Zu einem Gespräch wäre ich nur allzu gern bereit, doch was Ihr plant, geht mir entschieden zu weit. Meine Herren, ich empfehle mich.« Er verbeugte sich noch einmal und verließ dann stehenden Fußes die Kammer.

Kaum hatte Mendoza die Kapitänskajüte verlassen, planten Cartagena und Quesada bis ins kleinste Detail den kommenden Angriff in der Nacht. Nachdem auch Cartagena die Concepción verlassen hatte, trat Quesada neben Juan.

»Hat es Euch die Sprache verschlagen, Elcano? Oder warum habt Ihr Euch nicht an unserem Gespräch beteiligt?« In seiner Stimme schwang Spott mit.

»Ich bezweifelte, dass meine Meinung Gehör finden würde, daher schwieg ich«, erklärte er schlicht.

»Und wie genau hätte die Meinung eines einfachen Seemannes ausgesehen?«, fragte Quesada, wobei er das Wort »einfach« überbetonte.

»Ein einfacher Seemann wie ich sieht im Moment zwei Schiffe gegen zwei, noch dazu Mendoza, der Euren und Cartagenas Plan kennt und sich aus dem Ganzen heraushalten will. Ich bin mir nicht sicher, ob dieser Angriff wirklich den erhofften Erfolg verspricht. Zudem ist Magellan der Admiral und als solcher keinem von uns Rechenschaft schuldig.«

Quesada murrte etwas Unverständliches und öffnete kurz darauf die Tür der Kapitänskammer. »Ihr könnt nun abtreten.«

Juan erhob sich und blickte unsicher zur Tür. »Kapitän Quesada, dürfte ich erfahren, was nun mit mir geschieht?«

Quesada öffnete die Schranktür an der Seite seiner Kammer, holte eine edle Flasche hervor und trank einen Schluck von der goldschimmernden Flüssigkeit darin. Rum, vermutete Juan.

»Ich kann Euch nicht leiden, Elcano«, begann er, und Juan schmunzelte, denn dies beruhte auf Gegenseitigkeit. Dann seufzte Quesada. »Aber der Bader hat mich über Acurios Zustand in Kenntnis gesetzt. Er wird bis auf Weiteres nicht in der Lage sein, das Schiff zu steuern. Falls er das Fieber überhaupt überlebt.« Er hielt inne, atmete tief durch und blickte Juan erneut in die Augen. »Ich benötige neben Carvalho einen Schiffsmeister und Rudergänger, also Euch. So einfach ist das.«

143

Juan schluckte. Doch bevor er irgendetwas dazu sagen konnte, legte ihm Quesada eine Hand auf die Schulter und bohrte seine Fingernägel schmerzhaft in Juans Fleisch. »Ihr werdet mir nie wieder in den Rücken fallen und mich über alles informieren, was hier an Bord geschieht. Leistet Ihr Euch auch nur den kleinsten Fehler, werdet Ihr bitter dafür bezahlen. Und nun raus aus meiner Kammer!«

Während Juan die Kajüte verließ, spürte er sein Herz heftig schlagen und eine Gänsehaut am ganzen Körper.

Er würde nicht sterben. Lachend schritt er die Treppe hinunter aufs Oberdeck und blickte in den sonnigen Himmel.

Er blieb am Leben. Und nicht nur das – er, Juan Sebastián de Elcano, würde nun offiziell als Meister der Concepción fungieren.

22.

MARIELLA

Zuerst müsst Ihr diesen Handschuh anziehen, seht Ihr? Dort hinein kommt der Daumen. Man nennt ihn Segelmacherhandschuh. Im Splisshorn findet Ihr die Nadeln, das Garn ist hier. Das Nähen an sich muss ich Euch vermutlich nicht weiter erläutern, oder?«

Mariella folgte Thomas' Erklärungen nur mit halbem Ohr, während sie den schweren Stoff des Rahsegels vor sich auf dem Boden ausbreitete. Das Unwetter vor zwei Tagen hatte laut ihrem Onkel zwar keine bedeutenden Schäden angerichtet, dennoch gab es einiges zu richten. Daher waren Emi und sie Thomas für die Ausbesserungsarbeiten zugeteilt worden, um die angerissenen Segel zu flicken. In der Nacht des Gewitters hatte sie es zum allerersten Mal bereut, Teil der Expedition zu sein. Nie zuvor hatte sie solch eine Todesangst verspürt und so viel gebetet wie während des Sturms. Wenn sie die Augen schloss, sah sie noch immer die haushohen Wellen, die sich weit über ihren Köpfen auftürmten, hinabstürzten und alles mit sich rissen. Sie hörte die Schreie der Männer, ihr Flehen, ihre Gebete, und fühlte noch immer eine gewisse Übelkeit, wenn sie daran dachte, wie viele Male sie sich hatte übergeben müssen.

»Señorita? Hört Ihr mir zu?«

Mariella fuhr auf und schüttelte ihren Kopf, als könnte sie dadurch die schrecklichen Bilder in ihrem Geist verdrängen. »Ich bitte um Verzeihung, Thomas. Das Nähen beherrsche ich, wenn auch eher leidlich. Vielen Dank für Eure Hilfe.«

Thomas blieb eine Zeit lang hinter ihr stehen, während sie

das Garn einfädelte und die Nadel in das feste Segel stach. Erst als er sah, dass sie wirklich wusste, wie man zwei Stoffe zusammenflickte, ließ er sie allein.

»Ist alles in Ordnung, meine Liebe?« Emi saß ihr schräg gegenüber und stopfte eines der vielen Hemden, die vor ihr in einem Korb lagen, und sah mit schief geneigtem Kopf zu ihr hinüber. Im Gegensatz zu Mariella wirkte Emi seit einigen Tagen so, als wäre sie endlich angekommen. Sie teilte die jungen Seeleute zu Arbeiten ein, wenn diese müde auf dem Deck herumlungerten. Ob es an ihrem Alter oder an ihren Schimpftiraden lag, wusste Mariella nicht, doch die jungen Männer parierten allesamt, sobald Emi etwas forderte. Sie selbst wurde hingegen immer noch wie ein rohes Ei behandelt, wenn überhaupt jemand mit ihr sprach. Antonio war der Einzige, der sie seit dem Angriff von Daniele normal behandelte.

»Mariella! Wo seid Ihr nur mit Euren Gedanken?«

Sie fuhr hoch und sah zu Emi. »Was? Ja ... alles in Ordnung«, murmelte sie leise und vernähte das Ende des Segels, wobei sie immer wieder von vorn anfangen musste, da ihr das Garn ständig aus dem Nadelöhr rutschte. »Ich habe noch nie gern genäht.«

Emi kicherte. »Das ist wohl wahr. Seid nur froh, dass Ihr hier nicht auch noch etwas sticken müsst.«

Nun lachte sogar Mariella. Sie hasste es, zu sticken, und hatte nie verstanden, wie andere Mädchen oder Frauen an dieser Arbeit Gefallen finden konnten.

»Obwohl ein gesticktes Kreuz auf den Segeln bestimmt hübscher aussehen würde.« Emi deutete auf das rote Symbol in der Mitte des Rahsegels und kicherte vergnügt.

Plötzlich polterte Magellan die Stufen hinunter auf das Oberdeck und fuchtelte wütend mit den Armen. Enrique, sein persönlicher Sklave, und Señor Gómez de Espinosa folgten ihm eilig. »Mariella! Emiliana! Geht in Eure Kammer! So-

146

fort!«, schrie er ihnen zu und formte die Hände vor seinem Mund dann zu einem Trichter. »Ladet die Kanonen und bringt sie in Stellung! Alles klar zum Beidrehen!«

Sofort stellten alle Männer an Deck ihre Arbeiten ein und folgten den Kommandos ihres Onkels. Mariella legte Nadel und Faden beiseite, erhob sich von der kleinen Bank, ging aber nicht, wie ihr geheißen, unter Deck, sondern beobachtete das Geschehen an Bord. Was war passiert? Wozu benötigten sie Kanonen? Weit und breit war nichts zu sehen, außer Wasser und den anderen Schiffen, die in ähnlich gemächlicher Geschwindigkeit in ihrem Windschatten fuhren. Mariella erkannte die San Antonio als das ihnen nächste, das allmählich näher kam. Doch auch dies war insofern nicht sonderbar, da ihr Onkel die Kapitäne jeden Abend zu sehen wünschte und ihnen Kommandos für die Nachtwache erteilte.

Plötzlich hallte ein Warnschuss durch die Luft, und Magellans dunkle Stimme ertönte. »Cartagena! Ergebt Euch! Glaubt mir, ich scheue nicht davor zurück, auf Euch zu schießen!«

»Du meine Güte! Er wird doch nicht seine eigenen Schiffe angreifen? Herr im Himmel! Kommt, Mariella! Lasst uns endlich gehen!« Emi bekreuzigte sich drei Mal und ergriff Mariellas Arm, die sich jedoch sofort losriss. Sie wollte auf keinen Fall verpassen, was hier vor sich ging. Auf dem nun gegenüberliegenden Schiff erkannte sie einen großen, hageren Mann mit einem langen Schnurrbart an der Reling stehen, der deutlich ins Wasser spuckte und den Kopf schüttelte. Neben ihm standen in Reih und Glied Seeleute, die allerdings Rüstungen angelegt hatten und mit gezückten Waffen auf die Trinidad zielten. Zudem erkannte sie die geöffneten Geschützpforten und die Unheil verheißenden Kanonenrohre in ihnen. Mariella schluckte.

»Wir verlangen eine Erklärung für Euren Kurs, Kapitän! Und ich werde mich nicht ergeben!« Er streckte beide Hände aus und fluchte. »Quesada! Wo bleibt Ihr?«, schrie er, wobei sich seine Stimme überschlug.

»Für Euch bin ich immer noch der Generalkapitän und Admiral! Habt Ihr das verstanden?«

»Mariella, nun kommt endlich. Euer Onkel wird wütend sein, wenn Ihr seiner Anweisung nicht folgt.«

Mariella schluckte, während sie Magellan beobachtete. Er war bereits wütend, wenn nicht sogar fuchsteufelswild. Irgendetwas musste der Kapitän der San Antonio angestellt haben.

»Quesada!«, ertönte zum zweiten Mal die Stimme Cartagenas.

Magellan drehte sich, gleich dem Kapitän der San Antonio, zur Seite und beobachtete die Concepción, die sich dicht hinter ihnen befand.

»Zweifelt hier noch jemand meinen Kurs an? Dann sagt es mir jetzt! Sofort!«

Im ersten Moment schien es, als hätte die Welt den Atem angehalten, so still war es. Nur das leise Rauschen der Wellen war zu hören. Doch dann vernahm Mariella eine ihr bekannte Stimme.

»Ich würde eher von Wissensdurst sprechen, Admiral!«

Magellan kniff die Augen zusammen und humpelte einige Schritte in Richtung Heck.

»Wer hat das gesagt?« Dann richtete er sich an seinen Unteroffizier Gómez und schüttelte den Kopf. »Das war doch nicht Quesadas Stimme. Gómez, kennt Ihr diesen Mann?«

Mariella wusste im Gegensatz zu ihrem Onkel sehr genau, wer gerade gesprochen hatte, und ergriff Emis Hand. Die tiefe Stimme dieses Mannes würde sie immer und überall heraushören, wenngleich sie bislang nur wenige Worte mit ihm gewechselt hatte.

»Gómez, holt den *Alguacil*, den Büttel, und bringt mir Cartagena. Er wird mein Gefangener. Er wird sich nicht wehren, die Santiago befindet sich mit geladenen Kanonen an seiner Backbord-Seite, die Concepción auf Heck und wir an Steuerbord – er kann nicht entkommen. Außer er will das Leben all seiner Männer bei dieser Aktion aufs Spiel setzen. Und Enrique – besorgt mir ein Horn!«

»Ich bin der Meister der Concepción, Admiral Magellan!«, tönte es derweil vom Schiff hinter ihnen, doch ehe Magellan antworten konnte, entdeckte er Mariella und Emi, die immer noch neben der Segelmacherbank standen, und fluchte laut.

»*Que diabo* – was zum Henker! Ich sagte, geht in Eure Kammer! Sofort! Enrique! Wo bleibt mein Horn?!«

Diesmal ergriff Mariella so schnell wie möglich Emis Hand und eilte in ihre Kajüte. Erst nachdem sie die Tür hinter sich geschlossen hatte, hob sie fragend eine Augenbraue.

»Seit wann ist er denn Meister?«

Emi lief in der kleinen Kammer auf und ab und schüttelte ihren Kopf. »Euer Onkel lässt die Kanonen laden, schickt einen Warnschuss und nimmt Offiziere gefangen, und Euch interessiert der Meister? Mariella! Was geht nur in Eurem Kopf vor!«

Der hohe Ton eines Horns ertönte, und kurz darauf donnerte die Stimme ihres Onkels lautstark über das Wasser. Er forderte blindes Vertrauen und drohte mit schwerwiegenden Konsequenzen, sollten weitere Seeleute seine Kompetenz und vor allem seine Befugnisse anzweifeln. Emi bekreuzigte sich zum wiederholten Mal und betete das *Vaterunser*. Mariella setzte sich in der Zwischenzeit auf die Bettstatt und blickte durch das kleine Fenster nach draußen. Ob ihr Onkel auch Señor de Elcano gefangen nehmen würde? Denn es war ganz sicher seine Stimme gewesen, die vorhin geantwortet und Zweifel bekundet hatte. Was würde Magellan mit den Gefangenen anstellen? Ob er sie auspeitschen ließe, so wie es Quesada mit Elcano getan hatte? Allein bei dem Gedanken ballte sich ihr Magen zusammen. Sie wollte auf keinen Fall dabei sein, wenn Señor de Elcano ein zweites Mal ausgepeitscht wurde. Aber in der Kajüte tatenlos sitzen bleiben konnte sie auch nicht. Mit einem gedehnten Seufzen erhob sie sich und öffnete die Tür. »Ich muss etwas tun!«

Sie ignorierte Emis Einwände und lief mit schnellen Schritten die Stufen hinunter. Aber auf dem Oberdeck waren weder ihr Onkel noch irgendwelche Gefangenen zu sehen. Stattdessen hissten die Männer gerade die Segel, und das Schiff nahm wieder Fahrt auf. Mariella lief an ihnen vorbei und trat direkt in die Kombüse zu Antonio. Der stand, wie immer, an der Kochstelle und legte Kohlen nach, damit das Feuer nicht ausging.

»Wisst Ihr, was geschehen ist?«, fragte sie ihn frei heraus, griff dann aber nach dem Sack mit Hülsenfrüchten und füllte eine Schüssel davon ab.

Antonio wandte den Kopf und musterte Mariella mit einem skeptischen Blick. »Ich wünsche Euch auch einen angenehmen Abend, Señorita«, antwortete er trocken, worauf Mariella eine Grimasse schnitt und sich kurz vor ihm verbeugte.

»Entschuldigt«, murmelte sie. »Könnt Ihr mir erzählen, was geschehen ist? Bitte?«

Antonio stellte in aller Seelenruhe einen Topf bereit, schüttete Trinkwasser und die Hülsenfrüchte in ihn hinein und seufzte leise. »Eure Neugierde wird Euch noch irgendwann den Kopf kosten.« Da Mariella schwieg, fuhr er fort. »Kapitän Cartagena wurde seines Amtes enthoben und dient jetzt unter der Leitung und Obhut von Kapitän Mendoza auf der Victoria. Antonio de Coca ist nun der neue Kapitän der San Antonio. Und wir müssen Brot für die nächsten Tage backen. Oder wollt Ihr weiter nur herumstehen und mir Fragen stellen, die Euch nichts angehen?«

Mariella murmelte eine weitere Entschuldigung, öffnete den großen Mehlsack und bereitete schweigend aus Mehl,

Wasser und etwas Salz einen einfachen Brotteig zu. »Sonst gab es keine weiteren Festnahmen?«, fragte sie vorsichtig, denn aus einem ihr unerklärlichen Grund dachte sie unentwegt an Señor Elcano und an das, was er gesagt hatte. Auch er hatte öffentlich den Kurs ihres Onkels angezweifelt. Nur war er kein Kapitän. Wie würde Magellan mit einem einfachen Seemann umgehen, der seine Fähigkeiten anzweifelte? Würde er ihn hängen lassen? Mariella presste die Lippen aufeinander und kämpfte gegen die Übelkeit an, die bei diesem Gedanken in ihr aufstieg. Nein, das wollte sie sich nicht einmal vorstellen.

»Nein, Señorita. Das war die einzige Festnahme. Zumindest bis zu diesem Zeitpunkt.« Antonio reichte ihr einen Krug Öl für den Teig und wendete sich anschließend wieder dem Feuer zu. »Ich habe übrigens gehört, dass wir in wenigen Tagen das Festland erreichen.«

Mariella verharrte in ihrer Arbeit, und ein Lächeln stahl sich in ihr Gesicht. Nur noch wenige Tage, bis sie diese neue Welt mit eigenen Augen sehen würde? Wie es dort wohl aussah? Ob sich die Menschen dort wirklich anders verhielten als in ihrer Heimat Portugal?

»Angeblich essen diese Völker sogar Menschenfleisch«, erzählte Antonio, als hätte er Mariellas Gedanken gelesen, und lachte anschließend. »Allerdings weiß ich nicht, ob es sich hierbei nicht wieder um ein Märchen Danieles handelt, das seiner Fantasie entsprungen ist.«

»Das will ich hoffen«, antwortete Mariella und schluckte, denn sie dachte an die Worte ihres Onkels, als er sie auf den Kanaren zur Rede gestellt hatte. Hatte er nicht auch von *menschenfressenden Wilden* gesprochen? Sie deckte den fertig gekneteten Teig mit einem feuchten Tuch ab, rieb sich die klebrigen Reste von den Händen und erhob sich. »Ich freue mich dennoch darauf, das neue Land zu sehen.«

Antonio hob eine Augenbraue und musterte sie skeptisch.

»Ihr seid eine seltsame Dame, Señorita. Da erzähle ich Euch von Kannibalen, und ihr strahlt, als hätte ich Euch einen Honigkuchen versprochen.«

Mariella lächelte und zog die Schultern nach oben. Vermutlich hatte Antonio recht – und sie war tatsächlich eine seltsame Dame. Denn in ihrem Innersten kribbelte es vor Aufregung und Vorfreude.

23.

1. Dezember 1519, Verzin
(heutiges Brasilien, Rio de Janeiro)

Land in Sicht!«

Mariella schreckte aus ihrem unruhigen Schlaf und rieb sich die Augen. Noch bevor sie sich aufrichten konnte, hörte sie erneut das laute Rufen der Männer.

»Land in Sicht!«

Als sie den Sinn dieser Worte verstand, sprang sie mit einem Satz aus der Bettstatt, kletterte über Emis Schlafstätte am Boden und blickte aus einem der kleinen Fenster hinaus.

»Hast du das gehört, Emi? Emi, wach auf! Hast du nicht gehört?«

Mit zusammengekniffenen Augen suchte sie den Horizont ab, konnte jedoch nichts erkennen. Draußen herrschte ein seltsames Dämmerlicht, und tiefe Wolken türmten sich am Himmel.

»Land in Sicht!«, ertönte es erneut, und diesmal wurde der Ruf von lauten Hornklängen begleitet. Ein Schauer zog über ihren Körper, und sie rüttelte aufgeregt an Emis Schulter.

»Wach auf, Emi! Nun hör doch! Oh, ich muss mich sofort ankleiden und nachsehen!« Mit hektischen Bewegungen hatte sie ihr Nachtkleid über den Kopf gezogen und achtlos zu Boden fallen lassen. Dann schritt sie zur Wasserschale. Ein paar Spritzer kaltes Wasser mussten für die heutige Morgentoilette genügen – sie konnte nicht länger warten. Eilig schlüpfte sie in eines der Unterkleider und zog sich im Anschluss das aufgeschnürte Leibchen über den Kopf. Dann blickte sie erneut zu Emi. »Ich könnte es auch geöffnet lassen. Das würde mir das Atmen immens erleichtern.«

»Untersteht Euch!«, fuhr Emi sie an und erhob sich nun

ebenfalls. Dann seufzte sie. »Nun beruhigt Euch doch. Ich bekomme ja schon Herzrasen allein beim Verfolgen Eures Trei-
bens.« Emi streckte sich ausgiebig und gähnte. Dann blickte
sie ebenfalls aus dem kleinen quadratischen Fenster hinaus.

»Das Land muss auf der anderen Seite liegen«, erklärte
Mariella und schwenkte ungeduldig das dunkelrote Überkleid aus Brokat vor dem Gesicht ihrer Haushälterin. »Hilfst
du mir nun?«

Emi seufzte noch mal und kam dann Mariellas Bitte nach.
Mit wenigen Handgriffen schnürte sie das Leibchen, band danach das zartgemusterte Kleid am Rücken zu und fuhr anschließend durch Mariellas Locken. »Ihr solltet Euer Haar
flechten«, meinte sie, doch Mariella drehte sich um und grinste breit.

»Aber dafür haben wir jetzt keine Zeit, Emi!« Der Blick
ihrer Haushälterin duldete jedoch keine Widerrede, daher
ging Mariella zu dem kleinen Tisch, auf dem ihre wenigen
Habseligkeiten lagen, knotete mit flinken Bewegungen die
Haare zusammen und setzte dann die schwarze perlenbe-
stickte *Französische Haube* auf. »Das wird genügen. Und bitte beeile dich.«

Schon stand sie an der Tür und öffnete sie. Doch Emi hielt
sie auf.

»Dürfte ich mich zuerst noch ankleiden? Himmel, Mariella! Beruhigt Euch!«

Kurze Zeit später standen beide Frauen, genau wie der Rest
der Mannschaft, an der Reling des Schiffes und spähten zum
Horizont. Tatsächlich begrüßte sie das neue Land mit einem
dunklen, wolkenverhangenen Himmel und Regen – der erste
seit dem schrecklichen Unwetter. Trotz der dämmrigen Licht-
verhältnisse erkannte sie in unmittelbarer Nähe das Festland – sie sah einen breiten Streifen hellen Sandstrand und
dahinter dicht bewachsene Berge in den verschiedensten

Grüntönen. Sie sah spitze Hügel, die etwas vorgelagert, teilweise sogar aus dem Wasser herausragten und runde Erhebungen, die sich weit ins Hinterland hineinzogen, allesamt von einem satten Grün überzogen. Keine Häuser, keine Siedlungen, nichts als reinste Natur.

»Ich bezweifle, dass wir hier auf Spuren von Zivilisation treffen«, kommentierte Emi den Anblick, der sich ihnen bot.

»Nun, das ist das Land der Ureinwohner Verzins, Señora. Ein wildes Volk, das gewiss nie von einer Zivilisation, wie wir sie kennen, gehört hat«, erklärte Thomas, der Segelmacher, und zeigte auf den dunklen Dschungel vor ihnen, als müsse er seine Worte verdeutlichen.

Doch eine tiefe Stimme direkt hinter Mariella widersprach ihm. »Das ist nicht korrekt, Thomas. Es gibt bereits einige unserer Landsmänner hier, die den Menschen die Vorteile der Zivilisation aufzeigen und das Leben Jesu Christi näherbringen. Jedoch sind es ihrer nicht sehr viele. Noch nicht.« Magellan legte eine Hand auf Mariellas Schulter und lächelte sie freudig an. Dann holte er das Fernrohr aus seiner Brusttasche hervor und hielt es ihr entgegen.

»Möchtest du hindurchsehen?«

Mariella riss ungläubig die Augen auf. Das fest montierte Fernrohr an der Reling steuerbords war von gewiss zwanzig Seemännern belagert, doch ihr Onkel trug immer sein eigenes bei sich. »Darf ich? Wirklich?«

Magellans Antwort bestand aus einem dunklen, herzlichen Lachen, daher ergriff Mariella mit angehaltenem Atem das Fernrohr und blickte vorsichtig hindurch. »Unglaublich«, murmelte sie, denn sie hatte das Gefühl, als könnte sie trotz des niedergehenden Regens jedes einzelne Blatt an den unzähligen Bäumen zählen. Sie erkannte Palmen in unterschiedlichen Größen und mit den seltsamsten Blattformen. Als würden sie einander überragen wollen, wuchsen sie neben ihr unbekannten Pflanzen dicht an dicht und erzeugten ein leuchtendes saftiges Grün. Dieses Land wirkte völlig unberührt und war wunderschön. Mariellas Körper war vor lauter Aufregung gespannt, als sie ihrem Onkel das Fernrohr zurückgab. »Ich kann es kaum erwarten, es mit eigenen Füßen zu betreten.«

Thomas betrachtete sie skeptisch und schüttelte anschließend den Kopf. »Ihr seid wahrlich keine gewöhnliche Señorita, wenn ich das so sagen darf.«

Mariella lachte leise in sich hinein, denn dies war schließlich nicht das erste Mal, dass man ihr das vorwarf. *Mariella! Eine Dame trägt ihre Haare unter einer Haube versteckt! Du solltest endlich lernen, zu sticken, das gehört sich für eine Señorita! Mariella, hör auf, zu lachen, das macht eine Dame nicht! Eine Dame sollte wissen, wann sie ihren Mund hält. Achtet auf Eure Haltung!* Diese und noch jede Menge weiterer Ermahnungen hatte sie von Emi, ihrem Vater und hier und da sogar von ihrer Mutter gehört. Obwohl ihre Mutter im Gegensatz zu den anderen ihre Mahnungen stets mit einem Augenzwinkern ausgesprochen hatte.

Doch keiner von ihnen hatte es geschafft, ihr ihre Eigenheiten auszutreiben. Denn nun stand sie in einem klitschnassen, schweren Kleid an die Reling gelehnt und lachte laut. »Nun, Thomas. Je länger ich darüber nachdenke, bevorzuge ich es, eine ungewöhnliche Dame zu sein, solange dies bedeutet, als erste Frau Europas die Neue Welt zu betreten.«

Thomas nickte mit einem amüsierten Lächeln. Doch ein Räuspern lenkte ihre Aufmerksamkeit zurück zu ihrem Onkel, der sie mit unruhigem Blick betrachtete.

»Darüber sprechen wir noch. Später. Jetzt müssen wir den aktuellen Wind nutzen. Pass gut auf, wenn du etwas über die Kunst des Segelns lernen möchtest.« Er tippte kurz an sein Barett und brüllte bereits im Fortgehen Befehle an die Mannschaft. »Gómez! Ruder in Lee! Alle Mann fertig machen zur Halse!«

»Was sollte denn das bedeuten?«, fragte Mariella verwundert, während sie ihrem Onkel nachsah.

»Ich habe da so eine Vermutung,« murmelte Emi leise, wurde jedoch von Thomas übertönt, der nun ebenfalls mit einem Fernrohr auf das Land blickte und meinte: »Ich frage mich, ob diese Wilden uns nicht bereits beobachten. Man sagt, sie hätten Augen wie Raubkatzen.«

Mariella kniff darauf ihre eigenen Augen zusammen, als könnte sie auf diese Weise etwas erkennen.

»Oh, ich bin überzeugt davon, dass wir die ganze Zeit über beobachtet werden«, antwortete da Señor de Cortez, einer der höheren Offiziere hier an Bord, der im gleichen Moment an ihnen vorbeilief, und die Brasse, ein dickes Tau, um das Rahsegel zu bewegen, ergriff. Anschließend zwinkerte er Mariella zu. »Ihr solltet zur Seite treten, wenn Ihr nicht unfreiwillig ein Bad nehmen wollt. Das Segel kommt gleich.«

Mariella folgte seinem Rat und trat gemeinsam mit Emi zurück auf das Quarterdeck hinauf. Von dort aus beobachtete sie, wie die Männer das große Segel auf die andere Schiffsseite manövrierten, und sie betrachtete ihren Onkel, der mit einem Glitzern in den Augen über das Deck lief, das sie schon lange nicht mehr bei ihm gesehen hatte.

»Ich finde es äußerst unheimlich, zu wissen, dass wir beobachtet werden, selbst aber nichts und niemanden erkennen können. Was werden diese Menschen nur mit uns anstellen, wenn wir das Land betreten?« Emi schlang die Arme um ihren Oberkörper und schüttelte sich, als könnte sie dadurch den Regen aus ihren nassen Kleidern bekommen.

Mariella sah erneut zu Magellan und lächelte. »Wenn mein Onkel keine Angst hat, verspüre ich ebenfalls keine. Außerdem glaube ich nicht an die Schauermär, die Daniele verbreitet hat.«

Emi schien nicht überzeugt zu sein, denn sie schürzte nur die Lippen und klopfte den Regen von ihrer Haube.

Mariella hingegen genoss den Moment und die Vorfreude auf das, was noch kommen würde. Endlich hatten sie ihr erstes Ziel erreicht, und bald würde sie die Neue Welt betreten.

24.

Ich sagte Nein, Mariella! Und dabei bleibt es.«
Mariella warf ihrem Onkel einen wütenden Blick zu, während dieser unruhig in der Kammer auf- und abschritt. Sie wollte und konnte seine Entscheidung nicht hinnehmen. Auf gar keinen Fall. Daher verschränkte sie die Arme vor der Brust und starrte ihn mit hoch erhobenem Haupt an. »Nennt mir nur einen einzigen sinnvollen Grund weshalb nicht.«

Magellan riss sein Barett vom Kopf und fuhr sich durch die zerzausten, schwarzen Locken. »Ist das nicht offensichtlich? Hier leben Wilde, Mariella. Und keiner von uns weiß, wie sie uns empfangen werden. Glaubst du wirklich, ich lasse dich unter diesen Bedingungen von Bord gehen?«

»Aber dennoch geht Ihr an Land. Und all die anderen Männer. Worin besteht da der Unterschied? Weil ich eine Frau bin? Dann gebt mir einen Dolch, den ich meinetwegen im Strumpfband verstecke, oder irgendeine andere Waffe. Ich kann mich verteidigen, mindestens genauso gut wie Daniele oder einer der anderen Schiffsjungen! Wie alt ist der kleine Sanchez? Neun Jahre alt?«

»Herrgott, Mariella!«, schrie Magellan und trat so dicht an sie heran, dass Mariella hitzige rote Flecken in seinem Gesicht wahrnahm. Dann schwieg er und begann, urplötzlich zu lachen. »Du bist genau wie sie. Das ist doch nicht zu fassen.« Er schüttelte den Kopf und bekreuzigte sich mit einem Blick in den Himmel. »Ich habe das Gefühl, ich spreche mit dir, geliebtes Schwesterherz. Genauso stur, genauso unbelehrbar. *Céus!* Ich erinnere mich nur allzu gut an die vielen Streitereien damals bei uns zu Hause. Wie oft hat Isabel Vater angefleht, die gleiche Ausbildung wie ich genießen zu dürfen.« Er lachte erneut und lächelte selig, als wäre er nicht hier in seiner Kajüte, sondern ganz woanders. »Sie hat niemals aufgegeben. Einerlei, wie aussichtslos ihre Bemühungen auch waren.«

Mariella wusste, dass sie die Sturheit ihrer Mutter geerbt hatte, allerdings wusste sie inzwischen auch, dass ihr Onkel genauso stur sein konnte. Sie benötigte daher mehr als die bloße Erinnerung an seine Schwester, damit er sie an Land gehen ließ.

»Diese Menschen wissen doch nicht, dass wir in friedlicher Absicht kommen, nicht wahr? Wäre es daher nicht von Vorteil, wenn wir als Frauen mit an Land gehen, um ein offensichtliches Zeichen zu setzen? Denn selbst wenn ich noch nie zuvor wilde Völker, wie Ihr sie nennt, gesehen habe, so denke ich doch, dass die Anwesenheit von Frauen alles andere als eine Kriegsabsicht darstellt. Oder was meint Ihr?«

Magellan schürzte die Lippen und starrte sie eine lange Zeit schweigend an. Dann schnaubte er und hob warnend einen Finger. »Du wirst nicht von meiner Seite weichen, hast du mich verstanden? Und deine Zofe bleibt vorerst hier.«

Mariella unterdrückte einen Freudenschrei und neigte stattdessen demütig den Kopf. »Gewiss, Onkel.«

Wenig später saß Mariella gemeinsam mit dem Generalkapitän und sechs weiteren Männern in einem Beiboot und beobachtete, wie sie dem unbekannten Land immer näher kamen. Sie ignorierte, dass ihr Atem immer schneller ging, zog die Beine dicht an sich heran und sah starr nach vorne. Das leise Rauschen der Wellen und das Prasseln des Regens waren die einzigen Geräusche, die sie wahrnahm.

Emi war außer sich gewesen, als Mariella ihr von dem Gespräch mit ihrem Onkel erzählt hatte. Bis zuletzt hatte sie auf sie eingeredet und versucht, sie von ihrem Vorhaben abzubringen, jedoch erfolglos. Denn auch wenn sie nun vor lauter Nervosität kaum mehr atmen konnte, wollte sie Magellan, aber vor allem sich selbst, beweisen, dass sie Teil dieser Expedition war. Und zwar ein wertvoller und nicht nur ein lästiger.

Nun starrte sie auf das grüne Dickicht vor ihnen, die Hände in den Stoff des Kleides vergraben, weil sie nicht wusste, was sie sonst mit ihren nervösen Fingern anstellen sollte.

»Alles in Ordnung, Señorita?«, fragte Señor de Elcano, der ebenfalls im Boot schräg gegenüber von ihr saß und eines der Ruder bediente. Magellan hatte von allen Schiffen Männer eingeladen, die als Vorhut das Land erkundigen sollten, und Quesada hatte offenbar Elcano dafür ausgewählt.

Eigentlich hatte Mariella vor, ihn bei der nächstbesten Gelegenheit zu fragen, wie es ihm in den letzten Wochen und Monaten ergangen war. Sie brannte darauf, zu erfahren, wie er in kürzester Zeit von einem einfachen Seemann, der das Deck wischte, zum Schiffsmeister aufgestiegen war. Aber im Moment konnte sie kaum noch an etwas anderes denken als an das scheinbar unberührte Land vor ihnen.

»Señorita?«, wiederholte er, doch Mariella schenkte ihm nur ein kurzes Lächeln, um sich dann gleich wieder auf den Landstrich vor ihnen zu konzentrieren. Plötzlich hielt sie inne. Sie hörte doch etwas. Dieser Klang … wie ein Klopfen, rhythmisch und ungestüm … Dann plötzlich nichts mehr.

Sie schluckte. Nur noch wenige Meter trennten sie von einem feinen Sandstrand. Trotz des Regens wirkte der Strand im Kontrast zu den dunkelgrünen Wäldern im Hintergrund beinahe durchdringend weiß. Doch das war es nicht, was ihre Aufmerksamkeit erregte. *Bumm, bumm, bumm.* Schon wieder hörte sie es. Nein, sie irrte sich nicht: Das war eindeutig wildes rhythmisches Trommeln, das wie eine fremdartige Musik zu ihnen herüberhallte. Mariella vergrub ihre Finger noch tiefer in ihrem inzwischen vor Nässe triefenden Kleid.

Sie spielten diese Musik. Wer auch immer »sie« sein mochten.

»Señorita?«, versuchte es Juan ein drittes Mal.

»Was? Oh, verzeiht.« Sie atmete tief durch und nickte ihm entschuldigend zu. »Ich war in Gedanken. Es geht mir gut, vielen Dank«, beantwortete sie endlich die Frage Elcanos, der sie daraufhin besorgt anblickte. Er drehte sich zu Magellan und öffnete den Mund, als wolle er etwas zu ihm sagen. Doch dann hielt er inne und ruderte schweigend weiter.

»Hört ihr sie, Männer?«, fragte Magellan nur wenige Lidschläge später. »Gleich werden wir umzingelt sein. Elcano, Gómez – macht langsamer! Dort vorne ist eine Sandbank. Mariella, du bleibst an meiner Seite, hast du verstanden?«

Mariella nickte schweigend. Zu mehr war sie auch gar nicht in der Lage, denn als das Boot nun mit einem knarzenden Geräusch auf der Sandbank auflief, sprangen unzählig viele Menschen aus dem Dickicht des Dschungels. Begleitet von Trommeln, Rasseln und Geschrei, rannten sie auf sie zu. Einige hielten bunt bemalte Stöcke in der Hand, mit denen sie immer wieder auf den Boden schlugen, andere schwangen bunte Stoffe durch die Luft und hüpften auf eine fremde Art und Weise von einem Bein auf das andere. Doch all das war längst nicht so erschreckend wie ihr Aussehen.

»*Madre mia!* Seht ihr das? Sie sind alle …« Señor Gómez ließ das Ruder aus der Hand gleiten und starrte genau wie Mariella sprachlos auf den Strand.

»… nackt«, beendete ihr Onkel den Satz und erhob sich. »Nun kommt. Mariella!«

Offensichtlich verspürte ihr Onkel weder Angst noch Verwunderung beim Anblick dieser Menschen. Tatsächlich trug keiner von ihnen Kleidung. Stattdessen waren ihre Leiber übersät mit unzählig vielen Kreisen in roter, weißer und grüner Farbe, die auf ihrer dunklen Hautfarbe mehr als beängstigend wirkten. Sie schrien und kreischten in ungewohnten Tönen, wie sie Mariella nie zuvor vernommen hatte.

Mariella saß noch immer mit angezogenen Beinen in dem

Boot und starrte mit weit aufgerissenen Augen auf die Menschen. Sie hatte sich viel ausgemalt und geglaubt, dank der Erzählungen ihres Onkels eine Vorstellung von diesen Völkern gewonnen zu haben – zumindest hatte sie das gedacht. Doch was sich gerade vor ihren Augen abspielte, überstieg all ihre Erwartungen, und sie wusste im Moment nicht einmal, ob sie sich eher fürchten oder eher entzückt sein sollte.

»Mariella! Ich muss mich vorstellen. Es wäre unhöflich, länger zu warten. Kommst du nun mit? Oder ist dir deine Abenteuerlust bereits vergangen?« Magellan stand inzwischen knöcheltief im Wasser und streckte die Hand nach ihr aus. Der letzte Satz bewirkte, dass sie ihre letzte Unsicherheit abschüttelte. »Ich bin so weit, Generalkapitän, verzeiht mir.« Mit hektischen Bewegungen erhob sie sich und verlor sogleich ihr Gleichgewicht.

»Vorsicht! Wartet, ich helfe Euch.« Señor de Elcano hatte sie aufgefangen, und sie spürte seine feste Hand an ihrer Taille. Sie nickte ihm dankbar zu, sprang aus dem Boot in das überraschend warme Wasser und ergriff die Hand ihres Onkels.

Kaum hatten sie den Strand erreicht, waren sie bereits von den Bewohnern Verzins umzingelt. Sie tanzten ohne Unterlass und sangen in einer fremd klingenden Sprache. Mariella umklammerte den Oberarm ihres Onkels und wusste gar nicht, wohin sie sehen sollte. Überall sprangen nackte Menschen herum, deren Bemalung sich über den gesamten Körper erstreckte. Einige Männer hatten große Löcher in ihren Unterlippen, in denen Steine steckten. Andere trugen Muscheln oder kleine Knochen in den Ohrläppchen. Mariella spürte, wie sie sich verkrampfte, und zwang sich, ruhig zu atmen.

»Keine Sorge. Sieh in ihre Augen. Sie sind friedlich. Das ist ein Willkommenstanz«, erklärte Magellan und klatschte lachend in die Hände, als sich ein besonders auffällig bemalter

Mann auf ihn zubewegte und sich direkt vor ihm auf den Boden legte. »Siehst du? Sie unterwerfen sich uns.« Er lachte erneut und neigte den Kopf, als hätte er die Worte des Mannes verstanden, der vor ihm im Sand lag und seine Stiefel küsste. »Ich schätze, das ist ihr Häuptling. Siehst du die Ketten und die Haare? Er sieht anders aus. Schau genau hin.«

Mariella folgte seinem Blick und verstand Magellans Schlussfolgerung sofort. Die Kette dieses Mannes bestand aus verschieden bunten Stoffen, Muscheln und Knochen. Seine Haare glänzten und waren streng am Hinterkopf zusammengebunden – ebenfalls mit bunten Stoffen und Knochen verziert. Immer und immer wieder berührte er mit seinen seltsam geschmückten Lippen die nassen Stiefel ihres Onkels, der amüsiert lächelte und zu Gómez sah, der inzwischen ähnlich behandelt wurde.

»Sie beten uns an, kann das sein?«, fragte dieser.

Magellan hob unsicher die Schultern. »Sieht so aus.« Er legte die Hand auf den Kopf des Häuptlings und bedeutete ihm aufzustehen. Doch allem Anschein nach wurde diese Geste in einem völlig anderen Sinn gedeutet, denn nun rannten die anderen schreiend auf Magellan zu und umzingelten ihn, während sie lachend immer wieder dessen Hände, Arme und sogar den Bart berührten. Mariella wurde von Kindern und Frauen an den Armen und am Kleid angefasst, und sie bemühte sich, ihnen zuzulächeln, was ihr immer schwerer fiel, denn mit jeder Bewegung entfernte sie sich weiter von ihrem Onkel. Irgendwann sah sie kein einziges ihr bekanntes Gesicht mehr, sie war eingekreist von völlig Fremden. Ihr Herz pochte, und in einem Anflug von Panik drehte sie sich in alle Richtungen. Was, wenn sie doch gefährlich waren? Wenn sie wirklich Menschenfleisch aßen? Mariella stellte sich auf die Zehenspitzen, um irgendjemanden aus ihrer Vorhut zu erkennen, allerdings vergeblich. Doch dann erinnerte sie sich an die Worte ihres Onkels. *Ist dir deine Abenteuerlust bereits vergangen?*, hatte er sie gefragt. *Nein*, antwortete sie ihm nun im Geiste und atmete tief durch. Sie wollte das hier, und sowohl Magellan als auch Gómez zeigten keinerlei Angst vor den Menschen hier. Also würde sie es ebenfalls genießen. Daher streckte sie ihre Arme aus und ließ sich nun mit einem echten und ehrlichen Lächeln anfassen.

»Hallo, meine Kleine.« Ein junges Mädchen mit Bändern in den geflochtenen Haaren und einer Kette um den Hals stand direkt vor ihr und hob interessiert den Rock ihres Kleides nach oben. Mariella unterdrückte einen überraschten Aufschrei und beugte sich zu ihm hinunter. »Na, du bist ganz schön neugierig. Sieh her, dort sind nur meine Füße versteckt. Sie sehen genauso aus wie deine«, erklärte sie freundlich, obwohl sie wusste, dass niemand sie verstand. Doch das Mädchen lachte und fasste immer wieder ihre Schuhe an, als hätte es noch nie zuvor eine Kombination aus Leder und Kork an den Füßen eines Menschen gesehen. Was wohl auch den Nagel auf den Kopf traf. »Das hier nennt man Schuh. Oh nein! Dort bitte nicht ziehen!« Sie drehte sich mit einem höflichen Lächeln zu einer Frau, der das hüftlange schwarze Haar offen über die Schulter fiel. Sie hatte ein ebenmäßiges Gesicht mit mandelgroßen, schwarzen Augen, die funkelten, als hätten sie gerade einen Schatz erblickt. Zwischen ihren Fingern hielt sie eine der beiden Schnüre, mit denen Mariellas Kleid zugebunden war, und betrachtete sie interessiert. »Wartet! Das könnt Ihr haben! Seht her!« Ohne nachzudenken, griff Mariella an ihren Kopf, nahm ihre Kopfbedeckung ab und reichte sie der hübschen Frau, die sofort laut kreischte. Innerhalb kürzester Zeit umzingelten sie die anderen, denn jeder wollte den kostbaren Schmuck in den eigenen Händen halten. Mariella beobachtete das Treiben fasziniert und glücklich.

»Benötigt Ihr Hilfe, Señorita?« Mariella fuhr erschrocken auf und blickte in das Gesicht von Elcano, der sich offensichtlich zu ihr durchgekämpft hatte und sichtlich besorgt wirkte.

Mariella lachte und griff erneut nach ihrem Rock, denn schon wieder wollte eines der Kinder darunterblicken. »Außer dass ich Mühe habe, mein Kleid anzubehalten, geht es mir wunderbar.« Erschrocken schlug sie sich auf den Mund. Hätte Emi diese Worte gehört, hätte sie sich im unmittelbaren Anschluss daran eine stundenlange Predigt über die passende Wortwahl einer Dame gegenüber einem Herren anhören müssen. Doch Elcano lachte laut und dunkel auf, als würden ihn ihre Worte nicht stören.

»Nun, ich vermute, diese Menschen haben noch nie zuvor ein Kleid gesehen. Euer Onkel meinte, dass wir die anderen Männer und die vorbereiteten Geschenke holen können. Soll ich Euch zum Boot begleiten? Ihr wollt Eure Haushälterin gewiss nicht allein an Land gehen lassen.«

Bei dem Gedanken an Emi presste Mariella die Lippen fest aufeinander. »Himmel! Wie soll ich ihr nur erklären, dass diese Menschen hier alle …«, sie hielt inne und fühlte, wie ihr das Blut in die Wangen stieg. Schon wieder ein Thema, über das sie gewiss nicht mit einem fremden Mann sprechen sollte. Schnell ergriff sie seinen Arm und nickte leicht mit dem Kopf. »Vielen Dank für Euer Angebot, ich komme gerne mit, wenn mein Onkel nichts dagegen hat.«

25.

Señor de Elcano? Dürfte ich Eure Gedanken erfahren, oder wollt Ihr mich weiterhin nur betrachten, ohne ein Wort mit mir zu sprechen?«

Das kleine Beiboot hatte das erste ihrer Schiffe erreicht und einen italienischen Seemann über das herabgelassene Fallreep auf die San Antonio befördert. Mariella ließ sich nun von Elcano zur Trinidad rudern und blickte ihn herausfordernd an.

Dieser lachte leise und hob entschuldigend die Schultern. »Verzeiht mir, Señorita. Ich wollte Euch keineswegs anstarren. Ihr wirkt nur glücklich, das waren soeben meine Gedanken.«

»Und um das festzustellen, musstet Ihr mich die ganze Bootsfahrt hindurch ansehen?«

Mariella bemerkte erneut, wie sich seine Gesichtszüge entspannten, während er verschmitzt lächelte. Sie fühlte den Blick seiner tiefschwarzen Augen auf sich gerichtet und genoss die Tatsache, dass weder er noch sie wegsahen. Und das, obwohl sie inzwischen direkt vor der Trinidad lagen.

»Nein, das habe ich in der Tat sofort erkannt. Es erstaunt mich lediglich. Die Reise, das Leben auf einem Schiff, die raue See und nun dieses fremde Volk ...« Er hielt inne und atmete hörbar durch. »Ich habe damit gerechnet, Euch in einer anderen Verfassung wiederzusehen.« Er saß ihr mit aufrechtem Rücken gegenüber, und sie bemerkte eine tiefe Furche zwischen seinen Augenbrauen, während er sprach. Sie erinnerte sich noch gut daran, dass er sie auf den Kanarischen Inseln hatte zurücklassen wollen. *So eine Reise ist zu gefährlich für eine Frau,* hatte er damals gesagt. Vermutlich dachte er das immer noch. Dennoch würde sie sich nicht erneut auf diese Diskussion einlassen. Nicht jetzt, nicht hier.

Daher zuckte sie nur mit den Schultern und lächelte unschuldig. »Nun, nach unserer letzten Begegnung auf der Concepción hätte ich Euch ebenfalls in einer anderen Verfassung erwartet, verehrter Schiffsmeister. Doch es freut mich sehr, Euch wohlauf und allem Anschein nach unversehrt wiedergesehen zu haben.« Sie neigte höflich ihren Kopf und erhob sich. »Señor.« Und ohne seine Antwort abzuwarten, ergriff sie das Fallreep und kletterte an Bord der Trinidad.

Als sie kurze Zeit später ihre Kammer betrat, erkannte sie zuallererst Emi, die völlig aufgelöst und mit farblosen Wangen aufschluchzte.

»Dem Herrn sei Dank! Es geht Euch gut!« Sie schlug dreimal das Kreuzzeichen, nahm Mariella anschließend in den Arm und ließ sie erst wieder los, als das triefend nasse Kleid ihres Schützlings ihr eigenes durchfeuchtete. »Ihr müsst Euch sofort umkleiden. Dreht Euch um, meine Liebe.«

Aber Mariella hielt Emis Hände fest und lächelte. »Emi, ich bin nur gekommen, um dich abzuholen. Wir dürfen alle an Land gehen. Und es regnet ohne Unterlass, mich umzukleiden wäre sinnlos.«

»Aber … nein … Ich kann doch nicht!« Emi schüttelte immer wieder den Kopf und deutete auf Mariella. »Ist Euch bewusst, wie sehr der nasse Stoff Eure Körperformen betont? Man sieht förmlich alles! So könnt Ihr unmöglich zwischen all den Männern erscheinen. Außerdem, was werden diese Wilden von Euch denken?«

Mariella presste die Lippen aufeinander, um nicht laut loszulachen. »Ich habe die starke Vermutung, dass dieser Umstand keinem einzigen unserer Männer auffallen wird«, versuchte sie, vorsichtig zu erklären. »Kommst du nun? Mein Onkel wartet gewiss schon auf uns.«

Am späten Abend saßen Mariella und Emi gemeinsam mit Magellan und anderen Seeleuten in einer der Behausungen der Bewohner, die diese Boii nannten.

Nachdem Mariella mit Emi und den restlichen Männern der Trinidad das Festland erreicht hatten, hatte ihr Onkel sie sofort in Beschlag genommen und sie mit Händen und Füßen gestikulierend dem Oberhaupt des hiesigen Volkes vorgestellt. Emi war seitdem nicht eine Handbreit von ihr gewichen und hatte unentwegt Mariellas Hand festgehalten. Auch jetzt in dieser Art Haus oder Hütte fühlte sie, dass ihre Haushälterin immer noch zitterte.

»Alles in Ordnung, Emi?«

Im Gegensatz zu ihrer mütterlichen Freundin genoss Mariella die Zusammenkunft mit jedem Augenblick mehr. Sie genoss die ausgelassene Stimmung, die unentwegten Gesänge dieser Menschen und den Duft der ihr unbekannten Speisen, der sie umgab. Tatsächlich befand sich ein dichter Dampf in der Behausung, der von einer Kochstelle in der Mitte ausging. Denn dort köchelte seit geraumer Zeit eine Suppe in einem Kessel. Ein kleines Loch über der Kochstelle sollte wohl als eine Art Rauchabzug dienen, dennoch waren sie alle von Dunstschwaden umgeben. Das regennasse Kleid klebte ihr vor Hitze und Dampf unangenehm am Körper, und allmählich verstand Mariella, wieso diese Menschen auf Kleidung verzichteten.

»Es ist interessant, wie diese Leute hier leben, findest du nicht?«, versuchte sie erneut, Emi ihre Ängste vor den Einheimischen zu nehmen.

Nie zuvor hatte Mariella eine solche Art von Behausung gesehen. Anstelle von festen Steinmauern bestanden diese Häuser aus Holzpfählen und Stroh, es gab weder Stühle noch Tische – sie alle saßen gemeinsam auf weichen Fellen am Boden. Hinter ihnen hingen unzählige Hängematten, die an Pfählen befestigt waren. Anscheinend war das gesamte Bauwerk Küche, Schlafstätte und Aufenthaltsraum in einem.

»Emi, nun sprich doch mit mir.«

Emi seufzte und verzog den Mund. »Dieser Lärm schmerzt in meinen Ohren! Und der Dampf ist unerträglich!«

Tatsächlich klebten ihr die grauen Locken am Kopf und im Gesicht, das inzwischen vor Schweiß glänzte.

»Zum Glück riecht der Dampf vorzüglich. Endlich gibt es frisches Essen. Keine Brühe mehr aus Zwiebeln und Bohnen und keinen Schiffszwieback oder getrockneten Bacalao.« Mariella wusste, wie schwer es ihrer Haushälterin fiel, inmitten von Fremden zu sitzen – Fremde, die noch dazu allesamt nackt waren. Doch irgendwie musste sie es schaffen, ihr die schönen Seiten zu zeigen. Allein der Duft der Speise genügte, um Mariella das Wasser im Mund zusammenlaufen zu lassen. Doch während sie voller Vorfreude auf die Mahlzeit war, verschränkte Emi die Arme in Abwehr vor der Brust und fauchte: »Zum Schluss wollen sie uns damit vergiften und dann unsere Schiffe stehlen. Ich werde garantiert nichts von dem essen, was diese … diese Wilden für uns zubereiten.«

Mariella lachte laut auf. »Und was wirst du tun, wenn du ihnen als einzige Überlebende unserer Flotte gegenüberstehst? Emi, ich bitte dich! Sieh dich um. Die Männer haben Spaß, mein Onkel lacht dort drüben mit dem Häuptling. Wo ist dein Gottvertrauen geblieben?«

Mariella blickte hilfesuchend zu Antonio, der neben Emi saß und etwas von der bereits zubereiteten Speise auf einem Holzbrett vor sich aß. »Es schmeckt ausgezeichnet. Das solltet Ihr Euch nicht entgehen lassen. Vor allem die gelbe Frucht hier … himmlisch! Nur das Brot würde ich nicht kosten, falls es denn überhaupt Brot ist.«

Inzwischen stand eine Frau mit strahlenden Augen vor Mariella und reichte ihr ebenfalls eine Holzplatte mit Essen. Der Klang ihrer Stimme war dunkel und weich, als sie mit Mariella sprach. Vermutlich erklärte sie ihr, woraus die Speise bestand, denn sie deutete immer wieder auf deren einzelne

Bestandteile. Daher neigte Mariella dankbar den Kopf und nahm auch gleich eine weitere Platte für Emi entgegen, die nun genauso skeptisch auf das Essen blickte wie zuvor auf die nackte, bemalte Frau.

»Emi, diese Menschen essen ebenfalls. Es kann also nicht vergiftet sein.« Und ohne Emis Reaktion abzuwarten, kostete sie davon. Das zarte Fleisch eines frisch zubereiteten Fischs zerging ihr auf der Zunge, begleitet von einer herrlich süßen und gleichzeitig scharfen Note. »Es schmeckt köstlich!«

Während des Essens beobachtete Mariella immer wieder ihre Gastgeber. Es zählte offenkundig zur Aufgabe der Frauen, die Speisen zuzubereiten und zu verteilen. Einige von ihnen trugen kleine Kinder in einem Netz auf ihrem Rücken, während sie die Speisen in Körben auf ihren Köpfen durch die Hütte hindurch transportierten. Dabei wurden sie durchgehend von grimmig dreinblickenden Männern begleitet. Mariella betrachtete die Seeleute und verkniff sich ein Grinsen. Sie konnte gut verstehen, weshalb die einheimischen Männer ihre Frauen nicht aus den Augen ließen. Je später der Abend wurde, desto intensiver bemühten sich vor allem die einfachen Seemänner, den dort anwesenden Frauen den Hof zu machen. Sie lachten und tanzten, grölten inzwischen Seemannslieder und spielten auf der Fidel und anderen mitgebrachten Instrumenten ihre eigenen Lieder vor. Dies führte dazu, dass immer mehr Kinder, aber auch ein paar der Männer interessiert vor ihnen standen und die Instrumente begutachteten.

»Gefällt es Euch, Señorita?«

Die dunkle Stimme schickte einen angenehmen Schauer über Mariellas Rücken, und sie wandte sich zu Elcano, der sich nun ihr gegenüber auf das Fell setzte.

»Woran, meint Ihr, sollte ich denn Gefallen finden? An den Liedern unserer Männer? Sie klingen wie die Musik von Menschen, die zu viel Portwein getrunken haben. Und auf den Text der Lieder möchte ich gar nicht erst eingehen.«

Elcano lachte laut, und Mariella nahm einen Glanz in seinen Augen wahr. »Nun, sie haben entweder zu viel Portwein getrunken oder zu oft den Rauch der Pfeife eingeatmet.«

Mariella richtete sich auf, um die tanzenden Männer besser sehen zu können. Tatsächlich hielt einer von ihnen eine lange, rundliche Pfeife in der Hand, aus der weißer Qualm entwich. »Was ist das?«

Erneut lachte Elcano und zuckte unschlüssig mit den Schultern. »Ich weiß es nicht. Doch der Häuptling gab sie Eurem Onkel, und dieser reichte sie an uns weiter. Sie schmeckt ... interessant.«

»Ich sagte doch, dass sie uns vergiften wollen! Aber Ihr habt mich ausgelacht! Lasst uns bitte gehen, Mariella.« Emi hatte Mariellas Arm ergriffen und blickte voller Abscheu auf die Pfeife. Mariella hingegen konnte gerade noch ein Augenrollen unterdrücken. Nach langem Zureden hatte sie es endlich geschafft, dass Emi sich etwas beruhigte. Sie hatte sogar ein paar Bissen von ihrem Fisch und der gelben, stacheligen Frucht gegessen. Doch nun stand ihr wieder die blanke Panik ins Gesicht geschrieben. Mariella seufzte und legte behutsam die Hand auf Emis Schulter.

»Ich beweise dir, dass dieser Rauch nicht giftig ist.« Mit diesen Worten erhob sie sich und drängte sich zwischen den tanzenden und musizierenden Menschen hindurch.

»Señorita! Was habt Ihr vor? *Por dios!* Nein!«, hörte sie Elcanos tiefe Stimme hinter sich, doch sie ignorierte sie genauso wie Emis Schimpftirade.

Schon stand sie vor Señor Carvalho, dem Steuermann der Concepción, der soeben die Pfeife ergriffen hatte und intensiv an ihr zog.

»Dürfte ich bitten, Señor?«, fragte sie höflich und streckte die Hände aus. Carvalho hatte sichtlich Schwierigkeiten, sie zu erkennen, auch seine Augen glänzten, sein Blick war unstet und er schwankte beträchtlich. Als er Mariella endlich fokussiert hatte, riss er erschrocken die Augen auf. »Ihr wollt einen Zug hiervon? Señorita! Das ist …«, begann er, wurde jedoch von der ihr inzwischen bekannten dunklen Stimme unterbrochen.

»… nichts für eine Dame. Señorita, hört auf Eure Begleitung.«

Mariella sah Elcano strafend an und stemmte die Hände in die Hüften. Schon wieder konnte, durfte, sollte sie etwas nicht tun. Und das nur, weil sie eine Frau war? Wie sehr sie diese Antwort doch hasste!

»Ich soll auf Emi hören? Meine Haushälterin fürchtet sich vor den Menschen hier, vor dem Essen, vor einfach allem, und dies ist meine Möglichkeit, ihre Angst zu mildern. Ich beweise ihr, dass wir nicht vergiftet werden. Und wenn Ihr mir noch einmal bekunden wollt, was gut für eine Dame ist und was nicht, belehrt doch die unzähligen anderen Frauen hier in dieser Behausung. Ich bin mir sicher, dass sie Euren Worten interessiert lauschen werden. Aber ich verzichte darauf. Darf ich denn nun kosten?« Die letzte Frage richtete sie erneut an Señor Carvalho, der leise kicherte, als hätte Mariella einen Scherz gemacht. Allerdings reichte er ihr sofort die Pfeife, nachdem er ihren ernsten und zornigen Gesichtsausdruck bemerkt hatte.

»Nur zu, genießt es.«

»Señorita Alvaro, ich bitte Euch.« Mariella fühlte Elcanos warme Hand auf ihrem Arm, sein eindringlicher Blick erzeugte ein Gefühl in ihr, das sie nicht einzuordnen wusste. Doch Carvalho hielt ihr bereits die Pfeife entgegen, daher ergriff sie sie und nahm, wie sie es zuvor bei ihm beobachtet hatte, einen kräftigen Zug. Worauf sich ihr Innerstes unmittelbar zusammenzog. Ihr Hals und ihre Lungen brannten und kitzelten zugleich, ihr wurde ganz flau im Magen, und Tränen verschleierten ihre Sicht. Sie konnte kaum noch atmen und wurde von einem heftigen Husten durchgeschüttelt.

»Und – schmeckt es?« Elcano hatte ihr die Pfeife aus der Hand genommen und kurzerhand weitergereicht. Nun sah er sie mit einem amüsierten Grinsen an, und Mariella erkannte trotz der Tränen in den Augen, dass er sich bemühte, nicht zu lachen. Dafür lachte nun Mariella laut und herzlich. Sie konnte gar nicht mehr aufhören. Tränen liefen über ihre Wangen, und sie biss sich auf die Unterlippe, um sich wieder zu beruhigen.

»Es war abscheulich. *Meu Deus!* Ich verstehe Euch Männer nicht.« Erneut begann sie zu lachen und schüttelte den Kopf, der sich mit einem Mal angenehm weich anfühlte. Auf dem Weg zurück zu Emi rempelte sie unabsichtlich mehrmals Leute an und konnte sich zudem nicht erklären, wieso sie Schwierigkeiten hatte, klar zu sehen.

Plötzlich stellte sich ihr ein Mann in den Weg, und Mariella blickte auf das bestickte Wams ihres Onkels.

»Mariella? Geht es dir gut? Hast du …«? Er hielt inne und richtete dann seine nachfolgenden Worte »Hat sie etwa geraucht?« an den Mann, der hinter ihr stand, obwohl Mariella bereits genickt hatte, was sie allerdings sofort bereute. Ein Schwindel überkam sie, und sie musste sich am Hemd ihres Onkels festhalten, um nicht zu fallen.

»Herrgott noch mal, Mariella! Dieses Frauenzimmer raubt mir noch den letzten Nerv! Dich kann man keine fünf Minuten aus den Augen lassen! Gómez!«

»Soll ich sie zurück zum Schiff begleiten, Admiral?«, hörte Mariella Elcano fragen und wollte schon dagegen protestieren, als Magellan sein Angebot ablehnte. Wenn auch nicht aus den gleichen Gründen wie Mariella. »Ich danke Euch, aber ich kenne Euch nicht wirklich, Señor …«

»Elcano, Admiral. Juan Sebastián de Elcano.«

Magellan nickte wissend. »Ach ja, der Schiffsmeister. Ich erinnere mich. Dennoch möchte ich meine Nichte nicht in die Hände eines mir unbekannten Mannes übergeben. Gómez!

Wo steckt Ihr? Holt mir Enrique, danach geleitet Mariella und ihre Zofe zurück zum Schiff.«

»Sie ist nicht meine Z...«, murmelte sie leise, doch ihre Zunge wollte ihr nicht mehr gehorchen.

Nur vage bekam sie noch mit, wie sich Elcano von ihr verabschiedete und sie kurz darauf zusammen mit Emi und Magellans Sklaven Enrique das Dorf verließ und zu den Schiffen zurückkehrte.

26.

Ein stechender Kopfschmerz war das Erste, was sie wahrnahm, bevor sie die Augen öffnete. Mariella stöhnte und warf sich auf die andere Bettseite.

»Und Ihr glaubt immer noch, dass sie uns nicht vergiften wollten?« Emis Stimme klang schrill und viel zu laut in Mariellas Ohren. Sie kniff die Augen zusammen und zog sich die Decke über den Kopf. Wieso sprach ihre Haushälterin überhaupt schon mit ihr? Und dies ohne einen Morgengruß?

»Steht auf!«

Mariella stöhnte erneut, denn die Worte dröhnten ihr in den Ohren. Wieso nur hatte sie unbedingt den weißen Rauch kosten wollen? Warum hatte sie nicht auf Emi oder Elcano gehört?

»Mariella!« Es knarrte, und nach einem kräftigen Zug Emis lag sie ohne Decke auf der Bettstatt.

»Emi, ich bitte dich, ich fühle mich nicht gut.«

»Ja, das sehe ich. Dennoch möchte Euch Euer Onkel sehen. Jetzt. Also kommt.«

Da sie wusste, dass jede Widerrede zwecklos war, erhob sie sich seufzend mit trägen Bewegungen und ließ sich ankleiden. Ihr Haar ließ sie jedoch offen über die Schultern fallen, da selbst das Flechten einzelner Strähnen einen stechenden Schmerz in ihrem Kopf auslöste.

Als sie die Tür ihrer Kajüte öffnete, blinzelte sie gegen das grelle Sonnenlicht und blieb einige Augenblicke im Türrahmen stehen.

»Du meine Güte, was war das nur für ein Kraut, das sie da angezündet und geraucht haben?« Emi schüttelte den Kopf und reichte ihr die Hand. »Kommt. Euer Onkel wartet.«

Kurze Zeit später stand sie in der Kartenkammer und blickte verlegen zu Boden, da sie bereits beim Betreten der Kammer den bohrenden, auf sie gerichteten Blick Magellans gefühlt hatte. Er hielt ein dunkelgrünes Barett in den Händen und brummte.

»Du hast den Morgenappell verpasst.«

Mariella schluckte. »Es tut mir leid.«

Magellan winkte ab und atmete im Anschluss tief durch. »Ich weiß, ich habe versprochen, dich genauso zu behandeln wie die anderen Männer, doch *Deus!* Das ist nicht möglich. Du bist meine Nichte, und ich kann und will dich nicht noch einmal, vor allem in einem Zustand wie dem gestrigen, unter diesen Menschen auffinden.« Er hielt inne und lief zum Fenster. Mariella sah, wie er interessiert das Geschehen an Land verfolgte, erkannte das Glitzern in seinen Augen und das Lächeln, das seine Mundwinkel umspielte. Doch schlagartig wurde seine Miene wieder ernst, und er drehte sich zu Mariella. »Wir werden gewiss noch einige Tage hier verbringen, dennoch kann und werde ich dich nicht mehr an Land gehen lassen. Zudem wird dich in Zukunft Enrique überallhin begleiten. Auch auf diesem Schiff. Er mag zwar jung sein, doch ich traue ihm und weiß, dass er meinen Worten Folge leisten wird.« Bevor Mariella etwas einwenden konnte, knallte er zur Verdeutlichung seiner Worte die Faust auf den Tisch. »Ich erwarte Gehorsamkeit von dir, Mariella. Hast du mich verstanden?«

Schnell schluckte sie ihre Enttäuschung hinunter und kämpfte gegen die Tränen an. Sie verbeugte sich demütig und murmelte mit erstickter Stimme ihre Zustimmung.

Ein einziger Abend in der Neuen Welt sollte wirklich schon alles gewesen sein? Mehr durfte sie nicht sehen? Und das nur, weil sie von dieser Pfeife gekostet hatte? Noch während sie die Kammer verließ, spürte sie Emis liebevollen und mitleidigen Blick, doch Mariella schüttelte nur den Kopf.

»Sag nichts, Emi. Ich bitte dich.« Sie hätte es nicht ertragen, wenn ihre Haushälterin sie jetzt mit weisen Sprüchen und Sätzen getröstet hätte wie »Ich habe es Euch gesagt. Wieso hört Ihr nie auf mich?« Doch glücklicherweise blieb Emi stumm und ergriff nur kurz Mariellas Hand und drückte diese fest.

»Señorita? Der Generalkapitän hat mich beauftragt, ein Auge auf Euch zu werfen. Wenn ich Euch begleiten darf?«

Mariella betrachtete Enrique, der weit jünger war als sie. Dennoch musterte er sie mit dem ernsten Blick eines alten Mannes und einer ebensolchen Haltung. Offensichtlich erwartete er, dass sie sich bei ihm unterhakte, und obwohl sie überhaupt keinen Sinn darin sah, auf einem so kleinen und übersichtlichen Segelschiff spazieren zu gehen, folgte sie seiner stummen Anweisung.

»Wie alt bist du, Enrique? Das ist doch dein Name, nicht wahr?«

Der Junge nickte eifrig. »Mein Herr gab mir persönlich diesen Namen. Leider weiß ich nicht, wie alt ich bin.«

Emi seufzte, während sie mit schnellen Schritten hinter ihnen her tippelte. »Das ist ja schrecklich. Wie ist das denn nur möglich?«

Enrique zuckte mit den Schultern, als würde ihn sein fehlendes Wissen über sich selbst nicht stören. »Der Generalkapitän kaufte mich, als ich ein kleines Kind war. Zu dieser Zeit kannte ich mein Alter nicht.«

»Woher kommst du denn, Junge?«, fragte Emi weiter. Ihr Gesicht wirkte gleichermaßen bestürzt wie interessiert.

»Meine Heimat heißt Melaka, daher mein Name: Enrique Melaka.«

»Wo liegt denn deine Heimat? Ist sie weit entfernt von Portugal?«, fragte Emi, und wieder hob Enrique nur unschlüssig die Schultern.

»Ich denke schon.« Emi kicherte und tätschelte den Arm des Jungen, während Mariella ein Stöhnen unterdrückte.

Die drei hatten inzwischen das Oberdeck einmal umrundet, und Mariella blieb stehen. Ihr Kopf schmerzte noch immer, außerdem wuchs die Wut in ihr, die sie jedoch nicht an einem unschuldigen Sklaven wie Enrique auslassen wollte. Daher bemühte sie sich um ein Lächeln und blickte in das dunkle Gesicht des Jungen.

»Weißt du, Enrique, ich fühle mich heute nicht sonderlich wohl. Ich denke, ich werde mich noch mal zu Bett legen. Vielen Dank für deine Begleitung, ich werde dich holen lassen, sollte ich etwas benötigen.« Dann drehte sie sich stehenden Fußes um und lief die Stufen des Heckkastells hinauf, zurück in die Kammer.

Dort angekommen, schluchzte sie sogleich laut auf und warf sich auf die Bettstatt. Es war so ungerecht! Alle Mann an Bord – egal ob Schiffsjungen, einfache Seemänner oder Offiziere – waren an Land und erkundeten die Gegend und die Menschen. Nur sie musste auf dem Schiff bleiben! Sie dachte an die Worte ihres Onkels – dass er sie behandeln würde wie jedes andere Mannschaftsmitglied. Aber das war eine dreiste Lüge gewesen! Zu keinem einzigen Zeitpunkt dieser Reise hatte sie sich gleich seinen Männern von ihm behandelt gefühlt. Dabei hatte sie nur versucht, ihm zu beweisen, dass sie ein vollwertiges Mitglied der Expedition sein könnte. Aber wie konnte sie das, wenn er sie einsperrte?

Sie fühlte sich wie die Hühner unter Deck, eingesperrt in einem Käfig! Am Leben erhalten, ohne je gelebt zu haben.

Mariella wischte sich die Tränen von den Wangen und lief zu einem der kleinen Fenster. Von dort aus hatte sie die perfekte Sicht auf die Bucht und das rege Treiben dort. Sie sah, wie sich Seeleute mit großen Gesten zu verständigen suchten, sie hörte ihr Lachen und presste die Lippen aufeinander, um nicht erneut zu schluchzen. Es schien, als würden die Männer mit den Bewohnern handeln, denn im Moment bekamen sie bunte Vögel, deren Beine an Schnüren befestigt waren, von ihnen überreicht. Diese kreischten laut und ohrenbetäubend, doch die Seeleute lachten vergnügt und betrachteten begeistert die Tiere, die immer wieder aufflogen und zu entkommen versuchten.

Mariella seufzte. Wie gern hätte sie sich so ein Tier einmal aus nächster Nähe angesehen. Oder noch einmal die gelbe Frucht gegessen, deren Schale aus spitzen Stacheln bestand. Wie gerne hätte sie noch einmal mit den Kindern oder den Frauen dort gesprochen. Sie hätte so gern ihre Füße barfuß in das Meer gehalten und gespürt, wie die Wellen kamen und gingen.

Erneut schossen ihr Tränen in die Augen, und sie ließ sich zurück auf die Bettstatt fallen. Nein. Ihr Onkel durfte sie nicht einsperren! Er wollte sie als Teil der Expedition behandeln? Dann sollte er zu seinen Worten stehen! Keiner der Männer, die am Abend zuvor Pfeife geraucht hatten, war heute eingesperrt worden. Sie würde den Befehl nicht akzeptieren. Und wenn sie sich heimlich von Bord schleichen musste! Sie würde dieses Land noch ein zweites Mal betreten!

Plötzlich richtete sie sich auf und eilte erneut zum Fenster. Sie könnte fliehen, ganz gewiss. Einige Männer vertrauten ihr und würden ihr glauben, wenn sie einen einleuchtenden Grund dafür erfand, warum sie noch einmal an Land musste. Gleich am nächsten Morgen würde sie es versuchen. Die Gedanken überschlugen sich in ihrem Kopf, der immer noch schmerzte. Dennoch überlegte sie sich bis ins kleinste Detail, wie sie unbemerkt, ohne Enrique und ohne Emis Wissen das Festland erreichen konnte.

27.

Mariella schreckte aus einem unruhigen Schlaf auf und legte sich unwillkürlich die Hand auf den Mund. Hatte jemand ihr Wimmern gehört? Aber Emi schien tief und fest zu schlafen. Wie spät es wohl war?

Sie richtete sich auf und schlich barfuß zum Fenster. Draußen herrschte noch absolute Finsternis. Sie hörte das Zirpen einiger Insekten sowie die Schreie ihr unbekannter Vögel, begleitet vom langsamen und stetigen Schnarchen ihrer Haushälterin. Ein perfekter Zeitpunkt, um die Kammer zu verlassen.

Mit schnellen Handgriffen warf sie sich ihr dunkelrotes Leinenkleid über, das sie am Abend zuvor eigens so vorsichtig ausgezogen hatte, dass sie es am nächsten Tag selbst und ohne Hilfe zubinden konnte. Ihre Haare fasste sie locker mit einem Band zusammen. Anschließend ging sie zum kleinen Waschzuber und betupfte ihr Gesicht mit dem frisch eingefüllten Wasser. Noch einmal drehte sie sich zu Emi um und wartete gespannt, doch diese schnarchte genauso laut wie zuvor. Mariella atmete tief durch, nahm ihre ledernen Schuhe in die Hand und verließ barfuß die Kammer.

Auf der gesamten Trinidad herrschte Ruhe. Neben gleichmäßigem Schnarchen und laut ausgestoßenen Atemzügen hörte sie draußen nur das leise Rauschen der Wellen, die gegen den Schiffsbauch klatschten, und hin und wieder das Knarzen der Masten. Mariella lief leichtfüßig über das kühle Holzdeck und atmete erneut durch. Diese Stille. Es gab nur wenige Momente auf einem Schiff, in denen es so ruhig war. Ein Lächeln legte sich auf ihr Gesicht, und sie eilte mit schnellen Schritten zum Fallreep und den Beibooten. Doch kurz vor dem Ziel blieb sie abrupt stehen und schluckte.

Denn genau dort standen Gaspar und Ricardo, zwei Schiffsjungen, an der Reling und hielten leise flüsternd die aus Seilen geknüpfte, hinablassbare Schiffsleiter fest.

Mariella stockte der Atem. Sie hatte nicht damit gerechnet, um diese frühe Morgenstunde auf jemand zu treffen, da ihr Onkel am Abend zuvor weder eine Nacht- noch eine Morgenwache eingeteilt hatte. Nun musste sie eben improvisieren.

Sie holte tief Luft und schritt betont entspannt mit einem Lächeln auf die beiden zu.

»Guten Morgen, die Herren. Was bin ich erleichtert, Euch hier anzutreffen. Ich hatte schon gedacht, ich müsste allein an Land rudern. Dabei weiß ich noch nicht einmal, wie man ein Ruder in den Händen hält.« Sie lachte gekünstelt und bemühte sich dennoch, leise zu bleiben, um niemanden zu wecken. »Der Generalkapitän schickt mich, um den Frauen im Dorf bei der Zubereitung von diesem Brot zuzusehen.« Sie biss sich auf die Lippen und betete zu Gott, dass die beiden ihre Worte nicht weiter hinterfragen würden.

Ricardo neigte seinen Kopf zur stummen Begrüßung und verzog anschließend das Gesicht. »Ihr meint dieses weiße, runde Brot, das sie aus Baumrinde herstellen? Aber das schmeckt doch abscheulich!«

»Da gebe ich Ricardo recht, es schmeckt schrecklich und ganz und gar nicht nach Brot!«, antwortete Gaspar.

Mariella hob die Schultern. »Ich gehe davon aus, dass mein Onkel – also der Generalkapitän – dieses Brot gemeint hat, ja. Doch ich habe es bisher nicht gekostet.«

Ricardo schüttelte sich. »Wenn der Admiral möchte, dass Ihr diese Speise in Zukunft auf unseren Schiffen zubereitet, springe ich freiwillig über Bord!« Er verzog angewidert das Gesicht, warf jedoch gleichzeitig das Fallreep über die Reling nach unten. Mariella jubelte innerlich, doch als sie die erste Sprosse ergreifen wollte, bemerkte sie Gaspars skeptische Miene.

»Aus welchen Gründen schickt er Euch und nicht Antonio?«

Für einen kurzen Moment begrüßte es Mariella, dass es gerade erst zu dämmern begann, denn sie fühlte ihre Wangen rot werden. »Nun, ich glaube, er weiß, dass die Männer dieses Dorfes es nicht gern sehen, wenn sich ein fremder Mann ihren Frauen nähert. Und sei es auch nur, um Brot zu backen.« Sie klimperte vielsagend mit den Augenlidern und lächelte. »Außerdem wartet im Dorf bereits meine Begleitung auf mich. Enrique hat heute Nacht in der Siedlung übernachtet. Aber das habt Ihr sicherlich mitbekommen.« Am liebsten hätte sie sich bei diesen Worten auf die Zunge gebissen, wusste sie doch genau, dass Enrique sich auf dem Schiff aufhielt, wieso hatte sie ausgerechnet seinen Namen genannt? Doch es war zu spät, sie konnte die Lüge nicht mehr zurücknehmen.

Allerdings nickte Gaspar grimmig und ließ ihr den Vortritt.

»Dann kommt, Señorita. Wir selbst wollten ursprünglich vor dem Morgengrauen im Wald sein, und es wird immer heller. Ricardo möchte eine dieser Meerkatzen fangen.«

»Ja, sie sehen so interessant aus. Habt Ihr sie gesehen? Sie haben unsagbar lange Schwänze, die sie um die Bäume herumwickeln können, und ihre Gesichter …«

Mariella lächelte vergnügt, lauschte der Beschreibung der Tiere aber nur mit halbem Ohr. Sie hatte es tatsächlich geschafft. Die beiden glaubten ihr. Und in Kürze würde sie diese und gewiss noch weitere, ihr unbekannte Tiere mit eigenen Augen sehen können.

Kaum hatten sie das Festland erreicht, wirkten die beiden Schiffsjungen plötzlich unruhig und unsicher. Sie traten von einem Bein auf das andere und blickten zurück zum Schiff.

»Wer wird Euch abholen? Oder sollen wir Euch begleiten?«

»Oh, das wird nicht nötig sein«, wiegelte sie ab und meinte dann: »Aber wäre es möglich, dass Ihr mich später wieder zurück zum Schiff bringt?« Sie lächelte dankbar, als die beiden Seemänner nickten. »Das ist wunderbar. Ich denke, Enrique wird mir bereits entgegenlaufen. Ich danke Euch und hoffe sehr, dass Ihr mir später noch diese seltsame Katzenart zeigen könnt. Viel Glück bei der Suche!« Sie winkte den beiden zu und lief dann den dunklen Trampelpfad in den Wald hinein.

Schon nach wenigen Schritten hatte das Dickicht des Dschungels das noch schwache Morgenlicht verschluckt, und Mariella sah nicht einmal mehr die eigene Hand vor Augen. Einen Pfad konnte sie erst recht nicht mehr erkennen. Sie blickte nach oben, drehte sich um die eigene Achse in sämtliche Richtungen, doch überall war es gleichmäßig dunkel.

Angst breitete sich in ihr aus, und sie bemühte sich, ruhig zu atmen. Sie hatte an Land gehen wollen. Und diese Tageszeit hatte ihr die einzige Möglichkeit dazu geboten. Nein, sie durfte sich hier und jetzt nicht erlauben, kopflos zu reagieren. Wieder atmete sie mehrmals tief durch und lauschte. Sie hörte noch immer das Surren und Zirpen von Insekten, zudem begannen nun die ersten Vögel zu zwitschern. Dann hörte sie das beruhigende Rauschen des Meeres. Mariella lächelte und wusste nun, wohin sie gehen würde. Selbst wenn sie liebend gern das Dorf besucht hätte, erinnerte sie sich daran, wie lang und uneben der Weg dorthin gewesen war. Ihn jetzt im Dunkel des Dschungels zu laufen, war unmöglich. Aber sie konnte stattdessen zumindest ein paar Augenblicke Stille am Strand erleben, bevor ihr Onkel sie fand. Vielleicht schaffte sie es sogar, ihre Füße ins Wasser zu halten.

Schnell drehte sie sich um und folgte dem Geräusch der Wellen. Sie suchte sich einen Weg durch das Unterholz und blieb unzählige Male an Ästen hängen. Spinnweben klebten an ihrem Rock, die sie mit den Fingern angeekelt fortwischte. Plötzlich schrie sie erschrocken auf, denn ein Tier war brüllend auf ihre Schulter gesprungen und ebenso schnell, wie es gekommen war, wieder auf dem nächsten Baum verschwunden. Erschrocken blieb sie stehen. Was war das für ein Tier gewesen? Der Beschreibung nach hätte es eine dieser Meerkatzen sein können, von denen Gaspar ihr berichtet hatte. Doch waren die Tiere gefährlich? Mariella hörte ihren Herzschlag in den Ohren widerhallen. Nein! Das spielte jetzt keine Rolle, wenn das Tier gefährlich wäre, konnte sie es sowieso nicht ändern!

Das Rauschen des Meeres wurde mit jedem Schritt lauter, und je näher sie dem Wasser kam, desto mehr Licht brach durch das dünner werdende Blätterdach der Bäume und ließ Mariella ihre Umgebung besser erkennen. Dunkle und gefährlich wirkende Schatten verwandelten sich in leuchtend grüne Pflanzen, die sie nie zuvor gesehen hatte. Helle, unbedeutende Punkte wurden zu rosa- und orangefarben schimmernden Blüten, die einen zarten Duft verströmten, und endlich hatte sie das Meer und den Strand erreicht.

Mariella kletterte über Wurzeln und Steine und konnte sich nicht sattsehen an der Sonne, die in leuchtenden Rot-Gelb-Tönen aus dem Meer auftauchte, und an der ruhigen, glatten Wasseroberfläche, die glitzernd vor ihr lag. Es sah wunderschön aus.

Andächtig lief sie über den Strand und traute sich kaum, zu atmen.

Sie hatte offensichtlich eine andere Bucht erreicht, denn von den fünf Schiffen der Flotte blitzten hier nur einige Masten am Rande ihres Gesichtsfelds auf, der Rest blieb ihren Augen verborgen.

Mariella lachte glücklich, befreite sich von ihren Schuhen und öffnete mit wenigen Griffen ihr Leinenkleid. Nur im Unterkleid lief sie ins Wasser und genoss zum ersten Mal in ihrem Leben das Meer. Das warme Wasser umschmeichelte ihre Füße, und Mariella versank mit jeder Welle tiefer im feuchten, kühlen Sand. Es fühlte sich herrlich an.

Sie lachte, drehte sich im Kreis und tanzte durch das Meer, während die Sonne die ersten warmen Strahlen über ihre Arme wandern ließ.

Mariella fühlte sich frei. Frei und unbeschreiblich glücklich.

Erst als sich ihr Unterkleid bis zur Taille mit Wasser vollgesogen hatte, tänzelte sie an den Strand zurück und ließ sich in den Sand fallen.

Wie sehr hatte sie diese Ruhe vermisst, Zeit für sich allein zu haben, umgeben von Natur. Mariella dachte an ihre Lichtung zu Hause, an den Fluss, die dicken Stämme der Olivenbäume und mit einem Mal füllte sich ihr Herz mit Wehmut. Es war das erste Mal seit ihrer Flucht, dass sie an ihre Heimat dachte. Nicht an ihren Vater, nicht an ihr Haus. Doch ihre Lichtung – ihr kleines Paradies – vermisste sie. Mariellas Gedanken wanderten zu Chiara. Ob sie mittlerweile verheiratet war? Vielleicht erwartete sie sogar schon ein Kind? Sie faltete ihre Hände und murmelte ein leises Gebet für ihre Freundin, die nun so weit entfernt von ihr war. Dann schloss sie ihre Augen und genoss das stetige Rauschen. Immer wieder preschten die Wellen an den Strand, es klang wie Musik in ihren Ohren. Sie strich mit ihren Fingern durch den wärmer werdenden Sand und wusste, dass sie diesen Ort und diesen Moment nie mehr vergessen würde.

28.

Ein Geräusch ließ sie aufschrecken. War sie etwa eingeschlafen? Was war das eben gewesen? Sand klebte an ihren Armen, an ihrer Wange, und sie wischte und rieb ihn fort. Doch als sie aufstehen wollte, hielt sie inne. Nur wenige Meter von ihr entfernt hüpften vier dieser seltsamen Katzen herum und gaben dabei aufgeregte, fiepende Laute von sich. Ihre Schwänze kringelten sich in die Höhe, und sie hatten große runde, fast schon kindlich wirkende Augen. Eigentlich wirkten die Tiere völlig harmlos. Doch dann erkannte sie, was die Aufmerksamkeit der Meerkatzen erregt hatte, und sprang erschrocken auf.

»Oh nein! Nein, nein, nein!« In ihren Klauen hielten die Vierbeiner Mariellas dunkelrotes Leinenkleid und spielten damit. Sie zogen es auseinander, zerrten an dem Stoff und hüpften dabei in die Luft, als hätten sie ein wunderbares Spielzeug entdeckt. »Das gehört mir! Nein! Lasst das los!«, schrie sie und versuchte, die Tiere zu vertreiben. Doch sobald sie Mariella entdeckten, schnappten sie sich das Kleid und sprangen mit ihm in das Dunkel des Waldes.

»Bleibt sofort stehen! Halt!« Mariella wollte ihnen nacheilen, als plötzlich ein nackter Mann direkt an ihr vorbei in den Wald hineinrannte.

»*Aj-jesus!*« Mariella schrie erschrocken auf und blieb stehen. Wo kam dieser Mann denn auf einmal her? Nur langsam drehte sie sich um und betrachtete den Strandabschnitt. Tatsächlich lag in einiger Entfernung fein säuberlich zusammengelegte Kleidung im Sand. Ein weißes Leinenhemd, dunkle Beinkleider sowie Lederstiefel. Offensichtlich hatte einer der Seeleute im Meer gebadet. Und nun sprang er splitterfasernackt ihrem Kleid nach.

Mariella seufzte und schüttelte den Kopf. Das hatte sie wahrlich nicht beabsichtigt.

Tatsächlich kam nur wenige Augenblicke später ausgerechnet Señor de Elcano aus dem Gebüsch zurück. Ihr rotes Leinenkleid hielt er schützend vor seinen Körper, und als Mariella in sein Gesicht blickte, erkannte sie Verärgerung darin.

»Was macht die Nichte des Generalkapitäns um diese Uhrzeit am Strand? Und das noch dazu völlig allein?«

Wasser tropfte von den Haaren auf seine unbedeckte, muskulöse Brust. Mariella fühlte, dass sie bei diesem Anblick rote Wangen bekam, und richtete den Blick schnell zu Boden.

»Señor, ich … verzeiht mir … Und danke … Also, ich meine für das Kleid«, stammelte sie verlegen.

»Ihr solltet Euch ankleiden.« Elcano drückte ihr das rote Leinengewand in die Hände und lief mit schnellen Schritten zurück zu seiner eigenen Kleidung.

Mariella betrachtete den Stoff in ihren Händen und seufzte leise. Natürlich waren durch das Spiel der Meerkatzen sämtliche Bänder des Rückenteils gelöst. Sie würde es nicht schaffen, das Kleid ohne Hilfe anzuziehen, geschweige denn zuzubinden. Einen kurzen Augenblick schloss sie die Augen und presste die Lippen fest aufeinander. Sie ignorierte ihre brennenden Wangen, als sie sich zu Elcano umdrehte, der inzwischen die Beinkleider angezogen hatte und sich in diesem Moment das Hemd über den Kopf zog. Ohne es zu wollen, betrachtete sie fasziniert das Muskelspiel seines Rückens und seiner Oberarme und schluckte. Sie sollte ihn nicht ansehen. Nicht so! Und doch konnte sie den Blick nicht von ihm wenden.

»Señor de Elcano«, begann sie daher und zwang sich, ihren schnell gehenden Atem zu beruhigen. Nachdem er sich umgedreht hatte, hielt sie ihm das schwere Kleid entgegen und lächelte zaghaft. »Es tut mir wirklich leid, dass ich Euch noch einmal bemühen muss, aber diese Tiere … Es ist mir unmöglich, es allein zuzubinden.« Sie deutete auf die losen Bänder.

Elcano blickte ihr zuerst in die Augen, dann auf den roten

Stoff. Er stöhnte und schüttelte den Kopf. »Wisst Ihr eigentlich, was mit mir geschehen wird, wenn uns hier irgendein Mitglied der Flotte zusammen sieht? In diesem Zustand?« Er deutete auf Mariella, die immer noch im Unterkleid vor ihm stand. »Euer Onkel fordert den Tod für jeden Mann, der Euch zu nahekommt, und Ihr wollt, dass ich Euch beim Ankleiden helfe?«

»Ihr habt recht. Verzeiht mir die dumme Frage.« Sie setzte sich in den warmen Sand und versuchte, die einzelnen Bänder wieder in die dafür vorgesehenen Ösen einzufädeln.

»Was macht Ihr überhaupt hier, Señorita?«, fragte Elcano erneut und stellte sich vor sie.

»Ich versuche, die Schnürung zu richten«, antwortete sie, worauf er ein empörtes Schnauben ausstieß.

»Ihr wisst genau, wovon ich spreche.«

Mariella legte sich das Kleid über den Arm und seufzte. »Ich wollte dieses schöne Land noch einmal mit eigenen Augen sehen. Ich wollte wissen, wie es sich anfühlt, von Wellen umgeben zu sein, den Sand zwischen meinen Füßen spüren. Und ich wollte allein sein.«

Als sie ihn ansah, waren seine schwarzen Augen auf sie gerichtet, er wirkte immer noch ernst, aber nicht mehr verärgert. Zu gern hätte sie gewusst, was er in diesem Augenblick dachte. Plötzlich lachte er sein dunkles, warmes Lachen und nahm ihr das Kleid ab.

»Ihr seid wahrlich eine faszinierende Frau, Señorita. Dreht Euch um, ich helfe Euch.«

»Aber mein Onkel ...«

»... wäre noch weniger begeistert, würde ich Euch in einem halb geöffneten Kleid oder gar nur im Unterkleid zurück zum Schiff begleiten. Ich fasse Euch nicht an, versprochen.«

Mariella erhob sich und wusste nicht, was sie antworten sollte. Ihr Mund fühlte sich staubtrocken an. Erst jetzt wurde ihr bewusst, dass sie nur im Unterkleid vor ihm stand. Sie sollte sich schämen, sich bedecken und sich keineswegs von ihm ankleiden lassen. All das wusste sie. Doch stattdessen drehte sie sich um und streckte ihre Arme aus, damit er ihr das Kleid über den Kopf und den Oberkörper ziehen konnte. Sie hörte seinen stockenden Atem hinter sich und spürte, wie sich, von den Händen ausgehend über die Schultern hinweg bis hinab zum kleinsten Zeh, Hitze in ihr ausbreitete. Ihr gesamter Körper stand in Flammen, obwohl Elcano sein Wort hielt und nur den Stoff berührte.

»Was wolltet Ihr hier? Warum wart Ihr allein um diese Zeit am Strand?«, richtete sie die Frage, die er ihr zuvor gestellt hatte, nun an ihn, um ihre Verwirrung zu verbergen.

Elcano lachte erneut, während er mit sanften Bewegungen die Bänder zwischen ihren Schulterblättern zusammenzog. »Ich schätze, aus ähnlichen Gründen wie Ihr, Señorita. Ich genieße die Ruhe. Außerdem schwimme ich gerne.«

Mariella blickte auf die hohen Wellen und riss erschrocken die Augen auf. »Ihr wart tatsächlich schwimmen? Ist das überhaupt möglich?«

»Könnt Ihr denn nicht schwimmen, Señorita?«, fragte Elcano und trat einen Schritt zurück. Augenblicklich verschwand die Hitze, die sie zuvor gespürt hatte, und sie drehte sich um. »Nein«, antwortete sie.

»Dann empfehle ich Euch ein anderes Gewässer, um es zu erlernen. Aber ja, es ist durchaus möglich.« Er richtete den Blick auf das weite Meer, und wirkte mit einem Mal völlig zufrieden. »Es ist wunderschön.«

Mariella folgte seinem Blick und lächelte. Es war in der Tat ein schöner Anblick, und sie hätte ewig hier verweilen können. Doch dann erinnerte sie sich an die Meerkatzen, an das Kleid und daran, dass sie zuvor nur im Unterkleid im Wasser getanzt hatte. Erschrocken riss sie die Augen auf.

»Heißt das … Wie lange wart Ihr im …. Habt Ihr mich etwa …?« Ihre Wangen färbten sich erneut feuerrot, und aus irgendeinem Grund schaffte sie es nicht, ihre Frage zu formulieren, ohne dabei ins Stocken zu geraten.

»Ich sollte Euch zurück zum Schiff bringen, Señorita«, unterbrach er ihr Gestammel und reichte ihr seinen Arm. »Es ist gefährlich für eine Dame, allein zu sein.«

Mariella stöhnte und ignorierte seinen Arm, als sie ihm folgte. »Ich kenne Eure Meinung bezüglich Frauen und dieser Expedition. Ihr müsst Euch nicht wiederholen.«

Elcano lief anders als Mariella am Morgen direkt am Strand entlang und mit jedem Schritt, mit dem sie sich ihrer Landebucht näherten, klopfte Mariellas Herz stärker. Sie hatte bewusst die Befehle ihres Onkels ignoriert, als sie sich an Land geschlichen hatte, und wusste, dass dies Konsequenzen nach sich ziehen würde. Und obwohl sie es nicht bereute, graute ihr davor, ihm gegenüberzutreten. Was für eine Strafe würde er wohl verhängen? Sie einsperren lassen? Oder gar auspeitschen?

»Ich wollte Euch nicht in Verlegenheit bringen, daher blieb ich im Wasser.« Elcanos ruhige Stimme riss sie aus ihren Gedanken, und sie sah ihn verwirrt an. Wovon sprach er? Offensichtlich war es ihm unangenehm, darüber zu sprechen, denn er räusperte sich und schenkte ihr ein schwaches Lächeln.

»Ihr wirktet so glücklich. Und frei. Diesen Moment wollte ich nicht zerstören. Verzeiht mir, Señorita.«

Mariella blieb stehen und blickte in seine schwarzen, unergründlichen Augen. »Ich danke Euch dafür.«

Inzwischen hatten sie die Bucht erreicht, in der nun mehrere Beiboote lagen. Mariella erkannte einige Seeleute der Trinidad und schluckte schwer.

Plötzlich hallten Schreie zu ihr herüber, und Mariella hielt den Atem an. »Hier ist sie! Admiral! Wir haben sie gefunden!« Offensichtlich suchten sie bereits nach ihr, und tatsächlich sah sie kurz darauf ihren Onkel in einem der Beiboote an Land rudern.

»Alles in Ordnung?«

Mariella betrachtete die besorgte Miene Elcanos und lachte trocken. »Ich weiß, was ich getan habe, und stehe dazu. Daher werde ich auch die Folgen tragen.« Sie neigte ihren Kopf und deutete eine Verbeugung an. »Vielen Dank für Eure Begleitung. Und für Eure Hilfe mit dem Kleid«, fügte sie hinzu. Dann ging sie ihrem Onkel entgegen.

29.

Du hast meine Befehle missachtet und mich bloßgestellt! Noch dazu hast du zwei treue, einfache Schiffsjungen aufs Übelste belogen! Mariella, ich verlange eine Erklärung! Nenne mir einen Grund, warum ich dich nicht bis ans Ende dieser Reise einsperren sollte!«

Magellan hatte nicht einmal gewartet, bis sie sich in der Kartenkammer auf einen Stuhl setzte, sondern sie angeschrien, sobald sie die Tür hinter sich zugezogen hatte. Dennoch wusste Mariella, dass im Moment alle Anwesenden auf der Trinidad ihrem Gespräch lauschten, da ihr Onkel mit jedem Wort lauter brüllte.

Aber Mariella wollte sich nicht einschüchtern lassen, sondern blieb aufrecht stehen und sah ihm ins Gesicht. »Ihr gabt mir Euer Wort, Teil der Expedition sein zu dürfen. Ich sollte behandelt werden wie alle anderen auf dem Schiff, wenn ich die Aufgaben erfülle, die Ihr mir gebt, so lautete Euer Versprechen, Onkel. Und ich hielt mich daran, ich kochte das Essen für uns, reinigte die Planken, ich flickte die Segel. Obwohl einige der Männer mir mit offenem Hass begegneten. Ich habe keinen Eurer Befehle missachtet. Und was tatet Ihr? Ihr ließet mich einsperren, nur weil ich einmal an einer Pfeife gezogen habe. Sagt mir, Admiral – wie viele der Männer, die das ebenfalls getan haben, habt ihr aufgrund dieses Vergehens eingesperrt?«

Magellans Faust sauste so heftig auf den Tisch nieder, dass der Krug darauf wackelte. Mariella wich erschrocken einen Schritt zurück.

»Du bist aber kein Seemann, sondern meine Nichte! *Meu Deus,* ist das so schwer zu begreifen?«

Mariella ignorierte die Tränen, die sich in ihren Augen sammelten, und schluchzte leise. »Könnt Ihr mich nicht verstehen, Onkel?«

Er brummte etwas Unverständliches in seinen Bart hinein und drehte sich dann zum Fenster. Mariella konnte nicht beurteilen, ob er den Strand, die Männer in der Bucht oder das bergige Hinterland betrachtete, allerdings beobachtete sie seine Mimik, die geradezu verzweifelt wirkte.

»Ich verstehe dich, Mariella. Dennoch kann und werde ich dein Handeln nicht billigen. Ich bin der Admiral dieser Flotte, und jeder Einzelne hier hat meinen Befehlen zu gehorchen.« Er drehte sich wieder zu ihr um, und seine Gestik und Mimik hatte sich schlagartig verändert. Streng und eisern wirkte sein Blick jetzt, und Mariella erkannte, dass nun nicht mehr ihr Onkel, sondern der Generalkapitän vor ihr stand. »Du hast mich den gesamten Vormittag davon abgehalten, meiner eigentlichen Arbeit nachzukommen. Anstatt unsere Missionarsarbeit fortzuführen, musste ich Männer auf die Suche nach dir losschicken. Gaspar und Ricardo werden aufgrund deiner Lügen Konsequenzen tragen müssen, weil sie dich unerlaubt an Land gebracht haben. Und ich werde sie nicht verschonen, obwohl ich weiß, wie hinterhältig deine Lüge war.« Er atmete tief durch und trommelte mit den Fingern auf die Tischplatte. »Du wirst in den nächsten Wochen, solange wir hierbleiben, von Brot und Wasser leben. Außerdem wirst du deine Kammer nur verlassen, um das Schiff zu reinigen. Und solltest du noch einmal meine Befehle missachten, bekommst du Stockhiebe. Hast du mich verstanden?«

Mariella unterdrückte ein weiteres Schluchzen und verneigte sich vor ihrem Onkel. »Ich habe verstanden und akzeptiere Eure Forderungen.«

Magellan nickte und wandte sich ab. »Du kannst gehen.«

Mariella verließ mit gesenktem Kopf die Kammer und wischte sich unauffällig die Tränen aus dem Gesicht. Auf dem Oberdeck entdeckte sie die beiden Schiffsjungen, die mit Fesseln an den Hauptmast gebunden waren und dort auf ihr Urteil warteten. Sie schlug die Hand vor den Mund, um keinen

Laut des Erschreckens auszustoßen. Das Gefühl, an ihrem Schicksal schuld zu sein, erdrückte sie schier, und sie ging langsam auf sie zu.

»Was wollt Ihr?«, fragte Gaspar mit verzerrter Miene. Schmerz und Ärger standen darin geschrieben. Mariella schluckte. Das hatte sie nicht gewollt. Ganz sicher nicht.

»Wie lautete meine Order?«, brüllte Magellan, der ihr unbemerkt gefolgt war.

»Es tut mir von Herzen leid. Ich hoffe, Ihr könnt mir irgendwann verzeihen«, schluchzte sie leise und rannte dann, so schnell sie konnte, in die Kajüte.

Erst als Emi, die dort auf sie gewartet hatte, ohne einen Kommentar ihre Arme ausbreitete, erlaubte sie sich, zu weinen. Wegen ihrer eigenen Fehler, darüber, dass andere aufgrund ihrer Taten zu Schaden kamen. Sie weinte um ihren verlorenen Onkel, denn sie hatte endlich verstanden, was er damit gemeint hatte, auf dieser Expedition einzig und allein der Generalkapitän für sie zu sein.

Der herzliche, lachende und fröhliche Onkel war einem ernsten, strengen und unerbittlichen Admiral gewichen, der gewissenhaft seine Ziele verfolgte und den Gehorsam seiner Leute an erste Stelle setzte.

Und sie weinte um ihre verlorene Freiheit.

30.

JUAN

Juan! Wo warst du denn so lange? Ich habe dir etwas zu essen beiseitegelegt, es gibt eine Art Hühnchen und dazu diese gelbe Stachelfrucht, doch das Fleisch ist jetzt vermutlich kalt.« Simon stieg gerade aus dem Unterdeck, als Juan sich über die Reling schwang.

»Ich war schwimmen, wie jeden Morgen«, antwortete er knapp und wrang zur Verdeutlichung sein nasses Haar aus. Doch Simon betrachtete ihn skeptisch und lachte dann laut auf.

»Und aus welchem Grund siehst du dann so aus, als hättest du dir etwas zuschulden kommen lassen?«

Juan zuckte mit den Schultern. »Ich weiß nicht, wovon du sprichst.«

Sein junger Freund trat ganz nah an ihn heran und musterte ihn. Offensichtlich kannten sie sich einfach zu lange und zu gut, als dass Juan ihm etwas vormachen konnte, denn plötzlich riss Simon die Augen auf. »Hast du etwa eine der Frauen hier besucht?«, fragte er mit flüsternder Stimme, und Juan stöhnte auf.

»Ja, genau das habe ich getan. Und im Anschluss daran bin ich splitterfasernackt einer Horde Affen hinterhergejagt, um die unschuldige, leicht bekleidete Frau zu beschützen.«

Simon prustete und klopfte ihm auf die Schulter. »Na, so unschuldig sind die Weiber hier im Dorf gewiss nicht. Aber … Juan, deine Fantasie möchte ich haben. Eine leicht bekleidete Frau …« Er lachte laut und herzlich. »Darf ich raten? Du hast sicherlich von der Nichte des Generalkapitäns geträumt«, fügte er hinzu, nachdem er sich wieder einigermaßen beruhigt hatte.

Juan zuckte erneut mit den Schultern. »Natürlich«, antwortete er und grinste. »Übrigens vielen Dank für das Essen. Wo finde ich es?«

»In der Kombüse. Lucas weiß Bescheid. Ich gehe jetzt ins Dorf. Diego wollte unbedingt unsere Spielkarten tauschen und wartet auf mich. Vielleicht bekommen wir ja ein paar Papageien dafür. Du kannst gerne mitkommen, dort gibt es nämlich ganz reale Frauen.«

»Du kennst den Befehl Magellans«, ermahnte Juan seinen Freund, doch dieser hob mit einem breiten Grinsen die Arme.

»Keine Sorge, ich werde mich nicht erwischen lassen.«

»Na dann, viel Erfolg.« Noch während er auf dem Weg zur Kombüse war, hörte er Simon leise kichern und seine Worte von vorhin wiederholen.

»Die unschuldige, leicht bekleidete Nichte des Admirals ...«

Juan atmete tief durch und verdrängte die Bilder, die sich vor sein geistiges Auge drängten. Denn erneut sah er Señorita Alvaro, wie sie nur in einem dünnen Unterkleid durch das Wasser tanzte. Er hatte ihr Lachen gehört, das Glitzern in ihren Augen gesehen, und wie ihre Finger mit der Gischt des Meeres spielten, als handle es sich hierbei um etwas Kostbares.

Eigentlich war Juans morgendliche Schwimmrunde längst beendet gewesen, doch er hatte es nicht gewagt, zurück an den Strandabschnitt zu kehren. Nicht, solange sie dort unbeschwert und vollkommen glücklich durch das Wasser tanzte. Also hatte er sich abgewandt und war für eine weitere Runde hinausgeschwommen.

»Señor de Elcano?« Die krächzende Stimme von Lucas, dem Koch der Concepción, riss ihn aus den Gedanken, und er blickte verdattert auf die Schüssel, die ihm gereicht wurde.

»Euer Essen«, erklärte sein Gegenüber.

»Entschuldige, Lucas, ich war in Gedanken. Vielen Dank.«

Gerade als er den ersten Löffel in den Mund schob, tauchte zu Juans Überraschung erneut Simon hinter ihm auf. Er wirkte aschfahl.

»Das war kein Scherz, oder? Und auch kein Traum?«

Juan hob die Augenbraue an. »Wovon sprichst du?«, fragte er.

»Der Generalkapitän möchte dich sprechen.«

Viel zu spät bemerkte Juan, dass er seine Mimik nicht unter Kontrolle hatte, denn Simon sah ihn nun entgeistert an und schüttelte dann fassungslos den Kopf. »Juan! Sie ist die Nichte des Admirals! Du bringst dich in Teufels Küche!«, zischte er, doch Juan drückte ihn beiseite.

»Ich habe mir nichts zuschulden kommen lassen!« Mit diesen Worten ließ er seinen jungen Freund stehen und eilte aufs Deck hinaus, wo Magellan bereits persönlich auf ihn wartete.

Er neigte sein Haupt und formulierte eine höfliche Begrüßung, doch der Admiral winkte ab.

»Schon gut. Ich denke, Ihr wisst, worüber ich mit Euch sprechen möchte. Lasst uns an Land übersetzen und dort ein paar Schritte tun.«

Juan folgte Magellan auf das Beiboot und nahm sofort die Ruder zur Hand. Während er auf den Strandabschnitt zuhielt, schwiegen beide Männer. Doch trotz der Stille überschlugen sich die Gedanken in Juans Kopf. Was hatte sie ihm erzählt? Mit welchen Konsequenzen würde er rechnen müssen? Dafür, dass er zur falschen Zeit am falschen Ort gewesen war?

Doch kaum hatten sie die Bucht erreicht, hörte er den rasselnden Atem Magellans, der kurz darauf in einen Husten überging.

»Ich habe nicht vergessen, wer Ihr seid, Señor de Elcano. Und auch nicht, was Ihr getan habt.«

Juan schluckte. Offensichtlich hatte Señorita Alvaro ihm sämtliche Einzelheiten ihres Zusammentreffens berichtet.

»Es tut mir außerordentlich leid, Admiral. Doch als ich die Meerkatzen sah, da ...«

»Meerkatzen? Ich spreche von Eurem öffentlichen Zweifel an meinem Kurs!«, unterbrach Magellan ihn. Juan atmete stockend aus und unterdrückte den Impuls, laut zu lachen. Er sprach also gar nicht von der Begegnung mit seiner Nichte, sondern von Kapitän Cartagenas missglückter Meuterei. Magellan hatte sich inzwischen vorgebeugt und blickte ihm in die Augen. Und obwohl der Admiral um mehr als einen Kopf kleiner war als Juan, besaß er eine Autorität, die Juan das Gefühl gab, völlig unbedeutend zu sein.

»Ich dulde es nicht, wenn sich Mitglieder meiner Mannschaft aufspielen. Und ich akzeptiere keine Unruhestifter und schon gar kein öffentliches Anprangern!«

»Verzeiht mir mein vorlautes Mundwerk, Generalkapitän. Es war nie meine Absicht, Euren Kurs anzuzweifeln. Wenn Ihr das so wahrgenommen habt, tut es mir von Herzen leid. Meine Frage an Euch habe ich aus reinem Interesse gestellt.« Er hielt inne, denn das Boot lief nun auf dem Sandstrand auf. Beide Männer stiegen aus und wanderten dann eine Weile schweigend den Meeressaum entlang, bis Juan seine Rede wieder aufnahm.

»In all den Jahren auf hoher See habe ich schon viel von Euch gehört, Admiral. Und als ich erfuhr, dass ich Teil dieser Expedition sein werde, war ich gespannt, von einem so begnadeten Seefahrer, wie Ihr es seid, zu lernen. Den südlichen Kurs an der afrikanischen Küste entlang verstand ich nicht, das gebe ich zu. Und ich hätte einfach gerne den Grund dafür erfahren, denn ich bin mir sicher, dass es einen gab.«

»Natürlich gab es ihn«, brummte Magellan, doch er ging nicht weiter darauf ein. Stattdessen fühlte Juan erneut seinen inspizierenden Blick auf sich ruhen.

»Ihr seid der einstige Kapitän, nicht wahr? Der in Ungnade gefallen ist.«

Juan nickte stumm und presste die Kiefer aufeinander. Er wollte alles andere, als mit dem Anführer dieser Reise über vergangene Fehler sprechen.

»Das erklärt auch Eure Befähigung als Meister und Rudergänger. Man spricht über Euch, Elcano.«

Da dies sowohl positiv als auch negativ gemeint sein konnte, schwieg Juan.

»Außerdem war die Concepción am Ende des Sturms das Schiff mit den wenigsten Schäden. Ihr und Quesada habt offensichtlich ganze Arbeit geleistet.«

Nur mit Grauen erinnerte sich Juan an die Nacht des Unwetters und rieb sich über die Oberarme, um den Schauer, der ihn ergriffen hatte, zu vertreiben.

»Ein Steuermann oder Meister ist immer nur so gut wie seine Männer«, antwortete er schlicht. Die Tatsache, dass sich Quesada in dieser Nacht unter Deck versteckt hatte, wollte er Magellan nicht erzählen.

Doch der Generalkapitän ging nicht weiter auf seine Worte ein, sondern nickte mit finsterer Miene. »Ich werde Euch beobachten, Elcano. Und solltet Ihr es noch einmal wagen, meine Befehle vor anderen anzuzweifeln, wird es kein klärendes Gespräch mehr geben.«

Juan musste an sich halten, um die Worte, die ihm bereits auf der Zunge lagen, wieder hinunterzuschlucken. Denn dieses Gespräch war vieles, nur nicht klärend. Doch offensichtlich würde Magellan ihm dem Grund für seinen südlichen Kurs nicht nennen, und er hatte Juan zudem deutlich gemacht, dass er das zu akzeptieren hatte.

»Ich habe Euch verstanden, Admiral.«

Zwei Seeleute kamen auf Magellan zu und unterbrachen ihre Unterhaltung.

»Admiral, wir haben das nötige Holz gefällt. Auf welches Schiff sollen wir es verladen?«

Magellan drehte sich zu den fünf Schiffen seiner Flotte

um. »Die San Antonio hat den größten Lagerraum. Und das Kleingeäst könnt ihr verteilen, das können wir als Brennholz verwenden.«

Die Männer verbeugten sich und gingen wieder ihrer Arbeit nach. Juan wollte diesen Zeitpunkt nutzen und sich verabschieden, als sich Magellan erneut an ihn wandte. »Und von welchen Meerkatzen wolltet Ihr eben sprechen?«

Juan schluckte. Dieses Gespräch hätte er gern vermieden. Er atmete tief durch und hob die Schultern. »Ich habe Eure Nichte am Strand gefunden und zurückgebracht. Und ich dachte, dass Ihr mich aus diesem Grund sprechen wolltet.«

»Aaahhh! Mariella!« Magellan wirkte mit einem Mal wütend und ballte die Hände zu Fäusten. »Dieses Mädchen raubt mir noch den letzten Nerv! Ich will gar nicht erst wissen, was sie wieder angestellt hat.« Er stöhnte und fuhr sich immer wieder durch den schwarzgrauen Bart.

Allein dies genügte, dass Juan erneut Mariella vor sich sah. Wie sie durch das Wasser tanzte, wie sie lachte und jede einzelne Welle mit einem freudigen Kreischen begrüßte.

»Sie wirkte glücklich.« Die Worte kamen Juan wie von selbst über die Lippen, doch Magellan schien sie nicht zu hören. Er blickte gedankenversunken auf das Meer und seufzte.

»Ich hätte die beiden auf den Kanaren zurücklassen sollen«, murmelte er leise. Juan schwieg, obwohl er dem Generalkapitän vor wenigen Tagen noch sofort zugestimmt hätte. Aber die Erinnerung an ihr Lachen hielt ihn davon ab. Sie schien wirklich glücklich, ein Teil der Flotte zu sein.

»Ihr wisst nicht, wie die Männer der Trinidad sie behandeln. Sie denkt, ich merke das nicht, doch mir entgeht kein einziges Wort, keine stumme Schikane. Denn das ist eine der Aufgaben eines Kapitäns, findet Ihr nicht?« Juan schwieg weiterhin, zumal Magellan nicht so wirkte, als würde er auf eine Antwort warten. Dieser atmete tief durch und schüttelte den Kopf. »Sie kam damit niemals zu mir. Kein einziges Mal.

Stattdessen erkämpfte sie sich aus eigenen Kräften ihre Position an Bord.« Er lachte leise. »Sie ist genauso stur wie ihre Mutter. Und genauso beharrlich, wenn sie etwas erreichen möchte. Und ich … sperre sie aufgrund von Belanglosigkeiten ein.«

Juan betrachtete den niedergeschlagenen Gesichtsausdruck des Admirals und suchte nach den richtigen Worten. Es fiel ihm schwer, zu glauben, dass dieses glückliche Mädchen von heute Morgen die gesamte Seefahrt über von den Männern schikaniert worden war. Schon wieder hallte ihr helles Lachen in seinen Ohren wider, und deshalb fasste er sich ein Herz und sagte:

»Ihr seid ihr Onkel, Admiral. Und Ihr wollt sie beschützen. Ich würde vermutlich genauso reagieren.«

Magellan fuhr auf und blickte Juan erschrocken an, als hätte er erst in diesem Moment realisiert, dass dieser noch immer neben ihm stand. Er hob den Zeigefinger und deutete auf Juan.

»Ich habe Euch nicht nach Eurer Meinung gefragt, Elcano. Vergesst meine Worte, sie waren nicht für Euch bestimmt. Und nun geht mir aus den Augen.«

Allerdings wartete Magellan nicht darauf, dass Juan nun zum Boot zurückging, sondern drehte sich um und hinkte mit langsamen Schritten davon.

Lange Zeit sah Juan ihm nach. Als er begriff, was eben geschehen war, lachte er leise. Denn der Admiral hatte ihm gerade aus Versehen gezeigt, dass er ein Herz besaß.

31.

Juan, lege doch endlich die Karte beiseite und komm. Das ist unser letzter Abend in Verzin.«

Simon trommelte ungeduldig auf den Tisch, während Juan zum wiederholten Mal die Seekarte betrachtete und sich Gedanken über die Route des morgigen Tages machte. Er ignorierte das geschäftige Treiben der anderen, die über das Deck huschten, um möglichst bald an Land zu gelangen. Seufzend blickte er auf.

»Ich wollte eigentlich Señor de Acurio Gesellschaft leisten und anschließend früh zu Bett gehen«, erklärte er. Der frühere Rudergänger erholte sich, wenn auch nur langsam, von der Schwindsucht. Noch immer lag er in Decken gewickelt ausschließlich unter Deck und schaffte es kaum, seine Notdurft zu verrichten, ohne dabei in Atemnot zu geraten. Einzig die Zuversicht Hernandos ließ Juan daran glauben, dass er wieder gesund werden würde. Daher verbrachte Juan fast jeden Abend an seinem Lager und erzählte ihm von den Früchten, den Pflanzen und den Bewohnern des Dorfes und ihrer interessanten Lebensweise.

Simon legte beide Hände auf Juans Schultern und rüttelte ihn durch. »Oh nein, das kommt gar nicht infrage. Acurio wird auch gesund, wenn du ihn einen Abend lang in Ruhe lässt. Diese Menschen vergöttern uns, weißt du eigentlich, was das bedeutet?«

Juan schmunzelte. »Ja, du hast mir mehr als einmal davon berichtet. Doch ich habe immer noch kein Interesse daran.«

»Hast du dir die Frauen einmal genauer angesehen? Für ein kleines Messer kannst du zwei von ihnen haben!«

Hernando, der während des letzten Satzes zu ihnen gestoßen war, lachte lauthals los. »Ach Simon, du bist noch so jung. Irgendwann wird es auch für dich im Leben wichtigere

Dinge geben. Warte ein paar Jahre, und du wirst uns verstehen.«

»Hör nicht auf Hernando, mein Freund!« Diego fuhr sich mit den Fingern durch die nassen Haare und richtete dann sein Wams. Mit einem Schmunzeln im Gesicht bemerkte Juan, dass sich der Zimmerer sogar den Bart gestutzt hatte. »Ein wahrer Mann ist niemals zu alt für hübsche Frauen.« Diego wackelte vielsagend mit den buschigen silbergrauen Augenbrauen und winkte zum Gruß. »Wir sehen uns im Dorf!«

Simon stand immer noch vor Juan. Sein Blick wirkte mit einem Mal ernst und besorgt. »Du musst sie vergessen, Juan«, zischte er, sodass dieser als Einziger verstand, was er sagte. Juans ganzer Körper spannte sich an, während er seinem jungen Freund in die Augen sah. Simon kannte ihn einfach zu gut.

Natürlich hatte er die Tage an Land genossen. Die Menschen hier waren ein sehr interessantes Volk, und er hatte mehr als einmal Avancen von den hiesigen jungen Frauen bekommen. Doch keine Einzige interessierte ihn. Stattdessen sah er in jeder freien Minute das Bild von Magellans Nichte vor sich. Wie sie vor ihm stand und darauf wartete, dass er ihr das Kleid zuschnürte. Er erinnerte sich an den Duft ihrer Haare, süß und fruchtig. Wie einfach wäre es gewesen, die Lippen auf ihren Nacken zu legen, um den Geschmack ihrer Haut zu kosten, während die wilden Locken, die sie so gut wie nie zusammenband, sein Gesicht kitzelten.

»Juan!«, sprach ihn Simon erneut an, und der schluckte, weil sein Freund anscheinend genau wusste, was gerade in ihm vorgegangen war.

»Du hast recht. In Ordnung, ich komme mit. Lass uns gehen.«

Wenige Minuten später liefen sie gemeinsam mit Hernando, Carlos und einigen anderen Seeleuten der Concepción den Trampelpfad vom Strand ins Dorf. Unzählige Moskitos schwirrten um sie herum, und Juan verfluchte bereits jetzt die Entscheidung, mitgekommen zu sein. Gewiss würden seine Arme und Beine am nächsten Morgen mit Stichen übersät sein.

»Habt ihr die Pfeife gekostet? Ich sage euch, dieser Rauch lässt dich in den Himmel fliegen. Was immer darin enthalten ist, es ist grandios!«

»Kein Vergleich zu den köstlichen Früchten. Ich habe bei Gómez alle Spielkarten getauscht, um mir noch mal eine ordentliche Portion davon zu kaufen.«

»Ich möchte mir einen der blauen Papageien besorgen. Diese Tiere wären ein wunderbares Geschenk für meine Kinder zu Hause.«

Juan lauschte den Gesprächen der Männer, doch gedanklich befand er sich bereits beim nächsten Tag. Magellan hatte ihnen beim täglichen Morgenappell erklärt, dass er nach einer Passage, einer Durchfahrt durch die Landmasse zu den westlich davon liegenden Gewürzinseln suchte, um diese dadurch schneller als bisher zu erreichen. Es war das erste Mal, dass der Generalkapitän ihnen offen sein Ziel erläutert hatte, und Juan war noch unschlüssig, was er davon halten sollte.

Das Ziel als solches war nicht neu, doch alle vorangegangenen Versuche anderer Seefahrer waren gescheitert. Kein Mensch kannte die Größe des anderen Meeres, niemand kannte das Land südlich von Verzin, niemand wusste, ob es diese Passage überhaupt gab. Juan fragte sich, ob er an der Expedition teilgenommen hätte, wenn er das Ziel schon vor Beginn der Reise gekannt hätte. Vermutlich nicht. Selbst wenn er in diesem Fall auf die Begnadigung des Königs hätte verzichten müssen. Doch nun war es zu spät, und er würde Magellan folgen müssen.

»Juan, du hast versprochen, nicht mehr an sie zu denken!«, hörte er Simon auf einmal sagen.

»Und das ist mir bis zu diesem Zeitpunkt sogar gelungen. Du solltest aufhören, dich um mich zu sorgen. Simon, ich bin fast zwanzig Jahre älter als du und kann auf mich selbst aufpassen.«

Doch Simon warf ihm einen skeptischen Blick zu, während er mit wedelnden Bewegungen die Moskitos vertrieb. Kurze Zeit später erreichten sie das Dorf, und Diego blieb andächtig stehen.

»Seht nur! Es sieht so aus, als hätten sie ein Haus für uns errichtet! Ist denn das zu glauben!«

Tatsächlich befand sich direkt am Eingang ihres Dorfes ein komplett neues Boii – wie sie ihre großen langen Behausungen nannten. Davor stand der Häuptling mit seinen sämtlichen Ketten und Federn geschmückt und verbeugte sich vor Magellan.

Juan jedoch betrachtete weder die neue Hütte noch den Generalkapitän. Sein Blick haftete auf der Begleitung des Admirals, die direkt neben ihm stand und demütig zu Boden sah. Augenblicklich wurden Juans Hände feucht, und er spürte, wie ihm das Herz bis zum Hals schlug.

»Ich dachte, er hätte sie eingesperrt?«, fragte Simon mit flüsternder Stimme.

Juan hielt den Atem an und nickte schwach. Das hatte er ebenfalls gedacht. Dennoch stand Mariella Alvaro nur wenige Schritte von ihm entfernt, das Haar zum ersten Mal, seit er sie kannte, ordentlich aufgesteckt, während ihr einzelne Locken über den Rücken und das dunkelrote Kleid fielen, das er ihr bei ihrer letzten Begegnung zugebunden hatte.

»Wenn ich sie mir so aus der Nähe betrachte, verstehe ich allmählich dein Verhalten.« Simon grinste noch breiter, als er Juans erschrockenes Gesicht sah. »Ich bevorzuge dennoch Damen, deretwegen ich um keinen Kopf kürzer gemacht werde. Lass uns zum Feuer gehen.«

Juan folgte schweigend seinem Freund, und innerhalb kürzester Zeit waren sie von den Dorfbewohnern umzingelt, die mittels Gesten mit ihnen kommunizierten, lachten und tanzten, als gäbe es keinen Morgen. Einige Männer ihrer Flotte hatten sich mit Trommeln und Fideln dazugesellt, sodass eine sonderbare Mischung aus Seemannsliedern und ungewohnten Klängen ertönte. Simon war sofort aufgestanden, sprang mit den anderen gemeinsam um das Feuer herum und versuchte, die Bewegungen der anderen nachzumachen.

»Ich frage mich, ob Simon die Meerkatzen nachahmt, oder was will er sonst mit seinen wedelnden Armen andeuten?«

Hernando reichte Juan gebratenen Fisch und betrachtete amüsiert das Geschehen.

»Was auch immer er mit diesen Armverrenkungen erreichen möchte, scheint zu funktionieren«, antwortete Juan und deutete auf die strahlenden Gesichter der Dorfbewohner. Besonders die Kinder tanzten und hüpften lachend und kreischend um ihn herum, während die Frauen ihn mit neugierigen Blicken verschlangen. Juan bewunderte seinen jungen Freund, die Art, wie er dem Leben begegnete. Nur zu gern würde er selbst einen Teil dieser Sorglosigkeit und jugendlichen Leichtigkeit in sich spüren.

»Darf ich mich zu Euch gesellen?« Eine zarte, freundliche Stimme unterbrach Juans Gedankengang, und er spannte augenblicklich die Schultern an. Er drehte sich zu Mariella, die inzwischen neben ihm stand und höflich den Kopf neigte. Ihre Zofe, eine ältere füllige Dame, hielt die Hand Mariellas fest umschlossen, während ihr Blick unruhig auf das Feuer gerichtet war.

»Gewiss, Señorita. Ich freue mich, Euch wiederzusehen«, antwortete er, obwohl er viel lieber danach gefragt hätte, wie es dazu gekommen war, dass sie überhaupt hier war. Was war geschehen, dass Magellan seine Meinung geändert und sie doch noch einmal an Land hatte gehen lassen? Und warum gesellte sie sich ausgerechnet zu ihm? Noch dazu in dem Kleid, das er bei ihrer letzten Begegnung am Strand in den Händen gehalten hatte?

Mariella atmete tief und stockend ein, und Juan erkannte ein schwaches Lächeln. »Mein Onkel war so gnädig, mir einen letzten Abend in der Gesellschaft dieser Menschen hier zu schenken, solange ich in seiner Nähe bleibe«, erklärte sie ihm, als wüsste sie genau, welche Fragen er sich gerade insgeheim gestellt hatte.

Juan drehte sich um und hörte im gleichen Augenblick Magellans lautes und dunkles Lachen. Tatsächlich stand er nur wenige Schritte von ihnen entfernt neben Kapitän Mendoza und dem Häuptling, der ihm einen großen bunten Papagei reichte.

»Zudem möchte meine Haushälterin Emi mit eigenen Ohren hören, wie ich mich bei Euch für Eure Hilfe bedanke.«

Juans Augen weiteten sich, und er blickte erschrocken zu der älteren Dame und dann wieder zurück zu Mariella, deren Mundwinkel leicht zuckten. Himmel! Was hatte sie ihr erzählt?

»Daher danke ich Euch noch einmal, dass Ihr mich vor diesen wilden Meerkatzen gerettet habt. Ich wüsste bei Gott nicht, was ich ohne Euren Beistand getan hätte.«

Ihre Augen blitzten amüsiert, während sie sprach, und Juan, zunächst sprachlos, konnte nicht anders, als dieser Frau insgeheim Bewunderung zu zollen. Da sprach sie tatsächlich in einer Seelenruhe neben ihrer Zofe davon, wie er nackt hinter den Affen hergesprungen war, um ihr Kleid zu retten, und wurde noch nicht einmal rot dabei! Dabei genügte schon die Erinnerung daran, dass sein Mund staubtrocken wurde. Und so räusperte er sich erst einmal, ehe er ihr antwortete.

»Es war mir eine Ehre, Euch behilflich zu sein, Señorita. Dennoch hoffe ich, Euch in Zukunft nicht mehr aus solch einer misslichen Lage befreien zu müssen.« Dies entsprach der

Wahrheit, denn er würde es vermutlich nicht überleben, wenn er sie ein weiteres Mal nur in einem dünnen Unterkleid antreffen würde.

Mariella hob den Kopf und sah ihm eine lange Zeit in die Augen, als suche sie darin nach dem Wahrheitsgehalt seiner Worte. Er blickte seinerseits in die ihren mit den langen und feinen Wimpern, die sie rahmten, und den golden schimmernden Sprenkeln in ihren Iriden. Die Flammen des Feuers spiegelten sich darin und ließen das helle Braun noch wärmer erscheinen. Juan hätte sie noch stundenlang betrachten können.

»Ja, ich möchte den Tieren auch kein zweites Mal mehr so nahe kommen«, antwortete sie schließlich mit einem unschuldigen Augenaufschlag, und Juan verschluckte fast seine eigene Zunge. Hustend beugte er sich nach vorne und schüttelte den Kopf. Diese Frau war alles, nur nicht gewöhnlich. Ein Blick zu ihr verriet ihm zudem, dass sie genau wusste, was sie mit ihren Worten angestellt hatte. Sie grinste verschmitzt, sodass ein kleines Grübchen an einer ihrer Wangen sichtbar wurde, und neigte im Anschluss noch einmal den Kopf.

»Es hat mich gefreut, Euch wiederzusehen, Señor de Elcano. Ich denke, ich werde mich nun wieder zu meinem Onkel gesellen«, verabschiedete sie sich und reichte ihm höflich die Hand. Ihre Haushälterin blieb noch einen Moment neben ihm stehen und seufzte leise. »Auch ich danke Euch von ganzem Herzen, dass Ihr sie unbeschadet zurückgebracht habt, Señor«, murmelte sie. »Sie ist …« Sie hielt inne, als müsste sie erst nach dem passenden Wort suchen, während Juan ihren Satz gedanklich beendete. *Wunderschön. Beeindruckend. Unglaublich.* »… unbelehrbar. Das wird sie noch in Teufels Küche bringen. Nun, noch einmal vielen Dank, Señor.«

Erst nachdem die Haushälterin den Platz am Feuer verlassen hatte, schaffte es Juan, auszuatmen. Nein, Mariella würde nicht sich selbst in Teufels Küche bringen, wenn sie so weiter-machte. Sondern er würde dort landen, und zwar um einen Kopf kürzer.

»Ich glaube, ich möchte lieber nicht erfahren, was am Strand wirklich geschehen ist. Ich habe dich noch nie so sprachlos und verwirrt erlebt.« Hernando, der die ganze Zeit über schweigend neben ihm gestanden hatte, hielt ihm einen Becher Wein entgegen und schenkte ihm ein sanftmütiges Lächeln. Juan konnte ihm nur zustimmen. Er kannte sich ja selbst nicht wieder, sobald Mariella in seiner Nähe war. Es war, als würde allein ihre Anwesenheit sein rationales Denk-vermögen außer Kraft setzen.

»Nein, das willst du sicher nicht wissen, mein Freund. *Salud!*«

32.

Juan hauchte sich immer wieder in die Handflächen, während er die aktuellen Koordinaten auf dem Pergament vermerkte. Zwei Monate waren vergangen, seit sie das freundliche Volk in Verzin verlassen hatten. Bis auf einer einzigen Person waren sie seitdem keiner Menschenseele mehr begegnet. Zudem hatten heftige Stürme ihre Reise in den letzten Wochen begleitet, die ihnen tagelang den Schlaf geraubt hatten. Die Schiffe waren wie Nussschalen über die Wellen geflogen und nicht nur einmal hatte man das grelle Elmsfeuer an den Masten glimmen sehen. Es glich einem Wunder, dass noch alle fünf Schiffe unversehrt waren, und Juan dankte Gott jeden Morgen dafür. Doch auch ohne den Sturm wurde die Seereise mit jedem Tag mühseliger. Das schwülwarme Wetter war längst einem eisigen Wind gewichen, der durch jede Ritze der Concepción pfiff, doch noch immer hatten sie keine Passage gefunden, die sie ins südliche Meer bringen konnte. Juan trug inzwischen zwei Hemden übereinander und hatte sich zusätzlich in eine Decke gehüllt, dennoch durchdrang ihn eisige Kälte. Simon, der genau wie die anderen jungen Seemänner meist barfuß über das Deck gelaufen war, hatte sich aus Stoff- und Lederresten Schuhe genäht, damit ihm zumindest nicht die Zehen abfroren. Juan legte das Pergament zurück in die Schublade und verließ die Kartenkammer. Sofort blies ihm der Wind die inzwischen schulterlangen Haare aus dem Gesicht und trieb ihm Tränen in die Augen.

Simon stand an der Reling und betrachtete fasziniert das Festland, das an ihnen vorüberzog. Karge Felsen, dürre Steppen und Berge, die im Hintergrund hell leuchteten. Als er Juan bemerkte, winkte er ihm freudig zu.

»Ich kann gar nicht aufhören, mir die Landschaft anzusehen. Ist es nicht unfassbar, Juan? Wir beide gehören zu den ersten Menschen, die diesen unbewohnten Teil der Erde erkunden. Niemand war jemals vor uns hier.«

Juan nickte, denn Simons Worte entsprachen der Wahrheit. Es gab bis zu dem Zeitpunkt keine Karte von diesem Land, niemand kannte es und wusste, was dort zu entdecken war. Dann schlang er die Arme fest um seinen Körper, um die Kälte zu verdrängen.

»Ja, es ist faszinierend und unfassbar zugleich. Dennoch wollte ich hier niemals leben.«

Simon legte den Kopf schief, wobei die dicke Wollmütze, die er trug, nach unten rutschte. »Ich dachte, dir ist es gleichgültig, wo du lebst, solange eine gewisse Nichte in deiner Nähe ist?«

Juan lachte laut und nahm seinen Freund in den Schwitzkasten. »Hüte deine Zunge, Simon! Wenn du möchtest, dass ich meinen Kopf behalte.«

Seit dem letzten Zusammentreffen mit Mariella, von dem er seinem Freund im Anschluss haarklein hatte erzählen müssen, zog Simon ihn ständig damit auf. Denn im Gegensatz zu Simon, der die Begegnung an seiner Stelle einfach als unangenehmen Moment abgetan hätte, konnte Juan nicht aufhören, daran zu denken. Immer wieder trat Mariella vor sein Auge, er hörte ihre unschuldig wirkenden Worte und sah ihr verschmitztes Lächeln dabei, das das genaue Gegenteil besagte. Und er ertappte sich regelmäßig dabei, wie er mit dem Fernrohr einen Blick auf die Trinidad warf, in der Hoffnung, sie zu sehen. Simon, der das wusste, amüsierte sich prächtig über sein Verhalten, was Juan ihm nicht einmal verübeln konnte. Er wusste ja selbst nicht, weshalb ihn diese Frau so sehr aus der Fassung brachte, fast als wäre er noch ein junger Bursche, der nie zuvor mit einer Frau verkehrt hatte.

»Außerdem bezweifle ich, dass es hier in dieser unwirtlichen Gegend überhaupt irgendwelche Lebewesen gibt«, fügte er nach einiger Zeit hinzu, um seine erneut unangemessenen Gedanken zu vertreiben.

Plötzlich tauchte ein ganzer Schwarm Fische direkt vor ihnen aus dem Wasser auf. Allerdings waren es keine gewöhnlichen Fische, denn anstelle von Flossen besaßen sie anscheinend Flügel, mit denen sie über die Wasseroberfläche glitten, bevor sie wieder ins Meer eintauchten.

Simon und Juan starrten fassungslos auf das Wasser.

»Hast du das auch gesehen?«, fragte Simon.

Ein weiteres Mal schossen die Tiere an die Oberfläche und glitten eine weite Strecke über sie hinweg. »Fische mit Flügeln, ist denn das zu glauben? So viel zu deiner Vermutung, dass es hier keine Lebewesen gibt.«

Juan schüttelte den Kopf und beobachtete die jubelnden Männer, die sogleich Netze ins Wasser warfen, um diese Tiere zu fangen.

»Elcano! Auf ein Wort!«

Kapitän Quesada stand im Ruderstand und starrte mit finsterem Blick geradeaus. Auch er war in Decken eingewickelt und trug zum ersten Mal keine dünnen, bestickten Strümpfe, sondern lange, warme Beinkleider aus Leinen.

Juan trat sofort zu Quesada, der in seine Hände pustete, um sie aufzuwärmen.

»Wo genau sind wir hier? Was habt Ihr ausgerechnet?«

»Ich habe heute Morgen 49 Grad 30 südlicher Breite eingetragen, Kapitän«, antwortete er, und Quesada brummte missmutig.

»Ich frage mich, wann Magellan endlich begreift, dass diese Passage ein irres Fantasiegespinst ist und wir umkehren müssen. Wie weit in den Süden will er denn noch fahren? Möchte er vielleicht zum Südpol? Das kann doch nur ein schlechter Scherz sein!«

Juan schwieg und betrachtete erneut das karge und leblose Land. Er zweifelte inzwischen genau wie sein Kapitän am Erfolg von Magellans Reise, doch es wäre gefährlich, diese Gedanken ausgerechnet Quesada zu offenbaren.

»Na, wie dem auch sei. Ich benötige dringend eine Pause, ansonsten frieren meine Füße noch am Boden fest. Carvalho ist für die Nachtwache eingeteilt, daher übergebe ich Euch jetzt das Kommando, die Nachmittagswache ist sowieso bald zu Ende.«

Juan wollte anmerken, dass die Schiffsglocke erst vier Glasen angeschlagen hatte und somit erst die Hälfte der Schicht zu Ende war, doch Quesada stiefelte bereits mit seinen Decken davon und brüllte weitere Kommandos. »Wer auch immer Küchendienst hat, bringt mir eine Tasse Brühe in die Kapitänskammer! Und einen heißen Stein! Außerdem will ich einen dieser Flügelfische kosten, wenn sie gebraten sind!«

Juan blickte seinem Kapitän kopfschüttelnd nach, dann wickelte er sich die Decke fester um die Schultern und griff nach dem Kolderstock, während er mit der anderen Hand einen Kompass aus seinem Wams hervorholte. Quesadas Worte waren schrecklich, doch der Zweifel nagte auch an Juans Brust. Wenn sie so weitermachten wie bisher und jede einzelne Bucht und Flussmündung abfuhren und ausmaßen, würden sie entweder bald verhungert oder erfroren sein. Denn so, wie dieses Land beschaffen war, konnte dort so gut wie kein Leben herrschen. Nahrungsmittel, Obst, Gemüse sowie frisches Wasser und anderer Proviant mussten bald aufgefrischt werden, würden hier aber kaum zu finden sein. Außerdem dürfte die Motivation der Männer weiter sinken, wenn sie noch mehr Stürme durchstehen mussten. Juan blickte nach oben und betrachtete die Wolken. Im Moment blies nur ein schwacher Wind, doch er hatte in den letzten Tagen erlebt, wie schnell sich das Wetter hier ändern konnte.

»Juan! Ich habe zwei von ihnen gefangen! Soll ich dir auch einen zubereiten?« Simon stand auf dem Oberdeck und winkte ihm mit zwei der geflügelten Fische zu. Trotz der Kälte und der tristen Landschaft wirkte sein Freund wie immer gut gelaunt und unbekümmert.

»Sehr gern. Ich hätte auch nichts gegen eine heiße Fischsuppe«, antwortete er und fühlte sogleich ein angenehmes Ziehen in der Magenregion.

Plötzlich ertönte der laute Klang eines Horns, und Juan griff zum Fernrohr. Die Trinidad pfiff zum Ankern, aber das konnte sich nur um einen Irrtum handeln. Wieso sollten sie ausgerechnet hier in dieser Einöde ankern?

Die Männer an Deck sahen genau wie Juan ratlos zur Trinidad hinüber und warteten anschließend auf Juans Kommando.

»Haben sie etwa irgendwelche Menschen entdeckt?« Hernando hatte soeben den Ruderstand erreicht und betrachtete skeptisch die weite Steppe vor ihnen.

Das Horn ertönte ein zweites Mal, und Juan beobachtete, wie die Trinidad beidrehte. Magellan wollte hier also tatsächlich vor Anker gehen.

»Juan, sag mir bitte, dass du Menschen oder Tiere durch dein Fernrohr siehst und dass wir aus diesem Grund hier anlegen.« Hernando wickelte sich seinen langen Schal fester um den Hals und die Ohren und hauchte in die Hände hinein.

Ein drittes Mal ertönte das Horn, und endlich gab Juan das Kommando zum Ankern. Erst dann drehte er sich zu Hernando und bemühte sich um ein zuversichtliches Gesicht.

»Bete zu Gott, dass Magellan hier nur an Land geht, um uns wissen zu lassen, dass die Expedition gescheitert ist und wir in Kürze wieder nach Hause reisen.«

Hernando riss die Augen auf, die genauso grau waren wie sein Haar. »Das bedeutet, du bezweifelst, dass wir die Gewürzinseln über eine Passage erreichen können?«

Juan seufzte. »Glaubst du denn noch daran?«

Hernando bekreuzigte sich und blickte in den Himmel. »Ich glaube an Gott den Herrn und daran, dass wir einen fähigen Generalkapitän haben, der weiß, was er tut.«

»Dein Wort in Gottes Ohr«, murmelte Juan und wandte sich an die Mannschaft. »Fall, Anker!«

33.

Das kann nicht Euer Ernst sein. Bei allem Respekt, Admiral, aber …«

»Ihr wagt, mir zu widersprechen?«

Magellan trat mit zornroten Wangen dicht an Kapitän Mendoza heran. Obwohl auch er mehrere Schichten Kleidung und eine wärmende Kopfbedeckung trug, wirkte seine Haltung immer noch erhaben.

Juan hatte wie alle anderen Besatzungsmitglieder der fünf Schiffe das Festland erreicht und stand nun mit den Männern auf einer dürren Ebene, um den Worten des Generalkapitäns zu lauschen. Mendoza war nicht der Einzige, der Magellans Forderungen widersprechen wollte. Juan drängte sich bereits nach vorne, um Mendozas Meinung zu unterstützen, doch Hernando hielt ihn am Arm fest und schüttelte warnend den Kopf.

»Sei still, Juan! Es hat keinen Zweck«, zischte er ihm leise zu, und Juan presste die Kiefer fest aufeinander, leistete dem gutgemeinten Rat seines Freundes dann aber Folge.

»Ich widerspreche Euch nicht, aber ich verstehe Eure Befehle nicht! Wieso sollten wir ausgerechnet hier ein Winterquartier aufschlagen?« Mendoza deutete auf die Einöde hinter ihnen. »Hier gibt es nichts! Rein gar nichts!«

Magellan atmete hörbar durch und wandte sich schließlich an alle. »Meine Späher haben hier einen Fluss entdeckt. Es ist also reichlich Süßwasser vorhanden. Und Fische gibt es ebenfalls ausreichend. Was das Winterquartier betrifft, werden wir ein solches schon sehr bald haben. Denn etwas weiter nördlich von unserem Standpunkt habe ich Bäume gesehen, diese werden wir fällen und aus dem Holz einfache Hütten errichten. Wir benötigen eine Schmiede und einen Speicher sowie eine überdachte Kochstelle. Am besten dort auf der kleinen Insel, auf der wir noch heute Abend gemeinsam eine Messe feiern und den Ort – ich taufe ihn auf den Namen *Puerto San Julián* – weihen werden. Und sobald sich das Wetter bessert, werden wir die Fahrt zu den Molukken fortsetzen.«

»Ihr glaubt immer noch, dass es eine Landpassage dorthin gibt? Denkt Ihr nicht, jetzt wäre der richtige Zeitpunkt gekommen, um zuzugeben, dass Ihr die Reise anhand falscher Seekarten geplant habt?«

»Cartagena! Noch ein weiteres Wort von Euch und Ihr werdet es bereuen! Ich habe Euch nicht zusammenkommen lassen, um Euch nach Eurer Erlaubnis zu fragen. Das hier war ein Befehl, und ich verlange Gehorsam! Von jedem Einzelnen von Euch, habt Ihr das verstanden? Und nun los! Die Häuser bauen sich schließlich nicht von alleine!«

Magellan hinkte mit hoch erhobenem Haupt zu den Beibooten zurück und ließ sich von Enrique, seinem persönlichen Sklaven, zurück zur Trinidad rudern, während die Männer ihm schweigend und murrend hinterhersahen. Dann aber machte sich die allgemeine Empörung Luft.

»Das kann er doch nicht ernst meinen?«

»Jetzt hat er komplett den Verstand verloren.«

»Dieser Portugiese hatte von Anfang an nur vor, uns Spanier zu vernichten. Nichts weiter!«

Diese und andere Aussagen hörte Juan und verzog das Gesicht zu einer besorgten Grimasse. Die Männer waren unzufrieden und wütend, und er verstand ihren Unmut durchaus. Dennoch gefiel ihm die ungute Stimmung, die unter ihnen herrschte, absolut nicht.

»Er hat uns alle hinters Licht geführt! Von wegen Reichtum und Gewürze, so weit das Auge reicht. Stattdessen sollen wir hier verhungern und erfrieren!«

»Und das sollen wir einfach hinnehmen?«

»Das genügt jetzt!«, schrie Juan mit lauter Stimme. »Wenn Ihr so weitermacht, wird Eure Todesursache weder der Hunger noch der Frost, sondern Eure eigene Dummheit sein! Wollt Ihr eine Meuterei anzetteln? Gegen unseren Generalkapitän? Nur weil wir ein paar Bäume fällen sollen? Das ist doch unter Eurer Würde!«

»Wer bist du, dass du uns vorschreiben willst, was wir zu denken und zu sagen haben?«, meinte daraufhin ein kleiner, hagerer Mann in gebrochenem Spanisch, der sich vor Juan stellte und ihn feindselig musterte. Juan wusste, dass er Seemann auf der San Antonio und seinem Akzent nach vielleicht ein Grieche war, doch mehr wusste er nicht über ihn.

»Ich schreibe Euch gar nichts vor, Señor. Doch wenn Eure Aussagen zu einem Blutbad führen, erlaube ich mir, zu sprechen. Selbst wenn ich nur ein einfacher Seemann bin.« Er wandte sich ab und ignorierte Simons verschmitztes Grinsen, als er mit ihm zusammen zu den Beibooten lief.

Erst als dieser leise kicherte, fuhr er ihn ungehalten an. »Was?«

»Du bist kein einfacher Seemann, Juan. Das weißt du, und nach deiner Predigt wissen es die anderen auch.«

»Ich bin sehr wohl ein …«, widersprach er, doch Simon fiel ihm ins Wort.

»Du bist Kapitän, durch und durch. Ein einfacher Seemann hätte sich niemals vor zweihundert Männer gestellt und solch eine Aussage getätigt. Noch dazu in einem Tonfall, der keine Widerrede duldet. Und nun komm, lass uns zum Schiff zurückkehren und Werkzeug holen, bevor sie dich noch steinigen.«

Juan folgte Simon schweigend und dachte über dessen Worte nach. Benahm er sich tatsächlich wie ein Kapitän? Möglicherweise. Doch er würde auch in Zukunft nicht schweigen, sollte es erneut zu solchen Unruhen kommen.

»Sieh mal, wer dort an der Reling steht und zu uns herübersieht!«

Inzwischen saßen sie in einem der Boote, und Juan ruderte

zurück zur Concepción, während sein Blick Simons Fingerzeig folgte. Doch das genügte, um ihn erneut aus seinem inneren Gleichgewicht zu bringen.

Mariella stand in eine Decke gehüllt an der Reling des Quarterdecks und lächelte ihnen zu. Ihre Locken fielen ihr offen über die Schultern und schimmerten im Licht der Sonne rötlich. Juan, der sogar ihre vor Kälte gerötete Nase sah, hob kurz den Arm zum Gruß. Ihr Lächeln wurde breiter, doch dann drehte sie sich um und ging zu ihrer Zofe, die im gleichen Augenblick aufs Halbdeck getreten war und nach ihr gerufen hatte. Juan sah ihr so lange nach, bis sie aus seinem Gesichtsfeld verschwunden war, und seufzte leise.

Nein, er durfte nicht zulassen, dass die Unzufriedenheit der Männer überhandnahm. Selbst wenn er gleich ihnen Magellans Befehl anzweifelte, würde er ihm Folge leisten. Denn Mariella und ihre Begleiterin wären nicht mehr sicher, wenn die Schiffsmannschaften gegen Magellan rebellierten und ihn als Generalkapitän absetzten. Und er hatte nicht vergessen, wie gierig einige Seeleute der Concepción Mariella betrachtet hatten, als Quesada sie ihnen anbot, nachdem er die junge Frau an Bord entdeckt hatte. Übelkeit stieg in ihm auf, und er beschloss, dass das kein zweites Mal geschehen durfte. Dafür würde er sorgen.

34.

MARIELLA

Mariella, ich brauche dich und Emiliana an Land. Die Männer der Santiago haben eine ganze Schar Gänse gefangen und erlegt. Ihr sollt bei der Zubereitung der Tiere helfen!«

Mariella saß in Decken gewickelt und mit einer heißen, dampfenden Tasse dünner Brühe in den Händen auf ihrer Bettstatt, als ihr Onkel, ohne anzuklopfen, in seine ehemalige Kajüte eingetreten war. Seit einigen Wochen hatte sich die Laune Magellans verschlechtert. Schon Kleinigkeiten führten dazu, dass er die Männer anbrüllte, und teilweise verschwand er ohne ein Wort der Erklärung für mehrere Tage an Land und kehrte ebenso schweigsam wieder zurück. Mariella hatte die beunruhigenden Worte der Seeleute mitangehört. Sie zweifelten seine Befehle an und wirkten äußerst missmutig, was möglicherweise wiederum der Grund für Magellans barsches Verhalten war.

Noch immer stand er in der Tür und klopfte mit der flachen Hand gegen den Rahmen. »Was ist nun? Ich habe nicht ewig Zeit! Jetzt komm!«

Mariella folgte ihm schweigend und ergriff Emis Hand, als sie über Deck zum Fallreep liefen. Wie schon in den letzten Tagen pfiff ein eisiger Wind, während die Sonne nur wenig Wärme spendete. Dennoch freute sie sich, dass Magellan sie an Land gehen ließ. Es war das erste Mal seit dem Abschiedsessen bei dem freundlichen Volk in Verzin, dass sie wieder festen Boden unter ihren Füßen spüren würde. Dafür nahm sie die Eiseskälte gern in Kauf. Die Aussicht auf frisches

Fleisch hob ihre Laune zudem an, denn es war schon einige Tage her, dass sie etwas anderes als Zwieback gegessen hatte. Mit Ausnahme der winzigen Stückchen Fisch, die Enrique ihr gebracht hatte.

»Wo sind denn die Gänse?«, fragte Emi mit leiser Stimme, während sie sich dem Festland näherten. Inzwischen hatten die Schiffsmannschaften eine kleine Hütte auf einer Insel errichtet, außerdem sah sie einen Unterstand auf einer dürren Ebene, unter dem einige Seeleute saßen und Karten spielten. Direkt am Strand knisterte ein loderndes Feuer, und der Duft von gebratenem Fisch zog bis zu ihnen aufs Meer hinaus.

Magellan legte beide Ruder beiseite und deutete auf das Lagerfeuer. »Dort hinter der Feuerstelle haben sie Tische aufgebaut. Dahinter liegen die Gänse und warten auf ihre Zubereitung. Ihr dürft entscheiden, ob Ihr sie braten oder kochen wollt. Aber sorgt dafür, dass jeder etwas Fleisch abbekommt.«

Als sie kurze Zeit später die Kochstelle erreicht hatten, starrte Mariella mit weit aufgerissenen Augen auf die Tiere.

»Das sollen Gänse sein?« Sie trat an die Kadaver heran und fasste ungläubig deren Gefieder an. Obwohl man in dem Fall nicht von Gefieder sprechen konnte, glich dieses doch eher einem dichten Fell. Die Tiere besaßen nur kurze, weiße Federn am Bauch und schwarze Federn auf dem Rücken. Ein langer, schwarzer Schnabel deutete zumindest darauf hin, dass es sich um eine Art Vogel handelte. Aber auch die Flügel sahen äußerst seltsam und viel zu klein geraten aus für den massiv gebauten Körper, sodass Mariella sich fragte, wie die Tiere damit nur fliegen konnten. Antonio, der ebenfalls zum Kochen abgestellt worden war, hatte sich bereits eines der Tiere genommen und hob zweifelnd einen der Flügel an.

»Angeblich konnte keines der Tiere fliegen, doch sobald sie ins Wasser gesprungen waren, tauchten sie unter und verschwanden.«

Mariella nahm ein Messer zur Hand und schüttelte den Kopf. »Was ist das nur für ein seltsames Land? Fische können fliegen und Vögel schwimmen … Ich hoffe, die Tiere schmecken zumindest.«

Antonio grinste breit und zeigte ihnen dabei ein weiteres Mal seine gelben Zähne. Dann schenkte er den beiden Frauen einen Schluck aus einer mitgebrachten Flasche ein. »Alles schmeckt besser als der alte Zwieback an Bord. *Salud.*«

Sie hatten noch nicht alle Tiere ausgenommen, als plötzlich lautes Geschrei zu ihnen herüberhallte. Mariella legte das Messer beiseite und suchte nach dem Grund für den Lärm.

Die Seeleute rannten allesamt in dieselbe Richtung und wirkten aufgeregt und erfreut. Gesprächsfetzen wie »Menschen« und »Eingeborene« drangen an ihr Ohr.

»Das ist doch unmöglich«, murmelte Emi an ihrer Seite, die offensichtlich genau das Gleiche verstanden hatte wie sie. »In diesem kargen Land kann niemand überleben.«

Mariella zuckte mit den Schultern. »Wir sind auch schon vier Wochen hier und leben noch.«

»Und wir frieren und ernähren uns von altem Schiffszwieback. Für mich ist das kein Leben.«

Antonio schenkte Emi und ihr ein weiteres Glas ein und lachte. »Aus diesem Grund gibt es heute schwarzweiße Gans. Trinkt, dann wird Euch wärmer.«

Mariella stellte den zweiten Schnaps beiseite und sah neugierig zu den jubelnden Männern hinüber. »Ich komme gleich wieder«, erklärte sie und ließ die anderen stehen. Sie musste mit eigenen Augen sehen, was oder wen sie entdeckt hatten.

Sie hob ihre Röcke an und eilte mit schnellen Schritten zu der Gruppe der Seeleute. Als sie sie erreicht hatte, erkannte sie den Mann wieder, der an ihrem letzten Abend in Verzin neben Juan gestanden hatte. Seine langen, grauen Haare waren zusammengebunden und mit einem festen Tuch umwickelt. Als er Mariella sah, schenkte er ihr ein freundliches Lächeln und neigte das Haupt.

»Señorita.«

»Kennt Ihr den Grund für die Aufregung?«, fragte sie ihn direkt und stellte sich auf die Zehenspitzen, um irgendetwas anderes als die Hinterköpfe der Männer sehen zu können.

»Offensichtlich sind einige Seeleute auf Eingeborene gestoßen, die nun auf dem Weg zu uns sind. Doch mehr weiß ich selbst nicht, Señorita«, antwortete er. In diesem Augenblick sprang ihn ein junger Bursche in ihrem Alter von hinten an und boxte ihn lachend auf die Brust.

»Hernando! Hast du sie gesehen? Du wirst es nicht glauben! Die Weiber sehen grauenvoll aus. Klein und fett, und ihre Brüste hängen wie zwei lange … *cielos!* Señorita! Ich habe Euch nicht gesehen. Verzeiht mir meine Wortwahl.«

Tatsächlich färbte sich sein Gesicht vor Verlegenheit dunkelrot, während er immer weitere Entschuldigungen murmelte. Mariella musste unwillkürlich schmunzeln.

»Jetzt habt Ihr mich erst recht neugierig gemacht«, antwortete sie, und der junge Mann sowie Hernando starrten sie sprachlos an. »Ich befinde mich nun schon über ein Jahr in Eurer Mitte und bin inzwischen, das könnt Ihr mir glauben, den … etwas raueren Umgangston an Bord gewohnt. Wo habt Ihr sie denn gefunden? Wie sehen sie aus? Und was geschieht mit ihnen?«

Hernando lachte leise, während der junge Seemann sie immer noch erstaunt anstarrte und anschließend mit den Schultern zuckte.

»Ich weiß es nicht genau. Juan und ein paar andere haben sie entdeckt, als sie eines dieser seltsamen Pferde jagen wollten. Habt Ihr die Tiere gesehen? Sie sehen aus wie eine Mischung aus Esel, Kamel und Pferd, äußerst interessant. Aber das Tier gehörte den Wilden. Und nun kommen sie hierher. Ich heiße übrigens Simon, Señorita.«

»Meinen Namen kennt Ihr gewiss.« Mariella reichte ihm höflich die Hand und richtete ihre Aufmerksamkeit dann wieder auf das Geschehen. Zwischen all den Seeleuten entdeckte sie nun einen riesigen dunkelhäutigen Menschen, dessen Gesicht mit gelben Flecken und Kreisen bemalt war. Seine Haare leuchteten weiß, als wären sie gleich seiner Haut bemalt, der Ausdruck seiner Augen wirkte freundlich und neugierig.

Mariella drängte sich zwischen Hernando und Simon, um noch etwas näher an den Mann heranzukommen. Sie wollte diesen Hünen genau betrachten, außerdem wollte sie unbedingt diese Frauen und das Tier sehen, von dem ihr Simon berichtet hatte. Doch plötzlich spürte sie eine Hand auf ihrer Schulter und drehte sich um.

Enrique stand hinter ihr und schüttelte tadelnd den Kopf.

»Ihr sollt nicht ohne Begleitung herumlaufen.« Sein Tonfall klang wie der eines alten Mannes, und Mariella seufzte. Natürlich galten auch in diesem Land die Regeln ihres Onkels. Und Enrique durfte nie von ihrer Seite weichen. Wie sehr sie diesen Befehl hasste.

»Außerdem sollt Ihr das Essen zubereiten.«

Sie verzog das Gesicht und blickte zu Simon. »Ihr dürft mir später dann gern von den Frauen und dem Tier berichten.«

Und mit einem schweren Seufzer folgte sie Enrique zurück zur Kochstelle.

35.

Ein paar Tage später saßen Mariella und Enrique zusammen mit den Seeleuten in einem großen Kreis am Strand um ein Feuer herum und beobachteten die Bewohner dieses Landes, die mitten unter ihnen tanzten und in einer seltsamen Sprache sangen. Sie klang völlig anders als die der Menschen in Verzin, und Mariella betrachtete fasziniert ihre Bewegungen. Sie trugen eine Art Pelzmantel um die Hüften und lederne Lappen dienten als Schuhe. Doch das Eigenartigste waren die Bemalungen in ihrem Gesicht – gelbe Kreise, rote Wangen und weiß gefärbte Haare. Würden sie nicht ständig lachen, hätte sich Mariella vor ihnen gefürchtet, und sie verstand Emi, die Halsschmerzen vorgeschützt hatte, nur um auf dem Schiff bleiben zu können.

Die Eingeborenen hatten ein paar Stunden zuvor den Seemännern stolz vorgeführt, wie sie mit den Jungtieren, von denen Simon ihr berichtet hatte, die Ausgewachsenen anlockten und hinters Licht führten, um sie dann mit einem vergifteten Pfeil zu töten.

Daher roch es inzwischen herrlich nach gebratenem Fleisch, und Mariella atmete zufrieden ein. Nach dem eher misslungenen Gänsefleisch, das zäh und ledrig geschmeckt hatte, hoffte sie, endlich wieder zartes Fleisch verzehren zu können.

»Dürfen wir uns zu Euch setzen, Señorita?«

Die dunkle Stimme schickte jedes Mal, wenn sie sie hörte, einen wohligen Schauer über den Körper, und Mariella richtete sich auf.

»Natürlich. Guten Abend, Señor de Elcano. Guten Abend, Simon. Enrique, meinst du, das Fleisch ist bald fertig?«

Während Enrique einen Spieß aus den Flammen nahm, fühlte sie Juans Gegenwart direkt neben sich, und Mariella hielt den Atem an. Dieser Mann hatte sie verzaubert, seit sie ihn zum ersten Mal in Sevilla gesehen hatte. Doch sie konnte sich nicht erklären, aus welchem Grund. Warum bekam sie jedes Mal, wenn er in ihre Nähe kam, Atemnot? Wieso konnte sie nicht aufhören, daran zu denken, wie er damals am Strand ihr Kleid in den Händen gehalten hatte, vollkommen nackt? Und wieso dachte sie ausgerechnet in diesem Augenblick wieder daran? Hitze schoss ihr in die Wangen, und sie blickte schnell zu Boden. Würde Emi ihre Gedanken kennen, hätte sie dafür gesorgt, dass sie die restliche Zeit der Reise gefesselt in ihrer Kammer verbrachte. Und vermutlich wäre das nicht einmal eine schlechte Idee.

»Señorita, das Fleisch.« Enrique hielt ihr einen Spieß entgegen, den sie dankbar entgegennahm. Sie benötigte dringend eine Ablenkung von ihren Gedanken. »Wollt Ihr auch, Señor?« Enrique reichte Juan und Simon ebenfalls einen Spieß, in den Simon sogleich hineinbiss.

»Das schmeckt köstlich. Ich danke dir«, ließ er Enrique mit einem Nicken wissen, während Juan sich ein Stück mit der Hand abriss und sich an Mariella wandte.

»Wie geht es Euch? Ich habe Euch in den letzten Wochen nur selten gesehen.«

»Nun ja, ich war nicht oft an Land. Und bei diesen wenigen Gelegenheiten sah ich Euch meist mit irgendwelchen schweren Arbeiten beschäftigt.«

Bevor Juan antworten konnte, lachte Simon jedoch laut auf und legte eine Hand auf Juans Arm. »Das ist eben der Nachteil, wenn man so muskulös ist. Die Kraft solcher Oberarme wird überall benötigt.«

Schon wieder sah Mariella Juans nackten Oberkörper vor sich, weshalb sie vor lauter Verlegenheit ein Husten vortäuschte und den Kopf senkte.

»Ihr habt meine Frage nicht beantwortet«, raunte Juan und sah sie wieder mit diesem durchdringenden Blick an. Dem gleichen wie damals in Sevilla, als er erkannt hatte, dass sie eine Frau war. »Wie geht es Euch? Seid Ihr glücklich?«

Mariella wollte nicht wegsehen, dafür genoss sie seinen Blick, der sich mit ihrem verhakte, viel zu sehr. Sie lächelte. »Im Augenblick bin ich es«, antwortete sie, und diesmal war es Juan, der husten musste und sich abwandte.

»Wo ist denn Eure Begleitung? Eure Zofe? Ist sie denn überhaupt Eure Zofe?«, plapperte Simon mit vollem Mund, als hätte er die seltsame Spannung zwischen ihnen nicht wahrgenommen.

»Emi ist in ihrer Kammer geblieben. Sie fühlt sich nicht wohl. Außerdem ist sie nicht meine Zofe. Zu Hause in Serpa war sie unsere Haushälterin. Doch in Wahrheit ist sie viel mehr als das.« Mariellas Herz zog sich zusammen, als sie daran dachte, was Emi alles für sie aufgegeben hatte. Nein, sie war gewiss nicht nur ihre Haushälterin. Sie war ihre Beraterin, ihre Freundin, ihre Ersatzmutter und Vertraute. Sie war alles für sie.

Simon tunkte das Fleisch in ein weißes Pulver, das ihm zuvor einer der Bewohner gereicht hatte, verzog jedoch sofort das Gesicht. »*Por dios!* Was ist das? Das schmeckt ja wie Staub!« Er spuckte den Bissen auf den Boden neben sich und schüttelte sich gleichzeitig vor Ekel. Dann wandte er sich erneut an Mariella und reichte ihr das Pulver, als wäre nichts gewesen. »Was fehlt ihr denn?«

Mariella lehnte dankend ab und biss in das Fleisch. »Emiliana fürchtet sich vor diesen Menschen. Außerdem hat sie Halsschmerzen.« Sie atmete hörbar durch. »Ich hoffe, sie wird nicht ernsthaft krank.«

»Habt Ihr Euren Bader unterrichtet? Ich könnte auch Hernando fragen, damit er nach ihr sieht.«

»Danke, Señor de Elcano …«

»Bitte nennt mich Juan«, unterbrach er sie, und Mariella nickte.

»Danke, Juan, ich werde darauf zurückkommen, sollte sich ihr Zustand verschlechtern.«

»Habt Ihr gesehen, was diese Wilden machen, wenn sie krank sind?« Simon spuckte einen Knochen auf den Boden und deutete auf die immer noch tanzenden Menschen. »Ich hätte mich beinahe übergeben, als ich es gesehen habe. Seht ihr den Mann dort drüben? Den mit dem rot-gelben Gesicht?«

Mariella, Juan und sogar Enrique grinsten breit.

»Meint Ihr den mit dem weiß gefärbten Haar und dem Pelzmantel?«, fragte Mariella mit unüberhörbarem Spott in der Stimme.

»Ja, genau den!«, antwortete Simon und hielt irritiert inne, als die anderen daraufhin kicherten. »Na toll, lacht mich ruhig aus.«

»Eure Personenbeschreibung war nun einmal nicht besonders treffend.«

Simon streckte demonstrativ die Arme in die Luft, musste dann aber selbst lachen. »Was kann ich dafür, dass sie alle gleich aussehen?«

»Was haben sie denn nun getan?«, fragte Enrique, der sich zum ersten Mal an diesem Abend am Gespräch beteiligte, doch Simon verschränkte abwehrend die Arme vor der Brust.

»Ich habe keine Lust mehr, weiterzusprechen. Es sei denn, ich bekomme noch mal ein Stück Fleisch … Nein, das große hätte ich gerne«, fügte er hinzu und nahm Enrique mit einem breiten Lächeln den Spieß mit dem größten Fleischstück aus der Hand.

»Der Mann hatte heute Morgen fürchterliche Bauchschmerzen. Jedenfalls sah es so aus. Daraufhin nahm er einen Pfeil mit vergifteter Spitze zur Hand und steckte ihn sich so tief in den Schlund, dass er beinahe komplett darin verschwand. Dann zog er ihn wieder heraus, würgte und erbrach eine grüne und blutige Masse. Und im Anschluss tat er so, als wäre nichts geschehen. Das war so abscheulich!«

»Ich habe gestern gesehen, wie sich eines ihrer Weiber die Stirn aufgeschlitzt hat. Möglicherweise entfernen sie über sich selbst beigebrachte Wunden ihre Schmerzen«, erzählte nun Enrique mit ehrfürchtigem Blick. »Denn mir schien, als hätte es gewirkt.«

Mariella blickte auf ihren Spieß und verzog den Mund. »Jetzt habe ich keinen Hunger mehr.«

Simon grinste breit und wackelte mit den Augenbrauen. »Ich esse sehr gern den Rest auf, liebste Señorita Alvaro. Außerdem bezweifle ich, dass sich Eure Zofe freiwillig eine vergiftete Pfeilspitze in den Hals schieben lässt.«

Mariella lachte laut auf und riss sich ein weiteres Stück Fleisch ab. »Sicher nicht. Und das hier ist mein Spieß. Den teile ich mit niemandem.«

»Was macht denn Euer Onkel hier?« Juan wechselte das Thema, indem er auf Magellan deutete, der mitten durch die tanzende Menge lief und ein großes, hölzernes Kreuz aufstellte. Mariella beobachtete, wie er anschließend immer wieder seine Hände faltete und auf das Kreuz deutete, dann das Kreuzzeichen über Stirn, Lippen und Brust schlug und die Anweisung ausgab, es ihm gleichzutun. Da tauchte Hernando in ihrem Blickfeld auf, der direkt vor Juan und ihr stehen blieb und sich höflich vor ihr verbeugte.

»Guten Abend, Señorita. Hier bist du, Juan, das hätte ich mir ja gleich denken können«, sagte er mit einem kurzen Seitenblick auf Mariella, bevor er sich wieder seinem Freund zuwandte. »Hast du gesehen, was der Admiral veranstaltet? Er errichtet eine Art Kapelle, um die Heilige Messe mit unseren neuen Freunden zu feiern. Ist das nicht wundervoll? Es gibt doch nichts Wichtigeres, als suchenden Seelen die Lehre Jesu Christi näherzubringen.«

»Na, ich bin mir nicht so sicher, ob diese bunt bemalten Kreaturen wirklich suchende Seelen sind. Wer weiß, ob sie überhaupt Seelen besitzen? Was meint Ihr, Señorita?«, fragte

Simon und fuhr sich dabei durch sein wirres, hellbraunes Haar. Mariella beobachtete die Eingeborenen, die inzwischen genau wie ihr Onkel knieten und immer wieder das Kreuzzeichen wiederholten. Simons Frage hatte sie zum Nachdenken gebracht. Natürlich kannten diese Menschen weder Jesus noch Gott, doch sie hatte mit eigenen Augen gesehen, dass sie einem heidnischen Ritus folgten, der stark mit der Natur verbunden war. Bisher war ihr eigener Glaube an Gott, Jesus und die Mutter Gottes viel zu stark in ihr verankert gewesen, um an ihm zu zweifeln. Und sie hatte sich Heiden immer als völlig hilflose Menschen vorgestellt, die in Not und Sünde lebten, umgeben von Tod, Grauen und Angst. Natürlich sollten solche Menschen von Gott und Jesus erfahren, dessen war sie sich sicher. Aber diese Eingeborenen wirkten weder verängstigt noch notleidend, sondern glücklich und zufrieden.

»Ihr müsst nicht antworten«, hörte sie die leise Stimme Juans neben sich. Doch in eben diesem Moment richtete Magellan das Wort an seine Leute und befahl auch ihnen, an der beginnenden Messe teilzunehmen.

Während sich alle erhoben und gemeinsam beteten, beobachtete sie Juan. Seine Miene war wie so oft steinern und ernst, und sie hätte zu gern gewusst, was er gerade fühlte und dachte. Empfand er ähnlich wie sie? Fühlte auch er dieses Herzklopfen, wenn sie nebeneinanderstanden oder -saßen? Sie betrachtete sein markantes Kinn, den dunklen Bartschatten, die gerade Nase und die wohlgeformten Lippen, die momentan zu einem Strich zusammengepresst waren. Wie diese Lippen sich auf den ihren wohl anfühlen würden? Mariella erschrak über ihre eigenen Gedanken und riss die Augen auf. Natürlich registrierte Juan ihr Gebaren und sah sie fragend mit hochgezogenen Augenbrauen an.

»Ich finde es außerordentlich faszinierend, diesen Menschen dabei zuzusehen, wie sie ihre Götter anbeten. Und mir gefällt ihre Art von Glauben«, erklärte sie mit flüsternder

Stimme, um ihm eine Erklärung zu bieten. »Es ist, als würden sie einzig auf ihr Gefühl und auf ihr Herz hören, bei allem, was sie tun, und das ist eine schöne Vorstellung, findet Ihr nicht?«

Sie hörte Juans tiefen Atemzug, bevor er antwortete. »Ich bin mir nicht sicher, ob es immer gut und sinnvoll ist, auf sein Herz zu hören.«

»Wie meint Ihr das?«

Juan senkte die Stimme, nachdem Hernando sie beide mit einem tadelnden Blick strafte. »Wie würdet Ihr reagieren, wenn sich Euer Herz laut und deutlich nach etwas sehnt, Euer Verstand jedoch das komplette Gegenteil davon verlangt? Wenn das, was das Herz begehrt, unmöglich ist?«

Mariella fühlte den Blick seiner schwarzen Augen auf sich gerichtet und schluckte. Er war voller Verlangen, und ihr gesamter Körper begann zu kribbeln, als sein Blick nun auch ihre Lippen streifte. Schnell sah sie zurück zu ihrem Onkel und dem Priester, der neben ihm stand, und murmelte leise das Gebet mit, das soeben angestimmt worden war. Doch in Gedanken war sie noch immer bei Juans Fragen. Wie hatte er das gemeint? Wonach sehnte sich sein Herz? Etwa danach, sie zu küssen? Die Ungewissheit schnürte ihr die Brust zu, sodass sie kaum noch richtig atmen konnte. Ohne zu überlegen, streckte sie vorsichtig einen Finger aus, bis sie seine Hand berührte.

Augenblicklich erstarrte Juan neben ihr, doch nur einen Moment später fühlte sie den Druck seines Fingers, der sich mit ihrem verhakte. Ein Schauer zog daraufhin über ihren gesamten Körper, und sie hatte das Gefühl, innerlich zu verbrennen. Als hätte sie nicht sein Finger, sondern das lodernde Feuer vor ihnen berührt.

»Juan! Du solltest beten!«, hörte sie plötzlich die zischende Stimme Hernandos, und Juan beendete ruckartig den Körperkontakt zwischen ihnen und atmete hörbar aus.

Mariella faltete ebenfalls ihre Hände, doch nach kurzer Zeit wagte sie einen weiteren Blick zu ihm.

»Ich wäre niemals hier neben Euch, hätte ich nicht auf mein Herz gehört. Und Ihr wisst, was der Verstand aller dazu meint«, fügte sie mit einem schwachen Lächeln hinzu und deutete auf die versammelte, betende Mannschaft.

»Bereut Ihr es?«, fragte Juan nach einiger Zeit.

»Keinesfalls«, antwortete sie sofort und erneut, ohne nachzudenken. Sie ließ den Blick über die Männer gleiten, betrachtete die dunklen Schemen der Landschaft im Hintergrund und lächelte. Nein, sie bereute es nicht, heute Abend hierhergekommen zu sein. Genauso wenig, wie sie es bereute, ein Teil dieser Flotte zu sein, und sie würde sich immer wieder genauso entscheiden. Sowohl was Juan als auch die Flotte betraf.

36.

Solange wir daher in Puerto San Julián bleiben, verlange ich von jedermann, möglichst nur das zu essen, was er an Land findet. Habt Ihr mich verstanden?«

Magellan hatte die Hände in die Hüften gestemmt und hinkte in der für ihn typischen Weise vor der versammelten Mannschaft auf und ab. Er trug das feine Barett mit dem Federbusch und ein Wams aus gelb gefärbter Seide, als wolle er auch mit seiner Kleidung verdeutlichen, dass er der Generalkapitän war und jeder seinen Befehlen Folge zu leisten hatte. Mariella ließ den Blick über die Mannschaft gleiten. Natürlich war keiner begeistert. Ihr Onkel hatte seinen Leuten eben verdeutlicht, dass sie die Essensrationen kürzen mussten, nachdem er kurz zuvor mit den Schreibern gemeinsam Inventur gemacht und mit Erschrecken festgestellt hatte, dass nur noch wenig Nahrung vorhanden war.

»Ich hoffe sehr zum Schutze Eures Onkels und zu unserem eigenen, dass dieser stürmische Winter bald ein Ende findet und wir weitersegeln können«, flüsterte Emi, die ebenfalls die brodelnde Stimmung wahrgenommen hatte. Mariella hakte sich bei ihrer Haushälterin ein und strich ihr liebevoll über den Arm. Emi saß mit einem dicken Schal um den Hals und einer Decke um die Schultern neben ihr auf einer notdürftig zusammengezimmerten Holzbank, während die ersten Männer bereits an ihre Arbeit zurückkehrten. Offensichtlich hatte Magellan den Morgenappell soeben beendet.

»Ich fürchte mich nicht vor den Launen dieser Männer, Emi. Außerdem vertraue ich meinem Onkel.« Mariella lächelte zuversichtlicher, als sie sich in Wahrheit fühlte, und erhob sich. Natürlich hatte sie mehr als einmal wahrgenommen, wie Einzelne über Magellan schimpften. Der Unmut innerhalb der Mannschaft wuchs, und tief in ihrem Inneren keimte die gleiche Angst, die Emi dazu brachte, das Schiff beziehungsweise die Kammer so gut wie nicht mehr zu verlassen. Doch das wollte sie Emi gegenüber natürlich nicht zugeben. Ihre Haushälterin und liebste Freundin benötigte Zuversicht und Freude, um nicht vollends in ihren Ängsten und Befürchtungen zu versinken. »Na komm, Emi. Ich bringe dich zurück zum Schiff und anschließend ernte ich etwas von diesem wilden Sellerie. Der schmeckt dir doch so gut, nicht wahr?«

Kurze Zeit später lief Mariella mit einem kleinen Messer bewaffnet durch eine der vielen Steppen und suchte die feinen, hellgrünen Stauden mit den großen Blütendolden, die dort wuchsen. Enrique saß einige Meter abseits von ihr in einer kleinen Bucht und versuchte sein Glück beim Angeln. Mariella genoss die Ruhe um sich herum. Vereinzelte Schreie von Möwen und anderen Vögeln sowie das Rauschen des Meeres waren die einzigen Geräusche, die sie vernahm. Da in der näheren Umgebung der Schiffe bereits alles, was sich essen ließ, abgeerntet war, hatten sie und Enrique einen langen Fußmarsch hinter sich, doch nun betrachtete sie mit leuchtenden Augen den wilden Sellerie vor ihr. Wenn sie auch nur die Hälfte davon erntete, würden gewiss zwanzig Männer davon sattwerden. Besser als nichts.

Sie hauchte ein paar Mal in ihre eisigen Hände, raffte den dunkelbraunen Brokatrock und begann dann mit der Arbeit.

»Wie kann es sein, dass der Generalkapitän sein kleines Prinzesschen völlig allein in die Steppe schickt?« Die nasal klingende Stimme ließ Mariella vor Schreck auffahren, wobei ihr die geernteten Selleriepflanzen aus der Hand fielen.

Ein kleiner, hagerer Mann mit schütterem Haar und langem ungepflegtem Schnurrbart stand vor ihr und musterte sie mit glänzenden Augen. Mariella kannte diesen Blick – Alberto hatte sie damals an ihrem letzten Tag in Portugal genauso angesehen. Voller Gier und voller Verlangen. Sie wollte auf Enriques Anwesenheit verweisen, doch ein kurzer Blick in die Bucht verriet ihr, dass dieser vornübergebeugt mit der Angelrute in den Händen eingeschlafen war. Auf dessen Hilfe konnte sie gewiss nicht zählen.

»Oder stimmen etwa die Geschichten, die man sich über Euch erzählt?«

Ganz langsam kam er näher, und Mariella erkannte rotglänzende Wangen und die pure Begierde in seinen Augen. So unauffällig wie möglich versteckte sie das Messer hinter ihrem Rücken und versuchte, ruhig zu atmen.

»Was erzählen die Männer denn über mich?«, fragte sie unschuldig, während sie sich überlegte, welche Chancen sie hatte. Sollte sie laut um Hilfe rufen? Enrique war zwar in Sichtweite, würde allerdings niemals schnell genug hier sein, sollte dieser Mann sie schänden wollen. Nein, das würde zu nichts führen.

Inzwischen stand er direkt vor ihr, fasste sie am Kinn und fuhr behutsam mit seinem schwülstigen, dreckverkrusteten Finger über ihre Haut.

»Nun, sie erzählen, dass du eine widerspenstige Dirne bist, die gerne mal Reißaus nimmt.« Er strich ihr die Haare hinters Ohr, und Mariella erstarrte bei dieser Berührung. »Und dass du es sogar mit den Wilden treiben würdest, wenn man dich nur ließe.«

»Wenn Ihr noch eine einzige Verleumdung dieser Art über mich aussprecht, wird das schwerwiegende Konsequenzen für Euch haben!«, zischte sie und wich gleichzeitig einen Schritt zurück. Doch der Mann lachte nur laut und packte sie an den Haaren, damit sie ihm nicht mehr entweichen konnte.

»Widerspenstig bist du schon mal, dann werden die anderen Dinge gewiss auch stimmen. Doch keine Sorge, die Wilden kommen uns heute nicht in die Quere. Dafür zeige ich dir, was nur echte Seefahrer können. Komm her!« Mit diesen Worten fasste er ihr an den Busen und versuchte, sie zu küssen. Doch Mariella drehte ruckartig den Kopf zur Seite und stieß ihm schreiend mit aller Kraft das Messer seitlich in den Bauch.

Der Mann brüllte auf, ließ sie los und presste die Hände auf die verwundete Stelle, an der das Blut sein Hemd bereits dunkelrot färbte. »Ahhhh! Du Teufelsweib! Was hast du getan, bist du verrückt geworden?«

Mariella legte das Messer nunmehr an seinen Hals. »Wagt es nie wieder, mir zu nahe zu kommen. Habt Ihr verstanden? Verschwindet, ansonsten werde ich meinem Onkel hiervon berichten.«

»Das wirst du bereuen, du ... du ...«

»Habt Ihr nicht gehört, was Señorita Alvaro gesagt hat?«, unterbrach ihn plötzlich die Stimme Juans, und Mariella hätte sich am liebsten sofort zu ihm geflüchtet, um ihm um den Hals zu fallen. Ihr war, als hätte ein Engel ihn höchstpersönlich zu ihr gesandt. »Ihr sollt verschwinden. Ansonsten sehe ich mich dazu gezwungen, Bericht zu erstatten«, fuhr er fort, und ihr Angreifer sah ihn mit angstgeweiteten Augen an.

»Bitte! Das war doch nur ein Scherz. Ich würde niemals ... Ich bin doch nur ein einfacher Seemann. Bitte, Señor! Ich hätte nie ...«

»Verschwindet endlich!«, fuhr ihn Juan an, und der Mann nickte eifrig und humpelte mit schmerzverzerrtem Gesicht davon, ohne sich auch nur ein einziges Mal nach Mariella umzusehen.

Kaum war er außer Sichtweite, ließ Mariella das blutverschmierte Messer fallen und schluchzte auf.

»Was habe ich nur getan? So viel Blut ...«

Juan trat näher und schüttelte den Kopf. »Ihr seid unglaublich.« Sie wischte sich die Tränen von den Wangen und sah ihn fragend an.

»Dieser Mann wollte Euch Gewalt antun und Euch entehren, und Ihr sorgt Euch um sein Wohlergehen?«

Erst in diesem Moment erfasste Mariella, in welcher gefährlichen Lage sie sich befunden hatte, und ihr wurde übel. Juan ergriff ihren Arm, als sie taumelte.

»Ihr habt mir das Leben gerettet. Wie … kommt es, dass Ihr hier wart? Und warum …?«

»Oh nein, Señorita. Ich habe nichts dergleichen getan. Ihr habt mir nur einmal mehr bewiesen, wie gut Ihr auf Euch aufpassen könnt.«

Noch immer zitterten ihre Hände, die Juan fürsorglich umschloss.

»Aber … Wie kann es sein, dass Ihr …«, begann sie erneut und wurde von einem Seufzen unterbrochen.

»Bitte verurteilt mich nicht, Señorita.« Juan sprach leise und stockend. »Ich sah, wie Ihr mit Enrique zu Fuß Puerto San Julián verlassen habt, und folgte Euch.« Mariella blickte bei der Erwähnung seines Namens automatisch zu Enrique, der tatsächlich immer noch schlief. Nicht einmal der Schrei des Seemanns hatte ihn geweckt. »Verzeiht mir. Ich weiß, dass mir das nicht zustand. Doch es ist mir seit geraumer Zeit nicht mehr möglich, klar zu denken, wenn es um Euch geht.« Er hielt inne und fuhr sich mit der Hand über die Stirn. »Ich habe das Gefühl, verrückt zu werden, wenn ich nicht weiß, wo Ihr seid und wie es Euch geht. Ich will in Eurer Nähe sein und kann nicht mehr aufhören, an die Worte zu denken, die Ihr am Lagerfeuer zu mir gesprochen habt.«

Mariella entzog ihm ihre Hände, um nun ihrerseits die seinen zu umfassen, und sah Juan in die Augen. Das Zittern hatte nachgelassen, stattdessen breitete sich erneut das Feuer in ihr aus, welches nur Juan in ihr auszulösen vermochte. Natürlich erinnerte auch sie sich an jedes einzelne Wort, das sie an besagtem Abend ausgetauscht hatten. Sie hatte ihn quasi dazu ermutigt, auf sein Herz zu hören.

»Dann verdanke ich es Eurem Herzen, dass ich noch lebe«, sagte sie mit leiser Stimme und trat, während sie sprach, noch einen weiteren Schritt auf ihn zu. Juan hielt den Atem an, und sie sah, wie er schluckte.

»Mariella ... wir dürfen nicht ...«, flüsterte er und wirkte auf einmal erschöpft und völlig verzweifelt.

»Sagt das Euer Herz oder Euer Verstand, Juan?« Inzwischen stand sie so dicht vor ihm, dass sie den Kopf in den Nacken legen musste, wollte sie ihm weiterhin in die Augen schauen. Sie hörte ihn ebenso schnell und heftig atmen, wie ihr Herz schlug.

»Du weißt genau, wonach sich mein Herz sehnt«, erklärte er mit rauer Stimme, und ihr fiel auf, dass er die Höflichkeitsform hatte fallen lassen. Ob er wusste, dass sie sich deshalb nur umso mehr zu ihm hingezogen fühlte?

»Dann lass es mich spüren«, antwortete sie und berührte seine Lippen mit ihren Fingern. »Bitte, Juan.«

»*Cielos!* Ich bin verloren«, stöhnte er, dann nahm er ihr Gesicht in beide Hände und beugte sich zu ihr hinunter. Ganz sanft legten sich seine Lippen auf die ihren, doch die Berührung reichte, um Mariella ins Taumeln geraten zu lassen. Sie griff in sein Hemd und verstärkte den Kuss. Juan stöhnte leise und schlang die Arme um sie. Sie atmete seinen würzig herben Duft ein, und als seine Zunge zwischen ihre Lippen drängte, erwiderte sie seinen Kuss mit Leidenschaft und ohne jede Hemmung. Noch nie im Leben hatte sie etwas Ähnliches empfunden und sie wollte, dass es nie endete.

Allerdings war es Juan, der den Kuss abrupt beendete und sie mit einer Mischung aus Verzweiflung und Begehren musterte. »Mariella, nein.« Er fuhr sich mit den Händen über das Gesicht und schüttelte immer wieder den Kopf. »Wir dürfen das nicht. Das hätte niemals ...« Er atmete tief durch, trat einen Schritt zurück und blickte prüfend über die weite Steppe. Dann verschloss sich sein Blick, wurde traurig und ernst, und er schüttelte erneut den Kopf. »Ich bitte Euch um Verzeihung, Señorita Alvaro. Das hätte niemals geschehen dürfen.«

Es knackte in der Ferne, und Mariella sah, wie ein kleines Kaninchen panisch über das Feld sprang.

Tief in ihrem Innersten wusste sie, dass Juan recht hatte. Es wäre ein Spiel mit dem Feuer, und er würde mit dem Leben dafür bezahlen, sollte jemand davon erfahren. Dennoch war ihr nun so elend zumute, dass sie die Arme um ihren zitternden Körper schlang.

»Bitte, Mariella. Bitte nehmt meine Entschuldigung an.«

Mariella hob das Kinn an und sah ihm trotzig in die Augen. »Nein. Denn das würde bedeuten, dass ich bereue, was gerade geschehen ist. Und das tue ich nicht.« Als sie sah, dass Juan widersprechen wollte, ließ sie ihn nicht zu Wort kommen, sondern fuhr fort: »Ich weiß, dass sich das niemals wiederholen darf, und ich werde Euer Leben ganz gewiss nicht aufs Spiel setzen und einen weiteren Kuss von Euch fordern. Aber Ihr habt mir heute gezeigt, wie es sich anfühlt, zu lieben. Und dieses Gefühl ...« Sie hob hilflos die Schultern und lächelte. »... war das schönste in meinem Leben.«

Juan presste die Lippen aufeinander, reichte ihr dann aber seinen Arm. »Ich bringe Euch zu Enrique. Kommt.«

37.

JUAN

Was war nur in ihn gefahren? Wieso hatte er sich einfach nicht im Griff, sobald Mariella in seine Nähe kam?

Diese Fragen hatte sich Juan in den letzten Tagen immer und immer wieder gestellt. Nie zuvor hatte es einen Menschen gegeben, der ihn so aus der Fassung brachte, ihm gar den Verstand raubte. Wieso zur Hölle hatte er sie geküsst? Und warum konnte er das Gefühl ihrer Lippen auf seinen einfach nicht vergessen? Sein Herz, nein, sein gesamter Körper verlangte schmerzhaft nach mehr. Er wollte sie bei sich haben, sie spüren und berühren. Und selbst wenn er ihr seitdem so gut wie möglich aus dem Weg ging, sah er doch ständig ihr Gesicht vor Augen. Er hörte ihr helles Lachen, er roch den Duft ihrer Haare. Er dachte sogar beim Mittagsmahl, das aus gekochtem, fadem Sellerie bestand, an sie.

»*Cielos!* Juan! Ich wäre beinahe über deine Beine gestolpert! Was machst du denn hier?« Hernando hatte sich gerade noch gefangen und betrachtete seinen Freund nun mit verwunderter Miene. Juan hatte sich auf die Concepción zurückgezogen und lag mit ausgestreckten Beinen an den Baum gelehnt, während er gleichzeitig auf einem dieser süßen Gräser kaute, die einer der Männer unweit von Puerto San Julián gefunden hatte. Auch wenn es den Hunger nicht stillen konnte, schmeckte es zumindest herrlich süß.

»Verzeih mir, Hernando. Ich habe dich nicht kommen sehen. Außerdem war ich in Gedanken. Ist etwas passiert?« Juan rappelte sich auf und betrachtete die sauberen Leinenbinden, die der Schiffsarzt über dem Unterarm trug. Doch Hernando winkte ab.

»Nein, nein, keine Sorge. Ich muss nur Dimitris Wunde neu verbinden. Offensichtlich ist das Gift, das diese Menschen für ihre Jagd nutzen, weit schmerzvoller, als wir dachten. Wenn ich denn etwas auf sein Jammern geben kann«, fügte er hinzu, worauf Juan verärgert den Kopf schüttelte.

»Umso verwunderlicher, dass er noch lebt«, kommentierte er trocken. Er wusste schließlich, dass die Stichwunde an Dimitris Leib von keinem Pfeil stammte, schon gar nicht von einem vergifteten. Doch er würde Dimitris Lüge nicht aufdecken, solange er kein weiteres Mal in Mariellas Nähe kam.

»Was ist los, Juan?«

Der sah in die besorgte Miene seines Freundes und hob die Schultern. »Ich weiß nicht, was du meinst. Es tut mir leid, dass du über meine Beine ...«

»Du weißt, dass ich nicht davon spreche! Ich sehe doch, dass dich etwas bedrückt. Willst du es mir nicht erzählen?«

Juan schluckte und meinte dann nur: »Glaube mir, es würde dir nur schaden, wenn ich in diesem Fall ehrlich zu dir wäre.«

Hernando seufzte leise und setzte sich zu ihm auf die Planken. »Weißt du, es ist möglich, einen Menschen zu lieben, ohne das Gesetz zu brechen.« Juan starrte ihn erschrocken an. »Denkst du etwa, ich merke nicht, wie du sie ansiehst? Du darfst sie lieben, Juan. Nur auf eine andere Art und Weise.«

Juan öffnete den Mund, doch Hernando ließ ihn nicht zu Wort kommen. »Die Liebe ist vielschichtig und besteht nicht nur aus Begehren. Nimm dir Jesus Christus zum Vorbild. Sei ihr ein Freund, höre ihr zu, beschütze sie, dann wird nicht einmal der Generalkapitän etwas dagegen haben.«

Juan starrte stumm auf die Planken unter seinen Füßen. Die Worte Hernandos klangen so einfach, doch sie zu beherzigen und umzusetzen, war alles andere als das.

Allerdings kam er nicht dazu, weiter darüber nachzudenken, da im selben Augenblick die dröhnende Stimme Quesadas über das Deck hallte.

»Elcano?! Wo steckt Ihr?«

Stöhnend richtete er sich auf und trat an die Reling. Direkt unter ihm im Beiboot saß sein Kapitän und funkelte ihn an. »Was treibt Ihr hier um diese Zeit? Habt Ihr nichts zu tun?«

Juan hob die Schultern, sagte jedoch kein Wort. Er war ihm keine Rechenschaft schuldig, da er alle Aufgaben erledigt hatte, die Quesada ihm aufgetragen hatte. »Wollt Ihr mich sprechen, Kapitän?«

Quesada spuckte ins Wasser und nickte dann mit dem Kopf in die Richtung der anderen Schiffe. »Wir erwarten Euch heute Abend, direkt nach Sonnenuntergang in der Kartenkammer der Victoria. Seid pünktlich!« Während dieser Worte hatte Quesada das Boot bereits wieder gewendet und ruderte zurück an Land. Hernando erhob sich nun ebenfalls und trat neben Juan an die Reling.

»Hast du eine Idee, was der Kapitän von dir will?«

»Nein, habe ich nicht. Allerdings erinnere ich mich noch allzu gut an das letzte Treffen mit Kapitän Mendoza, Cartagena und Quesada, und vor allem an die Konsequenzen. Ich hoffe und bete daher, dass es diesen Abend nicht um das gleiche Thema wie beim letzten Mal gehen wird.« Hernando legte daraufhin den Arm um Juans Schultern und lächelte ihm aufmunternd zu, bevor er wieder seiner Wege ging.

Wenige Stunden später hatte er das Fallreep zur Victoria erklommen und sah sich interessiert um. Das Schiff war, obwohl ein Dreimaster, keine Karacke wie die Concepción, sondern eine Nao, damit etwas kleiner und zudem mit dunkler Farbe lackiert. Ansonsten glich ihre Bauweise jedoch exakt der der Concepción, und Juan trat mit einem unguten Bauchgefühl die Leiter zum Quarterdeck hinauf, um die Kartenkammer zu erreichen, die sich steuerbords auf dem Halbdeck des Kastells befand. Die Männer der Victoria befanden sich aktuell an Land und saßen, wie die meisten anderen, um ein großes Lagerfeuer herum und sangen Lieder aus der Heimat. Auf den Schiffen herrschte darum eine angenehme, friedliche Stille, doch je näher Juan der Kammer kam, desto mehr vernahm er das aufgeregte Murmeln verschiedener Stimmen.

»Ah, Elcano! Kommt herein! Willkommen auf meinem Schiff!«, begrüßte ihn Kapitän Mendoza, nachdem er angeklopft und die Tür zu der engen Kammer geöffnet hatte. Aus einem unerklärlichen Grund waren die kleinen Fenster abgedunkelt. Das dämmrige Licht einiger Kerzen erhellte die Kammer nur schwach, sodass Juan ein paar Augenblicke benötigte, um die Gesichter der Männer erkennen zu können.

»Guten Abend, Kapitän Mendoza, Kapitän Cartagena, Kapitän Quesada, Señor de Coca, guten Abend Hochwürden«, begrüßte er nacheinander die anwesenden Personen und neigte sein Haupt. Gleichzeitig schossen ihm die verschiedensten Gedanken durch den Kopf. Wieso hatten die Kapitäne ihn herbestellt? Aus welchem Grund waren sogar der Buchhalter de Coca, der für kurze Zeit die Führung der San Antonio übernommen, sie inzwischen aber an Magellans Vetter Mesquita hatte abgeben müssen, und der Priester anwesend? Und warum verspürte er plötzlich den Drang, die Kammer sofort wieder zu verlassen?

»Setzt Euch, setzt Euch! Wir rücken etwas zusammen. Ich sehe die Fragen schon auf Eure Stirn geschrieben, Elcano. Nehmt Euch einen Stuhl, dann werden wir unsere Unterhaltung beginnen«, erklärte Mendoza freundlich. Er trug ein feines Wams aus weinrotem Atlas und dazu das farblich passende Barett. Auch die anderen Offiziere hatten edle Kleidung angezogen, als wäre dies ein offizieller und bedeutungsschwangerer Abend. Quesada saß in einem leuchtend orangenen Wams aus reiner Seide neben Cartagena, der ebenfalls ein edles Gewand trug. Sogar der Priester hatte seinen Festtagstalar angezogen und nickte Juan bescheiden zu. Juan kam sich in seinem einfachen Leinenhemd und dem dunklen Mantel dagegen fast schäbig vor.

»Nun, dann sind wir vollzählig. Meine Herren, ich freue mich, dass Ihr die Zeit gefunden habt. Mein guter Freund Antonio de Coca hat mich heute Morgen über unseren derzeitigen Bestand an Nahrungsmitteln aufgeklärt, und ich muss gestehen, dass mich die Zahlen zutiefst erschüttert haben. Es ist doch immer noch etwas ganz anderes, wenn man die Tatsachen schwarz auf weiß vor Augen hat. Hier ist das Buch unserer Inventur – möchtet Ihr einen Blick hineinwerfen?«

Juan ließ den Offizieren den Vortritt und musterte die anwesenden Männer immer noch gebannt. Was wollten sie von ihm? Warum sollte ausgerechnet er an diesem Gespräch teilnehmen? Cartagena wagte einen flüchtigen Blick in das Buch und verzog anschließend wütend das Gesicht.

»Er will uns alle in den Tod führen! Das sagte ich damals schon und wiederhole es heute nur zu gern: Magellan wird uns alle umbringen!«

Die anderen murmelten leise Zustimmungen, und Mendoza erhob sich von seinem Stuhl. »Ich gebe es zu, mein Lieber – ich habe lange an deinen Worten gezweifelt und immer versucht, Magellan treu zu dienen – stets in dem Glauben, dass er weiß, was er macht. Doch seitdem wir hier wochenlang festsitzen und unsere Rationen von Tag zu Tag geringer werden, ist auch mein Fass übergelaufen. Ich werde nicht länger dabei zusehen, wie meine Männer vor lauter Hunger, Langeweile und Kälte vergehen.«

»Was gedenkt Ihr, zu tun?«, fragte Juan mit belegter Stimme. Er sah, dass Mendozas Blick darauf kurz zu Quesada und Cartagena ging. Doch im nächsten Augenblick lächelte er ihn freundlich an und klopfte ihm auf die Schulter. »Genau diese Frage habe ich mir auch gestellt. Wir – und damit meine ich die hier versammelten Offiziere – sind uns darin einig, dass Magellans Plan gescheitert ist. Die Gewürzinseln mögen sich irgendwo im Südmeer befinden, aber wir werden dieses niemals über eine Landpassage erreichen. Und das wollen wir auch nicht mehr. Der Generalkapitän muss zu seinen Fehlern stehen und den Befehl zur Umkehr geben, und genau das werden wir von ihm fordern.«

Juan schluckte. So wie er den Admiral kennengelernt hatte, bezweifelte er, dass dieser so einfach aufgeben würde, selbst wenn die Aussicht auf eine Rückkehr nach Hause auch für ihn verlockend sein mochte. Außerdem verstand er eine Sache immer noch nicht. »Verzeiht mir meine etwas offene Frage. Doch wieso bin ich hier?« Er lächelte matt, bevor er fortfuhr. »Es ehrt mich sehr, Gast in dieser erlesenen Runde von Offizieren zu sein, doch ich bin ein einfacher Schiffsmeister und gewiss niemand, der in der Lage ist, solche Entscheidungen zu treffen.«

Cartagena zwirbelte seinen Schnurrbart und fixierte Juan eine Weile, ohne ein Wort zu sagen. »Um Magellan zu überzeugen, reichen drei Offiziere nicht. Wir haben ja gesehen, wie er uns behandelt, wenn wir einen Einwand gegen seine Pläne oder Vorgehensweisen erheben. Meine Degradierung ist das beste Beispiel dafür. Nein, wir benötigen die Schiffsmannschaften hinter uns, denn nur dann finden wir bei diesem Portugiesen Gehör.«

Juan atmete tief durch und rieb sich die Nasenwurzel. Er konnte gut genug zwischen den Zeilen lesen, um die nicht ausgesprochene Botschaft Cartagenas zu verstehen. »Das beantwortet allerdings immer noch nicht meine Frage«, antwortete er, worauf sein Gegenüber zu grinsen anfing.

»Wir haben Euch inzwischen sehr gut kennengelernt, Elcano. Ihr seid beliebt bei den Männern, und das unabhängig ihres Standes oder ihrer Herkunft. Sie vertrauen Euch. *Por dios*, sogar die kleine Nichte des Portugiesen vergöttert Euch! Ihr seid der perfekte Mann, um unser Sprachrohr zu sein.«

Juan war, als hätte ihm jemand gerade in den Magen geschlagen. »Ich soll die Männer zur Meuterei anstiften?«

»Genauso ist es.« Stille herrschte in der Kammer, sodass Juan seinen eigenen unruhigen Atem hörte. Die anderen starrten ihn abwartend an, während Cartagena immer noch grinste. In Gedanken sah er Magellan und Mariella vor sich, und ihm wurde speiübel. Er würde sie niemals solchen Gefahren aussetzen. Daher atmete er tief durch und streckte den Rücken durch.

»Ich fühle mich mehr als geehrt, dass Ihr mir Euer Vertrauen geschenkt habt. Doch ich fürchte, dass ich Euren Erwartungen nicht gerecht werden kann, denn ich halte nichts von einer Meuterei. Ich schätze, Ihr müsst Euch ein anderes Sprachrohr suchen.« Mit diesen Worten erhob er sich und neigte zum Abschied den Kopf. Er wollte so schnell wie möglich dieses Schiff verlassen und nichts mehr über die abscheulichen Pläne der Offiziere erfahren.

»Gebt mir einen Moment allein mit Elcano!« Cartagena saß noch immer mit einem breiten Grinsen am Tisch und verschränkte die Hände ineinander, während die anderen Männer mit fragenden Mienen die Kammer verließen. Schließlich stand Juan Cartagena allein gegenüber, dessen Augen kalt blitzen.

»Ich denke doch, dass Ihr diese Meuterei anführen werdet, Elcano.«

»Nein, Señor. Ich stehe zu meinen Wor…«

»Und ich bin überzeugt davon, dass Ihr Eure Worte schnell zurücknehmen werdet, wenn Ihr mich anhört.« Er nahm ein Messer vom Tisch und holte mit dessen Spitze den Dreck unter seinen Fingernägeln hervor, während er mit leiser Stimme fortfuhr. »Ich frage mich nämlich, ob Ihr auch noch zu Eurem Wort steht, wenn ich dem Generalkapitän ein paar Dinge über Euch erzähle, die Euch Euren Kopf kosten könnten – nein, ganz gewiss kosten werden.«

Juan hielt den Atem an und starrte Cartagena ausdruckslos an, der immer noch lächelte. »Hat Euch denn der Sellerie gemundet? Sie hat ja einiges davon geerntet ...«

Schlagartig wurde es Juan heiß und kalt, und er ballte die Hände zu Fäusten.

Seine schlimmsten Befürchtungen waren Realität geworden. Cartagena hatte sie beobachtet! Schon damals, kurz nach dem Kuss, hatte er das Gefühl gehabt, beobachtet zu werden, doch als dann ein kleines Kaninchen aus dem Gebüsch gesprungen war, hatte er nicht länger darüber nachgedacht. Wie falsch er doch gelegen hatte! »Es wäre jammerschade, wenn die junge Liebe von etwas so Grauenvollem wie einem Henker zerstört würde, findet Ihr nicht auch? Außerdem frage ich mich, wie es mit der hübschen Señorita Alvaro weitergehen würde, nachdem Magellan Euch hingerichtet hat. Denn seid Euch dessen gewiss – die Meuterei wird stattfinden. Und es gibt sicherlich einige Männer, die gerne von der jungfräulichen Kost probieren wollen, sobald Magellan in Ketten gelegt ist. Dieser kirschrote Mund, diese Lippen, der weiche Busen ...«

»Seid still!«, schrie Juan und packte Cartagena am breiten Hemdkragen. »Wagt es nicht, Señorita Alvaro in diese Sache mit hineinzuziehen.«

Doch Cartagena lachte laut. »Oh, ich bin nicht derjenige, der sie in dieses Schlamassel hineingezogen hat. Das wart Ihr selbst, indem Ihr sie geküsst habt. Ich zeige Euch nur die Konsequenzen auf, wenn Ihr Euch weigert, mitzumachen.«

Juan ließ ihn los und trat einen Schritt zurück. Er fühlte sich, als hätte ihm jemand einen Dolch ins Herz gerammt, wusste er doch, dass Cartagena ihn damit in der Hand hatte. Schließlich nickte er.

»In Ordnung. Ich bin dabei.«

38.

Was ist, wenn sie auf der San Antonio eine Nachtwache
haben?«

Quesada hüllte sich fester in seinen dunkelblauen Mantel
und blickte mit ängstlicher Miene auf den dunklen Schemen
des Schiffes vor ihnen.

»Eine Nachtwache? Hier in dieser Einöde? Habt Ihr denn
eine auf Eurem Schiff?«, fragte Cartagena und verdrehte ge-
reizt die Augen. »Und jetzt haltet den Mund! Ich will mein
Schiff zurückhaben!«

Bis in die späte Nacht hinein hatten sie am Abend zuvor noch
besprochen, wie sie am sinnvollsten vorgehen sollten, und
waren zu dem Entschluss gekommen, dass Cartagena zuerst
sein Schiff zurückerobern und die dort anwesenden Portugiesen in Ketten legen sollte. Denn diese würden ansonsten sicher an Magellans Seite kämpfen. Somit würden drei Schiffe
unter ihrem Befehl stehen und Magellan wäre eingekeilt.

Juan hatte die gesamte Zeit über geschwiegen. Erst kurz
vor Schluss war er aufgestanden und nannte Cartagena und
den anderen seine Bedingungen. Ihm war bewusst, dass er
mit dem eigenen Leben spielte, doch diese Gefahr war er eingegangen. Magellan und seine Anhänger mussten am Leben
bleiben – so lautete Juans Forderung. Und tatsächlich hatten
ihr alle nach einer weiteren Diskussion zugestimmt und jeder
ihm sein Wort gegeben. Im Anschluss daran begann Juans
eigentliche Mission. Er musste in Begleitung der Offiziere sowohl die Männer der Victoria als auch die der Concepción
zum Kampf gegen Magellan aufrufen. Erstaunlicherweise
hatte er dafür nur wenig Überzeugungsarbeit leisten müssen.
Die meisten Seeleute waren das Leben in dieser kalten Einöde
leid und fieberten angesichts der Aussicht, bald die Rückreise

antreten zu können, geradezu mit Freude ihrer neuen Aufgabe entgegen. Dass dies einen gewaltbereiten Kampf mit Waffen bedeutete, kümmerte kaum jemanden. Simon, sein bester Freund, hatte ihn, nachdem er die Mannschaft eingeweiht hatte, sogar umarmt und ihm die Treue geschworen, sollte er im Anschluss einen Kapitänsposten erhalten. Einzig Hernando hatte mit Argwohn auf Juans Worte reagiert und ihn in einem ruhigen Moment auf die Seite genommen.

»Ist es wirklich das, was du möchtest?«, lautete seine Frage, doch Juan hatte ihm außer einem gequälten Blick keine Antwort gegeben. Vermutlich hatte sein Freund auch ohne Worte verstanden, wie es in Wahrheit in seinem Herzen aussah.

Nun saß er mit Quesada, de Coca und Cartagena in einem Beiboot und ruderte im Schutz der Nacht auf die San Antonio zu. Doch wohl fühlte Juan sich dabei nicht.

Cartagena reichte Quesada die mitgebrachte Strickleiter, deren Widerhaken er möglichst lautlos über die Reling warf. Anschließend kletterten sie nacheinander die Schiffswand hinauf. An Deck der San Antonio herrschte so gut wie vollkommene Dunkelheit, doch Cartagena schien sich auf seinem Schiff auch blind auszukennen und gab ihnen ein Zeichen, ihm zu folgen. So standen sie innerhalb kürzester Zeit zu viert in der kleinen Kapitänskajüte, rissen den völlig überrumpelten Kapitän Mesquita, der bis vor wenigen Sekunden noch selig geschlafen hatte, aus dem Bett und fesselten und knebelten ihn. Nun stöhnte er hilflos in den Knebel hinein und betrachtete ängstlich die Männer vor ihm.

Cartagena trat dicht an ihn heran und grinste breit. »Habe ich Euch nicht prophezeit, dass ich mir mein Schiff zurückholen werde? Jetzt ist der Zeitpunkt gekommen. Und glaubt mir, Euer Vetter Magellan wird Euch gewiss nicht helfen.« Er spuckte dem Wehrlosen auf das Haupt und drehte sich um. »Verflucht seien die Portugiesen! Los! Es warten noch ein paar weitere deiner Landsmänner auf ihre Fesseln!« Mit diesen Worten ließ er Mesquita zurück auf sein Bett fallen und bedeutete Juan und den anderen, ihm zu folgen. Juan blieb einen Moment im Türrahmen stehen und sah mit traurigem Blick zu Mesquita. Er hatte ihn als einen äußerst freundlichen und vor allem kompetenten Kapitän und Navigator kennengelernt. »Es tut mir von Herzen leid, Señor«, flüsterte er daher, bevor er Cartagenas Befehl nachkam und diesem hinterhereilte.

Allerdings kam der ehemalige Kapitän der San Antonio nicht weit, denn bevor sie die Treppe des Niedergangs betreten konnten, kam ein Seemann mit einer brennenden Laterne in den Händen nach oben und riss erschrocken die Augen auf. »Kapitän Cartagena! Was macht Ihr ... Ihr dürft nicht ... *Meu Deus!*«, stöhnte er auf Portugiesisch. Weiter kam er nicht, denn Quesada, der neben Cartagena stand, hatte kurzerhand den Dolch gezückt und ihm die Kehle durchgeschnitten.

»Nein!!«, stöhnte Juan verzweifelt, als der Mann die Hände noch auf die klaffende Wunde presste und dann blutüberströmt vornüberkippte. Juan hätte ihm nicht mehr helfen können. Cartagena fing dessen Laterne auf, und Quesada wischte den Dolch an seinem Wams sauber. Danach drehten sich beide zu Juan um, und Cartagena zuckte mit den Schultern. »Wir sorgen dafür, dass Magellans Männer ruhiggestellt werden. Dieser Mann hieß Juan de Elorriaga und war in seiner Funktion als Schiffsmeister einer der größten Anhänger des Admirals. Habt Ihr etwas dagegen, Elcano?«

Innerhalb kürzester Zeit hatte Juan seinen Degen, den er sich vorsorglich umgebunden hatte, gezückt und hielt ihn nun direkt unter Cartagenas Kinn. »Das habe ich sehr wohl! Wenn Ihr oder Quesada auch nur einem weiteren Unschuldigen ein Haar krümmt, töte ich Euch, habt Ihr mich verstanden?«

Señor de Coca zog Juan am Arm zurück und legte die Hand

auf seine Waffe. »Ruhig Blut, Elcano. Und Cartagena und Quesada, haltet Euer Wort, alle beide! Los jetzt, bevor Ihr mit Eurem Lärm auch noch den letzten Mann hier an Bord aufgeweckt habt! Wir haben nur dann eine Chance, wenn das Überraschungsmoment auf unserer Seite ist.«

Tatsächlich nickte Cartagena, und Juan ließ von ihm ab. Allerdings hielt er sich im Hintergrund, während die Offiziere sämtliche Seeleute aus ihren Hängematten warfen, die Portugiesen unter ihnen sofort fesselten und die anderen an Deck beförderten. Er beobachtete das wilde Durcheinander, die angstvollen Gesichter der Gefangenen und die hilflose Mimik der anderen. Juan atmete tief durch und presste die Kiefer aufeinander. Er hätte Cartagena niemals nachgeben und sich an dieser Meuterei beteiligen dürfen. Doch wie sonst hätte er Mariellas Leben schützen können?

Er fühlte sich grauenvoll, als Quesada den letzten Gefangenen auf den Boden warf und mit einem triumphierenden Blick zu Juan trat. »Seid Ihr zu faul oder einfach nur nicht willens, Euren Degen zu benutzen? Nun kommt endlich! Ihr habt schließlich eine Aufgabe!«

Juan folgte den anderen auf das Oberdeck und stieg von dort auf das Quarterdeck. Doch diesmal fiel es ihm sichtlich schwer, die richtigen Worte zu finden, da er ständig das Bild des blutüberströmten Elorriagas vor sich hatte. Quesada hatte ihn kaltblütig ermordet. Und er würde es wieder tun, ohne mit der Wimper zu zucken, dessen war sich Juan sicher. Und er war nicht der Einzige hier, denn auch in Cartagenas Augen hatte Juan Grausamkeit und Gewaltlust erkannt. Das Wort dieser Männer galt nichts. Doch wie konnte er ihnen Einhalt gebieten, ohne von ihnen wegen Verrats erdolcht zu werden? Vor allem aber fragte er sich, wie er Mariella und ihre Begleiterin beschützen konnte. All dies überlegte er, während er vor den überwältigten Männern der San Antonio stand, die allmählich ungeduldig zu murmeln begannen.

»Wir sind gekommen, um Eure Unterstützung zu erbitten!« Juans Stimme klang dunkel und bestimmt, als er ihnen von den Plänen Cartagenas und der anderen Schiffsführer erzählte, in die Heimat zurückzukehren und Magellan dafür des Kommandos entheben zu müssen. Er sprach überzeugend, musste er mit seiner Rede doch sowohl den Seeleuten als auch den Anstiftern dieser Meuterei zeigen, dass er auf ihrer Seite stand. Sie mussten ihm weiterhin vertrauen, selbst wenn ihm jedes Wort zutiefst widerstrebte. Er sprach über die gekürzten Essensrationen, die schlechten Wetterverhältnisse und den schwindenden Bestand ihrer Lebensmittel – alles Gründe, die eine sofortige Umkehr über den Kopf Magellans hinweg notwendig machten.

Doch bei der Mannschaft der San Antonio stieß er auf wenig Zustimmung, was Juan nicht wunderte, schließlich hatten sie einen ihrer Männer getötet und weitere gefangen genommen – darunter ihren Kapitän Mesquita.

»Es ist und bleibt eure Entscheidung. Außerdem geben wir euch unser Wort, dass wir den Generalkapitän und alle Gefangenen am Leben lassen werden.« Bei diesen Worten blickte er warnend zu Cartagena, der darauf zur Bekräftigung von Juans Worten seine Hand aufs Herz legte und zustimmend nickte.

»Wenn Ihr Cartagena traut, seid Ihr dümmer, als ich dachte!«, ertönte eine brummende Stimme. Der ehemalige Kapitän des Schiffes stieß einen wütenden Schrei aus und zog den Dolch aus seiner Scheide, doch Juan hielt ihn auf, indem er vom Achterdeck sprang und ihn am Ärmel packte.

»Beweist ihnen das Gegenteil und zeigt Euch gnädig«, forderte er und wandte sich wieder an die Mannschaft. »Ich vertraue ihm«, fuhr er fort, während er sich innerlich vor Widerwillen geradezu wand. Wie sehr er es hasste, zu lügen. »Seid ihr dabei? Dann ladet die Kanonen und die Arkebusen und rüstet euch zum Kampf. Noch vor dem Sonnenaufgang wollen wir die Trinidad zwischen uns eingekeilt sehen!«

Ungläubig sah Juan zu, wie darauf der Großteil der Männer seinen Befehlen folgte. Cartagena legte die Hand auf seine Schulter und lächelte ihn väterlich an. »Gut gemacht. Ihr könnt nun Quesada und de Coca begleiten, ich übernehme ab sofort wieder das Schiff.«

Juan richtete sich zu seiner vollen Größe auf und sah somit auf den kleineren Cartagena hinab. Seine Miene war ernst und hart, als er den Kopf schüttelte. »Nein, Señor. Ich bleibe hier und behalte das Kommando. Die Männer trauen Euch nicht mehr, das habt Ihr selbst gesehen. Es ist daher sinnvoller, wenn Ihr Euch Quesada anschließt.«

Señor de Coca hatte Juans Worte ebenfalls gehört und fuhr sich durch den weißen Bart. Anschließend nickte er zustimmend. »Elcano hat recht. Kommt mit uns mit.«

Doch Cartagena verzog widerwillig das Gesicht. »Das hier ist mein Schiff!«

»Und ich habe nicht vor, Euch den Posten des Kapitäns abzusprechen, Señor. Sobald Magellan in Ketten gelegt ist, so wie Ihr es versprochen habt, bekommt Ihr es zurück«, erwiderte Juan.

Cartagena murrte verärgert und trat dicht an ihn heran. »Ich warne Euch, Elcano, haltet Euer Wort, denn ich kenne Eure Achillesferse und scheue nicht davor zurück, Euch dort zu treffen, wo es Euch am stärksten schmerzt.« Mit diesen Worten folgte er Quesada und de Coca und verließ die San Antonio.

Juan schloss für einen Moment die Augen. Die Angst um Mariella schnürte ihm die Kehle zu, doch er wusste, dass er ihr nicht nachgeben durfte, und riss sich zusammen.

»Vertraut Ihr ihm wirklich, Señor?«, fragte der Steuermann der San Antonio, der zuvor als Einziger offen seinen Unmut geäußert hatte, und Juan schüttelte den Kopf.

»Nein, das tue ich nicht.«

Er drehte sich zu den Männern, die ihn nun verwirrt ansahen, und holte noch einmal tief Luft, um ihnen seinen eigentlichen Plan zu erläutern, den er mit den Worten abschloss: »Und ich werde es nicht zulassen, dass Cartagena diese Meuterei gewinnt!«

39.

Was macht Ihr hier, Elcano?« Quesada stand in seiner Kammer und schnallte einen breiten, ledernen Gürtel um seine füllige Hüfte. Anschließend überprüfte er den schmuckvollen Degen, bevor er ihn in die Scheide steckte.

»Ich habe es mir anders überlegt, Kapitän, und möchte Euch nun doch auf die Trinidad begleiten.« Er atmete tief durch und versuchte, genau wie Simon in der Nacht zuvor, mit freudig erregter Stimme zu sprechen. »Ich kann mir doch nicht den Moment entgehen lassen, in dem Ihr den General-kapitän in Fesseln legt.« Die Worte klangen falsch in seinen Ohren, aber Quesada grinste breit und nickte zustimmend.

»Dann holt Eure Waffen und kommt! Aber ich warne Euch, Elcano! Ich möchte diesmal Euren Degen im Einsatz sehen!« Er fragte weder danach, wer die San Antonio in diesem Augenblick befehligte, noch woher sein plötzlicher Sin-neswandel kam, und Juan unterdrückte ein Schmunzeln. Es war einfacher als gedacht, seinen Kapitän zu täuschen. Er ver-beugte sich und hob kurz den schweren Mantel an. »Ich habe bereits alles, was ich benötige.«

Kurze Zeit später kletterten zwanzig bewaffnete Männer über die Reling der Trinidad, um dann mit wildem Geschrei die Schlafstätten zu stürmen.

Juan hörte das Klirren der Degen, das Poltern und Geran-gel der Männer, einige schossen sogar aus ihren unhandli-chen Vorderladern, doch er selbst kämpfte sich mit schnellen Schritten zur Kapitänskammer hinauf. Enrique, Magellans persönlicher Sklave, stand mit zwei Schwertern bewaffnet da-vor und musterte ihn mit wild entschlossener Miene.

»Sind sie eingeschlossen?«, fragte Juan und deutete auf die Tür. Enrique reagierte nicht. »Hast du die Tür verschlossen?«, wiederholte er die Frage, als er plötzlich ein lautes Klopfen dahinter vernahm.

»Juan? Seid Ihr das? Helft uns bitte! Öffnet die Kammer und lasst uns hinaus! Juan! Bitte! Was ist hier los?«

Mariellas Stimme klang verzweifelt, doch Juan atmete erleichtert aus und nickte Enrique zu. »Lass niemanden außer Magellan persönlich hinein, hast du verstanden? Was auch immer geschieht! Hörst du?«

Enrique deutete auf die Brusttasche seines Wamses, in der sich offensichtlich der Schlüssel zur Kammer befand, und nickte ernst, während Mariella weiter gegen das dicke Holz trommelte. »Juan! Bitte! Sagt mir, was geschehen ist! Ich habe Angst! Juan! Lasst uns nicht allein!«

Juans Herz hämmerte schmerzhaft gegen die Brust. Wie gern hätte er sie jetzt in seine Arme geschlossen und ihr die Angst genommen. Wie gern hätte er ihr zugerufen, dass alles gut werden würde, doch er hatte an diesem Tag schon so oft gelogen, und wie die Meuterei ausgehen würde, war alles andere als sicher. Aus diesem Grund wandte er sich nun ohne jedes weitere Wort ab und rannte mit gezücktem Degen wieder zurück auf das Oberdeck. Mit Erleichterung stellte er fest, dass die Männer der Trinidad keinesfalls überrumpelt wirkten. Die Warnung, die Kapitän Mesquita zu Magellans Flaggschiff geschickt hatte, war also noch rechtzeitig eingetroffen.

Denn nachdem Cartagena die San Antonio verlassen hatte, hatte Juan kurzerhand den Kapitän und die anderen gefesselten Portugiesen befreit und den Männern die freie Wahl gelassen, ob sie sich an der Meuterei beteiligen wollten oder nicht. Er kannte den Vetter Magellans gut genug, um zu wissen, wie dieser sich entscheiden würde. Niemals hätte Mesquita sich gegen den Befehl des Generalkapitäns gestellt. Weshalb er auch sofort im Schutz der dunklen Nacht ein Beiboot zu Wasser gelassen hatte, um diesen zu warnen.

Juan beobachtete das Gerangel auf der Trinidad und hörte

das laute Fluchen des Generalkapitäns, als dieser auf den einstigen Kapitän der San Antonio stieß. »Lasst sofort meine Männer in Frieden! Ihr seid chancenlos!«

Cartagena richtete das Schwert direkt auf Magellan und grinste boshaft. »Das bezweifle ich, Portugiese. Deine Zeit ist abgelaufen!«

Der Generalkapitän hinkte mit langsamen Schritten auf Cartagena zu und legte seine Hand auf dessen Schwertspitze. »Ihr habt längst verloren, Cartagena. Seht Ihr die Victoria? Kapitän Mendoza ist bereits besiegt. Die San Antonio ist schon wieder in portugiesischer Hand. Gebt auf!«

Cartagenas Gesicht verlor sämtliche Farbe, und er zog sein Fernrohr aus der Brusttasche. Juan folgte seinem Blick und sah voller Entsetzen zur Victoria. Auch ohne Fernrohr erkannte er, wie dort der blutüberströmte, leblose Körper Mendozas von einer jubelnden Menge in die Luft geworfen wurde. Juan wandte sich ab und atmete tief durch. Er hatte Magellan warnen lassen, um das Leben der Männer zu schonen, und doch hatte nun ein weiterer Mann aufgrund seines Verrats sein Leben verloren.

»Legt ihn in Eisen!«, schrie Magellan und deutete auf Cartagena. »Ihn und alle seine Anhänger!«

Cartagena fluchte und versuchte, sich aus den eisernen Griffen der Gegner zu befreien. »Das werdet Ihr bereuen, Magellan! Ihr könnt mich nicht töten! Vergesst nicht, wer mich beauftragt hat! Ich bin der Oberbefehlshaber dieser Flotte und stehe dem Rang nach über Euch!«

Doch Magellan ignorierte seinen Einwand. »Führt ihn ab!«, forderte er und hinkte anschließend zum Heckkastell. Juan beobachtete, wie die meuternden Seeleute die Waffen fallen ließen, und steckte ebenfalls den Degen zurück in die Scheide.

»Ihr habt die größten Verräter vergessen, Magellan! Wo sind Quesada und Elcano? Wo ist de Coca? Denkt Ihr wirklich, ich hätte allein gehandelt?«

Magellan hielt inne und drehte sich noch einmal zu Cartagena um, der nun gehässig lachte. »Wem, denkt Ihr, ist es denn gelungen, die Männer auf allen drei Schiffen zu überzeugen?«

Juan fing Cartagenas Blick auf, und seine Mundwinkel zuckten, bevor er selbst das Wort erhob. »Das war ich, Admiral.«

Er wusste, dass Cartagena, wenn er schon sein Leben verlieren sollte, wenigsten mit ihm gemeinsam unterzugehen trachtete und dafür zur Not auch die Ehre Mariellas beschmutzen würde, sollte Juan glimpflich davonkommen. Daher trat er nun mit erhobenen Armen vor Magellan.

»Ich habe die Männer der Concepción, der Victoria und der San Antonio gegen Euch aufgehetzt und akzeptiere die Strafe, die darauf steht.« Juan wusste, dass er soeben sein eigenes Todesurteil unterschrieben hatte, und erkannte dies auch am erschrockenen Gesichtsausdruck Magellans und am vergnügten Lachen Cartagenas. Der Generalkapitän nickte langsam.

»Ihr habt mich schwer enttäuscht, Elcano. Legt ihm die Fesseln an!«, wandte er sich schließlich an den *Alguacil* Gonzalo Gómez de Espinosa, der sogleich Juans Arme packte und ihn anschließend über das Deck trieb.

»Ihr seid tatsächlich genauso dumm, wie Quesada Euch immer beschrieben hat. Ist Euch die Ehre eines Mädchens wirklich mehr wert als Euer eigenes Leben?«, fragte Cartagena, nachdem sie beide, in Ketten gelegt, in der Dunkelheit der Trinidad auf ihr Urteil warteten, während Magellans Männer die anderen Rädelsführer festnahmen.

Juan stöhnte und legte den Kopf auf die angezogenen Knie. »Was wisst Ihr schon von Ehre?«

Er schloss die Augen und beschwor Mariella vor sein geistiges Auge. Er wollte sich gar nicht ausmalen, wie sie reagieren würde, wenn sie erfuhr, was er getan hatte. Vermutlich würde sie ihn dafür hassen und auf seinen toten Leib spucken. Und das zu Recht, denn sein Kuss hatte sie beide erst in diese verzwickte Lage gebracht. Nur, weil er sich nicht beherrscht hatte.

Letztendlich hatte er sie jedoch beschützt, und das war das Einzige, das jetzt zählte. Und ja, dies war ihm mehr wert als sein eigenes Leben.

40.

MARIELLA

Nun setzt Euch gefälligst hin, Mariella! Ich bitte Euch!«
Emi führte sie zur Bettstatt und drückte sie sanft, aber
mit Nachdruck auf diese nieder, doch sobald sie sie losgelassen hatte, sprang Mariella erneut auf. Stillzusitzen war das
Letzte, was sie jetzt konnte. Zum gefühlt hundertsten Mal
lief sie an die Tür und trommelte gegen das Holz.

»Enrique! Mach endlich diese verfluchte Tür auf! *Com um
raio!*«

»Mariella! Zügelt Eure Zunge!«, tadelte sie Emi sofort,
und Mariella stöhnte.

»Ja, ich fluche, na und? Das ist mein gutes Recht, wenn
man mich hier gegen meinen Willen einsperrt!« Nachdem sie
ein weiteres Mal gegen das Holz gehämmert hatte, ließ sie
sich kraftlos zu Boden sinken und schlug verzweifelt die
Hände vors Gesicht. Wieso sah niemand nach ihnen? Hatten
die Angreifer ihren Onkel getötet? Und aus welchem Grund
war Juan auf dem Schiff? Wenn nicht bald jemand käme und
die Tür öffnete, würde sie die kleine Scheibe eines der Fenster
einschlagen und hinausklettern. Obwohl sie wusste, dass dies
zu rein gar nichts führen würde, da sie von dort weder durch
Klettern noch durch einen Sprung ins Wasser wieder an Bord
gelangen konnte. Doch sie hatte das Gefühl, in dieser Kammer zu ersticken.

»Mariella, liebes Kind. Habt keine Angst, Euer Onkel ist
ein grandioser Befehlshaber, ihm wird nichts geschehen.«

Emi kniete vor ihr auf dem Boden und legte fürsorglich
eine Hand an ihre Wange. Doch Mariella schnaubte. »Was

macht dich da so sicher? Hast du das Klirren der Waffen nicht gehört? Und die Schüsse? Jemand hat uns angegriffen, Emi!« Mariella schluchzte nun und ergriff voller Angst Emis Hände. »Was geschieht mit uns, wenn mein Onkel ... Wenn er ...« Furcht schnürte ihr die Kehle zu, sodass sie nicht einmal den Satz beenden konnte. Sie sah Quesada wieder vor sich – als er sie damals auf seinem Schiff entdeckt und zur Hure der Männer hatte machen wollen. Und nun gab es möglicherweise niemanden mehr, der ihn davon abhalten konnte, dies zu tun.

»Mariella! Hört damit auf und atmet, ruhig, ganz ruhig! Es wird uns nichts geschehen, hört Ihr?« Emi rüttelte an ihren Schultern, aber Mariella reagierte nicht. Regungslos starrte sie auf die Holzdielen und kämpfte gegen ihre Angst an. Erst als sie draußen laute, dumpfe Schritte hörte, erwachte sie aus ihrer Starre und sprang auf.

Die Tür zur Kajüte öffnete sich, und als Mariella ihren Onkel erkannte, warf sie sich schluchzend in seine Arme.

»Ihr lebt! Dem Himmel sei Dank! Ihr seid am Leben!«

Magellan lachte leise und strich ihr zärtlich über den Kopf. »So leicht lasse ich mich nicht töten. Ich bin zäh, meine Liebe.« Er nahm ihre Hände in seine und betrachtete sie aufmerksam. »Euch beiden ist nichts geschehen?«

Mariella verneinte und deutete auf Enrique, der nun vorsichtig in die Kammer lugte. Magellan nickte. »Guter Junge. Hat jemand versucht, hier einzudringen?«

Enrique schüttelte den Kopf. »Nein, Admiral, es kam niemand. Nur Señor de Elcano, doch der wiederholte eigentlich nur Euren Befehl, keinem Mann die Tür zu öffnen.«

Magellan murrte. »Elcano sagt Ihr?« Er seufzte und fuhr sich durch den dunklen Bart. »Ich wünschte, er hätte anders gehandelt. Schade um diesen fähigen Mann ...«, murmelte er vor sich hin, doch Mariella hatte verstanden, was er gesagt hatte.

»Was ist mit ihm? Lieber Onkel, bitte klärt uns auf, was geschehen ist!«

Magellan seufzte ein weiteres Mal und erläuterte in kurzen und knappen Worten, was passiert war. Anschließend lächelte er und deutete nach oben. »Ihr könnt Gott dem Herrn dafür danken, dass mein Vetter uns noch rechtzeitig mit einem Schreiben gewarnt hat. Ansonsten wäre die Meuterei sicherlich anders ausgegangen. Doch jetzt muss ich mich um die Gefangenen kümmern und mir Gedanken über die Urteile machen.« Er nahm Mariella noch einmal fest in die Arme, nickte Emi zu und verließ die Kammer.

Minuten später starrte Mariella noch immer auf die geschlossene Tür und versuchte, die Worte ihres Onkels zu begreifen. Als ihr in letzter Konsequenz klar wurde, was sich an Bord abgespielt haben musste, stöhnte sie auf und ergriff zittrig Emis Hand.

»Juan! Elcano! … Er … Nein! Er hätte niemals … Nein!«

Emi nahm sie liebevoll in die Arme. »Wir Frauen wurden schon oft von Männern wie ihm getäuscht. Señor de Elcano ist nur einer von vielen.«

Doch Mariella schüttelte den Kopf. »Nein! Er würde niemals …! Das glaube ich nicht.«

»Und dennoch sitzt er jetzt gefesselt neben den anderen Aufrührern und wartet auf sein Urteil«, fiel Emi ihr ins Wort.

Mariella riss sich von ihrer Haushälterin los und lief ruhelos durch die Kammer. Juan hatte ihren Onkel angegriffen, möglicherweise sogar versucht, ihn zu töten. Warum nur? Und wieso fühlte es sich so an, als hätte er ihr zusätzlich das Herz herausgerissen? Hatte ihm der Kuss gar nichts bedeutet? War ihm nicht klar, welche Konsequenzen der Tod ihres Onkels für sie hätte?

Plötzlich hielt sie inne und dachte erneut über Emis Worte nach. Dann riss sie die Augen auf. »Was für ein Urteil steht auf Meuterei?«

Emi sah sie eine Zeit lang schweigend an und seufzte leise. »In der Regel die Todesstrafe.« Ihre Antwort war nicht mehr als ein Flüstern und traf Mariella dennoch mitten ins Herz. Die Todesstrafe! Juan würde ... »Nein! Nein! Neeeiiin!«

Plötzlich sah sie Juans Gesicht vor sich, spürte seine Lippen, hörte seinen lauten Herzschlag und fühlte erneut den warmen Blick seiner schwarzen Augen. *Du weißt genau, wonach sich mein Herz sehnt*, hatte er zu ihr gesagt, und sie hatte ihn dazu gedrängt, seinen Gefühlen nachzugeben. Weil sie ihr eigenes Herz an ihn verloren hatte. Und nun wartete er auf sein Todesurteil? Ausgesprochen von ihrem Onkel?

»Nein. Nein, ... nein.« Mariellas Stimme war nur noch ein leises Wimmern, während sie auf die Knie fiel und ihr Gesicht in den Händen barg. »Bitte ... Er darf nicht ...«

Emi beugte sich zu ihr hinunter und seufzte leise. »Meine Liebe, legt Euch ins Bett und ruht Euch aus. Na kommt, ich helfe Euch.« Sie streckte ihr die Hand entgegen, doch Mariella reagierte nicht. Sie sah ihre Haushälterin durch einen Tränenschleier hindurch an und schluchzte verzweifelt.

»Emi! Er darf nicht sterben!« Die beiden Frauen hatten nie über das Ereignis in der Steppe gesprochen, dennoch vermutete Mariella, dass Emi längst Bescheid wusste, wie es um sie stand.

»Aber Ihr könnt nichts daran ändern, Mariella. Er hat versucht, Euren Onkel zu töten. Er ist kein guter Mensch.«

Mariella presste die Lippen aufeinander und schüttelte schluchzend den Kopf. »Aber das stimmt nicht. Er ist ein guter Mensch ... Nein, Emi. Es muss sich um einen Irrtum handeln. Ich kann das nicht glauben!«

»Ich weiß, ich selbst habe ihn auch anders eingeschätzt. Aber nun kommt, legt Euch ins Bett. Versucht, zu schlafen.«

Emi wartete erst gar nicht, bis Mariella widersprechen konnte, sondern zog sie energisch an ihren Armen nach oben, bis sie auf den Beinen stand. Als sie schließlich im Bett lag, deckte Emi sie mütterlich zu und begann, ein Wiegenlied zu singen.

Mariella sah auf das dunkelbraun lackierte Holz der Wand und gleichzeitig Juan, sein Lachen, die tiefe Falte zwischen den Augenbrauen und den verschlossenen ernsten Blick, wenn er nachdachte. Sie sah seine starken und doch so zarten Hände, mit denen er die ihren umfasst hatte, seine weichen Lippen, sie hörte seine tiefe Stimme, sein Lachen. Schon wieder flossen ihr Tränen über die Wangen. »Emi! Die Schmerzen sollen aufhören! Bitte! Ich kann das nicht ertragen!«

»Schhhh, es wird schon wieder, meine Liebe! Gott, der Herr ist bei uns und behütet uns. Glaubt mir, es wird alles gut. Schließt die Augen und versucht, zu schlafen … *A lua nasceu e cresceu no além*«, sang sie mit weicher Stimme, und tatsächlich fiel Mariella nach einiger Zeit in einen unruhigen Schlaf.

41.

Mit einem erstickten Schrei schreckte sie aus dem Schlaf hoch. Völlig benommen blickte sie um sich und versuchte, sich im Raum zu orientieren.

»Was …? Wie spät ist es, Emi? Haben sie schon …?«, stammelte sie, denn ihre Gedanken überschlugen sich.

Emi, die noch immer neben ihrem Bett saß, schien ebenfalls geschlafen zu haben, denn sie sah ihren Schützling verwirrt an. »Wovon sprecht Ihr?«

Aber Mariella war bereits aus dem Bett geschlüpft und suchte nach einem Überkleid.

»Mariella! Was habt Ihr vor?«

Mariella gab jedoch keine Antwort, sondern ergriff nun ein Kleid aus grobem Leinen mit nur wenigen Stickereien an den Ärmeln und am Saum, und begann, sich fieberhaft umzuziehen.

»Um Himmels willen, Mariella! Wollt Ihr mir nicht endlich sagen, was Ihr da macht?«

Wieder keine Antwort. Stattdessen lief Mariella zu einem der kleinen Fenster und blickte auf die Bucht von Puerto San Julián. Doch als sie dort bei der errichteten Gebetsstätte sämtliche Männer versammelt sah, wurde ihr heiß und kalt zugleich.

»Schnell, Emi, binde mir das Kleid zu! Es eilt!«

Allerdings war Emi Mariellas Blick gefolgt und schlug sich nun mit einem erstickten Laut die Hand vor den Mund. »Das kann nicht Euer Ernst sein! Wollt Ihr ihn nicht lieber in Erinnerung behalten, wie Ihr ihn zuletzt gesehen habt?«

Mariella band sich ein Tuch um die Haare und unterdrückte den Drang, erneut zu schluchzen. »Du tust gerade so, als sei das Urteil bereits gefällt! Und nein, ich will ihn gewiss nicht als Meuterer in Erinnerung behalten. Und nun hilf mir endlich mit dem verfluchten Kleid!«

Kaum hatte Emi ihr das Kleid zugeschnürt, stürmte Mariella auch schon zu Tür, doch ihre Haushälterin hielt sie noch einmal zurück.

»Mein Kind, bitte – das wollt Ihr nicht sehen, glaubt mir doch!« Emis Stimme klang flehend. Aber Mariella schüttelte den Kopf.

»Noch ist er nicht tot!« Mit diesen Worten sprang sie die Stufen des Heckkastells hinunter und rief verzweifelt nach Enrique.

Magellans Sklave lugte kurze Zeit später aus dem Unterdeck hervor und betrachtete sie skeptisch. »Señorita?«

»Bring mich zur Bucht. Bitte!«

»Aber der Admiral meinte ...«

»Es ist mir völlig egal, was mein Onkel gesagt hat. Entweder du bringst mich jetzt zu den anderen, oder ich rudere allein hinüber.«

Die Drohung wirkte, denn Enrique bedeutete ihr nun, ihm zu folgen.

Gerade als er die Ruder ergriff, hörten sie vom Deck der Trinidad Emis Rufe. »Halt! Wartet auf mich!«

»Du willst mitkommen?«, fragte Mariella ungläubig.

Emi schüttelte den Kopf. »Von Wollen kann hier nicht die Rede sein. Aber ich lasse Euch in solch einem Moment unter keinen Umständen alleine.«

Mariella umarmte sie stürmisch, nachdem sie sich in das Boot gesetzt hatte, und wischte sich die Tränen aus dem Gesicht. »Danke ... ich danke dir«, schluchzte sie leise, und Emi nickte stumm. Aber auch in ihren Augen standen Tränen, als sie das Land erreichten und aus dem Boot stiegen, während Enrique beim Boot zurückblieb.

In der Bucht standen fast alle Männer der Flotte zusammen, während die Gefangenen auf einer Anhöhe in Eisen gekettet auf dem sandigen Boden saßen. Ein Schauer lief über Mariellas Rücken, als sie Juan erkannte, den Kopf kraftlos gesenkt, sodass die schwarzen Locken sein Gesicht verdeckten.

Gott im Himmel, steh ihm bei!, flehte sie in Gedanken, als sie sich durch die Männer hindurchdrängte, um möglichst weit vorn zu stehen.

»Mariella, so wartet bitte!«, hörte sie Emi hinter sich keuchen, doch sie konzentrierte sich nur noch auf Juan, alles andere war unwichtig.

»Señorita Alvaro? Ich hatte nicht damit gerechnet, Euch hier anzutreffen.«

Es kostete sie viel Kraft, ihren Blick von Juan zu lösen und sich zur Seite zu drehen, wo sie direkt in das jugendliche Gesicht Simons, Juans bestem Freund, sah. Seine Augen glänzten feucht, während er immer wieder lautstark schniefte.

»Nun, ich bin hier«, erklärte sie trocken und wandte sich erneut den Gefangenen zu.

»Señorita!« Simon streckte die Hand nach ihr aus und sah sie inständig an. »Ich … er hätte niemals … Juan … Er ist ein guter Mensch, wisst Ihr? Der beste, den ich kenne. Das müsst Ihr wissen.«

Mariella nickte kurz. »Ich weiß, Simon.« Sie erwiderte den Druck seiner Hand. »Ich weiß.«

Kurze Zeit später ging ein Raunen durch die Menge, und Mariella erkannte ihren Onkel, der, flankiert von Estevão Gomez, dem Steuermann und zweiten Offizier der Trinidad und Gonzalo Gómez de Espinosa, dem Büttel, vor die Mannschaft trat. Er trug sein feinstes Gewand – ein weißes Hemd mit Einschnitten aus gelbem Taft, sowie ein farblich identisches Wams aus glänzendem Taft und dazu goldbestickte Beinkleider. Der bunte Federbusch auf dem Barett wehte im eisigen Wind, und Magellan blickte mit grimmiger Miene in die Menge.

»Ich denke, Ihr wisst, aus welchem Grund wir uns hier versammelt haben. Juan de Cartagena, Antonio de Coca, Gaspar de Quesada, Hochwürden Calmette und Juan Sebastián de Elcano stehen hier und warten auf ihre Urteilsverkündung.« Bereits beim ersten Wort, das er mit donnernder Stimme gesprochen hatte, verstummten die Männer, die gebannt nach vorn blickten und deren Anspannung und Erregtheit Mariella geradezu mit den Händen greifen konnte. »Ihnen wird vorgeworfen, sich gegen mich, als den Admiral der Flotte, gestellt zu haben. Zudem haben sie portugiesische Seeleute gefangen genommen oder umgebracht und die restlichen dazu angestiftet, unser Flaggschiff, die Trinidad, und mich anzugreifen und zu töten. Es handelt sich kurz gesagt um Meuterei, Angriff mit schweren Folgen und Verleumdung! Auf diese Taten steht – wie jedem hier bekannt sein dürfte – die Todesstrafe!«

Ein Raunen ging durch die Menge, und Mariella ergriff erneut voller Panik Simons Hand, der diese sofort mit seinen Fingern umschloss und fest drückte. Die Worte ihres Onkels trafen sie bis ins Mark, und sie konnte nicht aufhören, zu Juan zu blicken, der noch immer völlig regungslos mit hängenden Schultern ins Leere starrte.

»Bei allem Respekt, *Admiral*!« Cartagena hatte das Wort ergriffen und spuckte Magellans Titel förmlich aus, während er sogar noch mit den Ketten um Hand- und Fußgelenke überlegen lächelte. »Es ist Euch nicht gestattet, mich – als getreuen Diener des Königs und Oberaufseher über diese Flotte – zum Tode zu verurteilen. Und wollt Ihr wirklich die Schande auf Euer Haupt nehmen und einen Mann Gottes hinrichten? Ich bitte Euch! Gerade hier in einem Land, das bislang nur Gott allein kennt, benötigen wir dringend die Hilfe eines Gottesmannes.«

»Ich danke Euch für die unnötige Aufklärung, Señor de Cartagena. Doch seid Euch gewiss, mir ist durchaus bewusst, in welcher Lage ich mich befinde. Und Señor de Espinosa und ich haben uns lange und ausführlich beratschlagt, um ein für Euch angemessenes Urteil zu sprechen.«

Er trat neben den *Alguacil*, der mittlerweile mit Tinte und Papier an einem kleinen Tisch saß, als würde er jedes einzelne Wort aufschreiben, und legte eine Hand auf dessen Schulter. »Aufgrund der eben genannten Umstände werdet Ihr, Señor de Cartagena, und Hochwürden Calmette nicht zum Tode verurteilt. Doch ich verbanne Euch beide mit sofortiger Wirkung aus meiner Flotte. Kapitän Mesquita wird Euch noch heute einige Meilen weiter nördlich in einer passenden Bucht aussetzen, wo Ihr die Chance bekommt, ein neues Leben zu beginnen.«

Cartagenas Lächeln erstarb daraufhin, das Blut wich ihm aus dem Gesicht, um sich nur kurz darauf vor Wut dunkelrot zu färben. »Das könnt Ihr nicht machen! Hier gibt es nichts, um zu überleben! Das gleicht einem Todesurteil! Magellan! Das dürft Ihr nicht machen!«, wiederholte er schreiend, doch der Generalkapitän ließ sich nicht beirren.

»Dank der Ureinwohner wissen wir, dass ein Leben hier möglich ist. Daher dankt mir lieber für meine Güte.« Dann wandte er sich an die restlichen Gefangenen, und Mariella hielt den Atem an.

»Die anderen erwartet der Tod durch Exekution mit anschließender Vierteilung.«

»Nein!«, rief Mariella, doch ihr Schrei wurde von den Rufen Simons und einiger anderer Männer übertönt, die wie sie völlig fassungslos ob des Urteils waren. Hochwürden Pedro de Valderrama, der Kaplan auf der Trinidad, trat zu den Gefangenen und nahm ihnen die Beichte ab, während Espinosa ein hölzernes Podest für die Vollstreckung des Urteils errichten ließ.

»Nein … nein!«, schluchzte Mariella und sah, wie Juan zum zweiten Mal das Kreuzzeichen auf Stirn und Lippen schlug. »Nein.« Völlig verzweifelt betrachtete sie das Geschehen vor sich, in dem Wissen, dass sie nichts dagegen tun konnte. Nur noch wenige Minuten, dann würde der Mann, dem ihr Herz gehörte, leblos und mit abgetrennten Extremitäten blutüberströmt im Sand liegen.

Der Priester trat an Magellan heran, und kurz darauf erhob ihr Onkel erneut das Wort. »Ich habe gehört, dass Ihr ein letztes Wort sprechen wollt?«, fragte er die Gefangenen. Kapitän Quesada sah ihn mit kalter Miene an und schüttelte wortlos den Kopf. Auch Señor de Coca verneinte, doch als Magellan Juan fragte, erhob dieser sich und blickte mit einem traurigen Lächeln in die Menge. »Bevor ich dieses Leben verlasse, möchte ich Euch alle um Vergebung bitten.« Seine Stimme klang fest und ruhig. »Ich habe Euch dazu überredet, Euren Dolch gegen unseren Kapitän zu zücken, doch dazu hatte ich kein Recht. Meine Handlung war unverantwortlich, viele von Euch haben mir vertraut und eben dieses Vertrauen habe ich missbraucht.« Juan atmete tief durch und wandte sich an Magellan. »Es tut mir von Herzen leid, Euch hintergangen und Eure Ehre in Frage gestellt zu haben. Ich hoffe, dass Ihr mich nicht als unfähigen und schlechten Seefahrer in Erinnerung behalten werdet.« Er lächelte schwach, bevor er das Wort wieder an alle richtete. »Nichtsdestotrotz gilt meine Entschuldigung Euch allen. Und ich hoffe, Ihr könnt mir verzeihen.«

Mariella spürte, wie Simon am ganzen Leib zitterte, während andere Männer sich gerührt Tränen aus den Augenwinkeln wischten. Sie selbst hatte es längst aufgegeben, die ihren fortzuwischen. Stattdessen sah sie verweint und mit bebendem Körper zu Juan und spürte plötzlich den Blick seiner tiefschwarzen Augen auf sich ruhen. Mariella erkannte die Liebe darin, und für einen Augenblick schien die Zeit stillzustehen. Seine Lippen verzogen sich zu einem letzten Lächeln, einer letzten Liebkosung, und sie versuchte, es zu erwidern.

Magellan hatte inzwischen mit Espinosa das Schafott in Augenschein genommen und rief nun mit polternder Stimme den ersten Verurteilten zu sich. »Antonio de Coca!«

Der alte, weißhaarige Mann, der sie damals zu Beginn der

270

Reise angewiesen hatte, die Proviantsäcke zu verladen, trat nun mit hängenden Schultern nach vorn, kniete sich anschließend auf den Boden und legte den Kopf auf den Richtblock.

Als Mariella das Beil in Espinosas Händen sah, riss sie sich von Simon los und wandte sich um. »Ich kann das nicht mitansehen. Ich … Ich muss hier weg!«, schluchzte sie verzweifelt, als sie schon den dumpfen Aufprall des Beils auf den Nacken des Verurteilten und das erschrockene Raunen der Menge vernahm. Übelkeit stieg in ihr auf, doch sie kämpfte sich durch die Männer hindurch. Das Geräusch des niedergehenden Beils, gefolgt vom entsetzten Aufatmen der Menge begleitete sie. Hatte de Coca nun ein Bein verloren oder schon zwei? Oder waren es die Arme gewesen? Mariella wollte nur noch fort von hier. Fort von ihrem Onkel und den grauenvollen Urteilen. Und vor allem fort von Juan und seinem letzten Blick, mit dem er ihr seine Liebe gestanden hatte. Nein, sie konnte ihn nicht leblos im Sand liegen sehen – niemals!

»Mariella! Meine Liebe, da seid Ihr ja.« Emi, die hinter den versammelten Männern stehen geblieben war, hatte sie entdeckt und umarmte sie stürmisch, während sie ihr Gesicht mit unzähligen Küssen bedeckte. Mariella schluchzte und schüttelte den Kopf.

»Bring mich von hier weg, Emi! Bitte!«

Magellan rief nach dem nächsten Delinquenten, und Mariella hatte sichtbare Schwierigkeiten mit dem Gehen, so sehr zitterten ihre Beine.

Als sie das Beiboot mit Enrique erreichten, wagte sie dennoch einen Blick zurück und stieß einen erstickten Schrei aus. Der gesamte Sandboden war blutgetränkt, und sogar aus der Entfernung erkannte sie die toten, kalten Augen in de Cocas abgetrenntem Kopf. Mariella schaffte es gerade noch, sich rechtzeitig nach vorne zu beugen, dann übergab sie sich völlig entkräftet im Sand.

Erneut hörte sie das Beil fallen, während Emi und Enrique sie ins Beiboot hievten. War dies nun Juans Haupt gewesen? Emi hatte das Ruder übernommen, doch auch sie schluchzte leise. Selbst als sie Mariella zurück in ihre Kammer führte, schniefte sie noch immer. Nachdem Emi die Tür hinter ihnen geschlossen hatte, brach Mariella endgültig zusammen.

Juan hatte sein Leben verloren. Nie wieder würde sie seine Lippen spüren, nie wieder seine Stimme hören. Mariella beugte sich vornüber, als könne die veränderte Haltung ihren Schmerz lindern. Juan war tot – gestorben durch das Urteil ihres Onkels.

»Es soll aufhören, Emi! Dieser Schmerz!«, schluchzte sie, während sie erneut würgte. »Bitte Emi, hilf mir!«

»Mein liebes Kind.« Emi schlang die Arme um Mariellas bebenden Körper und hielt sie fest an sich gedrückt. »Kommt, lasst uns beten. Gott wird uns erhören. *Ave Maria, gratia plena* ...« Und mit zittriger Stimme betete Emi ein Gebet nach dem anderen, während Mariella mitten auf dem Fußboden, völlig verzweifelt, einschlief.

42.

Das Erste, was Mariella wahrnahm, nachdem sie die Augen geöffnet hatte, war das Rauschen des Windes und das kräftige Schlagen der Wellen gegen den Schiffskörper. Ruckartig setzte sie sich auf. Emi lag neben ihr auf dem Boden und hatte wohl noch eine dicke Decke über sich und Mariella gelegt, bevor sie selbst erschöpft eingeschlafen war. Nun schnarchte sie leise und zog dabei die Decke über ihre Schultern.

Mariella lief zum Fenster und unterdrückte das Schluchzen, als sie das glitzernde Blau des Meeres betrachtete. Verschwunden war die kleine Bucht San Julián, und mit ihr auch Juan, dessen lebloser Körper für immer in dieser menschenunwürdigen Einöde begraben sein würde. Ihr ganzer Körper schmerzte, die Brust war ihr eng, jeder Atemzug tat weh. Juan!

Wieso ausgerechnet er? Schon wieder liefen ihr die Tränen über die Wangen. Sie wollte nicht mehr an ihn denken, sie musste hier raus. Raus aus der Kammer und irgendetwas tun! Vielleicht hatte Antonio ja eine Arbeit für sie, die sie ablenken würde. Mit einem kurzen Blick auf Emi verließ sie schließlich die Kapitänskammer ihres Onkels und hielt erst einmal den Atem an, als ihr der eisige Wind die Haare aus dem Gesicht wehte. Trotz des Sonnenscheins fühlte sie keine Wärme, und so schlang sie die Arme schützend um den Körper, als sie die Stufen hinunter auf das Hauptdeck lief.

»Diesen Tag werde ich vermutlich für den Rest meines Lebens nicht mehr vergessen«, hörte sie plötzlich die Stimme von Frederico, einem jungen Seemann aus Italien, der gemeinsam mit einem anderen namens João oben auf dem Rahgebälk stand, um die Gordinge zu lockern – Taue, die am Rahsegel befestigt waren, um dieses reffen zu können. Inzwischen kannte auch sie die verschiedenen Begriffe der Seemannssprache und wusste, welche Kommandos wann durchgeführt wurden. Doch dies kümmerte sie im Moment herzlich wenig.

»Allerdings. Ich hätte dem Admiral niemals solch eine Entscheidung zugetraut«, antwortete João, während Mariella sich unter ihnen am Mast festhalten musste, um nicht vor lauter Verzweiflung zusammenzubrechen.

»Und dennoch bewundere ich ihn dafür. Wir haben wahrlich den besten Admiral, den es gibt.«

Mariella kämpfte gegen einen neuen Schwall Übelkeit an. Wie konnten sich die Männer nur darüber freuen, dass ihr Onkel einige der ihren zum Tode verurteilt hatte? Wie konnten sie nur so fröhlich darüber plaudern, als würden sie über das Wetter sprechen? Hatten diese Männer denn gar kein Mitgefühl? Empfanden sie überhaupt keinen Schmerz? Keine Abscheu?

»Señorita, Ihr seht so aus, als hättet Ihr gerade einen Geist erblickt. Ist alles in Ordnung?« Als hätte ihn ein Engel geschickt, stand plötzlich Antonio vor ihr und sah ihr prüfend ins Gesicht.

Mariella ergriff seine Hand und versuchte erst gar nicht, ihre Verzweiflung vor ihm zu verbergen. »Ich brauche etwas zu tun. Irgendeine Arbeit, um nicht den Verstand zu verlieren. Habt ihr etwas für mich?«

Antonio lächelte mitfühlend und bedeutete ihr, ihm zu folgen. »Eure erste Hinrichtung?«, fragte er wie nebenbei, und Mariella schluckte. *Die erste, bei der ein Mensch gestorben ist, den ich liebe,* dachte sie und schwieg. »Ich schenke Euch ein Gläschen ein, das hilft immer. Seht doch, wie schön es aussieht – endlich ist die Flotte wieder unterwegs!« Er deutete auf die anderen Schiffe, die in ihrem Windschatten mit aufgeblähten Segeln elegant durch das glitzernde Blau fuhren. Doch nicht einmal dieses anmutige Bild stimmte sie heiter. Sie presste die Lippen aufeinander, als sie zur Concepción hinübersah – und einen gellenden Schrei ausstieß.

»Señorita Alvaro? Was ist? *Meus Deus!* So sagt doch etwas!« Antonio rüttelte an ihren Schultern, doch Mariella starrte nach wie vor wortlos auf das Schiff hinter ihnen. Besser gesagt auf den Mann, der aufrecht neben Simon auf dem Bugkastell stand und aufs Wasser und die Wellen sah.

»Juan«, hauchte sie schließlich und schüttelte den Kopf. »Aber … das ist doch … Wie kann er …?«

Antonio folgte ihrem Blick. »Habt Ihr denn seine Begnadigung gar nicht miterlebt?«

Erst jetzt wandte Mariella den Kopf und blickte den Schiffskoch fragend an. Antonio lachte und bedeutete ihr erneut, ihm zu folgen. »Ich schenke uns ein, und dann erzähle ich Euch, was Ihr verpasst habt.«

So erfuhr Mariella, dass gleich nachdem Quesadas Urteil vollzogen worden war, Kapitän Mesquita vor Magellan getreten war und ihn um Gnade für Juan gebeten hatte. Er informierte den Generalkapitän darüber, welche Rolle Juan tatsächlich bei dieser Meuterei gespielt hatte und dass Magellan und er selbst vermutlich längst tot wären, hätte Juan nicht eingegriffen. Er drang daher auf dessen Begnadigung und innerhalb kürzester Zeit stand die gesamte Mannschaft der Concepción und die Hälfte der San Antonio hinter ihm.

»Dem Generalkapitän blieb gar keine andere Wahl, als diesen Glückspilz zu begnadigen. Statt ihn zu köpfen, degradierte er ihn nur von seiner Position als Schiffsmeister. Obwohl, wenn Ihr mich fragt, sieht mir das dort drüben nicht so aus, als wäre er jetzt nur noch ein einfacher Seemann«, schloss Antonio, und Mariella sah erneut fassungslos zur Concepción. Tatsächlich hielt Juan ein Fernrohr in den Händen und brüllte den Männern Befehle zu, die daraufhin nach den Schoten griffen.

»*Salud*, Mädchen.« Antonio stieß klirrend sein Glas an ihres, und Mariella blickte erschrocken auf. »Auf das Leben, auf unseren Admiral! Und darauf, dass wir bald die Passage zum Südmeer finden!«

Mariella fühlte sich, als wäre ihr eine zentnerschwere Last von den Schultern genommen worden. Tränen der Dankbarkeit strömten ihr über die Wangen, doch sie lächelte befreit. Juan lebte! Alles andere war plötzlich unwichtig. Mariella hob ihr Glas und lachte. »Auf das Leben!«

43.

Die anfängliche Freude der Männer über die wiederaufgenommene Fahrt war genauso schnell verebbt, wie sie gekommen war. Seitdem waren Wochen vergangen, und jeder einzelne Tag hatte mit dem Gefühl von Hunger und Hoffnungslosigkeit geendet. Weitere Stürme hatten den Schiffen zugesetzt, und trotz der Runderneuerung, die Magellan in San Julián befohlen hatte, kämpfte sich jedes einzelne Schiff verzweifelt durch die Wellen. Vor vier Wochen hatte Magellan schließlich die Santiago vorausgeschickt, um nach dem *Paso*, der Ost-West-Passage, zu suchen, während die anderen Schiffe weiterhin jede einzelne Bucht abklapperten. Doch die Santiago war nicht zurückgekehrt. Stattdessen waren vor einem Tag völlig zerlumpte und abgemagerte Männer an der Küste des Festlands aufgetaucht: die Besatzung der Santiago, deren Schiff im Sturm gekentert war.

Inzwischen spürte auch Mariella Magellans Verzweiflung. Immer öfter sah sie ihren Onkel mit eiserner Miene über den Dokumenten brüten, als wüsste er nicht mehr, was er tun sollte. Auch jetzt saß er vornübergebeugt am Tisch in der kleinen Kartenkammer und spielte gedankenverloren mit seinem Zirkel.

»Liebster Onkel, die Männer lassen fragen, ob Ihr nicht einen Dankgottesdienst an Land begehen möchtet. Dafür, dass alle Männer der Santiago überlebt haben?«

Mariella stand mit gebührendem Abstand vor ihrem Onkel. Sorge breitete sich in ihr aus, als sie seinen Gemütszustand erkannte.

»Wären sie gestorben, hätten wir jetzt zumindest dreiunddreißig Mäuler weniger zu stopfen«, murmelte Magellan in seinen Bart hinein, doch Mariella tat so, als hätte sie diese schrecklichen Worte nicht gehört.

»Wir haben heute einige Netze voller Fische gefangen. Den Großteil von ihnen haben wir ausgenommen, er muss nur noch gebraten oder geräuchert werden. Ihr müsst nur dazu aufrufen, zu ankern, Onkel.«

Magellan hob den Kopf auf und atmete tief durch. »Ich habe versagt, Mariella«, gab er zu und deutete auf die Seekarten vor sich. »Die Karten, die mir damals ausgehändigt wurden, entsprechen nicht der Realität. Es gibt keine Passage zum Südmeer. Was soll ich nur tun? Rufe ich jetzt zur Umkehr auf, wird mir das als persönliches Versagen angelastet und ich werde degradiert – im besten Fall. Fahren wir weiter, verhungern wir.« Er hielt inne und seufzte. »Ich habe auf ganzer Linie versagt und finde keine Lösung für dieses Dilemma.«

Mariella trat einen Schritt auf ihren Onkel zu und schenkte ihm ein mitleidiges Lächeln. Die Tatsache, dass er so offen mit ihr über seine Gefühle sprach, zeigte mehr als deutlich, wie schlecht es um sie stand.

»Genau aus diesem Grund sind ein Dankgottesdienst und eine Feier genau das, was wir jetzt alle brauchen. Zuversicht, Hoffnung und Glaube. Wäre die schöne Bucht dort vorn nicht ein geeigneter Platz, um eine Pause einzulegen?«

Magellan schüttelte den Kopf und betrachtete gleich Mariella das karge, felsige Festland mit den spitzen schneebedeckten Bergen im Hinterland. »Hübsch sagtest du? Auf mich wirkt das alles trostlos. Doch meinetwegen lass uns hier ankern. Gottes Beistand haben wir definitiv nötig.«

Kurze Zeit später stand Mariella mit Emi und Antonio auf dem steinigen Boden der Bucht und wies die Männer an, wohin sie Stühle und Bänke tragen sollten. Die Besatzung der Trinidad hatte die beiden Frauen inzwischen akzeptiert und folgte ohne Murren ihren Anweisungen.

»Wo sollen wir die Feuerstelle errichten, Señorita?«, fragte Antonio und blickte ratlos über das triste Land.

»Wenn wir sie in der Nähe der Bäume dort hinter den Felsen aufstellen, sind wir möglicherweise windgeschützt. Und außerdem weit genug von der Gebetsstätte entfernt.«

Antonio nickte kurz und schickte sogleich ein paar Männer los, Steine für einen Ofen zu suchen, damit sie die ausgenommenen Fische räuchern konnten. An diesem Abend sollte es ein Festmahl geben. Eine Feier, um die Hoffnung der Flotte und vor allem die Hoffnung ihres Onkels wieder neu aufleben zu lassen.

»Ich sehe mal, ob ich ein paar Kräuter finde. Wollt Ihr in der Zwischenzeit einen geeigneten Ort für die Feuerstelle markieren?« Emi watschelte in ihrem typischen Gang über die Felsen und rieb jedes einzelne Gras zwischen den Fingern, um anschließend daran zu riechen. Mariella grinste. »Ich hoffe, deine Kräuter werden uns am Ende nicht vergiften.«

Emi zwinkerte ihr zu und kicherte leise. »Wenn uns etwas vergiftet, dann ist es der grauenvoll durchlöcherte Schiffszwieback.«

Mariella lachte zustimmend und lief dann ein Stück ins Landesinnere, um sowohl den Platz für die gewünschte Kochstelle als auch für den Räucherofen zu markieren. Dazu riss sie die Zweige dürrer Sträucher ab und legte sie als Markierung auf die jeweilige Fläche, deren Grasbewuchs sie zuvor mit den Füßen platt getrampelt hatte. Zwischendurch zupfte aber auch sie ein paar Blätter ab, um daran zu riechen. Denn über das Land wehte ein süßlicher Duft, den sie nicht kannte.

»Señorita? Ich soll den Räucherofen aufbauen.«

Die Stimme löste den ihr bereits vertrauten Schauer aus, und Mariella erstarrte mitten in der Bewegung. Juan.

Seitdem ihr Onkel ihn begnadigt hatte, war sie ihm nicht mehr begegnet. Doch nun musste er direkt hinter ihr stehen und ließ sie ein wahres Wechselbad der Gefühle erleben: Dankbarkeit, Liebe, Sehnsucht, aber auch Wut und Enttäuschung, und Mariella wusste beim besten Willen nicht, wie sie ihm begegnen sollte.

»Señorita? Bitte, es wird allmählich schwer.«

Mariella drehte sich um und lächelte schwach, als sie die vielen Steine sah, die Juan trug. »Hier ist eine gute Stelle. Vielen Dank«, antwortete sie knapp und widmete sich wieder dem Boden unter ihren Füßen. Doch plötzlich sah sie einen dunklen Schatten vor sich und spürte Juans Nähe. Vorsichtig hob sie den Kopf.

»Kann ich kurz mit Euch sprechen?«

Mariella presste die Lippen aufeinander. »Ich wüsste nicht, worüber.«

Juan trat noch einen Schritt näher. »Ich möchte Euch um Verzeihung bitten.«

»Warum?« Mariella spürte Tränen in ihren Augen, doch sie ignorierte sie ebenso wie ihren schnellen Herzschlag. »Dafür, dass Ihr beinahe meinen Onkel getötet hättet? Oder dafür, dass Ihr mir den schlimmsten Schmerz meines Lebens zugefügt habt? Wollt Ihr Euch dafür entschuldigen, dass Ihr mein Herz zuerst gestohlen und anschließend in Stücke gerissen habt? Denn wenn die Antwort auf eine dieser Fragen Ja lautet, so sage ich Euch: Ich nehme Eure Entschuldigung nicht an! Habt Ihr gehört?«

Juan ergriff ihre Hand und zog sie in den Schatten der Bäume. »Was kann ich tun, damit Ihr mir vergebt? Mariella, ich flehe Euch an – wenn Ihr wüsstet, warum ich damals …«

»Tut das nie wieder«, unterbrach sie ihn und wischte sich unbeholfen die Tränen von den Wangen. »Versprecht es. Denn ich überlebe es kein zweites Mal, um Euer Leben bangen zu müssen und Euren Tod zu betrauern.«

Juan sah sie einen Moment lang fassungslos an, dann lachte er leise, während er sich mit den Händen durch die dunklen

Locken fuhr. »Bei all dem, was ich getan habe, soll ich Euch nur versprechen, nicht zu sterben?«

Mariella erwiderte sein Lächeln und schlang dann beide Arme um seinen Nacken an. »Ja.«

»*Cielos!*«, stöhnte er, dann zog er sie weiter in den Wald hinein und ergriff ihr Gesicht mit beiden Händen. »Es wird nicht einfacher für mich zu überleben, Mariella. Nicht so«, erklärte er und küsste sie leidenschaftlich.

Als sie sich endlich voneinander lösten, blickte sich Juan atemlos in alle Richtungen um. Er öffnete den Mund, doch Mariella kam ihm zuvor.

»Wage es ja nicht, dich ein zweites Mal für einen Kuss zu entschuldigen.«

Juan schüttelte lächelnd den Kopf. »Du raubst mir wirklich noch den Verstand, *sirena*.«

Mariella hob erstaunt die Augenbrauen. »Du bezeichnest mich als Meerjungfrau?«

»Das tue ich. Ein zauberhaftes Wesen, das Seefahrer schon seit Anbeginn der Zeit in seinen Bann gezogen hat. Wunderschön und faszinierend«, antwortete er, während er ihr eine Haarsträhne hinters Ohr schob.

»Zudem ein Wesen, das Seefahrer tötet«, ergänzte Mariella und verzog das Gesicht, doch Juan grinste breit.

»Nun, auch das trifft zu. Denn ein Kuss von dir kann in der Tat tödlich enden.« Er seufzte leise, neigte den Kopf und legte seine Stirn an die ihre. Für einige Augenblicke genossen sie die Stille zwischen ihnen, die so viel mehr ausdrückte als Worte. Dann trat Juan einen Schritt zurück. »Ich sollte jetzt den Ofen aufbauen.« Er nahm ihre Hand und hauchte einen zärtlichen Kuss darauf. »Ich freue mich auf ein Wiedersehen, Sirena.« Dann lief er zurück zu den anderen Männern, um die restlichen Steine für den Räucherofen zu holen.

Mariella lehnte sich an einen Baumstamm und atmete tief durch. Sie schmeckte noch immer den Kuss auf ihren Lippen und fasste sich gedankenverloren an den Mund. *Genauso muss sich der Himmel anfühlen,* dachte sie und lächelte selig.

»Ihr solltet auf der Hut sein, Señorita«, unterbrach plötzlich eine tiefe Stimme die Stille, und Mariella fuhr erschrocken auf, als sie Antonio erkannte. »Denn ich bezweifle, dass der Generalkapitän ihn ein zweites Mal begnadigen wird.«

»Antonio …« Mariellas Stimme zitterte, doch der Koch der Trinidad winkte ab und zwinkerte ihr zu.

»Ich habe nichts gesehen und nichts gehört.« Er trat aus dem Baumschatten hervor und legte die zuvor als Feuerholz gesammelten dürren Äste auf der markierten Stelle ab. Anschließend sah er hinab in die Bucht zu den anderen Männern. »Dennoch solltet Ihr in Zukunft vorsichtiger sein, wenn Ihr nicht wollt, dass Euer Name zum Programm wird, *sirena*«, wiederholte er zu Mariellas Schrecken Juans Bezeichnung für sie. »Es wäre äußerst schade um ihn. Und nun kommt, ich benötige Eure Hilfe bei der Zubereitung der Fische.«

44.

M ariella, bitte lasst uns das Angebot Eures Onkels annehmen und unter Deck gehen. Ich habe Angst.«

Mariella stand schon seit Stunden regungslos an einem der kleinen Fenster ihrer Kajüte und blickte starr aufs Meer hinaus. Besser gesagt auf die tosenden Wellen und die Blitze, die sich in den türmenden Wolken entluden. Es war ein schrecklicher und furchteinflößender Anblick. Der Regen peitschte gefährlich gegen die Beplankung, während der Wind sein Lied dazu pfiff. Doch Mariella bewegte sich nicht. Nicht, weil sie im Gegensatz zu Emi keine Angst verspürte, sondern vielmehr, weil ihr die Angst sämtliche Gliedmaßen eingefroren hatte.

Nach dem gelungenen Dankesfest vor einigen Tagen hatten die Männer genau wie ihr Onkel die Kraft geschöpft, die notwendig gewesen war, um die Reise fortzusetzen. Der Glaube, eine Passage zu finden, war erneut aufgeflammt, und die Männer hatten mit einer bis dahin ungeahnten Intensität nach ihr gesucht. Sogar an diesem Tag, der seit dem Morgengrauen schreckliche Stürme versprach, waren die Concepción und die San Antonio in eine Flussmündung aufgebrochen, um zu erkunden, ob es sich hierbei vielleicht um den *Paso* handelte. Doch nun tobte der Sturm immer stärker, und Mariella konnte an nichts anderes mehr denken als an die enge Flussmündung und die vielen spitzen Felsen, die an seinem Ufer aus dem Wasser ragten. Juan musste das Schiff bei diesem unberechenbaren Wellengang durch ein lebensbedrohliches Labyrinth manövrieren. Ein Ding der Unmöglichkeit.

»Mariella, kommt bitte!«, drängte Emi sie, gerade als Mariella im Fensterausschnitt ihrer Kammer sah, wie ein Blitz den Himmel für wenige Sekunden erhellte und beim Anblick der riesigen Wolkenberge schluckte. Als wäre der Teufel persönlich aus der Hölle gestiegen, um sich vor ihnen aufzutürmen. Ein Donner grollte, und das Schiff schwankte auf und ab. »Bitte, wir müssen endlich gehen!«, flehte Emi sie mittlerweile geradezu an und zupfte an der Decke, die Mariella sich über die Schultern gelegt hatte.

Ein letztes Mal blickte sie noch zum Fenster hinaus, in der Hoffnung, am Horizont ein kleines Licht, ein Lebenszeichen von Juan und seinem Schiff zu entdecken, dann drehte sie sich um.

»In Ordnung.«

Doch kaum hatten sie die Tür ihrer Kammer geöffnet, als der eisige Wind diese auch schon so heftig gegen die Vertäfelung schlug, dass sie beinahe aus den Angeln gehoben wurde. Mariella zog die Decke über ihren Kopf und ergriff Emis Hand.

Nur mit Müh und Not erreichten sie die Stufen zum Hauptdeck, als erneut ein Blitz den Himmel in ein bizarres Kunstwerk verwandelte.

»Señorita! Warum kommt Ihr denn erst jetzt? Schnell, Ihr müsst schleunigst nach unten!«, schrie Estevão Gomez, der Steuermann der Trinidad, kaum dass er sie entdeckt hatte. Doch eine Welle brachte das gesamte Schiff in eine gefährliche Schräglage, und Mariella sah, wie Gómez mit aller Kraft den Kolderstock herumriss, während sie selbst und Emi sich mit beiden Händen am Handlauf der Treppe festhielten.

»*Meus Deus!* Wir werden alle sterben!«, schrie Emi hinter ihr und starrte wie Mariella auf die sich vor ihnen aufbauende Welle. Der Hauptmast der Trinidad ächzte gefährlich, während sich ihr Bug immer steiler aufrichtete. Gleich darauf raste das Schiff in das Wellental hinab. An Steuerbord und Backbord wurde alles, was nicht festgezurrt worden war, mit Wucht über die Reling geschwemmt.

»Lauft! Bevor die nächste Welle kommt!«, schrie Gomez ihnen zu, und Mariella reagierte sofort und eilte mit Emi die

Stufen hinunter aufs Hauptdeck, wo sie energisch gegen die geschlossene Luke des Abgangs klopfte, damit sie eingelassen wurden. Schon wieder blitzte es, und die beiden Frauen zuckten zusammen, als der gesamte Mast plötzlich zu leuchten begann.

»Das ist ein gutes Zeichen, Mariella! Gott ist nahe!«, rief Emi glücklich, doch Mariella beachtete das blaue unwirkliche Licht gar nicht, sondern trommelte weiter gegen die Luke.

»Hallo!? Lasst uns ein! Hallo!?«

Endlich öffnete sich die Luke, und Enrique spitzelte vorsichtig heraus. Als er die durchnässten Frauen sah, rief er energisch nach Magellan und sofort halfen mehrere Hände dabei, die beiden in die Sicherheit des Schiffsbauchs zu befördern.

Nachdem sich Mariellas Onkel von ihrem und Emis Wohlsein überzeugt hatte, baute er sich vor ihr auf und schrie sie an. »Wieso kommt ihr jetzt erst? Ich sagte doch, dass ich, bevor der Sturm beginnt, alle unter Deck in Sicherheit wissen will! Verflucht! Weißt du denn immer noch nicht, wie gefährlich es bei Sturm da draußen ist?«

Mariella blickte zu Emi, die sich zitternd an Ort und Stelle auf den Boden fallen ließ, und biss sich auf die Unterlippe. »Verzeiht mir, Onkel. Das Gewitter kam schneller als gedacht.«

Magellan murmelte etwas Unverständliches vor sich hin und machte sich dann daran, die Stufen zum Deck hinaufzusteigen.

»Ich muss Gómez unterstützen«, brummte er.

Einen Augenblick später war schon wieder ein ohrenbetäubender Donner zu hören, und Mariella zuckte zusammen.

Antonio kam auf sie zu und legte ihr und Emi eine trockene Decke über die Schultern. »Kommt mit zu uns. Ein paar Lieder werden Euch gewiss ablenken.«

Bevor sie reagieren konnte, schwankte das Schiff nach

links, und Mariella fiel direkt in Danieles Arme, der sogleich die Arme um sie legte.

»Na, wenn das kein Zufall ist«, raunte er in ihr Ohr, doch Mariella krallte ihre Fingernägel schmerzhaft in seine Unterarme, worauf Daniele sie mit einem Brüllen sofort losließ.

»Frauen bringen Unglück, habt Ihr das vergessen?«, fragte sie spitz und grinste ihn frech an, als sie sah, wie er sich die Arme rieb.

Als sie bei Antonio und dessen Freunden ankam, setzte sie sich zu ihnen auf den Boden und blickte gedankenverloren vor sich hin. Die Männer sangen Volks- und Trinklieder aus der Heimat, doch sie konnte sich auf kein einziges konzentrieren. Immer wieder wanderten ihre Gedanken zu Juan.

»Was betrübt Euch?«, fragte Frederico, der sie mit freundlichen Augen ansah.

Mariella seufzte. »Denkt Ihr, die Concepción und die San Antonio überstehen diesen Sturm?«

Frederico schürzte die Lippen und zuckte zusammen, als ein weiterer ohrenbetäubender Donner ertönte.

»Habt Ihr die Felsen am Ufer gesehen, Signorina? Selbst ohne Sturm ist der Weg durch den Fluss hindurch nur für geübte Navigatoren zu schaffen. Und wer weiß, wie tief das Wasser dort ist. Da reicht ein einziges falsches Kommando, und es macht Krack! Doch so …«, ließ er seinen Satz unvollendet, und Mariella wurde übel.

»Betet lieber, dass wir diesen Sturm überleben«, murmelte Emi mit zittriger Stimme, nachdem der nächste Donner verhallt war.

»Ahhh, hört sofort auf, Trübsal zu blasen! Alle beide! Wisst Ihr nicht, dass das Unglück bringt? Los! Singt mit uns, Ihr habt bestimmt eine wunderschöne Singstimme! Singt uns ein Lied aus Eurer Heimat, Signorina.«

Frederico schenkte ihnen ein schiefes Lächeln und entblößte dabei eine breite Zahnlücke zwischen den Schneidezähnen.

Mariella betrachtete sein junges, sommersprossiges Gesicht und atmete tief durch.

»Na schön.« Sie schloss die Augen und begann mit leiser Stimme zu singen, von den Weinbergen, den Flüssen und Seen zu Hause in ihrer Heimat. Ihre Mutter hatte es zu ihren Lebzeiten immerzu gesungen. Hand in Hand, wenn sie über die Felder sprangen, oder wenn sie in der Backstube bei Emi saßen – ihrer Mutter war immer ein passendes Lied eingefallen. Was würde sie nur sagen, wenn sie Mariella in diesem Moment sehen könnte? Inmitten von Männern auf einem kleinen Segelschiff, das hilflos auf den Wellen trieb? Wäre sie stolz auf sie? Oder über alle Maßen enttäuscht? Wie hätte sie reagiert, wenn sie von Juan wüsste? Würde sie ihn verurteilen oder genauso lieben, wie es Mariella tat?

Tränen liefen ihr über die Wangen, während sie sang, und erst, als sie innehielt, bemerkte sie die ergriffene Stimmung unter Deck. Einige Männer weinten leise, andere blickten sehnsuchtsvoll ins Nichts. Frederico hingegen klatschte freudig Beifall.

»*Bellissimo!* Ihr habt mein Herz zutiefst berührt, Signorina.«

Auch Emi schniefte leise und hatte Mariellas Hand ergriffen. »Eure Mutter wäre so stolz auf Euch«, erklärte sie mit zittriger Stimme, als wüsste sie, dass Mariella beim Singen an diese gedacht hatte.

Plötzlich knallte es, und alle zuckten erschrocken zusammen.

»Was war denn das?«, murmelte Antonio, während Emi sich bekreuzigte und das Vaterunser betete. Schon wieder hörten sie einen Knall, und die Männer der Trinidad liefen aufgeregt zur Treppe, um so schnell wie möglich an Deck zu gelangen, zumal der Sturm inzwischen ein wenig nachgelassen hatte.

»Das waren, glaube ich, Kanonenschüsse«, murmelte einer von ihnen.

»Werden wir etwa angegriffen?«

»*Cielos!* Gott, steh uns bei!«

»In diesem Sturm? Unwahrscheinlich.«

»Vielleicht hat eines der Schiffe die gekenterten Reste der Concepción oder der San Antonio gefunden!«

Alle sprachen gleichzeitig, und auch Mariella kämpfte sich jetzt trotz des ständigen Auf und Ab der Trinidad auf die Beine. Schon wieder ertönten Kanonenschüsse, doch diesmal wurden sie von Salutschüssen einiger Schusswaffen begleitet. Immer und immer wieder knallte es, und Mariella folgte den Männern neugierig hinauf aufs Deck, wo sie plötzlich Jubelrufe aus sämtlichen Richtungen hörte.

»Was …?«, begann sie und ergriff Antonios Hand.

»Seht Ihr sie? Señorita? Ist denn das zu fassen? Gott sei gepriesen!«

Mariella folgte Antonios Blick, und ein Stein fiel ihr vom Herzen, als sie zwei immer größer werdende Schiffe am Horizont erkannte.

»Die San Antonio! Und dort – die Concepción!«, rief sie freudig und lief an die Reling.

»Mariella! Mariella, hörst du, wie sie schreien? Oh, *minha beleza*, Gott ist wahrhaftig und gütig!« Magellan kam ihr in triefend nasser Kleidung entgegen und nahm sie dennoch schwungvoll in den Arm und drehte sie im Kreis herum. »Hörst du es? Oh, ich kann es nicht fassen! Gott hat uns erhört!«

Erst jetzt konzentrierte sich Mariella auf die Jubelrufe der Männer und konnte es kaum glauben. »Nein … das ist doch …«, stammelte sie, denn es gab ein Wort, das sie nun trotz der Salutschüsse klar und deutlich heraushörte. Und das war das Wort »*Paso*«.

Sie hatten die Ost-West-Passage gefunden.

45.

K einer der Männer hatte noch trockene Kleidung, außerdem herrschten eisige Temperaturen. Dennoch tanzten und lachten die Männer der Flotte so laut wie nie zuvor. Sie hatten ein riesiges Lagerfeuer entzündet und feierten, als gäbe es kein Morgen.

Wegen des Sturms hatten die beiden Schiffe nicht mehr umkehren können, sondern sich weiter ins verzweigte Innere der Meerenges treiben lassen müssen. Wodurch sie unwissentlich und den Umständen geschuldet die Passage zum Südmeer gefunden hatten. Die Fahrt durch dieses Labyrinth aus spitzen Felsen war nicht einfach gewesen. Doch mit zeitweilig aufwendigen und gewagten Segelmanövern hatten Juan und Andrés de San Martín von der San Antonio die Schiffe sicher durch dieses hindurchgesteuert.

Mariella hatte sich bei Emi eingehakt und tanzte gemeinsam mit ihr und Enrique um die lodernden Flammen des Feuers. »Ist das nicht herrlich? In nur wenigen Tagen erreichen wir endlich das Paradies! Enrique, erzähle uns davon. Freust du dich, deine Heimat wiederzusehen?«

Enriques Augen begannen augenblicklich zu leuchten. »Ich verließ mein Zuhause als kleines Kind und komme zurück als Mann. Ja, Señorita – ich freue mich sehr darauf, meine Mutter, meinen Vater und die restliche Familie zu sehen.«

Mariella ergriff seine Hand und drückte sie fest, nachdem er sich in einem vermeintlich unbeobachteten Moment Tränen aus den Augenwinkeln gewischt hatte.

»Ich glaube, ich muss mich kurz setzen. Meine Beine benötigen eine Pause«, meinte Emi da auf einmal unvermittelt. »Enrique, wärst du wohl so nett, mich dort hinüber zu geleiten?« Der verbeugte sich tief vor ihr und verließ dann mit ihr gemeinsam das knisternde Feuer. Mariella blieb allein zurück, hörte aber keine Sekunde später Juans Stimme in ihrem Rücken und fuhr erschrocken auf.

»Du hast eine wundervolle Zofe, weißt du das? Sie weiß genau, wann der richtige Zeitpunkt gekommen ist, um sich unauffällig zurückzuziehen.«

Mariella verkniff sich ein Lachen, während sie sich mit klopfendem Herzen zu ihm drehte.

»Ihr habt es also tatsächlich geschafft. Juan …«

Doch Juan ließ sie nicht ausreden, sondern gab ihr ein Zeichen, ihm zeitlich versetzt zu folgen.

Kurze Zeit später standen sie hinter einer Felswand, wo sie von der Dunkelheit der Nacht verschluckt wurden. Noch bevor sie ein Wort sagen konnte, fand sie sich in Juans Armen wieder.

»Sirena«, hauchte er und küsste sie. Mariella stöhnte und legte die Hände auf seine Brust. Sie spürte den wilden Herzschlag darunter und die Hitze, die sein Körper trotz der herrschenden Kälte ausstrahlte. Juan ergriff ihre Hand und führte sie behutsam unter sein Leinenhemd und über die festen Bauchmuskeln zu seinem Herz.

»Es gehört dir, Sirena. Mein Herz. Vergiss das nie.«

Mariella schluckte und hob den Kopf. Aufgrund der Dunkelheit konnte sie seine Gesichtszüge nicht erkennen. Doch sie hörte den traurigen Tonfall seiner Stimme.

»Wieso klingen deine Worte wie ein Abschied aus deinem Mund?«

Juan seufzte und küsste sie auf die Wangen. »Magellans Vetter, Kapitän Mesquita, und seine Mannschaft werden noch heute im Schutz der Nacht desertieren. Und ich möchte, dass du ihn begleitest.«

Mariella war, als hätte er sie geohrfeigt, und sie keuchte auf.

»Ich habe ihn bereits darum gebeten, dich mitzunehmen,

und er ist einverstanden. Du kannst ihm vertrauen, du wirst bei ihm in Sicherheit sein.«

Mariella riss sich von ihm los und schüttelte den Kopf. »Du willst, dass ich meinen Onkel verrate und ohne seinen und deinen Schutz zurück nach Portugal segle? Ist das deine Auffassung von Liebe?« Sie schloss die Augen und drehte sich schon um, um zurück zu den anderen zu eilen, als Juan sie an beiden Armen ergriff und festhielt.

»Bitte hör mich an, Mariella! Diese Reise ist gefährlich. Dein Onkel mag sich sicher fühlen, dass wir in wenigen Tagen die Molukken erreichen, doch niemand hat zuvor das Südmeer auf diesem Weg befahren. Keiner weiß, ob es dazwischen noch andere Länder oder gar weitere Meere gibt. Ich weiß nicht, ob wir diese Reise überleben werden.«

»Wenn es wirklich so gefährlich ist, wieso macht ihr euch dann nicht alle auf und davon? Juan, weißt du eigentlich, was du da sagst und von mir verlangst? Wie könnte ich euch denn in dem Wissen verlassen, dass ihr alle euer Leben verliert?«

Juan führte ihre Hände an sein Gesicht und küsste sanft ihre Handflächen, bevor er weitersprach. »Bitte, Sirena. Ich bitte dich, kehr um. Fahr nach Hause, zu deiner Familie. Die Reise ist nichts für eine …«

Ruckartig riss sich Mariella los. »Wag es ja nicht, Juan! Wenn du noch ein einziges Mal mein weibliches Geschlecht als Grund dafür nennst, dass ich etwas nicht kann oder darf, mache ich auf dem Absatz kehrt und spreche kein Wort mehr mit dir!« Mariella achtete inzwischen nicht mehr auf die Lautstärke ihrer Stimme. Allein der Gedanke, zurück nach Portugal, zu ihrem Vater und ihrem Verlobten Alberto zurückzukehren, löste Übelkeit in ihr aus. Wut und Enttäuschung drohten, sie zu überwältigen. Nie im Leben würde sie freiwillig diese Reise beenden.

»Ich habe Angst um dich, Mariella.« Juans Stimme war nicht mehr als ein Flüstern. »Ich will dich nicht verlieren.«

Mariella schüttelte den Kopf. »Du verlierst mich, wenn du noch einmal versuchst, mich von hier wegzuschicken.« Sie deutete auf die tiefschwarze Umgebung um sich herum, obwohl sie damit so viel mehr meinte. »Denn dies ist mein Leben, Juan. Ich werde meinen Onkel begleiten, mit oder ohne deine Zustimmung.« Sie atmete tief durch und drehte sich schließlich um. »Emi und Enrique suchen mich gewiss schon.« Mit diesen Worten ließ sie Juan in der Dunkelheit zurück und gesellte sich wieder zu den anderen ans Feuer.

46.

B ist du bereit, Mariella?«
Der eisige Wind fuhr ihr durch das Haar, doch Mariella genoss es, wie er mit ihren Locken spielte, und atmete tief durch. Dann lächelte sie ihren Onkel an.

»Ja, das bin ich. Ich freue mich auf das Südmeer.«

Magellan legte beide Hände auf ihre Schulter und lachte laut und kehlig auf. »Es wird dir gefallen, glaube mir. Na dann los, blase in das Horn zum Aufbruch.«

Mariella hielt den Atem an und betrachtete das einfache, aber doch bedeutsame Instrument. Dann blies sie, so fest sie konnte, hinein, worauf ein lauter, hoher Ton erklang.

»Segel los!«, schrie Magellan kurz darauf, und Mariella beobachtete, wie sich kurze Zeit später die Segel majestätisch aufblähten. Sie ging zur Reling und betrachtete das felsige Ufer, das an ihnen vorüberzog. Trotz der Kargheit und Kälte war das Land wunderschön, aber Mariella freute sich noch mehr auf das, was bald folgen würde.

Das Paradies auf Erden. Traumhafte Inseln, Früchte und Gewürze, soweit das Auge sehen konnte, und endlich wärmende Sonnenstrahlen.

Bald, bald hätten sie ihr Ziel erreicht.

TEIL 2

GEFAHR DER STILLE

1.

5. Januar 1521, Pacífico

Mariellas Magen zog sich schmerzhaft zusammen, und sie biss die Zähne zusammen. Es ging doch nur um einen Schluck, den sie doch wohl noch schaffen würde! Aber ihr Körper weigerte sich, die stinkende Dreckbrühe, die man beim besten Willen nicht mehr als »Wasser« bezeichnen konnte, zu trinken. Mariella seufzte. Sie wusste, dass sie die wenigen Schlucke, die ihr am Tag zustanden, zu sich nehmen musste. Sie musste die Krämpfe und den Würgereiz überwinden, wenn sie weiterleben wollte. Zu viele Männer waren bereits gestorben, weil sie auch noch den letzten Schluck Wasser erbrochen hatten. Also atmete sie tief durch und trank.

Es schmeckte grauenvoll. Mariella versuchte, nicht daran zu denken, dass Nicolas an diesem Morgen zwei tote Ratten aus dem stinkenden Fass gefischt hatte. Auch verdrängte sie die Tatsache, dass sie eine dieser Ratten im Feuer gebraten und gemeinsam mit Antonio und Emi gegessen hatte.

»*Aj Jesus!* Ich kann nicht mehr!«, stöhnte Mariella und kämpfte gegen den Drang an, sich zu übergeben. Sie krümmte sich auf den Planken des Oberdecks und zwang sich, ruhig zu atmen. Dann rappelte sie sich auf und reichte den Becher an Emi weiter.

»Du bist an der Reihe. Trink!«

Ihre einstige Haushälterin hatte in den letzten Wochen beinahe die Hälfte ihres Gewichts verloren und kauerte wie ein Häufchen Elend an der Reling, während ihr Blick starr auf den unendlichen Ozean gerichtet war. In welche Richtung sie auch sahen, überall glitzerte das friedliche und todbringende Blau des Meeres.

»Nein, Mariella. Ich kann das nicht mehr trinken. Es tut

mir leid.« Emis Stimme klang kraftlos, und sie sackte noch mehr in sich zusammen. Als hätten ihr diese Worte die letzten Kraftreserven geraubt.

»Doch, du kannst. Außerdem hast du versprochen, bei mir zu bleiben, vergiss das nicht. Emi!«

Jeden einzelnen Tag wiederholte Mariella diese Bitte, sie kämpfte um das Leben ihrer Freundin, obwohl sie sich selbst kaum mehr auf den Beinen halten konnte, seitdem sie in dieser Hölle von Meer gelandet waren. Schon die Fahrt durch die Passage hatte mit allen Schiffen zusammen viel länger gedauert, als sie gedacht hatten. Ständig hatten sie auf bessere Windbedingungen warten müssen, um nicht auf einem der spitzen Felsen aufzulaufen und zu kentern. Inzwischen wusste sie nicht einmal mehr, seit wie vielen Tagen sie bereits über dieses nicht enden wollende Meer trieben. Kein Wind blähte die Segel und die anfangs noch heiß ersehnte Sonne brannte seit Wochen jeden Tag unbarmherzig auf ihre Häupter.

Mariella hatte sich schon oft gefragt, ob es ihnen anders ergangen wäre, hätte sie ihrem Onkel vom Fluchtplan der San Antonio erzählt. Denn mit dem größten Schiff der Flotte war auch eine große Menge Proviant verschwunden, der vielleicht das ein oder andere Leben hätte retten können. Von den mitgebrachten Hühnern, Papageien und anderen Tieren lebte schon lange kein einziges mehr. Ratten waren seit geraumer Zeit die einzige Fleischquelle, und selbst diese waren nur noch selten zu finden.

In den grauenvollsten Momenten fragte sie sich zudem, ob es nicht besser gewesen wäre, Juans Vorschlag anzunehmen. Dann würde Emi jetzt nicht in Lebensgefahr schweben, sondern womöglich bereits zu Hause in ihrer Heimat sein, die sie nur wegen ihr verlassen hatte. Das Gefühl der Schuld lastete schwer auf ihr und sie presste die Lippen aufeinander.

»Bitte, Emi, du darfst mich nicht verlassen. Ich würde das nicht überleben«, flehte sie leise und hielt ihr mit rissigen und schwieligen Fingern den Becher an die aufgeplatzten Lippen.

»Nein. Bitte, nein!«, stöhnte diese, doch Mariella ließ erst von ihr ab, als sie sah, dass Emi tatsächlich trank.

»So ist es gut. Wir schaffen das, hörst du? Wir entkommen dieser Hölle, und zwar lebend!«

Nachdem sie den Becher an Antonio weitergereicht hatte, erhob sie sich mit zittrigen Beinen, um sich ihrer Tagesaufgabe zu widmen. Vorsichtig öffnete sie die Luke und schwankte die Stufen, die unter Deck führten, hinab. Denn dort warteten die Kranken auf sie. Die, die nicht einmal mehr in der Lage waren, nach oben zu steigen.

Ein Luftschwall von Unrat und Schweiß stieg ihr in die Nase, während sie sich mit gebückter Haltung den stöhnenden Männern näherte, und Mariella presste die Lippen fest zusammen und atmete möglichst flach, um ihren rebellierenden Magen zu beruhigen.

»Guten Morgen, Frederico. Na, wie geht es dir heute?«, fragte sie freundlich und kniete sich auf den Boden neben dem jungen Italiener, der ihr trotz seines schlechten Zustands zuzwinkerte.

»Es geht mir immer gut, wenn Ihr in meine Nähe kommt, Signorina.«

Sie ergriff sein rechtes Bein und begann, es vorsichtig zu bewegen. Der Wundarzt der Trinidad hatte ihr in einfachen Worten erklärt, was es mit Skorbut, einer von allen Seefahrern gefürchteten Krankheit, auf sich hatte, und was sie tun konnte, um den Betroffenen ein wenig Linderung zu verschaffen. Zu Beginn der Krankheit blutete meist das Zahnfleisch der Erkrankten, es folgten Müdigkeit und Erschöpfung, Durchfall, Infektionen und Muskelschwund, der dazu führte, dass die Gliedmaßen kaum noch bewegt werden konnten. Und wenn, dann nur unter großen Schmerzen. Mariella hatte in den letzten Wochen so viele starke Männer weinen gesehen, dass sie jeden Morgen ein Dankgebet sprach, weil sie selbst bisher von dieser Krankheit verschont geblieben war. »Bist du heute schon ein paar Schritte gelaufen?«

Frederico stöhnte leise, als sie seinen Unterschenkel knetete. »Ach, Signorina, wozu? Es hat ja doch keinen Zweck, es zu versuchen.« Er drehte den Kopf zur Seite, und Mariella sah, dass er weinte. Sofort ließ sie von seinem Bein ab und beugte sich über ihn.

»Du darfst nicht aufgeben, hörst du? Wir brauchen dich doch.«

Doch er schluchzte nur leise auf.

»Was ist denn los?«, fragte sie weiter.

Er öffnete die Augen, und sie erkannte eine tiefe Traurigkeit darin. »Wisst Ihr, ich bin noch nie in meinem Leben bei einem Mädchen gelegen. Ich weiß nicht, wie es sich anfühlt, eines zu küssen. Wie sich warme, zarte Lippen anfühlen … Und nun … nun liege ich hier und warte auf den Tod. In dem Wissen, es niemals zu erleben.« Er schniefte laut und fuhr sich mit zittrigen Fingern durch das verfilzte, schwarze Haar. »Es tut mir leid. Ich sollte mit Euch nicht darüber … verzeiht mir«, stotterte er, doch Mariella lächelte ihn freundlich an.

»Hör mir zu – du wirst nicht sterben, ohne ein Mädchen geküsst zu haben. Das verspreche ich dir. Denn du wirst das alles überleben. Du bist stark, Frederico, du musst nur daran glauben.«

Doch der Schiffsjunge antwortete ihr nicht mehr, sondern hatte die Augen geschlossen und dämmerte bereits wieder vor sich hin.

Enrique kam Mariella mit einem Kopfnicken entgegen, als sie sich erhob. Sie beide versuchten, dem Wundarzt der Trinidad, so gut es ging, zu helfen, und hatten sich die Kranken untereinander aufgeteilt.

»Schon fertig?«, murmelte sie müde. Enrique blieb stehen. »Soll ich Euch helfen?«, fragte er.

»Nein, nein. Schon gut. Du benötigst deine Verschnauf-
pausen, Enrique.« Sie winkte ihm zum Abschied und kniete
sich dann neben den nächsten Seemann. Kraftlos wischte sie
sich den Schweiß von der Stirn. »Guten Morgen, Antón. Habt
Ihr gut geschlafen? Wie geht es Euch?«

2.

Ein paar Stunden später lehnte sie erschöpft neben Emi an der Reling und sah auf das Wasser. Das schreckliche, niemals enden wollende Meer.

Seit sie die Passage zum Südmeer, oder *Pacífico*, wie Magellan das friedliche Meer getauft hatte, verlassen hatten, waren drei Männer der Trinidad gestorben, und von den täglichen Appellen, die ihr Onkel immer noch abhalten ließ, wusste sie, dass es auf den anderen Schiffen ähnlich aussah. Sie selbst versuchte den Kranken, so gut es ging, zu helfen, dennoch fühlte sie sich mehr als hilflos. Wenn sie doch nur endlich Land erreichen würden! Land mit frischem Wasser und etwas zu essen! Dann könnten sie die Kranken besser versorgen. Sie könnten aufatmen und sich erholen. Und sie selbst könnte endlich wieder mit Juan sprechen. So viel Ungesagtes lag zwischen ihnen. Wie gerne hätte sie sich für ihre harschen Worte entschuldigt, die sie ihm zuletzt an den Kopf geworfen hatte.

Dass Juan lebte, wusste sie. Er und Emi waren der Grund, warum sie sich jeden Morgen aus dem Bett kämpfte und zu überleben versuchte. Sie hatte es sich zur Gewohnheit gemacht, täglich nach Sonnenaufgang mit dem Fernrohr, das an der Reling befestigt war, zur Concepción und zu Juan hinüberzublicken. Sein Gesicht zu sehen und zu wissen, dass er lebte, gab ihr die Kraft, weiterzukämpfen.

»Mariella! Wieso liegst du in der prallen Sonne? Du musst in den Schatten!«

Ihr Onkel humpelte die Stufen des Heckkastells hinunter und blieb vor ihr stehen. Seine Stimme donnerte längst nicht mehr wie früher über das Deck. Mariella hob den Kopf und betrachtete Magellans eingefallenes Gesicht. Fort waren die rundlichen Wangen und der Glanz in seinen Augen, unter denen dunkle Schatten lagen. Nun blickte sie in ein ausdrucksloses aschgraues Gesicht mit tiefen Falten. Als er ihr ein schwaches Lächeln schenkte, erkannte sie zudem, dass ihm zwei Zähne fehlten – Magellan hatte sich innerhalb von wenigen Wochen von einem stattlichen Mann in einen ausgemergelten Seefahrer verwandelt.

Mariella stöhnte. »Der schattige Platz ist zu weit entfernt.« Allein die Vorstellung, erneut aufstehen und sich bewegen zu müssen, brachte sie zum Schwitzen.

»Und die Sonne wandert ja weiter«, fügte Emi noch hinzu, während sie liebevoll die Hand nach ihrem Schützling ausstreckte.

»Wage es ja nicht, zu sterben, Mariella! Hast du mich verstanden?« Ihr Onkel wartete erst gar nicht auf eine Antwort, sondern hinkte weiter zu den anderen Männern, um sich nach deren Gesundheits- und Gemütszustand zu erkundigen.

Mariella seufzte und schloss die Augen. Ihre Gedanken wanderten wieder zu Juan. Sie sah sein kantiges und dennoch feingeschnittenes Gesicht mit den langen Wimpern und schwarzen Locken vor sich. Sie sah sein Lächeln und fühlte den Blick seiner nachtschwarzen Augen auf sich gerichtet. Genau wie damals, als er sie zum ersten Mal geküsst hatte. Diese wunderbaren Lippen …

»Ich möchte zu gern wissen, wie Ihr es schafft, an Tagen wie diesen zu lächeln.« Emi stöhnte erschöpft. »Wollt Ihr mir nicht davon erzählen?«

Mariella kicherte leise. »Glaube mir, Emi: Das willst du sicher nicht hören. Aber ich kann dir eine Geschichte aus Serpa erzählen.« Sie atmete tief durch und betrachtete ihre Haushälterin von der Seite. »Weißt du noch, als Mama mich dabei erwischt hat, wie ich eines deiner Dienstkleider angezogen habe? Ich dachte, in dieser Tracht würde mich niemand erkennen, wenn ich die Backstube betrete und vom Kuchenteig nasche …«

Tatsächlich trat nun ein schwaches Lächeln auf Emis Gesicht, und sie drehte langsam ihren Kopf zu Mariella. »Ihr seid dabei auf den viel zu langen Rock getreten und wärt beinahe die Treppe hinuntergestürzt. Außerdem habt Ihr bei dieser Aktion den kompletten eingenähten Saum heruntergerissen.«

Mariella lachte, als sie daran dachte, und erinnerte sich an immer mehr Ereignisse aus ihrer Kindheit, von denen sie Emi nun anschaulich berichtete. Irgendwann schliefen beide Frauen kraftlos ein.

Mariella schreckte auf. Was war das für ein Geräusch? Ihre Zunge klebte am Gaumen, sodass sie nur mit Mühe schlucken konnte. Dann blinzelte sie in das grelle Sonnenlicht. Da war es schon wieder, dieses Geräusch. Ein leises, fast klägliches Fiepen. Tatsächlich entdeckte sie direkt an ihren Füßen eine dürre Ratte, die am Leder ihrer Stiefelriemen knabberte. Mariellas Magen begann sofort begehrlich zu knurren, als sie das graue Tier beobachtete. Eine lebendige Ratte! Die musste sie fangen. Ihr Blick glitt zur Seite, wo sie unweit neben sich eine Holzlatte entdeckte. Damit würde sie das Tier erschlagen. Ganz vorsichtig lehnte sie sich zur Seite und streckte ihren Arm aus, um an das Holz zu gelangen.

Plötzlich krachte es.

Mariella fuhr erschrocken auf und blickte fassungslos auf die leblose Ratte vor sich. Erst dann hob sie den Kopf und sah Thomas' breites Grinsen, als dieser mit gierigem Blick das tote Tier aufhob.

»Die erste frische Ratte seit Tagen! Gelobt sei der Herr! Oh, Señorita.« Erst jetzt bemerkte Thomas, der Segelmacher, Mariellas entsetzten Gesichtsausdruck und sah von der blutigen Ratte zu ihr und wieder zurück. »Ihr wolltet sie ebenfalls fangen«, stellte er fest und seufzte. Doch Mariella lächelte matt.

»Ja, aber Ihr habt sie zuerst erlegt. Das ist in Ordnung. Lasst sie Euch schmecken.«

Thomas kniete sich vor ihr auf die Planken. »Hätte ich gewusst, dass …«

»Macht Euch keine Sorgen, Thomas. Ich hatte heute Morgen schon ein paar Bissen Rattenfleisch«, unterbrach sie ihn und dachte an die tote, stinkende Ratte, die im Wasserfass ertrunken war.

»Nein, Señorita. Lasst sie uns teilen.« Ohne ihre Antwort abzuwarten, zog er den Dolch aus seiner Gürtelschnalle und hieb das kleine, knochige Tier damit entzwei. Anschließend reichte er ihr das obere Teil. Mariella blickte auf die noch warme, blutige Tierhälfte in ihrer Hand und presste die Lippen aufeinander. Vor wenigen Wochen hätte sie sich bei diesem Anblick vermutlich noch vor Ekel übergeben. Nun erzeugte er ein wohliges Knurren in ihrem Magen.

»Habt Ihr vor, das Tier zu braten?«

Mariella sah wieder zu Thomas und riss die Augen auf. »Was? *Meus Deus!* Habt Ihr etwa schon alles gegessen?«

Thomas wischte sich den Mund mit seinem dreckverschmierten Hemdsärmel ab, warf den Schwanz der Ratte über die Reling ins Wasser und zuckte mit den Schultern. »Der Weg von hier zur Kombüse war mir zu weit. Und wenn ich daran denke, dass ich dort erst noch mit dem Feuerstein ein Feuer entfachen und das Tier häuten und ausnehmen müsste … Bis dahin wäre ich längst verhungert.«

Mariella nickte zustimmend. Dann folgte sie Thomas' Beispiel, zog dem Tier das Fell über den Kopf, riss mit zittrigen Fingern das rohe Fleisch von den Knochen und schluckte es, ohne es vorher zu kauen, hinunter.

Warmes, blutiges Rattenfleisch. Es schmeckte genauso grauenvoll, wie sie es sich immer vorgestellt hatte! Oder sogar noch schlimmer. Dennoch füllte es ihren Magen besser als die Sägespäne, die sie an den Tagen zuvor gegessen hatte.

Sie steckte sich ein weiteres Stück in den Mund und drehte sich anschließend zu ihrer Freundin.

»Emi, sieh her, was ich für dich habe. Das wird dich stärken.«

Emi stöhnte leise, als sie den Kopf drehte und das blutige Fleisch in Mariellas Hand sah. Angewidert wandte sie sich ab.

»Nein, bitte esst es selbst. Ihr benötigt Kraft, um all die Männer zu versorgen. Mir hat die Suppe gereicht«, erklärte sie.

»Das war keine Suppe, sondern Sägespäne, weichgekochtes Rindsleder und Meerwasser«, entgegnete Mariella. Ihr eigener Magen verlangte laut knurrend nach dem letzten Stück Fleisch, doch die Sorge um ihre Freundin ließ sie innehalten. »Bitte Emi, iss es mir zuliebe.«

Emi stöhnte gedehnt und schob sich schließlich das blutige Fleisch in den Mund und kaute widerwillig auf ihm herum.

»Ich hätte nie geglaubt, dass ich mich einmal zu den Völkern in Verzin und ihren Mahlzeiten zurückwünschen würde.«

Mariella lächelte schwach. »Wir werden ganz gewiss bald auf Land stoßen. Auf ein paradiesisches Land, in dem Milch und Honig fließen. Auf das Land der Gewürze. Dann werden wir gepfefferte Früchte essen, Pudding mit Nelken und Zimt gewürzt, oder Kuchen mit Safran. Glaube mir, Emi, das wird herrlich ...«

Mariellas Innerstes zog sich bei diesen Worten schmerzhaft zusammen. Doch ihre Freundin, die den Kopf an die Reling lehnte und die Augen schloss, lächelte selig. »Das wäre wunderschön«, hauchte sie und schlief schließlich ein.

Mariella ließ den Blick übers blaue Meer schweifen und schüttelte den Kopf. Wie gern hätte sie noch daran geglaubt, dass sie dieses Land in Kürze erreichten. Emi schnarchte leise, und Mariella strich ihr sanft über die Hand. Für Emi wollte sie daran glauben. Denn für ihre Freundin würde sie alles tun. Dann schloss auch sie die Augen und sank in einen erschöpften Schlaf.

3.

Mariella hob kraftlos den Kopf und versuchte, sich zu orientieren. Offenbar hatte sie die Nacht über auf dem Deck verbracht, in derselben Position, in der sie am Abend zuvor eingeschlafen war. Sämtliche Gliedmaßen schmerzten, als sie ein wenig von der Reling wegrutschte und ihren Rücken durchstreckte. Sie blinzelte ein paar Mal und betrachtete den leuchtend orangenen Himmel. Das gesamte Firmament schien zu brennen, während am Horizont ein feuerroter Ball aus dem Meer stieg. Vor Monaten hatte sie Momente wie diese geliebt. Die Ruhe des Augenblicks und das magische Schauspiel der Farben am Himmel. Doch nun genügte der Anblick der aufgehenden Sonne, um sie vor Grauen erzittern zu lassen. Denn es würde nicht mehr lange dauern, bis deren Strahlen erneut ihre Haut versengen und Durst und Hunger unerträglich werden würden.

»Guten Morgen. Könnt Ihr mich zu Eurem Wundarzt, Señor de Ruíz, bringen? Ich habe gehört, er hätte noch ein paar Kräuter, die er gegen saubere Binden eintauschen möchte.«

Mariella blinzelte ein paar Mal und drehte den Kopf in Richtung der Stimme, die sie zu kennen glaubte.

»Ah, Ihr seid der Bader! Ja, ich weiß schon Bescheid. Kommt mit, Señor de Ruíz erwartet Euch.«

Mariella beugte sich vor und beobachtete, wie Señor Gómez den Ankömmling über das Deck geleitete, und erkannte nun auch die große, schlanke Gestalt mit den langen grauen Haaren, die im Nacken von einem Tuch zusammengehalten wurden. Sie stöhnte leise. Hernando war hier. Juans Freund besuchte ihr Schiff!

Sie musste unbedingt mit ihm sprechen, musste erfahren, was auf der Concepción vor sich ging. Mit Mühe zog sie die Beine zu sich heran, um aufzustehen, sah dann aber Emi regungslos neben sich am Boden liegen.

»Nein!«, keuchte sie und robbte zu ihr. »Emi! Emi, hörst du mich? Wach auf! Emi!« Sie rüttelte an ihrem Oberkörper, doch Emi reagierte nicht.

»Emi! Emi, bitte sprich mit mir!« Mariella schrie verzweifelt, trommelte mit den Händen auf Emis Brust, doch ihre Kräfte ließen nach und sie sackte über dem Körper ihrer Freundin zusammen. »Emi! Bitte! Lass mich nicht allein! Bitte«, schluchzte sie.

Plötzlich vernahm sie ein leises Stöhnen aus Emis Mund, richtete sich auf und wischte sich die Tränen aus den Augen. »Emi! Hörst du mich?«

Emis Augenlider flatterten, und ihre Brust hob und senkte sich wieder leicht. Mariella keuchte auf. »Du lebst! Gott im Himmel, gelobt seist du! Emi, du hast mir gerade einen riesigen Schrecken eingejagt.«

Emi hustete schwach und öffnete den Mund. Jede Bewegung schien sie unglaubliche Kraft zu kosten. Kraft, die sie nicht mehr besaß. Sie räusperte sich. »Ich fühle meine Beine nicht mehr.« Ihre Stimme war nicht mehr als ein Hauchen, doch als Mariella die Bedeutung ihrer Worte klar wurde, zog sich alles in ihr zusammen. Skorbut – sie kannte diese Krankheit inzwischen nur zu gut, bei der in einem späteren Stadium die Arme und Beine der an ihr Erkrankten taub wurden, bevor sie letztendlich starben. Mariella schüttelte den Kopf und begann, Emis Beine zu kneten.

»Sie sind gewiss nur eingeschlafen. In dieser Position sollte man auch nicht schlafen. Keine Sorge, Emi, du wirst sie gleich wieder spüren.« Sie zwang sich dazu, ihrer Freundin ein zuversichtliches Lächeln zu schenken, ignorierte das Zittern ihrer eigenen Arme und begann, Emis Unterschenkel auf und ab zu bewegen. Danach wären der Oberschenkel und der Fuß samt Zehen an der Reihe, bis schließlich jeder Muskelstrang an beiden Beinen seine Arbeit verrichtet hätte. »Siehst du? Das klappt doch ganz wunderbar! Bald wirst du sie wieder fühlen!«

Emis Antwort war ein schmerzerfülltes Stöhnen, und sie drehte mit geschlossenen Augen den Kopf zur Seite. Mariella schluckte beim Anblick ihrer geliebten Freundin die aufsteigenden Tränen hinunter. Sie durfte nicht sterben. Nicht so! Und nur deshalb, weil sie einmal mehr ihren Kopf durchgesetzt und entschieden hatte, Magellan bis zum Ende der Reise zu begleiten. Sie hatte sehr wohl gewusst, dass Emi am liebsten heimgekehrt wäre, auch wenn sie kein Wort darüber verloren hatte. Der Tod durfte nicht die Strafe dafür sein! Mariella flehte in Gedanken zu Gott, sie schrie ihn förmlich an, ihrer Freundin zu helfen.

»Ihr macht das genau richtig, Señorita Alvaro«, vernahm sie da auf einmal eine ruhige, angenehm warme Stimme hinter sich und zuckte erschrocken zusammen.

Hernando war zurückgekehrt und hielt eine Tasche in den Händen. »Ihr müsst die Beine und auch die Arme regelmäßig bewegen. Das verzögert den Krankheitsverlauf. Aber das wisst Ihr vermutlich längst. Man spricht hier über Euch«, fügte er hinzu.

Mariella wischte sich mit zittrigen Fingern die Tränen aus den Augen und wiederholte Hernandos Worte. »Das verzögert den Verlauf nur?«

Hernando stellte die Tasche beiseite und kniete sich neben Mariella auf den Boden. Sie fühlte seine große, warme Hand auf ihrer und sah in freundliche, graue Augen.

»Ich kenne mich nicht besonders gut mit dieser Seefahrerkrankheit aus, doch ich bin überzeugt davon, dass Eure Freundin überleben wird, solange Ihr sie nicht aufgebt. Gott, der Barmherzige, sieht Euch und Eure Einstellung. Er wird Euch nicht im Stich lassen.«

Mariella schluckte. Hernando wollte sie aufmuntern, das wusste sie. Doch sie verstand auch, zwischen den Zeilen zu lesen. Und seine Worte bedeuteten nichts anderes, als dass Emi nur durch ein Wunder Gottes überleben würde. »Ich werde sie niemals aufgeben«, erklärte sie daher, und obwohl sie inzwischen vor Anstrengung wie Espenlaub zitterte, fuhr sie fort, Emis Beinmuskeln zu lockern.

Hernando legte eine Hand auf ihre Schulter. »Gönnt Euch etwas Ruhe, Señorita.« Dann hob er seine Tasche wieder auf und öffnete sie. »Ich habe hier noch etwas für Euch, einen Augenblick.« Mit flinken Bewegungen zog er ein kleines Säckchen heraus und reichte es ihr. »Zerkaut die Kräuter darin im Mund. Sie schmecken fürchterlich, doch sie schenken Euch etwas Energie. Ich habe sie von einem Medizinmann aus Verzin bekommen.«

Mariella betrachtete das Säckchen. »Danke.«

Hernando lächelte freundlich, doch als er sich aufrichtete, hielt Mariella ihn zurück. »Wie geht es Juan … Señor de Elcano?«, fragte sie ihn mit leiser Stimme. Hernando grinste verschmitzt und atmete tief durch.

»Er wollte ebenfalls wissen, wie es Euch geht, und verlangte von mir, dies bei meinem Besuch auf der Trinidad herauszufinden«, erklärte er. »Ich schätze, es geht ihm ähnlich wie Euch. Denn Simon leidet an der gleichen Krankheit wie Eure Zofe.«

Mariella keuchte auf. »Simon? O nein!« Mariella wusste, wie nahe sich die beiden Männer standen. »Das würde Juan schwer treffen.«

»Gott hat einem jeden von uns eine Aufgabe zugeteilt, allein er entscheidet über Leben und Tod.« Mariella hob mit fragendem Blick eine Augenbraue. »Ich will damit sagen, dass Juan sehr stark ist, genau wie Ihr es seid. Aber es stimmt, er liebt Simon wie einen Bruder, wie sein eigenes Fleisch und Blut.« Er zuckte mit den Schultern. »Umso glücklicher wird er sein, wenn er erfährt, dass Ihr gesund seid«, fügte er flüsternd hinzu.

Mariella nickte und griff dann, ohne nachzudenken, nach dem Dolch, den sie seit einigen Wochen bei sich trug, und schnitt sich damit kurzerhand eine Locke ab, die sie Hernando reichte. »Könnt Ihr ihm das von mir geben?«

Juans Freund blickte entsetzt auf die Haarsträhne, sodass Mariella die Hand sinken ließ. »Vergesst es. Es war eine dumme Idee.«

Hernando räusperte sich. »Nein … nein.« Er drehte sich um und beobachtete eine Weile die Männer an Deck, bevor er sich wieder zu Mariella umwandte. »Nur spielt Ihr beide ein gefährliches Spiel.« Er rang hörbar nach Atem, dann ergriff er Mariellas Hand und nahm die dunkelbraune Strähne an sich. »Dennoch glaube ich, dass ihm dieses Geschenk Hoffnung schenkt. Señorita«, er küsste ihr die Hand und deutete eine Verbeugung an, »passt auf Euch auf. Und denkt an die Kräuter. Alles Gute.«

Mariella sah ihm nach und öffnete dann das kleine Säckchen. Ein bitterer Duft stieg ihr in die Nase, doch sie folgte Hernandos Anweisung, steckte sich die Hälfte der Kräuter in den Mund und zerkaute sie. Denn eines wusste sie ganz genau – sie benötigte Kraft, um Emi und auch die anderen am Leben zu erhalten.

4.

JUAN

Du bist zurück! Komm herein! Hast du Neuigkeiten für mich? Vielleicht sogar eine Nachricht?«

Juan hatte sofort Zirkel und Schreibfeder fallen lassen, als Hernando die Tür zum Kartenraum öffnete.

»Ich denke, ich lasse euch beide allein«, meinte Señor de Acurio, der seit einigen Wochen wieder bei Kräften war und Juan nun beim Einzeichnen der Koordinaten half. Juan hatte beim Anblick Hernandos völlig vergessen, dass noch ein Dritter im Zimmer war, und räusperte sich jetzt verlegen.

»Ich danke dir, mein Freund«, murmelte er, während Acurio mit einem Kopfnicken die Kammer verließ.

Hernando schloss in aller Ruhe die Tür und betrachtete Juan einen Augenblick. Dann fuhr er sich mit den Händen über das Gesicht und seufzte.

»Ich hoffe und bete zu Gott, dass der Admiral Erbarmen mit dir haben wird. Sogar ein Blinder erkennt die Liebe zwischen euch beiden, und es kann nur noch eine Frage der Zeit sein, bis dies auch Magellan begreift.«

Juan stöhnte und erhob sich langsam. »Das beantwortet nicht meine Frage.« Es interessierte ihn derzeit herzlich wenig, inwiefern und ob der Generalkapitän überhaupt Kenntnis über seine Gefühle für Mariella hatte. Er würde freiwillig den Tod wählen, solange sie nur am Leben blieb. »Wie geht es ihr?«, hakte er daher nach.

Hernando seufzte. »Emiliana leidet unter *skorbutus*. Ihre Bewegungsfähigkeit ist bereits sehr eingeschränkt.«

»*Madre mia!* Den Tod ihrer Freundin würde Mariella nicht

verwinden!« Juan wanderte unruhig in der Kartenkammer umher, hielt allerdings inne, als er Hernandos Grinsen sah. »Amüsiere ich dich etwa?«, fuhr er ihn an, worauf sein Freund erschrocken zusammenzuckte.

»Nein, nein. Es ist nur so, dass ich wenige Minuten zuvor beinahe den gleichen Wortlaut aus ihrem Mund gehört habe. Nur dass sie sich dabei natürlich auf Simon bezog.« Hernando lächelte schwach. »Das meinte ich eben. Die Verbindung zwischen euch ist ungewöhnlich stark. Zu stark.«

Juan schloss die Augen und kämpfte gegen die widersprüchlichen Gefühle an, die ihn zu überwältigen drohten. Leid, Sehnsucht, Liebe, Schuld. Er hatte in den letzten Wochen so viel Leid gesehen und quälte sich jeden Morgen auf Deck, um die Männer zu motivieren und ihre Lebensgeister zu erhalten. Nur der Gedanke an Mariella gab ihm die Kraft dazu, die andere schon längst verloren hatten. Er würde scheitern, würde er nun versuchen, genau diese Gefühle, die ihn ausmachten, zu unterdrücken oder gegen sie anzukämpfen.

»Hernando, ich weiß, wie du darüber denkst. Aber bevor du mir erneut eine Predigt erteilst, sollst du wissen, dass …« Weiter kam er nicht, denn Hernando hatte den Arm ausgestreckt und hielt ihm etwas entgegen. »Was ist das?«, fragte er irritiert.

»Ein Geschenk für dich.«

Hernando öffnete die Handfläche, und Juan traute seinen Augen kaum. »Das …« Ein Schauer wanderte über seinen Rücken, als er vorsichtig die dunkelbraune Haarsträhne mit den Fingern aufnahm. Juan schluckte und schloss die Augen. Dann atmete er tief durch die Nase ein und nahm den Duft ihrer Haare in sich auf. Mariellas Duft!

»Danke« war das einzige Wort, das er herausbrachte. Immer wieder roch er an der abgetrennten Locke und strich vorsichtig darüber. Er erinnerte sich daran, wie er die Hände in ihrem Haar versenkt hatte, um sie an sich zu ziehen und zu küssen. »Danke«, wiederholte er, und Hernando verzog seinen Mund zu einem schiefen Lächeln.

»Pass bitte auf dich auf, Juan. Auf dich, dein Herz und vor allem auf deinen Kopf.«

Juan grinste. »Ich bezweifle, dass der Generalkapitän einen Schiffsmeister enthauptet, nur weil er am Haar seiner Nichte gerochen hat.«

Ein Pochen an der Tür beendete das heikle Thema, und Señor Serrano trat ein. Der von Magellan neu bestimmte Kapitän war aschfahl im Gesicht, und Juan sah, dass seine Hände zitterten.

»Elcano? Ich brauche Eure Hilfe! Sofort!«

Juan steckte die Strähne in die Brusttasche seines Wamses und eilte Serrano hinterher. Er musste gar nicht erst nachfragen, was geschehen war, denn sobald er die Stufen des Heckkastells erreicht hatte, sah er das an Deck herrschende Chaos.

Juan erkannte Diego, der regungslos auf dem Boden lag, während Carlos, sein bester Freund, fast zur Gänze auf ihm lag, hysterisch schrie, und immer wieder seinen Kopf auf Diegos Brust schlug. Zwei weitere Männer versuchten vergeblich, Carlos von Diego herunterzuzerren, drei andere übergaben sich zitternd über der Reling.

»Helft uns! Vielleicht dringt Ihr ja zu ihm durch. Er ist doch Euer Freund«, bat der Kapitän Juan, der nicht lange überlegte, sondern zu Carlos eilte.

»Carlos! Carlos! Hörst du mich? Komm hier runter! Carlos!«, brüllte er und zerrte an dessen Schultern. Aber der schrie weiter, als hätte er Juan gar nicht gehört.

Doch als er sich für einen kurzen Augenblick aufrichtete, hielt Juan den Atem an. Denn nun verstand er auch die Reaktion der anderen Männer. Diego war offensichtlich gestorben. Und die vielen Bisswunden auf seiner Brust und Carlos' blutverschmiertes Gesicht ließen in Kombination mit Carlos' Verhalten nur einen Schluss zu: Carlos war gerade dabei, seinen einstigen besten Freund zu essen, und merkte es nicht einmal. Juan wurde übel, und er kämpfte gegen den Brechreiz an. »Carlos! Hör auf damit!«, schrie er erneut und erteilte diesem, als er immer noch nicht reagierte, eine schallende Ohrfeige.

Erst nach der dritten Ohrfeige hielt Carlos inne und blinzelte ein paar Mal mit den Augenlidern. Als würde er erst in diesem Moment realisieren, wo er sich befand, sah er erschrocken in Juans Gesicht.

»Juan ... Was ...?«, stotterte er sichtlich verwirrt. Als er unter sich seinen toten Freund erblickte, wurde er blass. »Nein ... Diego!« Mit zitternden Händen berührte er die blutigen Wunden und fasste sich anschließend an den Mund. Dann schrie er entsetzt auf, rannte zur Reling und übergab sich.

Juan und Serrano tauschten erschrockene Blicke, dann folgte Juan Carlos und legte ihm die Hand auf die Schulter.

»Komm, Carlos!« Wieder kämpfte Juan gegen den Drang an, sich ebenfalls zu erbrechen, und reichte Carlos stattdessen die Hand. »Ich bringe dich nach unten.«

Der würgte und stürzte dann kraftlos zu Boden. »Nein. Nein, Juan. Ich habe ... was habe ich nur getan?!«

»Du warst nicht bei Sinnen«, erklärte Juan, aber Carlos schüttelte den Kopf. »Was habe ich nur getan?« Ganz langsam erhob er sich und blickte noch einmal zum leblosen Körper seines Freundes, der gerade in Leinentücher gewickelt wurde. Dann weinte er bitterlich. Juan ergriff seinen Arm und führte ihn über das Deck.

»Ich bringe dich nach unten, wo du dich ausruhen kannst. Komm, mein Freund.«

Wenige Stunden später trat er an Simons Lagerstätte und wechselte dessen Bettpfanne. Sein junger Freund kämpfte seit ein paar Tagen gegen schreckliche Schmerzen in den Beinen und konnte nur noch mit Mühe gehen. Auch jetzt, als Juan sein Bein anhob, verzog er voller Pein das Gesicht.

»Ist es wahr, was man sich hier unten erzählt? Hat Carlos wirklich von Diegos Leichnam gegessen?«, fragte er mit zusammengebissenen Zähnen. Juan stöhnte, und ihm wurde schon wieder übel.

»Er war nicht er selbst. Er war wie ein Tier. Gefangen in seinem Hungerwahn.«

Juan reichte Simon einen Becher mit abgestandenem Kräutersud. »Trink das.«

»Gott verflucht! Das schmeckt so grauenvoll!«, stöhnte Simon und schüttelte sich. »Versprichst du mir etwas?«, fragte er gleich darauf. »Sollte ich vor Hunger den Verstand verlieren, bitte töte mich.«

»Das wird nicht geschehen«, erwiderte Juan.

Simon ergriff Juans Hand und sah ihm dabei ernst in die Augen. »Versprich es mir, Juan.«

Sein Freund ließ sich kraftlos auf sein Lager zurücksinken, sah ihm aber immer noch in die Augen. Simon meinte es ernst. Juan schluckte und nickte schließlich. »Ich verspreche es. Und ich werde täglich zu Gott beten, dass es niemals dazu kommen wird.« Er fuhr durch das zerzauste Haar seines Freundes. »Versuche jetzt zu schlafen.«

Mit diesen Worten verließ er seinen besten Freund und atmete tief durch, nachdem er das Oberdeck erreicht hatte. Der Himmel färbte sich allmählich dunkel, und Juan richtete den Blick nach oben.

Herr im Himmel! Sei uns gnädig und befreie uns aus dieser Hölle!, betete er stumm. Er bekreuzigte sich dreimal und holte anschließend die Haarsträhne aus der Brusttasche hervor. Mit geschlossenen Augen roch er daran. Augenblicklich fiel die Anspannung des Tages von ihm ab und ein Lächeln stahl sich auf sein Gesicht. Mariella lebte. Und sie liebte ihn.

Er schickte ein weiteres Gebet in den Himmel und kehrte anschließend zurück in die Kartenkammer, um seine eigentliche Arbeit fortzuführen.

5.

FEBRUAR 1521, PACÍFICO

Juan! Wach auf!«
Ein Rütteln an den Schultern riss ihn aus dem Schlaf, und er musste erst ein paar Mal blinzeln, bis er Hernando deutlich vor sich sah. Aber ein Blick in sein Gesicht genügte, um sofort aufzustehen.

»Was ist geschehen?« Innerhalb kürzester Zeit hatte er sich ein einigermaßen sauberes Hemd angezogen und die Haare zusammengebunden.

»Carlos … er …«, stammelte Hernando, und in Juans Magen zog sich alles zusammen. Die wenigen Worte und Hernandos sichtbar schlechte Verfassung genügten, eine böse Vorahnung in ihm aufkommen zu lassen. Mit schnellen Schritten sprang er die Stufen zum Oberdeck hinauf, blinzelte ein paar Mal gegen das Sonnenlicht und folgte anschließend dem Blick der Männer, die allesamt nach oben zum Mastkorb sahen.

»Nein!«, schrie er und bekreuzigte sich. Kapitän Serrano trat an ihn heran und klopfte ihm freundschaftlich auf die Schulter.

»Er wäre vermutlich sowieso zum Tode verurteilt worden«, erklärte er leise, während Juan mit versteinertem Blick auf den leblosen Körper blickte, der sanft im Wind hin und her schaukelte. Carlos hatte sich aufgehängt. Er hatte den Freitod gewählt. Juan schüttelte den Kopf und atmete tief durch.

»Er kann hier nicht hängen bleiben«, murrte er und kletterte an einem der Netze hinauf, um zum Mastkorb zu gelangen. Auf halber Strecke hielt er inne und drehte sich zu den Männern unter ihm um. »Wir müssen ihn bestatten. Wer informiert den Generalkapitän, dass wir Hochwürden Valderrama noch einmal benötigen? Hernando, machst du das? Und du, Jorge, hilf mir mit Carlos! Ich werde ihn nicht allein losbinden können!«

Je näher er seinem leblosen Freund kam, desto stärker verdrängte Juan die Gefühle, die in ihm tobten. Wut, Trauer und ein Anflug von Schuld drohten, ihn wie eine schwarze Welle mit sich zu reißen. Er hätte wissen müssen, dass Carlos mit seiner Schuld nicht weiterleben wollte. Er hätte auf ihn aufpassen müssen. Doch stattdessen hatte er sich schlafen gelegt.

Mit zittrigen Beinen stieg Juan in den Mastkorb und nestelte an dem festen Knoten des Taus, den Carlos geknüpft hatte.

Als Jorge, ein fähiger Kletterer und einer der noch wenigen Gesunden an Bord, direkt unter ihm stand, band er seinen toten Freund los. Und mit vereinten Kräften beförderten sie den Leichnam hinunter aufs Hauptdeck.

Wenige Stunden später stand Juan neben Simon, den er zuvor nach oben getragen hatte, und lauschte den eintönigen Gebeten des Priesters, als die Männer Carlos über Bord warfen. Juan presste die Kiefer aufeinander, um den Schmerz zu verdrängen, während die anderen das Vaterunser beteten. Er hatte an diesem Tag einen weiteren engen Freund verloren. Wie viele würden ihm noch folgen? Sein Blick ging zu Simon, der sich kaum noch in seiner sitzenden Position halten konnte. Allein der Anblick versetzte ihm einen Stich ins Herz. Wie lange würde er noch durchhalten? Wochen oder nur noch wenige Tage? Als hätte Simon seinen Blick bemerkt, drehte er den Kopf und lächelte matt. Die Spuren von Tränen glitzerten auf seinen Wangen, und die Nase leuchtete rot, dennoch hob er zitternd die Hand, um die von Juan zu ergreifen.

»Sorge dich nicht um mich. Das bereitet dir nur noch mehr Falten auf der Stirn, alter Mann.«

Trotz der traurigen Umstände lachte Juan leise. Nachdem

der Priester die Bestattung für beendet erklärt hatte, kniete er sich auf den Boden und hob Simon auf seine Arme. »Du nennst mich also alt?«, fragte er und sorgte sich im gleichen Moment um seinen Freund, der nur noch aus Haut und Knochen zu bestehen schien. Er benötigte dringend etwas zu essen. Mehr als nur Sägespäne und Kräuter!

Simon kicherte. »Du bist alt, Juan.«

»Das ist eine mutige Aussage, wenn man bedenkt, wer dich gerade auf Händen trägt«, antwortete Juan mit einem Grinsen. Doch das verging ihm schnell, als er Simons schmerzverzerrtes Gesicht sah. »Alles in Ordnung?«

Simon keuchte. »Mein ganzer Körper tut weh«, erklärte er und lachte dann kopfschüttelnd. »Ich nehme alles zurück. Ich fühle mich steinalt.«

Plötzlich ertönte der Klang eines Horns. Juan legte seinen Freund behutsam zurück auf sein Krankenlager, das aus einer einfachen Decke und etwas Stroh bestand, und richtete sich auf.

»Dieser Ton«, murmelte er und kniff die Augen zusammen. Als das Horn ein weiteres Mal ertönte, deckte er Simon eilig zu. »Ich muss gehen und nachsehen«, erklärte er und sprang sofort die Treppen hinauf.

An Deck angekommen, hörte er das Jubeln der Männer auf der Trinidad und der Victoria vor ihnen. Er kniff die Augen zusammen und blickte konzentriert auf das Wasser. Dann schluckte er. »Nein!« Er rannte zum Bug des Schiffes, um mehr erkennen zu können.

»Juan! Hast du es gesehen? Sieh doch!« Stefano, Kanonier der Concepción, drückte ihm ein Fernrohr in die Hand, und Juan sah sogleich hindurch.

»Gott im Himmel! Gelobt seist du!«, stieß er aus und lachte laut. Hernando trat neben ihn und umarmte ihn stürmisch. Tränen rannen ihm über die Wangen, doch das schien Hernando nicht zu stören.

»Gott hat unsere Gebete erhört! Er hat Gnade walten lassen! Wir sind gerettet! Ist das nicht wunderbar?«

Juan atmete tief durch und betrachtete ein weiteres Mal die kleine Erhebung am Horizont. Land. Sie waren endlich auf Land gestoßen.

Simon würde leben. Sie alle würden weiterleben.

Gott hatte wahrhaft Gnade walten lassen.

6.

MARIELLA

Mariella trat mit dem Fuß gegen die Tür der Kartenkammer, die daraufhin laut knallend hinter ihr ins Schloss fiel.

»Wieso habt Ihr das getan?« Sie wischte sich Tränen aus den Augen und schüttelte immer wieder den Kopf.

Magellan stellte das Astrolabium beiseite und erhob sich. »Du wagst es, meine Entscheidungen infrage zu stellen, Mariella?«

Mariella hörte den warnenden Unterton in seiner Stimme und wusste genau, dass sie zu weit ging, dennoch rumorte die Wut in ihr so stark, dass sie ihre Worte nicht zurückhalten konnte.

»Ihr habt das ganze Dorf niederbrennen lassen!«, schrie sie. »Nur weil sie sich ein Boot genommen haben! Onkel! Das war barbarisch!«

Kaum hatte sie den letzten Satz gesprochen, als Magellan auch schon ausholte und ihr eine schallende Ohrfeige verpasste. Erschrocken fasste sie sich an die schmerzende Wange und sah zitternd in die wütenden, schwarzen Augen ihres Onkels.

»Wage es ja nicht, mich noch einmal barbarisch zu nennen. Hast du mich verstanden?«

Mariella nickte stumm. Gleichzeitig dachte sie an Emi und all die anderen Kranken, die nun weiter darauf hoffen mussten, möglichst bald irgendein anderes Land, eine andere Insel zu finden. Eine Insel mit frischem Wasser und ausreichend Nahrung.

All dies hätten sie weiterhin genießen können, wenn Magellan nicht das Dorf der Eingeborenen dem Erdboden gleichgemacht hätte. Mariella hatte dort Kokosnüsse, seltsame gelbe Früchte, so süß wie Feigen, und andere Kostbarkeiten probieren dürfen. Sie hatte sich gefühlt, als wäre sie im Paradies gelandet. Doch nun hatten alle Schiffe wieder ihre Segel gehisst, um sich auf die Suche nach neuem Land zu begeben.

»Wir hätten überleben können«, schluchzte sie leise.

»Das Beiboot war erst der Anfang. Denkst du, diese Diebe hätten aufgehört, uns weiter zu bestehlen? Zuerst ein Boot, dann vielleicht unsere Rüstungen oder gar die anderen Beiboote? Herrgott, Mariella! Das waren Diebe! Hinterlistige Räuber! Und jetzt geh mir aus den Augen! Ich muss unseren Kurs berechnen.«

Mariella drängte die Tränen zurück und rauschte aus der Kartenkammer. Sie verstand ihren Onkel nicht mehr. Nach den vielen Monaten der Dürre und des Hungers hatten sie endlich fruchtbares Land entdeckt und mussten dennoch weiterziehen. Mit eiligen Schritten stieg sie vom Quarterdeck hinunter aufs Hauptdeck und blickte auf das türkis glänzende Meer. Dutzende kleine, lange Holzboote mit Palmblättern als Segel schwammen darin und umzingelten die Flotte. Mariella sah Männer, Frauen und sogar Kinder. Trotz ihrer bemalten Zähne, der dunklen Haut und ihrer Nacktheit empfand Mariella keine Furcht vor ihnen. Sie blickten freundlich drein und im Moment teilweise sogar ängstlich. Sie sah weinende Kinder und Frauen und hörte das Rufen fremdklingender Worte.

»Das sind keine Diebe.« Enrique war neben Mariella aufgetaucht und betrachtete ebenso wehmütig wie sie die Eingeborenen in den Booten. Sie konnten die Flotte nicht aufhalten, die Segel ihrer Schiffe waren zu klein und die Boote zu langsam. Die Karacken, ihre eigenen Segelschiffe, rauschten durch sie hindurch, genau wie Magellan es befohlen hatte. Mariella presste die Lippen aufeinander, als sie die Schreie der Frauen und Kinder hörte, die sich teilweise nur noch mit einem Sprung ins Wasser retten konnten.

»Sie wirkten freundlich«, antwortete Mariella nach einiger Zeit, und Enrique zuckte mit den Schultern.

»Ich verstand ihre Worte. Sie wollten Tauschgeschäfte mit uns machen.«

Mariella riss ungläubig die Augen auf und betrachtete den dunkelhäutigen Sklaven neben ihr. »Du hast sie verstanden? Aber ... Das bedeutet ja ...«

Enrique lächelte, und sein Blick war voller Sehnsucht. »Ich komme nach Hause.«

Ein Schauer zog über Mariellas Schultern, und sie streckte ihre Hand nach der Enriques aus und drückte sie sanft. Sie konnte sich kaum vorstellen, was gerade in ihm vorgehen musste. Als kleines Kind hatte er seine Heimat verlassen, um nun viele Jahre später als junger Mann zurückzukehren. Ob seine Familie noch lebte? Ob sie ihn wiedererkennen würde? Mariella drückte erneut Enriques Hand.

»Ich kann es kaum erwarten, deine Heimat kennenzulernen.«

Enrique neigte seinen Kopf. »Sie wird Euch gefallen. Es ist wunderschön dort. Wir haben keine Städte wie in Portugal oder Spanien, und unsere Häuser sehen völlig anders aus und sind nicht aus Stein gebaut.«

Enriques Beschreibung wurde von einem lauten Rufen unterbrochen, und Mariella und der Sklave drehten sich um.

Gonzalo Gómez de Espinosa, der Büttel, rief nach ihr und tupfte sich erschöpft den Schweiß von der Stirn.

»Der Wundarzt verlangt nach euch beiden! Es geht um Ricardo ...«

Mariella und Enrique folgten Espinosa sofort unter Deck, wo ihnen ein lauter, schmerzerfüllter Schrei entgegenhallte.

»Was ist geschehen?«, fragte Mariella und schlug sich die Hand auf den Mund, als sie bei dem Wundarzt ankamen, der Ricardo gerade einen Knebel in den Mund band. Dieser schlug jedoch wie ein wildes Tier um sich und spuckte das Tuch wieder aus.

»Nein! Tut das nicht! Ich flehe Euch an! Bitte!«

Zwei weitere Männer hielten seine Arme und Beine fest, und Mariella entdeckte eine tiefe eitrige Wunde mit schwarzen Rändern an seiner Wade. Sie schluckte.

»Was ist geschehen?«, fragte sie.

»Ein Pfeil hat ihn getroffen. Und es scheint, als wäre dessen Spitze vergiftet gewesen«, antwortete Espinosa, während Señor Ruíz, der Wundarzt der Flotte, erneut den Knebel festzurrte.

»Das Bein muss entfernt werden«, erklärte er im Anschluss und deutete auf die Säge, die neben Mariella auf dem Boden lag, die am liebsten sofort wieder kehrtgemacht hätte. Doch Señor Ruíz hatte sicherlich nicht umsonst nach ihr rufen lassen, also atmete sie mehrmals tief durch und blieb, wo sie war.

»Helft mir, ihn auf den Tisch zu hieven. Enrique, ich brauche dich und Espinosa hinter ihm. Haltet seinen Oberkörper fest. Gaspar, lauf schnell zu Antonio und besorge mir ein glühendes Eisen! João, halte du seine Beine fest. Señorita Alvaro, Ihr werdet mir das Werkzeug und die Leinentücher reichen, sobald ich Euch darum bitte, in Ordnung?«

Mariella schluckte und nickte stumm, obwohl sich alles in ihr dagegen sträubte.

»Ich zähle bis drei, dann heben wir ihn auf! Eins, zwei ...«

Ricardo schrie in den Knebel hinein, als die Männer ihn zum Tisch trugen und darauf ablegten. Mariella sah die Angst in Enriques Gesicht, als er mit Espinosa hinter den Verletzten trat, um jeweils dessen Schulter und Arm zu fixieren. Ricardo streckte die Hand noch nach Mariella aus und warf ihr einen flehenden Blick zu. Sie schenkte ihm ein halbherziges Lächeln und versteckte ihre zitternden Hände hinter dem Rücken.

»Ihr schafft das, Señor. Ganz sicher.«

Dann reichte sie Señor Ruíz die Säge und schloss für einen Moment die Augen. Ein markerschütternder Schrei gellte trotz des Knebels durch den Schiffsbauch, und Mariella ergriff seine Hand und murmelte ein Gebet. Das knarzende und gleichzeitig schmatzende Geräusch der Säge versuchte sie zu überhören. Mit zusammengepressten Lippen und angehaltenem Atem reichte sie saubere Leinentücher zum Abbinden an, nahm die Säge entgegen und trat dann wieder zur Seite. Gaspar, Ricardos Freund, hielt einen glühenden Feuerhaken in den Händen, den sie normalerweise zum Schüren der Glut verwendeten. Nun wurde er auf den Beinstumpf gepresst. Es zischte, qualmte und roch plötzlich nach angebranntem Fleisch, während Ricardo nach einem weiteren Schrei in eine erlösende Ohnmacht fiel.

»Werft den Stummel über Bord, Señorita. Ich kann zurzeit nicht garantieren, was die Männer sonst damit anstellen.« Der Wundarzt wickelte den abgetrennten Unterschenkel samt Fuß, der eben noch ein Teil von Ricardos Bein gewesen war, in Leinentücher und drückte diese Mariella anschließend in die Hände.

Sie starrte angewidert auf das vom Blut dunkelrot getränkte, warme Tuch und würgte. Dann aber atmete sie ein paar Mal durch und verschwand nach oben.

Kaum hatte sie das Bündel ins Wasser geworfen, beugte sie sich über die Reling und übergab sich mehrmals ins Meer.

»Señorita? Alles in Ordnung?«

Antonio legte ihr die Hand auf die Schulter, doch Mariellas Magen zog sich erneut zusammen, bis sie nur noch grünen Magensaft herauswürgte.

Nachdem sie sich kraftlos wieder aufgerichtet hatte, fühlte sie neben Antonios auch noch ein anderes Augenpaar auf sich ruhen. Die Concepción fuhr genau an ihrer Leeseite, und Juan stand auf dem Quarterdeck und wirkte wie erstarrt, als sich ihre Blicke trafen.

»Señorita?« Antonio rüttelte inzwischen an ihrer Schulter, und sie atmete tief durch. Dann betrachtete sie ihre mit Ricardos Blut besudelten Hände und lächelte schwach.

»*Meus Deus!* Ich bete zu Gott, dass dies das erste und letzte Körperteil war, an dessen Amputation ich beteiligt war.«

Antonio lachte laut auf und schüttelte den Kopf. »Ich weiß, ich wiederhole mich. Doch Ihr seid wahrlich eine faszinierende Frau. Ricardo wird es Euch sicherlich danken.«

Mariella verzog das Gesicht. »Falls er es überlebt.« Sie blickte ein zweites Mal zur Concepción hinüber und schenkte Juan, der noch immer zu ihnen sah, ein freundliches Lächeln. Wärme breitete sich in ihrem Innersten aus – wie jedes Mal, wenn sie ihn sah. Sie beobachtete, wie er in seine Brusttasche griff und etwas herauszog, das wie ein dunkles Stück Band aussah. Er führte es an die Lippen und küsste es. Mariella kniff die Augen zusammen, um auf die Entfernung hin besser sehen zu können, und ihr war, als könne sie ein Bündel Haare erkennen. Sie fasste sich ins Haar, worauf Juan nickte.

»Ihr solltet Euch waschen«, riss Antonio sie aus ihrer stummen Unterhaltung. »Außerdem seid Ihr nicht allein. Vergesst das nicht.«

Mariella blickte erschrocken um sich und betrachtete dann erneut ihre blutverschmierten Hände. »Ihr habt recht. In beiden Punkten.« Mit diesen Worten ließ sie ihn stehen und kehrte in ihre Kammer zurück.

7.

Mariella steckte sich gerade die letzten Kräuter aus Hernandos Säckchen in die Wange, als sie den ersehnten Klang des Horns hörte. Seufzend erhob sie sich vom Boden ihrer Kammer und blickte durch eins der kleinen quadratischen Fenster.

»Land! Dem Himmel sei Dank! Emi, wir haben es geschafft! Hörst du die Rufe?«

Emi lag seit geraumer Zeit in Mariellas Bett und hatte große Schwierigkeiten, ihre Gliedmaßen zu bewegen. Dennoch hatte sie ihr Bewusstsein kein weiteres Mal mehr verloren und lächelte nun schwach.

»Bald bekommst du Kokosnüsse, Feigen und Wasser, so viel du trinken kannst. Das verspreche ich dir! Oh Emi! Die Zeit des Leidens ist vorbei, das spüre ich!«

»Das klingt wundervoll, meine Liebe.«

Mariella kniete sich auf die Bettstatt und nahm das magere Gesicht ihrer Freundin zwischen die Hände. Zärtlich küsste sie Emi auf die Stirn. »Es wird wundervoll, vertrau mir.«

Dann huschte sie aus der Kammer und betrachtete von Deck aus fasziniert die einzelnen kleinen Sandbänke, die sie passierten, und eine größere Insel, auf die sie direkt zuhielten. Trotz der noch stattlichen Entfernung machte sie saftige grüne Berge, hohe Felsen, unzählig viele Palmen und weiße Strände aus, die einen starken Kontrast zum hellblauen, fast schon türkisfarbenen Wasser bildeten. Vorgelagert im Meer befanden sich einzelne, seltsam geformte Felsen, deren Spitzen allesamt von dichtem Grün überzogen waren. Ein warmer Wind wehte Mariella das lockige Haar aus dem Gesicht, und sie seufzte auf.

Enrique trat die Stufen zum Quarterdeck hinauf und reichte ihr mit feierlichem Blick ein Fernrohr. »Darf ich vorstellen? Meine Heimat, Señorita.«

Mariella neigte den Kopf und nahm das Sehrohr dankbar entgegen. »Ich kann es kaum erwarten, sie zu betreten.«

Noch am selben Abend hatten sie die ersten provisorischen Hütten aufgebaut und alle Kranken an Land gebracht, um sie in diesen versorgen zu können. Die ersten Fässer waren mit frischem Süßwasser gefüllt worden, und ein Sack voller Kokosnüsse sowie ein zweiter voller gelber Feigen lagerten neben einem knisternden Lagerfeuer, über dem ein geschlachtetes Wildschwein hing, das einen köstlichen Duft verströmte. Mariella hatte mit den Badern, Enrique und Señor Ruíz, dem Wundarzt, die Kranken versorgt und ihnen zu essen gegeben. Nun trug sie einen Korb mit steifer, dreckverkrusteter Kleidung zu einem Bach, der unweit vom Strand, noch vor dem bergigen Hinterland, zu einer kleinen Lichtung führte. Die Männer, die zu einer ersten Erkundungstour aufgebrochen waren, hatten ihr davon berichtet. Menschen hatten sie auf der Insel bisher noch keine angetroffen, und Magellan ging davon aus, dass die Insel bis auf die vielen gesichteten Tiere unbelebt war. Mariella verließ sich auf das Urteil ihres Onkels und hatte deshalb auch keinerlei Bedenken, als sie allein in das dunkle Dickicht des Waldes eintauchte. Anders als in Verzin leuchtete dieses Mal der Vollmond klar und hell und tauchte den Dschungel in ein geheimnisvolles silbernes Licht.

Nachdem sie die kleine Lichtung erreicht hatte, kippte sie den Berg Wäsche kurzerhand an einer Stelle hinein, wo der Bach nur knöcheltief Wasser führte, schlüpfte aus ihren Lederstiefelchen, raffte ihre Röcke und trat dann in das kühle Nass hinein. Sie hörte das Zirpen der Insekten und hie und da den Ruf fremder Vögel. Das Lachen der Männer am Strand drang nur leise an ihr Ohr, sodass Mariella die Klänge der

Natur in vollen Zügen genießen konnte. Sie schloss die Augen und drehte sich inmitten der um sie herumschwimmenden Kleidung. Ein Gefühl der Freiheit überkam sie, und sie breitete lachend die Arme aus. Nein, trotz aller bisherigen widrigen Umstände auf dieser Reise war sie im Moment überglücklich, hier – im Bachlauf – irgendwo am Ende der Welt zu stehen. An keinem anderen Ort wäre sie glücklicher.

»*Por Dios!* Weißt du eigentlich, wie wunderschön du bist, Sirena?«

Mariella erstarrte und fühlte, wie ein angenehmes Kribbeln ihren ganzen Körper erfasste – einzig und allein beim Klang dieser Stimme. Seiner Stimme.

»Bist du mir etwa gefolgt?«, fragte sie unschuldig und fischte schnell die nasse, noch ungewaschene Kleidung aus dem Wasser, damit sie nicht doch noch davongeschwemmt wurde.

Juans leises Lachen erzeugte einen weiteren Schauer auf ihrer Haut, und dann hatte er sie auch schon erreicht.

»Der Koch der Trinidad hat mir vorhin erklärt, dass noch eine helfende Hand bei der Wäsche benötigt würde.«

Mariella lächelte und trat aus dem Wasser.

»Vertraust du ihm?«, fragte Juan leise, und Mariella musste sich auf die Zehenspitzen stellen, um in sein Gesicht zu blicken.

»Antonio? Voll und ganz«, antwortete sie, alle weiteren Worte wurden von Juans ungestümer Umarmung und seinem verlangenden Kuss verschluckt. Mariella spürte seinen Körper und drängte sich verlangend an ihn. Ihr eigener schien ihr nicht länger zu gehorchen, sondern in Flammen zu stehen und doch nicht zu verbrennen. Als würde sie ersticken und doch mit jeder Sekunde lebendiger werden.

Doch dann hielt er auf einmal inne und legte seine Stirn an die ihre, während er ihr Gesicht mit seinen Händen umfasst hielt.

»Du lebst«, hauchte er.

»Ich lebe«, bestätigte sie ebenso leise.

»Weißt du eigentlich, wie sehr ich Gott und alle Heiligen angefleht habe, dass du am Leben bleibst?« Sein Daumen strich ihr zärtlich über Wangen und Lippen. »Ich hätte dem Teufel meine Seele dafür verkauft, wenn es nötig gewesen wäre.« Er lachte leise und küsste sie ein weiteres Mal. »Ich habe dich und deine Sturheit in den letzten Monaten mehr als einmal verflucht. Weil du geblieben bist. Doch nun stehe ich hier und sehe dich im Wasser tanzen. Als wärst du der glücklichste Mensch auf Erden. Und ich danke Gott dafür, dass du nicht mit der San Antonio nach Hause zurückgesegelt bist.«

Mariella stellte sich noch mal auf die Zehenspitzen und küsste die kleine Kerbe an seinem Kinn. »Ich bin in der Tat der glücklichste Mensch auf Erden. Weil ich hier bin.«

Juan küsste sie erneut, und Mariella, die mittlerweile verstand, wovon Chiara gesprochen hatte, wenn sie von der Leidenschaft zwischen Pedro und ihr erzählte, fuhr mit der Hand unter das lose, weite Hemd Juans und über seine harten Muskeln an Bauch und Brust.

»Mariella!«, stöhnte er und hielt dann ihre Hand fest. »Der Admiral ... Ich kann nicht ... ich darf dich nicht ...«

Bevor er weitersprach, legte Mariella einen Finger auf Juans Mund und nickte schwach. »Ich weiß. Verzeih mir. Ich habe für einen kurzen Augenblick vergessen, dass ich damit dein Leben aufs Spiel setze.« Sie trat einen Schritt von ihm zurück. Abstand – sie benötigte dringend Abstand, wenn sie ihre Gedanken und Gefühle wieder unter Kontrolle bekommen wollte. Doch Juan griff nach ihren Händen und schnaubte.

»Deine Ehre steht auf dem Spiel, Sirena.«

Mariella jedoch sah das gänzlich anders. »Ich befinde mich derzeit am anderen Ende der Welt, und niemand kann garantieren, ob wir jemals wieder nach Hause zurückkehren. Und selbst wenn, bin ich dort dazu verpflichtet, einen Säufer als Mann zu nehmen, den ich weder liebe noch achten kann.« Sie zuckte mit den Schultern. »Mir ist meine Ehre im Moment herzlich egal.«

Aus Juans Kehle drang ein Geräusch, das einem Knurren ähnlich war, und er neigte sich zu ihr. »Du bringst mich in Teufels Küche, Sirena.«

Mariella lächelte und schlang die Arme um seinen Hals. Vergessen war der Vorsatz, Abstand zu halten, um sein Leben zu schützen. Und zum ersten Mal war sie diejenige, die ihn ungestüm küsste und die Leidenschaft und das Begehren genoss, das sich in ihrem Körper ausbreitete.

8.

Ihr wirkt ganz verändert.«

Mariella stellte die Tasse Wasser auf das provisorische Tischchen und hob die Schultern.

»Meinst du? Inwiefern?«

Emi richtete sich auf und sah ihr prüfend ins Gesicht. Dann streckte sie die Hand aus und strich Mariella eine Strähne hinters Ohr. »Glücklich«, antwortete sie. »Ihr wirkt glücklich.«

Mariella stieg das Blut in die Wangen, denn sie fühlte sich ertappt. *Verliebt wäre der passendere Ausdruck,* dachte sie und meinte dann: »Ich bin glücklich. Sieh dich doch an, Emi! Du hast wieder rosige Wangen! Wie sollte ich da nicht glücklich sein, wenn du endlich gesund wirst?«

Emi lächelte. »Ja, ich erhole mich allmählich. Und kann Euch bald wieder auf Schritt und Tritt begleiten, meine Liebe.«

Mariella konnte ein Schmunzeln nicht unterdrücken. Offensichtlich kannte Emi sie viel zu gut, um ihr ihre kleinen Notlügen abzunehmen. Der Abend vor zwei Tagen hatte Mariellas Gefühlswelt völlig auf den Kopf gestellt. Die Küsse, die Juan und sie auf der Lichtung ausgetauscht hatten, brannten noch immer auf ihren Lippen, und sie wollte mehr davon. Doch sie wusste, welche Gefahr ihr Verlangen für ihn darstellte, und hatte ihn seitdem gemieden. Zwar hatte sie Juan noch weitere Male gesehen, als er seinen erkrankten Freund Simon besucht und sich um ihn gekümmert hatte, dennoch war sie ihm aus dem Weg gegangen.

»Habt Ihr schon etwas gegessen?«, riss Emi Mariella aus ihren Gedanken, die darauf den Kopf schüttelte.

»Zuletzt gestern Mittag. Doch keine Sorge, seit wir hier sind, habe ich mehr gegessen als in den letzten drei Wochen zusammen. Es geht mir gut.«

Emi kicherte. »Das ist nicht zu übersehen. Tut mir dennoch den Gefallen und gönnt Euch etwas Ruhe. Ihr seid fast ununterbrochen hier im Krankenlager.« Sie drehte den Kopf zur Seite und rief nach Enrique, der am anderen Ende der halb offenen Holzbaracke stand und an der provisorischen Außenwand hantierte. »Wärst du so nett und begleitest Mariella hinaus? Sie benötigt etwas zu essen und Ruhe.«

Enrique verzog unwillig das Gesicht und blickte von seinen Werkzeugen und diversen Holzlatten zu Mariella und wieder zurück. Mariella seufzte und erhob sich.

»Beende ruhig deine Arbeit. Ich komme allein zurecht«, erklärte sie und drückte Emis Hand, bevor diese etwas einwenden konnte.

Kurze Zeit später lief sie barfuß durch den Sand einer Bucht und aß eine dieser gelben süßen Früchte. Der dicke Brokatstoff sowie das Unterkleid klebten ihr nass am Körper, und sie wischte sich stöhnend die verschwitzten Locken aus dem Gesicht. Die Luft war hier beständig warm und feucht zugleich, sodass Mariella das feste Oberkleid am liebsten abgelegt hätte. Doch sie erinnerte sich nur allzu gut daran, was passiert war, als sie dies zuletzt getan hatte. Und so atmete sie lieber weiterhin so tief durch, wie es ihr eben möglich war, und behielt das festgeschnürte Kleid an.

»Wieso habe ich das Gefühl, dass du mir aus dem Weg gehst, Sirena?«

Mariella erschrak. Im Schatten eines kleinen Palmenhains saß Juan an einen Stamm gelehnt und lächelte sie mit verschränkten Armen an. Im Gegensatz zu ihr war er bis auf die hochgekrempelten Beinkleider nackt. Von seinem Anblick gebannt, blieb sie stehen, brachte aber kein Wort heraus und konnte nichts anderes tun, als ihn anzusehen. Hitze stieg in ihr auf, die aber nicht der Schwüle des Tages geschuldet war.

Juan erhob sich langsam von seinem Schattenplatz und zog

sich ein fleckiges Leinenhemd über den Kopf. Mariella schluckte, als sie dabei das Spiel seiner Brustmuskeln beobachtete. Wie gerne sie ihn jetzt doch berührt hätte.

»Bist du allein?«, fragte Juan und spähte an ihr vorbei in die Richtung, aus der sie gekommen war.

Erst jetzt kam wieder Bewegung in sie, und sie schüttelte ihre Starre ab und schenkte ihm ein nervöses Lächeln. »Enrique wollte noch eine der Seitenwände im Lager reparieren. Doch ich denke, er wird mir bald folgen.«

Juans schwarze Augen blitzen voller Verlangen und Vorfreude auf, und Mariella unterdrückte ein Seufzen, als sein Blick über ihren Körper wanderte.

»Ich habe etwas entdeckt, das ich dir gerne zeigen möchte. Kommst du mit?« Er hielt inne und strich sich das Haar nach hinten. Dann reichte er ihr die Hand, die Mariella mit klopfendem Herzen ergriff.

Juan blickte noch einmal gründlich um sich, dann zog er sie mitten in das leuchtend grüne Pflanzendickicht hinein. Die Luft wurde augenblicklich nochmals schwüler und das eben noch beruhigende Rauschen der Meereswellen von den Geräuschen des Dschungels verschluckt. Mariella folgte Juan vorsichtig zwischen Schlingpflanzen hindurch und betrachtete die Vielfalt der Pflanzen um sie herum. Das Krächzen von Papageien sowie das Zwitschern und Summen anderer Tiere drang an ihr Ohr und brachte sie zum Lächeln. Es war so wunderschön hier, dass sie sich gar nicht sattsehen konnte. Kleine rosa Blüten kletterten an Baumstämmen empor, während lange, grün bemooste Äste wiederum wie Schiffstaue vom Himmel herabbaumelten.

Juan schien ein gewisses Ziel zu haben, denn er steuerte geradewegs, ohne auch nur einmal aufzublicken, in eine Richtung. Mariella hatte Mühe, mit ihm Schritt zu halten, da ihr Kleid ständig an Ästen hängenblieb und ihr der Schweiß allmählich in Rinnsalen den Körper hinabbrann.

»Wohin führst du mich?«, fragte sie keuchend.

»Vertrau mir, Sirena«, antwortete er nichtssagend.

Kurze Zeit später blieb er stehen. Noch bevor sie erkannte, wo sie sich befanden, nahm sie nun neben dem Vogelgezwitscher und dem Surren der Insekten auch noch ein anderes Geräusch wahr: das Rauschen von Wasser. Neugierig drängte sie sich an Juans breiter Schulter vorbei und hielt den Atem an.

»Das ist … wunderschön.« Ehrfürchtig betrachtete sie den hellblauen See direkt vor ihnen, der von einem über grün bewachsene Felsen hinabstürzenden Wasserfall gespeist wurde, welcher weiße Schaumkronen auf der ansonst spiegelglatt daliegenden Wasseroberfläche erzeugte.

Plötzlich fühlte sie Juans Hände auf ihren Schultern. »Du erzähltest mir einst, dass du nicht schwimmen kannst«, begann er. »Ich zeige es dir, wenn du willst.«

Mariella schluckte.

Juan wartete nicht auf ihre Antwort, sondern schlüpfte aus dem Hemd und tauchte dann mit einem gewagten Kopfsprung in den See.

Erschrocken näherte sich Mariella dem Ufer und beobachtete Juan, der lachend wiederauftauchte. »Es ist herrlich!« Mit kräftigen Zügen schwamm er zu ihr und stieg schließlich tropfnass aus dem Wasser. Wieder betrachtete Mariella mit angehaltenem Atem seine nackte Brust und die perlenden Wassertropfen darauf. Dann drehte sie sich mit wild klopfendem Herzen um und hob ihre Haare an. »Ich kann dieses Kleid unmöglich allein ausziehen«, erklärte sie mit heiserer Stimme, nachdem Juan nicht reagierte.

Behutsam öffnete er ihr daraufhin das Kleid, streifte es ihr über die Schultern und ließ es auf den Boden gleiten.

Nur noch mit Leibchen und Unterrock bekleidet, drehte sie sich zu Juan. Ihre Finger zitterten, als sie ihm in das angenehm kühle Wasser folgte.

»Du bist so wunderschön, Sirena.« Seine Stimme klang rau und atemlos. Dann räusperte er sich und fuhr sich durch die nassen Haare. »Also gut, zum Schwimmen benötigst du die Beine und die Arme ...«

Er zeigte und erklärte ihr die Bewegungen, die sie machen musste, und stellte sich anschließend seitlich versetzt hinter sie. Mariella fühlte zwei warme Hände auf ihren Hüften und seinen Atem in ihrem Nacken. »Bereit, schwimmen zu lernen, schöne Meerjungfrau? Ich halte dich, vertrau mir.«

Mariella lächelte. »Ich vertraue dir.« Dann tauchte sie ins Wasser und genoss nach einem Kreischen das angenehm kribbelnde Gefühl auf dem Körper. Sie hörte Juans Anweisungen, konnte sich allerdings kaum darauf konzentrieren, da seine Hände wie flammendes Feuer an ihrem Bauch und an ihrer Hüfte lagen.

»Stoße mit den Armen und geschlossenen Händen nach vorne, direkt vor deinen Kopf, dann öffnest du die Arme wieder und führst sie seitlich bis auf die Höhe deiner Brust zurück. Ja, genauso. Wie bei einem Ruder! Sehr gut, und jetzt nimm die Beine mit dazu!«

Tatsächlich kam sie nach wenigen Minuten selbständig vorwärts und jubelte vergnügt. »Ich schwimme! Bei Gott! Ich kann schwimmen!«

»Dann lass ich dich los. Bereit? Ich bin da, wenn du mich brauchst.«

Mariella strampelte mit Armen und Beinen und sah zum Wasserfall am anderen Ende des Sees. Dann nickte sie. Sie wollte es schaffen. Und sie vertraute Juan. Daher schwamm sie, ohne zu zögern, in die Mitte des Sees und weiter Richtung Wasserfall. Nur der Unterrock, der sich immer wieder störend um ihre Beine legte, behinderte sie zunehmend. Als sie sich kurz ausruhen wollte, aber keinen Boden mehr unter ihren Füßen fühlte, bekam sie es mit der Angst zu tun.

»Ich bin da, Sirena. Atme ruhig weiter. Gleich haben wir es

geschafft.« Juans dunkle Stimme und seine Hand beruhigten sie, und tatsächlich tauchte sie nur kurze Zeit später in den in allen Regenbogenfarben schillernden Wasserfall ein. Das Wasser prasselte auf sie nieder, doch bald danach ertasteten ihre Füße wieder Boden, und sie jubelte vor Erleichterung.

»Ich habe es geschafft! Ich habe es tatsächlich geschafft! Ich kann schwimmen!«

Juan lächelte zufrieden und zog sie an sich. »Ich habe keine Sekunde daran gezweifelt.« Dann küsste er sie leidenschaftlich. Mariella schlang die Arme um ihn und stöhnte, als sich ihre Zungen berührten.

»Eigentlich wollte ich dir noch etwas anderes zeigen«, raunte er in ihr Ohr, nachdem er sich atemlos wieder von ihr gelöst hatte. »Dreh dich um!« Mariella sah ihn zunächst verblüfft an, wandte sich dann aber um und erstarrte.

9.

Anstatt auf eine glatte grüne Felswand zu blicken, die sie hinter dem Wasserfall vermutet hatte, erstreckte sich vor ihr eine dunkle, geräumige begehbare Höhle. Von ihrer Decke tropfte kein Wasser und außer dem Rauschen des Wasserfalls drangen keine Geräusche von draußen mehr zu ihnen.

Juan stand inzwischen nur noch knietief im Wasser und zog Mariella an sich.

»Hier wird uns niemand entdecken. Nicht einmal Enrique.« Er küsste sie auf die Stirn und strich ihr die nassen Haare aus dem Gesicht.

Mariella legte eine Hand auf Juans Brust und begann, die Wassertropfen auf seiner Haut wegzuküssen.

Plötzlich ergriff Juan ihre Hände, und sein Blick war dunkel vor Verlangen. »Ich sehne mich so sehr nach dir, dass es schmerzt. Doch ich werde nichts tun, was du nicht möchtest«, sagte er leise und wich einen Schritt zurück. Aber Mariella folgte ihm.

»Bitte«, hauchte sie. »Zeige mir, wovon alle Männer hinter vorgehaltener Hand sprechen. Lass mich fühlen, was es heißt, miteinander vereint zu sein, Juan.«

Juans Brust entwich ein ächzender Laut, als er sie aus dem Wasser hinaus- und weiter in die Höhle hineinführte. Dann kniete er vor ihr nieder.

»Ich bin kein Mann, der sich Frauen nimmt, wie es ihm beliebt. Mariella, ich verspreche dir hiermit, dich zu lieben bis an mein Lebensende. Und Gott, der Allmächtige soll unser Zeuge sein. Ich werde dich beschützen und an deiner Seite stehen, was auch immer geschieht. Und selbst wenn wir niemals den Segen der heiligen Kirche erhalten werden, schwöre ich dir bei allen Heiligen meine Liebe.«

Mariella nahm seine Hand und küsste seine Fingerknöchel. »Und ich verspreche dir, vor Gott dem Vater, gleichfalls meine Liebe. Selbst wenn ich irgendwann gezwungen werde, einen anderen zu heiraten, wird mein Herz immer dir gehören.«

»Oh Mariella!« Juan umarmte sie stürmisch und küsste sie gierig.

»Darf ich?«, fragte er atemlos, als seine Hände auf den Schnüren ihres Leibchens liegenblieben. Mariella nickte. Sie genoss es, als er ihr behutsam das Leibchen über die Schultern zog, und entledigte sich kurzerhand ihres nassen Unterrockes. Völlig nackt stand sie vor ihm und hielt den Atem an, als auch er langsam seine Beinkleider abstreifte.

Seit Mariella an der Seite von Wundarzt Ruíz die Rolle eines weiblichen Baders angenommen hatte, wusste sie sehr wohl, wie ein nackter Mann aussah. Dennoch ließ sie Juans Anblick nunmehr aufkeuchen.

Juan schmunzelte und kam einen Schritt auf sie zu. »Ich tue nichts, was du nicht willst«, erklärte er und küsste sie. Diesmal jedoch sacht.

»Ich will dich«, antwortete sie, und als er kurz darauf mit den Fingerspitzen über ihre aufgerichteten Brustwarzen strich, stöhnte sie auf.

»Du besitzt mich längst.« Er küsste ihren Hals, wanderte mit den Lippen über ihr Schlüsselbein und drückte sie behutsam auf den felsigen Boden. »Seit du in Sevilla in meine Arme gestolpert bist, liebe ich dich.« Er beugte sich über sie und berührte mit der Zungenspitze ihre Brustwarze. Mariella stöhnte erneut. Noch nie zuvor hatte sie solch intensive Empfindungen verspürt. Juans Hände wanderten über ihren Körper, über den Bauch hinab zu ihren Oberschenkeln und sie keuchte, als er ihre Klitoris berührte. »Ich bin dein, Mariella Alvaro. Auf immer und ewig.«

»Juan!«, stöhnte sie, während er mit den Fingern sanft über ihre empfindlichste Stelle zu reiben begann. Gleichzeitig küsste er sie und drang mit der Zunge tief in ihren Mund ein. Wie von selbst drängte sich ihr Körper ihm entgegen und sie schrie auf, als eine Welle der Lust durch sie hindurchschoss.

Erst einige Atemzüge später hatte sie wieder die volle Kontrolle über ihren Körper und richtete sich auf. »Das war …«, begann sie, doch Juan hinderte sie am Weitersprechen, indem er sie erneut küsste. Er nahm ihr Gesicht in beide Hände und fuhr mit dem Daumen über ihre Lippen.

»Das war erst der Anfang, *mi amor.*« Er atmete tief durch. »Doch ich werde mir Zeit lassen, dir zu zeigen, was es bedeutet, wahrhaftig vereint zu sein.«

Mariella berührte Juans Brust, ihre Finger wanderten über seine starken Arme bis hinunter zur Taille. Dann hielt sie inne und sah ihn ängstlich an. »Darf ich dich berühren?«

Juan nickte. Seine schwarzen Augen ruhten auf ihrem Gesicht, als er ihre Hand um sein Glied legte, sie mit seiner umschloss und ihr mit ruhigen, festen Bewegungen zeigte, wie sie ihm Lust bereiten konnte.

Mariella fühlte eine tiefe Befriedigung in sich, als sie sein Stöhnen hörte – und merkte gleichzeitig, wie sich erneut Hitze in ihrem Schoss ausbreitete. Juan stöhnte und rief ihren Namen. Schließlich zitterte sein gesamter Körper.

»Wie soll ich je wieder diese Höhle verlassen?«, fragte Mariella einige Zeit später, den Kopf auf Juans Brust gebettet, und lauschte seinem ruhigen Herzschlag. »Jetzt, wo ich weiß, welche Freuden ein Mann und eine Frau erleben können?«

Das dunkle Lachen Juans schickte einen Schauer über ihren Körper. »Dabei habe ich dir nur einen Bruchteil davon gezeigt.«

Mariella stöhnte. »Ein Grund mehr, für immer hierzubleiben.«

Juan küsste sie auf den Kopf, dann richtete er sich auf.

»Dennoch sollten wir bald zu den anderen zurückkehren.

Ich möchte nur ungern von deinem Onkel aufgegriffen werden.«

Mariella streckte sich und erhob sich nur widerwillig. »Du hast recht. Außerdem sollte ich nach den Kranken sehen.« Sie legte ihre Hand zärtlich an Juans Wange. »Versprich mir, dass wir das bald wiederholen.«

Juan schmiegte sich in ihre Handfläche und presste dann die Lippen darauf. »Ich kann es kaum erwarten, Sirena.« Dann erhob er sich vom Felsen. »Lass uns zurückschwimmen.«

10.

Du meine Güte! Ihr seid ja glühend heiß! Ich hole Señor Ruíz, in Ordnung?«

Nur wenige Augenblicke später rannte Mariella mit gerafften Röcken und in Begleitung des Wundarztes der Flotte zurück an Ricardos Krankenlager. Dieser warf den Kopf mit flatternden Augenlidern von einer Seite auf die andere und murmelte unverständliche Dinge.

»Er hat hohes Fieber«, bestätigte Ruíz und trat sofort an das verwundete, amputierte Bein, um die Verbände zu lösen. »Helft mir bitte dabei, Señorita.«

In diesem Augenblick stieß Ricardo einen durch Mark und Bein gehenden Schrei aus, und sein Oberkörper bäumte sich auf. Mariella ergriff ihn an den schweißnassen Schultern, murmelte beruhigende Worte und drückte ihn auf sein Lager zurück. Als Ruíz jedoch den Verband gelöst hatte, presste sie die Lippen aufeinander, um nicht das eben eingenommene Frühstücksmahl wieder zu erbrechen. Der Oberschenkel hatte sich oberhalb der Schnittstelle schwarz verfärbt, aus der zudem an einigen offenen Stellen eine rotgelbe, eitrige Flüssigkeit austrat. Sogar der Wundarzt schlug erschrocken die Hand vor den Mund und fluchte. Für einen kurzen Moment blickte er Mariella in die Augen, doch dies genügte, um sie wissen zu lassen, dass es für Ricardo keine Hoffnung mehr gab.

»Bitte holt Hochwürden Valderrama, Señorita. Noch ist es nicht zu spät für die letzte Ölung.«

Mariella nickte schwach, und drückte noch einmal Ricardos heiße Hand. »Keine Sorge, Ricardo. Bald geht es Euch besser«, murmelte sie und eilte ein zweites Mal aus der Hütte hinaus.

»Guten Morgen, Señorita Alvaro. Alles in Ordnung? Ihr

wirkt so betrübt.« Hernando, der Bader, trug ein Bündel saubere Leinen unter dem Arm und betrachtete sie aufmerksam.

»Guten Morgen. Habt Ihr Hochwürden Valderrama gesehen? Ricardo liegt im Sterben.«

Hernando riss erschrocken die Augen auf. »*Santo Dios!* Nicht noch ein Patient. Gestern erst verstarb Ochote – Gott möge seiner Seele gnädig sein! Ich habe Priester Valderrama eben am Strand dort vorn bei Eurem Onkel gesehen. Sie planen allem Anschein nach die Ostermesse.«

Mariella bedankte sich mit einem Kopfnicken und eilte dann den platt getretenen Trampelpfad zwischen Palmen und Sträuchern hinunter zum Strand.

Tatsächlich sah sie den Priester dort auf einer Bank sitzen, vor der Magellan auf und ab lief und immer wieder auf die Bucht deutete. Doch plötzlich verstummte ihr Onkel und blickte starr aufs Meer hinaus.

»*Credo!* Lieber Himmel!«, stieß Mariella erschrocken aus, als sie dem Blick ihres Onkels folgte. Eine Schar länglicher Holzboote näherte sich ihnen, und Mariella erkannte mindestens ein Dutzend Männer darin. Männer, deren Arme und Oberkörper mit schwarzen Mustern bemalt waren und deren schwarz glänzende Haare mit einem hellroten Band zusammengehalten wurden. Ihre Gesichter wirkten grimmig und vor allem kriegerisch.

Als hätte Magellan sie kommen gehört, drehte er sich zu ihr um und fluchte. »Du hast wirklich ein Gespür für den schlechtesten Zeitpunkt! Was willst du von mir?«

Mariella trat zwischen den Sträuchern hervor, ohne den Blick von den Männern in den Booten zu lösen, und schüttelte den Kopf. »Hochwürden Valderrama wird für eine letzte Ölung benötigt, Admiral«, antwortete sie und neigte das Haupt.

Der Priester nickte schweigend und wartete auf die Erlaubnis ihres Onkels, sich entfernen zu dürfen. Dieser wedelte kurz mit der Hand und wandte sich erneut an Mariella. »Bring mir Enrique. Und gib den gesunden Männern an Land Bescheid. Sie sollen ihre Rüstungen und Waffen anlegen.«

Mariella riss die Augen auf. »Ihr wollt gegen sie kämpfen? Und wenn sie in Frieden kommen?«

Magellan zerrte sich fluchend das Barett vom Kopf und fächerte sich damit Luft zu. »Herrgott, Mariella! Kannst du nicht einmal ohne Nachfrage oder Widerrede das tun, was ich dir sage?«

Sie schluckte und knickste in demütiger Haltung vor ihm. »Ich bitte um Verzeihung.« Dann drehte sie sich zur Bucht, um den Befehl ihres Onkels auszuführen.

Wenige Augenblicke später standen zwanzig Seeleute in eisernen Rüstungen und mit Armbrüsten aufgereiht am Strandufer und schossen zur Verdeutlichung ihrer Überlegenheit ein paar Pfeile in die Luft.

Mariella hielt sich im Hintergrund und beobachtete gespannt die größtenteils überraschten Gesichter. Enrique trat neben Magellan ans Wasser und begrüßte die Fremden in einer seltsam klingenden Sprache. Doch offensichtlich wurde der junge Sklave verstanden. Die Männer antworteten in der gleichen Sprache und ruderten dann an Land. Magellan hob den Arm und neigte zur Begrüßung das Haupt. Anschließend griff er nach einem hinter ihm stehenden Sack mit kleinen Glöckchen und Spiegeln und reichte ihn den Ankömmlingen.

Plötzlich riefen sie alle durcheinander. Jeder versuchte, den Sack in die Hände zu bekommen, um eines der Geschenke zu erhalten. Mariella riss erschrocken die Augen auf, als sie die Zähne dieser Männer betrachtete. Sie glänzten allesamt, als wären sie mit purem Gold überzogen.

»Señorita, wieso treffe ich Euch erneut allein an? Ich dachte, Euer Onkel wollte Euch für Eure Landgänge einen Begleitschutz zur Seite stellen?«

Mariella grinste, als sie die dunkle Stimme Juans dicht hinter sich hörte, und rieb sich geistesabwesend über die kribbelnde Haut am Nacken. »Mein Begleitschutz dient aktuell als Übersetzer. Doch ich denke, im Moment bin ich keiner Gefahr ausgesetzt. Unsere Männer haben derzeit nur Augen für die Ankömmlinge.«

Mariella hatte kaum geantwortet, da zog Juan sie hinter ein Gebüsch. »Da wäre ich mir nicht so sicher, Señorita«, antwortete er und küsste sie mitten auf den Mund.

»Juan!«, fuhr sie ihn an und blickte erschrocken um sich. »Wir stehen hier nur wenige Schritte von meinem Onkel entfernt. Bist du lebensmüde geworden?«

Er verzog den Mund zu einem Lächeln und strich ihr liebevoll eine Locke hinters Ohr. »Ich bitte vielmals um Verzeihung, Sirena. Aber ich kann einfach nicht aufhören, an den gestrigen Tag zu denken.«

Mariella schluckte, ihr Mund war mit einem Mal wie ausgetrocknet. Dafür spürte sie erneut Feuchtigkeit zwischen ihren Beinen. Sie atmete tief ein und wich ihm mit einem Schritt nach hinten aus.

»Es geht mir ebenso. Doch ich würde es mir nie verzeihen, wenn du durch unsere Unachtsamkeit dein Leben verlierst.«

»Wann sehe ich dich wieder? Am Wasserfall?«, unterbrach Juan ihre Erklärung. »Heute Abend?«

»Ich werde sehen, ob ich mich davonstehlen kann, wenn hier vielleicht gefeiert wird.« Mariella ergriff seine Hand und drückte sie sacht, dann verließ sie den Schutz der schattenspendenden Bäume und trat wieder hinaus zu den anderen. Doch so interessant die Begegnung der beiden Kulturen in der Bucht auch war, wanderten ihre Gedanken immer wieder zu Juan und zum Wasserfall. Sie nahm die bemalten Oberkörper der Männer kaum wahr und stellte völlig teilnahmslos fest, dass die Krieger allesamt nackt bis auf eine Baumrinde um die Lenden waren. Denn im Geiste sah sie Juan ebenfalls nackt vor sich, fühlte seine Begierde, hörte sein Stöhnen. Und sah, wie sein muskulöser Körper unter ihren Berührungen vibrierte. Mariella fühlte das Verlangen nach ihm in ihrem gesamten Körper und presste ihre Schenkel zusammen. Sie wollte und musste unbedingt zurück in diese Höhle gelangen.

11.

Mariella! Du kommst mit mir zurück zum Schiff und besorgst dir dein sauberstes und schönstes Kleid! Der König dieser Eingeborenen hat uns zu einem Abendmahl auf seine Insel eingeladen. Und ich möchte, dass du mitkommst.«

Mariella stand neben Emis Krankenlager und erstarrte. Nur langsam drehte sie sich zu ihrem Onkel um und blickte ihn ungläubig an. »Meint Ihr das ernst? Ein Fest an einem Karsamstag?«

Magellans Gesicht blieb ausdruckslos. »Habe ich jemals gescherzt? Außerdem kam die Einladung vom König dieser Inseln, und ich bezweifle, dass er weiß, was der heutige Tag uns Christen bedeutet.«

»Aber …«, begann sie und fasste nach Emis Hand. Sie hatte fest geglaubt, im Fall eines Festes auf dem Schiff bleiben und sich später ungesehen an Land zum Wasserfall schleichen zu können. »Wer kümmert sich dann um die Kranken? Wer bereitet ihnen das Essen zu? Ich kann doch unmöglich …«

Doch bevor ihr Onkel darauf reagieren konnte, hatte Emi sich bereits aufgerichtet. »Natürlich könnt Ihr, meine Liebe. Ich fühle mich so gut wie gesund und werde von Herzen gern Euren Dienst hier übernehmen. Ich weiß doch, wie gern Ihr das Leben fremder Kulturen kennenlernen möchtet.«

Mariella schluckte und zwang sich zu einem Lächeln. Natürlich entsprachen Emis Worte der Wahrheit. In Verzin hatte sie es kaum erwarten können, die Völker und ihre Lebensweisen zu studieren. Der Gedanke, dass sie nun sogar vor den König dieser Menschen hier treten konnte, hätte ihr Freude bereiten müssen. Doch tatsächlich dachte sie nur an Juan und an ihre heimliche Verabredung an diesem Abend.

»Dann hätten wir das ja geklärt. Ich freue mich, dich wieder gesund zu sehen, Emiliana. Kommst du nun, Mariella?«

Mariella knickste vor ihrem Onkel und drehte sich zu Emi. »Fährst du mit und hilfst mir gleich beim Umkleiden?«

Nachdem sie die Trinidad erreicht hatten und Emi in der Kajüte hinter ihr stand, um ihr ein frisch gewaschenes Leibchen zu schnüren, meinte sie beiläufig zu ihrem Schützling: »Aus welchem Grund wirkt Ihr nur so, als hätte Euch Euer Onkel zu einer Woche Kammerarrest verurteilt?«

Mariella schwieg und fluchte, während sie versuchte, einige Locken zu entwirren.

»Oder meint Ihr, dass ich den Grund hierfür besser gar nicht erfahren soll?«

Mit einem Wink ihrer Hand übernahm Emi das Flechten ihrer Haare, und Mariella seufzte leise. »Ich liebe ihn, Emi«, gab sie flüsternd zur Antwort und fühlte sich zum ersten Mal schuldig für das, was sie getan, beziehungsweise zugelassen hatte. Emi stöhnte kopfschüttelnd.

»Das ist nicht zu übersehen, meine Liebe. Und gerade das bereitet mir Sorgen.« Sie nahm sich die bereitgelegten Haarnadeln, um die Flechten am Kopf festzustecken, und holte im Anschluss ein dunkelblaues Seidenkleid aus der Truhe und schüttelte es aus. »Ihr kennt doch die Konsequenzen Eures Handelns. Und Euer Onkel steht zu seinem Wort, das wissen wir beide. Erinnert Euch nur an Barbosa, als er diese Damen mit an Bord genommen hat.«

Mariella ignorierte den unangenehmen Schauer, den Emis Worte auslösten. Sie hatte nicht vergessen, wie wütend ihr Onkel gewesen war, weil sich sein eigener Schwager nach dem Ankern vor den Diebesinseln mit den eingeborenen Damen vergnügt hatte.

»Und dabei handelte es sich nur um ungetaufte Wilde. Ihr seid jedoch seine Nichte.«

»Das weiß ich selbst, Emi!«, antwortete Mariella harscher als beabsichtigt und murmelte sofort eine Entschuldigung, als sie Emis erschrockenes Gesicht sah.

»Versucht einfach, den Abend zu genießen. Immerhin dürft Ihr bei einem König speisen.«

Mariella grinste und dachte an die Bemalungen der Krieger. Wie mochte da erst der König dieses Volkes aussehen? Nachdem Emi ihr das Seidenkleid zugeschnürt hatte, betrachtete sie ihr Werk. Dann nickte sie lächelnd. »Nun seht Ihr aus wie eine Prinzessin. Lasst Euren Onkel nicht länger warten!«

Mariella ergriff Emis Hand und drückte sie. »Ich danke dir. Auch für dein Mitgefühl.«

Emi verzog das Gesicht zu einem schiefen Lächeln und setzte sich ihre weiße Spitzenhaube auf. »Passt auf Euch auf, *minha beleza*, und auf Euer Herz.«

Kaum hatte Mariella die Kammer verlassen, hörte sie ihren Onkel auch schon rufen. »Na endlich! Ich dachte schon, du kommst gar nicht mehr!«

Er reichte ihr die Hand und betrachtete sie einen Augenblick. Dann pfiff er anerkennend und bedeutete ihr, ihm zu folgen. Magellan hatte ebenfalls sein edelstes Gewand angelegt. Einen gelben Rock, sowie das farblich dazu passende Wams und Barett, die im Licht der Abendsonne glänzten. Sogar seinen Bart hatte er fein säuberlich gestutzt. Mit einem stummen Nicken begrüßte sie die anderen Seeleute im Beiboot und blickte ein letztes Mal zur Bucht. Zu der Lichtung, wo Juan vermutlich in Kürze auf sie warten würde. Doch sie erinnerte sich an Emis Worte. Sie musste tatsächlich mehr Abstand zu ihm halten, wenn sie sein Leben schützen wollte. Mochte ihr dies auch noch so schwerfallen und Schmerz bereiten.

»Dort vorn sind sie! Seht ihr, wie schnell sie mit den Booten fahren können? Wie heißen die Boote noch gleich, Enrique? Balangay?«

Mariella verfolgte interessiert das Gespräch ihres Onkels mit Enrique und richtete sich auf, um die Eingeborenen in ihren langen Booten besser sehen zu können. Dabei stieß sie versehentlich gegen einen Seemann, der daraufhin laut fluchte.

»Verzeihung, Señor Pigafetta.« Erst jetzt erkannte sie den Federkiel und das lederne Buch in seinen Händen. Offensichtlich hatte sie ihn beim Schreiben gestört. »Ich hoffe, Euer Wort ist meinetwegen nicht unleserlich geworden. Darf ich erfahren, was Ihr aufschreibt?«

Pigafetta, der aus Italien stammte, drehte den Federkiel zwischen den Fingern und verzog ärgerlich das Gesicht. »Ich halte unsere Reise für die Nachwelt und natürlich für seine Majestät den König fest.«

Mariellas Augen leuchteten auf, und sie beugte sich interessiert über das Buch. »Das klingt faszinierend, Señor. Und Ihr schreibt wirklich alles darin auf?«

Pigafetta zog sofort das Buch enger an sich heran und klappte es zu. »Alle wichtigen Ereignisse, ja.«

»Komme ich auch darin vor?«, fragte sie weiter, doch der Blick, den er ihr zuwarf, genügte als Antwort. Abschätzig musterte er sie von oben bis unten und stieß im Anschluss einen grummelnden italienischen Laut aus.

»Natürlich nicht«, murmelte sie.

»Seht doch! Das muss die Insel des Königs sein!«, rief da ein Seemann und deutete auf eine von Feuern und den Strahlen der untergehenden Sonne hell erleuchtete Bucht am Horizont. Bemalte Krieger harrten in Reih und Glied am Strand aus und hießen sie offensichtlich willkommen. Unweit daneben erkannte Mariella ein riesiges Haus, das auf Stelzen stand. Je näher sie der Insel kamen, desto mehr solcher Gebäude entdeckte sie.

Mariella strich sich unbewusst über die vor Aufregung und Freude kribbelnden Arme.

»Bist du bereit, vor den König zu treten?«, fragte Magellan, nachdem ihr Boot im Sand aufgelaufen war, und Mariella nickte mit einem strahlenden Lächeln.

»Oh ja, das bin ich, Onkel.«

12.

Rajah Humabon heißt euch herzlich willkommen«, übersetzte Enrique, nachdem sie den Palast, der ebenfalls auf Stelzen gebaut war, über eine hohe Leiter erklommen hatten. Nun standen Mariella, Magellan und die anderen Männer vor einem dicken, bemalten Mann, dessen einziges Kleidungsstück aus einer Art Baumwolltuch bestand. Er saß auf einer Decke aus Palmblättern und lächelte sie freundlich an. Ein besticktes Seidenband zierte seine schwarz glänzenden Haare, und Mariella betrachtete interessiert die goldenen Steine, die an Ringen hingen, welche wiederum an seinen Ohren befestigt waren. Als sie jedoch die goldenen Punkte auf den spitz zulaufenden Zähnen sah, konnte sie nur mit Mühe ein aufgeregtes Keuchen unterdrücken. Auch wenn sie diesen Zahnschmuck bei den anderen Männern schon gesehen hatte, wirkte das Gebiss aus der Nähe betrachtet einfach nur beängstigend.

»Dieses Gold und die Schale mit Ingwer soll Euer Gastgeschenk sein«, fuhr Enrique fort, die Worte des Königs zu übersetzen, während dieser zuerst auf einen glänzenden Barren und dann auf mehrere seltsam geformte, hellbraune Wurzeln deutete.

Aufgeregtes Murmeln vonseiten der Seeleute war zu vernehmen, und Mariella sah das Staunen in ihren Augen, als sie das viele Gold im Palast bewunderten. Dieser Herrscher war offensichtlich sehr reich, und obwohl sie in der kurzen Zeit auf der Insel nur einen ersten Eindruck gewonnen hatte, wusste Mariella, dass die Kultur dieser Menschen mit der der Eingeborenen in Verzin nicht zu vergleichen war.

Magellan neigte den Kopf und ergriff eine der graubraunen Wurzeln. »Sage ihm, ich bedanke mich für die Gewürze, doch das Gold kann und werde ich nicht annehmen. Und bring mir im Anschluss unsere Geschenke!«

Enrique folgte Magellans Anweisungen und kurze Zeit später berührte der König interessiert den feinen Brokatstoff eines Kleides, das Magellan ihm feierlich als Gastgeschenk überreicht hatte. Dann legte er es lachend beiseite und lud seine Gäste ein, am Essen teilzunehmen.

»Der Rajah wünscht Euch an seiner Seite, Señorita. Admiral, soll ich ihm Eure Zustimmung erteilen? Ihr würdet natürlich auf der anderen Seite des Königs Platz nehmen«, erklärte Enrique, bevor sie sich setzen konnten. Mariella hob unsicher den Kopf und blickte in die dunklen Augen des Königs. Neugierde, aber auch Begehren lagen darin, und Mariella nahm sich vor, sich vor ihm in Acht zu nehmen.

»Aber natürlich. Mariella, nimm den Platz an der Seite von Rajah Humabon ein. Sag ihm, dass wir uns geehrt fühlen!«, fügte er an Enrique gerichtet hinzu, der weiterhin als Übersetzer zwischen ihm und dem König fungierte.

Mariella raffte nervös ihre Röcke, um trotz der vielen Schichten Stoff einigermaßen würdevoll neben dem König auf dem Boden sitzen zu können. Dieser reichte ihr eine Schale mit einer Flüssigkeit. Dann stieß er eine Faust in die Luft und legte die andere Hand auf Mariellas Schulter. Sie zuckte zusammen, doch gleich darauf steckte der Raja einen gekürzten Schilfhalm in das Gefäß und trank daraus. Mariella lächelte ihn verhalten an, dann tat sie es ihm gleich, nahm ebenfalls den Schilfhalm zur Hand und saugte daran. Das weiße Gebräu, eine Art Wein, wie Enrique ihr sagte, schmeckte eigenartig, ein wenig süß und gleichzeitig sauer, doch Mariella schmeckte es, sodass sie die Schale in einem Zug austrank. Rajah Humabon lachte daraufhin laut auf und wedelte mit den Armen, worauf alle Anwesenden zu essen begannen.

»Das sind gekochte Eier von Schildkröten, Señorita«, übersetzte Enrique weiter, während er vor ihren Füßen eine Art längliche Platte mit den unterschiedlichsten Speisen füllte. Sie kostete gebratenes Fleisch, verschiedene unbekannte Früchte und die eben genannten Eier und seufzte genüsslich.

»Das schmeckt köstlich!«, erklärte sie dem Rajah, der wieder lachte und ihr die Platte erneut füllen ließ.

Mariella beobachtete interessiert das Geschehen in dem großen Raum. Die eingeladenen Seeleute lachten vergnügt und tranken genüsslich aus den Schilfhalmen. Es herrschte eine ausgelassene Stimmung.

Am anderen Ende des Raumes entdeckte sie Pigafetta, der mit einem Zeigefinger die fein ausgeführten Bemalungen eines Kriegers berührte und sich mit diesem unter Zuhilfenahme von Händen und Füßen offensichtlich unterhalten konnte. Sie selbst saß hingegen stumm und hilflos neben dem König und wusste nicht, mit wem sie sich unterhalten sollte, da Enrique damit beschäftigt war, zwischen Magellan und dem König hin und her zu übersetzen.

Zwischendurch griff der Rajah immer wieder nach ihrer Hand und strich lächelnd darüber. Auch den Stoff ihres Kleides berührte er und nickte dabei.

Mariella erwiderte das Lächeln. »Das ist Seide. Kennt Ihr diesen Stoff?«

Der Rajah lächelte darauf nichtssagend weiter, und sie trank unsicher aus ihrer Schale. Natürlich hatte er sie nicht verstanden. Doch ein paar Augenblicke später beugte er sich nach vorn und sprach mit Enrique, der unschlüssig vom König zu ihr sah.

»Er fragt, ob Ihr einem der Männer gehört.«

Mariellas Gedanken wanderten daraufhin sofort an Juan. Röte schoss in ihre Wangen, und sie räusperte sich verlegen. Doch sie sagte nichts, sondern schenkte dem Rajah nur ein weiteres verhaltenes Lächeln. Ihr Onkel brummte etwas Unverständliches in seinen Bart und neigte sich nach vorn.

»Erkläre ihm, dass sie meine Nichte ist. Und im Anschluss

erläutere ihm das Gebot der heiligen Ehe. Nein, warte, erzähle ihm zunächst von Gott und dem Heiligen Vater …«

Enrique zuckte nur mit den Schultern und übersetzte, wie ihm geheißen, Magellans Worte. Mariella hörte nur noch mit halbem Ohr zu, wie ihr Onkel immer eifriger die Botschaft Jesu Christi an den König weitertrug und dabei auch das Gebot der Keuschheit nicht aussparte. Nun flammten ihre Wangen erst recht, und sie blickte beschämt zu Boden.

Ob Gott sie wirklich als Sünderin betrachtete? Obwohl sie Juan in seinem Namen ihre Liebe versprochen hatte?

Sie atmete tief durch und trank erneut einen Schluck von dem Getränk, das laut Enriques Erklärung aus Palmblättern gewonnen wurde.

Enrique setzte sich nun neben Mariella, um selbst etwas zu essen und zu trinken. Dabei bedachte er sie mit einem traurigen Lächeln.

»Ich vermute, der Rajah möchte sich taufen lassen, damit er um Eure Hand anhalten kann.«

Mariella riss die Augen auf und verschluckte sich hustend. »Das hat er gesagt?«, fragte sie, nachdem sie ihre Stimme wiedergefunden hatte. Enrique schüttelte den Kopf.

»Nein, aber ich erkenne die Absicht, die hinter seinen Fragen steckt. Allerdings glaubt der Admiral wohl, er wäre ein gläubiger Heide, der durch ihn zu Gott gefunden hat.«

Mariella sah zu ihrem Onkel, der mit glänzenden Augen immer wieder das Kreuzzeichen schlug und danach die Hände zu einem Gebet faltete. Rajah Humabon wiederholte die Gesten mit einem begeisterten Lachen, und sie seufzte.

»Er würde mich niemals als Braut an diesen König verkaufen«, murmelte sie, musste im gleichen Augenblick aber an ihren Vater denken. Auch von ihm hatte sie niemals geglaubt, dass er in der Lage dazu wäre, sie an Alberto zu verkaufen. Und doch hatte er sie bei einem Kartenspiel als Pfand eingesetzt und verschachert. Was würde ihr Onkel tun, um an das

Gold und die anderen Schätze dieser Insel zu gelangen? Übelkeit stieg in ihr auf, und sie erhob sich taumelnd.

Sofort stand der Rajah neben ihr und tätschelte liebevoll ihre Hand.

»Verzeihung. Ich glaube, ich habe etwas zu viel von Eurem Wein gekostet«, erklärte sie, um sich vom Fest zurückziehen zu können.

»Na komm, liebe Nichte, setze dich wieder zu uns!«, forderte Magellan sie auf, und sie folgte trotz ihrer Befürchtungen seiner Anweisung.

Kurze Zeit später erschienen junge, bildhübsche Frauen, die lediglich ihre Scham mit einem Stück Rinde abgedeckt hatten. Ihre mandelförmigen Augen strahlten, und ihre schwarzen Haare fielen ihnen den Rücken bis weit über die Taille hinab. Sie trugen seltsame Instrumente und tänzelten mit ausladenden Hüftbewegungen zwischen den Seemännern umher. Mariella lachte, als sie diese allesamt mit offenen Mündern dasitzen sah, als wären sie zu keiner anderen Regung mehr fähig. Doch auch sie fühlte sich von den tanzenden Frauen und der Musik in den Bann gezogen. Außerdem konnte sie nicht aufhören, die ebenmäßigen, feingeschnittenen Gesichtszüge der Frauen zu bewundern. Mit einer weiteren Schale Palmwein lehnte Mariella sich zurück und beschloss, all ihre Ängste und Sorgen zu vergessen. Den restlichen Abend würde sie genießen – in vollen Zügen.

13.

Ein stechender Kopfschmerz ließ sie erwachen, und Mariella stöhnte, als ihr die ersten Sonnenstrahlen direkt ins Gesicht schienen.

»Das ist doch nicht zu fassen! Mariella, hier riecht es wie unter Deck nach einem wilden Gelage der Seeleute! Was habt Ihr nur getrunken?«

Mariella blinzelte mehrmals, um Emi überhaupt erkennen zu können. Dann stöhnte sie erneut und schlug die Decke beiseite. »Mein Trinkgefäß wurde ständig nachgefüllt. Und ich traute mich nicht, abzulehnen.« Langsam richtete sie sich auf und hielt sich einige Augenblicke am Kopfende des Bettes fest. »Enrique nannte es Palmwein. Und es hätte dir auch geschmeckt«, fügte sie mit einem Lächeln hinzu, nachdem sich der erste Schwindel gelegt hatte.

Emi zog skeptisch eine Augenbraue nach oben. »Das bezweifle ich sehr, meine Liebe. Nun kommt, kleidet Euch an, die Ostermesse beginnt in Kürze. Und aus irgendeinem mir unerklärlichen Grund entschied Euer Onkel heute Morgen, die Messe nicht unten in der Bucht, sondern auf einem der Berge abzuhalten.« Emi schüttelte den Kopf. »Wir haben also noch eine anstrengende Wanderung vor uns.«

Mariella ließ sich aus dem Nachtgewand helfen und streckte sich gähnend. Dann nahm sie Emi in den Arm und bekreuzigte sich im Anschluss. »Das hätte ich beinahe vergessen. Gelobt sei Jesus Christus, auferstanden von den Toten! Ich wünsche dir gesegnete Ostern.«

Doch Emi blickte nur auf ihr zerzaustes Haar und schüttelte den Kopf. »Dazu ist nach der Messe immer noch Zeit. Nun kommt, lasst Euch ankleiden!«

Kurze Zeit später trug Mariella ein hochgeschlossenes dunkelrotes Brokatkleid, das ihr, genau wie das Unterkleid, bereits nach den ersten Schritten Fußmarsch durch den Urwald am Körper klebte. Wie ein heißer Nebel lag die Hitze zwischen den Bäumen, und Mariella atmete erleichtert aus, als sie endlich die Spitze des Berges erreicht hatten. Zumindest wehte dort oben ein leichter, angenehmer Wind.

»Seht doch, wie herrlich es aussieht! Das ist wahrlich ein majestätischer Anblick! Gepriesen sei Gott der Herr, unser Schöpfer.«

Hernando, der nur wenige Schritte von Mariella entfernt stand, deutete auf die Bucht unter ihnen und bekreuzigte sich ehrfürchtig. Mariella folgte seinem Blick und bewunderte nun ebenfalls die Aussicht. Von hier oben sah die kleine Bucht mit den drei Schiffen völlig anders aus. Der feine, zwischen den Bäumen schwebende Nebel tauchte das Land unter ihnen in graue und matte Grüntöne, während es vom Meer nahezu ringförmig in gleißenden unzähligen Blau- und Türkistönen gesäumt wurde. »Wundervoll«, stimmte sie ihm zu.

»In der Tat«, murmelte eine ihr wohlbekannte Stimme. Als Mariella den Kopf drehte, sah sie jedoch, dass Juan definitiv nicht von der Aussicht sprach – denn seine tiefschwarzen Augen waren ausschließlich auf sie gerichtet, und sein Blick wirkte unergründlich. Mariella lächelte zaghaft, ermahnte sich aber sofort, ihm aus dem Weg zu gehen. Sie erinnerte sich an Emis Worte am Abend zuvor. Sie musste ihn vergessen, wenn sie sein Leben schützen wollte, und das würde ihr nur gelingen, wenn sie Abstand zu ihm hielt.

»Und weiter unten kommen nun auch der König und sein Gefolge!«, rief einer der Seeleute, der am Abend zuvor gemeinsam mit Mariella und den anderen bei Rajah Humabon gespeist hatte. »Ich hätte niemals geglaubt, dass er sein Versprechen gestern ernst gemeint hat.«

»Das dachte ich auch nicht«, murmelte Mariella und atmete tief durch. Der König hatte am Abend zuvor versprochen, der heiligen Messe beizuwohnen, und hatte dabei immer wieder mit glänzenden Augen zu ihr gesehen. Wieder sagte ihr eine innere Stimme, auf der Hut vor ihm zu sein, dann wandte sie sich ab, um ihre Gedanken in eine andere Richtung zu lenken. Sie sah Emi, die sich in ein Gespräch mit Hernando verwickeln ließ, daher beschloss sie, Enrique zu suchen. Doch dieser half Magellan gerade dabei, das große Holzkreuz aufzustellen, während andere Männer unmittelbar daneben Palmzweige und bunte Tücher auf dem Erdboden ausbreiteten. Als sie Frederico auf einer der provisorisch ausgebrachten Sitzgelegenheiten entdeckte, nahm sie daher mit einem Lächeln neben ihm Platz.

»Ich freue mich, dich wieder bei Kräften zu sehen. Bist du etwa den gesamten Weg hier hinauf allein gelaufen?«

Frederico streckte mit einem breiten Grinsen die Beine aus und fuhr sich durch das krause Haar, das in der Morgensonne glänzte. Es wirkte sauber gewaschen und frisiert. »Ich gestehe, dass ich auf dem Weg den Berg hinauf immer wieder eine kurze Rast eingelegt habe, doch ich bin hier, Signorina. Und das verdanke ich Euch.« Er ergriff ihre Hand und küsste sie sacht.

»Ich bin mir sicher, dass du auch ohne meine Hilfe genesen wärst.«

Hochwürden Valderrama beendete Mariellas und auch sämtliche andere Unterhaltungen, indem er die Anwesenden darum bat, sich in Reih und Glied vor dem Kreuz aufzustellen, und dann inbrünstig zu beten begann. Neben der Stimme des Priesters waren mit einem Mal nur noch das Zwitschern der Vögel und das Zirpen und Summen der Insekten zu hören. Mariella faltete die Hände und blickte ergriffen nach vorn zum Kreuz. Rechts und links davon entzündeten Männer Fackeln. Zusammen mit den bunten Tüchern und den Palmzweigen sah der heilige Altar in ihren Augen einzigartig und wunderschön aus.

Selbst der Rajah und sein Gefolge verstummten, sobald sie die Spitze des Berges erreicht und sich zu ihnen gesellt hatten. Natürlich suchte sich Rajah Humabon den freien Platz neben Mariella aus, wo er mit interessierter Miene die zeremoniellen Gesten des Priesters und der Betenden nachahmte. Allerdings nicht, ohne zuvor Mariellas Handfläche geküsst zu haben.

Mariella versuchte, die vermeintlich zufälligen Berührungen des Rajahs, der immer näher an sie heranrückte, zu ignorieren, obwohl ihr dies allein schon wegen der nicht vorhandenen Kleidung des Königs alles andere als leichtfiel. Immer wieder drückte sein warmer, nackter Oberschenkel gegen ihr Kleid, und sie fühlte sich so unwohl wie schon lang nicht mehr.

Als der Priester die Feier der Eucharistie ankündigte, trat Magellan an Rajah Humabon heran und bedeutete diesem, ihm zu folgen, um von der ersten Reihe aus die heilige Handlung genauer beobachten und miterleben zu können. Mariella atmete erleichtert aus, was ein leises Kichern bei Frederico auslöste.

»Diese Bemalungen wirken selbst auf mich ziemlich einschüchternd, Signorina«, erklärte er mit einem Schulterzucken. »Doch keine Sorge, ich werde Euch, als meine Lebensretterin, beschützen.« Er zwinkerte ihr zu und blickte dann wieder nach vorn, um in das Gebet einzustimmen.

Als das Ende der Zeremonie nahte und die Seeleute ein weiteres Mal das Vaterunser beteten, war Mariella, auch wenn sie ihren Onkel vor wenigen Stunden noch wegen des langen Fußmarsches verflucht hatte, diesem nun doch dankbar für diese wahrlich heilige Messe an solch einem unvergleichlichen Ort. Die Sonne stand mittlerweile im Zenit, doch keinen der Anwesenden schien die Hitze zu stören. Alle wirkten entrückt, als würde Jesus persönlich unter ihnen weilen.

»Vorsicht, Signorina!« Ein Zischen riss Mariella aus ihren

Gedanken und einen Lidschlag später stieß sie einen spitzen Schrei aus, als sie vor ihren Füßen eine graue Schlange entdeckte. Doch Frederico war bereits aufgestanden und hob einen schweren Stein auf, der neben ihm am Boden lag, um das Tier damit zu erschlagen. Die Schlange richtete sich daraufhin auf und spreizte dabei gleichzeitig unterhalb des Kopfs eine Art Schild auf. Das Tier zuckte blitzschnell nach vorn, und Frederico stöhnte kurz. Dann holte er aus und schmetterte den Stein auf den Kopf des Tiers.

Einige Seeleute und auch Rajah Humabon und sein Gefolge, die gemerkt hatten, dass etwas geschehen war, eilten nun interessiert zu ihnen und betrachteten entsetzt das tote Tier zu ihren Füßen.

»Offensichtlich hat auch der Teufel höchstpersönlich an unserer Messe teilgenommen«, murmelte Mariella leise vor sich hin und fragte Frederico dann: »Geht es dir gut?«

Er nickte mit einem verzerrten Lächeln, kam jedoch nicht dazu, zu antworten, da der Rajah sich auf den Boden kniete, um die Schlange zu begutachten. Schließlich wandte er sich an Enrique, der sogleich übersetzte.

»Er möchte wissen, ob das Tier jemanden gebissen hat. Es hat ein gefährliches Gift in seinen Zähnen.«

Keiner der Seemänner antwortete, und als sich der Rajah direkt an Mariella wandte, schüttelte auch sie den Kopf. Mit einer schwungvollen Bewegung warf er das Tier vom Berg und erklärte weiter, wie sich dieses Gift im Körper eines Menschen auswirkte und dass es dagegen keinerlei heilendes Mittel gäbe.

Mariella sah zu Frederico, der sich immer wieder mit zusammengepressten Lippen über den Arm fuhr. Entschlossen trat sie zu ihm und zog ihm den Hemdärmel nach oben. Dann schluckte sie. Zwei kleine rote Punkte zierten sein Handgelenk.

»Sie hat dich gebissen«, stellte sie fest, und Frederico nickte mit gesenktem Kopf.

»Vielleicht neigt der König ja zu Übertreibungen? Es schmerzt jedenfalls kaum stärker als ein Bienenstich«, wiegelte er ab.

Doch Mariella erkannte Tränen in seinen Augen. Und als sich die anderen Seeleute gemeinsam mit Rajah Humabon und Magellan auf den Weg machten, um unten in der Bucht das Ostermahl zu zelebrieren, keuchte Frederico plötzlich auf und presste seine Hand auf den Unterarm. Offensichtlich schmerzte der Schlangenbiss doch stärker, als er zugeben wollte.

»Mariella? Wo bleibt Ihr denn? *Céus!* Was ist geschehen? Frederico, du siehst blass aus, geht es dir nicht gut?« Emi, die nach Mariella Ausschau gehalten hatte, eilte nun mit tippelnden Schritten zu ihm und legte ihm ihre flache Hand auf die Stirn.

Frederico stöhnte gedehnt, während Mariella erklärte, was geschehen war.

»Ich hole Hilfe, bleibt Ihr bei ihm.« Schon verschwand Emi mit lauten Hilferufen.

Mariella ergriff Fredericos Hand. »Es wird alles gut. Rajah Humabon hat gewiss übertrieben. Ein einzelnes kleines Tier kann sicher keinen so starken Mann wie dich töten. Du wirst das überleben.«

Der junge Italiener begann zu zittern, und seine Augenlider flatterten. »Ich … Signorina … es ist … alles gut«, stammelte er, wobei seine Worte kaum noch verständlich waren. Völlig verzweifelt half sie Frederico, sich auf den Boden zu legen, und ergriff seine schlaffen Hände.

»Du stirbst jetzt nicht, hörst du? Nicht jetzt, nicht hier! Nicht, weil du mich vor diesem Tier gerettet hast!«

Frederico lächelte schwach. »Es ist … gern … geschehen.«

Seine Beine zuckten jetzt unkontrolliert, und Mariella wurde mit Schrecken klar, dass Rajah Humabon offenbar nicht übertrieben hatte. Das Gift dieser Schlange war tödlich. Und es schien schnell zu töten.

Plötzlich kam ihr Fredericos Wunsch wieder in Sinn, den er ihr damals an Bord der Trinidad anvertraut hatte. Er wollte vor seinem Tod unbedingt einmal ein Mädchen geküsst haben. Und sie hatte ihm versprochen, dass er nicht ungeküsst sterben würde.

Mit zitternden Händen umfasste sie daher sein Gesicht und fuhr ihm zärtlich durch die Lockenmähne. »Frederico? Sieh mich an! Hier! Sieh mir in die Augen. Kannst du mich sehen?«

Es dauerte ein paar Augenblicke, bis er sie ansah und auch wahrnahm, denn er nickte schwach. Da beugte sie sich zu ihm hinunter und hauchte ihm einen unschuldigen Kuss auf die Lippen. Frederico riss die Augen auf.

»… Signorina!«

Mariella schluchzte und schenkte ihm ein Lächeln. »Ich halte meine Versprechen«, antwortete sie, und der junge Seemann lächelte selig zurück.

»*Grazie mille, principessa*«, sagte er, dann kippte sein Kopf zur Seite, und er atmete nicht mehr.

14.

JUAN

Juan stand fassungslos im Schatten der Bäume. Der Ast, den er krampfhaft in den Händen hielt, brach entzwei. Dabei hätte er im Moment lieber Knochen gebrochen, anstatt dieses tote Stück Holz.

Er presste die Kiefer aufeinander. Ihm war, als hätte sie ihm einen Dolch ins Herz gestoßen.

Doch dann schüttelte er den Kopf. Es musste sich um einen Irrtum handeln. Es musste einen Grund geben, warum sie den jungen Seemann geküsst hatte. Sie würde ihn niemals so schäbig hintergehen, ganz gewiss nicht! Gerade als er aus dem Gebüsch hervortreten wollte, um Mariella auf ihr Tun anzusprechen, fühlte er eine Hand auf der Schulter.

»Lass sie ziehen, Juan.«

Hernandos Stimme war nicht mehr als ein Flüstern, doch der Griff seiner Finger war fest und bestimmt. Juan seufzte leise.

»Aber ich muss doch …«, begann er, wurde jedoch von seinem Freund unterbrochen.

»Sie hat einen anderen Mann geküsst. Auf dem heiligen Boden, an dem vor wenigen Minuten noch unsere Ostermesse abgehalten wurde. Denkst du nicht auch, dass Gott, der Allmächtige, dir damit etwas mitteilen möchte?«

Als Juan nicht antwortete, fuhr Hernando fort. »Sie ist nicht für dich bestimmt. Es ist nicht Gottes Wille. Lass sie ihren eigenen Weg gehen.«

Diese Worte aus dem Mund seines Freundes zu hören, schmerzte Juan stärker als der Anblick, den er vorhin hatte ertragen müssen. Als sie diesen jungen Italiener geküsst hatte.

»Ich kann es einfach nicht glauben«, antwortete er und schüttelte erneut den Kopf. Er drehte sich ein weiteres Mal um, um zwischen den Sträuchern hindurch nach Mariella zu sehen. Sie kniete noch immer über den jungen Mann gebeugt und hielt sein Gesicht in ihren Händen. Zärtlich strich sie über seine geschlossenen Augen. Juans Brust spannte und schmerzte so sehr, dass er sich unwillkürlich zusammen-krümmte und die Hände zu Fäusten ballte. Sollte er sich tat-sächlich so in ihr getäuscht haben? Waren ihre Worte nichts weiter als Lügen gewesen? Damals, als sie ihm ihre Liebe ge-standen hatte? Und ausgerechnet er war darauf hereingefal-len? Er, der sich immer damit gebrüstet hatte, eine ausge-zeichnete Menschenkenntnis zu besitzen?

»Juan, nun komm. Martere dich nicht länger, indem du ihr noch länger zusiehst. Lass uns gehen.«

Juan sah in die grauen Augen seines Freundes und nickte stumm. Hernando hatte recht. Er musste es akzeptieren. Er würde ihr und ihrem Glück nicht im Weg stehen. Auch wenn das bedeutete, dass er sie aufgeben musste.

Eine Zeit lang liefen beide schweigend nebeneinander durch den dichten Dschungel. Juan hörte bereits neben den Geräuschen des Waldes das laute Gelächter und das Musizie-ren der Männer, die unten in der Bucht das Osterfest mit ei-nem großen Mahl feierten. Schließlich betrachtete er seinen Freund von der Seite und lächelte. »Ich danke dir.«

Hernando blieb stehen und zerstörte ein fein gesponnenes Spinnennetz vor ihnen mit den Fingerspitzen. »Wofür?«

»Dafür, dass du mich nicht verurteilst.«

Hernando hob einen Mundwinkel an und das Lächeln, das er Juan nun schenkte, wirkte eher traurig als aufmunternd. »Wie sollte ich dich für das Gefühl der Liebe und Zuneigung verurteilen?« Er hielt inne und schüttelte den Kopf. »Dieses

Mädchen hat so einigen Männern den Kopf verdreht, mein Freund. Du bist wahrlich nicht der Einzige. Selbst dieser König scheint sein Herz an sie verloren zu haben, wenn ich seine Blicke während der Messe richtig gedeutet habe. Doch betrachte es einmal so: Gott hat dir eine Prüfung gestellt, und du hast sie mit Bravour bestanden.«

Juan schluckte. Er sah Mariella wieder in der Höhle vor sich auf dem Boden liegen und räusperte sich verlegen. Hernando wusste nichts davon. Natürlich nicht, denn Juan hatte mit niemanden darüber gesprochen, wie nahe er Mariella tatsächlich gekommen war. Dass er sie geküsst und berührt und ihren weichen, nackten Körper gespürt, ihr leidenschaftliches Stöhnen gehört hatte. Dass er mit ihr einen Höhepunkt erlebt hatte wie nie zuvor, obwohl sie in der körperlichen Liebe bis dahin unerfahren gewesen war.

Wenn es sich dabei tatsächlich um eine Prüfung Gottes gehandelt hatte, hatte er auf ganzer Linie versagt. Und das Schlimmste war – er bereute keine Sekunde davon. Selbst wenn er nun wusste, dass er nicht der einzige Mann in ihrem Leben war, bereute er es nicht. Dieses Mädchen besaß sein Herz, und er fühlte sich nicht in der Lage, es zurückzufordern.

Hernando und Juan traten aus dem Wald hinaus an den Strand, wo sie lauthals von einer feiernden Schar begrüßt wurden. Juan sah eine lange Tafel vor einer Gruppe Palmen, die mit bunten Tüchern bedeckt war und unter der Last der unzähligen bereitgestellten Speisen fast zusammenbrach. Er entdeckte kleine Schildkröteneier sowie zwei gebratene Schweine und jede Menge frischer Früchte.

»Sieht das nicht herrlich aus? Lass uns etwas essen, mein Freund!« Hernando lachte begeistert auf, doch Juan drehte sich der Magen allein beim Anblick der vielen Speisen um.

»Geh du nur. Ich habe keinen Hunger. Richte Simon aus, dass ich mich zurückgezogen habe. Sollte er mich suchen, ich bin auf der Concepción.«

Mit diesen Worten verließ er die Bucht und eilte zu den Beibooten, die am Ufer aufgereiht im Sand lagen.

Als er wenige Minuten später das Oberdeck der Concepción betrat, atmete er tief durch. Das sanfte Schaukeln der Wellen und das leise Ächzen der Masten beruhigten ihn. Hier war er zu Hause.

Er setzte sich auf die Planken und lehnte sich gegen den Baum. Dann schloss er die Augen und versuchte, die Ruhe um sich herum zu genießen.

Ein sanfter Wind wehte ihm die Haare aus dem Gesicht, und er seufzte leise. Erneut kehrten seine Gedanken zu Mariella zurück. Er sah ihr Lächeln, die goldenen Sprenkel in ihren Augen mit den langen Wimpern. Er sah das kleine Grübchen an ihrer linken Wange und die dunklen Locken, die im Sonnenlicht rötlich schimmerten. Er hörte ihr wunderschönes Lachen. Er hatte ihre Ängste und auch ihre Wut gekannt. Denn sie war für ihn wie ein offenes Buch gewesen, hatte ihm rückhaltlos all ihre Gefühle gezeigt. Immer.

Wie konnte sie dann einen anderen Mann küssen?

Juan stöhnte und ließ den Kopf auf die angewinkelten Knie sinken. Zählten nicht Aufrichtigkeit und Vertrauen zu den Eckpfeilern jeder Liebe? Wieso verspürte er dann aber dieses Gefühl der Eifersucht in seinem Herzen? Wieso hatte er sie nicht einfach darauf angesprochen? Möglicherweise hatte es einen simplen Grund für ihr Verhalten gegeben.

Erneut dachte er an Hernandos Worte. *Sie ist nicht für dich bestimmt.* Er schluckte den Schmerz hinunter und zwang sich, ruhig zu atmen. Er würde es akzeptieren. Er war ein erwachsener Mann und hatte schon weitaus schwerwiegendere Lebensabschnitte durchlebt. Er würde auch damit klarkommen, dass sie sich für einen anderen entschieden hatte.

»Elcano? Geht es Euch gut? Euch hätte ich hier nicht erwartet.«

Juan schreckte auf und blinzelte gegen das grelle Sonnenlicht. Dann lächelte er. »Ich bevorzuge heute die Ruhe an Deck. Was macht Ihr hier, Señor de Acurio?«

Der einstige Rudergänger lachte leise und setzte sich zu Juan auf den Boden.

»Ich war noch nie ein großer Freund von Festen. Die laute Musik, die vielen Menschen – alle ganz dicht beisammen. Das ist nichts für mich.« Er hielt inne und drehte die graue Wollmütze, die er trotz der Hitze immer bei sich trug, in den Händen. »Wisst Ihr, seit ich dem Tod direkt ins Gesicht geblickt habe, verspüre ich den Drang, Gottes Nähe zu suchen.«

Juan hob eine Augenbraue. »Und diese findet Ihr hier auf dem Schiff? Nicht oben auf dem Berg, wo die heilige Messe abgehalten wurde?«

Acurio zuckte mit den Schultern. »Versteht mich nicht falsch, ich schätze die Bemühungen unseres Admirals sehr. Er ist ein wahrer Missionar Christi, und sein Eifer, die Lehre Jesu weiterzugeben, ist unbestreitbar anzuerkennen. Doch ich brauche nichts weiter als Stille, um Gottes Nähe zu erfahren.« Er lachte leise. »Das Säuseln des Windes, wenn Ihr versteht, was ich meine.«

Juan nickte mit einem Lächeln. Wie jeder Christ kannte er die Stelle aus dem Alten Testament, die Gottes Anwesenheit als Säuseln beschrieb.

»Und aus welchem Grund sucht Ihr die Ruhe? Ist etwas geschehen?«

Sofort sah Juan Mariella vor sich, die sich über den jungen Mann beugte und ihn küsste. Er verzog den Mund und schloss die Augen. Dann schüttelte er den Kopf.

»Nein, es ist nichts geschehen. Ich genieße einfach nur die Ruhe auf dem Schiff. Ganz ohne göttlichen Hintergedanken«, fügte er mit einem schwachen Lächeln hinzu. Kurz darauf spürte er Acurios Hand auf seiner. Als wüsste dieser, dass er gelogen hatte, drückte er sie sacht, sprach jedoch kein einziges Wort.

Juan erwiderte den Händedruck, um sich dann ganz der Stille hinzugeben.

15.

Allmählich glaube ich wirklich, du wirst alt, Juan. Wir feiern das Hochfest der heiligen Kirche, und du lässt dich kein einziges Mal blicken!«

Simon trat sachte mit dem Fuß gegen Juans Oberschenkel und schüttelte missbilligend den Kopf. »Aber ich habe dir etwas vom Spanferkel mitgebracht. Und ein paar gelbe Feigen.«

Juan richtete sich von seinem Schlaflager auf und nahm dankend die Speisen entgegen. Sein Magen knurrte laut, als er in das kalte Fleisch biss. »Zumindest dein Bauch freut sich, mich zu sehen. Guten Morgen übrigens.« Simon ließ sich schwungvoll neben ihn auf eine der Decken fallen und lachte amüsiert.

Er betrachtete Juan, der gierig das Fleisch verschlang, und schüttelte den Kopf. »Wann hast du denn zuletzt etwas gegessen?«

Juan schmatzte genüsslich, als er in die gelbe Frucht biss und anhand der wenigen Lichtstrahlen, die durch die geöffnete Luke unter Deck fielen, die Tageszeit auszumachen versuchte. Wie lange hatte er geschlafen? Nachdem er und Acurio eine unbestimmte Zeit auf dem Oberdeck gesessen hatten, war er irgendwann unter Deck gegangen und hatte sich schlafen gelegt. Doch wie viel Zeit seitdem vergangen war, wusste er nicht. Offenkundig war die Nacht allerdings bereits vergangen, wenn er Simons Worte richtig verstanden hatte.

»Ich habe vor der Ostermesse etwas gegessen«, erklärte er deshalb schlicht. Simon sah ihn entsetzt an.

»Du musst nicht mehr fasten, das weißt du aber schon, oder? Wir haben genügend Lebensmittel hier!«

Juan hob die Schultern und aß schweigend weiter. Simon streckte sich gähnend auf der Decke aus und fischte anschließend ein frisches Hemd aus seinem Seesack.

»Hast du das mit Frederico gehört?«, fragte er beiläufig.

»Was ist mit ihm?«, fragte Juan kauend.

»Er ist tot«, antwortete Simon knapp, und Juan blieb das Stück Fleisch im Hals stecken. Er hustete und würgte es hinunter, dennoch stieg Übelkeit in ihm auf. Offensichtlich waren er und Hernando nicht die einzigen Beobachter von Fredericos Liaison mit Mariella gewesen, für die der arme Kerl nun mit dem Leben bezahlt hatte.

»Das ging ja schnell«, antwortete Juan und legte das restliche Essen beiseite. Ihm war der Appetit vergangen. Niemals hätte er Magellan eine so schnelle Urteilsvollstreckung zugetraut. Noch dazu an Ostern, am höchsten Feiertag, hatte er Frederico hinrichten lassen!

»Dann hast du also doch davon gehört. Unglaublich, oder? Keiner hätte damit gerechnet, dass er so schnell stirbt. Gott hab ihn selig.« Simon bekreuzigte sich und schüttelte den Kopf. »Er war genauso alt wie ich und wieder völlig genesen. Ich kann es immer noch nicht fassen.« Er seufzte leise und schwieg einen Augenblick. Dann erhob er sich und schlüpfte in das saubere Hemd. »Er wird gleich bestattet. Kommst du mit?«

Juan schluckte und dachte an den jungen Italiener. Es hätte genauso gut ihn erwischen können. Dann wäre er jetzt tot, und Frederico würde vielleicht zu seiner Bestattung gehen. Wie oft hatte er Mariella in den letzten Tagen einen Kuss gestohlen? So oft er sich unbeobachtet gefühlt hatte! Erst jetzt erkannte er, wie viel Glück er bislang gehabt hatte.

»Juan?«, riss Simon ihn aus seinen Gedanken.

»Verzeih mir. Aber … ich denke, ich bleibe hier. Ich fühle mich nicht wohl«, erklärte er und fasste sich an den Bauch, in dem es tatsächlich rumorte. Nein, er konnte dieser Bestattung nicht beiwohnen. Zu wissen, dass Frederico aufgrund des gleichen Fehlers gestorben war, den er selbst schon so oft begangen hatte, erzeugte in Juan ein Gefühl von Schuld. Als wäre er für Fredericos Tod verantwortlich.

Simon seufzte. »Also gut. Dann sehen wir uns später. Magellan will heute Nachmittag zur Insel des Königs segeln. Angeblich möchten sich der Rajah und sein Gefolge taufen lassen.« Simon grinste breit. »Vielleicht kann ich mir dann ganz offiziell eines der hübschen Mädchen zur Braut nehmen.«

»Ganz offiziell?«, hakte Juan nach und betrachtete das unschuldige Lachen seines Freundes, der ihn just in dem Augenblick mit seinem alten Hemd bewarf.

»Wieso kommt es mir so vor, als würdest du die ganzen Freuden dieses Landes an dir vorüberziehen lassen, Juan? Ich habe noch nie im Leben so wunderschöne Frauen gesehen. Ihre Rundungen sind absolut perfekt. Die wunderbare Farbe ihrer Haut! Und diese Haare ... Und sie sind so willig«, schwärmte er, während Juan die Augen verdrehte.

»Oh Simon«, stöhnte er, aber sein junger Freund lachte nur noch lauter.

»Komm mit mir, und ich bringe dir fünf Frauen, die dich gleichzeitig lieben wollen. Juan, vertrau mir – dies hier ist das Paradies auf Erden!«

Doch Juan hatte nur eine Frau vor Augen. Und diese zu lieben, bedeutete den Tod. Mit schmerzendem Herzen lächelte er seinem Freund zu. »Ich hoffe für dich, dass du weißt, was du tust. Und dass die Frauen wirklich willig sind, dich zu lieben.«

»Daran zweifelst du? Himmel, Juan! Hast du gesehen, was die Männer hier mit ihrem besten Stück anstellen? Es ist durchlöchert und mit goldenen Ringen verziert. Sie haben es mir selbst gezeigt. Welche Frau möchte freiwillig so etwas zwischen ihren Beinen spüren?« Er schüttelte sich und umfasste dann schützend sein eigenes Glied mit der Hand. Noch ein letztes Mal versuchte er, Juan zu überreden. »Du willst wirklich nicht mitkommen?«

»Nein, aber ich wünsche dir viel Erfolg bei deinem Vorhaben.«

»Daran besteht kein Zweifel!«, rief Simon und eilte vergnügt davon.

Kurze Zeit später war Juan wieder der einzige Mann an Bord der Concepción und ließ sich stöhnend zurück auf die Decke fallen.

Dann faltete er die Hände und sprach ein Gebet für Frederico.

»Möge Gott deiner Seele gnädig sein.«

Tatsächlich rief Magellan am frühen Nachmittag alle Männer dazu auf, die Unterstände und Baracken auf der Insel abzubrechen und die größeren Holzpfähle auf die Schiffe zu bringen. Juan folgte den anderen an Land, um die frisch gefüllten Wasserfässer abzutransportieren und auch sonst mit anzupacken. Doch kaum hatte er das Krankenlager erreicht, das er abbauen wollte, entdeckte er Mariella an dessen anderem Ende. Sie stand neben Emi und schluchzte leise in ein weißes Taschentuch, während ihr diese beruhigend den Rücken tätschelte. Wie so oft trug Mariella keine Kopfbedeckung, und ihre wilden Locken fielen ihr offen über die Schultern. Trotz ihres Gemütszustandes sah sie unbeschreiblich schön aus.

Juan verspürte einen schmerzhaften Stich im Herzen. Er konnte nur ahnen, wie schwer das Gefühl der Schuld auf ihr lasten musste. Mit zusammengepressten Zähnen wandte er sich ab. Dann stützte er sich an einen Holzpfeiler und schüttelte den Kopf.

Ein junger Mann hatte sein Leben verloren, weil sie ihn geküsst hatte, und sein einziger Impuls war, ebendiese Frau in den Arm zu nehmen, um sie zu trösten? Sollte er nicht vielmehr Wut verspüren, dass sie ihn hintergangen hatte?

»Juan, gut, dass ich dich treffe. Ich muss dich sprechen. Es ist etwas geschehen.«

Hernando stand hinter ihm und wirkte sichtlich aufgelöst.

Immer wieder blickte er zu Mariella hinüber und fummelte dabei an seinen Fingernägeln herum, doch Juan winkte ab.

»Ich weiß bereits, was passiert ist. Simon hat es mir erzählt. Hilfst du mir stattdessen mit dem Pfeiler? Magellan will das gute Holz gewiss nicht zurücklassen.«

Hernando starrte ihn entgeistert an und fuhr sich durch das glatte, graue Haar. »Du weißt es bereits? Ja ... möchtest du dann nicht lieber ein paar Worte mit ihr wechseln? Das würde ihr vielleicht helfen. Sie fühlt sich schuldig für das, was geschehen ist.«

Juan schnaubte empört. »Das glaube ich sofort. Doch im Moment benötige ich Abstand. Du hattest in einer Hinsicht recht, Hernando: Sie ist nicht für mich bestimmt. Und ich muss lernen, mich entsprechend ihr gegenüber zu verhalten.«

Hernando seufzte, ging aber nicht weiter auf Juans Worte ein. Mit wenigen Handgriffen trug Juan zusammen mit seinem Freund den Pfeiler zur Bucht.

Es war an der Zeit, diese Insel mit all den Erinnerungen, die er mit ihr verband, zu vergessen.

16.

Juan hieb, begleitet von einem durchdringenden Schrei, auf ein beschädigtes Holzfass ein, das daraufhin in seine Einzelteile zerbarst.

Simon wich gerade noch rechtzeitig einem größeren Holzstück aus und riss die Augen auf. »Selbst wenn wir daraus Feuerholz herstellen sollen, könntest du ein wenig vorsichtiger sein, oder? Was ist denn los?«

»Nichts ist los!«, gab er grimmig zurück und nahm sich einen Hammer, um die restlichen Bretter zu Kleinholz zu machen. Mit jedem Hieb ließ er seiner Wut freien Lauf.

Eine Woche lang weilten sie nun bereits auf der neuen Insel. Seitdem feierten sie täglich die heilige Taufe, an der immer mehr Inselvölker teilnahmen. Und jeden Tag musste Juan mitansehen, wie Rajah Humabon neben Mariella saß und sich mit ihr unterhielt. Er hörte sein amüsiertes Lachen und beobachtete, wie die Hände des Königs immer wieder über ihren Rücken glitten und auch ihr Haar berührten. Ganz offensichtlich war sie schneller über den Verlust ihres Liebhabers hinweggekommen, als er angenommen hatte. Und dies ganz ohne seine Hilfe.

Er hieb erneut mit der Axt auf ein größeres Brett ein, das daraufhin im hohen Bogen durch die Luft flog.

»*Por diós!* Juan! Wenn du nicht sofort damit aufhörst, dann …«

»Was wirst du dann tun?«, unterbrach ihn Juan und nahm die nächste Daube zur Hand. Doch Simon hielt deren anderes Ende fest und blickte ihn genauso grimmig an.

»Dann besorge ich dir eines der Mädchen und gehe erst wieder, wenn ich sehe, dass es unter dir liegt.«

Schlagartig ließ Juan das Holz fallen, als hätte er sich daran verbrannt und wich einen Schritt zurück.

»Ich will keines der Mädchen«, erklärte er, aber Simon lachte.

»Oh doch, nur willst du ein ganz bestimmtes. Aber dem gehst du seit einer Woche aus dem Weg. Weiß der Teufel, warum. Sie weiß übrigens auch nicht, wieso du sie meidest.«

Juan schluckte. »Du hast mit ihr gesprochen?«

Simon setzte sich neben den kümmerlichen Rest des Fasses und schüttelte verwundert den Kopf. »Natürlich habe ich mich mit ihr unterhalten. Sie ist ein Teil unserer Flotte. Und seit der Sache mit Frederico geht es ihr nicht sonderlich gut.«

Juan wütete erneut und trat gegen eines der Bretter. »Sie fühlt sich schuldig, das weiß ich inzwischen. Aber soll ich dir was sagen? Sie fühlt sich zu Recht schuldig!«

Simons Mund klappte auf, doch er brachte vor Überraschung keinen Ton heraus. Stattdessen sah Juan, wie sich sein bester Freund ganz langsam vom Fass erhob und wortlos davonschritt.

Juan schrie zornig auf und ließ die Axt zu Boden gleiten. Nun hatte er sich wegen Mariella sogar noch mit Simon gestritten. Er fuhr sich mit der Hand über die Stirn und versuchte, seine Gedanken zu ordnen. Möglicherweise hatte Simon recht, und er musste endlich mit Mariella sprechen. So schmerzhaft dieses Gespräch auch werden würde.

Bevor er es sich wieder anders überlegen konnte, ließ er das gespaltene Holz an Ort und Stelle liegen und machte sich auf die Suche nach ihr.

Er lief an den unterschiedlichen Behausungen der Visayer – wie sich dieses Volk selbst nannte – vorbei, die allesamt auf Pfählen erbaut waren. Unter den Häusern befanden sich die Ställe ihrer Tiere. Juan kam an Hühnerställen, Schweinen und an Ziegen vorbei, die dort in der Sonne umherliefen oder im Schlamm scharrten.

Einige Bewohner kamen ihm mit freudigem Lächeln entgegen und gaben ihm mit einigen Handbewegungen zu verstehen, ihnen zu folgen. Vermutlich wollten sie Handel mit ihm treiben, denn fanden einmal keine Feiern der heiligen Taufmesse statt, taten die Seeleute auf der Insel hier nichts anderes.

Obwohl Magellan es strikt verboten hatte, mit den Insulanern um Gold zu handeln, entdeckte Juan immer mehr Männer, die Schalen, Becher und Schmuck aus Gold gegen Spielkarten, Perlen oder einfache Kleidungsstücke tauschten. Sie ließen sich dafür aber auch ab und an Porzellanschalen und edle Vasen geben, die die Insulaner von den Menschen aus dem Fernen Osten erhalten hatten.

Der nackte Krieger, der gerade vor Juan stand, bot ihm gestenreich ein goldenes Schmuckstück an, doch er schüttelte freundlich lächelnd den Kopf. Das Gold sowie das wertvolle Porzellan interessierten ihn herzlich wenig.

Am Rande des Dorfes entdeckte er schließlich Mariella. Sie stand mit Enrique und dem Rajah, der seit seiner Taufe Don Carlos genannt wurde, neben zwei älteren Inselbewohnern und verfolgte interessiert die medizinische Behandlung von deren eitrigen Wunden. Juan hörte Enriques Übersetzungen zu und schmunzelte, als er Mariellas wissbegierigen Blick wahrnahm.

»Und wie kam es zu dieser Wunde? War der Pfeil etwa vergiftet?«

Enrique übersetzte wieder, hielt jedoch inne, als er Juan sah. Mariella schreckte auf, und der Blick, den sie ihm zuwarf, traf ihn mitten ins Herz, denn er sah Leid und Kummer darin.

»Guten Tag zusammen«, grüßte er und neigte sein Haupt vor dem König, der daraufhin erhaben nickte. Bis auf die beiden Alten, die fröhlich weiter plapperten, schwiegen die anderen, und Juan biss sich auf die Innenseite der Wangen. Dann suchte er Mariellas Blick.

»Wie geht es Euch, Señorita?«, fragte er und benutzte bewusst die höfliche Anrede.

»Den Umständen entsprechend«, antwortete sie kurz angebunden und wandte sich dann an Enrique. »Hast du meine letzten Worte denn schon übersetzt? War das nun ein Giftpfeil?«

Juan erkannte, dass dies ein ausgesprochen schlechter Moment war, um mit ihr zu sprechen, nickte daher kurz und ließ die kleine Gruppe stehen.

Er folgte einem Trampelpfad in den Dschungel hinein und setzte sich auf einen gefällten Baumstumpf. Von dort aus sah er Mariella und die anderen und wusste, dass auch sie ihn sah. Nun konnte er nur noch hoffen, dass sie über kurz oder lang zu ihm kommen und ihn anhören würde.

Mit geschlossenen Augen lauschte er den fremden Klängen. Er hörte ein fernes Rauschen. Offensichtlich gab es auch in diesem Wald einen Bach oder sogar einen See. Zudem drangen Schreie von Papageien und von Meerkatzen an sein Ohr. Er lächelte, als er sich an seinen Kampf mit diesen Tieren erinnerte. Was gäbe er nur darum, Mariella noch einmal im Unterkleid im Meer tanzen zu sehen. Ihr befreites Lachen zu hören, während sie mit den Füßen durchs Wasser lief.

Plötzlich hörte er ein Rascheln, und als er die Augen öffnete, sah er direkt in Mariellas Gesicht. Sie stand regungslos vor ihm, aber ihre Miene wirkte abweisend und verschlossen.

»Was willst du von mir, Juan?«

17.

D u hast mich seit über einer Woche ignoriert, was willst
du jetzt auf einmal von mir? Wieso soll ich mich überhaupt noch mit dir unterhalten?«

Juan erhob sich vom Baumstumpf, trat zur Seite und blickte auf der Suche nach Enrique, ihrem ständigen Begleiter, in alle Richtungen. Doch Mariella winkte ab.

»Er ist nicht hier«, erklärte sie knapp.

Juan zog die Augenbrauen nach oben, und sie stöhnte.

»Es gibt anscheinend Probleme mit einer der Inseln und deren Bewohner. Rajah Don Carlos wollte mit meinem Onkel über die Einheimischen und deren beiden Stammesfürsten sprechen, und ich versprach Enrique, zu den Schiffen zurückzukehren. Doch dann sah ich dich noch immer hier sitzen.«

Allein der Name des Königs ließ Juan innerlich zusammenzucken.

»Und dieser Rajah wollte dich dabei nicht an seiner Seite haben?«

Mariella schüttelte stumm den Kopf. Dann lachte sie freudlos auf. »Der Rajah war also der Grund für dein Benehmen? Wirklich?« Sie wandte sich ab und lief tiefer in den Wald hinein. Erst als Juan sie kaum noch ausmachen konnte, rief er ihren Namen und folgte ihr.

»Mariella! Warte!«

Als er sie erreicht hatte, streckte er die Hand nach ihr aus, ließ sie dann aber wieder sinken.

»Verzeih mir mein Verhalten.« Er atmete tief durch und verschränkte die Arme vor der Brust. »Ich weiß, du bist nicht mein Weib. Wir haben weder den Segen Gottes erhalten noch den deines Onkels. Du gehörst mir nicht. Dennoch hat mir unser Versprechen in der Höhle etwas bedeutet. Und es schmerzt mich, dass du es offensichtlich anders siehst.«

Mariella trat einen Schritt auf ihn zu und musterte ihn mit einem Gesichtsausdruck, den er nicht zu deuten wusste. »Du denkst also, ich hätte unser Versprechen vergessen, nur weil der König von Cebu ständig an meiner Seite weilt? Glaubst du denn wahrhaftig, ich würde seine Anwesenheit genießen? Denkst du das wirklich von mir, Juan?«

»Ich rede nicht vom Rajah, sondern von Frederico«, antwortete Juan, und erneut packte ihn der Schmerz, als er an den zärtlichen Ausdruck in Mariellas Gesicht dachte, nachdem sie den Seemann geküsst hatte. Doch nun stand Mariella vor ihm und starrte ihn verständnislos an. »Ich habe den Kuss gesehen«, erklärte er daher.

Tränen stiegen ihr in die Augen, und Juan wollte schon ein weiteres Mal die Hand nach ihr ausstrecken, um sie zu trösten, als Mariella sich abwandte.

»Ich habe ihn geküsst, ja.« Sie wischte sich die Tränen fort und lächelte schwach. Allein dieser Anblick führte dazu, dass ihm übel wurde. Sie hatte sich also entschieden. Für Frederico. »Das ist das Einzige, was ich nicht bereue.« Sie schluchzte leise. »Wenn ich damit doch nur sein Leben hätte retten können!«

Juan hielt inne. Denn diese Worte würde niemand aussprechen, der sich für den Tod eines anderen schuldig fühlte, nur weil er diesen geküsst hatte. Dennoch wirkte Mariella aufrichtig verzweifelt.

Plötzlich fiel ihm Hernandos seltsames Verhalten vorhin am Krankenlager ein. Er hatte mit ihm sprechen wollen. Was, wenn Frederico überhaupt nicht aufgrund von Magellans Urteil gestorben war?

»Ich weiß, dass ich mit diesem Kuss mein Versprechen zu dir gebrochen habe, Juan. Doch ich gab auch einst Frederico eines.« Sie hob den Kopf und sah ihn an. Und einmal mehr las er in ihrem Gesicht, was in ihr vorging: Schuld, Trauer, Wut, Verzweiflung und Liebe. »Ich kann daher nachvollziehen, wenn du mich dafür verachtest. Aber ich werde mich nicht für diesen Kuss entschuldigen.«

Der Schmerz wollte ihm die Brust zersprengen. »Du hast ihn geliebt«, stellte er leise fest, doch Mariella stieß ein trockenes, bitteres Lachen aus.

»Wie einen Bruder, ja. Ein Bruder, der mir viel zu früh genommen wurde.« Sie schluchzte. »Und dies nur, weil er mich vor einer Schlange retten wollte! Hätte er den Stein doch niemals ...«

»Schlange?«, unterbrach Juan sie und griff nun endlich nach ihren zitternden Händen. Sie nickte.

»Sie hat ihn gebissen. Und nur wenige Minuten später erlag er ihrem Gift.«

Juan schloss die Augen, Schuldgefühl drohte ihn zu ersticken. All die Wut und Eifersucht, all der Schmerz waren lediglich das Resultat seines mangelnden Vertrauens in sie gewesen. Sie hatte ihn niemals hintergangen.

Er fiel vor Mariella auf die Knie und küsste ihre Fingerknöchel. »Mariella, ich bin ein Narr. Verzeih mir mein unsägliches Betragen!«

Mariella musterte ihn nachdenklich. »Ich habe ihn geküsst, Juan«, erklärte sie, doch Juan stand auf und bedeckte ihr Gesicht mit Küssen.

»Aber du hast dich für mich entschieden«, hauchte er zwischendrin und sah das Lächeln auf ihren Lippen.

»Immer.«

Dieses eine Wort genügte, dass Juans Herz brannte. Und als er sie küsste und sie seinen Kuss inbrünstig erwiderte, lösten sich alle Zweifel, alle Sorgen und jede Vorsicht auf. Ein heftiges Verlangen pochte in seinen Lenden, und Juan presste Mariella gegen einen Baumstamm, um ihren ganzen Körper zu spüren.

»Ich brauche dich, Juan, und ich will dich!«, seufzte Mariella, und er keuchte auf, als sie ein Bein um seine Hüfte und ihre Arme um seinen Hals schlang.

Er wusste sehr wohl, dass es Wahnsinn war, was sie hier taten, dass er sofort hätte aufhören, sich umdrehen und gehen müssen. Aber er konnte es nicht. Stattdessen löste er sich von ihr, um sie gleich darauf umzudrehen und ihr mit hektischen Bewegungen das Mieder aufzuschnüren.

»Ich liebe dich, Sirena«, flüsterte er und streifte ihr das Kleid von den Schultern.

Mariella nestelte sofort an ihrem Unterkleid und sah ihm dabei unverwandt in die Augen. »Und ich liebe dich, Juan«, flüsterte sie, während auch dieses dünne Kleid lautlos zu Boden glitt.

Juan hielt den Atem an. Wie konnte ein Mensch nur so unfassbar schön sein? Mariellas Locken bedeckten einen Teil ihrer Brüste. Ihre helle Haut leuchtete im dunklen Dickicht des Dschungels, und es kostete Juan Überwindung, ruhig zu bleiben. Mit zittrigen Fingern zog er das Hemd über den Kopf und öffnete die Hose. Anschließend legte er seine Kleidung auf den Waldboden und reichte Mariella die Hand.

Sie setzte sich neben ihn auf das Kleiderbett, strich ihm über die Brust und fühlte sein Herz klopfen. Juan umfasste ihre zarte Hand mit seiner. »Es schlägt für dich, Sirena.«

Dann küsste er sie erneut. Mariella stöhnte leise und allein dieses Geräusch ließ ihn erzittern. Er legte sie rücklings auf den Boden, beugte sich über sie und küsste ihren Hals, wanderte mit den Lippen über das Schlüsselbein zu den Brüsten hinab, deren zarte Warzen sich sofort verhärteten, als er sie mit der Zunge liebkoste. Wieder stöhnte Mariella.

»Bitte«, seufzte sie, während Juans Finger weiter nach unten wanderten. »Mach weiter, wo du zuletzt aufgehört hast.«

Ganz behutsam berührte Juan ihre Klitoris, kreiste mit dem Daumen darüber. Dabei beobachtete er Mariellas Gesichtszüge. Sie stöhnte leise und mit geschlossenen Augen. Doch dann öffnete sie sie, und er erkannte nacktes Verlangen darin. »Ich will dich spüren, Juan.«

Obwohl in seinem Innersten ein orkanartiger Sturm wüte-te, hielt er sich zurück.

»Bist du dir wirklich sicher? Denn danach gibt es kein *Zu-rück* mehr, Sirena.«

Mariellas Antwort war ein leidenschaftlicher Kuss. Dies-mal war es ihre Zunge, die in Juans Mundhöhle drang, wäh-rend ihre forschenden Hände zuerst einen Weg zu seinem Hintern und dann zu seinem Glied suchten und es umschlos-sen.

Der Wald um ihn herum begann, sich zu drehen, und Juan spürte sein eigenes Zittern. Und als er sie »Bitte, tue es«, sa-gen hörte, war es mit seiner Beherrschung endgültig vorbei.

Er spreizte ihre Beine und drang in sie ein.

Juans ursprüngliche Absicht, langsam und vorsichtig zu sein, verflüchtigte sich, als Mariella voller Verlangen stöhnte und voller Hingabe ihr Becken hob. Er schloss die Augen und verlor sich in ihr. Liebe und Leidenschaft war alles, was er noch wahrnahm.

Wenige Augenblicke später lag er atemlos neben Mariella auf dem Waldboden und fühlte sich so leicht und beschwingt wie schon lange nicht mehr. Mariella drehte sich auf die Seite, und er fühlte ihren neugierigen Blick auf sich ruhen, wäh-rend ihre Finger über seine Brust wanderten.

»Fühlt es sich immer so an?«, fragte sie heiser. Juan lachte leise.

»Nun, den Anfangsschmerz wirst du hoffentlich nie wie-der spüren.«

»Ich meine dieses reine Glücksgefühl. Ist das immer so, wenn Mann und Frau sich vereinen?«

Juan drehte sich ebenfalls auf die Seite und berührte sacht ihr Kinn und die Wange. Dann schüttelte er den Kopf. »Nein, Sirena. Das, was du beschreibst, ist das Gefühl reiner Liebe«, antwortete er schließlich, denn auch wenn er bereits bei einigen Frauen gelegen hatte, hatte er noch nie zuvor ein ähnlich intensives Gefühl der Leidenschaft und Verbundenheit gespürt. Mariellas Lächeln traf ihn mitten ins Herz, und er zog ihre Hand an seinen Mund und drückte einen Kuss darauf.

»Ich danke dir für deine Liebe.«

»Ich werde dich immer lieben, Juan«, antwortete sie.

Juan nickte ergriffen. Womit hatte er dieses reine, unbeschreibliche Glück nur verdient? »Ich dich auch.«

Gerade als er sich erneut über sie beugte, um sie zu küssen, knackte und raschelte es hinter ihm und eine männliche Stimme ließ beide aufschrecken.

»Ich habe sie gefunden, Admiral!«

18.

Innerhalb kürzester Zeit waren sie umzingelt.

Juan ergriff Mariellas Kleid und warf es schützend über ihren Körper, während er sich selbst splitterfasernackt erhob und die Arme ausstreckte.

Magellan, Enrique, Espinosa und Rajah Don Carlos standen in einem Halbkreis um sie herum. In ihren Gesichtern zeigten sich Hass und Wut, und sie galten Juan.

Magellan schüttelte den Kopf und blickte von Juan zu Mariella. »Mir fehlen die Worte! *Meus Deus!* Elcano! Ausgerechnet Ihr?!« Er fasste sich in den Bart und murmelte einen weiteren Fluch. »Ihr habt sie entehrt! Meine Nichte! Und meine Befehle missachtet.«

Erst jetzt bedeckte Juan mit den Händen seine Blöße. Dann nickte er. »Ich liebe Eure Nichte, Admiral. Und ich würde mein Leben für sie geben.«

»Ich forderte den Tod für jeden, der sie unsittlich berührt, und Ihr bestreitet nicht einmal Eure Tat?«

Juan blickte an seinem nackten Körper hinab und atmete tief aus. »Hätte es denn einen Zweck, zu lügen, Admiral?« Er zuckte mit den Schultern. »Hätte ein kleiner Funken Hoffnung bestanden, dass Ihr mir eines Tages Euren Segen erteilt ...«, erklärte er, wurde allerdings sofort von Magellan unterbrochen, dessen Stimme sich vor Wut jetzt fast überschlug.

»Niemals hätte ich Euch, einem *Basken*, den Segen gegeben, meine Nichte zu ehelichen!«, brüllte er und spuckte das Wort »Baske« dabei geradezu aus. »Gómez! Sperrt ihn weg! Sperrt beide ein! Ich will sie nicht mehr sehen!«

Dann trat er vor Mariella. »Du hast mich maßlos enttäuscht. Weißt du eigentlich, welche Schande du deiner Familie hiermit bereitet hast?« Er spuckte vor ihr auf den Boden und deutete auf das Kleid. »Zieh dich an! Ich will nicht, dass dich noch mehr Männer so sehen und irgendwann über dich herfallen!«

Juan hörte Mariellas Schluchzen und hätte sie am liebsten in die Arme genommen. Doch Espinosa hielt ihm das Hemd entgegen und forderte ihn stumm dazu auf, sich anzukleiden.

»Ich hoffe, Ihr wisst, welche Folgen Ihr für Euer Verhalten zu tragen habt, Elcano! Denn ich stehe zu meinem Wort.«

Juan nickte, während Mariella verzweifelt aufschrie.

»Nein, Onkel! Ich flehe Euch an! Tut das nicht! Bitte! Ich liebe ihn!«

Magellans Blick war starr und kalt, als er sich zu seiner Nichte drehte.

»Wenn du das denkst, bist du wahrlich noch ein Kind oder eine Närrin, Mariella. Du weißt doch gar nicht, was Liebe bedeutet.« Dann wandte er sich an Espinosa und nickte. »Führt ihn ab.«

Juan schlüpfte in seine Beinkleider und warf seiner Liebe einen letzten Blick zu. Sie rief seinen Namen und schlug um sich, doch Magellan hielt sie fest. Schmerz fraß sich in Juans Herz. »Ich werde dich immer lieben, Sirena«, sagte er und wandte sich schließlich ab.

Schweigend folgte er dem Büttel durch den Wald und ließ seinen Tränen freien Lauf. Wann hatte er zuletzt geweint? Immer noch hörte er Mariella verzweifelt nach ihm rufen, und er verzog das Gesicht, um nicht laut zu schluchzen.

»Ich wünschte, ich könnte Euch helfen«, sprach Espinosa mit flüsternder Stimme zu ihm. »Aber was ist nur in Euch gefahren, Elcano? Am helllichten Tag!«

Juan blieb stehen und betrachtete das Gesicht des *Alguacil*, in dem er nun Mitgefühl auszumachen glaubte. Der nahm das Barett vom Kopf und fächerte sich Luft zu. »Denkt Ihr wirklich, dass Eure Blicke und Gefühle für die Nichte des Admirals in den letzten Monaten unbeobachtet geblieben sind?«

Er lachte trocken, nachdem er Juans erschrockenes Gesicht sah. »Ich schätze, die Hälfte der Flotte wusste darüber Bescheid, wie es um Señorita Alvaros Herz und das Eure steht. Und nicht jeder hat diese vermutete Liebesbeziehung mit Wohlwollen beobachtet. Wie konntet Ihr daher nur so unvorsichtig sein? Ihr seid wirklich der letzte Mann, dem ich das Haupt vom Körper trennen möchte.«

Juan versuchte, die Informationen, die Espinosa ihm mit wenigen Worten vermittelt hatte, zu verarbeiten. Dann schüttelte er den Kopf.

»Wollt Ihr mir damit etwa sagen, ich wurde verraten?«

Espinosa raunte etwas Unverständliches und bedeutete ihm dann, weiterzugehen. Inzwischen hatten sie die Bucht erreicht, wo Juan die neugierigen und teilweise betroffenen und fragenden Blicke der Männer auf sich gerichtet fühlte.

»Kennt Ihr den Griechen Dimitri, der vor der Flucht der San Antonio auf die Trinidad gewechselt ist?«, fragte ihn Espinosa mit flüsternder Stimme. »Möglicherweise befand er sich ja auch nur rein zufällig in Eurer Nähe, doch ich ...«

»Ich kenne ihn«, unterbrach ihn Juan und seufzte leise. Es war der Mann, dem Mariella damals einen Dolch in die Leiste gerammt hatte, als er versucht hatte, sie anzufassen. Lange hatte der Grieche geschwiegen, doch wie es schien, hatte er ihnen die Demütigung niemals verziehen. Juan biss sich auf die Unterlippe, bis er den bitteren metallischen Geschmack seines Blutes schmeckte. Seine eigene Unachtsamkeit hatte dazu geführt, dass Dimitri sich rächen konnte. An ihm und Mariella. Und seine Rache würde tödlich enden.

»Nun kommt, steigt in das Beiboot. Ich muss Euch in die Zelle sperren.«

»Juan! Juan! Was ist geschehen? Was will der Büttel von dir? Juan!«

Simon kam zu den Booten gerannt und packte Juan am Hemdärmel.

Dieser schloss seinen besten Freund impulsiv in die Arme und klopfte ihm auf den Rücken. »Pass auf dich auf, Simon«, sprach er mit stockender Stimme, aber Simon riss sich aus der Umarmung und schüttelte den Kopf.

»Nein. Juan, hör auf, sag so etwas nicht. Bitte, Señor de Espinosa, was auch immer ihm vorgeworfen wird, es muss sich um einen Irrtum handeln!«

»Nun, das bezweifle ich sehr. Und jetzt lass mich bitte meine Arbeit verrichten, Junge!« Mit diesen Worten stieg Espinosa in das Beiboot, und Juan folgte ihm wortlos und ruderte seiner Haft und Verurteilung zum Tod entgegen.

19.

27. APRIL 1521

Ein Poltern ließ Juan aufschrecken, und er öffnete die Augen.

Wie viel Zeit war vergangen, seitdem ihn Espinosa in die Zelle der Trinidad gesperrt hatte? Hier unten im Bauch des Schiffes herrschte absolute Dunkelheit, und Juan hatte bereits nach wenigen Minuten jegliches Zeitgefühl verloren.

Nun polterte es ein weiteres Mal, und Juan rappelte sich in eine sitzende Haltung. Mit zusammengebundenen Händen und Füßen robbte er bis zum Eisengitter, lehnte den Kopf dagegen und lauschte gebannt.

Er hörte Stimmen in einer fremdartigen Sprache und Schritte, die sich näherten. Juan schwante nichts Gutes. Denn er kannte diese Stimme und fragte sich, was der König von Cebu hier auf Magellans Schiff zu suchen hatte?

Nur wenige Augenblicke später sah er im Licht einer Fackel Enrique auf sich zukommen, der mit dem Finger auf ihn deutete. Als er vor Juans Zelle ankam, kniete er sich auf den Boden und schenkte ihm ein trauriges Lächeln.

»Rajah Don Carlos wünscht, Euch zu sprechen, Señor.«

Juan nickte zustimmend, als sich der König der Insel vor der Zelle auf den Boden setzte.

»Er will wissen, ob Ihr von Magellans Plänen bezüglich der Insel Mactan wisst«, übersetzte Enrique.

Juan schüttelte den Kopf. »Mariella, ich meine Señorita Alvaro erzählte mir, dass es auf einer anderen Insel Unstimmigkeiten mit zwei Stammesfürsten und den dortigen Eingeborenen gäbe. Doch ich weiß nichts weiter darüber«, antwortete er und dachte einen Augenblick lang nach. »Lebt auf Mactan nicht das Volk, das sich nicht taufen lassen wollte?«

Während des letzten Morgenappells hatte Magellan dies erwähnt, und Juan konnte sich noch gut an dessen Ärger erinnern.

Er beobachtete das Gesicht des Königs, während Enrique seine Worte übersetzte, und lauschte interessiert der fremdklingenden Sprache.

»Der Admiral ist vor wenigen Minuten mit der Victoria und der Hälfte der Männer aufgebrochen, um die Menschen auf Mactan notfalls mit Gewalt dazu zu bringen, sich taufen zu lassen und die Herrschaft des spanischen Königs über die Inseln anzuerkennen«, erklärte Enrique, doch Juan schüttelte verwundert den Kopf.

»Und dich nimmt er dabei nicht mit? Wie will er denn ohne Dolmetscher auf die Eingeborenen einwirken?«

Enrique zuckte mit den Schultern. »Ich fürchte, für dieses Unternehmen benötigt er keinen Übersetzer. Außerdem soll ich auf Señorita Alvaro achten.«

»Was du ja hervorragend tust!«, antwortete Juan knurrend und funkelte ihn an. Er vertraute Enrique und wusste, dass er Mariella beschützen würde, aber dazu musste er auch bei ihr bleiben. Warum war er also gekommen? »Was will er von mir?«, fragte er deshalb und deutete auf den König.

Als hätte Rajah Don Carlos auf seinen Einsatz gewartet, begann er auf Enrique einzureden, dem darauf ein entsetzter Schrei entfuhr. Juan beobachtete, wie er sich von Rajah Don Carlos losreißen wollte, dann aber plötzlich eine Pfeilspitze direkt auf seinen Hals gerichtet war. Der König von Cebu stand breitbeinig vor Enrique und drohte ihm augenscheinlich mit dem Tod, während Juan nichts anderes tun konnte, als zuzusehen. Schließlich trat Enrique mit erhobenen Händen wieder vor das Gitter und übersetzte stockend, was der Rajah zuvor gesagt hatte.

»Der Admiral und unsere Männer werden auf Mactan in einen Hinterhalt gelockt.« Enrique schloss die Augen, als würde ihm jedes einzelne Wort Schmerzen bereiten. »Und er bietet Euch an, an seiner Seite zu kämpfen, um Magellan zu töten.«

Juan zog erschrocken die Luft ein und betrachtete das freundliche Gesicht des Rajahs. Das konnte doch nur ein Witz sein? »Aus welchem Grund sollte ich unseren Generalkapitän töten wollen?«

Enrique antwortete nicht, sondern deutete nur auf die Zelle, in der Juan saß.

Juan wurde speiübel, und gleichzeitig war er fassungslos. »Und welche Vorteile hätte er denn, wenn ich an seiner Seite kämpfe?«

Enrique übersetzte seine Frage, doch kaum hatte er zu Ende gesprochen, trat Rajah Don Carlos direkt vor Juan, der sich nun auf die Füße rappelte, sodass nur noch die Eisengitter ihre Gesichter voneinander trennten. Er sprach schnell, allerdings verstand Juan ein einziges Wort nur allzu gut: Mariella Alvaro. Als Enrique fortfuhr zu dolmetschen, wurde es Juan heiß und kalt zugleich.

»Er sagt, Ihr begehrt dasselbe wie er. Und er bietet Euch an, nach dem Tod des Admirals wie ein echter Mann um die Gunst von dessen Nichte zu kämpfen. Auf Leben und Tod.«

Juan ließ sich zurück auf den Boden sinken und rang keuchend nach Atem. Der König von Cebu wollte sich mit ihm duellieren, nachdem er Mariellas Onkel hinterhältig ermordet hatte! Dachte der König wirklich, er würde sich auf solch ein intrigantes Spiel einlassen? Und glaubte er tatsächlich, er würde mit dieser List Mariellas Gunst gewinnen?

»Du musst Magellan warnen, Enrique!«, zischte er, doch Enrique verzog nur das Gesicht.

»Was glaubt Ihr, warum die Pfeilspitze auf mich gerichtet ist?«

»¡A la mierda!« Juan schlug mit den gefesselten Händen gegen das Eisengitter. Er wollte sich gar nicht ausmalen, wie es Mariella ergehen würde, sollte ihr Onkel bei dem geplanten Übergriff tatsächlich getötet werden, und suchte fieberhaft nach einer Lösung. Denn eines stand fest, Magellan durfte nicht sterben, auf gar keinen Fall!

Juan atmete tief durch und betrachtete Rajah Don Carlos. Wie immer trug er bis auf ein rotes Seidenband um den Kopf und ein dünnes Tuch um die Hüften keine weitere Kleidung, und in der nur vom einfallenden Licht der Luke erhellten Dunkelheit des Schiffes wirkten die auf seinen Armen und Oberkörper schwarz eingebrannten Bemalungen geradezu beängstigend. Juan fiel nur eines ein, um den Admiral zu retten. Und er wusste, dass Mariella ihn hierfür ewig hassen würde. »Sag ihm, ich überlasse ihm Mariella. Kampflos. Jedoch stelle ich dafür Bedingungen.« Die folgenden Worte wollten ihm kaum über die Lippen gehen, und er ignorierte Enriques vor Schreck geweitete Augen. »Er soll sie lieben und ehren. Und sie niemals mit Gewalt nehmen. Sie wäre seine Königin, und genauso soll sie behandelt werden. Nichts anderes hat sie verdient.«

Enrique übersetzte Juans Worte, doch Don Carlos unterbrach ihn.

»Er will wissen, wieso er das tun sollte?«

Juan richtete sich, so gut es ihm mit gefesselten Händen möglich war, auf und sah dem König mit festem Blick ins Gesicht. »Weil ich, wenn er Magellans Leben verschont, mein Todesurteil akzeptiere und er in diesem Fall gar keinen Kampf mehr mit mir bestreiten muss. Er soll mich befreien und mir die Möglichkeit geben, an seiner Seite mit unseren Männern zu kämpfen. Denn wenn er sie wirklich liebt, lässt er nicht zu, dass der Admiral stirbt. Ich knüpfe daher mein Versprechen an das Überleben unseres Generalkapitäns.«

Juan wusste, dass sein Vorschlag alles andere als stimmig war, zumal Magellan, bliebe er am Leben, gewiss niemals einer Vermählung Mariellas mit dem König von Cebu zustimmen würde. Dennoch hoffte er, dass Rajah Don Carlos nicht weiter über seine Worte nachdenken, sondern den Köder schlucken würde.

Nachdem Enrique die Worte übersetzt hatte, herrschte eine Weile Stille unter Deck des Schiffes.

Die schwarzen Augen des Königs waren unergründlich auf ihn gerichtet, und Juan konnte förmlich sehen, wie dieser seinen Vorschlag in Gedanken durchspielte.

Dann nickte Rajah Don Carlos und deutete auf Enrique und das Eisengitter.

Innerhalb kürzester Zeit hatte Enrique das Schloss geöffnet, und der König neigte vor Juan das Haupt.

»Er sagt, er traut Eurem Wort. Aber er kann nicht versprechen, dass er noch rechtzeitig kommt, um das Leben des Generalkapitäns zu retten.«

Juan spürte, wie sich all seine Muskeln anspannten, und er schüttelte seine Arme und Beine, nachdem Enrique seine Fesseln gelöst hatte.

»Dann sollten wir keine Zeit verlieren. Enrique, zeige mir, wo ich hier Rüstungen und Waffen finde! Der König und ich haben einen Kampf zu gewinnen und ein Leben zu retten.« Er hielt inne und legte eine Hand auf die schmale Schulter des Sklaven. »Und versprich mir, Mariella zu beschützen. Was auch immer geschieht.«

Enrique verbeugte sich vor Juan und sah ihm dann ernst in die Augen. »Ich verspreche es bei meinem Leben, Señor.«

20.

MARIELLA

O h, wie sehr ich es hasse, wie ein Kleinkind eingesperrt
zu werden!«

Mariella trommelte mit den Fäusten gegen die Tür der Kapitänskajüte. Tränen der Verzweiflung strömten über ihre Wangen, und wieder einmal fühlte sie sich völlig hilflos. Diesmal würde niemand Juans Leben retten können. Und ihr eigenes hatte sie gleich mit zerstört.

»Hört auf, Euch wie ein Kleinkind zu benehmen, dann werdet Ihr auch nicht mehr eingesperrt«, antwortete Emi trocken, die auf einem der Stühle saß und ausdruckslos auf den Boden vor sich starrte. Die Haube saß ihr schief auf dem Kopf, und die silbergrauen Locken spitzelten widerspenstig unter ihr hervor. Doch Emi achtete, ganz im Gegensatz zu sonst, nicht weiter auf diesen Umstand, sondern strich stattdessen schon seit geraumer Zeit immer wieder über den festen Stoff ihres Rockes, als würde sie dies beruhigen. Seitdem sie erfahren hatte, was Mariella getan hatte, hatte sie kein Wort mehr mit ihr gesprochen. Verzweifelt sank Mariella auf die Knie und schluchzte. Offensichtlich hatte sie einen unverzeihlichen Fehler begangen. Doch warum sollte es falsch sein, jemanden zu lieben, sich lebendig und vollkommen glücklich zu fühlen? Und nun? Nun musste sie in ihrer Kammer eingesperrt darauf warten, dass ihr eigener Onkel das Todesurteil über Juan sprach – bereits zum zweiten Mal. Mit dem einen Unterschied, dass es diesmal nichts gab, was ihn retten konnte.

Das würde sie ihrem Onkel niemals verzeihen, niemals!

Auch wenn sie im vollen Bewusstsein ihres Tuns gegen seine Regeln verstoßen hatte.

Schon wieder nahmen ihr Tränen die Sicht, und sie senkte den Kopf auf die Knie. »Ich liebe ihn, Emi.«

»Das ist mir durchaus bewusst. Gerade aus diesem Grund dachte ich, Ihr würdet niemals so weit gehen.«

Ein Poltern an der Tür ließ sie aufschrecken. Sofort sprang Mariella auf und fragte leise: »Wer ist da? Enrique, bist du es? Bitte öffne die Tür! Lass mich heraus! Ich flehe dich an!«

»Das darf ich nicht, Señorita«, hörte sie ihn mit ebenfalls gedämpfter Stimme antworten.

Mit einem Stöhnen lehnte sie die Stirn gegen das Holz. »Dann berichte mir zumindest, wann Juans Urteil vollzogen wird. Bitte, Enrique«, fügte sie schluchzend hinzu.

Auf einmal hörte sie metallisches Klirren und ein Ächzen, und kurze Zeit später stand Enrique im Türrahmen. Er wirkte selbst völlig deprimiert und rang um Fassung. »Señorita, wir haben ganz andere Probleme.«

Während Enrique ihr langsam und stockend berichtete, sackte Mariella mit jedem Wort mehr in sich zusammen.

»Nein!«, keuchte sie auf, und der Raum um sie herum schien sich zu drehen. »Nein!«, wiederholte sie.

Plötzlich richtete sie sich auf und starrte aus dem Fenster. Tatsächlich herrschte auf Cebu eine unheimliche Ruhe, und sie sah dort keinen einzigen Eingeborenen oder Seemann.

»Wir müssen ihm helfen! Enrique! Warum bist du noch hier? Du musst nach Mactan rudern und ihm beistehen! Jeder Mann an der Seite meines Onkels zählt!«

»Ich gab Señor de Elcano mein Wort, Euch zu beschützen, Señorita.«

Mariella schloss die Augen. Natürlich hatte Juan trotz der widrigen Umstände für ihre Sicherheit gesorgt. Dankbarkeit und Liebe erfüllten sie. Doch dann schüttelte sie diese Gefühle ab und sah in Enriques dunkle Augen.

»Du bist aber nicht Juans Sklave, sondern dienst meinem Onkel! Daher werden wir jetzt in ein Boot steigen, zur Insel Mactan rudern und dem Admiral beistehen! Hast du mich verstanden?«

»Himmel, Mariella! Das könnt Ihr doch nicht ernst meinen! Das würden weder Euer Onkel noch Señor de Elcano gutheißen! Und ich ebenso wenig! Niemand könnte Euch dort beschützen!«

Mariella schloss die Augen und atmete tief durch. Dann drehte sie sich zu Emi.

»Mein Onkel wird in einen Hinterhalt gelockt und um sein Leben kämpfen müssen. Wer, glaubst du, wird uns beschützen, wenn mein Onkel und Juan den Kampf verlieren?«

Emi öffnete den Mund, brachte jedoch keinen Laut heraus. Erst jetzt schien sie sich der Konsequenzen einer Niederlage Magellans bewusst zu werden, denn sie griff sich zitternd an den Kopf und löste die Haube, die sie trug. Dann wandte sie sich an Enrique.

»Befinden sich noch irgendwelche Rüstungen hier an Bord?«

Enrique schüttelte den Kopf. »Bis auf die Kanonen ist alle Kriegsausrüstung fort, Señora.« Dann hielt er inne, drehte sich um und lief mit nachdenklicher Miene hinaus auf das Halbdeck des Achterkastells.

»Mit einem Ruderboot kommen wir niemals rechtzeitig. Wir benötigen … Männer.« Er klatschte in die Hände und eilte mit den beiden Frauen im Schlepptau die Stufen aufs Oberdeck hinab. Währenddessen erklärte er ihnen hektisch seinen Plan. »Ich rudere an Land und versuche, unsere übrigen Männer hier auf Cebu zu finden. Mit ihnen müsste es klappen, die Trinidad zu steuern.«

Wenige Stunden später stand Mariella auf dem Achterdeck und blickte auf die flatternden Segel, während Enrique den Platz am Kolderstock eingenommen hatte.

Die Frage, ob er schon einmal ein Schiff gesteuert hatte, erübrigte sich, da Enrique immer wieder hektisch den Ruderstock bediente und ständig auf den Kompass blickte, den er in der Hand hielt. Dennoch hatte er es geschafft, zehn Männer – allesamt einfache Seeleute ohne Rang – aufzutreiben, die nun gemeinsam das große Rahsegel hissten und Enriques Anweisungen befolgten.

»Weißt du wenigstens, wo sich die Insel Mactan befindet?«, fragte sie nach einiger Zeit, und Enrique nickte.

»Auch wenn dies nicht meine Heimat Melaka ist, sind mir die hiesigen Gewässer doch vertraut, Señorita«, erklärte er stolz und berichtete, wie lange sie nun in etwa in eine bestimmte Richtung segeln müssten. Nur wie das ginge, wüsste er nicht genau.

Mariella presste die Lippen aufeinander und beobachtete den Wind. Oft genug hatte sie ihrem Onkel und dem Steuermann dabei zugesehen und zugehört, welche Kommandos diese den Männern aufgrund der jeweiligen Windverhältnisse erteilt hatten. Und sie hatte dabei viel gelernt. Ob das allerdings genügte, würde sich bald herausstellen. Daher straffte sie nun die Schultern, stellte sich aufrecht auf das Quarterdeck und wandte sich an die Seeleute. »Männer, fier auf die Schoten! Wir segeln auf halben Wind, habt Ihr gehört?«

Tatsächlich folgten die Männer ihrem Befehl und brassten alle Rahen nacheinander nach Steuerbord, genauso, wie sie es bei Magellans Befehlen oft genug gesehen hatte.

»Das ist ja unglaublich, Mariella. Wann habt Ihr denn gelernt, zu segeln?«

Emi stand mit zitternden Händen neben ihr und folgte Mariellas Blick hinunter auf das Hauptdeck. Doch Mariella zuckte nur mit den Schultern.

Mit einem stolzen Lächeln sah sie, wie die Trinidad genau in die Richtung segelte, die Enrique ihr gedeutet hatte. Im Stillen sandte sie ein Gebet gen Himmel, dass sie noch zur rechten Zeit kommen würden. Ihr Onkel durfte nicht sterben. Er durfte es einfach nicht!

»Dort vorn ist Mactan, Señorita!«, rief Enrique und deutete auf eine große, dicht bewachsene Insel. Tatsächlich erkannte Mariella bereits die Umrisse der Victoria, die in einiger Entfernung vom Ufer auf dem Wasser schaukelte. Doch als sie das Land genauer betrachtete, erschrak sie bis ins Mark.

Dunkle, schwarze Rauchwolken stiegen von dort in den Himmel empor, und ein Flammenmeer schien über ganze Teile der Insel hinwegzurasen. Je näher sie kamen, desto lauter drangen außerdem furchterregende Geräusche zu ihnen.

Sie hörte Schreie, viele Schreie – von Männern, Frauen und Kindern, und das Klirren von Metall. Es waren Klänge des Todes.

Emi griff nach Mariellas Hand und drückte sie fest.

»Wieso habe ich nur so ein beklemmendes Gefühl, Emi?«

»Gott der Herr wird uns beschützen, was auch immer geschieht. Vertraut ihm, meine Liebe.«

21.

Hier müssen wir ankern, Señorita. Seht Ihr die Felsen und Riffe? Sie würden unser Schiff ansonsten der Länge nach aufschlitzen.«

Jorges, ein einfacher Seemann, deutete auf die dunklen Umrisse im Wasser, und Mariella nickte zustimmend.

Kaum war der Anker ausgebracht, erteilte Mariella den nächsten Befehl. »Dann lasst uns nun zu den Booten eilen!«, rief sie und rannte bereits zur Reling, wo sie am Fallreep hantierte, um zu dem kleinen Beiboot hinabsteigen zu können. Doch ein spitzer Schrei aus Emis Mund ließ sie innehalten.

Mariella eilte mit schnellen Schritten zurück zu ihr aufs Quarterdeck und ergriff das Fernrohr, das Emi gerade noch in den Händen gehalten hatte. Dann blickte sie zum Ufer, wo sie immer lauter werdende Schreie vernahm.

»Wir sind zu spät«, sprach Emi mit zitternder Stimme.

»Nein!«, widersprach Mariella, keuchte jedoch laut auf, als sie ihren Onkel entdeckte. Diesem wurde im gleichen Augenblick von einem Insulaner der Helm vom Kopf gerissen, und sie sah, wie ein anderer einen Speer in seinen Oberarm stieß. Magellan brüllte vor Schmerz, und Mariella war, als würde sie den Stoß am eigenen Leib verspüren.

Die Männer ihrer Flotte waren eindeutig in der Unterzahl, und die Bewohner der Insel kümmerten sich augenscheinlich nicht um ihre brennenden Häuser. Männer, Frauen und sogar Kinder kämpften mit Speeren und Pfeilen gegen Magellans Mannschaft. Mariella sah die wilden Bemalungen in ihren Gesichtern, auf den Armen und dem gesamten Oberkörper, während ihre Haare mit leuchtend roten Tüchern zusammengebunden waren. Doch es waren die Gesichter, die Mariella einen Angstschauer über den Rücken jagten. Denn sie erkannte blanke Wut sowie die Gier nach Blut und Gewalt darin. Mariella beobachtete mit Schrecken, wie einer nach dem anderen ihrer Flotte regungslos zu Boden fiel, und suchte eilig mit dem Fernrohr nach Juan. Lag er irgendwo blutend am Boden, hatte er sein Leben bereits gelassen? Oder kämpfte er noch an der Seite ihres Onkels? Doch in der kämpfenden Menge konnte sie weder Juan noch König Don Carlos entdecken, und sie betete zu Gott, dass dies ein gutes Zeichen sein möge. Schon der Anblick ihres Onkels löste blanke Panik in ihr aus und verdrängte ihre Sorge um Juan.

Mariella stockte der Atem, als sie sah, wie Magellan seine Lanze mit der linken Hand in den Gegner rammte, der daraufhin zu Boden ging. Blut spritzte aus der Wunde, und sie hörte ihren Onkel, der seinen Männern mit donnernder Stimme eine Warnung zubrüllte und dann auf die Victoria deutete. Offensichtlich befahl er ihnen den Rückzug. Mariella hoffte, dass die Seeleute rechtzeitig die Beiboote erreichen würden.

»Wir sind zu spät gekommen«, wiederholte sie Emis Worte und presste die Lippen aufeinander.

Sie drückte das Fernrohr fester an ihr Auge und flehte erneut um Gottes Beistand, während sie ihrem Onkel dabei zusah, wie er mit nur noch einer Hand versuchte, die Angriffe auf sich abzuwehren. Inzwischen griffen sie ihn zu fünft an, und immer wieder parierte er die Hiebe gekonnt, während er gleichzeitig immer weiter ins Wasser zurückwich. Die ersten Männer hatten mittlerweile die Boote erreicht und ruderten mit aller Kraft der Victoria und auch der Concepción entgegen.

»Lasst ihn nicht allein!«, flehte Mariella flüsternd, den Blick unentwegt auf Magellan gerichtet. Doch da holte einer der Bewohner Mactans aus und traf mit seinem Speer Magellans Oberschenkel, der daraufhin der Länge nach rücklings ins Wasser fiel.

Mariella schrie auf.

Plötzlich hörte sie die wilden Schreie der Männer nicht mehr und auch nicht das Klirren der Waffen, die aufeinanderprallten. Sie hörte nur noch den dumpfen Schrei ihres Onkels, der sich zu erheben versuchte. Doch er war nun von unzählig vielen Insulanern umringt, die mit allem, was sie an Waffen hatten, auf ihn einstachen.

Mariella stieß erneut einen Schrei aus. Tatsächlich war es Magellan gelungen, den Kreis, den seine Gegner um ihn geschlossen hatten, zu durchbrechen, und er wandte den Blick nun zu den Schiffen. Und obwohl die Concepción viel zu weit vom Ufer entfernt war, hatte Mariella das Gefühl, ihr Onkel würde ihr direkt in die Augen sehen und ihr mit einem Lächeln ein letztes Mal zunicken. Als würde er ihr verzeihen und ihr sagen: »Pass auf dich auf, geliebte Nichte.«

Dann stürzte er wieder ins Wasser, und die Insulaner jubelten laut auf und traten immer weiter auf den regungslosen Leib ihres Onkels ein.

»Neeiiiiin!« Mit einem verzweifelten Schrei sank Mariella auf die Knie. »Nein!«

Dann entglitt das Fernrohr ihren Händen, und es herrschte auf einmal Stille um sie herum.

Sie nahm zwar die Seeleute und Emi um sich herum wahr, sah, dass sie mit ihr sprachen, doch sie verstand ihre Worte nicht. Auch die Bewegungen der Männer schienen verlangsamt und weit weg von ihr zu sein.

»Nein«, schluchzte sie wieder und schloss die Augen. Doch nun sah sie auf einmal die grausamen Bilder der Schlacht an sich vorbeiziehen, und die Erkenntnis traf sie wie ein Schlag: Fernando Magellan, der Admiral der Flotte, ihr geliebter Onkel, ihr Beschützer, ihr Fürsprecher, war tot.

TEIL 3

DER KLANG DER VERZWEIFLUNG

1.

Ich stimme für Elcano als zweite Führungskraft!«, hallte die Stimme Kapitän Serranos dröhnend über die Köpfe der versammelten Mannschaft. Worauf Duarte Barbosa freudlos auflachte und sich erhob. Mit aufrechtem Haupt stolzierte er vor den Männern auf und ab und deutete auf Juan, der unweit von ihm im Schneidersitz im feuchten Sand saß.

»Elcano ist ein Verräter! Habt Ihr ihn etwa im Kampf gesehen, Serrano?«

Der einstige Kapitän der Santiago und jetzige der Concepción trat nun mit erhobenem Haupt vor Barbosa und blickte ihn ernst an.

»Ich glaube seinem Wort, Barbosa. Er ist ein Ehrenmann.«

»Ein Mann der Ehre, sagt Ihr? Verzeiht mir, wenn ich genau das stark bezweifle.« Barbosa breitete die Arme aus und wandte sich wieder an die anwesenden Seeleute. »Nun denn, wie denkt Ihr darüber? Glaubt Ihr ebenfalls den Worten eines Mannes, der kurz vor der Schlacht Magellans Befehle missachtet, dessen Nichte entehrt und auf sein Todesurteil gewartet hat? Glaubt Ihr tatsächlich, er hätte sich die Chance auf ein Überleben durch den Tod des Admirals, meines Schwagers, entgehen lassen? Wer von Euch glaubt ihm, dass er an der Seite des Rajahs Don Carlos die rechte Flanke der Bewohner Mactans angegriffen hat? Wer? Glaubt wirklich jemand von Euch diesen narrenhaften Worten? Den Worten eines Mannes, der den Begriff Ehre mit seinen eigenen Taten in den Staub getreten hat!?«

Mariella verfolgte teilnahmslos mit angezogenen Knien die Verhandlung.

Nachdem sich die überlebenden Männer Magellans auf dessen Geheiß hin aus der Schlacht zurückgezogen und die Schiffe erreicht hatten, hatten sie sofort die Segel gehisst und waren auf eine fremde, unbewohnte Insel geflohen. Seitdem waren drei Tage vergangen, in denen alle damit beschäftigt gewesen waren, die im Kampf verletzten Männer zu versorgen.

Nun saßen sie – teils immer noch schwerverletzt – am Ufer und beratschlagten, was sie als Nächstes tun sollten. Doch für sie selbst war das nicht weiter von Bedeutung. Das Wissen, dass Juan am Leben war, hatte Freude und Erleichterung in ihr ausgelöst, aber nur für einen kurzen Moment. Danach hatte der Tod ihres Onkels wieder das Zepter übernommen und jede andere Gefühlsregung überdeckt. Er war tot. Ihr Onkel, zu dem sie bereits als kleines Kind aufgesehen hatte. Er war ihr Held gewesen, ihr Vorbild, ihre Zuversicht. Solange er an ihrer Seite gestanden hatte, hatte sie kein Unglück gefürchtet. Niemals war ihr der Gedanke gekommen, dass ihm etwas zustoßen könnte.

Doch nun war er tot. Verstümmelt von Kriegern in einem Land, dessen Namen sie nicht einmal kannte. In einer Welt, die sich am anderen Ende ihrer Heimat befand. Magellan war unwiederbringlich fort.

»Wollt Ihr wirklich einen Lügner zur zweiten Führungskraft ernennen, Serrano?«

»Ich verzichte freiwillig auf die Position, Señor Barbosa«, antwortete anstelle Serranos nun Juan persönlich. Mariella hob für einen Moment den Kopf und sah seinen verzweifelten Gesichtsausdruck, dann wandte sie sich wieder ab und lauschte mit geschlossenen Augen seinen weiteren Worten.

»Mir ist durchaus bewusst, welche Fehler ich begangen habe. Ich werde daher auch die Strafe annehmen, die die neuen Flottenführer für meine Tat fordern. Dennoch bitte ich Euch, bald eine Entscheidung zu fällen. Rajah Don Carlos mag vielleicht noch auf unserer Seite stehen, doch wer weiß, wie uns die anderen Inselvölker zukünftig behandeln werden, wenn sie erfahren, dass wir doch nicht so mächtig sind, wie wir sie glauben ließen.«

Ein aufgeregtes Murmeln ging durch die Reihen, und Barbosa musste schreien, um sich Gehör zu verschaffen.

»Ich würde gerne an Kapitän Serranos Seite stehen, wenn wir unsere Reise zu den Molukken fortsetzen. Als Schwager des Admirals sehe ich mich geradezu gezwungen, dessen Ziele weiterzuverfolgen und in die Tat umzusetzen. Ich werde alles Nötige dafür tun, um unseren verstorbenen Admiral, Gott hab ihn selig, stolz zu machen.«

Wieder ging ein Raunen durch die Menge, und Mariella verzog abschätzig den Mund. Sie mochte Barbosa nicht. Außerdem erinnerte sie sich noch zu gut daran, wie er erst vor wenigen Wochen drei junge Mädchen auf sein Schiff gezerrt und sich mit ihnen vergnügt hatte. Noch immer sah sie die panische Angst in den Augen der Mädchen, als ihr Onkel sie zurück an Land gebracht hatte. Magellan hatte seinen Vetter daraufhin einsperren lassen. Aber ihr Onkel war tot. Er würde Barbosa nie wieder für einen Regelverstoß bestrafen können. Kapitän Serranos Stimme brachte die Menge zum Schweigen.

»Hat jemand Einwände gegen die Wahl Señor Barbosas zum zweiten Anführer der Flotte?« Mariella schwieg, denn sie wusste, dass sie mit dem Tod ihres Onkels ihre Stimme im Kreis der Männer verloren hatte. Nach einer kurzen Pause bedrückenden Schweigens fuhr Serrano fort: »Dann ist es beschlossene Sache. Duarte Barbosa – ich ernenne Euch zum zweiten Oberbefehlshaber unserer Flotte. Möget Ihr gemeinsam an meiner Seite die nötigen Schritte einleiten, mit denen wir zuerst die Molukken und danach unsere lang ersehnte Heimat wieder erreichen. Ich gratuliere Euch.«

Die Männer klatschten leise Beifall. Gleich darauf wurde besprochen, wie sie nun weiter verfahren wollten, und Mariellas Gedanken schweiften wieder zu ihrem Onkel.

Der Schmerz über seinen Verlust schien sie zu ersticken, konnte sie doch kaum noch an etwas anderes als den Tod ihres

Onkels denken. An all das Blut, die Schreie der Krieger, der Sterbenden und das Klirren der Waffen.

Erst als ein Teil der Männer aufgestanden war und mit aufgeregten Mienen Einwände erhob, blickte Mariella wieder auf und sah fragend zu Emi, die seit Stunden ununterbrochen ihre Hand hielt.

»Barbosa entschied eben, die Concepción als das marodeste Schiff der drei verbliebenen zu verbrennen.«

Mariella konnte nicht glauben, was sie da hörte. Tatsächlich standen die wenigen Männer der Concepción vor Barbosa und erhoben teilweise mit verzweifelt klingender Stimme Einwände gegen die Zerstörung ihres Schiffes. Emi zuckte nur mit den Schultern. Doch wieder hörte sie Juans Stimme, der die eigenen Männer zur Ruhe und vor allem zur Besinnung brachte.

»Barbosa hat recht. Uns fehlen schlicht die Männer, um mit allen drei Schiffen segeln zu können. Vor allem, wenn man bedenkt, welch langer Seeweg noch vor uns liegt.« Mariella sah den liebevollen Blick, mit dem er das Schiff vor ihnen in der Bucht betrachtete. Sie wusste, wie sehr er an ihm hing und dass er es nicht leichten Herzens aufgab. »Und es ist ebenfalls eine Tatsache, dass die Concepción von allen dreien die größten Schäden hat. Sie müsste komplett überholt und kalfatert werden, sonst würde sie keine hundert Seemeilen weit mehr kommen.«

Während sich die Männer der Concepción mit Tränen in den Augen abwandten, klatschte Barbosa in die Hände.

»Dann ist es also entschieden. Lasst uns das Schiff ausschlachten und alles Brauchbare an Bord der Trinidad und Victoria bringen. Danach versenken wir es. Ich möchte noch heute Nachmittag weitersegeln. Los, los, worauf wartet Ihr?«

»Mariella? Denkt Ihr nicht, dass wir ebenfalls zum Schiff zurückkehren sollten?«

Mariella fuhr auf. Tatsächlich hatten sich die Männer längst entfernt, und über das Meer zogen Rauchschwaden, die von der Concepción aufstiegen.

»Sie verbrennen es?«, fragte sie.

»Habt Ihr denn vorhin nicht zugehört?« Emi schüttelte den Kopf und reichte ihr die Hand. »Nun kommt, meine Liebe. Wir müssen los. Ich helfe Euch.«

Mariella ließ sich wie eine Marionette von Emi zum Meeresufer führen und bestieg das Beiboot.

Überall lauern Tod, Vernichtung und Grauen, dachte sie und schlang die Arme um den Körper, während Emi nach den Rudern griff und auf die Trinidad zuhielt.

»Nun kommt!«, musste Emi ihren Schützling noch ein weiteres Mal auffordern, als sie das Schiff erreicht hatten und das Fallreep nach oben gestiegen waren. Stumm und abwesend tat Mariella, wie ihr von Emi geheißen worden war, und folgte ihr schließlich die Stufen zum Halbdeck des Achterdecks hinauf und von dort in die Kapitänskajüte.

Doch kaum hatte Emi deren Tür geöffnet, erstarrten beide Frauen, und Mariellas Geist begann wieder zu arbeiten.

»Hat Euch niemand beigebracht, anzuklopfen?«

2.

Duarte Barbosa saß auf Mariellas Bettstatt und hielt eines ihrer Unterkleider in den Händen. Ganz langsam führte er es an die Nase und roch daran. Mariellas Innerstes zog sich zusammen, während sie beobachtete, wie er mit dem Daumen den Saum des Dekolletés entlangfuhr.

»Oh, ich verstehe. Ihr dachtet, die Kapitänskajüte würde Euch auch weiterhin zur Verfügung stehen, richtig? Da muss ich Euch enttäuschen, ich schlafe nicht gerne unter Deck. Schon gar nicht neben dreißig schnarchenden Männern.«

»Ich bitte um Verzeihung, Kapitän«, murmelte Emi und zupfte Mariella am Ärmel – zum Zeichen, sofort gemeinsam mit ihr die Kammer zu verlassen. Doch Mariella blieb wie erstarrt im Türrahmen stehen. Ihr Blick war nach wie vor auf Barbosas Finger gerichtet, die immer noch mit einem ihrer Unterkleider spielten. Mit einem süffisanten Grinsen im Gesicht erhob sich Barbosa und trat auf sie zu.

»Aber, aber … ich will Euch keinesfalls verscheuchen, *minha beleza.* Das Bett ist schließlich breit genug, findet Ihr nicht?«

Inzwischen stand er direkt vor ihr, legte einen seiner schwieligen Finger unter ihr Kinn und hob es an, sodass sie ihm ins Gesicht blicken musste. »Das ist zu freundlich, Kapitän. Doch ich überlasse Euch die Kammer gerne.«

Barbosa neigte den Kopf so nah zu ihr, dass sich ihre Nasenspitzen berührten, und Mariella fühlte eine Hand an ihrer Taille. »Es ist nur so, dass ich es Euch nicht gestatte, eine Wahl zu treffen, Señorita.«

Sie keuchte auf, als er sie fest in den Hintern kniff und an sich heranzog. »Ich bin nun der zweite Kapitän der Flotte und Mitbefehlshaber der Expedition. Und ich verlange von Euch, das Bett mit mir zu teilen.«

Kaum hatte Barbosa ausgesprochen, presste er auch schon seine Lippen auf ihre und versuchte sie mit seiner Zunge zu sprengen, während seine Hände fordernd ihre Röcke rafften.

Panik ergriff sie, doch all ihre Versuche, sich aus Barbosas Griff zu winden oder den Kuss zu beenden, führten nur dazu, dass er sie noch fester packte.

»Kapitän! Bitte, ich flehe Euch an, lasst sie in Ruhe!«, hörte sie Emis Rufe. Barbosa hielt tatsächlich für einen Augenblick inne und betrachtete Mariellas Haushälterin, die mit leichenblassem Gesicht an der Tür stand.

Dann lächelte er schmierig und zwinkerte ihr zu. »Wollt Ihr etwa zusehen? In Ordnung.« Ohne Mariella loszulassen, ergriff er Emis Handgelenk und zerrte beide Frauen neben die Bettstatt. Emi keuchte und auch Mariella schrie auf, während Barbosa mit einer Hand ihre Handgelenke umklammerte und sich mit der anderen seiner Kleidung entledigte. Diese nutzte er sogleich dafür, Emis Hände zu fesseln. Dann grinste er breit und stieß sie schwungvoll zu Boden.

»Viel Freude beim Zusehen. Und wer weiß, vielleicht werde ich mich im Anschluss auch noch um dich kümmern.«

»Bitte, Kapitän! Ihr seid doch ein ehrenhafter Mann!«, rief Mariella.

Barbosa griff in Mariellas offene Haare und zog sie so heftig an den Locken, dass sie schreiend auf ihn zustolperte. »Natürlich bin ich das. Ich trage genauso viel Ehre in mir wie Euer Liebhaber Elcano. Und es ist mir eine wahre Freude, solch ein williges Weib wie Euch bis zum Ende der Reise in meiner Kammer zu wissen. Denn seien wir doch ehrlich …« Er küsste Mariellas Halsbeuge und leckte sie. »Wir wissen beide, dass Elcano nur zur Hälfte die Schuld an Eurer Entehrung trägt. Wenn überhaupt.«

Mit wenigen Handgriffen hatte er die Schnürung ihres Oberkleides geöffnet und fasste gierig in Mariellas Ausschnitt.

»Lasst mich los! Lasst mich sofort los! Ihr habt kein Recht dazu!« Sie schrie und trommelte hilflos gegen seine Brust, doch Duarte Barbosa lachte nur laut auf, während er ihr Ober- und Unterkleid aufriss, sodass ihre Brüste zum Vorschein kamen. »Oh, ich liebe es, wenn Frauen schreien! Ich liebe die Angst in ihren Gesichtern.« Er küsste ein weiteres Mal ihren Hals und griff ihr dann gierig an die Brüste. »Vergesse eines nicht: Ich weiß, dass du dich ihm aus freien Stücken hingegeben hast. Du bist nichts anderes als eine willige Hure – schön wie eine Prinzessin, aber dennoch ruchlos. Welcher Mann kann da schon widerstehen?«

Mariella schrie, als er ihre Brustwarze schmerzhaft zusammenpresste. Sie versuchte, ihn wegzudrücken, doch Barbosa lachte nur ein weiteres Mal laut auf und warf sie mit einer einzigen Bewegung aufs Bett.

»Señor? Was tut Ihr da? Sie ist die Nichte unseres …«

»Unseres was?«, unterbrach Barbosa Enriques Einwand, der ganz plötzlich im Türrahmen stand und mit vor Schreck geweiteten Augen auf das Bett, auf die gefesselte Emi und die halbnackte Mariella blickte.

»Magellan ist tot, Junge! Und nun geh und mach deine Arbeit! Du bist immer noch ein Sklave, vergiss das nicht.«

Barbosa schob die bauschenden Röcke Mariellas nach oben und strich ihre Unterschenkel entlang, als Enrique plötzlich neben ihm stand.

»Hört sofort auf!«, forderte er. Ein kleiner Dolch schimmerte gefährlich in seiner Faust, und Mariella erkannte an seinem entschlossenen Gesichtsausdruck, dass er durchaus bereit war, ihn gegen den Kapitän einzusetzen.

Barbosa hielt inne und betrachtete mit einer amüsierten Miene die Waffe, die auf ihn gerichtet war. »Ist dir bewusst, was es bedeutet, wenn ein Sklave einen Dolch auf seinen Gebieter richtet?«

Enrique verzog keine Miene, während er antwortete. »Ich

bin ein freier Mann, Kapitän. Laut Vertrag war ich verpflichtet, als Sklave zu dienen, solange mein Gebieter, Admiral Magellan lebt. Doch wie Ihr bereits sagtet – er ist tot. Und als freier Mann fordere ich nun von Euch: Fasst sie nicht an!«

Mariella beobachtete Barbosas Gesicht, das zunächst einen verwunderten, dann einen erschrockenen und zuletzt einen amüsierten Ausdruck annahm. Keinen Lidschlag später fuhr er blitzschnell herum, schlug Enrique mit voller Wucht den Dolch aus den Händen und lachte anschließend aus vollem Hals.

»Glaubst du das wirklich, Junge? Solange Magellans Weib noch am Leben ist, bist und bleibst du deren Eigentum. Und im Anschluss das ihrer Kinder. Und da ich die Verantwortung für das Gelingen unserer Rückkehr trage, gehorchst du in der Zwischenzeit meinen Befehlen. Hast du mich verstanden?« Er holte schwungvoll aus und versetzte Enrique eine schallende Ohrfeige, der daraufhin wimmernd zu Boden ging. Barbosa nutzte die Gelegenheit, um auch noch mit dem Fuß auszuholen und ihn mit aller Kraft zu treten. Mariella schrie auf, als sie sah, wie Enrique das Blut aus der Nase lief und er sich vor Schmerzen krümmte.

»Und jetzt sage ich nur noch eines: Raus!«

Enrique zögerte nicht lange, rappelte sich auf, murmelte noch eine an Mariella und Emi gerichtete Entschuldigung und stolperte dann mit verzerrtem Gesicht aus der Kammer hinaus. Die Tür der Kapitänskammer fiel krachend ins Schloss, und Mariella spürte erneut Barbosas gierigen Blick auf sich gerichtet. Dann schüttelte er den Kopf.

»Ich hätte ihn an Magellans Stelle längst getötet. Diese Dreistigkeit ist ja kaum noch zu übertreffen.« Dann seufzte er bedauernd auf. »Wie schade, dass dieser närrische Sklave meine allzu knappe Zeit so gut wie aufgebraucht hat.« Er kniete sich auf die Bettstatt, die daraufhin unter ihm nachgab, und beugte sich über Mariella.

Mit klopfendem Herzen und zusammengepressten Lippen ließ sie sich von Barbosa berühren. Sie ignorierte die Übelkeit, die in ihr aufstieg, während er ihren Rock erneut und diesmal bis zur Taille nach oben schob und ihre Scham entblößte. Und sie ignorierte seinen Finger, der, begleitet von einem gierigen Stöhnen, in sie eindrang. Stattdessen schloss sie die Augen und biss sich auf die Lippen, um keinen Schrei auszustoßen. Diesen Gefallen würde sie ihm nicht tun. Nun, da sie wusste, wie sehr ihm schreiende Mädchen gefielen. Sie würde alles regungslos wie ein totes Stück Fleisch über sich ergehen lassen.

»Ausgesprochen dumm, dass ich jetzt nicht mehr Zeit für dich habe, meine Schönheit. Aber ich habe noch zu tun und muss an Deck.«

Mariella öffnete die Augen und sah ihm dabei zu, wie er seinen Finger aus ihr herauszog und ihn sich in den Mund schob, um ihren Geschmack zu kosten.

Barbosa seufzte genüsslich auf und erhob sich. »Aber unsere Reise ist noch lang. Und glaube mir, ich werde jede einzelne freie Minute mit dir und deinem wunderschönen Körper verbringen.«

Mit raschen Bewegungen zog er sich ein frisches Hemd und Beinkleider an und blieb noch einmal im Türrahmen stehen. Mit einem triumphierenden Blick zu ihr zog er den Schlüssel aus dem Schlüsselloch heraus.

»Und ich werde dafür sorgen, dass du hier in Sicherheit auf mich warten wirst. Dass ihr beide auf mich warten werdet«, fügte er mit einem Blick auf Emi hinzu, drehte sich um und verschloss die Kammer von außen.

Mariella blieb völlig erstarrt auf der Matratze liegen und lauschte den leiser werdenden Schritten. Erst als diese nicht mehr zu hören waren, erlaubte sie sich, zu weinen.

Ihre Glieder begannen, unkontrolliert zu zittern, und sie hatte sichtlich Mühe, Emis Fesseln zu lösen, die apathisch auf dem Boden saß und vor sich hinstarrte. Dann stolperte sie schluchzend zur Waschschüssel. Immer und immer wieder wusch sie ihre Scham, ihre Finger und ihre entblößte Brust, den Mund und den Hals, als Emi plötzlich hinter sie trat und ihr beruhigend über die Schultern strich.

Nach einiger Zeit drehte sich Mariella um und sah eine Weile schweigend in Emis mitfühlende Miene. Dann schluckte sie. Ihre Stimme zitterte ebenso wie ihr Körper, doch es war die Erkenntnis, die sie in eine ihr bislang unbekannte Angst versetzte.

»Ich weiß nicht, ob ich den Rest der Reise überleben werde, Emi.«

3.

JUAN

Juan warf seinen Seesack durch die Ladeluke der Trinidad hinunter und sprang mit schnellen Schritten zum Quarterdeck hinauf, das sich der zweite Oberbefehlshaber soeben anschickte zu verlassen.

»Wo ist sie?«, fragte er und stellte sich ihm in den Weg. Da Duarte Barbosa um mindestens einen Kopf kleiner war als er, musste dieser nun den Kopf heben. Für einen kurzen Moment erkannte Juan Angst in seinem Gesicht, die aber sofort wieder verschwand und einem überlegenen, selbstgefälligen Grinsen Platz machte.

»Ich bin Euch keine Rechenschaft schuldig, Elcano. Wenn Ihr mich entschuldigt.« Mit diesen Worten versuchte er, sich an Juan vorbeizudrängen.

Doch Juan ballte die Hände zu Fäusten und dachte gar nicht daran, Barbosa gehen zu lassen. »Wo. Ist. Sie?«, fragte er erneut mit gefährlich leiser Stimme.

»Sie ist da, wo sie hingehört. In meiner Kammer«, antwortete Barbosa und grinste erneut abschätzig.

Ohne zu überlegen, packte er Barbosa am Hemd und zog ihn dicht an sich heran. »Ich warne Euch, Kapitän. Wenn Ihr ihr auch nur ein Haar krümmt, töte ich Euch.«

»Eine unangemessene Warnung, die Euch zudem noch teuer zu stehen kommen kann. Schließlich wart Ihr derjenige, der diese werte Dame entehrt hat.« Barbosa riss sich los, richtete sein Hemd und bohrte seinen Zeigefinger in Juans Brust. »Ihr habt sie zur Hure gemacht, nicht ich, Elcano! Aber ich lasse Euch gerne die Wahl – entweder schläft sie umringt von dreißig anderen Männern unter Deck, die weder Scheu noch Anstand besitzen, oder sie wärmt jede Nacht mein Bett. Was, denkt Ihr, würde Eure geliebte Señorita Alvaro bevorzugen?«

Barbosas Worte trafen ihn stärker, als jede Faust und jeder Dolchhieb es vermocht hätten. Erschrocken trat er zurück, während ihm die unterschiedlichsten Gedanken durch den Kopf gingen. Ihr frisch gewählter Kapitän ließ ihm also die Wahl, Mariella als Hure unter den Männern aufzuteilen oder sie als seine Gespielin zu akzeptieren. Juan erinnerte sich noch sehr gut an die jungen Mädchen aus Cebu, die mit blauen Flecken und Striemen am Körper völlig verängstigt aus Barbosas Kammer befreit worden waren, nachdem dieser sie zu seinem Zeitvertreib mit auf das Schiff genommen hatte. Dachte Barbosa tatsächlich, Juan würde ihm Mariella ohne Weiteres überlassen? Er hatte ihr versprochen, sie zu lieben und zu beschützen, bis ans Ende seines Lebens. Und auch wenn dieses Versprechen nicht vor Gott und der heiligen Kirche gegeben worden war, so würde er sich dennoch daran halten.

»Nun hat es Euch wohl die Sprache verschlagen, was?«, witzelte Barbosa, doch Juan blickte ihn durchdringend an.

»Kapitän, Ihr solltet mich inzwischen kennen und wissen, dass ich stets zu meinem Wort stehe. Daher wiederhole ich mich nur einmal: Solltet Ihr ihr ein Haar krümmen oder sie in sonstiger Art und Weise und ohne ihre Zustimmung berühren, töte ich Euch. Und es ist mir völlig gleich, welche Konsequenzen mein Handeln nach sich ziehen wird. Habt Ihr mich verstanden?«

Mit Zufriedenheit beobachtete Juan, wie Barbosas Blick unstet wurde und sein Adamsapfel panisch auf und ab hüpfte. Rote Flecken zeigten sich auf seinem schwülstigen Hals, und er wich mehrere Schritte vor ihm zurück. Doch dann atmete er tief durch, richtete sich zu voller Größe auf, zupfte sein

Leinenhemd zurecht und bedachte Juan mit dem gleichen durchdringenden Blick wie dieser ihn zuvor. »Und ich bleibe bei meinen Worten: Ich bin Euch keine Rechenschaft schuldig. Und wenn Ihr es nur noch ein einziges Mal wagen solltet, mir zu drohen, werdet Ihr Euren Kopf schneller verlieren, als Euch lieb ist.«

Mit diesen Worten ließ er Juan stehen und verließ die Trinidad über das Fallreep, das noch nicht wieder eingeholt und an der Reling befestigt worden war.

Erst nachdem sich Barbosa weit genug vom Schiff entfernt hatte, erlaubte sich Juan, wütend zu brüllen. Er trat mit voller Wucht gegen die Reling und stützte sich dann mit den Armen auf ihr ab. Atemlos blickte er auf das Wasser unter sich. Immer wieder schlugen kleine Wellen gegen den Schiffsbauch. Normalerweise beruhigte Juan dieses Geräusch. Doch nun dachte er nur an Mariella. An sie und daran, welche Qualen ihr bevorstanden.

Nur, weil er diesen einen Fehler begangen hatte! Weil er sie geliebt hatte und sie immer noch liebte.

Weil er auf Mactan zu spät gekommen war und nicht einmal mehr den toten, geschundenen Leichnam Magellans hatte bergen können. Das Einzige, was sie noch erreicht hatten, war, den überlebenden Männern die Zeit zu verschaffen, die sie brauchten, um zu den Booten zu gelangen und auf die Schiffe fliehen zu können. Doch ihr Entlastungsangriff war zu spät gekommen, viel zu spät.

»Juan.« Die warme, flache Hand Hernandos legte sich auf seine Schulter, und er warf seinem Freund einen verzweifelten Blick zu.

»Ich kann ihr nicht helfen.« Seine Worte waren nicht mehr als ein Flüstern, doch Hernando zog ihn darauf einfach an seine Brust, und Juan nahm seine wortlose Geste der Unterstützung an, die ihm guttat und ihn ein wenig aufatmen ließ.

»Aber Gott kann es. Und er wird. Vertraue ihm.«

Juan unterdrückte ein Schluchzen. Dann nickte er seinem Freund zu und schenkte ihm ein schwaches Lächeln.

»Ich hoffe und bete, dass du recht hast«, antwortete er. Denn eines wusste er genau – er würde es nicht überleben, wenn ihr noch mehr Leid zugefügt wurde.

4.

Wo ist dieser verdammte Sklave, wenn man ihn braucht? Wir wollten längst in See stechen!«

Barbosa trat gegen einen Eimer, der daraufhin schwungvoll übers Deck flog. Simon duckte sich gerade noch rechtzeitig unter ihm hinweg und warf im Anschluss einen besorgten Blick zu Juan, der jedoch nur mit den Schultern zuckte. Offensichtlich hatte sich die Laune ihres Kapitäns innerhalb der letzten Stunden drastisch verschlechtert, und Juan glaubte auch, den Grund dafür zu kennen.

Denn er war vor einer knappen Stunde von Kapitän Serrano begnadigt worden, da der Großteil der übrig gebliebenen Mannschaft dafür plädiert hatte, sein Leben zu schonen. Serrano hatte Barbosa erklärt, dass sie Juan als Steuermann benötigten und ihn daher auf keinen Fall aufgrund einer Liebschaft zum Tode verurteilen dürften. Sogar eine Prügelstrafe wäre bei der hohen Anzahl verletzter Männer bereits ein Schnitt ins eigene Fleisch, hatte er argumentiert.

»Denkst du, er ist geflohen?«, fragte Simon, der inzwischen auf dem Oberdeck saß und eine offene Fleischwunde an seinem Unterarm zu verbinden versuchte. Auch er hatte sich am Kampf auf Mactan beteiligt und war von einem Speer getroffen worden. Juan gab ihm ein Zeichen, innezuhalten, nahm ihm die Binde aus der Hand und begann, ihn zu verarzten, während er gleichzeitig zu einer Antwort ansetzte.

»Enrique? Nun, ich würde es ihm nicht verübeln. Angeblich hat sich Barbosa nämlich eigenmächtig über Magellans Vertrag hinweggesetzt und den Jungen, anstatt ihn freizulassen, nun als seinen persönlichen Sklaven übernommen.«

Simon verzog das Gesicht, als Juan den Verband zuzog. »Der Generalkapitän hätte nicht sterben dürfen«, flüsterte sein Freund daraufhin mit starr zu Boden gerichtetem Blick.

Juan nickte und spürte erneut ein quälendes Schuldgefühl in sich aufkommen.

Er war zu spät gekommen. Er hatte Magellan nicht mehr helfen können.

»Nein, das hätte er nicht«, stimmte er Simon zu.

Schon wieder gellte ein wütender Ausruf Barbosas über das Deck, und die wenigen unverletzten Seemänner sprangen eilig auf die Füße, um den Befehlen des Kapitäns nachzukommen und das Schiff startklar zu machen. Auch Simon rappelte sich stöhnend auf die Beine. »Weißt du, was seltsam ist? Ich habe mich oft über Magellans Befehle und sein harsches Auftreten beklagt, doch nun denke ich, dass er der beste Kapitän war, den es je gab.«

Juan schluckte und dachte an Mariella, die immer noch eingesperrt in der Kapitänskammer verharren musste. Was für Ängste musste sie nur durchstehen? Nicht zu wissen, wann Barbosa sie wieder aufsuchen und was er dann mit ihr anstellen würde? Und er dachte an Magellan und seine donnernde Stimme, als er damals auf den Kanaren ihren Schutz an erste Stelle gestellt hatte, trotz der Beschimpfungen, die auf ihn eingeprasselt waren. Juan nickte Simon zu.

»Er war in der Tat der fähigste Kapitän, den ich kannte.« *Und der beste Onkel, den Mariella sich wünschen konnte,* fügte er in Gedanken hinzu. Und ausgerechnet dieser Mann lag nun mit abgetrennten Gliedern und geschändet auf ungeweihtem Boden und würde niemals die Bestattung erhalten, die ihm zustand. Juan wandte sich ab, damit Simon die Tränen, die ihm in die Augen traten, nicht sehen konnte, und betete zu Gott, dass dieser Magellans Seele dennoch gnädig bei sich im Himmel aufnehmen möge.

»Da kommt er ja!« Der Ausruf Barbosas lenkte Juans Gedanken auf ein anderes Thema, und er eilte an die Reling, um das Fallreep herunterzulassen, da Enrique in diesem Augenblick mit einem Boot der Visayer ihr Schiff erreichte.

Juan streckte ihm den Arm entgegen und betrachtete interessiert das viele Obst, das er auf dem Boot transportierte.

»Wo warst du?«, fragte er. Enrique reichte ihm zunächst das Obst, und Juan fiel auf, dass der Sklave seinem Blick auswich, während er ihm antwortete.

»Ich habe das Gespräch mit Rajah Don Carlos gesucht. Wenn wir die Gewürzinseln anfahren wollen, benötigen wir Männer, die uns den Weg dorthin zeigen, oder nicht?«

Juan musterte Enrique, doch kaum war der junge Sklave über die Reling gestiegen, packte Barbosa ihn auch schon am Kragen und würgte ihn.

»Wolltest du fliehen, Bürschchen?«

Enrique riss die dunklen Augen auf, sodass das Weiße leuchtend hervortrat, und warf einen hilfesuchenden Blick zu Juan. Der erkannte mehrere Schrammen und Flecken in Enriques Gesicht, als hätte dieser erst vor Kurzem von jemandem Prügel bezogen.

»Bei allem Respekt, Kapitän. Doch er wäre wohl kaum wieder hierhergerudert, wenn er fliehen wollte«, wandte Juan ein.

Barbosa ließ Enrique daraufhin los und besah sich das Obst, das einige Seeleute nun ins Lager räumten. »Was hast du getan?«

Enrique räusperte sich und griff sich mit den Fingern an den Hals. Dann fasste er in die Hemdtasche und überreichte Barbosa ein muschelgroßes Stück Gold, in dessen Augen sofort ein begieriges Glitzern trat. »Das ist für Euch. Mit freundlichen Grüßen von Rajah Don Carlos. Er entschuldigt sich für das, was geschehen ist, und möchte Euch im Gegenzug drei fähige Lotsen für die Weiterreise anbieten.« Er räusperte sich ein zweites Mal, und sein Blick flog kurz zu Juan, bevor er weitersprach. »Außerdem hat er ein Geschmeide aus Gold und Edelsteinen als Geschenk für seine Majestät bereitgelegt, welches er Euch bei einem Abschiedsmahl überreichen möchte.«

Barbosa drehte das Goldstück zwischen den Fingern, und ein zufriedenes Lächeln breitete sich auf seinem Gesicht aus. Er klopfte Enrique väterlich auf die Schulter und drehte sich anschließend mit ausgebreiteten Armen zur Mannschaft.

»Habt ihr das gehört, Männer? Es gibt ein Abschiedsfest! Und jede Menge Gold!«

Einige Männer grölten und jubelten begeistert, doch der Großteil betrachtete Enrique und Barbosa mit skeptischer Miene, was dem Kapitän allerdings zu entgehen schien. Augenblicklich erinnerte Juan sich an Magellans einstige Warnung, unter keinen Umständen mit den Visayern um Gold zu handeln. Das Inselvolk sollte niemals wissen, wie wertvoll ihre Besitztümer wirklich für sie waren. Juan seufzte. Offensichtlich hatte Barbosa eine andere Meinung dazu.

»Antón und Espinosa, sagt den Männern auf der Victoria Bescheid! Wir brechen sofort auf. Und du, mein lieber Enrique – richtest mein schönstes Gewand her. Wir wollen dem König schließlich zeigen, dass wir auch ohne Magellan immer noch stolze Krieger und Seefahrer sind.«

Enrique neigte das Haupt und nahm mit zittrigen Fingern den Schlüssel für die Kapitänskajüte entgegen. Während Barbosa weitere Befehle brüllte, folgte Juan dem Sklaven.

»Was hast du vor?«, fragte er, nachdem beide das Halbdeck des Achterkastells erreicht hatten. Enrique zuckte erschrocken zusammen und fuhr herum.

»Ich … ich befolge den Be … Befehl des Kapitäns, Señor«, stotterte er und ließ dabei den Schlüssel fallen.

Juans Innerstes zog sich zusammen, während er Enrique dabei beobachtete, wie er mit zitternden Händen den Schlüssel aufhob. Irgendetwas stimmte hier nicht. Magellans einstiger Sklave verhielt sich äußerst sonderbar.

»Würdest du mir einen Gefallen tun?«, fragte er und deutete auf die Tür der Kapitänskammer, in der Mariella und ihre einstige Haushälterin eingesperrt waren. Enrique hielt inne und sah ihn fragend an.

»Richte ihr aus, dass ich auf sie aufpassen werde. Ich werde nicht zulassen, dass …«

»Das sind nichts als leere Versprechungen!«, unterbrach Enrique ihn, und sein Blick war kalt und voller Hass. »Er würde Euch töten, und das wisst Ihr genau.«

Wieder übermannte Juan das Gefühl von Schuld. »Das ist mir gleichgültig«, antwortete er, doch Enrique schüttelte erneut den Kopf.

»Ihr könnt sie nicht beschützen, Señor de Elcano. Ich aber schon.« Er neigte den Kopf zum Gruß und öffnete ohne ein weiteres Wort die Kammer.

Juan betrachtete die geschlossene Tür und legte die Stirn in Falten.

Irgendetwas stimmte hier absolut nicht.

Und was genau hatte Enrique ihm mit seinen letzten Worten mitteilen wollen?

5.

M acht Euch keine Sorgen, wir werden Euch und den anderen Männern der Nachtwache etwas vom Festmahl übrig lassen.« Duarte Barbosa klopfte Juan auf die Schulter und
lachte vergnügt. »Ihr bekommt die Knochen oder andere Reste.« Dann ließ er sich in eines der Beiboote fallen und tippte sich
zur Verabschiedung an die Stirn. »Wir sollten die Eingeborenen
nicht länger warten lassen. Seht nur, sie stehen bereits am Ufer!«

Mit diesen Worten stießen sich die Seeleute in den insgesamt vier Beibooten mit den Rudern vom Schiffsrumpf ab.
Juan stand mit ernster Miene an der Reling und verfolgte
ihre Fahrt. Obwohl Kapitän Serrano die Einladung zunächst
mit Argwohn entgegengenommen hatte, folgte er Kapitän
Barbosa nun an Land, nachdem dieser ihn wegen seiner Vor-
behalte vor den Augen aller als Feigling bezeichnet hatte. Und
so ruderten sie nun mit insgesamt zwei Dutzend Männern,
die sich trotz ihrer Kampfverletzungen noch einigermaßen in
die Riemen legen konnten, an Land und schienen sich auf einen fröhlichen Abend zu freuen.

Doch je länger Juan den Männern hinterhersah, desto
mehr sagte ihm sein Bauchgefühl, dass etwas Schlimmes geschehen würde. Wieso wurde er dieses ungute Gefühl einfach
nicht los? Warum war Enrique zum Schiff zurückgekehrt, wo
er doch nur auf der Insel bleiben müsste, um frei zu sein?
Und was hatte er damit gemeint, als er erklärte, dass er Mariella beschützen könnte?

»Was ist los, Juan?«, fragte Hernando, der als Bader ebenfalls auf dem Schiff geblieben war, um die Kranken weiter zu
versorgen.

Juan hob die Schultern. »Ich weiß es nicht, doch so etwas
wie eine Vorahnung sagt mir, dass dies keine Einladung zu
einem Fest war.«

Hernando strich die grauen Haare hinter das Ohr und betrachtete ihn mit fragender Miene. »Traust du Rajah Carlos denn einen Hinterhalt zu? Obwohl du an seiner Seite gekämpft hast?«

Juan kaute auf der Innenseite seiner Wange. »Ich weiß es nicht.«

Der König von Cebu war jedenfalls ein Mann, der ganz genau wusste, was er wollte. Als einen solchen hatte Juan ihn kennengelernt. Versteckt hinter einem immerzu freundlichen Lächeln hatte er letztlich doch stets nur das getan, was ihm zugutekam. Und inzwischen war sich Juan nicht einmal mehr so sicher, ob der Kampf auf Mactan nicht auch ein Kampf zwischen ihm und dem dort herrschenden Fürsten gewesen war. Er verstand zu wenig von den Sitten und Gebräuchen der Visayer, doch Offenheit und Ehrlichkeit gehörten definitiv nicht zu den Eigenschaften dieser Menschen. Und er traute es sowohl dem Fürsten auf Mactan als auch Rajah Don Carlos zu, dass sie Magellans Streitmacht und Waffen für ihre Zwecke und Vorteile nutzten, um ihre eigene Position und die ihres Volkes zu stärken.

Juan seufzte gedehnt. Möglicherweise täuschte er sich ja, und Rajah Don Carlos wollte den Männern wirklich nur einen schönen Abschied bereiten.

Simon stieg aus dem Niedergang an Deck und grinste breit, während er sich mit den Fingern die widerspenstigen Haare zu kämmen versuchte.

»Señor Carvalho hat nun doch beschlossen, den anderen an Land zu folgen. Die Kranken seien ausreichend versorgt, meinte er. Daher können ihn nun fünf weitere Männer begleiten. Willst du auch mitkommen, Juan? Oder du, Hernando?«

Hernando verneinte und deutete unter Deck. »Ich kann die Kranken nicht allein lassen. Aber ich wünsche dir einen schönen Abend.« Er klopfte Juan auf die Schulter und stieg dann den Niedergang hinunter.

Juan schüttelte den Kopf. »Ich bleibe auch hier. Ich bezweifle, dass Barbosa erfreut wäre, mich dort zu sehen. Außerdem bevorzuge ich die Stille, das weißt du doch.«

Simon rollte mit den Augen. »Die Stille hier an Bord? Oh Juan, deine Ausreden sind wirklich schlecht. Ich kenne doch den wahren Grund, warum du hierbleibst.« Er deutete lachend zur Kapitänskammer auf dem Halbdeck des Achterkastells. »Pass gut auf sie auf. Wir sehen uns!«

Juan hob einen Arm zum Abschied und blickte zum Achterkastell. Als hätte Simon ihm erst eingegeben, was er tun wollte und sollte, spürte er sein Herz wild in der Brust schlagen.

»Ich bin sofort wieder da«, sprach er zu niemand Bestimmtem, rannte aufs Halbdeck und von dort zur Kapitänskajüte. Vor der Kammer blieb er stehen und klopfte an.

»Mariella? Hört Ihr mich?« Ohne nachzudenken, versuchte er, die Tür zu öffnen, die er verschlossen vermutete. Doch sie schwang auf und gab den Blick in die Kammer frei.

Überrascht sah er die beiden Frauen, die eng aneinandergedrängt auf der Bettstatt saßen.

»Sie ist offen«, murmelte er leise vor sich hin. Dann eilte er ans Bett und nahm Mariellas Hand in seine.

»Mariella!« war jedoch alles, was er herausbrachte, denn die bislang so fröhliche, mutige Frau war nur noch ein Schatten ihrer selbst. Ihr Gesicht wirkte abgezehrt, die Augen hatten jeden Glanz verloren, ihr Blick ging ins Leere und um ihren Mund lag ein schmerzvoller Zug.

»Es tut mir so leid«, flüsterte er.

»Ich danke Euch, Señor«, antwortete Emi anstelle von Mariella und strich dabei liebevoll über die Schultern ihres Schützlings. »Wir danken Euch.«

Juan nickte schweigend und wandte sich ab. Auf diesen Anblick war er nicht vorbereitet gewesen.

Und er trug die Schuld daran. Die Schuld am Tod Magellans, die Schuld an dem, was Barbosa ihr angetan hatte. Er war zu spät gekommen. Ein weiteres verfluchtes Mal zu spät!

»Wieso hat Barbosa die Tür nicht wieder verschlossen, sondern offen gelassen?«, fragte er schließlich in die Stille hinein.

Mariella drehte den Kopf, und er spürte für einen kurzen Moment ihren Blick auf sich gerichtet. »Es war nicht Barbosa, sondern Enrique, der zuletzt hier war und ein Gewand für seinen Herrn geholt hatte. Und er meinte, es sei nicht mehr nötig, die Tür zu schließen«, antwortete wiederum Emi für sie, und Juan runzelte die Stirn.

Barbosa hätte Enrique niemals erlaubt, die Kammer unverschlossen zu lassen. Demnach musste Enrique den Kapitän vor der Abfahrt belogen und diesem versichert haben, dass er die Tür wieder verschlossen hätte.

»Aber … Hat er sonst noch etwas zu Euch gesagt, Señora?«, fragte er Emi diesmal gleich direkt, da Mariella immer noch reglos neben ihr saß.

Die alte Dame lächelte darauf verunsichert und rückte ihre Haube zurecht, die schief auf ihren grauen Locken saß. »Ich bin mir nicht sicher, ob ich seine Worte an Euch weitergeben soll. Ich will ihm keinen Schaden zufügen, Señor. Er ist ein wunderbarer Junge, wisst Ihr?«

Die Antwort führte nicht gerade dazu, dass Juan sich beruhigte. Doch gerade, als er ihr eine weitere Frage stellen wollte, hörte er Mariella leise und dennoch bestimmt sagen:

»Er versprach uns Rache.«

»Nein!« Juan schlug mit der Hand gegen die Tür und ging dann aufgeregt in der Kammer auf und ab. Denn dies konnte nur eines bedeuten – das Abschiedsfest war nichts anderes als eine Falle, ein geplanter Hinterhalt. »Ich muss sie warnen!«

Augenblicklich sah er Simon vor sich, wie er von den Kriegern des Rajahs niedergeschlagen wurde. Sein Gefühl hatte ihn also nicht betrogen – die Männer waren allesamt auf dem

Weg in den Tod. Simon! Er musste ihn beschützen! Diesmal durfte er nicht zu spät kommen!

Mariella hatte sich mittlerweile kerzengerade aufgerichtet, und ihr Blick wirkte kalt und bedrohlich. Juan schluckte, denn so hatte sie ihn noch nie zuvor angesehen.

»Wenn Ihr das tut, seid Ihr für mich gestorben.«

»Mariella!«, schrie Emi laut auf, doch Juan hörte nur noch den eigenen Herzschlag und sah in Mariellas entschlossenes Gesicht. Sie meinte jedes einzelne Wort ernst, das spürte er. Und doch wusste er, wie er sich entscheiden würde.

»Mein Herz gehört Euch, und das wird sich niemals ändern, Sirena.« Er holte tief Luft und schüttelte den Kopf. »Aber ich werde nicht tatenlos zusehen, wie über dreißig unserer Männer ihr Leben aufgrund eines Racheakts verlieren.«

»Dreißig Männer?« Emi keuchte auf, doch Juan beachtete sie gar nicht. Einzig das schmerzerfüllte Gesicht Mariellas interessierte ihn. Er sah Tränen in ihren Augen und bemerkte, wie sämtliche Farbe aus ihrem Gesicht wich.

»Enrique wird sterben, wenn Ihr eingreift. Und Barbosa würde zurückkehren. Zu mir.« Die letzten Worte kamen mit leiser, abgehackter Stimme. Juan fühlte sich, als würde Mariella ihm mit jedem Wort einen Dolch ins Herz rammen. »Ich werde bis ans Ende der Reise seine Hure sein«, fuhr sie fort und schluchzte auf, als wüsste sie nicht, welche Qualen sie ihm damit bereitete. »Und dennoch wollt Ihr Enrique aufhalten?«

Juan schloss die Augen. Er durfte seinen Gefühlen für Mariella jetzt nicht nachgeben. So sehr er Barbosa auch wünschte, seine gerechte Strafe zu bekommen, konnte er das Leben so vieler Männer, die sich nichts zuschulden hatten kommen lassen, nicht opfern. Auch wenn dies bedeutete, die Liebe seines Lebens zu verlieren. Selbst wenn dies bedeutete, Mariella in die Hände eines gewalttätigen Mannes zu geben. Daher atmete er nun tief durch und sah sie ein letztes Mal an.

»Es tut mir leid. Aber ich muss sie warnen.«

Dann wandte er sich ab und rannte so schnell wie möglich zurück aufs Hauptdeck, um die anderen Männer zu informieren.

6.

Männer! Holt den Anker ein! Wir müssen näher ans Ufer herankommen!«, schrie Juan, während er unruhig über das Deck lief, ohne den Blick von dem kleinen Beiboot im Wasser vor ihnen zu lösen.

Señor Carvalho ruderte mit Simon und vier weiteren Männern in ihrem letzten Boot geradewegs ins Verderben. Juan und die anderen hatten versucht, sich mit Schreien, Trommeln und dem Schlagen der Schiffsglocke bemerkbar zu machen, doch Carvalho und die anderen im Boot hatten nicht reagiert. Offensichtlich hatte das Treiben an Land alle Warngeräusche überdeckt.

Juan hörte das Knarzen der Ankerwinde und betete um Eile. Diesmal wollte er nicht zu spät kommen. Das durfte er sich nicht erlauben!

»Bist du dir wirklich sicher, dass dies ein Hinterhalt ist?«, fragte ihn Hernando nun zum wiederholten Mal, während er gleichzeitig am Tau des Rahsegels hantierte. »So wirkt es bislang aber nicht auf mich.« Juan biss sich auf die Innenseite der Wangen und betrachtete den leuchtend grünen Dschungel, die spitzen Berge und den schneeweißen Strand vor ihnen. Die Männer der Visayer standen in Reih und Glied am Ufer, während einige Frauen auf Trommeln schlugen und dazu tanzten. Inzwischen hatten sie die ersten Männer ihrer Flotte empfangen und geleiteten diese durch das Dickicht des Dschungels. Tatsächlich wirkte dieses Volk in diesem Moment alles andere als hinterhältig oder gefährlich und die Insel wie ein unberührtes, reines und vor allem friedliches Land. Doch der Schein trog.

»Ich bin mir sicher«, antwortete er knapp und rief einen Seemann der Trinidad zu sich. Gleichzeitig betete er im Stillen darum, dass er seine Leute noch rechtzeitig würde warnen können.

»Vasco! Weißt du, ob wir noch Waffen an Bord haben?«
Der Schiffsjunge riss ängstlich die Augen auf und schüttelte den Kopf. »Nein, Señor, das weiß ich nicht.« Er neigte das Haupt und musterte Juan mit zusammengekniffenen Augen. »Müssen wir schon wieder kämpfen?«

»Ich hoffe nicht«, antwortete Juan. Plötzlich kam ihm eine Idee.

»Die Kanone! Dass ich nicht früher darauf gekommen bin. Der Hall eines Kanonenschusses trägt weiter als der einer Glocke, damit könnten wir es noch einmal probieren.« Schnell befahl er, eine der Kanonen zu laden und einen Warnschuss abzufeuern. Dann eilte er die Stufen aufs Quarterdeck hinauf, trat in den Ruderstand und nahm das dort verwahrte Horn an sich. Kurze Zeit später donnerte auch schon der Schuss einer Kanone über das Meer, und Juan winkte im Anschluss daran noch mit weit gestreckten Armen und blies in das Horn.

Tatsächlich erkannte er nun durch das Fernrohr, wie Simon sich umdrehte und Carvalho auf die Schultern tippte.

Die Männer der Trinidad schrien erneut warnend und winkten ihren Kameraden aufgeregt zu. Nach einer gefühlten Ewigkeit schienen die Männer endlich verstanden zu haben, denn sie wendeten das Boot und ruderten zurück.

Juan bekreuzigte sich drei Mal und atmete erleichtert aus. Zumindest Simon war in Sicherheit. Fehlten nur noch fünfundzwanzig weitere Männer, von denen inzwischen keiner mehr zu sehen war. Nur noch vereinzelte Männer und Frauen der Visayer standen am Ufer und beobachteten scheinbar neugierig das umkehrende Ruderboot.

»Alles klar zum Segelsetzen?«, rief Juan und befahl sogleich, das Großsegel zu hissen.

Für Juans Geschmack dauerte es viel zu lange, bis sich die Trinidad endlich in Bewegung setzte und dem Ufer entgegensegelte. Immer wieder trommelte er unruhig mit den Fingern auf die Reling, als könnte er das Schiff damit zur Eile antreiben.

Doch der Ausruf eines Seemanns auf dem Hauptdeck ließ ihn erstarren.

Augenblicklich stellten alle Männer ihre Arbeiten ein und rannten, gefolgt von Juan, auf die Steuerbordseite, um besser sehen zu können, was sich an Land tat.

»Nein!«, schrie er, als er erkannte, wer dort stand.

Kapitän Serrano wurde von einem Krieger der Visayer mit gefesselten Armen und nur mit einem blutverschmierten Hemd bekleidet ans Ufer gezerrt. Eine Dolchspitze war auf seinen Hals gerichtet, und Juan nahm trotz der Entfernung das resignierte Kopfschütteln Serranos wahr. Juan verstand, doch die Erkenntnis schmeckte bitter. Denn diese Geste konnte nur eines bedeuten: Der Hinterhalt hatte bereits stattgefunden – im Dickicht des Dschungels, dort, wo die Visayer die Seemänner mit Trommeln und Gesang hingeführt hatten. Anstelle eines Gastmahls und eines Abschiedsfestes hatte der Tod auf sie gewartet.

Juan war zu spät gekommen. Schon wieder.

»Nein!«, schrie er erneut und sackte auf die Knie. Hernando trat an seine Seite und ergriff seine Hand.

Alle Seemänner, die zuvor die Segel gehisst hatten, standen nun schweigend an der Reling. Juan hörte das leise, verzweifelte Schluchzen der sonst so hartgesottenen Männer und merkte, dass ihm gleichfalls Tränen über die Wangen liefen.

Fünfundzwanzig Männer – treue Freunde, Kameraden, Kapitäne und fähige Seeleute. Sie alle waren tot, weil Enrique sie in einen Hinterhalt gelockt hatte. Weil er Mariella vor Barbosa hatte retten wollen.

»Es ist meine Schuld«, flüsterte Juan und presste die Lippen aufeinander.

»Nein, Juan. Und das weißt du auch«, widersprach Hernando, doch Juan schüttelte den Kopf.

»Ich hätte Barbosa töten sollen. Ich hätte den Posten des

Kapitäns auf der Trinidad annehmen sollen, als Serrano mich dafür vorgeschlagen hat. Er hätte mich bei der Wahl unterstützt. Es hätte anders enden können.« Er barg sein Gesicht in beiden Händen und schluchzte verzweifelt. »Mariella wäre nie etwas geschehen, und Enrique hätte uns niemals …«

»Hör auf, Juan!«

Hernando fasste ihn an den Schultern und rüttelte Juan mit verärgerter Miene durch. »Hör auf damit!«, wiederholte er und atmete tief durch. »Es spielt keine Rolle mehr, was wer wann anders hätte machen können. Verstehst du das, Juan? Gott ließ es zu, und selbst wenn es schwerfällt, dies zu glauben: Gott steht immer noch an unserer Seite. Und es gibt jetzt andere Aufgaben zu erledigen, als die Schuldfrage für das, was geschehen ist, zu klären.« Er wandte sich ab und blickte zu der Inselgruppe hinüber. Juan folgte seinem Blick und sah seinen Kapitän noch immer am Ufer stehen und regungslos zu den Schiffen schauen.

»Juan, wir müssen hier weg. Und zwar so schnell wie möglich«, redete Hernando weiter auf ihn ein.

Juan betrachtete das scheinbar so friedliche Bild vor ihnen. Er sah die wunderschönen, grünen Inseln, hörte sogar aus dieser Entfernung die Rufe einzelner Papageien und anderer Vögel. Begleitet vom immerzu friedlichen Rauschen der Wellen hätte dies das Paradies sein können. Und doch sah er nur den Tod. Denn in diesem Augenblick traten immer mehr Visayer aus den Tiefen des Dschungels hervor. Krieger, bewaffnet mit Speeren und Pfeilen, die brüllend ans Ufer und zu ihren Booten rannten, bereit zu kämpfen. Und als Juan erneut zu Kapitän Serrano sah, entfuhr ihm unwillkürlich ein Schrei. Denn der Krieger hatte ihm in eben diesem Moment die Kehle durchgeschnitten, und Serrano sank sterbend zu Boden.

»Juan.« Hernando rüttelte ihn erneut an der Schulter, und endlich riss er sich vom Anblick der Inselgruppe und des getöteten Serrano los und nickte.

»Du hast recht. Lasst das Fallreep hinunter und helft Carvalho und den anderen hinauf! Und alle anderen: Fertig machen zur Halse! Vasco! Übernimm den Kolderstock! Drei Strich Backbord! Und blase ins Horn, um den Männern der Victoria Bescheid zu geben!« Ein letztes Mal betrachtete er die Insel Cebu und bekreuzigte sich drei Mal. Dann half er den Männern dabei, die Segel zu hissen. Denn Hernando hatte die Gesamtsituation richtig erfasst: Es war an der Zeit, dieses verfluchte Paradies zu verlassen.

7.

MARIELLA

Ich finde, es reicht jetzt!«
Mariella schreckte auf, denn Emi hatte Mariellas Teller mit
solchem Schwung auf die Tischplatte vor ihr gepfeffert, dass
der Reis darauf samt den Orangenblüten und gezuckerten
Früchten im hohen Bogen zu Boden fiel. Doch die achtete gar
nicht weiter darauf, sondern blickte sie mit einer mehr als
verärgerten Miene an.

»Vor etwa zwei Jahren habt Ihr mir mit glänzenden und
leuchtenden Augen erzählt, dass Ihr genau wie Euer Onkel –
Gott hab ihn selig – die Welt erforschen wollt. Ihr wolltet
neue Länder entdecken, fremde Menschen und Kulturen
kennenlernen. Ihr hattet weder Angst vor der Reaktion Eures
Vaters noch vor der Eures Verlobten. Ihr wolltet die erste
Frau Portugals sein, die ans Ende der Welt reist. Und jetzt?«

Emi marschierte nun wütend vor Mariella auf und ab, die
Hände in die wieder etwas fülligeren Hüften gestemmt, und
schüttelte unablässig den Kopf. »Ihr sprecht nicht mehr? In
Ordnung, das ist Euer gutes Recht, und allem Anschein nach
haben die Männer kein Problem damit. Ihr weigert Euch, unsere Kranken weiter zu pflegen? Das ist bedauerlich, doch
selbst dies haben unsere Kapitäne akzeptiert. Aber ich sage
Euch, Mariella – es reicht! Meine Geduld hat Grenzen.«

Mariella sah, wie ihre Freundin nun doch versuchte, den
Reis zurück auf den Teller zu schaufeln. »Ich wollte niemals
ans andere Ende der Welt segeln. Niemals, versteht Ihr? Aber
nun bin ich – ohne Euch – auf einem Elefanten geritten,
könnt Ihr Euch das vorstellen? Ich kostete die süßesten Spei-

sen, die ich je gegessen habe. Ich lernte ein Volk kennen, bei dem der König mehrere Frauen gleichzeitig besitzt und mit anderen Menschen nur über ein Rohr, hinter Tüchern aus Seide versteckt, spricht. Ein Volk, das wie alle anderen auf diesen Inseln keine Kleidung zu kennen scheint.«

Emi setzte sich mit einem strengen Seitenblick neben Mariella auf einen Stuhl. »Es hätte Euch gefallen, wisst Ihr?«

Mariella schwieg und zog den Teller näher zu sich heran. Kapitän Espinosa, der einstige *Alguacil*, der seit dem Tod Barbosas dessen Posten übernommen hatte, hatte den beiden Frauen wohlwollend wieder die Kapitänskajüte überlassen und Mariella gleichzeitig eine Zeit der Trauer zugestanden. Seitdem hatte sie den kleinen Raum nur zwei Mal aufgrund starker Stürme verlassen. Sie hatte keine der exotischen Inseln betreten, die sie angefahren hatten, und auch kein einziges Mal aus dem kleinen Fenster geblickt, um sich die Eingeborenen, die sie mit ihren Booten besuchten, anzusehen. Nicht einmal die fremdklingende Musik, die diese Menschen als Willkommensgruß spielten, hatte sie interessiert.

Es schien, als wäre mit dem Tod ihres Onkels auch der Großteil ihrer selbst gestorben. Denn sogar nach so vielen Monaten fühlte sie nichts als eine grenzenlose Leere in sich. Nicht einmal Hunger oder Durst hatte sie. Hätte Emi nicht jeden Tag sorgsam darauf geachtet, dass sie etwas zu sich nahm, wäre sie vermutlich längst verhungert oder verdurstet. Auch jetzt griff sie lustlos mit den Fingern in den Teller und steckte sich völlig undamenhaft eine Handvoll Reis in den Mund. Emi hatte ihr erklärt, dass die Menschen auf der Insel Borneo, vor der sie gerade ankerten, ihren Reis mit Eiern und Honig vermischten, und tatsächlich breitete sich eine Süße in ihrem Mund aus, über die sie vor Monaten noch vor Freude gejubelt hätte. Doch nun musste sie sich dazu zwingen, weiter zu essen.

»Mariella, denkt an Eure Mutter, an unseren großen Admiral oder an Eure Freundin Chiara – was würden sie nur sagen, wenn sie Euch jetzt sehen könnten?«

Mariella schluckte den Reis hinunter und schloss die Augen. Sie sah das Gesicht ihrer Mutter vor sich. Sie hörte ihr helles Lachen und sah das Glänzen in ihren Augen, das gleiche Glänzen, das sich auch in denen ihres Onkels gezeigt hatte, sobald er eine neue Insel ansteuerte. Sie sah Chiara, die mit ihr verbotenerweise durch den Olivenhain rannte und sich den Bauch vor lauter Lachen hielt. Was würden sie alle sagen, wenn sie Mariella nun sähen?

Mariella kannte die Antwort. Sie wären maßlos enttäuscht von ihr.

Sie nahm eine weitere Portion Reis zu sich und versuchte, sich auf den süßlichen Geschmack zu konzentrieren. Emi hatte recht, sie musste wieder anfangen zu leben. Wenn es doch nur so einfach wäre.

»Wie sahen die Elefanten denn aus?«

Es war eine völlig einfache und unbedeutende Frage, die sie gestellt hatte, dennoch glitt Emi darauf vor Überraschung beinahe der Krug Reiswein aus den Händen.

Mariella konnte ihre Reaktion nachvollziehen. Klang ihre Stimme nach so vielen Monaten des Schweigens doch fremd und kratzig, und sie räusperte sich einige Male. Als sie Blickkontakt zu Emi aufnahm, erkannte sie Tränen in deren Augen, die sie jedoch rasch fortwischte.

»Diese Tiere sind unvorstellbar groß«, antwortete sie schließlich und lachte leise. »Ihr wollt nicht wissen, wie laut ich geschrien habe, als der unsere sofort losgerannt ist, nachdem wir seinen Rücken bestiegen haben. *Meus Deus*, ich danke Gott immer noch, dass er uns nicht im nächsten Wald abgeworfen hat.« Sie bekreuzigte sich dreimal und kicherte leise. »Señor de Elcano hat sicherlich immer noch die Spuren meiner Fingernägel auf seinem Unterarm.« Kaum hatte Emi die letzten Worte ausgesprochen, schlug sie sich auch schon mit der Hand auf den Mund und murmelte eine Entschuldigung.

Doch es war zu spät. Allein die Nennung von Juans Namen hatte gereicht, dass sich Mariellas Herz schmerzhaft zusammenzog. Immer wieder trat ihr vor Augen, wie er sich in der Kapitänskajüte von ihr abgewandt hatte, um den Mann zu retten, der sie zu seiner Hure machen wollte. Den Mann, der ihr mit Gewalt die Kleider vom Leib gerissen hatte, um sie gegen ihren Willen zu berühren.

Natürlich hatte Juan damals versucht, vielen unschuldigen Männern das Leben zu retten, und tief in ihrem Inneren wusste Mariella, dass Juan die richtige Entscheidung getroffen hatte. Doch sie konnte ihm einfach nicht verzeihen.

Gleichzeitig fühlte sie sich für den Tod dieser Männer verantwortlich. Und obwohl Juans Plan gescheitert und Barbosa Enriques Rache anheimgefallen und getötet worden war, fühlte sie keine Spur der Erleichterung und Genugtuung.

»Wollt Ihr nicht einmal mit ihm sprechen, meine Liebe?« Emi streckte ihren Arm aus und legte ihre warme Hand an Mariellas Wange. Mit sanften Bewegungen wischte sie ihr die Tränen fort, die Mariella bislang gar nicht wahrgenommen hatte. »Wisst Ihr, er leidet genauso wie Ihr. Wenn nicht sogar noch etwas mehr.«

Mariella schlang die Arme um ihren Körper. Wieso schmerzten sie diese Worte nur so sehr?

»Er ist ein wunderbarer, ehrenhafter Mann, Mariella. Und ich habe ihm längst verziehen, was damals auf der Insel zwischen Euch beiden vorgefallen ist«, fuhr Emi fort, und Mariella hielt kurz den Atem an.

In ihren Augen war diese Tat die allerletzte, die Emi Juan verzeihen müsste. Sie selbst hatte ihn dazu gedrängt, sie zu lieben – vollständig, wie Mann und Frau. Es war allein auf ihren Wunsch hin geschehen.

Nein, die Erinnerung an diesen Akt der Liebe half ihr sogar

dabei, nicht an den schrecklichen Albträumen von Barbosa, seinen schwieligen Fingern und seinem stinkenden Atem zugrunde zu gehen.

»Bitte sprecht mit ihm! Ich bleibe auch als Eure Anstandsdame dabei und passe auf Euch auf, wenn Ihr das wollt, doch bitte gebt ihm eine Chance.«

Emis Stimme klang verzweifelt und drängend zugleich, doch Mariella schüttelte den Kopf.

»Ich kann nicht«, antwortete sie leise. »Ich kann einfach nicht.«

Eine Zeit lang herrschte Stille in der Kapitänskammer, die nur durch ein leises Seufzen Emis und die geräuschvollen Arbeiten der Männer auf Deck unterbrochen wurde. Mariella legte den Kopf auf die angewinkelten Knie. Sie wollte keinen Schmerz mehr fühlen, und ein Treffen mit Juan würde genau das auslösen.

Aber in einem Punkt hatte Emi recht – ihr Onkel und auch ihre Mutter hätten niemals gewollt, dass sie ihren Traum so leicht aufgab. Sie hätten gewollt, dass sie weiterlebte und sich nicht länger in dieser Kammer einschloss und dem Leben verweigerte.

Daher richtete sie sich auf und schenkte Emi ein vorsichtiges Lächeln.

»Nimmst du mich morgen mit auf die Insel und zeigst mir die Elefanten?«

Emi sprang auf diese Worte hin vor Freude vom Stuhl auf, schloss Mariella in ihre Arme und küsste immer wieder ihre Wangen.

»Meine Mariella, *minha beleza!* Nichts würde ich lieber tun, glaubt mir. Doch wir haben Borneo heute im Morgengrauen verlassen.«

8.

Emis Worte hatten Mariella wachgerüttelt. Über ein halbes Jahr hatte sie regungslos in ihrer Kammer verbracht. Ausgerechnet sie, die die Welt mit eigenen Augen sehen und erleben wollte. Nun hatte sie es sogar verpasst, auf Elefanten zu reiten und Könige hinter Seidentüchern zu besuchen. Ihre Reglosigkeit hatte dazu geführt, dass sie nicht wusste, wie diese Menschen Reis anpflanzten und auf welchen Bäumen die süßen Früchte wuchsen. Sie wusste nicht, wie ihre Sprache klang und wie sie aussahen.

Das musste sich ändern.

Aus diesem Grund war Mariella bereits am nächsten Morgen in aller Frühe aufgestanden, um sich ausgiebig zu waschen. Noch bevor Emi erwachte, hatte sie ihr Haar ordentlich gekämmt, geflochten und unter einer *Französischen Haube* versteckt. Zudem trug sie ein frisches Unterkleid und stieg gerade, als Emi sich verschlafen aufrichtete, in das dunkelblaue Seidenkleid und wartete darauf, dass Emi ihr beim Zubinden half.

»Träume ich etwa noch?«, murmelte Emi.

»Ich hoffe nicht«, antwortete Mariella mit einem schwachen Lächeln. »Danke«, fügte sie hinzu, nachdem Emi ihr das Kleid zugeschnürt hatte, und meinte damit nicht nur die Hilfe beim Ankleiden. Daher nahm sie Emis Hände in die ihren und drückte sie fest. »Danke, dass du mich nicht aufgegeben hast.«

Emi nickte gerührt. »Ich werde Euch niemals aufgeben, Mariella.« Sie zupfte an ihrem Nachtgewand herum und betrachtete mit konsternierter Miene die Unordnung in der Kammer. »Wenn Ihr wollt, dass ich Euch begleite, müsst Ihr wohl oder übel noch etwas warten.«

Mariella winkte ab. »Ist schon gut, ich gehe allein.«

Mit diesen Worten öffnete sie die Tür der Kajüte und betrat wenig später das Oberdeck.

Das Erste, was sie wahrnahm, war ein herrlich warmer Wind, der ihr sanft über das Gesicht strich. Mariella schloss die Augen und atmete tief durch. Sie roch die salzige Luft und trat näher an die Reling, um das Rauschen des Meeres zu genießen.

Und zum ersten Mal seit Monaten fühlte sie sich wieder lebendig. Nicht quicklebendig und auch nicht überglücklich, doch sie spürte den Wunsch, wieder zu leben. Wärme breitete sich in ihr aus, und sie musste unwillkürlich lächeln. Plötzlich dachte sie an ihre Mutter und an Magellan und blickte in den wolkenlosen Himmel hinauf, als würden die beiden dort, Hand in Hand, mit einem Lachen auf sie herabblicken und ihr zuwinken. Sie schluckte ergriffen.

»Ich liebe Euch, Mutter. Und ich liebe Euch, Onkel. Danke, dass Ihr mich mitgenommen habt«, murmelte sie.

Die Männer auf dem Oberdeck verrichteten schweigend ihre Arbeiten. Sie erkannte Thomas und Antón, die am Bug des Schiffes auf den Planken knieten und mit einem spitzen Eisen die Ritzen zwischen den Brettern auskratzten. Mit gerafften Röcken wollte sie gerade auf die beiden zugehen, als Kapitän Espinosa ihr in den Weg trat.

»Señorita Alvaro, ich freue mich sehr, Euch wieder an Deck zu sehen.« Er neigte das Haupt und küsste ihr die Hand. Mariella sah die Grübchen in seinen Wangen, die augenscheinlich frisch rasiert waren. Auch der Oberlippen- und Kinnbart waren akkurat geschnitten und wirkten, anders als bei den meisten seiner Männer, gepflegt. Doch dies war auch schon das Einzige, was ihn in seiner Funktion als Kapitän von den anderen unterschied. Denn er trug genau wie diese ein schlichtes und längst nicht mehr sauberes Leinenhemd, ein farbloses Barett und eine dunkle Pluderhose. Er hatte nicht einmal Schuhe an den Füßen, sondern ging wie die einfachen Seeleute barfuß über das Deck.

Mariella verbeugte sich ebenfalls vor ihm und lächelte aufrichtig. »Ich freue mich ebenfalls, Kapitän Espinosa. Gibt es Arbeiten, an denen ich mich beteiligen kann?« Sie deutete auf Thomas und Antón, doch der Kapitän schüttelte lachend den Kopf.

»Bitte versteht mich nicht falsch, Señorita, doch ich bezweifle, dass Eure Hände dazu fähig sind, die Planken zu kalfatern. Das ist eine sehr kraftraubende Arbeit.«

Mariella beobachtete, wie Antón das alte Pech herauskratzte, während Thomas mit einem Hammer eine ihr unbekannte Materialmischung in die Ritzen zwischen den Planken hineinklopfte.

»Außerdem fehlt uns das Material, um das Schiff komplett reparieren zu können.« Espinosa stöhnte gedehnt. »Betet darum, dass wir bald eine unbewohnte und holzreiche Insel finden. Denn die benötigen wir jetzt dringend.«

Im gleichen Moment hörte Mariella die Rufe aus einem der Mastkörbe und blickte mit zusammengekniffenen Augen nach oben.

»Dschunke auf drei Strich Steuerbord!«

Espinosa ließ sich ein Fernrohr bringen und stellte sich breitbeinig an die Reling, um sich das besagte Schiff genauer anzusehen.

»Die ist sicherlich voll beladen. Wie viele Männer könnt Ihr erkennen?«, fragte Espinosa an die Männer gerichtet.

Mariella ging nun doch zu Thomas und setzte sich ganz in seine Nähe, während sie den Antworten aus dem Mastkorb lauschte.

»Etwa fünfzehn Mann, Kapitän! Und sie sieht tatsächlich schwer beladen aus!«

Espinosa legte das Fernrohr beiseite und klatschte in die Hände. »Männer! Ladet die Kanonen! Und ihr anderen – macht das Schiff klar zur Wende!«

Mariella riss die Augen auf. »Will er dieses Schiff etwa

überfallen?«, fragte sie Thomas, der den Hammer beiseitelegte und einen grimmigen Laut ausstieß.

»Wäre nicht das erste Mal, Señorita.« Thomas stand auf und spuckte auf den Boden. »Es ist an Bord nicht mehr so wie früher, seitdem unser Admiral – Gott hab ihn selig – nicht mehr unter uns weilt.« Er reichte Antón die Hand und half ihm auf die Füße. »Ich würde an Eurer Stelle zurück in die Kapitänskajüte gehen. Es könnte hier gleich blutig zugehen.«

Mariella schluckte. »Aber ... Das kann er doch nicht ...« Sie schüttelte den Kopf. »Wo ist Juan? Ich meine, Señor de Elcano? Er würde niemals ...«

»Euer Geliebter ist inzwischen Kapitän der Victoria, nachdem Carvalho nach Barbosas und Serranos Tod als unser neuer Generalkapitän schmählich versagt hat. Habt Ihr die letzten Wochen denn nur geschlafen, dass Ihr rein gar nichts mitbekommen habt?« Er schüttelte den Kopf.

»Er ist nicht mein Ge...«, hob Mariella an, um ihm zu widersprechen, doch Thomas brachte sie mit einem einzigen Blick zum Schweigen und begann ihr dann die Geschehnisse der letzten Monate zu berichten. So erfuhr Mariella, dass Carvalho die Mannschaft als Generalkapitän mehrmals zur Piraterie angestiftet hatte, um sich anschließend die erbeuteten Reichtümer in die eigene Tasche zu stecken und sich einheimische Frauen als Sexsklavinnen zu halten. Weshalb ihn die gesamte Mannschaft schließlich auch degradiert und Juan zu ihrem Kapitän gewählt hatte.

»Na jedenfalls untersteht Carvalho jetzt den Befehlen Espinosas. Antón! Komm mit zum Brassbaum!«

Damit ließ er Mariella stehen und folgte Espinosas Befehlen, das Schiff zu wenden – um ein anderes Schiff zu überfallen.

Mariella blieb wie angewurzelt stehen, als sie eines erkannte: Die Flotte ihres Onkels existierte nicht mehr – sie wurde mittlerweile von einem Haufen zielloser Piraten geführt, die sich auf Kaperfahrt befanden, anstatt ihren bisherigen Expeditionsauftrag zu erfüllen.

Schließlich trat sie mit zittrigen Beinen zurück in die Kapitänskajüte, wo sie beinahe mit Emi zusammenstieß, die diese gerade verlassen wollte. Diese betrachtete sie nur einen Lidschlag lang und reichte ihr sofort die Hand, um sie behutsam in die Kammer zu führen.

»Was ist geschehen, Mariella? Ihr seht aus, als wärt Ihr an Deck gerade dem Klabautermann begegnet. So sagt doch etwas, meine Liebe! Sprecht mit mir!«

Doch Mariella schüttelte nur den Kopf. Erst nach unzähligen weiteren Fragen Emis sah sie ihrer Freundin ins Gesicht und meinte stockend: »Mein Onkel hätte niemals sterben dürfen.«

9.

Heute ist unser Glückstag! Und ich glaube, das haben wir nur Euren Gebeten zu verdanken, Señorita Alvaro!« Kapitän Espinosa deutete einen Handkuss an, beachtete sie danach aber nicht weiter, sondern richtete das Wort an seine Mannschaft. »Diego und Vasco! Ihr schlachtet eine der Ziegen! Thomas, Martín und Antón! Ihr besorgt Feuerholz. Francisco und Hernando! Ihr säubert die Lager und werdet die restlichen erbeuteten Tiere dann dort unterbringen! Alle anderen erkunden derweil die Insel. Ich möchte noch vor Sonnenuntergang wissen, ob wir hier für die nächsten Wochen ankern können oder nicht. Verstanden? Dann los! An die Arbeit!«

Mariella folgte mit regungsloser Miene den anderen zu den Beibooten und bemühte sich, dabei nicht auf die brennende Dschunke zu sehen, die unweit neben der Trinidad im Wasser trieb. Selbst bis in ihre Kammer hinein hatte sie die verzweifelten Schreie der fremden Schiffsmannschaft gehört, die auf Espinosas Befehle hin getötet worden war. Mariella hatte sich die Ohren zugehalten, um nichts mehr zu hören, und dennoch mit allen Sinnen wahrgenommen, was außerhalb der Kapitänskammer geschehen war. Wie hatte sie die Verrohung der Mannschaft in den Wochen zuvor nur nicht wahrnehmen können? Warum nur war sie kein einziges Mal mehr an Deck gegangen?

»Das ist nicht richtig«, murmelte sie nun vor sich hin, während sie in eines der Boote stieg. Trotzdem schienen ihre Worte gehört worden zu sein, denn der Steuermann Francisco Albo beugte sich zu ihr und legte für einen kurzen Moment seine Hand auf ihren Arm.

»Leben oder sterben – das ist die einzige Entscheidung, die uns geblieben ist, Señorita.«

Sie wandte den Kopf und betrachtete ihn mit finsterer Miene. »Und das rechtfertigt es, andere Menschen mit ins Verderben zu reißen?«

Albo zuckte nur mit den Schultern, und sein wieder auf die immer näher kommende Insel gerichteter Blick wirkte grimmig. »Auf Mactan wurden unsere Männer auch nicht gefragt, bevor sie wie Schweine abgeschlachtet wurden. Dieses vermeintliche Paradies hier«, er deutete auf die Insel vor ihnen und das türkis glitzernde Meer um sie herum, »ist nichts anderes als die Hölle auf Erden. Und die Menschen, die dort leben, verdienen keine Gnade.« Plötzlich hielt er inne und betrachtete Mariella, als ob ihm erst in diesem Augenblick bewusst wurde, wer neben ihm saß. Dann spuckte er ins Wasser und schüttelte den Kopf. »Aber warum versuche ich überhaupt, einem Weib etwas zu erklären?«

Mariella zog es vor, zu schweigen und nicht auf seine herausfordernden Worte zu reagieren. Viel zu oft hatte sie schon versucht, ihre Stellung als Frau an Bord zu ändern. Aber einige der Männer waren eben unbelehrbar und würden bis an ihr Lebensende glauben, dass Frauen niemals in der Lage dazu waren, selbstständig zu denken. Diese Tatsache hatte sie längst verstanden.

Kaum hatten sie das Ufer der Insel erreicht, verließen Albo und die anderen Männer die Beiboote. Mariella richtete sich dagegen nur langsam auf, kletterte aus dem Boot und reichte dann Emi die Hand, um ihr herauszuhelfen.

»Sollen wir nach einem Wasserlauf suchen? Was meinst du?«, fragte sie.

Emi riss die Augen auf. »Allein? Mariella! Wir kennen diese Insel nicht und können uns nicht wehren, wenn … Wir wissen nicht, ob hier wilde Tiere leben. Señor Pigafetta hat bei seinem letzten Landgang Krokodile gesehen, wisst Ihr? Ich möchte diesen Tieren nur ungern und noch dazu unbewaffnet begegnen.«

Mariella wollte gerade auf den Dolch deuten, der seit Monaten unter ihrem Kleid am Oberschenkel befestigt war, doch eine dunkle Stimme ließ sie innehalten.

»Sollen wir Euch begleiten, Señora Emiliana?«

Juan.

Mariella schloss die Augen und zwang sich, ruhig zu bleiben. Dennoch ging ihr Atem schneller, während ihre Finger schweißnass wurden.

»Señor de Elcano. Wie schön, Euch wiederzusehen! Es wäre uns eine Ehre, wenn Ihr uns Begleitschutz gewähren würdet, nicht wahr, Mariella?«

Noch bevor sie sich zu ihm umdrehte, fühlte sie bereits seinen Blick auf sich ruhen und erschauerte. Doch als sie daraufhin den Kopf zu ihm wandte, erschrak sie. Dunkle Schatten lagen unter seinen Augen, die Wangen waren eingefallen und trotz des weit geschnittenen Leinenhemds erkannte Mariella seine knochig gewordene Brust. Juan war nur noch ein Schatten seiner selbst. Trauer hatte sich in sein Gesicht gegraben, und obwohl er ihr ein Lächeln schenkte, erreichte es seine Augen nicht. Mariella konnte Juans Anblick nicht länger ertragen, dazu rief er viel zu viel Wut, Trauer und Schuld in ihr hervor. Vor allem aber eine unbändige Sehnsucht, sich in seine Arme zu werfen und ihn nie wieder loszulassen. Und so wandte sie sich ab, sagte lediglich »Ja, bitte« und bedeutete ihm mit einer Geste, mit ihnen zu kommen. Dann zog sie sich wieder hinter die Mauer zurück, die sie in den letzten Monaten zwischen sich und der Außenwelt errichtet hatte, und betrachtete die verschieden großen Palmen und den bewaldeten Berg vor ihnen. Dichter weißer Nebel hing zwischen den Tälern, als wollte er das Land vor ihnen verstecken. Wie schon Mactan und Cebu wirkte auch diese Insel wie ein unberührtes Stück Garten Eden.

»Guten Tag, die Damen. Welcher Aufgabe widmet Ihr Euch, wenn ich fragen darf?«

Hernando, der sich nun mit einem freundlichen Lächeln zu ihnen gesellte, hatte die Frage gestellt. Während der gesamten Reise hatte Mariella ihn noch kein einziges Mal verärgert oder wütend erlebt. Seine großen grauen Augen blickten immerzu gütig und verständnisvoll drein, als gäbe es nichts, was ihn verletzen oder aus der Ruhe bringen könnte. Als würde seine angenehme Wesensart auf sie abstrahlen, fühlte Mariella eine angenehme Wärme in sich aufsteigen und schenkte ihm ein ehrliches Lächeln.

»Ich freue mich, Euch zu sehen, Señor. Wir suchen Süßwasser, eine Quelle, einen Bachlauf oder gar einen See.«

»Zehn unserer Männer haben die gleiche Mission und erkunden den westlichen Teil der Insel. Daher würde ich vorschlagen, dass wir gleich hier beginnen und uns in Richtung Inselmitte vorarbeiten«, warf Juan daraufhin nüchtern ein und deutete auf eine kleine Lichtung direkt vor ihnen. »Tragt Ihr irgendwelche Waffen bei Euch, um Euch, wenn nötig, verteidigen zu können?«, wollte er dann noch von den beiden Frauen wissen.

Emi entfuhr ein erschrockener Laut, und sie ergriff Mariellas Hand. »Meint Ihr, dass auch hier Eingeborene lauern, die uns nach dem Leben trachten?«

»Ich hoffe nicht. Aber es schadet gewiss nicht, vorbereitet zu sein«, antwortete Juan grimmig.

Mariella deutete kurz auf ihren Oberschenkel. »Ich denke, ein Dolch ist für mich ausreichend. Lasst uns gehen.« Und schon teilte sie mit den Händen das dichte, hüfthohe Gras und bahnte sich einen Pfad in das Innere des Waldes.

Kaum hatte sie der Dschungel verschluckt, fühlte sie sich, als würde sie auf dem Meeresgrund dahinschreiten. Bereits nach wenigen Schritten klebte ihr das Unterkleid nass und warm am Körper, und Rinnsale von Schweiß liefen ihr über Gesicht und Nacken. Es war unerträglich stickig, und Mariella keuchte, als wäre sie schon stundenlang unterwegs.

»Wie geht es Simon, Señor?«, hörte sie Emi auf einmal atemlos fragen. Mariella horchte auf, da sie beim besten Willen nicht wusste, warum sich Emi nach Juans bestem Freund erkundigte. Hatte er sich denn verletzt? War ihm etwas zugestoßen? Was hatte sie in den letzten Monaten sonst noch verpasst?

»Rein körperlich ist er bereits genesen«, antwortete ihr Hernando. »Was das andere betrifft … Wir alle benötigen Zeit, um mit den erlittenen Verlusten zurechtzukommen, nicht wahr?«

»Ja, Señor«, bestätigte Emi, und obwohl Mariella sich nicht umdrehte, fühlte sie die Aufmerksamkeit der anderen auf sich gerichtet. Als sprächen sie gar nicht über Simon, sondern über sie.

»Es sieht so aus, als würde sich der Pfad dort vorn teilen. Seht Ihr das?« Juan deutete ins Waldesinnere. Mit viel Fantasie erkannte dort auch Mariella eine Art Gabelung. »Sollen wir uns aufteilen oder gemeinsam weiterlaufen?«

Hernando strich sich das nasse, graue Haar aus dem Gesicht und wrang es aus. Anschließend richtete er sich auf und betrachtete den dichten Wald vor ihnen.

»Wir wären gewiss schneller, wenn wir uns aufteilen, doch sicherer ist es in der Gruppe. Wie denkt Ihr darüber?«, fragte er an Mariella und Emi gerichtet. Doch bevor Mariella zu einer Antwort ansetzen konnte, ergriff Emi bereits das Wort.

»An Eurer Seite fühle ich mich ausreichend sicher, Señor de Bustamente.«

Hernando neigte lächelnd sein Haupt und reichte der älteren Dame anschließend den Arm.

»Nun denn, lasst uns gehen. Welchen Weg möchtet Ihr denn einschlagen?«

»Wenn Ihr mich so fragt, wähle ich den rechten«, ließ sich Emi wiederum vernehmen.

Keiner der drei schien auf Mariellas Antwort zu warten, die

definitiv anders ausgefallen wäre. Sie wollte nicht mit Juan allein und wieder mit ihren Gefühlen für ihn konfrontiert sein. Und genau das würde eintreten, sobald Juan auch nur ein einziges Wort an sie richtete. Und sie wusste ebenfalls, dass sich Emi und Hernando bewusst dafür entschieden hatten, zu zweit weiterzulaufen, damit sie und Juan sich aussprechen konnten. Plötzlich schien es Emi nicht einmal mehr zu stören, dass sie mit einem unverheirateten Mann allein unterwegs war.

Doch entgegen Mariellas Befürchtung schwieg Juan und sprach auch noch Minuten später, nachdem sich Emi und Hernando längst entfernt hatten, kein einziges Wort mit ihr.

Mariella wurde es immer unbehaglicher zumute. Sie lenkte sich ab, indem sie sich auf den Weg, die seltsamen und unbekannten Pflanzen und die Geräusche des Dschungels konzentrierte, doch immer wieder überlegte sie, was wohl in Juan vorging. Sie hörte seinen vor Anstrengung keuchenden Atem und ihren eigenen Herzschlag. Tausend Gedanken schossen ihr durch den Kopf. Wieso schwieg er? Wollte er sich etwa gar nicht mit ihr aussprechen? Was fühlte er? Hatte er sie aufgegeben? Wie kam er mit all den Geschehnissen zurecht? Warum konnte sie diesen Schmerz in ihrem Innersten nicht abstellen? Und wieso machten ihr nun erneut Angst, Wut, Trauer und wieder diese Sehnsucht nach ihm zu schaffen, trotz der Stille, die zwischen ihnen herrschte?

Plötzlich blieb sie mit einem verzweifelten Schluchzen stehen. »Ich kann das nicht!« Sie drehte sich um und sah zuerst seine schwarzen, tieftraurigen Augen.

»Ich kann nicht mehr, Juan.«

Juan streckte die Hand aus, ließ sie dann aber kurz vor ihrem Gesicht wieder sinken, als wüsste er nicht, was er mit ihr anstellen sollte.

»Mariella«, sagte er dann leise. »Es tut mir so unendlich leid. Ich wünschte, ich könnte die Zeit zurückdrehen und all das, was passiert ist, ungeschehen machen. Ich wünschte …«, unterbrach er sich, und Mariella glaubte, Tränen in seinen Augen zu sehen.

»Bitte sprich nicht weiter!« Mariella hatte gewusst, dass Trauer, Schmerz und Angst in ihrem Herzen eingesperrt waren. Und wie vermutet, hatte Juan es geschafft, ihre mühsam errichtete Mauer mit nur wenigen Worten einzureißen. Nun sah sie wieder ihren Onkel vor sich, von den Kriegern aus Mactan niedergestochen. Seinen letzten Blick auf sie gerichtet, bevor er kraftlos zusammenbrach. Sie fühlte erneut seinen Verlust, als wäre es erst gestern geschehen, und der Schmerz drohte sie zu ersticken.

»Bitte, Juan. Ich kann nicht mehr! Ich will … vergessen.«

Juan schien noch verzweifelter als zuvor zu sein, doch er nickte stumm. Und wieder wollte sich ein Teil von Mariella in seine Arme werfen und all die Tränen trocknen, die ihm mittlerweile über die Wangen liefen. Doch sie konnte nicht.

»Ich brauche Zeit, Juan.«

Juan trat einen Schritt auf sie zu. »Ich brauche nur dich«, antwortete er tonlos. »Aber ich werde deine Entscheidung akzeptieren, wie sie auch ausfallen wird.«

Mariella kam, von seinen Worten ergriffen, ebenfalls näher auf ihn zu. Ganz vorsichtig streckte sie die Hand aus und berührte seine eingefallene Wange und den kratzigen Bartschatten und lächelte, als sie seine fragende Mimik erkannte.

Plötzlich beugte Juan sich zu ihr und küsste sie. Drängend, flehend, verzweifelt.

Für einen kurzen Moment genoss Mariella seine Leidenschaft und wollte in sie eintauchen. Doch als sie Juans Finger in ihrem Haar und seine Zunge in ihrem Mund spürte, sah sie wieder Barbosas boshaftes Grinsen, spürte seinen stinkenden Atem und fühlte seine dreckigen Finger auf und in ihrem Körper. Nein! Nein, dieses Gefühl war abscheulich! Übelkeit und Panik stiegen in ihr auf. Nein, Juan musste aufhören! Sie konnte das nicht mehr.

Mit einem Schrei stieß sie ihn von sich.

Dieser wich noch ein Stück weiter zurück und betrachtete sie mit angstvollem Blick. »Was hat Barbosa dir angetan?«

Mariella zitterte am ganzen Körper wie Espenlaub und schüttelte immer wieder den Kopf, als könnte sie damit die schrecklichen Erinnerungen vertreiben. »Nicht ... er ... nicht so wie du«, stammelte sie. Sie wollte ihm deutlich machen, dass Barbosa zu ihrem Glück nie dazu gekommen war, ihr beizuliegen. Doch offensichtlich erzielten ihre Worte eine völlig andere Wirkung, denn Juan wurde mit einem Mal aschfahl.

»Nicht so wie ich«, wiederholte er tonlos. »Ich bin also das Scheusal. Ich habe verstanden.«

Mariella blieb nicht einmal die Gelegenheit, ihre Worte zurückzunehmen oder sie zu erklären, denn Juan hatte sich bereits abgewandt und rannte davon.

»Juan! Nein!«, schluchzte sie und warf sich auf die Knie. »Du bist kein Scheusal. Das warst du nie ... Und ich brauche dich ebenfalls.« Sie starrte auf das Laub auf dem Boden und fühlte sich plötzlich am Ende ihrer Kräfte. Fast nebenbei bemerkte sie, wie sich einzelne Blätter auf einmal aufrichteten und davonliefen, als wären sie lebendig. Handelte es sich hierbei etwa um Käfer?

Doch das war jetzt nicht wichtig, nur der Schmerz sollte endlich aufhören! Sie wollte ihn nicht mehr spüren!

Anstelle einer Linderung, wie es sich Emi und Hernando gewiss erhofft hatten, fühlte sich Mariella nun elender denn je. Sie schaute in das Blätterdach über sich und flüsterte: »Ich liebe dich, Juan.«

10.

D as könnt Ihr doch nicht machen! Kapitän, ich bitte Euch! Das ist ein Vater mit seinem kleinen Sohn!«

Mariellas Stimme drohte zu kippen, und sie kämpfte dagegen an, vor den Augen der Mannschaft und Kapitän Espinosa in Tränen auszubrechen. Die Richtung, in die sich Magellans Flotte entwickelt hatte, gefiel Mariella immer weniger.

Sie brauchte Juan und dessen Unterstützung, wenn sie daran etwas ändern wollte. Doch dieser befand sich nicht nur auf der Victoria, sondern sprach seit ihrer letzten Begegnung auf der Insel auch kein einziges Wort mehr mit ihr. Sie wusste, dass er ihr bewusst aus dem Weg ging, und hatte das Missverständnis zwischen ihnen auch ausräumen wollen. Allerdings hatte sich seit ihrer letzten Begegnung keine Gelegenheit dazu ergeben. Zudem hatten die Gräueltaten, die Espinosa seinen Leuten immer öfter befahl, ihre eigenen Ängste und Sorgen in den Hintergrund gedrängt.

Erst am Abend zuvor hatte Espinosa zwei Männer und einen kleinen Jungen, die sie zu den Molukken lotsen sollten, von der Insel Sarangani entführen lassen. Nun standen ebendiese Gefangenen in Ketten gelegt, blutend und vor Verzweiflung schreiend auf dem Quarterdeck und mussten Espinosa den Weg durch die Inselgruppen weisen, um die lang ersehnten Gewürzinseln zu erreichen.

Mariella blutete das Herz, als sie den kleinen Jungen sah, der sich voller Angst an das Bein seines Vaters klammerte, vermutlich in der Hoffnung, dieser Albtraum würde bald zu Ende sein.

»Wenn Ihr eine bessere Lösung wisst als diese, Señorita – nur zu! Dann werfe ich die drei noch heute über Bord.«

Espinosa lächelte sie freundlich an und legte ihr väterlich

451

eine Hand auf die Schulter. Doch Mariella hatte inzwischen erkannt, dass sich hinter seiner freundlichen Art alles andere als ein friedliebender und herzlicher Mann verbarg. Möglicherweise hatte ihn die verzweifelte Lage der Flotte zu dem Mann gemacht, der er mittlerweile war, denn sie erinnerte sich noch gut an das Mitgefühl, das er als einstiger Büttel jedem Seemann entgegengebracht hatte, den er seiner Strafe zuführen musste. Dennoch wollte Mariella seine Taten nicht einfach hinnehmen.

Sie kniete sich auf den Boden und streckte vorsichtig die Hand nach dem kleinen Jungen aus.

»Hab keine Angst, *anjinho*, kleiner Engel, wir werden dir nichts antun, das verspreche ich dir.«

Plötzlich beugte sich der Vater des Kleinen zu ihr hinab redete in seiner Sprache auf sie ein. Er war vollkommen nackt, doch das störte weder ihn noch Mariella. Denn obwohl sie kein Wort von dem, was er sagte, verstand, erkannte sie doch an seiner Mimik und Gestik, was er von ihr wollte. Hilfe. Er wollte ihre Hilfe.

»Señorita Alvaro, ich bitte Euch – lasst die Gefangenen ihre Arbeit verrichten und hindert sie nicht daran!«

Kapitän Espinosa lächelte noch immer, doch seine Augen sprachen eine andere Sprache. Mariella sah die unverhohlene Drohung in ihnen.

Sie streckte die Hand nach dem Jungen aus und streichelte ihm liebevoll durch das zerzauste und dreckverkrustete Haar, dann erhob sie sich und warf dem verzweifelten Vater einen entschuldigenden Blick zu.

»Es tut mir unendlich leid«, flüsterte sie und wandte sich schließlich ab. Mit schnellen Schritten eilte sie zur Kombüse der Trinidad – den einstigen Wirkungsort ihres Freundes Antonio, der wie so viele andere auf Mactan sein Leben verloren hatte. Dort setzte sie sich direkt neben die Feuerstelle auf den Boden und wischte sich die Tränen von den Wangen.

»Señorita? Kann ich etwas für Euch tun?«

Antón Hernández, einer der ursprünglichen Schiffsjungen, hatte Antonios Aufgabe übernommen und war gerade dabei, ein frisch geschlachtetes Huhn zu rupfen. Doch gemessen an dem Chaos, das um ihn herum herrschte, schien er von der Zubereitung von Speisen nur wenig Ahnung zu haben.

Mariella wischte sich die Hände am Brokatstoff ihres Kleides ab und stand auf.

»Danke, im Moment denke ich eher, dass du meine Hilfe benötigst. Wir brauchen Töpfe für das Fleisch und einen Eimer für den Abfall. Lass mich mal sehen.« Sie drängte sich an ihm vorbei und öffnete die grob gezimmerten Schränke, um in ihnen nach passendem Geschirr zu suchen. Genau das benötigte sie nun – eine Arbeit, um nicht verrückt zu werden.

Als sie den letzten Schrank öffnete, entdeckte sie in ihm ganz hinten die dunkle Flasche mit Antonios selbstgebranntem Schnaps. Mariella lachte verzückt. Sie hätte nie gedacht, dass davon noch etwas übrig war. Nach all den vielen Monaten auf dem Schiff hatte ihr Freund doch tatsächlich einen letzten Rest in der Flasche gelassen.

»Oh Señorita, das würde ich an Eurer Stelle nicht trinken. Ich habe sie einmal geöffnet, und das Zeug darin riecht grauenvoll«, erklärte Antón und deutete auf die Flasche, die Mariella inzwischen in den Händen hielt.

Sie lachte leise. »Es riecht nicht nur grauenvoll, es schmeckt auch so.« Dennoch öffnete sie den Verschluss und schloss die Augen. »Auf dich, mein Freund. Mögest du in Frieden ruhen.« Im Geiste sah sie Antonios breites Grinsen, das seine gelben, schiefen Zähne zum Vorschein brachte, und hörte sein dunkles, polterndes Lachen, als würde er direkt neben ihr stehen und mit ihr anstoßen. »Und mögen wir uns eines Tages im Angesicht Gottes wiedersehen.« Dann trank sie den letzten Schluck in der Flasche.

Antón sah sie mit offenem Mund an, doch Mariella beachtete ihn nicht weiter. Sie schüttelte sich und fühlte das unangenehme Brennen, das durch ihren Körper wanderte. Dann lachte sie befreit.

»Lass uns kochen!«, forderte sie den Jungen auf und begann, das gerupfte Huhn auszunehmen.

Am Abend trat Mariella ein weiteres Mal in die Kombüse und kratzte den letzten Rest des Hühnerfleisches aus dem Topf auf eine Schale. Sie wollte die Gunst der Stunde nutzen und schlich sich in der Dunkelheit unauffällig wieder zurück auf das Quarterdeck, was aber gar nicht so einfach war. Denn ein heftiger Wind hatte das Meer aufgewühlt und ließ die Trinidad gefährlich schwanken. Die Männer der Nachtschicht waren unentwegt damit beschäftigt, kleinere Inseln zu umschiffen, um nur ja nicht auf einer von ihnen aufzulaufen.

Mariella stolperte, die Schüssel eng an den Leib gepresst, die Stufen des Heckkastells bis zum Halbdeck hinauf. Die Gefangenen saßen mit zusammengebundenen Händen neben dem Ruderstand auf dem Boden, und Mariella hörte ein leises Wimmern. Der kleine Junge hatte sich auf dem Schoß seines Vaters zusammengekauert und weinte sogar im Schlaf. Sie beugte sich zu den Gefangenen.

»Ich habe etwas zu essen für Euch«, sprach sie leise.

Sie spürte den Blick von Francisco Albo auf sich ruhen, der die Nachtschicht übernommen hatte und am Ruder stand. Er sah sie missbilligend an, sagte aber nichts, sondern brüllte den Männern einen weiteren Befehl zum Kreuzen zu.

Die Gefangenen griffen trotz ihrer zusammengeketteten Hände gierig in die Schale und schmatzten laut, während sie die letzten Reste des Hühnchens vertilgten. Sogar der kleine Junge erwachte und aß ein Stück davon.

Der Vater ergriff Mariellas Hände, und sie nahm Tränen in seinen Augen wahr, während er erneut in seiner Sprache auf sie einredete.

»Ich wünschte, ich könnte Euch verstehen, Señor. Und ich wünschte, ich könnte Euch helfen«, antwortete sie und streichelte die Wange des kleinen Jungen.

Plötzlich neigte sich das Schiff gefährlich nach Steuerbord, und Mariella musste sich an der Reling festhalten, um nicht über Bord zu gehen.

»Haltet Euch fest!«, befahl sie den Gefangenen, die hilflos über das Halbdeck schlitterten. Doch statt ihrem Rat zu folgen, stand der zweite Mann auf und trat direkt an die Reling. Er deutete auf den dunklen Umriss einer Insel und sprach dann mit dem Vater des Jungen. Mariella beobachtete ihre Gesten und glaubte zu verstehen, was die beiden vorhatten.

»Nein!«, rief sie, während Albo im Hintergrund erneut Befehle an die Mannschaft ausgab. »Nein, tut das nicht! Ihr seid gefesselt. Seht ihr nicht die hohen Wellen? Bitte! Seid vernünftig!«

Der Vater des Kindes erhob sich nun ebenfalls und streckte die gefesselte Hand nach ihr aus. Er berührte ihre Brust mit der flachen Hand und neigte sein Haupt. Mariella wusste instinktiv, dass dies kein liederlicher Versuch war, sich ihr körperlich zu nähern. Sondern seine Art, ihr zu danken. Dennoch schüttelte sie den Kopf.

»Das ist gefährlich. Euer Junge …«, wandte sie ein, allerdings ohne Erfolg.

Denn der Gefangene hatte seinen Sohn bereits auf die Schultern gehoben und sprang gemeinsam mit dem anderen Mann über die Reling.

»Holt dich die Sch… *Por dios!* Señorita! Was habt Ihr getan?«

Albo rannte an ihre Seite und starrte genau wie sie auf das wogende Meer, beziehungsweise auf die Köpfe der Gefangenen, die immer wieder zwischen den Wellen auftauchten.

Mariella hörte die Schreie des Jungen, gefolgt von Albos Kommentar: »Das werden sie niemals überleben. Verrückt.

Absolut verrückt«, sprach er und schüttelte den Kopf. »Wieso habt Ihr sie nicht aufgehalten?«

Mariella wischte sich eine Träne von der Wange. »Wie denn? Sie verstanden mich doch nicht.«

Albo schüttelte erneut den Kopf. »Bei diesen Wellen und dieser Dunkelheit können wir nicht einmal einen Rettungsring auswerfen. Ich bete zu Gott, dass zumindest ihre Wegbeschreibung zu den Molukken der Wahrheit entspricht.«

Mariella starrte den Steuermann daraufhin fassungslos an.

»Zwei Männer und ein kleiner Junge kämpfen in den Wellen um ihr Leben, und Ihr sorgt Euch darum, ob wir ohne sie die Molukken erreichen?«

»Ihr seid ein Weib. Ihr werdet die wichtigen Dinge des Lebens nie verstehen. Und nun geht bitte in Eure Kammer und richtet nicht noch mehr Chaos an!«

»Oh, ich denke, ich habe die wichtigsten Dinge des Lebens längst verstanden!«, rief sie und strich sich die vom Sturm zerzausten Haare aus dem Gesicht. »Ihr Männer habt allesamt Euer Herz verloren!«

Sie wandte sich ab und schwankte zurück in die Kapitänskajüte. Erst als sie diese von innen verriegelt hatte, ließ sie sich kraftlos auf den Boden sinken.

Emi schnarchte regungslos, als würde sie weder den pfeifenden Wind hören, noch den kräftigen Wellengang spüren.

Doch Mariella achtete nicht weiter darauf. Sie beweinte die Gefangenen und vor allem den kleinen Jungen, der den Sprung ins Wasser nicht überleben würde, und sie – Mariella – trug gemeinsam mit den Männern dieser Flotte die Schuld daran.

Und sie weinte um Juan, den sie heute mehr denn je an ihrer Seite gebraucht hätte. Er hätte sie verstanden, er hätte versucht, die Gefangenen zu retten – trotz der Dunkelheit und der Wellen.

Er besaß noch ein Herz, trotz allem, was geschehen war.

Mariella schlang die Arme um die Knie und schrie ihren Schmerz und ihre Sehnsucht nach Juan in den festen Stoff ihres Kleides hinein.

Ja, Juan besaß noch ein Herz.

Nur schlug es nicht mehr für sie.

11.

JUAN

Kapitän Espinosa, auf ein Wort«, sprach Juan mit forderndem Ton, als dieser mit gemächlichem Schritt zwischen den Ladungen hindurchlief und dabei immer wieder stehen blieb, um eine Handvoll Gewürze zu ergreifen und daran zu riechen. Espinosa nickte daraufhin nur, ging an ihm vorbei und griff dann in den nächsten Sack.

»Kapitän!«, wiederholte Juan energischer und ballte die Hände zu Fäusten. Dieser Mann raubte ihm noch den letzten Nerv, schien er sich doch um nichts, was wirklich wichtig war, zu kümmern, sondern die Ruhe weg zu haben. Espinosa kontrollierte noch drei weitere Ladungen Gewürznelken, bis er sich schließlich zu Juan umdrehte und ihn gelangweilt anblickte.

»Was wollt Ihr, Elcano?«

Juan war kurz davor, die Beherrschung zu verlieren, und hätte ihn am liebsten laut angeschrien. »Kapitän, wann gedenkt Ihr, in See zu stechen?«

Aber Espinosa winkte nur ab. »Kommt mir nicht schon wieder damit, Elcano! Ich bitte Euch! Wir sind hier im Paradies gelandet, und der König behandelt uns wie seine eigenen Kinder. Wir werden noch früh genug wieder in See stechen. Fangt Ihr lieber endlich damit an, diese Welt hier zu genießen.«

»Wie kann ich eine Welt in dem Wissen genießen, dass die Portugiesen uns auf den Fersen sind und alles versuchen, um uns zu finden und gefangen zu nehmen?«, entgegnete Juan. Er konnte einfach nicht begreifen, wie der Anführer ihrer Flotte so leichtfertig sein konnte.

Nur wenige Tage, nachdem die Trinidad und die Victoria die lang ersehnten Gewürzinseln, die Molukken, erreicht hatten, hatte sie dort der Portugiese Señor Lorosa besucht, der seit einigen Jahren auf einer der Inseln lebte. Er war gekommen, um sie zu warnen, und hatte ihnen berichtet, dass die Portugiesen schon lange von ihrem Auftrag im Namen König Carlos' wussten und deshalb sämtliche Streitmächte entsandt hatten, um sie aufzuhalten. Betrachteten sie Magellans Expedition doch als eine Gefahr, die ihr vertraglich festgelegtes Hoheitsgebiet im Atlantik tangierte.

Juan wusste ebenso wie Espinosa, dass die Portugiesen behaupteten, die Molukken würden laut dem Vertrag von Tordesillas zu ihrem Hoheitsgebiet gehören, und dass ihr Handel im Namen der spanischen Krone dort daher mehr als fragwürdig war. Zudem traute er dem König der Insel nicht, mochte dieser auch noch so oft auf den »heiligen Koran« seine Treue zu Spanien schwören. Juan hatte in den letzten Monaten außerdem zu viele Intrigen miterlebt, um Fremden und Menschen ganz allgemein noch Vertrauen zu schenken.

Espinosa lachte laut auf und klopfte Juan väterlich auf die Schulter. »Seht es doch einmal so: Schon seit Beginn unserer Reise versuchen die Portugiesen, uns einzuholen, haben es aber nicht geschafft. Sie werden auch diesmal scheitern, seid Euch dessen gewiss. Außerdem: Wo bleibt Euer Gottvertrauen, Elcano?«

Espinosa bekreuzigte sich drei Mal und wandte sich im Anschluss wieder den Gewürzen zu, die sie im Tausch gegen Tuch, Leinen, Gläser, Scheren und andere Werkzeuge sowie Kleider eingetauscht hatten. Sowohl die Victoria als auch die Trinidad waren so gut wie voll beladen mit Nelken, Zimt, Muskat und Ingwer, und weitere Säcke warteten bereits am

Ufer darauf, an Bord gebracht zu werden. Auch die Wasservorräte waren längst wieder aufgefüllt, die Tiere in frisch gebaute Stallungen unter Deck gebracht worden, sodass sie den Weg nach Hause jederzeit hätten antreten können. Doch stattdessen nahmen Espinosa und seine Mannschaft eine Einladung nach der anderen des Königs entgegen, besuchten die Nachbarinseln Gilolo, Ternate und weitere. Simon und Hernando waren in diesem Augenblick mit einigen anderen Seeleuten auf dem Weg, sich die Nelkenbäume in den Bergen der Insel anzusehen. Laut den Bewohnern der Insel wuchsen diese Bäume ausschließlich in dieser Region und dort nur ganz oben in den Bergen. Ursprünglich hatte Juan seine Freunde begleiten wollen, doch als er mitbekam, dass Mariella sich ihnen ebenfalls anschließen wollte, hatte er abgesagt.

Nun stand er zwischen all den Gewürzladungen am Hafen von Tidore und fühlte eine unglaubliche Wut in sich aufsteigen. Eine Wut auf Kapitän Espinosa, der den Ernst ihrer Lage allem Anschein nach immer noch nicht verstehen wollte. Und Wut auf sich selbst, da er seinen Gemütszustand allein von Mariella abhängig machte.

Seit sie ihm offenbart hatte, wie sehr sie aufgrund seines Fehlverhaltens litt, konnte er ihr nicht mehr ins Gesicht blicken. Die Schuld zerfraß seine Seele, Stück für Stück, und er konnte nichts dagegen tun.

Ihr habt sie zur Hure gemacht! Barbosas Worte hallten unentwegt in seinem Innersten wider, weil sie der Wahrheit entsprachen. Er hatte Mariella entehrt. Ausgerechnet die Frau, die er von ganzem Herzen liebte, die einzige Frau, die er je geliebt hatte. Und ausgerechnet ihr hatte er den größten Schmerz zugefügt, den eine Frau erleiden konnte. Diesen Fehler würde er sich niemals verzeihen.

»Nun hört endlich auf, Euch vor den Portugiesen zu fürchten, und kommt lieber mit! König Sultan Al-Mansur lädt uns anlässlich des Besuchs des Königs von Bachian zu einem Festmahl ein. Und angeblich sollen bei diesem nur die schönsten Frauen das Essen auftragen!« Espinosa, der inzwischen seine Inspektion beendet hatte, war an Juan herangetreten und blinzelte nun vielsagend mit den Augen. »Ihr könntet eine Ablenkung gebrauchen, findet Ihr nicht?«

Juan schnaubte verächtlich und betrachtete die Gewürznelken vor sich. Ein intensiv süßlicher Duft stieg ihm in die Nase, als er die schwarzen, getrockneten Stäbchen durch die Finger rieseln ließ.

Wenn sie es schafften, all die Gewürze unbeschadet nach Spanien zu bringen, wären sie reich – und zwar jeder einzelne Seemann. Doch nicht einmal diese Tatsache löste in ihm ein Gefühl der Freude aus. Als hätte er mit dem Verlust von Mariellas Liebe auch alle Lebenslust verloren.

»Hört Ihr mir gar nicht zu?«, fragte Espinosa, und als Juan ruckartig den Kopf anhob, nahm er den skeptischen Blick in den Augen des Kapitäns wahr.

»Doch, natürlich. Verzeiht mir, Kapitän, ich sorge mich zwar immer noch um das Wohl unserer Flotte. Aber Ihr habt recht, vielleicht schadet eine Ablenkung nicht. Heute werden wir gewiss nicht mehr in See stechen.«

Espinosa klopfte zum wiederholten Mal auf Juans Schulter, dem diese Berührung zuwider war, sie aber beherrscht ertrug.

»Na, worauf warten wir dann noch? Lasst uns zu den Königen der Molukken und vor allem deren weibliche Dienerschaft gehen!« Espinosa lachte laut auf und flüsterte anschließend vertraulich in Juans Ohr. »Ich würde mir ja lieber eine der hundert Ehefrauen des Sultans nehmen, wenn ich ehrlich bin. Geht es Euch nicht auch so? Allein das Wissen, dass auf der Insel in den von Hecken umsäumten Gebäuden die Lieblingsfrauen des Sultans hausen und es verboten ist, sich dem Gelände auch nur zu nähern, entfacht doch eine unglaubliche Begierde, diese dennoch aufzusuchen.«

Juan zuckte mit den Schultern. »Tut Euch keinen Zwang

an, Kapitän. Mir persönlich ist mein Leben wichtiger, als dem König ein Weib zu stehlen.«

Espinosa lachte erneut. »Juan Sebastián de Elcano, ernst wie eh und je. Ihr versteht wirklich nicht den leisesten Hauch eines Scherzes.«

Juan schwieg, denn er hatte während Espinosas Ausführungen den Glanz in dessen Augen gesehen und wusste daher, dass es sich hierbei definitiv um keinen Scherz gehandelt hatte. Er betrachtete die hohe Hecke, die, zusätzlich mit dicken Bambusrohren gesichert, um das gesamte Anwesen herum verlief. Tatsächlich war es völlig unmöglich, auch nur einen einzigen Blick dahinter zu werfen. Und insgeheim musste Juan seinem Kapitän zumindest in einem Punkt zustimmen. Möglicherweise hatte auch bei ihm der Reiz des Verbotenen eine Rolle gespielt, der Mariella für ihn noch einmal begehrenswerter gemacht hatte. Doch sofort verwarf er diesen Gedanken wieder. Nein, er liebte sie um ihrer selbst willen. Und hätte er sie unter anderen Umständen als heiratsfähiges Mädchen kennengelernt, hätte er um ihre Hand angehalten.

Vollkommen in Gedanken versunken, folgte Juan dem Kapitän den breiten Schotterweg am Ufer entlang und blickte erschrocken auf, als er plötzlich die vielen Bediensteten des Königs vor sich sah.

Wie flinke Wiesel huschten sie über die sattgrünen Wiesen und den Sandstrand und trugen dabei allerlei Tücher, die sie auf dem Boden ausbreiteten, und Fackeln, die sie an den Rändern der Wege befestigten. Wie es aussah, würde das Fest zu Ehren des anderen Königs wahrhaft groß gefeiert werden. Espinosa nahm das Barett vom Kopf und strich sich die verschwitzten Haare glatt hinters Ohr. Dann knöpfte er sein Wams zu und klopfte den Staub aus dem Hemd.

»Wollt Ihr die Kleidung anbehalten?«, fragte er nach einem skeptischen Blick auf Juans einfaches und nicht mehr allzu sauberes Leinenhemd. Er trug weder Wams noch sonst ein Kleidungsstück, das als »Edelgewand« bezeichnet werden konnte. Doch Juan zuckte nur kurz mit den Schultern.

»Ich werde mich im Hintergrund aufhalten, sodass der König keinen Anstoß an meiner Aufmachung nehmen kann«, erklärte er, und Espinosa nickte zustimmend.

»Dann lasst uns einen heiteren Abend bei unseren neuen Freunden genießen!«

12.

Ich liebe diese Insel!«

Simon stand neben Juan und grinste übers ganze Gesicht, während gleich zwei Dienerinnen des Königs förmlich an ihm klebten und die kleinen Glöckchen, die Simon in den Händen hielt, fasziniert betrachteten. Anders als die sonstigen Bewohner der Insel waren sie nicht vollkommen nackt, sondern trugen knielange seidene Kleider. Simon musste nur mit den Glöckchen klingeln, und die beiden Frauen lachten verzückt auf, ohne ihn loszulassen.

Juan schmunzelte. Sein junger Freund genoss das Leben hier in vollen Zügen.

»Wie schade, dass sie nicht so hübsch sind wie die Frauen auf Cebu. Dann wäre es wahrlich ein paradiesischer Moment ...« Simon strich über den Rücken einer Frau, die sich daraufhin eng an ihn schmiegte. Das Lächeln von Juans Freund wurde noch breiter, und er warf Juan einen vielsagenden Blick zu.

»Vergiss, was ich gerade gesagt habe – es ist ein paradiesischer Moment!« Er winkte seinem Freund und auch Hernando, der neben Juan stand, zu, ergriff dann beide Frauen an den Händen und verzog sich mit ihnen an einen Abschnitt des Strandes, der nicht von Fackeln erhellt war.

Hernando schüttelte den Kopf und seufzte leise. »Und ich hatte wahrhaft geglaubt, er wäre in den letzten Wochen erwachsener geworden. Wie sehr ich mich darin doch geirrt habe.«

Juan verschluckte sich vor Lachen am Wein und betrachtete das Gesicht seines Freundes. »Nun, ich würde behaupten, Simon ist erwachsen geworden. Rein körperlich gesehen«, fügte er grinsend hinzu.

Hernando zuckte zum Zeichen seines Unverständnisses

mit den Schultern. »In meinen Augen ist ein Mann dann erwachsen, wenn er nicht mehr nur mit seinem besten Körperteil denkt.« Er deutete auf die dunkle Bucht hinter ihnen. »Kaum lächelt ihn ein Weib an, und sei es auch noch so hässlich, interessiert ihn nichts anderes mehr ... So etwas werde ich nie begreifen.«

Nun lachte Juan laut auf. »Ach, mein Freund. Wenn es danach geht, sind die meisten Männer nicht erwachsen«, antwortete er und ließ den Blick über die Festgesellschaft gleiten.

Unter einem riesigen gelben Baldachin saßen auf einer erhöhten Plattform der König von Bachian und Sultan Al-Mansur, die gemächlich ihr Hühnchen aßen. Die Diener standen um den Baldachin herum und warteten auf ihre Befehle, während die geladenen Gäste und auch ein Teil der Männer ihrer Flotte bunt gemischt am mit Fackeln beleuchteten Strand auf dem mit Tüchern ausgelegten Boden saßen. Juan beobachtete einige Seeleute, die genau wie Simon mit den hiesigen Frauen schäkerten, sie küssten und umarmten, während sie ihnen gleichzeitig kleine Geschenke überreichten.

Plötzlich blieb Juans Blick an Mariella hängen, und er schluckte, als er ihr glockenhelles Lachen vernahm. Er erinnerte sich an ihren nackten Körper, damals in der Höhle unter dem Wasserfall, an ihr leises Stöhnen und ihr drängendes Bitten, sie zu berühren.

Juan spürte eine gewaltige Hitze in sich aufkommen und presste die Kiefer zusammen. »Mich eingeschlossen«, fügte er abschließend noch hinzu. Denn auch er war damals nicht mehr in der Lage gewesen, verstandesmäßig zu handeln.

»Du kannst sie nicht vergessen, nicht wahr?«, fragte Hernando leise und ergriff Juans Hand.

»Niemals«, lautete dessen leise Antwort.

»Weißt du, Juan, ich werde meine Frau auch niemals vergessen.« Er lachte leise auf, bevor er fortfuhr. »Das nennt sich Liebe.«

Liebe, wiederholte Juan im Geiste. Ja, er liebte Mariella. Und noch nie zuvor hatte ein Gefühl solche Schmerzen in ihm ausgelöst.

»Noch etwas Wein?«, fragte Hernando, der wie so oft Juans Unwohlsein bemerkt hatte, und Juan nickte zustimmend.

»Wir wollen das Fest des Königs schließlich ausgiebig feiern!«, wiederholte er Espinosas an ihn ergangene Aufforderung und stieß sein Trinkgefäß gegen das von Hernando.

13.

Verflucht! Wo bleibt Espinosa denn nur? Zum Teufel mit ihm!«

Juan spuckte ins Wasser und blickte anschließend erneut mit dem Fernrohr in die Bucht von Tidore, während einer der angeheuerten Lotsen ihn mit fragender Miene ansah.

Vor wenigen Minuten hatten sie sich von der Insel verabschiedet, und die Victoria schnitt mit voll gesetzten Segeln durch die Wellen. In Kürze würden sie das offene Meer erreichen, und Juan wartete nur noch auf die Trinidad. Allerdings vergeblich, denn die befand sich noch immer an Ort und Stelle im Hafen Tidores, wie Juan erkannte. Er fluchte laut.

»Das kann doch nicht wahr sein! Wieso folgen sie uns nicht?«

Simon stand hoch oben im Mastkorb und sah ebenfalls durch ein Fernrohr zur Insel. »Sieht so aus, als hätten sie Schwierigkeiten!«, schrie er, um an Deck trotz der Windböen und flatternden Segel gehört zu werden.

Juan zählte innerlich bis zehn, bevor er ein weiteres Mal zur Trinidad blickte. Aber es half nichts, er musste umkehren, sonst würde das Schiff sie nicht mehr einholen können.

»Alles klar zur Wende!«, befahl er daher den Männern und fluchte ein weiteres Mal. »Ich warne dich, Espinosa, wenn das nur ein weiterer Versuch von dir ist, noch länger hierzubleiben«, knurrte er verärgert. »Die Grenze meiner Geduld ist erreicht!«

Während die Männer seine Befehle ausführten, blieb Juans Blick starr auf die Trinidad gerichtet, und er kniff verwundert die Augen zusammen, als er dort an Deck mehrere Seeleute winken sah. Und erklang da nicht ein Horn?

»Sie haben tatsächlich Schwierigkeiten«, stellte er fest, und als sich die Victoria im gemächlichen Tempo wieder der Insel

Tidore näherte, hörte er auch das verzweifelte Rufen der Mannschaft.

»Wir haben ein Leck!«

»Es ist uns nicht möglich, den Anker zu lichten!«

»Alles voller Wasser!«, schrien die Seemänner wild durcheinander, doch Juan verstand die Botschaft dennoch: Die Trinidad war nicht fahrtauglich. Ausgerechnet jetzt, nachdem sie endlich beide Schiffe voll beladen und sich gebührend vom König und seinem Volk verabschiedet hatten! Aber warum stellten sie das erst jetzt fest?! Je nach Größe des Lecks würde es nun weitere Wochen dauern, bis sie wieder in See stechen könnten, und jeder zusätzliche Tag auf der Insel würde die Portugiesen näherbringen. Zudem herrschten zurzeit die besten Windbedingungen für eine Heimreise.

Juan fluchte erneut und zwang sich, ruhig zu bleiben, obwohl er innerlich tobte. Er wollte endlich nach Hause zurückkehren!

»Los die Fock!«, schrie er, als sie den Hafen erreicht hatten.

Und sobald die Victoria neben der Trinidad angelegt hatte, sprang Juan über die Reling auf das andere Schiff hinüber, um mit Espinosa zu sprechen.

Dieser stand mit verzweifelter Miene auf dem Oberdeck und schüttelte unentwegt den Kopf.

»Es ist mir unbegreiflich, dass das niemandem beim Beladen aufgefallen ist! Wenn ich könnte, würde ich jeden einzelnen Mann, der die Lager befüllt hat, dafür auspeitschen. Doch«, er zuckte mit den Schultern und schüttelte ein weiteres Mal den Kopf, »die Prügel würden mich dann ebenso betreffen, denn ich habe das Leck auch nicht gesehen. Es ist mir unbegreiflich …«

»So schlimm?«, fragte Juan und handelte sich dafür einen bösen Blick des Kapitäns ein.

»Glaubt Ihr etwa, ich würde mir das alles nur ausdenken, damit wir noch länger bleiben können? Ich bitte Euch, Elcano! Ich bin ein Ehrenmann!«

Juan biss sich auf die Zunge, um ihm keine entsprechende Antwort zu erteilen, denn ja – er traute Espinosa durchaus zu, dieses »Leck« ganz bewusst übersehen zu haben. Doch Anschuldigungen wären in diesem Augenblick keine Hilfe, daher überlegte er laut.

»Wir müssen die Fracht auslagern, um den Rumpf der Trinidad anzuheben. Vielleicht finden wir auf diese Weise das Leck, ansonsten müssen wir das Schiff querlegen.« Und ohne auf Espinosas entsprechende Befehle zu warten, wies er die Männer an, die Fracht auszuladen.

Um die Ladung der Trinidad an Land zu befördern, bedurfte es beinahe eines halben Tages und des Mitanpackens jedes Besatzungsmitglieds. Inzwischen dämmerte es, und Juan besah sich mit immer größer werdender Sorge das Wasser im untersten Schiffsraum, während Taucher des Sultans zeitgleich den Rumpf von außen untersuchten.

Wie durch ein offenes Rohr strömte das Wasser in den Bauch des Schiffs hinein, Juan hörte es rauschen, doch er fand nicht den Ursprung des Unglücks. Señor Ricarte de Normandia, der einzige verbliebene Zimmermann der Flotte, stand neben ihm und klopfte immer wieder das morsche Holz mit den Fäusten ab. Dann schüttelte auch er den Kopf.

»Sie muss ganz aus dem Wasser heraus, sonst finden wir das Leck nie«, sprach er aus, was Juan längst vermutet hatte.

Für einen kurzen Moment schloss er die Augen und atmete tief durch. Warum, um alles in der Welt, legte Gott ihnen so viele Steine in den Weg? Warum konnte kein einziges Vorhaben reibungslos funktionieren?

»Dann sollten wir das schleunigst bewerkstelligen«, antwortete er nach einer Weile und folgte dem Zimmermann zurück an Land.

Sultan Al-Mansur stand mit seinem gesamten Gefolge und weiteren Tauchern am Ufer und jammerte betrübt. Die

Mehrheit der Seeleute stand nun ebenfalls am Strand und blickte starr und enttäuscht auf das marode Schiff. Juan war nicht der Einzige gewesen, der sich auf die Heimkehr gefreut hatte.

Doch je länger er die traurigen Mienen der Mannschaft betrachtete, desto stärker wuchsen Trotz und Widerstand in ihm.

Er würde nicht einfach nachgeben. Er würde keine weiteren Wochen ungenutzt vorüberziehen lassen. Und er würde ganz gewiss nicht auf die Portugiesen warten!

Daher trat er an Espinosas Seite, der neben Sultan Al-Mansur stand, und sagte mit ernster Miene: »Wir werden morgen dennoch in See stechen.« Er sprach laut und mit bestimmter Stimme, sodass außer dem Kapitän auch ein Großteil der Mannschaft seine Worte hören konnte.

Espinosa riss die Augen auf, während einige Männer Beifall klatschten und Juan zujubelten. Aber es gab auch Seeleute, deren Blick ähnlich wie Espinosas erschrocken wirkte.

»Ihr erlaubt Euch einen Scherz«, sprach Espinosa mit krächzender Stimme, doch Juan hob eine Augenbraue.

»Meintet Ihr nicht erst kürzlich, dass ich keinerlei Sinn für Scherze hätte, Kapitän?« Noch bevor Espinosa etwas darauf erwidern konnte, erläuterte ihm Juan seine Denkweise. »Wir versprachen seiner Majestät, mit Schiffsladungen voller Gewürze zurückzukehren. Zudem wissen wir, dass die Portugiesen auf dem Weg zu den Molukken sind, um uns gefangen zu nehmen und all die von uns eingehandelten Gewürze zu beschlagnahmen. Wenn wir uns trennen, erhöhen wir damit die Chance, zumindest eine Ladung unversehrt nach Spanien zu bringen. Außerdem stehen die Ostwinde so günstig wie nie«, fügte er mit einem Blick in den Himmel hinzu. »Also ja, ich meine es todernst. Die Victoria wird morgen in aller Früh aufbrechen.«

Espinosa schwieg einen Augenblick und sah genau wie Juan auf das Meer hinaus, dann nickte er. »In Ordnung, wir werden uns also aufteilen«, antwortete er und richtete das Wort an die Mannschaft, die inzwischen vollständig am Ufer versammelt war. »Habt ihr gehört? Es ist Zeit, dass wir uns voneinander verabschieden!«

Nachdem sie viele Stunden später die Fracht erneut umgeladen hatten, saßen die Seeleute beider Schiffe ein letztes Mal gemeinsam am Strand im Schein der Fackeln und Lagerfeuer und verbrachten ihren letzten Abend als Flotte.

Einige weinten stumme Tränen und klopften einander auf die Schultern, während andere laut schluchzten. Juan presste die Zähne zusammen und wandte sich ab. Nach all den Jahren zusammen auf hoher See waren enge und tiefgehende Freundschaften untereinander entstanden, und sie alle hatten Kameraden durch den Tod verloren. Seine Entscheidung hatte dazu geführt, dass sich die Männer nun erneut von liebgewonnenen Freunden trennen mussten, ohne zu wissen, ob sie sie jemals wiedersehen würden. Und nachdem sie das marode Holz der Trinidad genau begutachtet hatten, konnte Juan auch den Zweifel einiger nachvollziehen, ob die Victoria überhaupt in der Lage dazu wäre, bis nach Spanien zurückzusegeln, oder ob sie nicht ebenfalls bereits ein Leck hatte, das sich in Kürze zeigen würde.

Er selbst dachte seit seinem Entschluss unentwegt an Mariella. Denn die Konsequenz seiner Entscheidung bedeutete für ihn, die Liebe seines Lebens zurückzulassen und sie nicht länger beschützen zu können.

Schon wieder überkamen ihn Schuldgefühle und der Wunsch allein zu sein.

»Wo gehst du hin, Juan?«, fragte Simon, der zusammen mit Freunden von der Trinidad an einem Lagerfeuer saß. Sie tranken Wein und sangen Lieder aus der Heimat, um ihren letzten gemeinsamen Abend zu genießen. Doch Juan konnte das nicht.

»Ich überprüfe noch einmal die Ladung«, erklärte er abschweifend und hatte bereits den vom Feuer beleuchteten Strandabschnitt verlassen, als er plötzlich eine Hand auf seinem Arm spürte.

»Juan!« Es war nicht mehr als ein leiser Ruf, dennoch löste er einen Schauer aus, der ausgehend von seinem Nacken über seinen ganzen Körper zog.

»Bitte! Bitte, nimm uns mit!«

Mariella trat aus dem Schutz der Dunkelheit hervor, und Juan sah die Angst in ihren Augen. Sie fuhr sich durch die offenen Haare, blickte ihn dabei aber weiterhin unverwandt an.

Genau das war es, was ihn von Anfang an an dieser Frau fasziniert hatte – sie scheute sich nie davor, ihre Gefühle offen zu zeigen, unabhängig davon, was die Etikette von ihr verlangte. Unabhängig davon, wie angreifbar sie sich dadurch machte. Juan verschränkte die Finger ineinander, um nicht dem Drang nachzugeben, sie in den Arm zu nehmen.

»Bitte, Juan! Mir ist durchaus bewusst, was ich da von dir verlange, nach allem, was zwischen uns vorgefallen ist, aber ich flehe dich an! Nimm uns mit auf die Victoria!« Juan spürte ihre Verzweiflung, als sei es seine eigene. Gleichzeitig stand sein gesamter Körper unter Spannung.

»Warum?«, fragte er schließlich und hörte dabei das Zittern in seiner Stimme. Wie lange würde er noch standhalten und den Abstand zwischen ihnen einhalten können, wenn er doch nichts anderes wollte, als sie an seine Brust zu ziehen und sie nie mehr loszulassen?

Mariellas Mundwinkel hoben sich zu einem verhaltenen Lächeln. »Weil ich Espinosa nicht traue und weiß, dass du es gleichfalls nicht tust.«

»Und mir vertraust du?«, fragte er skeptisch, doch das Ja Mariellas kam so schnell und wirkte so aufrichtig, dass er Tränen in den Augenwinkeln spürte. Abstand! Er benötigte Abstand von ihr!

Möglichst unauffällig trat er einen Schritt zurück und atmete tief durch. Was sie von ihm verlangte, war genau das, was er sich sehnsüchtig wünschte, und zugleich sein größter Albtraum. Denn wie sollte er weiterhin Abstand zu ihr halten, wenn er sie Tag und Nacht an seiner Seite wusste?

»Ich flehe dich an, Juan! Ich übernehme auch alle Arbeiten, die du von mir verlangst! Und ich werde dir aus dem Weg gehen, wenn du das wünschst. Doch ich bitte dich, nimm uns mit!«

Juan schloss für einen Moment die Augen. Wenn er ehrlich zu sich selbst war, kannte er seine Antwort längst, und so nickte er schließlich.

»In Ordnung.«

Das Strahlen, das daraufhin über ihr Gesicht zog, traf ihn mitten ins Herz und entschädigte ihn gleichzeitig für alles, was er ihretwegen gelitten hatte.

Er wusste, er würde in den nächsten Monaten Höllenqualen erleiden, wenn er ihre Nähe mied und ihr aus dem Weg ging. Aber er würde alles tun, um ihr Leben zu beschützen.

Auch wenn er dafür sterben musste.

14.

MARIELLA

Mariella betrachtete den Krug in ihren Händen. Er war leer, kein einziges Tröpfchen fauligen Wassers befand sich noch darin. Ihr Magen schmerzte schon seit Tagen, und ihre Gliedmaßen waren von juckenden und brennenden roten Flecken übersät. Kraftlos ließ sie den Krug auf den Planken zerschellen und rieb sich über die feuernden Arme.

All die Freuden und Strapazen, die sie schon auf der Reise zum Südmeer erfahren und erlitten hatten, wiederholten sich aufs Neue. Und zwar in der exakt gleichen Reihenfolge. Zuerst hatten sie neue Völker kennengelernt, als sie unzählig viele chinesische Inseln entdeckt und angefahren hatten. Sie hatten Kannibalen beobachtet und Völker, die ihre Witwen nach dem Tod des Mannes bei lebendigem Leib verbrannten. Mariella hatte Palmwein gekostet und zugesehen, wie Moschus gewonnen wurde – eine äußerst gewöhnungsbedürftige Prozedur.

Sie hatte den Handel mit Sandelholz miterlebt und allerlei andere fremdartige Pflanzen und Tiere gesehen.

Wie damals in Verzin hatten sie das neue Land mit Freude erkundet und die Völker interessiert beobachtet.

Doch all dies lag bereits Wochen zurück. Seitdem sie jedoch das Kap der guten Hoffnung passiert hatten, kämpften sie wie damals auf dem Weg ins Südmeer gegen den Hunger und die Hitze an.

Sämtliche Tiere waren Monate zuvor geschlachtet worden,

und da sie keinerlei Möglichkeit hatten, das übrig gebliebene Fleisch zu pökeln, hatten sie die schon bald stinkenden und faulenden Reste über Bord werfen müssen. Genau wie die einundzwanzig Seeleute, die in dieser Zeit von ihnen gegangen waren. Freunde, Familie, Kameraden – und doch spürte Mariella kaum noch Trauer. Es war, als hätten Hunger und Durst alles andere ausgelöscht.

Alles wiederholte sich, mit dem einen Unterschied, dass sie sich zudem in feindlichen Gewässern aufhielten.

Der Tod war zu ihrem ständigen Begleiter geworden, und Mariella betrachtete es als Segen Gottes, dass er sie und Emi bislang verschont hatte. Auch wenn Emi wieder an Skorbut litt und den Großteil ihrer Zähne verloren hatte, dankte Mariella jeden Tag dem Herrn dafür, dass sie noch lebte.

»Trinkt meine Ration, Liebes.« Emis Stimme war nicht mehr als ein Säuseln im Wind, und sie stieß kraftlos ihren Krug in Mariellas Richtung.

Sie lagen beide, wie der Großteil der Seeleute, auf dem Oberdeck. Nur noch die wenigsten fühlten sich in der Lage, mehrmals am Tag die schmale Treppe des Niedergangs auf und ab zu steigen. Juan hatte Mariella und Emi zwar gleich zu Beginn ihrer Reise auf der Victoria die Kapitänskajüte überlassen, doch auch diese war nur über mehrere Treppenstufen zu erreichen.

»Mariella, trink!«, wiederholte Emi, nachdem diese immer noch auf den halbvollen Krug starrte, der neben ihr stand. Sie durfte nicht daraus trinken, mochte ihr Durst auch noch so groß sein. Nicht, wenn Emi dadurch verdursten konnte.

»Bitte«, drängte Emi weiter, doch Mariella schüttelte den Kopf und verschränkte die Arme vor der Brust, was ein erneutes Brennen ihrer Haut auslöste. Sie schloss die Augen und unterdrückte ein schmerzhaftes Stöhnen. Emi sollte nicht merken, wie sehr sie litt.

Plötzlich fühlte sie einen Krug an ihrem Mund und keuchte auf, als das lauwarme Nass die Lippen befeuchtete. Erschrocken riss sie die Augen auf und sah in die schwarzen, besorgten Augen Juans.

»Trink!« Ohne es zu wollen, schluckte sie nun doch das abgestandene Wasser und fühlte sofort, wie sich ihr Magen entkrampfte. Sie spürte Juans kritischen Blick auf sich ruhen und versuchte, auch ihm ihre Schmerzen nicht zu zeigen. Er gehörte zu der Sorte Kapitän, die auf das Wohl eines jeden Einzelnen an Bord achtete und erst ganz zuletzt sich selbst versorgte. Selbst wenn dies bedeutete, eine Frau zu pflegen, die mit unbedachten Worten sein Herz gebrochen hatte.

Mariella sah bei jeder Begegnung den Schmerz in seinen Augen und hatte mehr als einmal den Versuch unternommen, mit ihm zu sprechen. Sie wollte ihm ihre wahren Gefühle darlegen, ihm beweisen, wie sehr sie ihn liebte, doch Juan war ihr jedes einzelne Mal ausgewichen. Letztendlich musste Mariella es akzeptieren, dass sie ihre Chance auf Liebe vertan hatte.

Dennoch fühlte sie eine immense Dankbarkeit, dass er sie immer noch beschützte.

»Was ist mit deinen Armen geschehen?«, fragte er nun. Offensichtlich hatte Mariella unbewusst die verdreckten Ärmel des Kleides aufgekrempelt, damit der Wind ihre brennende Haut ein wenig kühlte. Allerdings war diese Hoffnung vergeblich gewesen, denn sie fühlte sich, als stünde sie in Flammen.

»Das sieht schlimmer aus, als es ist«, log sie und schenkte Juan ein verkrampftes Lächeln. Allerdings zog sie schmerzhaft die Luft ein, als Juan daraufhin ihre Hand ergriff. Natürlich entging ihm ihre Reaktion nicht.

»Was kann ich nur tun?«

Liebe mich. Halte mich fest und lass mich nie wieder los! Küss mich! Und bitte, bitte verzeih mir meine dummen Wor-

476

te!, dachte sie bei sich, sprach es aber nicht aus. Stattdessen berührte sie nur sacht Juans Hand und nickte ihm zu. »Bring uns einfach nach Hause.«

Juan lachte tonlos, bevor er sich erhob. »Ich versuche es, Sirena.«

Dann lief er mit gebeugten Schultern und erschöpft wirkender Haltung zu den nächsten kranken Seeleuten. Hans, der aus dem Heiligen Römischen Reich Deutscher Nation stammte, litt seit einigen Wochen wie viele andere auch an Skorbut und konnte sich kaum mehr bewegen. Hernando dehnte und bewegte jeden Tag seine Gliedmaßen, doch die Kranken an Bord wurden immer mehr, sodass er kaum noch hinterherkam. Mariella hatte ihm bis vor einer Woche noch dabei geholfen, doch der Ausschlag war zuletzt so schlimm geworden, dass sie den Bader nicht mehr unterstützen konnte. Daher stand Juan nun, neben seiner eigentlichen Arbeit als Kapitän, bei den Patienten und versorgte ihre Wunden und massierte deren Arme und Beine.

»Ihr müsst mit ihm sprechen, Mariella. Es ist längst an der Zeit.«

Mariella wandte nur ungern den Blick von Juan, der gerade die Unterarme von Hans in den Händen hielt und sie sorgfältig durchknetete. Sie sah die Sorge in seiner Miene, und die Ernsthaftigkeit, mit der er sich jedes Einzelnen annahm. Sie lächelte. Dies war nur ein weiterer Grund, diesen Mann aus ganzem Herzen zu lieben.

»Seht Ihr denn nicht, wie sehr er leidet? Sprecht mit ihm, Kind!«

Emis Stimme klang, trotz der undeutlichen Aussprache aufgrund der fehlenden Zähne, energisch. Mariella seufzte.

»Nein, Emi, du irrst. Ich habe ihn zutiefst verletzt, weshalb er sich von mir abgewandt hat, und es ist nun an mir, seine Entscheidung zu akzeptieren.«

»Ach papperlapapp! Die wahre Liebe gibt man nicht auf!

Und genau die ist nicht zu übersehen. Bei keinem von Euch beiden!«

Mariella presste die Lippen aufeinander. Wenn Emi nur wüsste, wie sehr sie ihre Worte schmerzten! Es war nicht das erste Mal, dass sie darauf zu sprechen gekommen war, und immer wieder löste sie damit einen Funken Hoffnung in Mariella aus. Doch sie hatte ihm das Herz gebrochen, und Juan hatte sie aufgegeben. Und sie würde es akzeptieren.

Sie wandte den Blick von ihm ab und entdeckte Emis Wasserkrug neben sich. Dann lächelte sie. Er war noch voll.

15.

L and in Sicht! Drei Strich Steuerbord! Ich sehe eine bergige Inselgruppe.«

Mariella hob den Kopf an und blinzelte gegen das Sonnenlicht. Simon, einer der wenigen Gesunden an Bord, stand oben im Mastkorb und deutete mit der Hand in die besagte Richtung. Neben schmerzhaftem Stöhnen hörte sie nun auch ein aufgeregtes Murmeln der Männer an Deck.

Juan stand auf dem Quarterdeck und rollte eine Seekarte auseinander, die er mit ernstem Blick studierte.

»Das müssen die Kapverdischen Inseln sein«, antwortete er und brummte anschließend etwas Unverständliches. Mariella beobachtete, wie er sich durch die Haare fuhr und hilfesuchend in den Himmel blickte. Dann schüttelte er den Kopf und eilte die Stufen hinunter aufs Oberdeck.

»Wir benötigen einen Plan, denn die Inseln gehören den Portugiesen. Señor de Rodas, Ihr gebt den Männern unter Deck Bescheid, dass sie sich in fünf Minuten hier einfinden sollen! Ihr anderen macht Euch bereit zum Bergen des Großsegels!«

Kurze Zeit später standen und saßen die übrig gebliebenen einunddreißig Seeleute auf dem Oberdeck der Victoria und lauschten Juans Worten, der mit besorgter Miene zwischen ihnen auf und ab lief.

»Die Portugiesen dürfen unter keinen Umständen erfahren, woher wir kommen, versteht ihr das? Denn wenn sie erfahren, dass wir das Kap der guten Hoffnung umschifft haben, werden sie uns sofort festnehmen!«

»Was wäre, wenn wir nur ein Beiboot vorausschicken, Kapitän?«, fragte Señor Albo, der Steuermann, und zuckte kurz mit den Schultern. »Wenn sie der Vorhut glauben, geben sie uns etwas zu essen und zu trinken. Wenn nicht, haben wir anderen immer noch die Möglichkeit, zu fliehen.«

»Ihr wollt eine Gruppe Männer vorausschicken, die womöglich gefangengenommen wird, und dann ohne sie fliehen? Das ist skrupellos!«, entgegnete Juan, und Albo schwieg.

»Es ist nicht skrupellos, sondern sinnvoll«, entgegnete zu Mariellas Überraschung Hernando. Der ruhige Bader mischte sich nur äußerst selten in schwerwiegende Entscheidungen ein, was seinen stets bedachten Worten, äußerte er sich doch einmal, umso mehr Gewicht verlieh. »So wissen wir zumindest einen Teil der Flotte in Sicherheit. Und wir benötigen frisches Trinkwasser und Nahrungsmittel, sonst sterben wir alle.«

Mariella konnte Juans inneren Kampf an seiner Körperhaltung ablesen. Immer wieder schüttelte er den Kopf und fuhr sich mit der Hand über das Gesicht. »Ich werde niemanden dazu auffordern, freiwillig an Land zu gehen.«

»Ich werde gehen!«, rief Simon nach einer Minute bedrückenden Schweigens. Mariella betrachtete ihn ungläubig. Ausgerechnet Juans bester Freund wollte sich dieser Gefahr aussetzen? Wusste er denn nicht, welche Angst Juan um ihn hatte? Simon blickte Juan ernst in die Augen, als wartete er auf dessen Zustimmung. »Ich bin gesund, und ich bin jung. Außerdem habe ich keine Angst vor den Portugiesen.« Er strich sich die blonden, verfilzten Haare glatt und lachte vergnügt. »Im Übrigen will ich endlich einmal wieder andere Gesichter sehen – saubere Gesichter«, fügte er hinzu, beugte sich zu Acurio, der neben ihm an den Mast gelehnt kauerte, und fuhr ihm demonstrativ über die dreckige Wange. Mariella beobachtete Juans jungen Freund und lächelte. Er war in den letzten Monaten erwachsen geworden. Auch wenn er immer noch gerne scherzte, hatte sie in Momenten, in denen er sich unbeobachtet fühlte, doch so manchen Schatten der Besorgnis und Angst über sein Gesicht ziehen sehen. Die schrecklichen Geschehnisse auf der Reise hatten auch ihn verändert.

Nachdem Juan nach reichlichem Zögern seine Zustimmung erteilt hatte, meldeten sich weitere Männer freiwillig, den gewagten Schritt an Land zu unternehmen.

»Verzeiht mir, Kapitän, wenn ich das Wort ergreife, und erlaubt mir, eine Frage zu stellen: Würde es nicht Sinn machen, wenn eine Portugiesin mit an Land geht?«

Mariella keuchte auf und starrte ihre Freundin völlig verdutzt an. Emi hatte sich aufgerichtet und blickte nun lächelnd in die Runde. »Ich kenne meine Landsleute, denke ich, ganz gut. Vielleicht kann ich deshalb als Vermittlerin helfen? Denn eines weiß ich genau – sie hassen die Spanier«, fügte sie hinzu, was ihr das Lachen einiger Seemänner einbrachte. Nur Juan lachte nicht. Er sah Mariella an, als würde er auf ein Zeichen von ihr warten, bevor er eine Entscheidung traf.

Doch obwohl Mariella Angst um ihre Freundin hatte, wusste sie gleichzeitig, dass Emi die Wahrheit sprach. Die Portugiesen hassten die Spanier – ebenso wie die Spanier die Portugiesen hassten. Daher nickte sie schwach und unterdrückte ein Schluchzen.

»In Ordnung, dann ist es beschlossene Sache. Mit Señora Emiliana seid ihr vierzehn Personen, die vorab an Land gehen. Das genügt auf jeden Fall.« Juan räusperte sich, bevor er weitersprach. »Und denkt daran – wir kommen direkt aus Europa, und der Grund für unser Erscheinen und schäbiges Aussehen ist der abgebrochene Fockmast durch einen Sturm vor einigen Wochen! Das entspricht im Grunde genommen sogar der Wahrheit, wenn auch nur zum Teil.«

Mariella schenkte Juans darauffolgenden Anweisungen keine Beachtung mehr, sondern stand auf und folgte Emi die Stufen hinauf zur Kapitänskajüte, wo sie ihrer einstigen Haushälterin um den Hals fiel. »Versprich mir, dass du auf dich aufpasst und zurückkommst!«, drängte sie besorgt und ignorierte das von der Umarmung erneut hervorgerufene Brennen auf ihren Armen.

Emi fuhr ihr liebevoll durch die Locken und nickte zuversichtlich. »Es ist an der Zeit, dass auch ich mich nützlich mache, findet Ihr nicht?«

Mariella prustete verärgert. Als hätte es während dieser Reise einen Moment gegeben, in dem sich Emi nicht nützlich gemacht hätte! Emi war seit dem Aufenthalt auf den Kanaren die gute Seele der Flotte gewesen, und das nicht nur für Mariella.

»Versprich es mir!«, wiederholte sie.

Emi trat an den kleinen Tisch, bürstete ihr weißgraues Haar und seufzte leise. »Ich verspreche es, wenn Ihr mir im Gegenzug ebenfalls etwas versprecht.« Sie drehte sich zu Mariella um und ergriff deren Hände. »Versöhnt Euch mit Señor de Elcano.«

Mariella schloss die Augen und presste die Lippen aufeinander. Wie oft sollte sie Emi noch begreiflich machen, dass es dafür zu spät war? Doch sie kam nicht dazu, ihr zu widersprechen, da Emi energisch den Kopf schüttelte. »Ich dulde keine Ausreden mehr! Und ich weiß, was ich gesehen habe! Versprecht es mir! Ich bitte Euch, Mariella, versucht es zumindest.«

Mariella beobachtete, wie Emi ein noch einigermaßen sauberes Kleid aus dunklem Leinen aus der Kleiderkiste hervorholte und an seinem Saum die weißen und steifen Salzränder herausklopfte. Dann seufzte sie leise.

»Ich versuche es. Bitte pass auf dich auf, Emi.«

Emi legte das Kleid beiseite und umarmte Mariella fest. »Ich bin robust, wisst Ihr das nicht? Nach all den vielen wilden Völkern, denen wir in den letzten drei Jahren begegnet sind, werden mir die Portugiesen gewiss keine Angst einjagen.« Sie lachte amüsiert. »Bei Gott! Wirklich nicht, ich vertraue auf Gott und auf unsere Landsleute. Und nun geht bitte, ich möchte mich waschen!«

Mariella folgte Emis Wunsch, verließ die Kammer und trat an die Reling. Emi hatte recht, nach all den vielen Gefahren, die sie durchgestanden hatten, sollte sie aufhören, sich wegen einer portugiesischen Insel zu sorgen. Dennoch fragte sie sich immer wieder, ob die Entscheidung, Emi mit auf die Insel zu schicken, wirklich richtig gewesen war. Und auch die Angst um sie wollte einfach nicht verschwinden.

16.

Mariella stand neben Juan auf dem Oberdeck an Steuerbordseite. Beide hatten die Hände auf die Reling gelegt und sahen dem kleinen Beiboot mit gemischten Gefühlen hinterher, das inzwischen den Hafen von Santiago, der größten Insel der Kapverden, erreicht hatte.

Spitze, karge Berge ragten dort in den Himmel empor, und im Gegensatz zu den bergigen Inseln im Südmeer wirkten sie nicht voller Leben. Anstelle einer üppigen Vegetation in den unterschiedlichsten leuchtenden Grüntönen stachen hier lediglich graubraune Hügel und kantige Felsen ins Auge. Möwen flogen in weiten Kreisen darüber hinweg, und Mariella betete zu Gott, dass ihr Plan aufgehen würde.

Mariella hörte Juans flach und unregelmäßig gehenden Atem und wusste, dass sie die Gelegenheit nutzen und mit ihm sprechen sollte. Doch sie konnte an nichts anderes als an Emi denken. An Emi und Simon, an Ricarte und Pedro und all die anderen Seeleute, die binnen Kurzem freiwillig den Feinden Spaniens gegenüberstünden. Was würden diese mit ihnen tun, wenn sie doch auf irgendeine Weise erfuhren, woher sie kamen? Würden sie sie gefangen nehmen? Oder gar töten?

Mariella riss sich zusammen. Emi hatte ihr versprochen, zurückzukehren! Daran musste sie sich festhalten!

»Ahhh!«, stöhnte neben ihr Juan und griff sich an die Stirn, als habe er schlimme Kopfschmerzen. »Ich hätte das nicht zulassen dürfen! Ich hätte zumindest selbst mit an Land gehen müssen!« Er richtete sich auf, und Mariella sah in seinen Augen die gleiche Angst stehen, die auch sie verspürte. »Ich bin ein grauenvoller Kapitän«, fügte er tonlos hinzu.

Spontan ergriff Mariella seine Hand und verschlang ihre Finger mit seinen. Als er sie irritiert ansah, schenkte sie ihm ein Lächeln – das erste seit langer Zeit, das nicht verkrampft und vorsichtig war. »Du bist einer der besten Kapitäne, die es je gab, Juan.«

Juan starrte noch immer mit regungsloser Miene auf ihre ineinander verschlungenen Finger, doch Mariella fuhr fort: »Du bist mutig, ehrlich und voller Liebe. Du schenkst selbst dem Geringsten hier an Bord deine Beachtung, du sorgst dich um jeden Einzelnen und bemühst dich um ihn. Juan, du weißt gar nicht, wie gut du bist. Ja, du gibst sogar mir deine eigene Ration an Trinkwasser. Ausgerechnet mir, obwohl ich dir so viel Kummer bereitet habe. Juan, du bist der beste Mensch, den ich kenne. Und es ist dir nicht einmal bewusst.«

Juan hatte seine Hand bei Mariellas letzten Worten zurückgezogen und verzerrte das Gesicht zu einer leidvollen Miene. »*Du* denkst, du hättest mir Schmerzen bereitet?«, fragte er und stieß dabei einen Laut zwischen Lachen und Weinen aus. »Was denkst du denn, das du mir angetan hast?«

Mariella atmete tief durch. »Ich habe dir das Herz gebrochen. Obwohl du der Mann bist, den ich von ganzem Herzen liebe.«

Plötzlich fühlte sie Juans schwielige Hand an ihrer Wange, und sein Gesicht war dem ihren ganz nah. »Sag das noch einmal«, raunte er. Mariella erkannte Tränen in seinen tiefschwarzen Augen und atmete ein weiteres Mal tief durch, bevor sie antwortete.

»Ich liebe dich, Juan. Und ich werde dich immer lieben.«

»Mariella!« Mehr sagte er nicht. Mehr musste er auch gar nicht sagen, als er den geringen Abstand zwischen ihnen überwand und sie küsste. Ausgehungert, drängend und fordernd.

Mariella erwiderte den Kuss, spürte die Liebe, die Sehnsucht und Vergebung darin, und noch viel mehr.

Erst das Klatschen und Jubeln der anderen ließ sie erstarren. Er hatte sie vor den Augen aller Seeleute geküsst! Allerdings schenkte Juan seinerseits den Männern keinerlei Beachtung, sondern ergriff ihre Hand und zog sie hinter sich her – quer über das Oberdeck, hinauf zum Halbdeck des Achterkastells.

Erst nachdem er die Kapitänskajüte hinter ihnen schloss, hielt er inne und suchte nach den richtigen Worten.

»Ich will dich nicht verletzen, Mariella. Nie wieder.«

Mariella stellte sich auf die Zehenspitzen und hauchte ihm zarte Küsse auf die Mundwinkel, das Kinn und schließlich auf den Mund. »Der unerträglichste Schmerz war, getrennt von dir zu sein, Juan.«

Juan schüttelte den Kopf und lachte leise. »Und ich dachte, ich hätte …« Er nahm ihr Gesicht in beide Hände und lächelte. »Völlig unwichtig, was ich dachte. Ich bin dein, Mariella. Auf ewig.« Dann küsste er sie erneut.

Wenige Augenblicke später lagen sie nackt im Bett der Kapitänskajüte, und Juan drang in sie ein. Mit Umsicht sparte er ihre vom Ausschlag betroffenen Gliedmaßen von jeder Berührung aus, um ihr keine Schmerzen zu bereiten.

Juan hatte es geschafft, dass sie weder an Barbosas Vergehen noch an die feuerroten Pusteln gedacht hatte. Sie hatte nur noch seine Lippen auf ihrem Bauch, seine Fingerspitzen an den Brustwarzen und seine Zunge gefühlt, die ihre Klitoris verwöhnte.

Jetzt stöhnte sie leise und lustvoll, während er sie ausfüllte. Körperlich und geistig – Juan füllte sie aus, er machte sie vollständig. Sie schlang die Beine um seine Hüften, drängte sich ihm entgegen und kam nur wenig später zum Höhepunkt.

»Sirena!«, keuchte Juan, bevor er sich in ihr ergoss.

»Lass mich nie wieder los«, flüsterte sie ihm ins Ohr, als sie noch immer ineinander verschlungen auf dem Bett lagen und sich ihr Herzschlag allmählich beruhigte.

Juan lachte leise. »Ich habe dich nie losgelassen, Sirena.« Er legte sich auf die Seite und betrachtete sie intensiv. »Ich habe dich nie losgelassen. Und ich werde es nie tun.«

Mariella wusste nicht zu sagen, wie lange sie noch in dieser Haltung nebeneinandergelegen hatten, bis jemand panisch an die Tür der Kammer hämmerte und sie und Juan aufschrecken ließ. Aber die Worte, die daraufhin folgten, ließen Mariella das Blut in den Adern gefrieren.

»Kapitän! Kapitän! Wir müssen von hier weg! Sie haben uns erkannt!«

17.

Nein! Nein! … Es darf einfach nicht sein!«
Innerhalb kürzester Zeit hatte sich Mariella der Einfachheit halber nur das Oberkleid übergezogen und folgte Juan mit klopfendem Herzen aufs Oberdeck.

Dort sah sie, dass zwar schon eine paar Säcke Reis und einige Fässer Trinkwasser an Bord gebracht worden waren, aber weder von Emi noch von den Männern der Vorhut die geringste Spur zu sehen war. Mariella trat an die Reling. Wo war Emi? Wo waren die anderen?

»Was ist geschehen?«, fragte Juan, dem es im Gegensatz zu ihr nicht die Sprache verschlagen hatte.

Señor de Judicibus streckte die Hände mit geöffneten Handflächen nach oben. »Sie kamen zwei Mal mit frischen Waren zurück. Doch beim dritten Mal ertönte ein Warnschuss, genauso wie Ihr es ihnen bei Gefahr in Verzug befohlen habt.«

Francisco Albo drückte Juan das Fernrohr in die Hand. »Ich weiß nicht, was geschehen ist, doch ich schätze, sie haben mitbekommen, dass die Geschichte, die wir ihnen aufgetischt haben, nicht stimmt. Seht selbst.«

Mariella schloss die Augen. Sie wollte nicht sehen, wie Emi, Simon und die Männer in diesem Augenblick gefangen genommen und von ihren eigenen Landsleuten abgeführt wurden! Als Gefangene der Portugiesen!

»Kapitän, wir müssen so schnell wie möglich weg von hier! Seht Ihr die Koggen im Hafen? Sie sehen schnell aus, und unser Fockmast ist beschädigt! Kapitän, bitte«, hörte Mariella Albo sagen, war mit ihren Gedanken aber bei Emi.

Emi war fort.

Das durfte nicht sein!

Sie hatte ihr doch versprochen, wiederzukommen! Emi

hatte versprochen, dass ihr nichts geschehen würde! Und nun?

Ein Schrei hallte über das Deck hinweg und erschütterte Mariella bis ins Mark.

Juan! Er schlug mit der Faust voller Wucht gegen den Großmast und stieß erneut einen Schrei der Verzweiflung aus. Und immer wieder rief er nach Simon, seinem besten Freund. Mariella wollte schon zu ihm eilen und ihm Trost und Mut zusprechen, doch Hernando war schneller als sie.

»Juan! Juan, beruhige dich! Ich bitte dich, Albo und Judicibus haben recht, wir müssen in See stechen. Juan, du musst die entsprechenden Befehle geben!«

Tatsächlich zeigten Hernandos Worte Wirkung, denn Juan riss sich nach einem verzweifelten letzten Aufschrei zusammen, wurde wieder ganz Kapitän und wies die wenigen gesunden Männer, die jetzt noch an Bord waren, an, in Windeseile die noch intakten Segel zu hissen, während Albo das Steuer übernahm. Mariella wusste zwar, dass dies das einzig Richtige war, und sah zu, wie sich die Victoria immer weiter von den Kapverden entfernte. Doch ein Teil von ihr kam nicht mit. Ein Teil von ihr blieb dort und war von den eigenen Landsleuten gefangen genommen worden.

Der Wind blähte die Großsegel auf, die Masten knarzten und ächzten, während das Schiff allmählich im vollen Tempo über die Wellen peitschte. Mariella stand immer noch bewegungslos an Deck und weinte stumme Tränen.

»Mariella.« Es war Juan, der die Hände auf ihre Schultern legte. Obwohl er selbst sichtlich mitgenommen war, ergriff er ihre Hände und versuchte, sie zu trösten. »Mariella, es tut mir leid.« Seine Stimme brach, und sie wusste, dass er sich einmal mehr für das, was geschehen war, die Schuld gab. »Es tut mir von Herzen leid.«

Obwohl sie nicht allein waren, strich Mariella ihm über die Wange, trat an ihn heran und umarmte ihn fest. Und auch

Juan hielt sie so fest umschlossen, dass sie kaum noch atmen konnte.

So standen sie eine Weile, ohne ein Wort zu sagen, und gaben sich gegenseitig Halt.

Sie weinten gemeinsam.

Um Emi.

Um Simon. Und um zwölf weitere Freunde, die sie hatten zurücklassen müssen und wahrscheinlich niemals wiedersehen würden.

Stunden später standen Mariella und Juan auf dem Bugkastell der Victoria und blickten, beide in Gedanken versunken, auf das Meer hinaus. Der Mond warf sein silbern glitzerndes Licht auf das ansonsten schwarze Wasser. Die Wellen klatschten leise gegen den Schiffsbauch, während die Segel über ihren Köpfen stetig flatterten.

Abgesehen von diesen Geräuschen herrschte absolute Stille an Bord der Victoria.

»Ich werde sie zurückbringen«, sagte Juan da auf einmal, als wisse er genau, dass sie gerade an Emi und die anderen Seeleute dachte, die auf Santiago wohl gerade in einer Gefängniszelle der Portugiesen saßen und darauf hofften, dass ein Wunder geschehen und sie doch noch freikommen würden. »Ich werde sie zurückholen, Sirena. Und wenn es das Letzte ist, was ich tue.« Er drehte sich zu ihr und nahm ihre Hände in seine, die sie als Zeichen der Zustimmung sanft drückte. »Ich gebe dir mein Wort darauf, Mariella. Bei meiner Liebe zu dir – ich werde Emi, Simon und die anderen zurückholen, sobald ich die Möglichkeit dazu habe. Das bin ich dir schuldig. Das bin ich Simon schuldig.«

Mariella streckte den Arm aus und strich über das kratzige, unrasierte Kinn Juans, der darauf augenblicklich jeden einzelnen Finger ihrer Hand küsste. »Dich trifft keine Schuld, Juan. Vergiss das nicht. Aber ich gebe dir ebenfalls mein Wort:

Wenn du sie zurückholst, werde ich an deiner Seite stehen.«
Denn auch sie war entschlossen, Emi niemals aufzugeben,
selbst wenn es das Letzte wäre, was sie tat.

Juan nahm sie in den Arm, bis er auf einmal den Kopf
schüttelte und kurz auflachte.

»Dies mag der wohl ungünstigste Augenblick dafür sein«,
sagte er und lachte erneut. Dann kniete er sich vor ihr nieder
und griff wieder nach Mariellas Hand. »Aber ich möchte
nicht länger warten. Mariella Alvaro, ich liebe dich. Ich liebe
dich von ganzem Herzen. Du hast meine Seele vollständig
gemacht. Du bist mutig, stark und – por dios!, ich bin nie
zuvor einem solch sturen Mädchen begegnet. Außerdem bist
du klug, neugierig und die schönste Frau der Welt. Selbst
jetzt, selbst hier«, er deutete auf die dreckverkrusteten Rän-
der ihres Ärmelsaums und die roten Quaddeln auf ihrer Haut,
»in der größten Not, bist du so wunderschön, dass es mir den
Atem raubt. Mariella, ich weiß, dass sich unsere Zukunft
schwierig gestalten könnte. Und ich habe nicht vergessen,
dass du einem anderen Mann versprochen bist. Dennoch frage ich dich nun: Willst du mich heiraten?«

Mariella wusste zunächst gar nicht, was sie sagen sollte, so
überrascht und glücklich, wie sie von einem Moment auf den
anderen war. Dann aber nahm sie sein Gesicht in ihre Hände
und meinte: »Ja, Juan. Ja, das will ich. Ich … Ja, ich will dich
heiraten, Juan. Ich liebe dich!« Sie neigte sich zu ihm hinab
und küsste ihn, voller Liebe, voller Zuversicht und voller
Hoffnung.

18.

Land in Sicht!«
Diese frohe Botschaft wurde diesmal nicht von Simon gerufen, der sonst immer oben im Mastkorb gestanden hatte, sondern von Nicolas Griego, einem griechischen Seemann. Denn Simon war fort. Vermutlich saß er in irgendeinem dunklen Verließ auf den Kapverdischen Inseln, wo er auf sein Urteil wartete. Zusammen mit Emi und den anderen. Mariella konnte diese grauenvolle Vorstellung einfach nicht aus ihrem Kopf bekommen. Denn alles hier an Bord erinnerte sie an Emi, an Simon und die restlichen Männer der Vorhut.

»Land in Sicht!«, schrie Griego ein zweites Mal.

Mariella raffte ihre verdreckten Röcke und erhob sich stöhnend. Mit unsicheren Schritten trat sie neben Hernando und Juan an die Reling, die dort bereits neben einigen Seeleuten standen. Dann richtete sie ihren Blick gebannt auf die Umrisse der Küstenlinie, die vor ihnen lag.

Es war nicht irgendein Land, auf das sie zufuhren. Es war auch keine fremde Insel mit unbekannten Völkern. Es war Spanien.

»Land in Sicht!«, schrie Griego nun zum dritten Mal, und die Freude, die dabei in seiner Stimme lag, war unüberhörbar.

Plötzlich legte sich eine raue und schwielige Hand auf ihre und drückte sie fest. »Wir haben es geschafft, Sirena.«

Noch nie zuvor hatte sie so viele gegensätzliche Gefühle zugleich verspürt.

Tränen der Dankbarkeit liefen ihr über die Wangen, als sie die ersten Türmchen der spanischen Hafenstadt sah. Doch ihre Erleichterung und Freude über die geglückte Rückkehr wurde durch den hohen Preis, den sie auf dieser Reise bezahlt hatten, beträchtlich geschmälert. Dazu brauchte sie nur einen Blick auf die Männer um sie herum zu werfen.

Achtzehn Männer in zerlumpter Kleidung, barfuß und mit strohigen Haaren, langen, verfilzten Bärten, ausgehungert, verdreckt und im Grunde mehr tot als lebendig, standen mit ihr gemeinsam oder lagen noch immer auf dem Oberdeck der Victoria.

Lediglich neunzehn von einst über zweihundertvierzig Expeditionsteilnehmern waren noch verblieben. Dennoch griff nun ein Teil dieser halb verhungerten Männer nach seinen Gewehren und schoss damit, begleitet von Jubelrufen und Freudentränen, in die Luft.

»Dem Herrn sei Dank, wir haben es geschafft«, wiederholte Juan, und sie löste den Blick von den anderen und sah ihm ins Gesicht.

Es war ein ausgemergeltes, eingefallenes Gesicht, über dessen Stirn, Kinn und die hervortretenden Wangenknochen sich nurmehr die dunkel gebräunte Haut spannte. Dennoch genügte ihr ein Blick in die tiefschwarzen Augen, um alles andere zu vergessen.

Voller Liebe sah er sie an, während er den Arm um sie legte und sie an sich drückte.

»Wir sind zu Hause«, sagte er, und Mariella nickte.

»Ja, das sind wir. Wir sind zu Hause«, wiederholte sie.

EPILOG

L ang lebe das Brautpaar!«
Hernando stand neben Juan an der langen Tafel und
streckte einen Becher Wein in die Luft. Mariella erkannte
Tränen in seinen Augen, als er sie und Juan, der neben ihr saß,
mit seinen Glückwünschen bedachte.

»Mögen Euch viele wunderschöne gemeinsame Jahre miteinander beschert sein. Und möget Ihr beide auch in Zukunft
jede Hürde des Lebens dank der tiefen Liebe, die Euch vereint,
überwinden. Juan …« Er hielt gerührt inne und tupfte sich
mit einem Tuch die Augen. »Du hast es verdient, glücklich zu
sein. Und du ebenfalls, Mariella. Auf dass ihr hundert glückliche Kinder bekommt! Lang lebe das Brautpaar!«, beendete
er seine kleine Rede, für die er von den Anwesenden trommelnde Zustimmung erhielt.

Viele Gäste waren nicht anwesend. Ein Teil der einstigen
Seeleute der Victoria, die noch nicht in ihre Heimat aufgebrochen waren. Ein paar Freunde Hernandos, einige Bekannte
von Juan und der Priester, der sie vermählt hatte, saßen nun
im abgetrennten Bereich eines Gasthauses in Sevilla.

Sowohl Mariella als auch Juan hatten nicht länger darauf
warten wollen, für ihr Ehegelöbnis an Bord nachträglich auch
den kirchlichen Segen zu erhalten. Zudem hatte Mariella entschieden, ihren Vater lieber mit vollendeten Tatsachen zu
konfrontieren, als sich auf wochenlange Verhandlungen mit
ihm einzulassen.

Daher saß sie nun ohne familiäre Begleitung neben Juan
und trug nur ein schlichtes Kleid ohne Stickereien, Edelsteine
oder aufwendige Schnürung. Und auch ihr Haar war unter
einer einfachen, unverzierten *Französischen Haube* versteckt.
Und dennoch konnte sie nicht aufhören, zu lächeln.

Juan wandte den Kopf zu ihr und wie immer berührte sie

der Blick seiner Augen tief. Er hatte sich rasiert, die dunklen Locken gekämmt und geschnitten und sah in dem dunklen Wams mit den farblich dazu passenden Strümpfen und dem Barett auf dem Kopf wunderschön aus. Doch sie hätte ihn auch im verdreckten und zerrissenen Leinenhemd und barfuß geheiratet. Es kümmerte sie nicht, welche Kleidung sie trugen und an welchem Ort sie sich befanden. Solange sie nur zusammen sein konnten.

»Auf uns, Sirena«, raunte er und neigte sich zu ihr hinüber.

»Auf uns, Juan«, flüsterte sie zurück, bevor sie sich von ihm küssen ließ.

Jubelrufe drangen in ihr Ohr, doch sie nahm nur noch Juans Atem und das Klopfen seines Herzens wahr.

Nachdem er den Kuss beendet hatte, ergriff Juan seinerseits den gefüllten Krug vor sich und erhob sich mit einem Räuspern.

»Ich weiß, wir sind hier, um zu feiern. Unseren Erfolg, unsere Freundschaften und die Liebe.« Beim letzten Wort drehte er sich zu Mariella und schenkte ihr ein inniges Lächeln. »Unsere Liebe«, wiederholte er und seufzte schließlich. »Dennoch gibt es einige Menschen, die uns heute, an diesem Tag, schmerzlich fehlen. Und ich möchte den nächsten Toast ihnen widmen und sie Folgendes wissen lassen: Ihr seid immer in unseren Herzen – wo auch immer ihr seid! Und ihr seid so unzählig viele, dass ich vermutlich erst am Abend fertig wäre, würde ich jeden Einzelnen von euch aufzählen und über ihn berichten. Dennoch drängt es meine Seele, ein paar von ihnen persönlich zu nennen. Auf dich, mein Freund Simon!« Mariella bemerkte das Zittern in Juans Stimme, fasste nun ebenfalls ihren Krug Wein und erhob ihn für den Toast. »Ich liebe dich wie einen Bruder, und ich bete zu Gott, dass es dir gut geht! Auf dich, geliebte Emiliana!« Er drehte sich zu Mariella und ergriff ihre Hand. Sie wusste, dass Juan gleich dem ersten Bericht an seinen König, der vor zwei Jahren als Carlos V. auch

zum Kaiser des Heiligen Römischen Reiches gewählt worden
war, ein Begleitschreiben hinzugefügt hatte mit der Bitte, eine
Begnadigung für die Gefangenen auf den Kapverden zu erlan-
gen. Dessen Zusage, eine solche erwirken zu wollen, erfüllte
sie seitdem mit der Hoffnung, Emi eines Tages wiederzusehen, die sie nach wie vor nicht aufgeben wollte. Niemals. »Auf
die beste und liebenswürdigste Haushälterin, treuste Freundin und Begleitung, die meine Frau sich hätte wünschen können. Wir werden dich immer lieben, Emiliana!« Er hielt inne
und schluckte. »Und auf dich, Fernando Magellan! Den besten, fähigsten und mutigsten Kapitän, der mir je begegnet ist.
Mögest du in Frieden ruhen. Und mögen noch in fünfhundert
Jahren die Menschen auf der ganzen Welt deinen Namen kennen und ihn in Ehren halten!«

Bei der Nennung von Magellans Namen waren alle anwesenden Seeleute vollständig aufgestanden. Sie hatten sich,
mit Tränen in den Augen, an den Händen genommen, und für
einen Moment herrschte absolute Stille im Raum. Mariella
und Juan hatten sich nun ebenfalls erhoben, und sie erinnerte
sich mit einem traurigen Lächeln an ihren Onkel. Sie hörte
sein donnerndes Lachen, erinnerte sich an seinen Gesang an
den unzähligen Lagerfeuern. Sie fühlte, wie seine kräftigen
Arme sie umarmten, und erinnerte sich an seinen herben Geruch.

»Auf Fernando Magellan, den fähigsten Seefahrer und
besten Onkel, den es je gab«, fügte sie hinzu und trank ihren
Krug leer.

»Lasst uns feiern!«, rief Hernando nach diesen Augenbli-
cken des Innehaltens und Gedenkens, und sofort erklangen
Gelächter und Gesang. Mariella atmete tief durch.

»Bist du glücklich, Sirena?«, fragte Juan sie besorgt und
brachte sie damit unwillkürlich zum Lächeln, als sie bemerkte, wie sich dabei die Falte zwischen seinen Augenbrauen ver-
tiefte.

»Das bin ich. Mehr als das«, antwortete sie. Juan rückte seinen Stuhl näher an den ihren heran, neigte sich zu ihr und küsste sie zärtlich auf den Hals.

»Sie haben uns ihr größtes Gästezimmer zur Verfügung gestellt«, raunte er in ihr Ohr. »Du musst mir nur sagen, wann du bereit bist, mit mir nach oben zu gehen.«

Ein Schauer zog darauf über Mariellas gesamten Körper, und sie umschlang Juans Hand mit der ihren. Dann sah sie ihn voller Liebe und Sehnsucht an.

»Lass uns gehen.«

Denn sie war bereit.

Bereit, den Rest ihres Lebens mit ihm zu verbringen.

An seiner Seite zu stehen.

Vereint.

Für immer.

Historische Anmerkungen der Autorin

Die erste Weltumsegelung und Reise von Fernando Magellan faszinierte mich bereits in meiner Schulzeit. Und spätestens seit ich den Augenzeugenbericht des italienischen Chronisten Antonio Pigafetta gelesen hatte, der auf Magellans Flaggschiff TRINIDAD mitfuhr, war ich hin und weg von diesem grandiosen Abenteuer. Ich wäre am liebsten ein Teil von Magellans Mannschaft gewesen und hätte mit eigenen Augen diese Seereise, diese fremden Länder und Kulturen und all die Gefahren erlebt. Da ist es nur verständlich, dass eine Frau erfunden werden musste, durch deren Augen ich direkt an der Seite der beiden grandiosen Seefahrer Magellan und Elcano die Weltreise miterleben konnte.

Ob Magellan eine Nichte hatte, lässt sich nicht beweisen, da seine Herkunft bis heute nicht eindeutig geklärt ist. Allerdings besaß Magellan eine Schwester mit dem Namen Isabel, die ich genutzt habe, um ihr eine eigene, von mir erfundene Familie zu geben. Sowohl Mariella als auch ihre Haushälterin, ihr Vater, ihre Freunde und ihr Verlobter Alberto entspringen demnach meiner Fantasie und sind fiktive Charaktere.

Die meisten der namentlich in meinem Roman aufgeführten Personen, die an Magellans Expedition teilnahmen, sind dagegen historisch nachgewiesene Persönlichkeiten, siehe auch das Personenverzeichnis. Allerdings möchte ich betonen, dass zwar die Namen und die Stellung der Männer historisch nachweisbar sind, ihre charakterlichen Züge und Eigenheiten jedoch oftmals fiktiv, auch wenn ich mich bei deren Beschreibung natürlich möglichst nah an die verschiedenen Augenzeugenberichte der damaligen Zeit gehalten habe.

Dazu kommt die Darstellung und Einstellung der Seefahrer gegenüber fremden Völkern und Kulturen. Denn auch wenn ich mich gegen die Verwendung der damals gängigen Bezeichnungen der indogenen Völker Südamerikas entschieden habe, kann man anhand der Handlungen im Roman sehr deutlich erkennen, dass sich die europäischen Seefahrer den anderen Völkern gegenüber überlegen fühlten, sie sogar teilweise als »minderwertige Menschen« behandelt haben. Dies ist ein trauriger, aber dennoch historisch nachweisbarer Fakt, der jedoch nichts mit meiner persönlichen Meinung als Autorin zu tun hat.

Was die Seereise betrifft, war es mir sehr wichtig, mich an die belegten Fakten zu halten, ich möchte aber dennoch auf einzelne Punkte eingehen, die historisch umstritten sind, bzw. von mir angepasst wurden, um die Geschichte der WELTENSEGLERIN erzählen zu können.

Zunächst startete die Flotte zwar am 10. August 1519 in Sevilla, musste allerdings wegen Wassertiefstands und fehlender Ladung in der Hafenstadt Sanlúcar noch bis zum 20. September 1519 warten, um ins Meer hinaussegeln zu können. Diese Information fehlt in der WELTENSEGLERIN, da sie für den Roman nicht relevant war.

Juan Sebastián de Elcanos Stellung an Bord der Concepción wird in den historischen Schriften von Beginn an als die eines Schiffsmeisters und Offiziers aufgeführt. Dass er als einstiger, in Ungnade gefallener Kapitän als einfacher Seemann, der die Planken schrubbt, die Reise angetreten hätte, entspricht daher nicht den Fakten. Dennoch habe ich mir diese Änderung erlaubt, da sie den historischen Fortgang der Reise nicht beeinflusst und im Roman wunderbare Entwicklungsschritte für Elcano ermöglicht.

Ein Ereignis, das eindeutig stattgefunden hat, ist die Meuterei in Puerto San Julián. Doch widersprechen sich hier die historischen Dokumente sowohl, was die Nennung der Rädelsführer der Meuterei betrifft, als auch die sich daraus ergebenden Konsequenzen. In manchen Schriftstücken wird der Geistliche Bernard Calmette als Mitanführer der Meuterei genannt, der in anderen aber wiederum Sánchez de la Reina heißt. Ich habe mich im Roman auf Calmette bezogen, ob dies der Wahrheit entspricht, weiß ich nicht.

Auch Juan Sebastián de Elcano wird in einigen Schriftstücken als Anführer der Meuterei genannt, in der Folge dann allerdings nicht mehr erwähnt. Deshalb habe ich mich in der WELTENSEGLERIN zum Großteil an die Darstellung in Stefan Zweigs MAGELLAN – DER MANN UND SEINE TAT gehalten, die für mich am plausibelsten und passendsten war. Die Begnadigung Elcanos ist mein Versuch, zu erklären, warum er als Einziger der Verschwörer nicht getötet oder ausgesetzt wurde, dies ist jedoch mein persönlicher Rückschluss und kein historisch belegter Fakt.

Nachdem die Flotte die lang ersehnte Passage zum Südmeer endlich gefunden hatte und sie durchquerte, desertierte die San Antonio, das größte Schiff der Flotte mit 57 Mann an Bord, in der Nacht. Es gibt keine historischen Belege dafür, dass Besatzungsmitglieder der anderen Schiffe von den Fluchtplänen wussten. Allerdings kann ich mir durchaus vorstellen, dass die Seeleute am Lagerfeuer über sämtliche Themen gesprochen haben, wenn auch nur hinter vorgehaltener Hand. Es besteht daher die Möglichkeit, dass Juan auf diese Weise davon hätte erfahren können. Die San Antonio kehrte mit 55 Mann am 6. Mai 1521 nach Spanien zurück.

Die beiden letzten Punkte, die ich im Hinblick auf Fiktion und Wahrheit noch erwähnen möchte, sind die Ereignisse auf den Philippinischen Inseln und der Tod Magellans. Hier unterschieden sich die Berichte, die ich dazu gelesen habe, stark, sodass es mir nicht leicht fiel, eine möglichst überzeugende Darstellung der damaligen Vorfälle wiederzugeben. Zumal die Lebens- und Denkweise Magellans und seiner gesamten

Mannschaft sich mit unserer heutigen schwer vereinbaren lassen. Magellans Überzeugung, allen Heiden den Glauben an Gott näherbringen zu müssen, falls nötig auch mit Gewalt, hat ihn den Berichten nach dazu gebracht, das Volk Mactans anzugreifen, da dieses sich weigerte, den christlichen Glauben anzunehmen und König Carlos I. als den mächtigsten König der Welt auch als ihren Herrscher anzuerkennen. Magellan wollte mit seiner Strafexpedition ein Exempel statuieren und den Eingeborenen seine Macht und die der spanischen Krone demonstrieren. Ob tatsächlich ein Hinterhalt der Grund dafür war, dass Magellan und einige seiner Männer bei diesem Angriff den Tod fanden, oder ob es daran lag, dass sie den Eingeborenen zahlenmäßig weit unterlegen waren oder noch einmal andere unglückliche Umstände dazu geführt haben, ist nicht klar ersichtlich. Weshalb ich genau diese Ungewissheit genutzt habe, um eine eigene Version der Abläufe und die fiktive Liebe des Rajahs zu Mariella mit einzubauen. Gleiches gilt für den angeblichen Verrat von Magellans Sklaven Enrique von Melaka. Ob und aus welchem Grund er tatsächlich die Männer an die Visayer verraten hat und Barbosa dabei eine Rolle gespielt hat, lässt sich nicht eindeutig sagen.

Die TRINIDAD, die aufgrund eines Lecks nicht mehr in der Lage war, die Insel Tidore zu verlassen, geriet nach einem späteren Versuch, in die Heimat zurückzukehren, in starke Stürme und war zur Umkehr gezwungen. Dort wurden die verbliebenen zirka 25 Männer in portugiesische Gefangenschaft genommen und kehrten erst Jahre später zurück nach Europa.

Auch die Seefahrer, die auf den Kapverdischen Inseln festgenommen wurden, kehrten nach ihrer Gefangenschaft zurück nach Spanien.

Die Zahlenangaben habe ich im Roman jeweils um Mariellas und Emis Person erhöht. Tatsächlich wurden dreizehn

Männer auf den Kapverdischen Inseln festgenommen, und es kehrten achtzehn Männer mit der Victoria zurück nach Sanlúcar.

Juan Sebastián de Elcano wurde aufgrund seiner Leistung von Kaiser Carlos V. in den Ritterstand erhoben.

Wer mehr über Magellan, sein Leben und diese Expedition erfahren möchte, dem empfehle ich folgende Literatur, die ich für meine Recherchen genutzt habe:

- Antonio Pigafetta, Mit Magellan um die Erde, Ein Augenzeugenbericht der ersten Weltumsegelung, Erdmann Verlag
- Stefan Zweig, Magellan – Der Mann und seine Tat, Fischer Verlag
- Christian Jostmann, Magellan – oder Die erste Umsegelung der Erde, C.H. Beck Verlag

GLOSSAR

Achterdeck/Quarterdeck, das erhöhte Deck des Achter-/ Heckkastells im hinteren Teil des Schiffes

Alguacil/Büttel, Ordnungshüter, Vollstreckungsbeamter

Arkebusen, eine etwa ein Meter lange Handfeuerwaffe

Astrolabium, ein astronomisches Messgerät für die Berechnung von Sternpositionen und das Ermitteln der geografischen Breitengrade

Azulej, bunt bemalte und glasierte Keramikfliesen

Bacalao, gesalzener und luftgetrockneter Fisch

Bader, anerkannte Hilfskraft im Medizinbereich, kein studierter Arzt

Brasse, Taue, die dazu dienen, die Rah horizontal um den Mast zu schwenken, damit das dort angeschlagene Segel entsprechend in den Wind kommt. Den Vorgang selbst nennt man auch »Brassen«

Bugkastell, Aufbau am vorderen Bereich des Schiffs

Elmsfeuer, eine Lichterscheinung, hervorgerufen durch elektrische Ladungen

Fallreep, eine an der Bordwand des Schiffes angebrachte, hinablassbare Leiter aus Seilen

Fier auf die Schoten!, Segelkommando zur Halse

Flaggschiff, Führungsschiff einer Flotte

Fockmast/Vormast, der vordere Mast eines Segelschiffes

Fockrahe, die unterste Rah (waagrechte Stange) am Fockmast, an der das Segel befestigt wird

Fußpferd, ein Tau, das unter den Rahen verläuft und an diesen befestigt ist. Die Seeleute stehen darauf, um an der Rah zu arbeiten

Glasen, Zeitrechnung auf Segelschiffen mithilfe von gläsernen Sanduhren und dem Anschlagen der Schiffsglocke, damit wurden die unterschiedlichen Wachen angekündigt

Gordinge, Taue auf der Vorderseite des Rahsegels, mit denen die Segelfläche gerefft (verkleinert) werden kann

Großmarssegel, ein Segel am Großmast

Großrah, die unterste Rah am Großmast

Halse, Manöver beim Segeln, meist um den Kurs zu ändern

Heckkastell, Aufbau im hinteren Bereich eines Schiffes

Holt die Schoten!, Segelkommando, um die Schoten dicht zu holen

Jakobsstab, auch Gradstock genannt, ein Instrument zur Streckenmessung

Kalfatern, Tätigkeit, bei der die Fugen der Planken eines Schiffes mit Werg und Pech abgedichtet werden

Karacke, Segelschiffstyp der beginnenden Neuzeit

Karavelle, Segelschiffstyp mit wenig Tiefgang und zwei bis drei Masten, kleiner und wendiger als eine Karacke oder Nao

Klüver, ein dreieckiges Vorsegel

Kolderstock/Ruderstock, ein vertikaler Steuerhebel zur Betätigung des Ruders

Los die Fock!, Segelkommando zum Anlegen

Nao, Segelschiffstyp, ähnlich einer Karacke

Niedergang, eine Treppe, die ein Deck mit dem anderen verbindet

Rah, waagrechte Stange am Mast, an der das Segel befestigt wird

Ruder in Lee!, Segelkommando an den Rudergänger, um den Rumpf des Schiffes auf die ruhigere Windseite zu drehen

Rudergänger, Seemann, der nach Weisung des Kapitäns oder Steuermannes das Schiff steuert

Schiffsglocke, akustisches Signalinstrument zum Angeben der Wachzeiten oder anderer Signale

Schoten, Leinen zum Bedienen der Segel

Skorbut, Seefahrerkrankheit aufgrund von Vitaminmangel

Splisshorn, ein mit Talg gefülltes Kuhhorn, in dem Nadeln zum Flicken der Segel aufbewahrt wurden

Takelage, bezeichnet das stehende Gut sowie Teile des laufenden Guts eines Schiffes (Masten, Tauwerk)

Verzin, damaliger Name von Brasilien

Wanten, Seile zur Verspannung und Stützung von Masten

Webleinen, waagrecht gespannte Leinen zwischen den Wanten, die als Sprossen zum Besteigen der Masten dienen

Zeising, kurze Leine zum Zusammenbinden und Sichern von Segeln

DANKSAGUNG

Es fällt mir extrem schwer, diese Danksagung zu formulieren, denn die WELTENSEGLERIN ist in vielerlei Hinsicht ein ganz besonderes Romanprojekt für mich. Zum einen, weil mich die Geschichte der ersten Weltumsegelung schon so viele Jahre begleitet hat und ich es immer noch nicht fassen kann, in Kürze einen fertigen Roman in den Händen halten zu können. Zum anderen ist dies mein erster Roman bei dem wundervollen Droemer Knaur Verlag.

Und dies habe ich zuallererst meiner grandiosen Agentin Claudia Wuttke zu verdanken. Danke, Claudia, für dein Feuer und deine Liebe zum Projekt zu einer Zeit, in der nicht mehr als ein kurzer Pitch und eine Idee existierten. Danke für deine Arbeit, dein Mentoring, deine immerzu ehrlichen Worte und deinen Glauben an mich und diese Story!

Die folgende Danksagung fällt mir extrem schwer, denn sie ist Frau Christine Steffen-Reimann gewidmet, die im Verlag für Akquise und Autorenentwicklung zuständig ist. Ich danke Ihnen so sehr für Ihre Begeisterung für mein Manuskript, ich danke Ihnen für diese – wenn auch nur kurze – Zusammenarbeit, den E-Mail-Kontakt und das schöne Telefonat. Und gleichzeitig bin ich unendlich traurig darüber, dass Sie das fertige Buch nie in Ihren Händen halten werden und die WELTENSEGLERIN das einzige Buch war, das ich mit Ihnen gemeinsam erarbeiten konnte. Liebe Frau Steffen-Reimann, mögen Sie dort, wo auch immer das sein mag, in Frieden und mit einer unendlich großen Bibliothek ruhen.

Ich danke Ihnen, Frau Fischer, für Ihr grandioses Lektorat, ich habe so viel von Ihnen gelernt und schätze Ihre Arbeit, Ihr Wissen und Ihre Kommentare sehr. Und ich weiß, ohne Sie wäre die WELTENSEGLERIN nur halb so schön geworden. Danke!

Ich danke dem Team von Droemer Knaur für die Zusammenarbeit, die traumhaft schöne Covergestaltung und all die anderen Arbeiten, die aus dem Manuskript ein fertiges Buch zaubern.

Und ich danke meinen Testleserinnen und gleichzeitig meinen Freunden und meiner Familie. Liebe Katherina, was wäre ich nur ohne dich? Genauso Heidi und Susanne, danke, dass ihr drei immer zuhört und mich aufbaut, wenn mich mal wieder die Unsicherheit packt. Danke für eure ellenlangen Sprachnachrichten, fürs Daumendrücken und Mitfiebern, ihr seid so wundervolle Kolleginnen! Liebe Nicole Knoblauch, vielen Dank für dein Testlesen und deine hilfreichen Kommentare, was historische Kleidung betrifft.

Liebe Mama, deine Begeisterung und deine schlaflosen Nächte, weil du nicht aufhören konntest zu lesen, haben mich so sehr motiviert, weiterzuschreiben, ich danke dir so sehr, für alles! Liebe Rosi, danke, dass du mir immer wieder Zeit zum Schreiben verschafft hast, das bedeutet mir wirklich sehr viel! Und liebes Schwesterherz, was soll ich dir noch sagen? Allein, dass du deine kleine Tochter nach meiner Mariella benannt hast, ist wohl das größte Liebesbekenntnis, das es gibt. Für das Buch, aber auch für mich, und ich habe dich unendlich lieb! Marc, ich danke dir für deine Unterstützung, deine Begeisterung und auch deine Hilfe, denn ich weiß, ohne dich wäre ich längst nicht da, wo ich jetzt bin.

Mein nächster Dank klingt etwas seltsam, dennoch danke ich Fernando Magellan, Juan Sebastián de Elcano und allen anderen Seefahrern dieser Expedition. Nicht nur, weil es ohne sie niemals dieses Buch gegeben hätte, sondern weil mich diese Reise selbst fünfhundert Jahre später immer noch fasziniert und mich der Mut dieser Männer ehrfürchtig werden lässt. Und das ist doch definitiv einen Dank wert, oder?

Den letzten Dank richte ich an Sie, liebe Leserinnen und Leser, denn seien wir mal ehrlich – was wäre ein Buch wert, wenn es niemand lesen würde? Dafür danke ich Ihnen von ganzem Herzen. Für Ihr Vertrauen, Ihre Begeisterung und Ihre Rückmeldungen!